应爱重生

Duo Duo Wu 朵朵舞 —————— 著

[上 册]

百花洲文艺出版社
BAIHUAZHOU LITERATURE AND ART PRESS

contents

Part 1

神秘布偶

时代广场十八楼宽敞的大厅里坐满了人，都是年轻的女孩，年纪最大的看起来也不过二十五岁，各个身材窈窕，肤白貌美。

如果是个男人坐在这里，肯定有置身天堂的感觉。

可惜现在身处其中的是叶言言，她如坐针毡。没想到一个卫生巾广告的征选，居然会有这么多人竞争。

美女们按照手上拿到的号码牌按顺序进会议室面试。

趁着还有五个号码的间隔，叶言言先去了一趟厕所。洗手的时候照镜子，她忍不住叹气，只上了一层BB霜是不是太清淡了，看外面那群妖艳的小妖精，自己毫无胜算啊。

她的背包忽然耸动了一下，从里面传出一个清晰的男声："别磨蹭了，快出去看着，一定要挨到苏晓媛的经纪人来了，才进去面试。"

叶言言眉头一跳，表情极其纠结，检查了一圈厕所的隔间，没有其他人在，她放下心，对着背包嘀咕一句："别突然说话，让人发现了怎么办。"

背包里没有回应，她长长吐了口气。回到大厅她发现气氛有些不同，两个排号靠近她的女孩正在低声交谈。

“刚才进去那个就是苏晓媛的经纪人。”

“没想到这么一个小广告经纪人都要亲自把关，看来后面进去的人容易被挑中。”

“我听说，苏晓媛不喜欢选上镜比她漂亮的，所以经纪人才来看一圈。”

两人说话声音越来越轻，叶言言还在聚精会神听壁脚。会议室门打开，有人喊：“21 号，谁是 21 号？”

她一惊，举起手上的号牌，21 号就是她。

广告征选面试完，叶言言回到家里，脱了鞋扔了包，一头扑上床，把脸埋在枕头里，狠狠呼吸了两下。

身后有窸窸窣窣的声音，她翻坐起来，看着背包搭扣从内打开，一只灰色棉布偶慢吞吞地从里面爬出来——这个场景很惊悚，无奈她已经看多了，早就麻木无感。

“我可是照你的意思去面试过了，”她苦着脸说，“不管结果怎么样，你不能逼我了。”

布偶斜起眼看她：“瞧你那点出息。”

“你是没看到，刚才那一水儿的美女，个个不输明星。”

布偶爬上柜子，跷起二郎腿：“要说举止形态，你还差得远，赶紧的，把我昨天教你的练起来。”

叶言言一惊，顿时感觉四肢和腰部的肌肉有点发酸，刚打算哀号几句赖掉今天的训练。就看到布偶凝视着她，露齿一笑，细碎的小尖牙，衬着它脸颊上猩红盘曲的伤口，马上让她冷静下来，不吵不闹，默默地点了点头。

心里却更加悲痛了——要说这件事的起因，得怪她有点轻微的强迫症。

从小时候红领巾打结要两边一样长度，到长大后衣服必须按色系长短厚薄摆放，每次看到不整齐的东西，都感觉心里那个难受，像是几万只蚂蚁在心上爬过……

今年 6 月，叶言言刚刚大学毕业，在江城找到一家发展不错的民营企业做行政助理。对她二本学校非重点专业的学历来说已经算是很不错的开端，她老实地上着班，办了第一张信用卡，用第一份工资给爸妈买了礼物，生活按部就班，唯一不满意的地方，就是上班才三个月，她的腰就圆了一圈。

掐指一算，再过不久就到了容易贴膘的冬天，她仔细想了想，对象还没找到，不能这样放任自己。最近流行夜跑，她索性买了一套运动服，打算实行健身减肥。

叶言言租的房子在江城的西面，小区背后就是江城河，两岸有绿化带，车少树木多，向来是运动的好去处。她坚持跑了几天，这天晚上，她绕着河岸跑了一圈后打算回家，目光一扫，看到绿地的木椅上放着一只布偶，身子翻转倒着。她路过，回头瞄了好几眼，又折了回来，心里难受：没放正啊。她忍不住把布偶拿起来，端端正正地放在椅子上，这个时候天早就黑透了，河岸两旁的路灯亮着，光线暗淡，被树枝一挡更是斑驳，当她借着灯光看清布偶时，忍不住一声尖叫："我的天啊！"

布偶面目狰狞、满是伤痕，尤其是那邪恶的笑容，在夜色里透出浓浓的恶意，让人汗毛直竖，浑身战栗。

叶言言吓得心跳漏掉一拍，赶紧将布偶放回原处，看了一眼，咬咬牙，将它摆正。

布偶蓝色的眼珠忽然一动。

她僵住，心怦怦直跳，叶言言啊叶言言，接受了十几年的唯物主义教育，可不能刚毕业就动摇了。

布偶脑袋微微一歪，目光朝她看来。

“啊——”叶言言脑中瞬间一片空白，尖叫了一声起身就跑，恨不能多生一条腿。她一口气不停歇地跑回家里，还有一种恍如置身梦中的感觉，双腿发软，手掌颤抖。

她关上门，喘着粗气上锁，手指颤颤巍巍的，转了两次才锁上门，转过身看到熟悉的房间，她才稍稍松了一口气。

错觉，一定是错觉。

过了很长时间叶言言才缓过神来，坐在床上给自己说道理，一定是天色太暗了，布偶的样子又太瘆人，所以才产生了这样的错觉。布偶怎么会自己动呢。子不语怪力乱神，她都大学毕业了，不能被封建迷信打倒，给应届毕业生抹黑。

她乱七八糟地想着，匆匆洗了澡，换好睡衣出来一看，刚才太慌了，运动鞋在玄关歪着，背包也没放正。不行不行，看不下去，她重新摆放得整整齐齐后才安心上床。

这一夜睡得并不安稳，她脑中反反复复出现布偶可怕的脸，即使在梦中也吓出一身黏腻腻的汗。

一身疲倦地被手机铃声叫醒，她睁开眼，对上一双满是细微血丝的蓝色瞳孔。

“啊！”叶言言吓得魂飞魄散，缩进被子里埋着头，浑身哆嗦得像个筛子。

被子猛地被掀开，布偶挥舞着小手：“瞎嚷嚷什么，吓死老子了。”

眼看着布偶上蹿下跳，还一手指着自己，叶言言吓傻了，牙根发疼，手脚僵硬，脑中一阵阵轰鸣，一瞬间什么都忘记了，直愣愣地看着它。

“和你说话呢，听见没有？”

“你、你……”

“你结巴啊？”布偶横眉竖眼。

叶言言牙齿咯咯打战：“你、是人还是鬼啊？”

布偶抬起眉，额角猩红的伤口跟着一跳，目光变得越发凌厉。

叶言言吓得直往后缩，眼眶里浮起了水汽。谁知它并没有暴起伤人，狠狠地瞪了她一眼后，忽然一屁股坐在了被子上，沉默不语。

床上被套是黄色的田园小碎花，边角还有蕾丝，柔和的色彩衬得布偶的脸色都没有那么可怕了，还有几分怪异的滑稽感。可叶言言完全没有笑的心思，她缓过气，比刚才镇定了许多。一人一布偶，隔着被子相望。

布偶面色阴沉地开口：“我也不知道怎么回事，就成了这个样子。”

叶言言捕捉到了关键信息：“你……以前是人啊？”

扫了她一眼，布偶满脸不高兴：“当然了。”

“那你快回家去吧。”叶言言立刻说，“要是家里人发现你不在了，多担心啊。”

“你是担心自己吧，”布偶撇了撇嘴，拆穿她，“我这个样子回去，不得吓死他们。”

吓死我就行啊！叶言言敢怒不敢言。

“何况……”布偶露出无奈的表情，“以前的事，我记不太清楚了。”

什么？叶言言惊呆了，都什么年代了，还玩失忆啊。她警惕地看着布偶，只见它嘴唇一张一合：“我在椅子上躺了很久都不能动，你好像有点特殊。”

布偶叹了一口气，表情纠结成一团，简直令人见之忘俗。

叶言言惊疑：“特殊？”是手贱的另一种委婉说法？

他平淡地说：“看来我要跟着你一段时间了。”

叶言言顿时泪流满面。

兢兢业业工作三个多月，叶言言还是头一次迟到，部门经理虽然没有说什么，但脸色已不大好看。

她臊眉耷眼地垂着头回到办公室，同事们纷纷安慰她。谁还没有个头疼脑热抛锚堵车来“大姨妈”了？叶言言听得眼眶发热，她的情况比这要凄惨得多啊，家里有个能蹦会跳长相丑陋的布偶——这最大的苦衷偏偏不能说。

上网找度娘求助，显示最多的是电影，内容恐怖惊悚，说的是连续杀人犯灵魂附身在玩具身上。叶言言越看越后怕，心里七上八下，难受极了。

她拿出手机给周茵打了个电话。周茵是她大学室友兼闺密，平时没事就喜欢看些星座和五行，自诩学贯中西。

电话一接通：“言言，看到朋友圈的照片了是不是？我在洱海，真是美死了，和电影上一模一样。星座说我本周桃花指数五星，今天晚上我就去泡吧，看是不是也能遇到个帅哥艳遇一下。”

“……”她差点忘记了，周茵上周就去了大理旅游。

“言言？”

叶言言揉着额角，情绪低迷：“周茵，如果有人遇到脏东西了，该怎么办啊？”

“什么脏？你是不是又犯强迫症了……哦，是那个脏东西？谁碰到了？你认识的？”周茵的声音有些兴奋。

叶言言脑子里还有些乱哄哄的，不想说太多打扰她的旅游，只含含糊糊地说是邻居家好像进了什么东西。

“你们公司不是离鸿福寺近嘛，你去买点辟邪的挡一挡。”周茵在电话里出主意，忽然笑了起来，“以前你从来不信这些的，看来邻居家的事不小啊。你当心点，别因为好奇惹事上身。”

挂了电话，叶言言沮丧的心情略有好转，趁着午休饭也没吃就去了鸿福寺。寺院地处市中心，占地不大，香火却旺盛得令人咋舌。叶言言在各种语言的旅行团里穿梭，还诚心诚意地请了一炷香，点香，磕头，捐香火，一套程序走下来额头上已见汗。她在寺院里兜兜转转，找到专卖佛像和手串的地方，被普遍四位数的价格吓了一跳，默默在心里算了一下，实习工资，月底还要付房租、水电、卡账——实在是穷人气短，只能望佛兴叹。

不过最后也不算一无所获，在寺院背后的小巷里叶言言买到一面八卦镜，老板拍着胸脯保证这是一等一镇宅化煞的法器，开价三百块，还价到一百八拿下，附送一块高级黑色丝绒布。叶言言小心翼翼地包上，回到公司做贼似的放进包里。

叶言言私心还是抱着一线希望，最好回家的时候布偶已经不见了，不然等她拿出法器和布偶大战——画面太美，不能再想下去。

下班推开家门的那一刹那，叶言言倒抽一口气，尽量不去看双人沙发，放下包进厨房，弄了好一会儿端着一碗热汤面出来，坐在餐桌前吃起来。

“你回来了。”布偶从沙发上探出头说。

“嗯。”她吃了一口面，心里盘算着什么时候拿出八卦镜时机最好。

“今天我找了一些新闻，看看有没有关于我的线索。”布偶跳到沙发靠背上，手里拿着平板电脑跟着一晃。

她眼角一抽，别开眼，默默吃面。

“只有一些乱七八糟的电影，屁用都没有。”

知道，她也查过。

“但是我好像对电影有些熟悉。”布偶继续说，瞥了她一眼，“我说的你听见没有？”

“平板！”叶言言忽然站起来，从茶几上拿过套子，从它手上拿过平板电脑，严严实实套上，松了一口气，“不用机套会划伤的。”她转头，看到沙发，咬了咬牙，不行，忍不住了，走过去，把座垫摆正，抱枕排好，整整齐齐如同排列的豆腐，就是抱枕四角的流苏，也被整理得一丝不苟的。她整个人都轻松起来，唇角弯起。

“处女座？”布偶好整以暇地站在沙发靠背上，口气唏嘘。

还是把法器祭出来吧，叶言言轻哼了一声，下定决心，眼角扫到餐桌上放着的碗筷，嗯，太散乱，还是先洗碗。

等她洗完收拾干净出来，布偶站在她的包前，让她心生不祥预感。

果然，它抬腿踢了一下黑色丝绒，露出其中的八卦铜镜。布偶嘿嘿笑了两声，弯腰两手抬起铜镜，正反都看了一下，笑眯眯地说："我说怎么出去一圈胆子都肥了，哟，这是什么？杯垫？"

叶言言泪目了，俺滴娘哎，奸商，这算哪门子镇宅化煞？

"这是要收了我哪？"布偶讥诮。

"不是不是，"她急中生智，一把抢过八卦镜，"造型古朴，买来收藏的，我最喜欢中国风的东西了。"

布偶斜眼觑她，冷笑两声，转身一屁股坐在沙发上，拿起遥控器看电视，不再理她。

看它生气，叶言言心里反而有些轻松，感觉它这样更像是一个人，趁着它专注于电视，她躲到厕所又打了个电话。周茵那里的背景音乐声震耳欲聋，两人沟通异常费劲。

周茵听完始末，大声嘲笑："一百八十块的铜镜，连人都照不清，还化煞呢，你那邻居是有多傻缺啊。"

叶言言："……"

"哎，你和邻居什么时候这么好了，这个时间还来讨主意，叶言言，坦白从宽，是不是勾搭上了？还骗我说是邻居。"

"少废话，"叶言言也急了，"就说你有没有办法吧。"

周茵立刻正经起来："要说这种事我也没遇到过，只能纸上谈兵，不过万法不离其宗，一般这种情况那都是有怨念，心愿没有达成，懂吗？达成心愿就消散了。"

有点道理。

叶言言回到客厅，布偶靠着抱枕，目光专注地看着电视。

她不敢坐到沙发上，从这头走到那头，来回踱了两圈，往屏幕上瞥了一眼，电视里正在播放飞天奖颁奖盛典，人头攒动，聚集在红毯两侧，闪光灯此起彼伏，声势浩大，亮如白昼的射灯下衣香鬓影，俊男美女汇聚，场面华丽至极。

她试探着开口："颁奖礼挺好看的哦？"

布偶沉默不语。

尴尬。

她呵呵两声，无人理睬。

非常尴尬。

叶言言狠狠心，坐到了沙发的另一边："过去的事你一点都没印象了？"

布偶纹丝不动，余光都不扫她一下。

软钉子碰了三回，叶言言心里也有些不舒服，索性不说话也看起电视。正好放到韩菲和童宇诚携手走上红毯，两旁粉丝们的尖叫简直要震碎屏幕。两人主演的《胭脂泪》今年大热，收视份额年度亚军。叶言言也追过好一段时间，迷得不得了。女主角扮演者韩菲五官精致，身材高挑，今晚头发一把束起，颈线优美，身穿银色鱼尾拖地礼裙，灯光下裙摆上水钻闪耀，璀璨生辉，越发衬出她的高贵美丽来，面对众多镜头极其自然大方。与之相比，男主角童宇诚虽然身材高大，俊朗帅气，却仍留着几分腼腆和生涩。

多家媒体评论韩菲都不吝褒奖之词，称她只需稳扎稳打，两年内必然能成为新生花旦之一。

要知道女星虽然众多，但是能被称之为花旦的，每一代也仅有四个。

真是天生就该吃明星饭的，叶言言感慨。

啪——

身旁遥控器落在地上。

叶言言转过头，看见布偶抱着脑袋蜷缩在沙发一角，浑身哆嗦，她大吃一惊，噌地站了起来。

脑子里飞快闪过一个念头，难道是八卦镜起作用了？

布偶紧闭眼睛，整个面容扭曲在一起，好像承受着极大的痛苦。

“喂，你怎么啦？”她问。

布偶只是颤抖。

叶言言本来就是个容易心软的人，观察了一会儿，先是惊疑，后来渐渐有些担忧。它虽然面目可怕，说到底并没有伤害过她。

布偶睁开眼，死死盯着电视屏幕上笑得恣意明媚的脸，眼神里种种情绪，像是压抑着深深的痛苦和愤怒，复杂难懂。

叶言言飞快拿起遥控关了电视机。

布偶把脸转过去，埋在沙发里。房间内别无声响，桌上亮着一盏灯，淡淡的乳白色，如泻了一地的柔和月光。过了不知多久，它的身体逐渐平静，趴在那里悄无声息。

从背后看不见它正面狰狞可怕的伤口，看起来像一只普通的棉布玩具。

叶言言松了一口气，轻手轻脚去厕所洗漱，出来时看到沙发上孤零零的小身影，动也不动，心里不知怎么绵绵发软。内心挣扎了一小会儿，不经意看到包八卦镜的黑色丝绒布，视线停顿了一下，她走过去拿来搭在布偶身上。

暗自松了一口气，她开始巡视房间，书架、餐桌、沙发，就连盖着布偶的丝绒布，都方方正正的，像是陈列品，每一样都排列有序，整整齐齐，舒服，真舒服。她身上每一个毛孔似乎都敞开了，身心都感觉到一阵轻松，可以安心去睡了。

叶言言生物钟很准，一般在手机闹铃前五分钟醒过来，再迷迷糊糊瞌一会儿，享受这五分钟的回笼觉。

“靠。”

她睁眼。

沙发上传来声音：“这黑布谁放的，吓死老子了，还以为被埋了。”

叶言言租的房子就是一居室，当中书架隔开做了小客厅，布偶的声音清晰得就像在耳边。手机闹钟又响了起来，她脑子完全清醒了，爬起来去卫生间。

布偶姿态悠闲地坐在沙发上，看到她还打招呼：“早。”

叶言言反射性回一声：“早。”洗脸的时候才回过味来，不由得对着镜子发愁，怎么把它弄走呢?

等她收拾妥当出来，布偶又捧着平板电脑看，这回没有拆了硅胶套。

“不要忘记充电。”她提醒。

布偶从沙发上抬起头，看了她一眼，眼神说不出是好笑还是打量。

叶言言心里直发毛。

“你起早贪黑的，一个月挣多少呀？”它忽然开口。

“啊？”她一愣。

“畅喜商务……公司规模不大，这几年发展势头马马虎虎，试用期工资应该不高吧，3K 还是 4K？”

它口气揶揄，叶言言有些窘：“关你什么事呀？”随即想起来，脸突然一绷，“你怎么知道我在哪里工作？”

布偶嘴角一撇，举手扬了扬手里的平板电脑：“邮件。”

叶言言蹙起眉头，不满道：“你怎么偷看我的隐私？”

“这么小家公司，业务都没有几桩，你以为我爱看啊。”布偶哼哼，随即脸色一正，“我教你赚大钱的法子。”

“多大？”

“只要你想，上千万都轻轻松松。”

叶言言怔了一下，疑惑地看着布偶，忽然恍然大悟，声音充满惊喜：“你知道下一期彩票号码？”

布偶：“……”

它的目光赤裸裸流露出鄙视。叶言言知道猜错了，思忖半天，依然一头雾水，只好茫然地看着它。

布偶无声地叹了口气：“要不要尝试一下进娱乐圈？”

叶言言：“……”

跨越物种的交流总是很艰难的。叶言言换好外套，拿上包，回头看了一眼布偶，它坐在沙发上，在平板电脑上划划弄弄，玩得正欢，就好像刚才那句话不是它说的。叶言言没有多想，轻声关上了门。

到达公司的时间很早，过了好一会儿同事们才陆陆续续到达，经理进门的时候，叶言言微笑地问好。

经理看了她一眼，脸色竟出奇难看："小叶，到我办公室来。"

叶言言被他的语气弄得提心吊胆，跟着进了办公室。

经理把包往桌上一放，眼镜后的目光格外冰冷："小叶，你进公司是我复试的，我以为你大学刚毕业，肯定能多学多练，珍惜这份工作机会，没想到啊，你原来是尊大佛啊，蹲在这个小庙里实在委屈你了。"

叶言言蒙了，脸猛然涨红："经理，我……"

经理摆摆手，一脸不耐："不用多说了，你邮件里说得很清楚了，既然你志向高远，我这里就不挽留了。你直接去找人事办手续吧。"

邮件这个关键词让叶言言心突然一跳，还想再说什么，可经理已经打开笔记本，脸色铁青，面色冷淡，让她说不出话来。

在她开门离开之际，经理又说了一句："年轻姑娘长得漂亮点有想法是正常的，不过娱乐圈里漂亮的多的是，做人还是脚踏实地为好。"

叶言言不知道怎么走出办公室的，脸颊滚烫，脑子嗡嗡响个不停，她回到座位上打开电脑邮箱，看完倒抽两口气。邮件是她的账号发出的，时间刚好就是出家门前，抄送了公司大大小小的领导，文本内容写着："自入职以来，论工作环境、团队、压力，公司都不符合本人期望。我已重新确定未来方向，决定从事演艺事业，望领导能给予理解与支持，谢谢。"

晴天霹雳。

她来来回回把邮件读了三遍，邮件的措辞毫无挽回余地。叶言言脑袋空白地坐了一会儿，发现同事目光躲躲闪闪地看过来，她坐不住了，匆匆收拾了东西，到人事处办理了手续，几乎是落荒而逃。

叶言言憋着一口恶气回到家，布偶却不在沙发上，手里拿着剪刀在厨房、卫生间都找了一圈，不见踪影，她坐在沙发上长长出了一口气，心情说不出的复杂。第一份工作没了，布偶也不见了，都说请神容易送神难，她用一份工作换它离开，说不定也不算坏事。

何止不是坏事，简直是好事。

自我安慰一番，叶言言心里拨开浓雾重现蓝天，躺在沙发上盘算着本月工资到底能拿多少的问题。

“看来你心情还不错。”一个小黑影从书架后窜出来，跳上茶几，“我还以为你回来要发脾气。”

叶言言：“……”

她噌地坐直身体，瞪圆了眼：“你怎么还在这里？”

布偶：“不然我去哪里？”

“你把我的工作弄没了，居然还好意思留在这里？”叶言言提高了声音。

“那种半死不活的工作，早点放弃为好，毕业辅导老师没教你啊，人生格局和你选的工作息息相关。”布偶懒洋洋坐着，轻描淡写的样子，好像在看不懂事的孩子，“我这是帮你，懂不懂？”

叶言言太阳穴突突跳动，看着布偶笑着依然显得狰狞的脸，蓦地举起手里的剪刀。

布偶冷笑：“哟，要和我拼命了？你要想清楚啊，我就是附在这布娃娃上，你剪破了，我也能另外找个容身的地方，实在不行，就整天趴在你背后。”

叶言言被它说得打了个冷战。

“你到底想怎么样？”她问。

“你昨天打电话我听到了，不是想送我走吗？”布偶斜觑她一眼，吁了口气，语气平淡地说，“我不知道自己为什么会变成这样，说不定真就是有什么夙愿没有达成。”

叶言言咬牙切齿：“你的夙愿就是培养明星？”

布偶沉默了一下，说：“可以这么说。”

“你有病啊！”叶言言抓狂，“死不瞑目就为这个？”

布偶蓦然沉了脸，用阴森可怕的眼神看着她。

叶言言闭上嘴，不解气愤，双眼瞪得溜圆。

两人目光交锋，对视许久，叶言言很快缴械投降，站起来收拾房间，布偶也不理睬她。

等掸灰、擦桌、扫地等一圈家务做完了，叶言言也冷静下来，回想刚才脱口而出的话不免有些心虚，对着沙发开口：“做明星这个目标实在太遥远了。”

房间里静悄悄的，就在她以为它生气不会回答时，声音从沙发上传来。

“虽然很多人认为这个行业是只要长得好，老天赐饭吃，实际上想要成功，容貌、天赋、机遇、能力缺一不可。不是光漂亮就可以。”

叶言言有些头疼，这也太难了，脑子里兜转着用什么说辞来劝服它。

布偶目光定定地看着她，认真地说：“你长得还算漂亮，能力我有，我们至少已经有一半的胜算，至于剩下的，就看老天爷肯不肯成全了。”

叶言言自知长相不错，樱唇杏眼，皮肤白皙，一笑脸颊上就显出两处梨窝。在她小时候，姥姥就曾不止一次说过，乖囡长得标致。“标致”这个词现在已经用得少了，大多数人更喜欢说漂亮，漂亮是一眼感受，较之过去却始终欠缺了一种韵致与优美，符合这个时代快餐式的审美。

美女，在现在的社会比比皆是，也分很多层次，普通人里漂亮的，到了娱乐圈就成了背景板。叶言言很怀疑，如果自己混进娱乐圈还算不算是美女。

布偶却没有这方面的疑虑，它严格制定了学习与锻炼计划，课程密集程度堪比地狱般的高三，对此，叶言言只能呵呵……

她反对过、抗争过，最终都以失败告终。布偶每次都会冷眼相对，撂话道：“要不我们就耗一辈子。”

现在的日子已经是水深火热，如果还要一辈子，叶言言还不如自我了结算了。

布偶制定的课程，有理论的，也有形体的，它甚至从网上订购了厚厚的书籍，包含表演形体动作基础到发声训练等一整套。叶言言仿佛回到了高考时期，每日埋头苦读，还要对着镜子进行实操训练。稍有不对的地方，布偶就会在旁边吼着让她重来。

不仅如此，布偶还对她的饮食习惯进行了调整。零食小吃全部喂了垃圾桶，晚餐基本只能吃水煮蔬菜，不放盐！用它的话说，上镜胖三分，从此以后只能七分饱。

活人怎能辜负美食？叶言言异常悲愤。

这期间她也不是没想过，去茅山请个天师来降妖伏魔。就在她琢磨方案可行性的时候，外出旅游的周茵回来了，打着送特产的口号上门，却一路问着之前邻居招惹脏东西的事情，看她兴致勃勃，不断往隔壁瞟去的眼神，叶言言真怕她说些什么得罪邻居，赶紧拉着她进门。

周茵追问那件事怎么样了，叶言言就敷衍说是一场虚惊。周茵长吁短叹，可惜她旅游时都心心念念的灵异事件就这么不明不白地黄了，没用上她的特长。

这时候布偶还躺在茶几上一动不动装普通布偶呢。

还特长呢！叶言言心里吐槽，这就是一叶公好龙，龙在眼前还不识泰山呢。

周茵突然注意到布偶，惊讶：“哎？言言，这娃娃……”

叶言言激动了一下，原来还真有慧眼？

“这娃娃脸上的疤都不对称啊，还这么丑，你怎么会买的？”周茵好奇地戳了戳布偶的脸蛋，“出社会懂事了啊，特地买来治疗强迫症的吧？”

叶言言：长点心吧，姑娘。

叶言言对广告征选结果不抱希望，偷着开始在网上筛选工作，这天接到广告公司刘姐的电话通知拍摄，足足愣了一刻才反应过来，她的面试竟然通过了。

她有些激动，拿着手机半天，才想起转过脸对布偶说：“广告我过了。”

布偶嗤笑：“这么点事，看你激动的。又不是主角，不过是让你站在苏晓媛的身边充当背景而已。”

叶言言热情不改：“那也不错啊。”

最重要的是丢了工作，再没有钱入账，她就连水煮蔬菜也吃不起了。

“从广告入手不算好路，很难脱颖而出，”布偶泼她冷水，“只能算擦到这个圈子的边缘，你不是专业科班出身，没有门路，跑剧组还没到时候，就先混个脸缘吧。趁这段时间，好好把这些课程学一学。”

桌上厚厚一摞书籍，有表演基础理论、表演基本技能、艺术理论，叶言言……

拍摄广告的日子正好是圣诞前夕，江城连着下了几天的小雨，空气里弥漫着湿冷气息。摄影棚地址靠近外环，叶言言不熟悉路，提前出发，到达时早了大半个小时。

摄影棚里已经搭建好了布景和照明，是一个粉蓝背景的女生房间，布艺沙发，玻璃茶几，可爱又蓬软的抱枕，让人一看就忍不住心里发软。叶言言头一次看见拍摄现场，新鲜感十足，等看到摄影机架，又有些紧张。背包里传来布偶轻飘飘的声音：“土包子啊你，等会儿拍的时候随便你看。”

叶言言左顾右盼，往来工作人员众多，大多各司其职，并没有人注意到她。

“别突然出声啊你。”她低声说。

布偶一声冷哼。

舒爽牌卫生巾这次请的代言人是当红女星苏晓媛，她身材娇小，容貌俏丽，在荧屏上塑造了许多乖女孩的形象，去年拍的一部青春电影，票房超八亿，被评为“大学生最喜欢的女演员”，今年初她接了不少商演和代言，被韩菲一部大热的《胭脂泪》压下了风头。像苏晓媛这种咖位的女星，有御用的化妆师随行。广告商准备的化妆师，就只为上镜的配角服务。

化妆师见到叶言言，仔细打量后评论：“皮肤底子好，也白，上层粉，化个眼妆就 Ok 了。”等化完妆，她又对自己的评价再三肯定，“不错不错，底子好，是个美人坯子。”

叶言言听得有些不好意思，点头致谢。

化妆师扑哧一声笑了出来：“你是头一次拍广告吧。”

“看得出来？”她问。

“脸嫩。”化妆师说，“你来早了，去旁边休息吧，看今天这样子，不会准时开拍的。”

叶言言坐着玩了一会儿手机，又一个配角姑娘到了，嘴特别甜，见谁都招呼一声，等化好妆后马上就找叶言言聊天套近乎。两人聊了一会儿，叶言言了解到这姑娘叫江蓝，影视学院考了两年都没有考上，后来去了舞蹈学院，毕业后主要拍杂志和广告，也接过几个电视剧里叫不出名字的十八线小角色。

大概是因为叶言言对这个圈子的了解一片空白，聊得多了，江蓝发现居然还是自己介绍得多，渐渐就没有劲头，拿起手机玩游戏。

最后一个广告女配角是准时准点踏入摄影棚的，她五官深刻，像是有些混血。叶言言在广告征选时见过，因为她容貌特别艳丽，给人印象深刻。今天她的身后还跟着一个身材矮小的助理，一进门就和工作人员打招呼，也对叶言言和江蓝递了名片，介绍道："柯尘影视公司，我们丽娜性格内向，今天广告要拜托你们好好合作了。"

叶言言和江蓝都接了名片，江蓝坐到她身边，压低声音说："不过就是广告里露个脸，居然还带个助理来。"她把名片翻来覆去看了一会儿后又说，"哎，她和苏晓媛是一家公司的。"

叶言言："是吗？"

江蓝见她什么都不懂，撇撇嘴不再说话，拿出手机自顾自地玩。

正如化妆师所预料，过了拍摄时间半个小时，苏晓媛还没有出现。工作人员似乎习以为常，江蓝一直埋头玩手机，这时站起身问其他人借起了充电宝，路过丽娜时说："说起来苏晓媛是你师姐吧，不如你催催她？"

"不熟。"丽娜眼皮也不抬，淡淡地答。

江蓝翻了个白眼。倒是助理笑眯眯地说："应该快了，快了。"

苏晓媛迟到了一个小时，当她带着助理和化妆师进来，摄影棚才像是活了一样，照明、灯板全部打开，所有工作人员忙碌起来。苏晓媛本人看起来与电视上差别不大，个子不高，五官甜美俏丽。她仅仅在露面的那一刻招呼了众人一声"大家好"，接着就坐下来补妆，摆出生人勿近的模样。

广告拍摄内容是苏晓媛晚上和闺密们聊天，兴奋宣布第二天要和男神出去约会，谁知"大姨妈"突然造访，这时闺密拿出了"舒爽"给她，于是第二天很开心地出去玩耍，不再怕正漏、反漏、侧漏——剧情简直令人发指，幸而市面上此类广告大同小异，看的就是明星效应。

叶言言三人换上睡裙，又等了半个小时，苏晓媛才换好衣服。

从睡衣上就可以看出主角与配角的不同，苏晓媛的粉色睡衣边角有一圈绒，衬得她娇小可爱，配角三人的睡衣都是白色，普普通通。

江蓝暗自嘀咕了一句："二十八岁了还装什么嫩。"

等四人到布景房内站位时，她却抢先到了苏晓媛身边："晓媛姐，我是你的粉丝，等会儿你给我签个名吧。"

叶言言："……"

丽娜："……"

这个广告时长不到三十秒，整个场景全程无台词，后期再加入声音。

导演关照："就像好朋友那样一起聊天，自在些就行。"

等照明调试完毕："各就各位，Action！"

很难形容那一刹那，就像是突然打开了某个世界的大门，所有人的状态瞬间改变。苏晓媛一秒就露出了亲切甜美的笑容，双手交托在胸前，双眼充满了梦幻和憧憬。

这就是传说中演员的专业素养，叶言言心想，瞬间在脑子里把这段时间学习过的理论知识温故知新了一遍。

丽娜与江蓝入戏也很快，抱着抱枕做出撒娇卖萌的样子，江蓝甚至大胆地轻轻用肩膀碰了一下苏晓媛。

正说笑着，女主角梦幻地想象约会场景，突然发现"大姨妈"造访。苏晓媛一拍脑门，往坐垫看了一眼，脸上懊恼与紧张并存，表现得可圈可点。

"Ok，过了。"导演喊。

话音一落，苏晓媛一秒的笑容都没有维持，立刻恢复了面无表情的样子。丽娜与江蓝身体也松懈下来。

叶言言还没有适应这种镜头下的生活，完全游离在状态外，依旧笑眯眯的。

“保持刚才的状态，再来一条。”

为了保证后期镜头足够，同样的场景多拍几次极为常见，于是四人照着刚才的又来一遍。

导演看着监视器，抬头瞄了一眼布景房，心想这广告拍得真是养眼，四个女孩风格各异。成名已久的苏晓媛就不说了，丽娜美艳，在现在的娱乐圈也能排得上数，江蓝很懂得自身优势并发挥出来，那个叫叶言言的女孩，嗯，一眼看着就是新手，拍第一遍的时候甚至不知道要看镜头，但明眸皓齿，笑起来有股子甜润的味道。

“好，下一场，丽娜递上舒爽给晓媛。”

丽娜点点头，苏晓媛却皱了一下眉，站起身，到导演监视器上看了一会儿。

拍摄的时候，丽娜从身后拿出卫生巾，笑着递上去。叶言言看到这个镜头，莫名地感觉有些喜感。

苏晓媛没有接。

“Cut。”导演不明所以，“晓媛？”

“导演，我从这里转身太别扭了，换个位置给我递吧。”苏晓媛说，朝着左边看了两眼，跳过跃跃欲试的江蓝，指着叶言言，“她吧，位置正好。”

正好什么呀，叶言言无语，她离得最远了。

导演是个老油子，一下就知道了其中的道道。苏晓媛看着娃娃脸，也快三十岁了，公司想要培养新人，合约期内让苏晓媛带带新人，沾沾人气，增加曝光机会。但是正常的风华正茂的女明星，谁会喜欢这种安排？何况丽娜五官深刻，艳若桃李，第一眼最夺人眼球，苏晓媛这种邻家娇俏型和她在同一个镜头里会吃亏。

到了苏晓媛这个级别，广告的导演是不会说“No”的，马上同意她的建议。

换成叶言言递上卫生巾，这算特写镜头，百分之百会出现在广告里，她有些紧张，第一次从身后抽出卫生巾的时候，动作嗖的一下，快如闪电。

苏晓媛愣了一下，导演看着监视屏差点笑场：“动作慢一点，你是给她卫生巾，又不是拔枪。”

第二次叶言言把握好节奏，不急不缓，递上卫生巾的同时，笑容明朗而诚挚，很符合闺密的角色。

拍摄完后，又拍了几张照片。

江蓝在休息的空隙趁机和叶言言说：“啧啧，一个公司的都弄这么难看，都说影视公司内部倾轧厉害，看来是真的。我刚才听那边的化妆师说，丽娜好像有点背景。”

叶言言不置可否地笑了笑。

拍完广告回到家，布偶飞快地扑向电脑，叶言言看到它打开的页面是邮箱，红色未读提示竟然是上百封。

她觉得布偶有点反常，既没有布置功课，也不督促她练形体，随即打了一个激灵，她这是被虐出惯性了吗？偷点闲还不自在了。

叶言言拿着平板电脑开始刷天涯论坛，输入“梁洲”和“苏晓媛”，很快就找到了八卦的帖子。今年下半年柯尘影视和宏成影视合资敲定了一部大热 IP——《时光之旅》，这原是几年前国内某小说网站上连载的小说，红极一时，叶言言大一那年也曾追过一阵。小说的电视与电影版权都被宏成影视拿下，作为宏成的当家影帝，梁洲出演男主角是板上钉钉的。女主角方面却有些波折，韩菲、苏晓媛都是候选人。因为韩菲与梁洲一样隶属于宏成，宏成已经出了一个男主角，女主角自然要让给同样出资的柯尘，最后就落到了苏晓媛手里。

叶言言翻着论坛，发现很多人都更看好韩菲，虽然苏晓媛有过大荧屏作品，但是从公论来说，她的演技不如韩菲。

苏晓媛与韩菲属于同一年龄段的女星，名气又不相上下，这种资源上的抢夺不可避免，苏晓媛的粉丝叫作“肉圆”，在网上与韩菲的粉丝“飞碟”经常死掐，一副水与火不相容的架势。

论坛后面几十页楼层几乎全是两帮粉丝的掐架，叶言言看得起腻，关闭之后在论坛里闲逛，又看到其他几篇关于梁洲的帖子。有一篇将梁洲生平作品全部图解的帖子，闪烁着“精”与火焰符号，她点击进去。

说起梁洲，现在已经当仁不让是娱乐圈的超一线明星，他十八岁出道，十五年来收获了大大小小的奖项无数。其中就有华语三座金奖的大满贯。新闻里提及他，最常用的形容词就是最年轻的大满贯影帝。

叶言言对他当然不陌生，从初中开始就是看着他的电视剧长大的，那时梁影帝也才二十出头，接连拍了好几部武侠剧，真真是剑眉星目，直鼻菱唇，浑身散发着男性荷尔蒙的气息，电视机前无论是青春少女，还是中年大妈，没有不被迷倒的。叶言言也毫不例外，青春期不知道YY了他多少遍。

论坛里有人提到，梁洲早已经拿过华语电影各项大奖，现在就等着在威尼斯或者柏林揽回奖项了，怎么现在反而回头拍起电视剧了？底下有人回答，宏成在影视公司中是后起之秀，梁洲这些年除了在演艺事业上取得成功，还进行了大量的投资，目前是宏成的第一大股东，已经算得上是实际掌权者。与其他量级影视公司相比，宏成的根基有点薄弱，有人分析说，梁影帝回来拍电视剧，应该是为宏成影视敲定根基，再带一批后起之秀出来，这样才能安心做老板，也符合公司两年内上市的计划。

啧啧，男神是人生赢家啊！叶言言感叹，已经有了那样的样貌，居然还有这样的事业。谁说上帝关了你一道门会开扇窗的，分明是上帝给别人开窗开门的同时，还不小心夹了你的脑袋。

在论坛的角落里还有一篇冷清的帖子，说的是上周梁洲的经纪人出车祸变成植物人的消息。因为不是艺人本身，关注的人不多，但其中也有人提到，梁洲的经纪人是他的同窗，两人一起出来打拼，梁洲在台前，经纪人在台后处理相关事务，可以说是梁洲的左膀右臂。他出车祸，对梁洲影响巨大。

又翻了几页娱乐八卦，叶言言看得津津有味。眼前忽然暗了一小块，她抬头，布偶站在沙发扶手上，直愣愣地看着她。

“怎么了？”

“明年的这部戏，你必须要上。”

叶言言低头看看它的脚，正点在置顶的《时光之旅》帖子上，一瞬间脑子有些死机。

她冷静地问：“你是开玩笑的吧？”

布偶斜睨她，表情有些不屑，包含很多含义，其中就有一条“老子什么时候开过玩笑”。

“不科学啊，”叶言言感觉脑仁有些疼，“这是想上就能上的吗？”

“宏成影视成立时间短，手下艺人不多，明年这部戏一定会对外进行角色征选。到时候你可以去参加。”

征选？梁洲？和梁洲一起拍电视剧？叶言言脑中仿佛受到巨浪冲击，一时间有点蒙，嘴里念叨：“这怎么可能？”

“有什么不可能？”布偶说，“我看你还没明白，所谓娱乐圈，就是一场资源抢夺战，在你坐稳一线的位置之前，所有的曝光、出镜、角色，都是要自己去争取的。所谓没有硝烟的战争，就是说这里。”

“不是啊，”叶言言着急，“你说想要成功，必须要有天赋，这个我有吗？我没学过专业课程……”

布偶往电脑台上堆积的书本看过去：“最近不是在给你补吗？”

“那也行？”

“你以为影视学院的人不逃课不挂科？”布偶冷笑一声，“但凡你用点心，在这几个月里好好学，说不定就能赶上他们。再说不是科班出身的明星多了去了，不差你一个。“

叶言言觉得自己真是个凡人，明明它说的那么有道理，她脑子里却仍然有一处在纠结着，就好像那个世界不容她随意踏入。

“我看你这人，除了有强迫症，还有点选择性障碍。”布偶说，“你怕什么，天赋？演戏这种事，你们女人不是天生就会嘛。”

叶言言无语，看了它好一会儿，才又开口说：“你为什么心心念念一定要我成为明星？那样做对你有什么好处？”

她的表情认真而诚挚，双目明亮。布偶看着她，第一次先挪开视线：“有些事多说无益，我生前有很重要的事没有做，现在唯一的办法，就是你进入这个圈子，成为明星才可以。”

“要走到哪一步才行？”叶言言试探。

布偶用脚点到论坛上刚才翻过的帖子：“胜过韩菲。”

什么！叶言言的血压一下子飙升。

圣诞之后是元旦，过了大半个月春节又来了，叶言言几次出门采购，感觉街上已带上浓郁的年味。她给家里打了电话，说不回去过年了，理由是今年刚参加工作，假期才七天，来回奔波太累。爸妈很体谅她，嘱咐她好好工作，顺便可以留意一下身边的优秀青年。

挂了电话，叶言言心情有些复杂，她爸妈都是普通工薪阶层，一生都是本本分分的，从小就教育她脚踏实地，一步一脚印。现在如果让他们知道她丢了工作，还一门心思要进娱乐圈，叶爸爸非得高血压不可。

不知道哪一条人生的道路才是正确的。叶言言有些迷茫，她从小就是听话的孩子，叛逆期都糊里糊涂地过了，原先对人生的理解，不过是找份好工作嫁个小有出息的男青年，平平顺顺、和和美美地过一生。

现在好像一切都乱套了，可这种乱又像是人生中意外的一笔，她竟并不排斥。

也许在每个人的心里，都希望自己不平凡。

叶言言对着镜子笑了一下，布偶要求是妩媚，她练习好多次了，眼角要微微倾斜上挑，却又不能过分轻佻，含而不露，似语非语，所有话都写在眼睛里。

镜子里的女孩瘦了一圈，脸蛋褪去了圆润，多了一些说不清道不明的东西。

小年夜那天，卫生巾广告正式上线，叶言言坐在电视机前等了许久，终于看到了舒爽的广告。短短二十秒的广告，扫到她的镜头不到八秒时间，其中一个镜头就是她递上卫生巾的特写——在屏幕上看到自己的脸出现的一刹那，叶言言呼吸一顿，心里仿佛有花朵乍然开放，于无声处迸发出沉默而巨大的力量。

也许这世上每一个女孩，心中都曾有过同一个梦想，希望自己成为公主，能够美丽、高贵、坦然地接受众人欣羡的目光。这种梦想通常会被现实所磨砺，渐渐消失，沉入心底最深处，现实沉甸甸地压着脊梁，连偶尔梦想的力气都消失殆尽，终于失去寻梦的方向。

电视上的那张脸，是有些陌生的，是她，又不像她，透过屏幕，她就像是重新认识了一遍自己。

叶言言亢奋又感动，不知不觉攥紧了拳头。

“有什么好激动的？”布偶翻身从沙发上坐起，“扰了老子的清梦。”

叶言言犹自兴奋：“第一次在电视上看到我，感觉真不一样。”

“看到电视上你那张圆脸了？”

“……”这挖苦泼冷水的技能一点没有冷却啊。

“现在电视大多是宽屏 16 ∶ 9 的比例，脸上有点肉上镜就会被拉宽。”它啧啧两声，“看看苏晓媛，再看看你，找出差距没？”

又等了一集，轮到广告，叶言言这次看得更冷静，发现布偶的话很有道理。

“我比她胖那么多？”摸摸自己的脸，她有些沮丧，“不至于啊……”

布偶哼唧一声：“你差远了。”

叶言言反驳无能，叹了口气。

“没找准机位，眼神对错地方，错过了镜头最佳时机，出来的效果就相差很大，这些你有的学了。”

它点拨完，好一会儿没有听到叶言言抱怨，转过脸一看，她正看着屏幕思索。它跷着腿往沙发深处一靠，闭上眼假寐，不知想到了什么，神色中有一丝凝重。

过年休息没几天，叶言言又投入到繁忙的课程中，这次她学得用心，埋头苦读心无旁骛，不比之前赶鸭子上架，学习进度产生了质的变化。布偶却有一些心不在焉，叶言言问了几次它都岔开话题。

这天叶言言接到广告化妆师 Hellen 的电话。说起来两人会有联系，还是因为舒爽广告。拍摄那天，结束镜头之后四人把睡衣换下来，苏晓媛等三人将衣服往衣架上一扔了事。叶言言看着凌乱的衣架异常纠结，心里真可谓天人交战，最终抵抗不住身体的本能，把衣服一件件挂整齐，按颜色由浅入深。被 Hellen 看到，她乐不可支：“哎，你处女座吧？”

两人交流了几句，互加了微信。

除夕和广告播出当天，Hellen 也发了道喜的信息，一来一去，两人又聊了不少。

这次 Hellen 打电话来是推荐一个广告机会："是个饮料广告，原先定的那个美女，年前捞到一个电视小角色，和剧组签了合同，正好和广告撞期了，她出不来，广告商这边等急了只好换人。时间仓促，来不及征选，都让内部推荐，这是个机会，你要不要试试？"

叶言言有些心动，朝布偶看去，它点头，她就应了下来。

这次去摄影棚已经算得上熟门熟路了，广告公司内部推荐的人有八个，饮料公司来的是地区经理和公关，对八人的审核并不严，只是让人在镜头前走一圈，说广告词。最后确定中选的是叶言言和另一个短发活泼的女孩。

拍摄用了两天，其中一天是外景，绕着河岸跑了五六遍，才算拍完。

饮料公司财大气粗，结算薪酬也特别爽快，叶言言看着手机银行短信有些感慨，抵得上她之前小半年的薪水了。她心里默默盘算要好好感谢 Hellen，请她吃顿好的。还在犹豫地方，Hellen 就先打电话来了

"叶美女，快来 KK club，穿漂亮点。"

KK club 在江城最繁华路段，叶言言也只是听闻过而已。既然 Hellen 特地嘱咐，她就化了个淡妆，穿一条红色及膝小礼裙，那还是为了大学毕业晚会采办的，没有品牌，胜在材质上层，款式大方。外面罩长黑羊绒束腰羊绒大衣，系上腰带，整个人显得修长挺拔，纤腰楚楚。见她这样装扮，布偶难得露出赞赏的表情。

叶言言打车到了惠江大厦楼下，接到微信通知的 Hllen 在大门口等着，见到她眼前一亮："叶子，可以啊，比广告里还漂亮。"

叶言言有些害羞，平时很少这样装扮，几乎全身每一处都用了心思。她笑着问："叫我来做什么呀？"

Hellen拉着她进了电梯，内部装饰如此豪华的电梯叶言言还是头一次见，不禁愣了一下。

"你不是打算要拍戏嘛，这两天我和几个老朋友聚头，其中一个跟着好几个古装剧组跑过，有些门道，我和他提过你，正巧今天他也在，所以叫你过来让他掌掌眼。"

"跟了好几个古装剧组？他是做什么的？"

"也是化妆师，我认识的不就这个圈子的嘛。"Hellen说，"去年那部什么《唐宫传奇》你看过没，他就是主要造型设计兼化妆师之一。"

叶言言当然知道，《唐宫传奇》是跨年大戏，虽然故事情节严重偏离历史，但是胜在演员漂亮，服装精美，展现了整个大唐盛世，火了近半年，尤其是里面演员的造型及服饰，在微博上刮起一阵又一阵的古风热。

"你酒量好不好？等会儿千万不要扫兴，陪着文哥喝两杯。"Hellen叮嘱。

叶言言心里咯噔一下，呆呆地看着她，这不是传说中的那个吧？

Hellen没听到她回应，再看她的脸色，笑了出来："你想什么呢？脸色都白了，现在讲究社会主义核心价值观，收起你低俗的想法。"

叶言言松了口气，等见到文哥，她立刻明白Hellen的意思了。

KK club在二十四楼，入口有一条长形的鱼缸，足有十七八米的长度，几十条黑鳍在其中游弋。中央悬挂着巨型的水晶吊灯，晕黄的灯光打在上面，星星点点，折射出梦幻般的色彩。整个室内设计融合中西文化，曼哈顿城市风格碎石墙面，印度尼西亚的屏风。舞池台极大，此刻灯光暗淡，Hellen 带着她走到金属珠帘后，才看到七八个男男女女坐在一桌。

“文哥，”Hellen 对着座位中间的男人招呼，“这就是我和你说过的叶子。”

“嘿，真是美女。”文哥招招手，“来，一起热闹热闹。”

叶言言几乎第一眼就判断出他是个 Gay。Hellen 拉着她坐到文哥身边，离近了看，文哥皮肤细腻不输女人，还画着眼线，她顿时就安心了。

文哥也仔细打量了她一眼，笑着说：“硬件条件完全 OK 啊。”

叶言言脱下大衣，喊“文哥”，Hellen 在一旁笑着说：“文哥要是有机会，给她指点指点。”

文哥眼角一掀，笑得极有情调：“你的朋友当然就是我的朋友。”

这样一句似是而非的话，叶言言也听出其中敷衍的意思，她还从未遇到过这种场面，摸了摸挎包，转过脸朝 Hellen 看去，Hellen 朝她眨眨眼，示意她安心等待。

有 Hellen 这个认识的人在，叶言言很快认识了一桌的人，在座的都是资深化妆师，游走于广告界与时尚界，个个眼光毒辣，品位专业。有两个自叶言言进来后就极为热情，几次劝酒，都被 Hellen 挡下：“叶子是我朋友，别闹啊。”

文哥在化妆师里地位崇高，听身边人吹捧显然也不在意。就在众人有一口没一口喝着聊着的时候，忽然有人说了句：“沛东来了。”

叶言言感觉一直靠在沙发垫里的文哥一下子坐直了身体，问：“人呢？”

马上有人接口：“这个位置太里面了，我去门口接他。”

叶言言朝 Hellen 使眼色，询问“沛东”是谁，Hellen 比她更茫然，问身边一个人：“谁啊这是？”

那人朝文哥方向努努嘴，一副讳莫如深的样子：“等会儿见了就知道了。”

去接的人很快带着人回来了。室内灯光柔和而暗淡，人影离得稍远就有朦胧感。当那个叫沛东的人走近的时候，却骤然让这个空间有明亮的感觉。

他头发很短，露出光洁的额头，鼻梁又挺又直，嘴唇略薄，微微勾起一个弧度，至于他的眼睛，大概是叶言言在电视荧屏以外第一次见到的桃花眼，睫毛纤长，眼睛明亮，微笑的时候眼尾略微上翘，颇有引人入胜的味道。

不过他也太年轻了吧，男人？还是男孩？

一群人招呼他坐到文哥身边，叶言言往旁边让了一个位置。他对着她笑了一下：“谢谢，美女。”

声音清脆，果然还年轻。

文哥拍了拍他的肩：“今天晚上怎么想到来玩了？”

“反正也没什么事。”他和别人明里暗里捧着文哥不同，说话相当随意。

“出来好，多见见世面，机会也多。”文哥笑着说。

他笑了一声，不知说了句什么，舞池里音乐突然响起，震耳欲聋，谁也没听见。

周围一暗，中央灯光闪动，如一条不可捉摸的鱼，在这个纸醉金迷的世界里游荡，音乐声响动，震得桌椅都微微颤动。叶言言有些不适，拿起桌上的酒杯喝了一口，余光打量到，文哥一只手搭在那个叫沛东的男孩子的肩上，两人贴近不知道说了什么，文哥高兴地笑个不停。

他们是一对？叶言言感觉有些惊悚，文哥看起来起码有三十五岁了，这男孩不知道有没有二十岁。

Hellen 掐了她一把，凑到她耳边说：“亏你还要做演员呢，想法都挂脸上了，别得罪文哥啊。”

叶言言踌躇：“他……这男孩成年了吗？”

音乐太吵，Hellen 没听清，叶言言只好重复一遍。

“你管他呢？又不是你弟弟。”

叶言言并不反对同性恋，可亲眼看到这样一对老少配，尤其这男孩还那么年轻，心里怪别扭的，只好不去看旁边，默默喝一口酒。

肩膀上忽然被人拍了拍。

她转过脸，男孩帅气的脸就在旁边。

“美女，你喝的是我的酒。”

叶言言瞬间涨红了脸，放下酒杯推过去，想想觉得不对：“我帮你再叫一杯吧。”

“不用。”他伸手拿过酒杯，不可避免地碰到叶言言的手，她猛然一缩。

男孩的眼睛看过来，瞳仁乌黑。他似乎眯了一下眼睛，开口说：“我叫顾沛东，美女怎么称呼？”

“我叫叶言言，你可以叫我叶子。”

顾沛东手握玻璃酒杯，低声念“叶言言”，音乐声那么嘈杂，叶言言不敢肯定是不是听到了他的声音，仅仅看着他的口型，感觉气氛有一丝难以言喻的微妙。桌上有一大半的人进了舞池，文哥也离开座位。叶言言感觉心脏都被音乐带着急跳，扭头要找 Hellen。

顾沛东忽然把脸凑近，几乎贴着她的耳朵说："我已经成年了，"他顿了一下，声音像含在喉咙里，"嗯？叶言言。"

那声音似乎带着浓烈的酒味，无端让人眩晕，她吓了一跳，身体猛然往后倾，表情露出一些紧张。

顾沛东笑笑，一手插在兜里，倚在靠垫上，姿态闲适而慵懒。他的目光划过舞池，动感的音乐声里灯光飞快晃动，人群疯狂扭动，形成一幅凌乱而斑斓的画面。

这男孩不得了，叶言言惊叹，不敢小看他的年纪，有意识往旁边挪了挪位置。没一会儿 Hellen 过来，要拉着她进舞池，她吓得直摆手："不行不行，我不会跳。"

"跟着拍子摆就行，今天穿这么漂亮，干坐着多浪费。" Hellen 说。

"我从小就五音不全，抓不住拍子，一紧张还容易同手同脚，还是不去丢人了。"

Hellen 笑个不停："这里谁认识谁啊？丢人怕什么。"

叶言言看她脸色酡红有些醉意，一本正经地糊弄："你看那么多外国人，丢人事小，给国家抹黑不行，下次，下次我们挑个都是中国人的地方再跳啊。"

旁边有人笑出声来，听到那个声音，叶言言头皮都跟着发麻。Hellen 没有注意到，一摇一摆又慢慢回到舞池里。

“你头一次来？”顾沛东问。

叶言言不看他，嗯了一声，低下头找准自己那杯酒，拿起来抿了一口，转头专注地看着舞池。

“你不是化妆师吧？”他又问。

她蹙了一下眉头，没有说话。

“看起来像学生，”他虽然是问句，口气却很肯定，“有事求文哥帮忙？”

“你才是学生吧？”叶言言开口，“怎么跑到这种地方来了。”

“这种地方，哪种地方？”他掀起唇笑，听着诚挚的声音里偏偏带着一些轻佻，目光直直地看着叶言言，“只许你州官放火啊？”

叶言言抿了抿嘴：“我不是这个意思。”

“看来你还真不是常客，”他慢吞吞地说，嘴唇间吐出的酒气让空气都潮热了几分，“不过嘛，要是真有事想求文哥……”

他拖长了声音，有意吊胃口，叶言言朝他看去。

他上下打量她一圈，目光直接不闪避：“凭你不行。”

叶言言沉默，过了一会儿没憋住，问：“为什么不行？”

顾沛东笑，年轻而飞扬：“要么有钱，要么你是男人，你符合哪点？”

她一噎，斜他一眼，转过脸。

顾沛东笑笑不以为意。

没一会儿文哥跳完舞回来了，额上起了薄薄的汗，对叶言言客气地招呼了一声，随即对顾沛东说：“走，烧根烟去。”

顾沛东挑眉，站起身跟着走了。

等他一走，叶言言感觉轻松好多，不知道为什么，这男孩似乎能无端让人感到紧张。她拿出手机看了一眼，已经是十二点了，这里却像被时间所遗忘，舞池中央人越来越多，几个身材火辣的洋妞跳得格外性感，不少人开始吹口哨起哄，场面极度热闹。

叶言言上了个厕所，洗手时发现自己脸颊通红，用冷水拍了拍，感觉舒服许多。出来的时候意外发现 Club 设计精巧，在吧台后面还有一道楼梯，她好奇地走上去，上面是一个近百平方米的天台，可以三百六十度观望江城的景色。黑沉沉的夜色里，灯火通明的街道，霓虹闪烁的招牌，还有川流不息的车流都变成了鲜亮的景色，令人沉醉。

她眺望远处，直到身体发冷才从楼梯口回去。

路过吸烟区的时候，她一眼看到顾沛东和文哥，文哥腹部微凸，顾沛东身材瘦长，靠在一侧墙上，懒洋洋的。

两人因为角度都没有看见她。她犹豫是否要招呼他们，走近时就听到文哥说："你喜欢那姑娘？"

"哪个？"

"装什么傻啊，刚才坐着不是一起说话呢？"

叶言言心想，这不是说我吧？这下不好再去打招呼了，悄悄撤退。

忽然听到顾沛东不正经的声音传来："别开玩笑了，那种良家妇女，谁敢惹？"

叶言言僵住，文哥已经笑出了声。

什么时候良家妇女还成贬义词了？叶言言恶狠狠地回头，却看见顾沛东靠着镶嵌着玻璃的墙面，镜面上反射出他的脸，正对着她看过来的方向，露出一个大大的微笑。

她一口气未出，反而堵了回来。想来想去，只觉得这男孩性格着实恶劣，以捉弄人、看别人犯尴尬症为乐。

叶言言气鼓鼓地回到座位，好几人都回来了，Hellen 也在，坐在那里猛灌水。

有三人正打算回去，还有几人等文哥一起。Hellen 悄声问她打算，她想了一下也表示想回去。

Hellen 恨铁不成钢：“来都来了，你急着走干吗？等文哥一起啊，他年后就要进剧组了，不套近乎就没机会了。”

叶言言叹气：“就说两句话，怎么套近乎啊？总不能我直接就说，请您看看有什么角色可以内部推荐我一下。”

“哎，你这个傻妞，该敲的边鼓我都敲好了，你不用这么直接的，只要稍稍示好，他就知道你的意思。”Hellen 凑到她的耳边，悄悄说了一句话。

叶言言蓦然瞪大眼，因为 Hellen 说的是：今天你埋单。

文哥和顾沛东很快回来了，几人坐一起喝了一阵酒，这期间还有两个漂亮的姑娘凑来一起热闹。

叶言言多少有些心不在焉，一肚子愁肠百结，看着一桌子空酒杯酒瓶，心里直哆嗦。

过了凌晨两点，文哥才算玩得尽兴，宣布结账。叶言言抢在众人之前掏出卡，众人见她请客意图这么坚定不移、百折不挠，纷纷把机会让给了她。

服务员递上小票，叶言言瞟了一眼，眼角狠狠一跳，心跳加速。

抵以前两个月工资。

喝的不是酒，是她的血汗啊。

她心里在盘算接下来几个月的吃喝拉撒，脸上却是一派豪气干云。

文哥夸奖了一句："叶子爽快啊。"

所有人都喝了酒，只能叫车回家。众人热情道别，看样子已经把叶言言当成了老友。

一连几辆出租车载人离开，剩下叶言言在夜风中等车，她拿出手机，看着银行消费提示短信，感觉一阵阵肉疼。

"这还只是小头，文哥不会因为这顿酒，就轻易把机会介绍给你。"忽然有人说。

叶言言看过去，顾沛东一手夹着烟，身穿一件黑色棉夹克，就站在她身后三步远的地方，帅气的眉眼间露出些许疲惫之色，但他的眼睛很亮，看着她淡淡地说："那人精着呢，你要给他点实惠才行。"

"什么实惠？"

"钱啊，还有什么比钱实惠。"顾沛东在夜色中表情似笑非笑，随即又说，"就你这眼力，还想拍戏当演员？"

叶言言没想到他竟然知道内情，微微尴尬，脸朝着马路中间，希望空车赶紧来。

车来了，顾沛东先坐了进去，挑眼看她："一起？"

"慢走不送！"叶言言说。

顾沛东坐在车里，打开车窗："叶言言，有没有钱？先帮我把车费结了。"

"没钱。"

“好吧，那我电话问问文哥。”他说着掏出手机。

唰——叶言言飞速递上一张毛爷爷。

顾沛东桃花眼对着她笑：“谢啦。”

叶言言：“……”

人穷志短——叶言言对此有了深刻体会，她初出社会，还从未试过一晚上如此豪气过，接连好几天都觉得牙酸肉疼的，以致于她都没有去和 Hellen 打听文哥的意思。

布偶瞧不上她的穷酸样：“七千块钱也至于让你长吁短叹这么久？”

“你一个不吃不喝、没有物质需求的人，怎么能理解我的痛苦。”

布偶身体一僵。

叶言言也反应过来，偷偷瞥它一眼，表情讪讪的，想要说什么缓和一下。

“你说得对，”布偶冷冷地说，“继续没有收入，我不吃不喝没什么关系，不知道某些人扛不扛得住。”

要不要这样犀利，叶言言泪目。挣扎了许久，她拿起手机给 Hellen 发微信探听消息，不能让七千块钱消失得那么没有意义。

Hellen 过了好一会儿才回消息，叶言言看着手机屏幕，皱眉沉默。

布偶打定主意晾她半天让她反思，看她愁眉苦脸地发呆，转过脸去看电视。是这两年人气始终很旺的一个综艺节目，明星不计形象只为博君一笑，它看得也有几分轻松。半个小时过去了，叶言言心不在焉，时不时看一眼手机，想回复又犹豫的样子。

布偶早就注意到了，瞟了几次，心头无名火起，一把抢过她的手机，查看微信。

Hellen的对话框里写着：我打听过了，文哥这次合作的剧组是大制作，导演、演员都是大咖级别，不知道有多少艺校、影视学院的人来托关系，文哥和副导有些交情，但你不是演艺专业，又不具知名度，他推荐会担很大风险。叶子，文哥这里没给确切答复，要不你还是再等等，我帮你留意看有没有广告机会。

布偶表情不变，问她："你怎么看？"

"没希望了。"叶言言脸色沮丧，"等其他机会吧。"

布偶斜她一眼，极其不屑，在手机屏幕上打字：文哥要多少？

叶言言看见了，大吃一惊，伸手抢回手机，手忙脚乱要撤回，Hellen的回复已经来了：文哥说，一般推荐都是五万，这次制作不一样，看在朋友的分上，就八万吧。

额滴肾啊！

"怎么不去抢。"叶言言惊叫，手机差点滑出去。

布偶皱起眉头。

手机震动，又一条消息进来：至少是三四线的角色，有情节有台词。文哥这里就是做个引荐，能不能让导演看中得靠自己，不成功退五万，就当交个朋友。

"……"叶言言丧失语言功能，这算什么，难道还带好评返现？

布偶拍开她的手，拿着手机回复：让我考虑两天。

Hellen发了个微信名片过来，然后说：这是文哥的微信，你要是考虑好了就直接联系他吧。

布偶放下手机，叶言言还呆呆的，它开口："这是个不错的机会。"

“不行不行，”现在一提钱，叶言言就觉得气虚胸闷，血液不畅，恶狠狠地扔话，“If you want money, I have no. If you want life, I have one.”要钱没有，要命一条！

布偶：“……”好半天它才凉凉地说，“英语真不错，以后也不至于混得没饭吃。”

这一天叶言言都没有办法沉下心来学习，特别是看到数字反射性就能想到八万，继而产生胸闷气短的症状。

布偶与平时一样，没有其他情绪，指点她形体发音依旧严厉，有错必罚，磨蹭到晚上七点才完成了当日课程。

她吃着几根青菜，上网游荡，逛到了关于《时光之旅》的帖子，有人说“可能涉及敏感题材，审核不过关，《时光之旅》启动工作延期”，也有人说“梁洲得力干将车祸昏迷，宏成影视多处受阻”。

叶言言有些吃惊，看向布偶，正巧它也看过来，被逮了个正着，她立刻心虚地低头。

“我有事和你说。”布偶说。

叶言言点头：“我也是。”

“那你先说吧。”

她把电脑屏幕转向它，指指上面：“你说的那部戏好像要延期了。”

布偶一点都不意外的样子，只沉思了一下，说：“也没什么奇怪的。这部戏的题材少见，在国产电视剧里算得上绝无仅有，要通过广电总局的审核得费些工夫。”

叶言言哦了一声，声音有点蔫蔫的，其实她更想问，以后该怎么办。

布偶的手轻轻敲击着茶几桌面，绵绵的没有一点声音，却让人有些紧张。

它声音沉稳地开口："那八万块钱，我出吧。"

叶言言愣了一下，还以为耳朵出现了什么问题："什么？"

布偶直视她。

"八、八万你来出？"叶言言声音颤抖，八万，不是八千，更不是八百，不要说得这么轻松好不好，就好像在说"明天早饭我请了"一样。她怀揣着一颗穷人的心，手心里起了一层汗："这怎么行？"

"让你辞职，去尝试演员的人是我，这点钱应该我来出。"布偶说。

"可是……"叶言言挣扎。

"况且你连八千都没有，让你拿这钱还真是为难你了。"它淡淡地说，语气里没有一点讥诮的成分。

叶言言脸皮薄，一下脸红了，深呼吸一口气，默默在心里告诉自己，给钱的是大爷。

第二天布偶就提议去以前的住处拿钱，叶言言有些傻眼，弱弱地问："你可以网银转账啊。"

"不行，会被发现的。"

上门就不会被发现？这什么逻辑？叶言言腹诽。

"这是我其中一个住处，平时没有什么人去，小区管得也没有那么严，不会有人发觉的。"它看穿了她的心思。

叶言言背着包照着他给的地址找去——永盛花苑，这在江城市也是小有名气，绿化覆盖率高，地段闹中取静。在居民楼下，叶言言用密码打开邮箱，拿出布偶说的房门钥匙，心里却在打鼓，各种念头往外冒。

“这不算偷窃吧，如果被抓了，我怎么解释啊？”

布偶在背包里敲了她一下：“我平时也很少来这里休息，不会有人知道，别啰唆，快上去。”

永盛花苑是个老式小区，房子都是多层结构，地址在三楼，叶言言心情极其复杂，一边苦苦思索法律问题，一边用钥匙开锁，门咔一声打开的时候，她心想，完了完了，这回彻底走上不归路了。

一辆黑色埃尔法缓缓停在楼下，车门打开，下来的男人身材高大挺拔，穿得比较休闲，黑色圆领毛衣外罩着灰色毛呢大衣，气质内敛却格外夺目。他站在楼外看了一眼门牌号码，沉思着。

“梁总，”坐在车里的人说，“我陪您一起上去吧。”

“不用，”他的声音低沉醇厚，“他这里很少让人来，我上去一下就下来。”

看着男人进了大门，埃尔法关上车门，司机小周抬头在后视镜看了一眼，好奇地问：“李哥，这是哪里？梁总来这里做什么？”

被称为李哥的人已经年过四十，长相普通，他微微叹口气：“这是旭晖的房子。”

小周马上闭上嘴，公司上下都知道，梁总的得力助手沈旭晖因为车祸变成了植物人，提起他，公司高层尤其是梁总，都会心情不好。

叶言言进屋的时候情不自禁地蹑手蹑脚，布偶极其鄙视，看着再熟悉不过的环境，以及书桌上面凌乱摆放的各类计划书和剧本，还有喝剩下一半的咖啡、窗台上的仙人球，离开几个月，却已经有恍如隔世的感觉。

它站在门口，不敢动弹。

“你家格局真奇怪，怎么把客厅和书房打通的？”

“用书房的时间多，这样方便。”

它的声音与平时有些不同，叶言言低头看它，想了想说：“你之前说失忆是不是骗我的呀？”

布偶收起那些有的没的念头，没好气地说：“谁给你这种自信的，你是有钱还是有钱，值得我骗？”

呃……现在还是到它家来拿钱，她无言以对，哼了一声说：“失忆你还记得以前的家？”

它瞥她一眼：“后来想起来的。”

房间里积了厚厚一层灰，叶言言有种无处下脚的感觉，先打开窗帘和窗户透气，再回头打量凌乱的书桌和客厅里摆放随意的桌椅，她眼角抽动，身上那种难受劲又上来了。

“停，”布偶一看就知道她的强迫症又要犯了，往她脚上一踩，提醒道，“先把笔记本拿走。”

叶言言抽了小半包纸巾，把笔记本擦得干干净净，电源鼠标一起收拾放进背包。书桌是实木的，厚重而气派，上面堆放的文件资料只能用惨不忍睹来形容。她控制目光不要往那堆文件山看，布偶却无所顾忌，跳上台面，拿起文件一个个看，积了灰的就往旁边拍一拍，惹得叶言言怒视着它。

她的目光扫到书桌上的相框，因为积了灰，看不清上面的图像。叶言言好奇心猛然大增。相处了几个月，布偶闭口不提过去，她突然强烈地想要知道，它之前到底是什么人。

趁着它没注意，她飞快拿纸巾把相框擦干净，然后惊呼：“梁洲！”立刻又叫，“韩菲！”

相片上是两男一女，其中居然有两人叶言言都认识，影帝梁洲与当红女星韩菲，剩下一个是个气质极其阳光的年轻男子，五官端正而帅气。照片上三人都笑得很开心，韩菲居中，脸上还有一些婴儿肥，看起来远比现在屏幕上显得青涩，梁洲样貌变化不大，但是他自从掌舵宏成影视，对外形象变得沉稳内敛，照片上笑得如此肆意的样子，只能从早期的影视作品里去找了。

布偶倏地转过头，看她拿着相框，骤然愤怒，脸上疤痕扭动：“你干什么？”

叶言言惊到，手一松，相框砸在书桌上，幸好是金属的，并没有损坏，然而巨大的声音，就像在两人之间划出了沟壑。

它的表情狰狞而可怕。

叶言言结结巴巴地解释：“我……我不是有意的，就是好奇。”就连第一次遇到算在内，也没有见过它如此凶狠的样子，她心里蓦然涌起委屈，难以控制地红了眼框，垂下眼。

偌大的客厅里，只能听到她轻轻浅浅的呼吸声。

布偶粗喘了几口气，看着相框，心情平静了许多，再看看她像犯错孩子一样站着，心里无端就软了软。它轻咳了一声：“这是以前的照片了。”

“对不起。”叶言言轻声说。

它转过身继续搜索文件，想了想，又转回来看着她，说：“其实也没什么，他们两个我都认识。”

照片上那个阳光帅气的青年是它，叶言言说不上心里是什么滋味，看着它上下翻腾文件。

布偶也有些别扭，停下动作，仔细思考了一下。自从它想起过去，知道了处境，就极其厌恶和自己的过去接触，在看到叶言言拿着相框的那一刹那，那些不愿去回想的过去似乎也被撕开了，所以它格外愤怒，甚至控制不住情绪。

它回头看她，她站在书桌旁，阳光就笼罩在身后，唇红齿白，眉清目秀，因为刚才的冒失，现在有些无措。它不禁长长叹了口气。相处这么久，这女孩什么性子它是最了解的，现在也为刚才突如其来的怒火感到些许后悔。

于是解释的话就脱口而出："梁洲是我的师兄，韩菲是大学时期认识的，那时候她还没出名。"

叶言言："哦。"

布偶揉了揉额角："你想问什么就问吧。"

她看看它，欲言又止。

"这次不问下次就别问了。"它撂话。

"你也是娱乐圈的？拍过戏吗？我好像没有看到过，是因为不出名吗？"

"……"它看着她，"我是搞幕后的。"

叶言言点点头，这么含糊，她又产生了无数个疑问，看着它无比挣扎。

这张脸实在太好懂了，布偶头疼，于是说："以后再说吧，今天先干正事。保险箱在电视柜下面，密码是××××××。"

叶言言打开保险箱，看了一眼，倒抽一口气，随即平复心跳，正常人哪会放这么多钱在家里啊，摆放的位置还这么随意！她看向它，得到首肯后，心抖手抖地拿起一沓沓现钞。

这个时候，大门响起了开锁的声音。

叶言言瞬间吓得魂飞天外，仓皇中朝布偶看去，就看见它动作飞快地躺倒，佯装成一只布偶。

这时门缓缓打开了。

叶言言首先看见了来人的脸，呼吸瞬间停顿。

梁洲！

如果说在中国有不认识他的人，恐怕只剩下盲人了。

梁洲出道早，那时候叶言言才刚入小学，他身材挺拔，容貌俊美，第一次出现在电视上就担任了一部武侠剧的主角，电视播完，他已经是风靡万千少女的人物。七八岁的孩子，对美丑刚刚建立初步的概念，叶言言家里管得严，因为开始读书，看电视时间被限制，只要看到电视里梁洲出来，她就能兴奋上半天。

而此时此刻，这样的场景下遇到，她脑中一片空白，突然蒙住了。

梁洲显然也是一愣，他皱起眉，大步急跨进来。

叶言言心怦怦乱跳，就跟上了弦一样："梁、梁……"

他一记手刀劈在她的手腕上，现钞落在地上，叶言言疼得惨叫一声，还来不及反应，膝关节已经被狠狠踩了一脚。她本来是蹲着的，一下跪倒在地上，手腕被大力捏住，折到身后，整个人被压得拱起来，眼泪飙了出来。

"你是打算自己去投案自首还是我让人送你去？"梁洲冷冷的声音在上方响起。

叶言言的脸贴着地面，正好对着布偶，它一动不动的。她四肢疼得已经不像是自己的了，不受控制地哭成了泪人。

“我不是小偷。”她喊。

梁洲冷笑了一声：“我让人送你去警察局吧。”他的声音低沉而迷人，说出这样的话显得别样冷酷。

叶言言吓出一身汗，急中生智地喊：“是真的，我知道你是他师兄，他在大学那会儿还认识了韩菲。你们三个是朋友。”

在她喊出那句之后，房中忽然安静下来，片刻过后，梁洲问：“你认识旭晖？”

布偶原来叫旭晖，叶言言在有限的空间拼命点头：“认识，认识。”

手腕和膝关节上压制的力量消失了，她想要站起来，四肢却疼得麻木，挪动一下反而手脚不协调地摔倒了，额头撞在地板上。

梁洲居高临下，看着她沉默不语。

啊啊啊啊，真是想死的心都有了。叶言言揉揉手脚，慢吞吞地以一种极其可笑的姿势站起来。她垂着头，根本不敢朝他看上一眼，轻轻说了一句：“我想上个厕所可以吗？”

梁洲的声音平缓而不带感情，提醒道：“这里是三楼。”

“我知道，”被一直默默喜欢的明星这样误会，叶言言的声音略微颤抖，“我不会逃走的。”

梁洲不置可否。

叶言言弯下腰，在他探究和怀疑的目光里，飞快拿起地上的背包和布偶，窜进卫生间，锁上门。

布偶立刻活动起来，跳上盥洗台，打开水龙头，水流哗哗地冲出来。

它再回头看看叶言言，她满脸泪水，鼻尖红红的，情绪低落又紧张，头发也乱成一团。

“别害怕。”它把声音控制在水流声下。

叶言言瞪着它，用眼神控诉：你不是说不会有人来的嘛。

“接下来你要冷静听我说，梁洲不好糊弄。他会盘问你和我的关系，你要一口咬定，你是我看中的新人，是我的女性朋友。这个地址和保险箱密码，都是我告诉你的。”它说着，从叶言言的背包里掏出笔和纸，在上面飞快写了一行字，然后签上名，拿给她，“给他看这个。”

叶言言扫过内容，一张大意为借款十万元的借条，落款：沈旭晖。

“梁洲是公众人物，不会把事情闹大，只要你让他确信你认识我，今天这关就过了。”他最后这样说。

叶言言离开卫生间前，用冷水洗了把脸，整理了一下头发，随即又唾弃自己有病，都被误会成小偷了，还注意什么形象。可那是梁洲啊，无论什么样的女人对着他，都不免会在意自己在他眼中的样子。

回到客厅，大门已经关上，客厅里甚至多了两把椅子，是从书房里拿出来的，梁洲坐在其中一把上。

要开始审讯了。

叶言言认命地走过去。趁机偷偷看一眼梁洲，他坐姿挺拔，双腿修长，一张脸轮廓分明，五官就和荧屏上一样，甚至更为生动，鼻子英挺，眼眸深邃，引人沉醉。

与荧屏形象有所不同的是，他此刻看起来不苟言笑，整个人显得冷峻异常。他注意到她，眼尾扫了过来，有种让人胆战的威严。叶言言感觉到刚才被利落打击的几个部位，似乎都开始有些发疼。

她忽然就想起一部香港电影，那是梁洲被导演力邀前去出演的角色，他演的是黑帮老大的一个儿子，穿着熨烫服帖的白衬衣和西装裤，鼻梁上架着一副金丝眼镜，在镜头前显得斯文又冷漠。为了让其他争权的兄弟放心，他的举止总是很克制，漫不经心里流露出一种禁欲的气息——电影前的女观众，都心心念念想上去扒了他的衣服。电影里他也确实扒了，和女主角还有一段血（令）脉（人）偾（发）张（指）的激情戏。

而最让她记忆犹新的，是电影的最后一个镜头，他终于打败其他兄弟，坐上了老大的位子，那一刹那，他露出一个微笑，安心、满意、放肆……

她没有真正追过星，但他是明星中最璀璨的那一个，她随便回想了一下，都能想起太多太多关于他的画面。

她情不自禁，又朝他看了一眼。

视线与他正面撞上。

他微抬下颌，示意："请坐。"

叶言言坐到他的对面，椅子只坐半边，正襟危坐，膝盖并拢，双手握着布偶放在膝上，这是它吩咐的，只要她说错了话，它就会在梁洲看不见的角度碰她一下。

梁洲徐徐道："刚才冒犯了，请你谅解，之前旭晖从未提过有这么一位朋友。"

他虽然说得客气，但是神情语气都偏冷淡。叶言言有些尴尬，说："没什么，刚才的样子的确容易误会。"

"还没有请教你的名字。"

"叶言言。"

"叶小姐，"大概意识到叶言言太过紧张，梁洲严肃的神色稍稍放缓，“你和旭晖在哪里认识的？”

叶言言把视线放在他的毛衣领子上，不敢往上抬，幸好这个问题在预料之中，她冷静地说：“是在 KK club 里认识的。”

梁洲挑了一下眉，沈旭晖逛夜店他不意外，但是眼前这个女孩，气质纯真干净，不像是混迹于夜场的人。不过他见识过的女人太多，心口不一、内在与外在反差巨大的不在少数，他说：“是在去年？”

“是的。”

“旭晖他很喜欢喝酒跳舞，叶小姐也喜欢跳舞？”梁洲神色柔和下来。

叶言言的膝盖忽然被触碰了一下，她一怔，立刻反应过来，蓦然出了一身冷汗，这句话居然是个陷阱。她摇头，轻声说：“我没见过他跳舞，就是有次遇上聊了几句认识的。”

梁洲脸上没有半点异色，继续问：“叶小姐是做什么的？”

“我……”叶言言心中的羞耻感噌噌噌地往上蹿，声音都跟着发虚，“我现在没有工作。”

“还在读书？”

“已经毕业了。”

梁洲点了点头：“我想冒昧地问一下，旭晖不在，你怎么会上门来？还是拿钱？”

这简直是暗示她这是偷盗行为了，叶言言抬起眼，对上他又黑又沉的眼眸，一望无尽处。她心跳如擂鼓，抿了抿唇：“我……我知道这样不好，但是我不知道他在哪里，这钱是他之前欠我的。所以我只好自己来拿了。”她心虚得有些脸红，把背包卸下来，掏出一张纸，双手递上去。

梁洲拿过来看了一眼，脸上露出诧异和震惊之色。他兴许是从没有信过叶言言的话，但是白纸黑字——上面的字迹，确实是沈旭晖的。他有个小习惯，把晖字的日写得滚圆，跟太阳一样。梁洲的手指慢慢抚过那个字，心情极为复杂。

叶言言见他看着借条就不说话了，忐忑不安，就怕他还怀疑，赶紧补充："上面叶言言就是我，真的，我带了身份证，给您看。"

说着就把身份证塞到梁洲的手里。他只瞟了一眼就还了回来，脸上露出一个清浅的笑容："看来之前真是误会了。"

这样近的距离，这种笑容的杀伤力简直惊人。叶言言瞬间忘记刚才的伤痛，连连摇头："没关系的。"

"不过旭晖做事向来谨慎，我还从来没有听说过他问谁借钱。看来叶小姐在他心中分量很不一样。"

叶言言尴尬地笑了笑，正要应下来，膝盖上又被碰了一下。

又是试探？

她还以为他都信了呢。真不愧是影帝，不动声色的，都让她放下戒心了。

你再这样，分分钟要逼着粉转黑啊，叶言言内心咆哮着。

"意外吧，那次……他正好没带钱。"她低声下气地回答。

"既然是旭晖答应的，你去拿吧。"

叶言言朝客厅看去，在她进卫生间的时候，钱已经被锁回了保险箱。当着巨星梁洲的面，要去做打开保险箱取现钞这种极端俗气的事，心里承受能力不是一般好——叶言言只能照做。

她用密码打开保险箱的时候，感觉到身后注视的目光。

“旭晖把密码告诉你了？叶小姐以前也来过这里吗？”梁洲随口问。

“大概，”她说，“他怕自己赖账，所以事先告诉我了。”

拿了十沓成捆的现金塞进包里，她庆幸不用再当着他的面干数钱的勾当。

梁洲忽然问：“叶小姐进来的时候有没有看到书桌上的笔记本？”

叶言言心里咯噔一下，布偶碰了碰她，她知道它的意思，厚着脸皮答：“没看到。”

她转过身，梁洲看着她，眼中闪过一丝探究，很快就被掩饰过去。他好整以暇地走到书桌前，手里翻着几份文件，一心两用，对叶言言说：“等会儿我送你回家吧。”

一般的粉丝听到这句非得晕过去，叶言言却只能理智拒绝。

“不用麻烦您了。”

“不麻烦，”他好整以暇地说，“你一个女孩子拿那么多现金，不安全。”

他平平淡淡的一句，就像有着熨帖心灵的魔力，叶言言心情很复杂，肠子都要挣扎得打结了，布偶适时给她暗示。

于是叶言言再次婉拒：“真的不用麻烦了，等会儿我叫车走。”

梁洲不再勉强，说了句：“注意安全。”

不得不说，一句话不同的人说有不同的效果，像梁洲这种级别的明星，随便说几句体贴的话，都能让人感激到心里去。叶言言就有这种感受。她偷瞄他一眼，嘴唇动了动，终于没忍住：“梁先生，您能给我签个名吗？我是您的粉丝，从小看着您的戏长大的。”

这样的话梁洲不知道听过多少遍了，他有风度地笑了笑，令人如沐春风，与刚才冷峻的样子判若两人。

“叶小姐这样说，我就感觉到老了。”他抽出书桌上一页空白A4纸，写上“To：叶言言”，然后签上大名。

叶言言心情激动，接过纸的时候还补充说：“不老不老，男人三十一枝花，您正是时候呢。

梁洲失笑，很快从文件堆里抽出一份，确定好之后随手一拿，然后说：“一起走吧。”

叶言言正要走，听到这句心漏跳两拍。今天真是走运了啊。

两人从楼梯拾级而下，他身材高大，她走在旁边压力巨大，抱着布偶都不能缓解这种紧张。

到了楼道口，叶言言把钥匙重新锁回信箱，在门口与梁洲告别：“梁先生，再见。”

梁洲摆了摆手，目光在她手上的布偶上转了一圈，朝停车的地方走去。

李哥下车迎上来：“梁总。”眼神却瞟向远处叶言言的背影，他是负责梁洲身边琐事的，问，“这女孩？”

梁洲面无表情，身上弥漫着凌厉的气息，坐到车里，慢慢开口说：“去查一查旭晖身边的女性，我觉得这个女孩很有问题。”

叶言言是晚上洗澡的时候才发现梁洲下手有多狠的。她的手肘和膝盖上的乌青近乎黑色，稍稍碰一下，痛感便从骨头里渗出来。她龇牙咧嘴地洗完澡，煮了三个鸡蛋，用毛巾裹着，坐在沙发上热敷。

“要签名的时候不是很热情嘛。”布偶一边打开笔记本电脑一边嘲笑说，“怎么样，从偶像那里得到的印记，值得一辈子珍藏吧。”

“还不都是你害的。”提到这个叶言言就心酸。和梁洲第一次见面，他很帅，很帅；她很衰，很衰。

谁第一次见偶像是这样的？

布偶在电脑屏幕前抬了抬眼：“他压根没信你。”

“不会吧，”叶言言反驳，“他最后都那么亲切了，还笑来着。”

“不然他怎么是影帝呢。”布偶冷眼看她，“好好学着吧。”

“那他还让我拿钱？”

“这点钱对他来说算什么，也就你这个穷鬼当回事了。”

今天自尊心是彻底被粉碎了，叶言言看着腿上的伤，鸡蛋毛巾盖上去，疼得她直抽气，心里忽然有些不是滋味。就好像，她是闯入梦幻仙境的爱丽丝，那个世界花红柳绿万般皆好，唯一的不好，就是她是异类。

布偶许久没有听到她的声音，回头看一眼，她坐在沙发上，敷着膝盖发呆。

“你就没有什么要问我的？”它忽然问。

“啊？”叶言言的眼神还有些茫然，过了好一会儿才轻声说，“你……是不是那个车祸……”

她还在想着措辞，怎么讲才能更婉转，它已经接过话头：“没错，我是梁洲的经纪人，沈旭晖。”

猜想被证实，叶言言惊讶：“那你怎么不回身体里去？”

他翻白眼：“你以为我想回就能回啊。”她还想说什么，它话锋一转说，“文哥要推荐角色的那部戏，我大致已经查出来了。”

她眼睛一亮：“哪部？”

“翻拍《神雕侠侣》。”

“又要翻拍。”叶言言吃惊了，“你怎么能确定是这部？”

“那个文哥在业内也算小有名气，擅长古装造型，年后要开拍的古装剧组不多，撇除小成本的，在造型上这么舍得下血本的，只有《神雕侠侣》了。”

叶言言点头。

它继续分析：“虽然是部传统武侠剧，但是看点还是很多，金庸的作品有很大一个特色，明着看是男人戏，其实女性角色更有利。神雕里的小龙女、黄蓉、郭芙、郭襄、陆无双、程英……演得好都很出彩。”

中国人没有不熟悉这部戏的，叶言言自然也不例外。不管男人女人，谁心里没有一个衣袂飘飘、白衣如雪的小龙女？没有一个一见檀郎误终身的杨过？

她想了好一会儿，直到毛巾和鸡蛋都凉了，这才发现自己被岔开了话题，忘记追问它身体的事。

叶言言把钱给了文哥后，文哥回复“等待好消息”。接着一个多星期都没有任何消息。其间沈旭晖大力督促叶言言排练古装的礼仪姿态，角色定位是耶律燕和完颜萍。

这两个角色，用一句话总结就是大小武的妻子，配角中的配角，以前叶言言从来没有分清过两人，这次算是一次性把课补齐了。她的心里有些期待，又有些彷徨，隐隐还有些失望，大概是这两个配角实在微不足道，以往看电视时她从未真正记住过。

沈旭晖指着特意打印出来的书中一段说：“好高骛远，还没走就想跑。你先把这个演来试试。”

那是完颜萍的一个片段：

杨过见她秋波一转，神色楚楚，不由得心生怜惜。

叶言言：“……”

她想了想，略低着头，神情柔和而婉转，就在抬起脸的那一刹，朝着他盈盈看了一眼。

沈旭晖怔了一下，目光有些飘离，然后评论：“还行，有进步。”

它转过身去开始玩网络游戏，心里却有些不平静，甩甩头，把刚才那一幕抛诸脑后，很快投入到游戏中去。

这一晚叶言言做了一个乱七八糟的梦，文哥答应给她推荐一个重要角色，据说分量几乎与主角持平，到了片场才发现是要演神雕。她醒来时还对梦中场景记忆犹新，帅气的过儿和姑姑站在一起，她在他们的身后摆动翅膀，不时“嘎”一声。

太吓人了！

醒来手机有条未读微信，是文哥半夜发来的通知，副导演要来江城，正好碰面吃饭进行推荐。

文哥约的地方是江城市中心颇具盛名的一家茶餐厅。叶言言到得早，等了一会儿，文哥和副导演准时到来。副导演姓章，年近四十，看起来像个职业精英女性，她笑容和蔼，目光锐利。吃饭的时候问了叶言言几个关于原著和角色的问题和看法，叶言言准备工作做得足，回答起来也有模有样。

章副导笑着和文哥说：“叶小姐外形条件好，专业水平也不输科班嘛。”

文哥说：“我推荐的人怎么会差，你当我唬你呢。”

三人用餐氛围极其愉悦，章副导开始介绍特约演员和角色演员的薪资。最后还亲切提醒：“叶小姐回去可以仔细看看完颜萍这个角色。”

趁人不注意，文哥朝叶言言使了个眼色，示意成功了。

叶言言松了口气，喜悦这才一点点从心底冒出来。用完餐，她和章副导互留了手机和微信，约定了下次签订合约的时间。

章副导这次来江城，就是为了几个重要角色演员来的，回酒店的途中，她坐在车里笑着说：“小文，这女孩你从哪里挖来的？”

“怎么样？”文哥笑嘻嘻的，“还不赖吧。”

“可惜了，还没有经纪公司，”她点评，“不然可以争取更好的角色，演完颜萍，她也太过漂亮了。”

文哥不以为意：“还不知道她上镜表现怎么样呢，再说了，这个圈子，谁不是摸爬滚打出来的？能有这样的起点就算不错的了。”

章副导笑了笑不说话。

3月中旬，著名导演刘浩波在北京举行了开机发布会，携《神雕侠侣》部分主创到场。《神雕侠侣》是老戏，每一代都会有一部，导演刘浩波是出了名的武侠迷，成名之后更是号称要拍遍“金古梁温黄”。他的上一部作品是六年前的《射雕英雄传》，口碑与收视双丰收。有着上一部作品的基础，这次的“神雕”无论从故事上还是话题上都可以算是上一部的延续。

发布会一开始，杨过与小龙女的演员就让在场记者吃了一惊。杨过扮演者是当红小生童宇诚，小龙女的扮演者却是没有什么名气的年轻女孩。不少记者还是打听了一番才知道名字叫梁嫣。这女孩平面模特出身，五官精致，白肤黑发，一双丹凤眼黑白分明，气质清冷，和小龙女的形象很是贴切。

第二日媒体铺天盖地对这个剧进行了报道，引起巨大的反响。无论是娱乐新闻，还是网络媒体，都上了热门话题。主角被议论得尤其厉害。其中童宇诚的粉丝“橙子”那是欢天喜地，纷纷赞扬自己偶像演杨过再适合不过，只有少数质疑童宇诚演技是否能承担十六年后黯然销魂掌的形象。而更多的质疑都聚集在新晋小龙女梁嫣身上。

比较客观的媒体评论，这样红带新的组合，是总局新规“一剧两星”的必然结果。大批网民却更关注小龙女本身，很多怀疑她有背景，不然怎么从平面模特转行就直接演了这么有分量的女主角，还有说她美丽等级不够，还把上一代小龙女影照拿出来和梁嫣做对比。

剩下一部分网友就是期待其余配角曝光了。刘导拍的武侠剧，一向被称为美人标尺，演过的女星都是经历过颜值考验的，基本上后期发展良好。

网上讨论得如火如荼，叶言言在酒店里刷评论看得乐和。她是在发布会前一天来到象山县的。“神雕”七成的戏都会在象山影视城完成，剧组大部分人员已经到岗。主要男女主配角都住五星的国际酒店，像叶言言之类的角色演员和剧务等人，住在建国饭店。两个酒店离得近，在同一条街上，真要对戏或者开会也很方便。

“言言，快换衣服，今天要拍定妆。”卫生间门一开，一个二十出头的女孩走了出来。她是叶言言的室友，名叫张寄燕，生得浓眉大眼，身材高挑。

张寄燕比叶言言早到一天，性格不认生，对人热情，当天晚上还带着她一起去吃了海鲜一条街，两人都怕胖，闻的比吃的多，聊得多了就自来熟了。那一晚张寄燕口快，脱口说出："你这长相演完颜萍，让我这耶律燕可怎么办啊！唉，为了这个角色我爸掏了二十多万，不演也不成了。"

叶言言差点把嘴里的茶喷出来，心想文哥收八万简直是业界良心啊。

两人顺着海鲜一条街走到底，张寄燕已经说了许多，包括她的偶像是靳岩，她出钱来演耶律燕也是经过盘算的，她长相在普通人里算不错的，搁到娱乐圈只能算背景了，耶律燕是蒙古妹子，符合她的长相定位。

聊了一个晚上，两人立刻建立了初步的革命友情。

剧组的休息室除了男女主角是单独一间，其余是按性别分开两个。叶言言和张寄燕到的时候，扮演郭襄和公孙绿萼的女孩已经定完妆了，这两个姑娘都是新人，一个叫李慧一个叫郭利维，去年刚从北影毕业，被导师推荐给导演。

轮到叶言言的时候，化妆师朝她笑笑说："你认识文哥吧？"得到肯定后又悄声和她说，"放心，给你化得美美的。"

没一会儿休息室里人已经多了起来，居然还有一个叶言言的熟人——带着助理前来的丽娜。这次她要扮演的是郭芙。她容貌艳丽，和郭芙的形象不谋而合，柯尘娱乐显然也是出于这个考虑，为她争取到这个角色。她看到叶言言也有些错愕，轻轻地点了点头。

又过几分钟，一个长相白皙清秀、很有书卷气的女孩子进来，对着众人打招呼，她是程英的扮演者黄丽玲。

《神雕侠侣》这部戏女性角色众多，今天聚集了一半，等几个角色定妆完成出来一看，不管是剧组工作人员还是化妆师，都有种乱花迷眼的感觉。郭芙艳丽，郭襄可爱，程英秀气，和原著都有八成契合。

叶言言的戏服是一套鹅黄的束腰裙装，还配有一套额饰，她换好衣服出现在化妆间时，几乎所有人都觉得惋惜。

化妆师私下感慨："怎么才演完颜萍啊，郭襄、程英都不如你，你要是演郭襄，和新晋小龙女，还有那个丽娜演的郭芙，这样才相配啊。"

现场人员的惋惜或多或少表现出来一些，郭襄的扮演者李慧有些不高兴，拉着郭利维远远避开众人，两人总是聚在一起窃窃私语。

张寄燕换好衣服出来，是一套淡紫的短打，头发梳成一股股小辫。她对着镜子照了又照，叹气说："这个造型有点亏，把我皮肤都衬黑了。"

叶言言却觉得恰到好处，把她身上的勃勃英气都体现出来了。

拍定妆照的时候，童宇诚扮演的杨过英俊帅气，在片场赢得一片呼声。等拍完照下来，一群女孩子围上去要签名。他脾气很不错，目光朝四周一扫，笑着说："要不怎么我非要演这部戏呢，这福利也太好了，美女成群。"

一群女孩子更加高兴。

定妆照拍好，统筹来把演员们的微信都加了，拉进一个群里，嘱咐大家注意群里的通知。叶言言在片场转了一圈，熟悉环境，等她卸妆回来，发现张寄燕已经和其他演员混熟了。

当天拍摄定妆照是为了配合宣传要求，其实好几个人的拍摄日期都是岔开的，比如公孙绿萼的戏，照安排要两个月以后才会拍摄，郭襄戏份较多，安排也基本在后期。两个演员一拍好定妆，当天下午就离开了象山县。

叶言言的戏份安排得比较靠前，第三周开始就有拍摄任务了，她索性住了下来，按照布偶的说法，熟悉拍摄环境，观摩演员演技。

这天下午就有陆家庄的一场群戏，出演的都是二线的老戏骨。叶言言把布偶放在包里，和剧组工作人员站在一起看戏。当天启用了四个童星，他们年纪虽小，拍戏却不含糊，NG 次数不多。等到李莫愁出场，武术指导示意上威亚。这是叶言言第一次看见演员使用威亚。因为要拍摄正面的轻功片段，演员基本不能使用替身。

李莫愁的演员也是混迹二线多年，腰上吊着钢丝，在半空的动作仍然曼妙自如，把活死人墓的武功表现得惟妙惟肖。

叶言言站在无人注意的角落，把包拉链打开，让布偶可以看到拍摄的过程。

看完李莫愁的戏份，它提醒说："别看她好像那么容易，那是吊得多了才会有这个经验。你上可就不一定了。"

李莫愁稳稳当当地落了地，导演刘浩波点点头："过。"

顺利收工。

没过几天就印证了布偶的说法。那是活死人墓里的戏份。小龙女用麻雀传授杨过一套名为天罗地网势的掌法。不见脸的全部用了武替，等梁嫣上的时候，需要拍腾挪和翻身下降的片段。

梁嫣模特出生，上威亚是赶鸭子上架头一回。武术指导和她讲解了足足有大半个小时，吊上去的时候仍旧问题百出。活死人墓的内部空间较小，她身体不能保持平衡就容易撞上墙，最严重的一次，转身时吊臂偏移，威亚脱离滑轨，她一下摔在地上，右脚红肿发胀，路也走不了，助理背着她上了车。

第二天叶言言就从剧组人员那里听说，梁嫣半夜发起了高烧，已经送到县医院去了。

威亚瞬间变成了初出茅庐的演员们心中的噩梦。

叶言言又重新翻了一遍剧本，之前没有特别注意的细节也都仔仔细细地看了一遍，她有一个惊人的发现，完颜萍居然是擅长轻功的。叶言言有大量的威亚戏份。

这姑娘武功稀松平常，怎么把轻功练得不错呢！真真让人着急。

医生诊断梁嫣右脚两个指头骨裂，右手臂与膝盖多处挫伤，需要静养两个月，等她情况稳定后，由助理及剧组工作人员陪同回京休养。

刘导从医院探望回来脸色就一直不好，片场气氛有些压抑。梁嫣这一事故打乱了他的全部部署，所有拍摄安排都要调整。当天剧组高层集体开会，一直延续到半夜。第二天叶言言就接到通知，戏份需要提前拍摄。

撇开小龙女的戏份，成年杨过童宇诚很快上场了。在叶言言看来，童宇诚长相帅气，气质偏文气，更适合演公子哥，与杨过骨子里的桀骜不羁有些距离。谁知在片场观看他拍戏，大大出乎她的意料，场记打板之后，他眼神立刻为之一变，笑容多了几分风流意态，举止洒脱，活脱脱一个俊俏杨过。

在与陆无双的戏份中，有一场戏是拍杨过在被窝里亲吻陆无双，从而开始明白小龙女对他的感情。陆无双的扮演者不是新人，出道多年，演技也很不错，两人合作一次就过了。陆无双一跳下床，便用手扇着风说：“不得了，近距离帅哥杀伤力太强了。”一旁的工作人员全笑了，她忽然发现在角落取经的叶言言，两人见过好几次了，算是认识。她招呼说："完颜萍，接着快要到你了。"

因为角色早就定位好了，配角之间很是相安无事，叶言言坦然接受调侃，其实心里还真有些紧张，完颜萍虽然角色不起眼，与主角杨过偏偏有几场对手戏，其中还有一幕吻戏——被杨过亲吻眼皮。

和当红小生童宇诚对戏，可惜她不是"橙子"，只感到莫大的压力。

"这杨过也太不是东西了，到处撩妹啊。"她对着陆无双长吁短叹。

陆无双咯咯乱笑："这是眼咚，你要珍惜。"

童宇诚路过时正好听到两人的交谈，插了一句说："完颜妹子，欢迎对戏。"

众人又一阵大笑。

年轻演员在一起，互相调侃是常事，叶言言又是新得不能再新的新人，常常成为调侃目标。

叶言言的第一场戏很快到来。

在正式上戏之前，叶言言跟着武术指导学了三天。完颜萍擅长刀法，拿着半尺来长的道具刀，还要动作漂亮，绝对没有想象中那么容易。动作指导之前遇上梁嫣的事，这次格外用心，一有时间便对几个年轻女演员耳提面命，一遍遍详细讲解动作，就怕又弄出什么意外。

叶言言白天练习出刀动作，晚上躺在床上翻剧本，布偶放在床头。

张寄燕洗澡出来，埋怨说："小时候我被学霸碾压，现在又碰上你这个剧本狂人，能不能给我的人生营造点轻松氛围啊？"

"我马上要上戏了，必须把台词背熟。"

"少来，我看你都要倒背如流了。"张寄燕坐到床边上，说，"我听到一个八卦，你听不听？”

叶言言抬眼看看她，偏不如她意：“别说八卦，七十二卦都不能影响我背台词。”

“我去。”张寄燕腾地站起来，对着镜子涂涂抹抹，过了一会儿还是没忍住，说，“听说副导喜欢小鲜肉。”

“谁不喜欢小鲜肉。”叶言言唾弃这八卦的含金量。

“剧组里的人都在说，耶律齐的演员原本定的是中海艺校推荐的学生，但是副导嫌弃人家长得太实诚了，另外找了一个小鲜肉，就为了这个角色，上面争议到现在了。”她凑到叶言言身边，轻声说，“这个星期你没见过副导吧，听说她带着小鲜肉亲自去找影视公司推荐签约。就我们这些，哪有这个待遇啊？”

叶言言听得一愣一愣的，好半晌才说：“副导该有四十岁了吧？”

“要不老话怎么说，女人四十，如狼似虎。”张寄燕对她露出一个心领神会、特别猥琐的笑，“只要颜值高，怎么都行。”

叶言言把枕头砸在她的脸上。

拍摄进程按照杨过的人物线路推进，缺少的角色演员戏份全部延后，很快就到了杨过与完颜萍的对手戏拍摄。叶言言上完妆来到片场时，童宇诚已经拍摄了三个多小时，造型师正在帮他整理衣服。

“童老师，您好。”叶言言上前打招呼。

童宇诚笑着对她点头：“第一次上戏吧？别紧张。跟着我来就行。”叶言言在片场看了好几天了，知道他为人随和，拍戏的闲暇也会和工作人员聊天，没有明星架子，听他这么一说，连忙感激道谢。

拍摄地点是一个带院落的小屋，前一幕是杨过翻身入墙。

导演刘浩波对细节拍摄很认真，亲自对杨过和完颜萍说戏。童宇诚拍戏经验多，其实大部分是对着叶言言说。

剧组准备工作全部就绪，导演指点完，角色进入拍摄地点。

叶言言看了看摄影机位置，坐在板凳上，桌上点着一盏烛灯，灯光特效从上方柔柔地打在她身上。

场记打板："Action。"

四周所有的声音都消失了，叶言言感觉世界上仿佛就只剩下了她。

屋内简陋，一灯如豆。她刚才行刺失败回来，国仇家恨，竟一样未报，心中就如同这暗室一般，沉沉霭霭，难以言喻。

完颜萍垂着头，眼眶微红，蓦然长叹一声，竟似有千般愁绪，万般苦楚。

刘导站在监视器前，惊讶地"咦"了一声。

这时杨过也站在墙外，听着这声叹息，神色怔怔的，也像痴了一样，触动心事，跟着一声叹息。

完颜萍大吃一惊，吹熄灯火，转过身来，背靠着墙壁，正面对着二号机位："是谁？"

"跟你一般，也是伤心之人。"杨过幽幽道。

"你到底是谁？"

杨过把完颜萍的处境三言两语点明，露出指点她的意思。

完颜萍点亮烛火，推开房门。

杨过站在门外，朝她看去，只见灯火映照之下，她肤白胜雪，眉目楚楚，让人可怜可爱。

"很好，过。"刘导大声喊。

旁边工作人员都有些吃惊，这部戏从开拍就不顺，导演心情一直不算很好，除了主演童宇诚的戏，其他配角都被他狠批过，导致连续好多天片场都是阴云密布。知道今天上戏的是个从没有拍过戏的新人，大家已经抱着阴转大雨的心理准备，谁知道峰回路转，反而是多云转晴了。

这是一个短镜头，接下来的片段要用到武替。

刘导把拍摄画面又看了一遍，趁着工作人员上威亚的时候问助理："这个完颜萍谁挑来的？"

助理说："章副导。"刚才看镜头时他也吃了一惊，跟着说，"吓我一跳，听说这姑娘没上过戏，刚才镜头角度分毫不差，二号机特写也很不错，比学院派的几个新人表现得都要好。"还有的话他没有说出口，就是模样也漂亮，至少比陆无双和程英几个高出好几个段位。

刘导沉默不语。

接下来的戏拍摄得也很顺利，只有一场武戏出了一点点意外。

有一幕是杨过指点完颜萍武功，让完颜萍用刀来砍自己，还证明自己武功高强，可以指点她。

有几个镜头是需要叶言言自己完成。她手持柳叶刀，按照动作指导，对着杨过劈了好几刀。

动作戏时摄像机都离得近，使用错位拍摄较多。

叶言言第一次尝试动作戏，难免紧张，使刀的时候，猛地转身看见摄像机就在身侧不远，一走神，刀脱手飞了出去，正好擦着童宇诚的衣摆。

"哎哟。"童宇诚跳开。

"童老师，对不起。"叶言言吓得脸都白了，赶紧道歉。

童宇诚摆手，玩笑说："妹子，这武功突飞猛进啊。"

工作人员都笑得不行，他的助理想到什么，拿出手机拍了两张照。

这天安排的戏份提前近两个小时收工，刘导对叶言言说了一句：“表现不错，保持状态。”这已经算是他近来对演员所说的最大的表扬了。

动作指导、统筹还有工作人员纷纷对她鼓励。叶言言又是雀跃又是感动，看着剧组人员收拾灯光道具，心里忽然涌起难以名状的热流，这是她第一次，没有任何外力影响下这么直观地感受到演戏的魅力。

用力过猛，晚上的腰酸背痛那是必然的，叶言言坐在床上给自己揉腿。

“去做个 SPA 多好，”张寄燕说，“按摩按摩，这几天好多上戏的都去了，地方我都打听好了。”

布偶在床头转了一下眼，对叶言言露出一个了然的笑，分明是嘲笑她心疼钱。

她默默把它翻过身去。

张寄燕忽然说：“是你的手机吧？振老半天了。”

叶言言拿过来一看，是周茵的电话，一接通，远距离丝毫不影响她的音量：“言言，快看童宇诚的微博。”

张寄燕也听到了，把 iPad 递来，叶言言点开微博，找到童宇诚的，一看有些蒙。

晚上六点多发的微博，配着片场的照片，是杨过的侧面和完颜萍的正面，角度取得很不错，童宇诚的侧脸拍得如雕刻而成，英俊帅气。她的脸离得稍远，也是清晰可见。文字配的是：完颜妹子武功杠杠的，杨过不敌。

拍的正好是她的刀脱手后的那一幕。

才两个多小时，下面已经刷了上万条留言。

男神，被你的侧颜帅瞎啊。

直面男神，要我是完颜萍也晕啊！

还有很多评论是关于叶言言的。

这是完颜萍……不是发布会上的小龙女？

漂亮什么，也就一般而已。

楼上酸什么？

完颜萍都那么美，跪求郭芙、郭襄、李莫愁的照片。

我赌五毛，这是看人家完颜萍漂亮，故意认输，不愧是杨过。

还有人发起了一个叫作 # 史上最美完颜萍 # 的话题，叶言言刷着评论，脑袋还晕乎乎的。

周茵说："言言，你这是要火了啊。你看，好多人在问你是谁呢。你说我去把你的微博爆了怎么样？"

"别，别。"她赶紧制止，布偶曾经提醒过，微博需要等签约经纪公司，定位后再公布。

"我现在的心情就好像揣着和氏璧你不让我炫啊，我难受。"

叶言言被她说得笑出来，随即又担忧起来："我爸妈不会发现吧？"

"你还没说呢？"

"我打算等这部剧拍好了再和他们坦白。你知道的，我爸一天到晚说，女孩子老老实实工作嫁人就好了。"叶言言一边接着电话，一边走到了阳台上，漆黑的天空上星辰点点，让人心旷神怡。她吁了口气，把那些高兴的、复杂的、纠结的情绪都压了下去。

Part 2

勇　闯
娱乐圈

第二天清晨叶言言整理背包，把布偶放进去的时候，它忽然从拉链里探出脑袋，她吓了一跳，回头朝洗手间看，张寄燕还在里面磨蹭。她松了口气，看着它说：“闷坏了？”

布偶横她一眼：“找个清静地方，我有话和你说。”

叶言言对张寄燕找了个借口早走一步。到了酒店餐厅，她坐在柱子后面的座位，见没有人注意，把布偶拿出来：“你想说什么？”

“昨天的微博，算是一个不错的开头，但那是沾了童宇诚的光，你别骄傲自满。”它开口说。

叶言言回想刚看到微博的那一刹那，的确是惊喜交加，经过一晚上，心情已经平静许多。

“我知道。”她说。

布偶声音淡淡地说：“这个圈子就是这样，有曝光有话题的时候凑上来的人很多，如果你迷失在里面，摔下来的时候，他们同样也高兴地看着。”

叶言言跟着说："是是是，一个优秀的演员，不能光靠炒作，必须要有优秀的作品。"

布偶扔了一个"算你识相"的眼神，眸子一沉，忽然说："和你同房的那个女人，小心一些。"

"嗯？"叶言言意外，"她怎么了？"

布偶往桌上一躺："她和你不是一路人，以后尽量远离。"

叶言言不解。

这时女服务员端着水杯来到她的桌前，瞟了一眼桌上的布偶，笑容僵了一瞬。

叶言言若无其事地收起了布偶。

到达片场，果然有许多人知道昨晚微博上的事，有几个认识的工作人员打趣叶言言，她心态早已摆平，回应起来平静谦逊。倒是见到童宇诚的时候有些不自在，点头招呼时微微发窘。

童宇诚态度大方自然："幸好昨天那张照片没失水准，看来大家都很喜欢完颜萍。"

叶言言脸一红，摆手说："那是因为是童老师发的，都是沾了您的光。"

童宇诚笑了笑："是我沾了你的光才对，前几天和雕一起拍了一张，别人还说雕比我帅，还是和美女合照评价好啊。"

叶言言知道他说的是拍定妆照的事，官方微博发了一张沧桑的杨过与神雕的剧照，据说很多网友留言打趣：雕比杨过帅。还上过当日热门。

她闻言笑了起来，感觉轻松很多。

上午的戏份是完颜萍和杨过吐露心事，互相怜悯的片段。因为昨天已初步磨合过，两人合作顺利，拍摄提前完工。

午餐的时间不长，叶言言只好穿着古装吃午饭，既要注意衣服整洁，又要防止头饰掉落，吃得很慢很辛苦。张寄燕走过来，坐在她的身边，神秘兮兮地说：“言言，我看童宇诚对你挺好的。”

“啊？童老师人挺好的。”叶言言含着口饭说。

“哎，你怎么不开窍啊，”张寄燕说，“我看他是对你有意思。”

叶言言放下饭盒，慢条斯理地说：“你误会了吧。童老师没有什么架子，一直对其他演员都挺好的，这是还没有轮到你的戏，到时候你就知道了，他挺照顾新人的。”

张寄燕看着她，像是头一次认识她一样，呵呵笑了两声：“你看昨天那照片，别的女演员可没有这个福利。”

“照片是助理拍的。”

“我开玩笑啦！”张寄燕有些尴尬，随即又笑着说，“你这人太没幽默感了。”

叶言言跟着笑了一下，又低下头去慢慢吃饭。

张寄燕坐了一会儿就走了。

不知道是不是因为早上被提醒过，叶言言忽然觉得这个女孩给她的感觉不再像是初见时阳光开朗的样子了。

她有些感慨，又有些说不上原因的失落，从包里拿出布偶，泄愤地在它脸上戳了戳。

它忽然摆动一下脑袋，低声恶狠狠地说：“再来一次试试，看老子晚上不踩你的脸。”

叶言言吓了一跳，先是做贼一样看看四周，然后轻拿轻放地把它放回包里，关紧拉链。

下午是群戏，杨过、郭芙、大小武、陆无双、程英、完颜萍全部出场。李莫愁吊着威亚，施展轻功而来。众人齐聚对抗她，最后还是郭芙和大小武前来吓走了她。

丽娜扮演的郭芙，美艳有余，演技却有些生涩，被导演多次喊停。不是“表情不对”就是“表演太用力，不够自然”。

刘浩波从来不是好脾气的导演，对着新人更是不太客气，接连重拍多条，他的脸色已经完全沉了下去，对着丽娜劈头盖脸一顿批：“回去读没读过剧本？郭芙是娇蛮，你也不必演成泼妇。表演这么重痕迹……”

丽娜冷着脸，抿着唇，一声不吭地听着。

童宇诚打圆场说：“刘导，可能感情还没有抓准，要不让她先休息酝酿一下。”

刘浩波铁青着脸点点头。

其余演员听了这么一段训，虽然不是说自己，也觉得尴尬。

叶言言趁休息时候去了一次厕所，这次拍摄的地点在室外，厕所距离景区有些远，她不得不绕过小树林。

上完厕所出来，她听到一阵微弱的哭声从墙外飘进来，被风一吹还打着战。这时候天已经擦黑了，这里又僻静。叶言言原本不算胆子大的，经历过布偶事件后，三观又进行了重塑，对这个世界上的不明事物特别敬畏，一瞬间无数想象已经涌现出来，她赶紧洗手准备走人，一抬头，看到镜子里有一个长长的红色人影。

“啊！”她叫。

“啊！”人影叫。

“是你啊。”叶言言惊魂未定，仔细一看是丽娜。红色衣服是郭芙的戏服——不过她这样子确实有些瘆人，眼影都被她哭成了两条黑线挂在脸颊上，在白皙的皮肤上特别显眼。

两人四目相对。

丽娜马上别过脸，用力擦脸，那力气，看着跟不是自己的脸一样。

叶言言看得牙酸。丽娜平时很少和人说话，形象很是高冷，这样窘迫还是头一回，她忍不住提醒：“那是戏服。”

丽娜僵住。

场面一度冷清尴尬，叶言言左看看右看看，默默抽了一张厕纸递给她。

张寄燕被剧组工作人员叫住，介绍了一位身穿休闲西服的中年男子给她：“这是梦幻星娱乐公司的经纪人，姓王，来找叶言言的，刚才跑了一圈也没见到人，你和她一个房间的，快打电话问问人在哪里吧。”

听到前半句的时候，张寄燕的心跳都加速了，可是后面的内容又像冷水一样浇熄了她的热情。她拿出手机拨打的时候，脑海中无意识地闪过一个念头，希望没有人接听。

铃声响了一段，真的没有人接听。

“王先生，言言她大概走开了，您有什么事，如果不急的话我可以帮您转达。”

见这个女孩直率开朗，王经纪人说：“我有事在身，不能久留，这是我的名片，劳烦你转达一下，如果叶小姐没有签约经纪公司，可以考虑一下梦幻星，有兴趣的话可以电话联系我。”

张寄燕接过名片，看了好几眼，把人送走后，她看着名片有些发怔。

其实第一次见叶言言的时候，她真的不讨厌这个女孩，甚至觉得可惜。她长得虽然不像丽娜那么艳丽，却自有一种温润美丽，笑起来还有醉人的酒窝，可是来演配角的配角，实在令人惋惜。她甚至有种同命相怜的感觉——可是很快这种感觉就被推翻了。

叶言言第一次定妆，古装扮相极其娇美俏丽，剧组很多工作人员都感到惊艳。张寄燕很难形容当时的心理，酸酸的、苦苦的，还有一丝极其隐晦的不舒服。后来又发现，叶言言的演技很不错，甚至超过几个影视学院出来的新人。她多日来混迹于剧组中，原想打好关系，没想到却听到很多关于叶言言的消息，其中就有导演助理很看好她的评价。

接着又发生了童宇诚微博事件，网上那些赞誉有加的评论让她心生嫉妒。

一些经纪公司会定期关注一些剧组，发掘新人，尤其是没有签约的新人。张寄燕没有想到，这个机会这么快就来到，而且砸在叶言言的身上。她的胸腔里仿佛憋着一口气，闷得她喘不过气来。

“寄燕。”叶言言穿着戏服跑过来，问，“我去上厕所了，刚才你打电话给我？”

张寄燕眨了眨眼，鬼使神差地把手背到身后，手心卷着名片握成拳，笑嘻嘻地说：“我看今天这戏时间肯定要拖长，问你晚上要吃什么，我帮你去买。”

叶言言叹了一口气：“煎的炸的烤的都不能吃，算了，我还是跟着剧组吃盒饭吧。”

张寄燕看着她笑了一下，什么都没有说。

连续几天拍了完颜萍和杨过交集的重头戏，叶言言很快闲了下来。像她这样的配角，有时候换上戏服，等一天只拍一个镜头也是常事。幸好统筹比较细心，会在微信里提前通知，省去很多无谓的等待时间。布偶让叶言言在片场多观摩，她就经常耗在片场里。这天上午丽娜没有戏份，坐到了她的旁边，拿出剧本找她对戏。

两人的角色除了群戏基本没有单独交集，见丽娜态度认真诚恳，叶言言就同意了。说是对戏，实际上是丽娜来请教演技问题，包括发音和表情，还有感情表达方面的问题。丽娜在片场里已经被定位为“外表艳丽演技草包”。叶言言却察觉到她高冷的外表下对提高演技一筹莫展的焦虑。

对台词的过程中，叶言言经常说一些自己的心得和表演体会。丽娜听得认真仔细，有时直接拿出笔记在剧本上。一来二去，两人渐渐熟了，叶言言发现丽娜与外表不同，其实性格并不冷淡，只是不善与人交流，她样貌太艳丽，才让人产生高冷的错觉。

很快扮演耶律齐的演员进组了。因为拍戏时间错开，叶言言没有见到人，第二天听剧组工作人员谈论起，话题几乎全部是围绕耶律齐的，颇有八卦的意思，据说和章副导关系不一般，对于长相众口一致，是个帅哥，毋庸置疑。

这天叶言言回到酒店，张寄燕不在，她最近总是早出晚归，没有轮到她的戏份，连片场也很少去，好像在忙什么事情。

叶言言把布偶放出来，它跳上床，伸了个懒腰，看着张寄燕的床撇了撇嘴。

晚上快要九点的时候，叶言言腹部坠胀，一阵隐隐抽疼，这是“大姨妈”要造访的迹象，她心算了一下日子差不多，在行李箱里一通找，发现出门忘记带卫生巾了。

“你找什么？”布偶问。

“没什么。”叶言言合上行李箱，抽出房卡，在布偶狐疑的目光下说，“我出去一下。”

布偶提醒：“天黑了。”

叶言言飞快关上门：“很快回来。”

超市离酒店并不远，叶言言买了两包卫生巾，一个环保袋，把两包卫生巾放进袋子里，依然觉得很显眼，心里暗自埋怨厂家为何把包装颜色弄得那么醒目，是怕广大女同胞有色盲症吗？

肚子不舒服，她便慢悠悠地往回走，酒店大门口有绿化带，灯光昏暗，她一眼就看到坐在石阶上的那个男人。

他穿着军绿色的大衣，微微弯着身体，垂着头抽烟，缭绕的烟雾在微弱的灯光里遮住了他的脸。这样的姿势谈不上有多优雅，但是他手脚修长，于夜色中显露出几分与众不同的潇洒。

叶言言和众多演员已经打了两个多星期交道，欣赏眼光无形中已拔高一个台阶，可看到这一幕依然觉得养眼。

酒店旋转门里走出一个戴围巾穿长呢子大衣的女人，高跟的靴子在地板上踩出嗒嗒的声音。叶言言马上认出她是曾经在江城见过面的副导演章茹，犹豫着要不要上前打招呼。

坐在石阶上的男人忽然掐了烟，站起来，身材瘦削挺拔。章茹左右张望，看到他眉眼带笑地走过去，一手挽在他的臂弯里。

叶言言瞬间掐灭要打招呼的心思，无端觉得尴尬，只盼两人没有看到她，赶紧走人。

“叶小姐。”章副导视力很好，昏暗的环境里也认出她了。

叶言言上前两步，点头致意：“章导，这么晚出去啊。”话一出口，她马上意识到错误，主演导演都是住国际酒店，离这里不远，章副导明显是特地过来的。

章茹没有意识到她的口误，反而介绍起身边的人来：“这是扮演耶律齐的演员，顾沛东，今天刚进组。”

叶言言自从章茹出来，视线就不敢乱瞟，听她介绍完，脑中一个激灵，顾沛东?

“叶小姐，你好。”他伸出手，仿佛第一次见，表情也很谦和，和酒吧里张扬肆意的样子完全不同。

叶言言和他握了一下手：“你好。”

章茹心情不错，笑着说：“哦，对了，叶小姐就是完颜萍，和沛东你有对手戏，她也是我推荐的，导演今天还和我说你表现很好。”

虽不确定她是不是客气话，叶言言听了依旧觉得开心，如果肚子没有隐隐作痛就更好了。

顾沛东薄唇微抿，笑了一下：“我什么都不懂，以后还要请叶小姐多多指教。”

叶言言感觉腹部一股热流冲了下来，脸色微微发白，当着动作亲密的两人，尤其是章茹的目光，只能热情地笑：“你太客气了，章导推荐的人不会错的。”变相也夸了自己一句。

章茹忽然注意到她的状态，问：“你怎么了？脸色有些不好看。”

“大概是天太冷了，这里早晚温差蛮大的。我刚才出来穿少了。”

“小心别冻着了，演员的身体都是资本，快进去吧。”章茹说。

就等着你这句呢。叶言言笑了一下，对着两人道了一声别，就往酒店里走。

等进了门，她再回头看，两人已经挽着手走远了。

回到房间她马上冲进厕所，等收拾妥当出来，发现张寄燕居然还没有回来。她拿起手机发了条微信询问，等了许久都没有回应。

“别多事了。”布偶忽然开口。

叶言言放下手机，它两手往后面一拽，拖出一个比手掌大不了多少的热水袋，用脚踢到叶言言手边：“喏。”

叶言言拿过来，往肚子上一贴，舒服得眯起眼直想叹息，忽然意识到什么，她猛地睁开眼看向布偶，脸上火速发热发烫。

布偶斜她一眼，转过身玩电脑去了。

叶言言爬进被窝，心里万马奔腾：所以说，厂家为什么要用那么鲜明的包装!

半夜张寄燕才回到房间，喝醉了酒，动静不小。叶言言被吵醒，倒了一杯温水到厕所给正抱着马桶呕吐不止的张寄燕，谁知被她大力地一把推开。

张寄燕醉眼惺忪地看着她，忽然笑个不停。

“别耍酒疯了，快擦擦。”叶言言抽了一张纸巾递给她。

张寄燕又推开她，脸上的妆全花了，笑得却有些畅快：“你就是演得再好也没用，成明星又不是全靠演技，我告诉你，没屁用。没有人帮你就什么都不是……看、看着吧，我肯定比你快。”

叶言言见她一个人笑个不停，笑得眼泪都出来了，显然醉得厉害，不和她计较满嘴醉话。

第二天张寄燕醒来的时候已经完全忘记了酒后的片段，她宿醉头疼，脸色如土，匆匆洗漱后又躺回床上，在叶言言换鞋出门的时候突然说：“你猜我昨天在酒吧看见谁了？”

昨天吐成那样还不忘八卦，叶言言真心佩服：“谁？”

“章茹，还有一个大帅哥，”她笑容暧昧，啧啧两声说，“她整个人就挂在那个帅哥身上。”

叶言言一点都不觉得稀奇，顺手给她倒了一杯水放在床头柜上。张寄燕笑着道谢，然后说：“我昨天没乱说什么吧？”

“说太多了，你指哪一句？”

张寄燕脸色忽然一变，嘴唇翕动两下。

叶言言微微一笑说：“行啦，你昨天除了把厕所搞得下不去脚，就没做什么其他过分的了。”

叶言言临走打电话给她点了一份外卖，然后匆匆赶去片场。其实张寄燕酒后真没说几句话，最让人印象深刻的，就是那句“我有签约的机会了，这还得谢谢你”。叶言言弄不清她是酒后真言还是胡言乱语。女生之间的友情就是那么玄妙，即使已经心存芥蒂，表面上依旧能够其乐融融的。

她是“大姨妈”造访的第二天，晚上没有睡好，整个人恹恹的，也没有多余的精神去琢磨张寄燕说过的话。

片场比平时显得热闹。丽娜和她打了个招呼，提示说："是耶律齐定妆。"她的助手站在两人身后，左右看了一眼，轻声说："章导忙前忙后的，真是够用心的。"用心两个字被咬得特别重，意味深长。

等耶律齐化好妆出来，尽管大部分工作人员对他和章副导关系多有微词，仍不得不赞叹一声。

顾沛东是天生的好条件，眉眼俊逸，气质独特。换上古装后没有削弱他的魅力，反而更加衬托出他立体的五官，连偶尔流露出的那一点点青涩，也被很好地遮掩过去。

"他的先天条件比童宇诚还要好。"丽娜看着化妆师给耶律齐调整腰带时忽然说了一句。

叶言言被她的直率坦白微微惊了一下，说话的内容反倒忽略过去了："小声点，让童老师听见了不好。"

童宇诚化妆时间较长，等他出来的时候耶律齐早已经拍完定妆了，章茹亲自给两人做介绍。童宇诚在剧组一向谦和亲切，口碑极好，今天的表现却淡淡的。看他演戏也这么多天，叶言言对他的表情多少有些了解，那笑容浮在表面上，眼里却始终有一份疏离。

当天大部分拍摄集中在杨过和黄蓉的戏份上。

顾沛东站在角落，章茹在一旁给他讲解拍摄时应该注意的细节，包括怎么走位和利用镜头有效视角。

一个上午，NG了八次，其中一大半是因为男主角童宇诚，这情况自开机以来很少见，工作人员都有些惊讶。

午餐的时候，丽娜来找叶言言，工作人员知道她们最近走得近，索性空了两个临近的位置给她们。

“你说童宇诚是不是因为顾沛东才会这样 NG？”丽娜问。

显而易见的事实。叶言言也跟着感叹了一下：“童老师已经是知名男星了，顾沛东还只是无名小卒，怎么会这么介意呢？”

“这你们就不懂了，”助理见两人讨论半天都说不到点子上，也有些着急，“顾沛东这次被章副导推荐签约的是寰盛娱乐，正好是童宇诚的东家。以后一家公司，肯定要有资源分配问题。再说，这顾沛东的条件太好了，光看这颜值，演技就是渣，他也能红。”

叶言言和丽娜都是一脸怀疑地看着他。助理斩钉截铁地说：“看着吧，这部戏到时候一放，公司宣传跟上，这顾沛东肯定能红。”

助理的话很快得到印证——顾沛东的演技真的就是渣。

首当其害的是叶言言。

完颜萍行刺耶律楚材，和他的儿子耶律齐多次交手。耶律齐武功远胜完颜萍，还和她定下仅用一只手的赌约。

武打部分用替身的情况很多，等到上文戏了，顾沛东很快就暴露出缺点，他的走位和台词明显就是个门外汉。

导演刘浩波眉头皱得老深，但是顾及副导章茹的面子，始终压制着脾气，只是一遍遍重来。

“卡，耶律齐这里说话太平淡。”

“卡，走位不对，看不到表情。”

“卡，再来一次。”

一遍遍刷耶律齐就等于一遍遍刷完颜萍。

这段对手戏是叶言言拍戏到现在最为艰难的一段，以至于她对着顾沛东那张帅脸都产生了麻木的感觉。

“卡，完颜萍，集中精神。”她也很快吃了 NG。

章茹走上前把刘浩波叫出去说话，具体内容没人知道，过一会儿刘浩波回来让大家休息。这天的拍摄一直拖到晚上才完成。

叶言言“大姨妈”还在，一天拍戏耗下来，两腿发软，嗓子也哑了。

童宇诚的助理来约大家晚上聚餐让她陷入纠结：童宇诚拍戏时对新人很照顾，几乎没有人会拒绝，偏偏她身体不舒服，只好拒绝。助理也很通情达理，还安慰了叶言言两句：“童哥就是看大家辛苦，让大家一起去放松一下，叶小姐身体不好，还是赶紧回酒店休息吧。我们今天可都看到了，你被折腾得也太惨了。”

这话说得有点水平，还能顺带影射一下。叶言言疲于应付，和众人道别后就回到了酒店。

电梯门缓缓合上的时候，横插进来一只手，骨节分明，手指修长。

叶言言抬头看了一眼，微微诧异。

“你怎么没去吃饭？”顾沛东和她一样，走进电梯，神色有些讶异。

有句话说得好，男人可以不帅，但是必须有身高。

顾沛东身形修长，脸蛋与身高兼具。叶言言稍稍目测了一下，他至少有一米八，腰细腿长，说是模特出身也有人信。只从身高一项来说，童宇诚就有些吃亏，经济公司对外宣传时都说是一米八一，根据叶言言几天拍对手戏的感觉来看，童宇诚的真实身高应该在一米七五左右。

顾沛东进入电梯后，空间似乎都被压缩了，叶言言微微挪动，把身体靠在金属墙面上，灯光昼白，照得墙面亮如镜子一般，把她苍白的脸色和干起皮的嘴唇照得纤毫毕现。

他侧过脸来看看她，微微蹙了一下眉头。

叶言言意识到还没有回答他刚才的问题，淡淡地说：“有点事去不了。”

“不舒服？”他直接问。

“嗯。”

他们之间并没有很深的交集，说白了也就曾经一起喝过一顿酒，过程并不特别舒心，叶言言觉得打个招呼敷衍两句就差不多了。

他忽然又开口：“我听文哥说，你之前也没有拍过剧，可是今天看起来演技很不错，是自学过？”

叶言言又疲又累，脑子反应也有些迟钝，隔了一拍才回答：“学过一点。”

“怎么学的？”他的声音很清脆，还带着男孩的特质，“教教我。”

叮的一声，电梯到层了。

她转过脸，他眉眼唇角都含着微微的笑容，在灯光下尤其引人。叶言言心里一瞬间划过一个念头，有些人是天生就该吃明星饭的，比如眼前这位。他很明白自己的优势在哪里，一举一动就跟丈量过似的，把优点最大化，英俊而诱惑，还藏着一丝不易察觉的隐秘的轻佻。

她皱眉，然后又舒展，笑了笑：“我也是个新手，懂的不多，教不了人。”

叶言言不去看他的脸色，说完就出了电梯。

厚实的地毯上听到身后紧随的脚步声，她停下，回头看。

顾沛东就走在她身后，一手插在大衣口袋里，唇角略勾，神色却冷淡。

她张嘴：“你……”

顾沛东忽然停在一道房门口，从口袋里掏出房卡，在门前一扫，进门后又砰一声关上——原来他也住这一层。

真是尴尬，她手指揉了揉太阳穴，肚子又隐隐发疼，赶紧回房洗了一个热水澡休息。

叶言言没有想到睡醒之后症状竟然加重了，四肢酸软，很像以前上学的时候跑完一千米后的感觉，鼻子也有些堵，喘不上气。

张寄燕不在，布偶坐在床头柜上说："你感冒了，应该还有点发烧。"

叶言言挣扎着起床，擤了擤鼻子，然后在行李箱里找出药包。她大学离家，四五年下来早就锻炼出自己的生活技能，知道要出门，行李里就塞着常备药。

布偶看着她吃完药又躺回床上，翻身下地，走到行李箱前，把几个药盒都看了一遍，然后说："头孢？你就这样吃了。"

叶言言从被子里探出半个脑袋："这是消炎的。"

"你有炎症？"

她脑子稀里糊涂的，精神难以集中，含糊地说："一般感冒发烧不都是发炎引起的。"

"抗生素的药不能乱吃，你这病多半是累出来的，还没搞清楚原因就胡乱吃药。"布偶批评。

"啊？"叶言言不以为然，"我从小感冒就这么吃。"

布偶皱起眉头，脸色臭臭的："身为女人，你这日子也过得太糙了。抗生素吃多了，会产生耐药性，还会菌群失调知道吗？"

"什么……什么失调？"

布偶把药包扔回行李箱：“以后不要乱吃。”

叶言言在被窝里歪着脑袋看它：“你懂的还真多。”

它沉默了一下，似乎想起了什么，说：“以前听别人说的。”

叶言言头晕鼻塞，完全没有注意到，看它一步步走过来，就要跳上床头，瞪大了眼：“你、你……”

布偶奇怪地看她一眼：“怎么了？”

“你刚才踩在地上，脚都没有擦啊。”叶言言深呼吸一口气，慢慢说，“这么说起来，半年你都没有洗过了，等我病好了，把你洗一洗晾出去晒晒好吗？”

布偶飞起一脚直接踩在她脸上：“老子非要把你这毛病给治了。”

二十几年的强迫症当然没有那么容易治疗，虽然还在发热，脑子转得不太灵光的叶言言依然被布偶没有洗过这个念头折磨得不轻。只要看到布偶的身影，她就忍不住皱眉叹气。

布偶被她的叹气声弄得很心烦，电脑游戏玩不下去了，索性坐在床头，看着叶言言瞪大眼后退，开心地咧嘴笑。

太碍眼，太难受，叶言言昏沉沉地纠结着，药效发挥作用，她在浑身难受中又睡着了。最后记住的念头是：一定要给它洗洗。

再次醒来的时候，窗帘大开，阳光洒满整个房间，充斥着温暖明亮的味道，叶言言伸展了一下手脚，身体感觉轻松许多。

卫生间里有吹风机的声音，叶言言敲一下门：“寄燕，在吹头发？我进来了。”

里面没有应声，也许是没听到，她打开门：“我要用……”声音湮灭，她瞪大眼，看着卫生间内的情形，忘记了言语。

布偶软绵绵地坐在盥洗台的角落里，脚底积着一小摊水，看起来整个湿漉漉的，吹风机平放在台面上，正对着它吹。

“你……”叶言言吃惊。

“看什么看！”布偶身体僵硬了一瞬，恶狠狠地朝她吼，“没见过洗澡啊？”

叶言言嗅了嗅：“是我的沐浴露？”

布偶哼了一声，背过身去。

叶言言走过去，拿起吹风机，摸了摸湿透的布偶，笑吟吟地给它吹风。

它从镜子里看着她脸颊上的酒窝，冷声冷语地说：“老子是看你生病可怜，不是要纵着你的臭毛病。”

“知道，知道。”

布偶吹干的时候，身体恢复蓬松柔软，脸上的疤看起来都柔和了一些。叶言言揉揉它的发，它挣扎着躲开，一副嫌弃的样子。

“过河拆桥。”叶言言收好吹风机，看了看房间里无处不在的阳光，猛然想起，“完了，现在几点了？”拿起手机一看，已经十点半了。

这几个星期就算没有戏份，她也是早早到达片场，今天破功了。更严重的是，她今天有戏份！

叶言言拿着手机欲哭无泪，屏幕上忽然跳进来微信提示。点击一看，是丽娜的黑白美人头像：听统筹说你发烧了，严不严重？

咦？

她把微信对话框往下滑，点击统筹的头像，上面有两条对话记录，一条是早上七点自己发的请假申请，另一条是统筹的回复，把完颜萍的戏份进行调整，安排到后天，并要她好好休养身体。

叶言言喜出望外，看向布偶："你帮我请的？"

它连眼神都懒得奉送："不然还有谁？"

叶言言抱着枕头把脸埋进去一阵揉搓，叹息："好舒服。"最近她片场酒店两头跑，突然得了空闲，心情高兴得就好像放假一样。

先把丽娜和其他几条未读消息回复了，吃了一顿早午餐，叶言言很快空闲下来，脸上写上一个大大的无聊。

她交友圈不广，没有手机你来我往的盛况。看布偶玩电脑专心致志，好奇地问："游戏那么好玩？"

它反问："怎么？无聊？"

叶言言点头。

"拿去看。"

叶言言把笔记本拿过来，是一个满屏的视频，她点击播放，熟悉的金龙游动的公映许可画面。

"什么电影？"她问。

"《黎明将至》。"

叶言言惊讶地扫了它一眼。这是七年前梁洲主演的老电影，在华语电影中名气斐然，曾在威尼斯电影节上揽回过金狮奖。可惜最佳男主角奖与梁洲失之交臂，被同年美国电影《摔跤手》的男演员捧走。

当时国内娱乐评论一致认为，梁洲的表演堪称完美，可能是太过年轻，而《摔跤手》的男主角多次入围威尼斯电影节，从评委感情角度出发，梁洲输了一筹，导致最终错失了这顶影帝桂冠。

《黎明将至》的故事围绕着一个农村男孩展开，梁洲扮演的男主角为生活所迫来到陌生的城市打工，因为年轻面生被工友们欺负。有一天他遇到了一个漂亮阳光的女孩并对她一见钟情。女孩和他成为朋友，不久之后，女孩夜晚回家途中被人强暴，差点被杀害，变成了无知无觉的植物人。警察束手无策的情况下，男主角一遍又一遍地寻找线索，追查凶手。这个过程持续了整整十年。女孩的亲人早就放弃，男主角却始终坚持，从一个俊秀青年变成满面沧桑的中年人。

影片的开头带着一种浓浓的写实风格，节奏缓慢，唯一的看点大概就是梁洲那张年轻而俊美的脸。叶言言平时最喜欢看的就是特效科幻大片，如果不是梁洲，险些就要放弃。

随着故事的推进，她的视线渐渐无法再从屏幕上移开。

一见钟情，这种在现实生活中堪称奇迹的情感，被梁洲展现得淋漓尽致。遇见女孩的那一刻，镜头给了他一个特写，被苦难生活磨砺太多的青年脸色青白，眉梢微微抬了一下，麻木的神情渐趋柔和，眼神的深处仿佛坚冰初融，瞳仁里映着女孩善良甜美的容颜。

直到女孩出事，男主角崩溃而疯狂。

叶言言感觉心脏似乎被人捏住了，又涩又疼。他的痛苦与绝望，从屏幕上传来，让人感同身受。

当他捂着脸坐在公园的一角，趁着夜色低垂，偷偷从指缝里落下眼泪。

叶言言眼圈泛红，也控制不住眼泪。

影片到这里才刚播放了一小半，在之后长达十年的岁月里，男主角不断追查凶手，遇到过许多的人和事，也包括爱慕他的年轻姑娘。当他发现凶手就是曾经的工友时，已经变成一个瘦削而孤僻的中年男人，蓄着青短的胡楂，穿着半新不旧的夹克，坐在街边的小吃店里，低头喝着汤。

暗黄的灯光把他的影子拉得斜长，透着一股难言的悲凉与落寞。

也许到了这一刻，已经很难说清男主角的感情，到底是为了纯粹的爱情还是一种执念。也许他孤注一掷，一往无前，都只为了生命中那不容亵渎的昙花一现的美好。

影片的结尾，是他前去医院看望，躺在病床上的女孩手指微微一动。

叶言言哭得直抽气。

布偶慢慢开口，语气温和，还带着一丝怀念："这是梁洲的代表作之一。这个阶段他的演技已经基本成熟，很多地方都可以直接拿来作为肢体语言学习的范本。"

叶言言红着眼睛，猛烈点头同意。

"他出道的时候演了不少偶像剧，真正展现演技还是上了大荧屏之后。这个跨越用了八年多时间。"

她疑惑："那么久？"

布偶神色严肃地说："娱乐圈是个名利场，不知道多少人在里面大起大落。享受过人前风光就要忍受得了人后痛苦。梁洲还算是幸运的，最后他成功了。你知道有多少人和他差不多时间出道，现在却早就已经悄无声息了？"

叶言言看着它，顺了顺气，犹豫了片刻才说："你想说什么？"

"女演员比男演员的周期更短，"它说，"留给我们的时间并不多。趁这段时间，必须为你找一个经纪人。"

手机突然振动起来，显示名字是周茵。

叶言言按了接听。

“言言，我男神闹绯闻了，宝宝不开心啊，你现在也算是那个圈子的人了，能不能确认一下到底是真是假啊。”

男神？周茵和她一样，都没有追星的习惯，男演员里两人倒是很有默契，始终喜欢同一个。

梁洲！

她怔了一下，还是和电话那头确定：“谁的绯闻？”

“梁洲啊。”周茵一声大吼，“还有谁是我男神！”

电脑屏幕上还在滚动着《黎明将至》的幕后工作人员的名字，叶言言沉浸在深情而落魄的男主角形象中，一时间对现实中的他闹绯闻有点不能接受。

手机按成扬声模式，她飞快地在微博上搜索起来，同时还在和周茵聊天。

“梁洲闹绯闻又不是第一次，每次都是合作的女主角，这次不会又是哪部戏的前期宣传吧？老来这套累不累，是不是和苏晓媛的绯闻？”

“是苏晓媛我就不打电话了，”周茵说，“几年天涯混下来，你当我弱智啊，会被那么拙劣的宣传给骗了。这次搞不好是真的。”

叶言言很快找到了绯闻内容，起因是一个营销大号在微博上晒出一组照片，称某L姓巨星地下情曝光。两个小时内就在网络上疯狂传播开，照片拍摄时间是晚上，人物拍摄得不是很清晰，但已经足够让人认出是梁洲。

她一张一张照片仔细地看过去，排除PS和角度问题，再次确认正是梁洲无疑。

“这女的谁啊？都没张正面图。”她盯着屏幕，口气发酸。

照片上的女孩戴着帽子、口罩、墨镜，全套标配，其中一张她低着头，似乎是在找什么，梁洲在一旁虚扶着她，面含微笑，神色柔和，格外引人注目。

“H姓女星。”

“H姓？黄雅安？何景岚？贺敏？”叶言言脑子飞转，瞬间有点柯南上身的感觉，“黄雅安台湾人，和他合作的电影是几年前的，何景岚年纪比他大吧？难道是贺敏，但她是短发，照片上是长发，啊……”她忽然意识到，脱口而出，“是韩菲。”

周茵在电话那头附和：“八成是韩菲。虽然没露脸，但发型合上了。”

网友们显然也是极具智慧的，下面的分析和两人的判断不谋而合。

叶言言朝布偶瞄了一眼，它整个人阴沉沉地坐着，脸上表情不辨喜怒。

“韩菲是宏成旗下艺人，梁洲现在是宏成的老板，两个人一起吃个饭散散步，也不一定就是地下情吧。”她冷静分析了一下。

“屁！”周茵在那头跳脚，“你老板晚上陪你散过步，牵过小手啊？这两人要没点什么，我脑袋割下来当凳子坐。”

说得那么壮烈，叶言言不敢再语言刺激她，陪着一起狠狠感叹了一番。

“言言，我实在不敢相信，他和韩菲走到一起了，心里难受死了。”周茵声音低落地说。

默默关注他那么多年，把他的一言一行都烙印在心里，尽管知道他是不会属于自己的，但如果他不单独属于任何一个女人，心里就会产生隐秘的窃喜——仿佛这样，自己就永远拥有一份可能。

哪怕这份可能，从来都是不可能。

叶言言劝说：“男神也是人，总要成家立室的。”话虽这么说，她心里也酸酸涩涩的，忽然就想起在布偶家里看到的那张照片——他也是言笑晏晏的样子，不像影帝巨星，不像大众情人，仿佛那一刻就只是一个活生生的男人。

挂了电话，她刷了几下网页，嘲讽者有，谩骂者有，祝福者也有，世上百种米养百种人，想法各异才是常事。

笔记本忽然被布偶用力盖上，发出啪的一声。

“别浪费时间看这些没营养的东西。”它沉着脸说。

叶言言恹恹地回答一声，脑子里还混沌着，电影里孤独执着的男主角和梁洲笑意温柔的脸反复交织，让她心里直发闷。

“今天才知道，原来我是真爱粉。”她自嘲了一句。

“你喜欢梁洲？”布偶问。

叶言言语气恨恨的：“以后不喜欢了。”

它忽然看向她，眼神很奇怪，有些打量，又有些试探：“给你机会去靠近他怎么样？”

叶言言心里咯噔一响。她与梁洲之间的距离，用光年来衡量才可以算出答案，可是布偶身份不同，无形中像是多了一把钥匙，只要愿意，就可以打开那道随意通行的大门。

她眨了眨眼，舒缓一下刚才哭过的干涩，认真地把这个建议思考了三遍，最终还是摇头：“不用了。”

她是亲眼见过梁洲的，和屏幕上看他感觉更加不同。现在她还只是憧憬，就已经对他有女朋友的事有点排斥，如果近距离接触，感情会不会不受控制？

世界上还有什么事，比咫尺天涯更可悲？

布偶喊一声，状似不屑，说："我以前的人脉很多现在都不能用，能给你找个经纪人已经是现在最大的能力了。你还是要去宏成影视才行。"

宏成？梁洲的公司。叶言言扯扯嘴角："只有这个选择？"

"你没的选。"它残酷回答。

叶言言思索了一会儿，说："你是不是……喜欢韩菲？"

布偶直视着她，目光冷冰冰的，像是回到了两人初见的时候："这和你有什么关系？"

叶言言一怔。

第二天复工的时候，统筹找到叶言言把后面的拍摄安排重新理了一遍。完颜萍和耶律齐的对手戏被排在下周，剩下几天里她几乎没有戏份。最新的消息说梁嫣恢复情况极好，再过两周就可以回剧组，把所有群戏的时间加在一起，叶言言的戏份在一个月内基本上就可以完成了。

布偶提醒她："既然接下来这些天都没有戏，你就去见一下经纪人吧。"

看着它打印出来的信息，她蹙起眉头："直接打电话过去？我怎么介绍自己？"

"就说是认识我，被我推荐去的。"

叶言言不再说什么，把纸上的电话输入到手机里，沉默不语。

布偶拿余光瞟了瞟她，微微叹气，用手轻轻碰了一下她的膝盖。

叶言言面无表情地看着它。

“去的时候穿漂亮点。”它说。

布偶提供的经纪人名字叫马元进，名字很普通。叶言言在傍晚的时候打电话过去，铃声响了两下就被接起来。听声音是个中年男人，叶言言有点紧张，在和对方确认了名字之后就把想要签约宏成的意图说了出来。电话那头很客气地告诉她可以把简历投递到公司邮箱。她无奈地采用了布偶的说辞。

“是旭晖让我来找您的。”她这样说。

电话里突兀地停顿了几秒，对方的声音里有一丝不确定：“你说的是沈旭晖？”

“是的。”

他的声音忽然就变得急促起来：“你说你姓什么……叶小姐是吗？你的电话就是这个来电显示？演员签约的事情还是当面说清楚为好，我们见面谈吧。”

等约定好时间和地点，叶言言挂上电话，长长出了一口气，从来不知道打一个电话能让人这么累。

第二天清早她和张寄燕打了个招呼，坐车回了江城。

4 月中旬的江城，空气中还有几分冷冽，街上的树木却已经冒出了新绿，驱散了冬日的萧瑟，处处弥漫着勃勃生机。

叶言言先回家一趟，足足有一个月没住人，家里积了厚厚的一层灰，简直让人无处下脚，叶言言里里外外进行了打扫，晚上和周茵碰了个面。周茵大学毕业时家里给她找了一个进出口代理的工作，薪资待遇都很好。两人年后还是第一次碰面，高兴得不行，嘀嘀咕咕，天南地北地聊天，一直说到地铁末班车时间。

第二天中午她如约到达“季岚”的门口，这是古色古香的一家餐厅，简洁雅致，从服务员开门时的微笑和室内的装潢来看，消费绝对不低。

手机振动了一下，她拿出来一看，是经纪人马元进的短信：17 桌。

叶言言有些意外，她到达的时间已经比约定的时间提前了一刻钟，想不到经纪人居然比她还早。

17 桌几乎是最角落的位置，每张餐桌之间都用四格屏风隔开，有一种独立空间的感觉，让人安心。

叶言言走近，桌前的人已经站了起来，微胖，三十五岁左右，长相有点憨厚，跟她预想中精明能干的样子一点不沾边。

“叶小姐？”他开口，和电话里的声音一样。

“您好，马先生。”叶言言点头招呼。

“请坐，请坐。”

叶言言脱下外套，转身放在椅背上，转过头，发现对方正盯着她看，探照灯一样的视线，眨眼间就把人看透了，她不自觉一凛，脊背挺直。

“职业病了，”马元进笑着说，“看到美女就忍不住要多看一会儿，知道我是经纪人的还好，不知道的都把我当色狼。叶小姐，你不要介意。”

听他这么一解释，她放松不少。手无意识摸了摸包，忽然意识到今天并没有带布偶出门。这些天两人一直冷战，直到临出门，它也没有多说什么，一头沉浸在电脑游戏里，她就拎个小包出门了。

“正宗普洱出的普洱茶，叶小姐可以尝尝，”马元进说，“都说生普减肥，熟普养胃，女孩子都喜欢。喝一点等会儿吃东西也不用太忌讳。”

短短一照面，对方就显露出优秀经纪人的素养，相处时让人如沐春风，没有半点不自在。叶言言低头喝了一口，淡淡的苦味弥漫在口腔里，她道了一声谢。

马元进笑笑，又介绍了 下桌上的点心，他的谈吐与众不同，别有趣味。叶言言听着也不觉得枯燥无聊。其间他也问了几句她的情况，叶言言也都照实回答。

谈兴正浓，他忽然问：“你说是旭晖把电话给你的？”

“是的。”

“那是去年的事了吧？”

叶言言点头。

“我冒昧问一句，叶小姐和旭晖是什么关系？”马元进看出她有些紧张，缓慢地说，“像我们这种工作的，大多有两个手机，公事的、私事的。旭晖把我私人的号给了你，一般关系可做不到，对不对？”

叶言言的脊背上起了一层薄汗：“我和他……关系还算亲近。”

“亲近？”马元进重复了一下这个词，颇有玩味的意思，“想不到旭晖背着我们几个朋友，还交了小女朋友啊。”

“不是，不是女朋友。”叶言言赶紧摆手，“是朋友的关系。”

马元进说：“叶小姐，恕我直言啊，你们这个年纪的男女关系，哪有单纯的友谊啊，至少也得是友情以上吧？”

叶言言皱眉，不知道是不是错觉，他的语气有一点轻佻。

“他给我电话，大概是真心想让我和宏成签约，仅仅出于公事上的考量，在私人感情上并没有什么关联。”她不卑不亢地回答。

马元进笑了：“别紧张，就只是闲聊而已。”

叶言言沉默。

“这个圈子不好混啊，”马元进说，“普通人不知道，看着是风光无限，其实什么破事都有，比电视上演的还精彩。要真能混成大拿也就算了，混不出来一辈子受人气，赚也赚不多，恕我直言，叶小姐你不是科班出生，这点很吃亏，走的路子更难。那些科班的，还有同学、老师、学姐学长的，捞不到大的角色，小的总会有些关照。你这完全得靠自己。”

“这些困难我已经有心理准备了，以后会更加努力的。”

“不，不。”马元进看了她一眼，“我想当初旭晖把电话给你，也是想让我照顾你一下。现在他这样，唉……”他沉沉地叹了口气，“像你这样的情况，没有人关照肯定不行。”说着，他的手在桌上轻轻搭住了叶言言的手，摩挲了一下。

叶言言完全没有反应，慢了一拍才意识到，脑子里轰的一声，整个人蒙了，她飞快抽出手，吃惊地看着对方。

马元进不置可否地微笑，往椅背上一靠：“叶小姐这是毕业没多久，对这个社会还不太了解吧。”

叶言言嘴唇微微哆嗦，整个人说不出话来，一定是店里的光线太过昏暗，才会让她看不清对方的嘴脸。怎么会变得如此之快？她一手抓住包，就要站起来。

“别急啊，”马元进直起身体，“旭晖把电话给你，你隔了大半年来联系，图的是什么，不就是想要钱要名嘛……说什么喜欢表演，嘁，我这又不是中戏面试，没必要搞这套。你放心，真要签了约，只要哥哥给你找点资源，一线先不说，二线三线总跑不了，怎么样？”

他隔着桌子似乎要探身过来，叶言言从未见过这样的阵仗，害怕得双腿发软，猛地把包拿起，带子勾在椅子把手上，她用力一抽，整个人往后一撞，屏风隔板倒了下来，她没站稳，摔倒在地上，桌上一碟糖不甩被她的手臂带下来，黏腻的花生碎和酥粉撒在她的裙摆上，一片狼藉。

背后忽然插进来一个温柔的女声："哎，马哥，你闹大了，吓到人家了。"

叶言言抬头看去，屏风倒地后露出后面一桌，说话的女人五官精致，端庄大气，一身白毛衣黑短裙的简单搭配依然艳光照人。这张脸去年几乎雄霸了各大电视台，叶言言错愕地看着她，韩菲?

坐在她对面的男人，是叶言言更为熟悉的，此刻正看着她，面色无波，眉峰微微蹙起，一双眼睛深如古潭。

叶言言感觉自己像是暴露在灯光下的小丑，从没这样狼狈过，她颤抖着手拍打自己的裙子，手指碰到一个糖不甩，黏腻的感觉就像她现在的处境。

低下头，她的眼泪忍不住掉了下来。

韩菲眼尖首先看见了，朝马元进一瞥："看看，人家小姑娘面皮薄，哪经得起你这样捉弄。"

马元进抽了两张餐巾纸，三两步上来，歉意地说："哎呀叶小姐，误会，真是误会。"

叶言言嫌恶地一把推开他的手，低头用力拍了拍裙摆，站起身的时候她力持镇定，可是手脚控制不住地微微颤抖着。

"叶小姐。"梁洲忽然开口。

叶言言没有看他，伸手在脸上擦了两下，声音带着一丝颤抖："我知道你们都是有头有脸的人物，像我这样人微言轻的小人物根本不被你们看在眼里，不过幸好现在还是法制社会，这里也是公众地方。"她从包里拿出手机，调成拍照模式，对着两桌拍了两张，回头又对着马元进拍了一张，他站在原地不敢动弹，露出无奈又歉意的笑容。她继续说，“本来想要签约宏成，看来是我想法天真了，就这样吧。”说完转身就要走。

“叶小姐，”梁洲再次开口，语气沉稳镇定，“关于刚才的误会我可以解释。”

叶言言紧紧抿着唇，脚步半步不停。

马元进肥胖的身体挡在走廊上，眉毛嘴角耷拉下来，双手作揖：“叶小姐，刚才是我过分了，你别生气，要怎么罚都可以，你说了算。这全是我个人的主意，和公司没有关系，你还是听一下梁总怎么说吧。”

梁洲起身，走到叶言言身后，语气柔和地说：“叶小姐，事情关系到旭晖，我们在做法上可能有些过激了，还请你谅解。”

叶言言脑子里还是乱哄哄的一团，那一瞬间血好像全冲进了脑子里，连自己说了些什么都不是很清楚。她的一生中还从未经历过这种局面，心里难受得如同堵着大石，想要大声喊叫，想要发泄，可旁边的人此时都赔着笑脸，服务员也过来收拾着残局，笑得特别谦恭。那表情里分明写着，要是她再发火就是无理取闹了。

她眼眶憋得通红，硬忍着不流眼泪，僵硬地站在原地。

梁洲：“你先去洗手间，冷静一下。”

叶言言反射性就要拒绝。

“用冷水洗一下脸，等你冷静下来，我们再好好谈一谈。”他温和地说，有种让人镇定的奇异力量。

服务员上前领着她到洗手间门口。

冷水拍上脸，眼泪顿时崩不住了，她无声地哭了一会儿，门口高跟鞋的脚步声不疾不徐地走了进来。韩菲在镜子里对她笑了笑："他们都有些不放心，所以我来看看。"

什么不放心，厕所在走廊尽头，又没有第二道门，想逃也逃不了，难道还怕她因为这么一次丢脸就想不开？叶言言虎着脸，洗了脸再慢吞吞洗手，随后抽出一张纸巾。

"这对皮肤不好，"韩菲在一旁出声，从随身的小包里拿出一盒粉饼，"要做女演员的人，不能对自己那么马虎。"

叶言言没有接，在镜子里和她对视一眼。

不可否认，韩菲与屏幕上看起来别无二致，肌肤细腻，容貌美丽，一言一行像是她扮演过的很多角色，无一不是秀外慧中，美丽优雅，带着一股子中国古典美，还很大气，简直达到了女人的极致，如果在平时遇到这样的她，叶言言一定会又憧憬又感叹。可是现在，她没有办法欣赏这种美。

韩菲即使什么也不说，仅仅是站在那里，就有一股顶尖女演员居高临下的气势。

"谢谢，我不用。"

韩菲抿唇笑了一下，把粉饼放回包里，一点不见被拒绝的不悦，反而柔声劝说："叶小姐，刚才真的就是马哥开个玩笑，没恶意的，没想到你会这么当真。"

叶言言已经冷静许多，闻言抬头："平时他也和你这么开玩笑的？"

韩菲眉梢一挑，笑意淡了两分，过了一会儿才说："整理好了我们快出去吧，他们该着急了。"

两人前后脚走出洗手间，韩菲已经没有刚才那种平易近人的意思。

服务员把她们领到包间。

推门进去，梁洲坐在桌前，对韩菲说："我和叶小姐单独谈一下。"

韩菲飞快掠他一眼，浅笑盈盈："也好，你说肯定要比马哥说有用得多。"

叶言言捏着包的手紧了紧。

包间里只剩下两人时，叶言言莫名感到有些紧张。

梁洲客气地招呼："请坐，不要紧张。说起来今天该紧张的应该是我。"

叶言言坐到他对面，忽然想到，这个场景似曾相识，不久前在沈旭晖的房子里也发生过。

一杯热茶递了过来。

梁洲笑笑，冷峻的面部线条柔和下来，犹如春风拂过。

叶言言接过茶，别开眼。

"刚才是老马考虑不周，行为过分，我代他向你道歉。"他开口说。

叶言言喝了一口茶，轻轻呼出一口气："您说考虑不周，我却觉得是考虑周全。关于这一点我们实在没有必要争辩，如果您是担心刚才的照片，现在我就可以删除。"

梁洲看着冷静下来的她，似笑非笑："你以为我是担心照片？"

她不语。

"拍到同桌吃饭，不能说明什么吧，"他说，"这种照片哪个八卦传媒都不会要，刚才你说这里是公众地方，我很赞同，不过这里的老板恰好是我。"

不同等级之间根本就不存在较量问题。叶言言无意识地捏紧了茶杯。

"别紧张，我这么说没有恶意，只是想把情况和你说清楚，免得再产生什么误会。”

叶言言撇了一下嘴。

梁洲恰好看见了，笑了一下说：“其实这件事也不能全怪我们，之前叶小姐说认识旭晖，我特地请人查了旭晖的所有通信资料，在他出事前的一年里，没有任何一个和叶小姐有关的电话。关于这一点，你可以解释一下吗？”

叶言言的身体瞬间有些僵硬。

身为华语影片大满贯的影帝，梁洲对肢体语言几乎可以说是洞若观火。

这个女孩果然还隐瞒了什么，他揉了一下额角，不动声色地观察着叶言言的一举一动。同时也有些疑惑，她的种种举止耐人寻味，但是看起来又确实像什么都瞒不住的人。

“我和他没有电话联系过，”叶言言垂眼看着杯里浮浮沉沉的茶叶，“是网上联络的。”

“微信？”

“不是，网络游戏。”

梁洲深深地看了她一眼，忽然笑了：“你很聪明。”

叶言言脊背上起了薄薄的汗，心虚地不敢接话。她本来就不是擅长说谎的人，况且，对着梁洲，谁能擅长说谎?

她和沈旭晖之间的联系，根本经不起推敲。

梁洲的手指在桌上轻轻敲击了几下，无声的，这似乎是他思考的一个习惯，无形中给人很大压力。

“不知道旭晖有没有和你说过，他大学一毕业就到公司来帮我，这些年无论是公是私，他都帮到我很多，”他顿了顿，说，“对我来说，他不仅仅是得力助手，还是兄弟。”

他说话的语气很平静，神色却很郑重和认真，叶言言沉默地听着。

“所以听到和他有关的消息，我都不敢忽视，”梁洲淡淡地说，“上次在他家里遇到你，我就有一种感觉，你能告诉我一些别人不知道的真相。”

“真相？”叶言言错愕。

梁洲目光在她脸上一转：“旭晖是在云南南涧县出的事。当地警察的调查结果是醉酒驾驶出事。我了解他，虽然平时看起来不拘小节，但是喝酒后驾车，他一次都没有过。”

叶言言有些感慨，又迅速摇头：“他车祸的事我真的不知道。”

“他去云南的事，你知道原因吗？”

“不知道。”

梁洲有些失望，他刚从法国回来，听到马元进上报的这个消息，从北京飞到江城，几十个小时没有好好睡过一觉，精神已经极度透支，疲惫的感觉压也压不住。

他抬起眼，极其严厉地扫了对面的女孩一眼：“叶小姐，希望你不要隐瞒，无论怎样艰难，旭晖的事情我一定会追查到底。”

叶言言屏住了呼吸，说不出话来，过了一会儿才说：“不管您相信不相信，我是真的不知道。”

梁洲脸色有些沉，大概再吓一下，她就什么都能说出来，这个念头一闪过，他自己都觉得一哂，要说这个女孩和旭晖的车祸有关，大概谁也不会相信。

这明显就是一个刚出社会的雏鸟，干净澄澈，一眼就能看到底。

梁洲意兴阑珊，脸色又缓了缓，对叶言言说："今天就先到这里吧。"停顿了一下，又说，"你和宏成签约的事，公司会慎重考虑，希望之后能给你一个满意的答复。"

最后这样公事化地结束，叶言言始料未及。

她走出季岚，呼吸到清冷的新鲜空气，骤然有种重获新生的感觉，大脑里依旧是乱糟糟的一团，以至于刚开始的屈辱感都淡去不少。

走了没几步，一辆黑色宾利停在面前，马元进的圆脸从司机位探出来："叶小姐，我送你一程吧。"

叶言言瞥他一眼："不用了，多谢。"

他立刻识相地笑笑，招呼道："下次到江城请你吃饭谢罪。"

不等叶言言回答，他就把头缩回去，车很快就开远了。

叶言言一个人走在路上，刚才背心出了细汗，被风一吹又觉得凉了。出门时为了好看，只穿了连衣裙和风衣，现在后悔得要死，江城今天阴沉多雾，一股子挥散不去的湿腻感，周身都是缠绕不去的冷意。

马元进把梁洲和韩菲送到酒店，碰到外出吃饭回来的梁洲的助理李勤，两人一照面，李勤寒暄："老马，脸色不对啊。"

"别提了，今天这苦差事，早知道是这样我就躲一躲。"马元进一张脸皱成一团，"我要晚来半天，这差事怎么也得轮着你。"

李勤一听就笑了，挤眉弄眼："显摆了是吧，不是说和一小美女去吃饭嘛。"

"我显摆我就不是人。"马元进痛心疾首状。

看他这脸色半点不作假，李勤笑得合不拢嘴，拉着他一起去泡了个桑拿，两人大汗淋漓地聊着天。

马元进把毛巾往脸上一搭：“我也以为是美差啊，谁知那小姑娘，呵，你是不知道……”

“难道丑得下不去嘴？”李勤猜测。

“我说你一把年纪了，留点口德啊。”马元进说，“小姑娘漂亮，不光是漂亮，水灵灵的，往那儿一坐，鲜亮鲜活的，看起来跟大学校花似的。我接那么一差事，当时都愁死了。”

“得了吧，”李勤揶揄，“愁个屁，心里美得都快冒泡了吧，我说嫂子也不在这里，你表什么忠啊？”

马元进斜睨他一眼：“你倒说得轻松，那姑娘，一碰就跟刺猬一样，瞪着人那眼神，啧啧，她低头哭的时候，我都觉得自己十恶不赦了，恨不得把手剁了赔给她。”

李勤哈哈大笑，指着他：“你也有这一天。”

马元进叹了一声：“要说她是旭晖看中的人，我还真信。”

听到旭晖的名字，李勤沉默了一下，然后问：“怎么说？”

“那姑娘有股子说不出来的味儿，很难形容，”马元进想了一下说，“用心调教一下，说不定真能红。”

“又一个韩菲？”

“别提那女人，今天这馊主意就是她出的，我顶烦她那个劲。”

李勤长长叹了口气，忽然说：“既然是旭晖选的，你就把那姑娘签了呗。”

马元进嘴角拉下来：“现在只怕是想签也签不了。”

听到钥匙开锁的声音，布偶正好打完一个副本，笑眯眯地招呼："回来了？"

久久没有回应，它向门口看去，叶言言拿着一个小手刷，低头很认真地刷着裙摆，看不清表情。它知道她有强迫症，但耗时也未免太长了。

"怎么了？"

她抬起头，脸色古怪地看着它："你是故意的。"

是肯定句，不是问句，布偶没有回答，一边点击鼠标一边问："成功了？"

叶言言一下子爆发了，冲上前，猛地扣上笔记本的屏幕："你算计我。"

"夹着手了。"它慢条斯理地抽出手掌，表情笃定，和她的愤懑焦躁对比鲜明，"我算计你什么了？"

"你……"叶言言眼眶微微发红，"上次梁洲都记住我了，你明明知道，还让我去联系……"

"然后呢？马胖子上报了，是梁洲亲自来了？"它猜了个八九不离十，然后说，"这样不是挺好，他是你未来的老板。给老板留下印象才有好处嘛。"

叶言言听了这话心里又酸又涩，眼泪又涌了出来，她别开眼，转身进了卫生间。

布偶看着卫生间的门，听到里面清晰的放水声，突然莫名烦躁，拍了一下电脑，暗骂了一声。

叶言言卸了妆，换了一身睡衣出来，眼皮肿肿的。

布偶瞅了她好几眼，无法视而不见，开口问："马胖子怎么你了？"

她不理它，默默收拾衣服。

“喂，叶言言。”它大声喊。

叶言言猛地放下衣服，说：“没什么！也就被摸了一下手而已，反正是我玻璃脆弱少女心，小题大做，矫情多事，你达到目的就好，没少皮没少肉的，说不定我还能拿到宏成的合同，这么好的事，你让我冷静地高兴一下不行啊？”

她一口气说了那么多，自己却没有发现，嘴唇微颤，声音也有些发抖。

布偶眉头倒竖：“是马胖子做的？他有这胆子？”

叶言言干瞪着眼不语。

布偶又嗤笑出声：“别人也就算了，马胖子那货，摸你一下只怕他比你还难受，你就当被狗咬了，没事啊，没事。”见她没反应，它又说，“胖子有个女朋友，大学时就一起了，十几年了，虽然没有领证，跟老婆也没什么区别。胖子对她俯首帖耳，半点反抗能力都没有。以前他和几个小明星出去轰趴，衣服上有个口红印子，被老婆赶出门，大半夜的到我这里蹭床。就这样半夜还要跟他老婆视频，证明是在我这里睡的。”

叶言言只觉得满肚子委屈都被它给搅和得变了味，气也生不下去了，她狠狠剐了它一眼。

“这事不怪胖子，真的。”它说。

“那怪谁？”叶言言哼了一声，“难道怪……梁洲？”

想到她喜欢的偶像居然这样设局来试探她坑她，心里排斥感大增，心想还不如怪马元进呢。

布偶皱起眉：“不是他，这不是他做事的风格。”

他的口气那么熟稔，叶言言想起了梁洲提起的关于车祸的事，微微出神。

“喂，我和你说话你神游什么？”它不满，又瞥她一眼，“还计较摸那一下？”

“不是。”叶言言硬邦邦地回答。

到了夜里，她翻来覆去睡不着，布偶在沙发上听见动静，说：“你这翻烙饼呢？”

于是床上再无动静，过了一阵，它又觉得别扭，问了一句：“睡了？”

好一会儿床头飘来：“没有。”

“你这是不是强迫症又严重了？”它说，“被摸一下小手就能折腾成这样，三纲五烈？授受不亲？是回封建时代了是吧？”

叶言言没好气地说：“破事你能不能别提了，心烦。”

“那你不睡觉？”

她沉吟了一下，轻声开口说：“梁洲今天说起你了。”

“哦？”它含糊应声，过了片刻才问，“说什么了？”

叶言言挣扎了一会儿才说：“说车祸的事。”

往常提到这个它总是要翻脸，她也做好了心理准备，谁知道它沉默了一会儿，口气蔫蔫地说：“他做事谨慎，我猜他也能看出来。”

“你真的是被人害的？”她猛地坐起来。

隔着书架看不到它的样子，听着声音很冷：“那又怎么样？”

“报警啊。”

“你去报？”它一句话顶回来，“怎么和警察解释你知道？”

叶言言垂头丧气：“那怎么办？你真的不能回到身体里了吗？”

布偶翻了个身，嘀咕道：“瞎操心。”

“不如去医院看看吧，说不定离得近了你就能回去。”

布偶闭着眼也能想象她说这句话时认真的样子，心底蓦然有些发暖，口气却很随意：“你想帮我？”

“不帮也不行吧。”叶言言无奈。

“那你乖乖进宏成，一步步爬上去，当一姐，夺影后。”

“你说笑吧？”

“现在不人不鬼的样子，你当我爱说笑？”

叶言言一下子沉默了。

房间里寂静无声，从窗帘缝隙透进来一丝光线，又暗又黄。不知为什么，她心里发酸，和今天在餐厅被欺负时不一样，感觉更沉闷一些。

“宏成有韩菲，我不知道能不能达成你的期望。”

它接口：“那就把她踩下去。”

隔了一天马元进电话联系了叶言言，通知她演员合同准备好了，邀约一起吃饭谈合同事宜。

叶言言这次选了个快餐地点——必胜客。马元进半点没犹豫就答应了。

挂了电话她看着布偶欲言又止。它笑笑：“他会选择签你，一是因为你和我有关，还有就是你确实有成为一线女星的外貌和气质。除了韩菲，宏成还没有拿得出手的小花。”

她心里清楚，根本没有其他选择，这一份演员合同还是布偶的决定性因素更多，心里有再多想法，最后也只有硬着头皮去签约宏成。

至少，这才算是踏出成为演员的真正一步。

叶言言心有余悸，选了必胜客作为碰面地点，马元进不敢有二话，肥胖的身体挤在小沙发里，拿出合同样本逐一解释，眼神都不敢乱瞟一下。

他这副认输的样子让叶言言很难再虎着脸，她本来就是个容易心软的人，脾气发起来疾风骤雨的，看似厉害，实则色厉内荏，来得快去得快。

合同一早就在布偶的电脑上看过一遍，几个牵涉演员待遇的条款都没有改动。宏成近年发展迅速，经过几年的结构调整，已经由影视公司向传媒集团发展，旗下有经纪公司、影业投资公司、广告公司等，和行业内巨头相比还太过年轻，但基本已完成了前期实力积蓄。

宏成签约的演员不多，还属于招兵买马阶段，演员待遇很是厚道公平，叶言言爽快地落了签名。

马元进高兴得眼睛眯成了线："大气，妹子，我第一眼就看出来你特别大气，以后我们就好好合作。"他伸出手，眼巴巴地瞅着她。

叶言言无奈地伸手。

马元进的样子简直是如蒙大赦，随后说："我叫你言言可以吧。那一次真是误会，你别放心上。"看见她脸色一变，他立刻又岔开话题，"你这名字起得好，叠名，跟你说，我娱乐圈里看那么久了，叠名容易红。你别不信！九十年代 × 宝宝我就不提了，你不一定知道，之前那几代，× 勤勤、× 冰冰、× 圆圆、× 诗诗、× 姗姗，你看有实力女星，有话题女王，有小花旦，有招黑体。不管怎么说，都是风口浪尖上的，娱乐圈最缺的话题她们都不缺，上个头条跟吃根面条那么容易，起个名字太重要了，你这名字好，我直觉肯定能红。"

他说话像倒豆子那么快，叶言言听着笑出了声。

马元进见她全然放松下来，心里也松了口气，开始履行经纪人的职责：“你现在拍的《神雕侠侣》，剧选得不错，角色太过无足轻重，如果能早点签，我就去给你争取郭襄的角色了，现在已经拍了没有办法。之后的资源我会帮你好好争取。你看看这个。”

他从公文包里掏出一份剧本，摆在桌上。

《时光之旅》。叶言言眼皮一跳，摸了摸本子封面看着他。

“这个故事的版权是购买的网络小说，内容还是很有趣的，元素叠加也很多，包括玄幻、悬疑、爱情、冒险。公司很看重这个剧，投资也大，为了这部剧，梁总从大荧屏回归小荧屏，下个月就开机了。怎么样，要不要试一试？”他说得眉飞色舞，极力鼓动。

叶言言粗粗地翻了翻，说：“这个小说之前我看过。”

“那就太好了，省去很多解说时间，”马元进说，“你对小说里哪个女性配角感兴趣？”

她合上本子，想起布偶当初对角色的分析，略沉吟了一下说：“溶月”。

马元进激动地狠命拍了一下大腿：“好。”

叶言言瞪大眼。

“眼光真好。”马元进搓了搓手，“这个剧是单元故事类，女性角色很多，但真正出彩的就两个，一个是溶月，一个是悦儿。其实说到角色形象，你和悦儿更贴近一些。这个角色讨巧，单纯，深情，用一生去守护爱情，容易赚眼泪。溶月嘛，反面女配角，是除了女主角之外唯一贯穿整部剧的女性配角，看着美好纯真，实则妖娆妩媚，带着一丝邪性。”

他的分析和布偶差不多，叶言言不由得微笑：“我想挑战一下。”

“我赞同你的选择，悦儿讨喜是讨喜，但是人物本身没有厚度，溶月就不一样，要是你真演这个，我很期待。”

两人又讨论了一下细节，马元进惊喜地发现叶言言对溶月这个角色的理解不是浮于表面，他笑着问：“你是事先做过功课？”

“收集过一些资料。”

马元进眼睛一亮。漂亮有气质的女孩在娱乐圈不算多也不算少，但是不依靠经纪人，独立、有脑子、有策略的就太少了。

他打了个电话，和公司把角色试镜时间和地点确认一遍，替叶言言报上名，放下电话说：“真要是拿下这个角色就太好了，你和梁总会有很多对手戏。”

叶言言对故事熟悉，惊诧道：“和男主角？没有什么对手戏吧。”

马元进露出一个神秘的笑容：“偷偷和你说，这件事还没有公布呢，梁总这次不演男主角，演男配角。”

叶言言挣扎了半天才塞进嘴里的薯条，差点又喷出来。

和马元进敲定后面的工作安排，叶言言很快收拾包裹赶回象山县，她还有十来天的戏份才可以结束，如果没有意外拖戏，月底正好可以参加《时光之旅》的角色试镜。

回到酒店时张寄燕正好在，她把一头长发剪短，看起来靓丽俏皮许多。晚上她约了一群剧组工作人员吃饭，正好捎带上叶言言。一群人在海鲜街吃得畅快，又喝了些啤酒，张寄燕揽着叶言言的肩膀，醉眼蒙眬地说：“叶言言，我和影视公司签演员约了，怎么样，厉害吧？”

叶言言扶着她，高兴地说：“这么巧，我也刚签了。”

身边的人忽然站定了：“你也签了？”

“是呀。”

她突然一撒手，叶言言转过脸看她，街边昏黄的灯光下，她的脸色看起来格外冷，和刚才吃饭时谈笑风生截然不同。

叶言言不明所以：“寄燕？”

“好，好！”她面色难看地说，“你现在才说，是想偷偷看我笑话是吧？”说完转身就走，任凭叶言言怎么喊都没有回头。

当晚张寄燕没有回房，第二天一早程英的扮演者黄丽玲拖着行李箱来到房间，有些为难地告知叶言言，她和张寄燕换了房间。

叶言言自始至终没有弄明白，两人一起签约影视公司不是好事吗？怎么张寄燕的反应会这么大。

在片场见到丽娜，她的态度就像离开时一样没有丝毫变化，叶言言松了口气，两人微信上也有联系，谈起来也没有生疏感。

两人坐在一起上妆，丽娜感慨：“你不在的这一周，气氛都不好，我和耶律齐的戏，不是他 NG，就是我 NG，刘导的脸色差得，看起来想吃了我们两个。”

想象那个场景，叶言言一下笑了出来，化妆师连忙阻止。

“不过那个顾沛东也有点本事，摸到演戏的窍门，他 NG 的次数越来越少了。”

等到上戏的时候，叶言言才知道丽娜的话一点没错，相比一周之前顾沛东连走位都不清楚，现在却已经似模似样，可能台词这种需要时间积累的基本功还不具备，需要后期配音加工，但拍摄的时候不会因为最基本的问题连续吃 NG 了。

他本来就五官英挺，古装扮相极其出色，在镜头上优势明显，演技上的瑕疵，只要是导演觉得后期可以加工解决的，也就不再苛求。

完颜萍和耶律齐的重头戏是那一场赌斗。

正面的武斗需要演员本人上阵，叶言言离开片场一周，再次摸刀的感觉很不一样。和顾沛东的对打大多是近身的，动作指导认真讲解了两三遍，两人都是生手，配合练习了好几遍。有一次叶言言挥刀过猛，一下子抽在顾沛东的身上，旁观的人看着都觉得疼。顾沛东却只皱了皱眉，说了一声：“继续。”

两人都很努力，力求把动作融会贯通，直到正式拍摄时，只 NG 一次就过了。

除了之后零星几场群戏，叶言言已经没有其他戏份，她换下戏装和丽娜在片场聊天，无意间瞥到顾沛东，他还穿着长袍戏服，想调整一下躺椅的位置，先是伸出右手，不知想到了什么，马上又换了左手。

叶言言一愣，想到上午练戏时候那一刀，心里有些担忧，走过去问他：“你手臂是不是受伤了？”

顾沛东挑起眉，语气冷淡地说：“没啊。”

“早上那一下我觉得挺重的，你让动作指导看一下吧，他们有经验。”她又说。

顾沛东笑了一声：“我怎么觉得你特别希望我受伤啊。”

这小屁孩！太不识好人心了，叶言言没有再说什么。

下午收工的时候，文哥忽然到了片场，找顾沛东聊了一会儿，看到叶言言的时候，扬手打招呼，叶言言笑着回应。文哥说：“叶子，晚上一起去喝一杯，这地方不比江城，娱乐太少了，我们聚聚。”

叶言言看到他就想起一件事。上周回江城她电话联系 Hellen，原本只想谢谢她牵线搭桥，谁知 Hellen 刚接了电话就说：“言言，真不好意思啊，我听说文哥收了你八万，他也太狠了，就介绍一下拿这么多。我一朋友漏了风给我，他介绍顾沛东的时候一分都没收，还是我介绍你的呢，他这也太不仗义了。”

“……”叶言言听得一脑门子汗。

看到文哥就忍不住想到钱，叶言言有点牙酸。

文哥一无所觉，画着眼线的眼斜了她一眼，神态妩媚：“叶子，不是拍了戏就不认人了吧。”

叶言言无奈答应。

晚上一伙人齐聚海鲜坊，除了她和顾沛东，其他全是化妆师造型那个圈子的，给叶言言上妆的化妆师也在。两人在剧组搭配时间长，索性坐在一起，几杯酒喝下去，感情立刻得到升华。他语重心长地说：“我跟你说你要上点心，原先和你一起的那个张什么……”

“张寄燕。”

“对，对，就是她，心思活着呢，听说和梦幻星签约了，你知道吗？”

“梦幻星？”

“公司倒是小公司，不算什么，但是我听说，好像原先是来找你的。”

叶言言眨眨眼，有点茫然。

化妆师看出些名堂，咯咯笑出声来：“看来你被人截和了啊。”

在这个圈子混过的，听了这两句都明白发生了什么事，一桌子人看她的表情特别同情。

叶言言倒不觉得自己有什么可怜的，但看这一桌喝酒如喝水的架势，趁同情之际逃两杯酒也是好的。

十点多离开海鲜坊的时候，一群人东倒西歪。文哥手臂一展，搭在顾沛东的肩上，拍拍他："我说的吧，你这模样，不做明星做什么。"

顾沛东手臂轻轻抖了抖。

"时间还早，这附近有个 KTV，走，去放放嗓子。"有人建议。

几个化妆和造型立马同意，叶言言婉言谢绝，顾沛东摸出一根烟点燃："我也不去了，明天还有戏。"

众人还要劝，文哥最后拍板放两人回酒店。

吃饭的地方离酒店说近不近说远不远，十多分钟的路程，晚上车少，两人在路口等了五分钟也没有一辆出租车，顾沛东说："走回去吧，拖拖拉拉都要天亮了。"

于是两人一起往酒店方向走，天色很暗，街上人也不多，大多是刚从海鲜街吃喝完的，统一特征是酒气醺醺，呼朋唤友。有一小伙青年，看到路过的叶言言和顾沛东样貌出众，还吹起了口哨。

顾沛东嘴里叼着一根烟，回过头，对着落后几步的叶言言说："你走快点行不行？刚才没吃饱啊。"

这口气……叶言言也有些烦躁，快走了两步，隔着一个人的距离走在他身边。

顾沛东冷冷横了她一眼，嘴角一扬，表情在路灯下阴暗不明。

叶言言走出一段，发现他又落后了，不解地回过头："怎么了？"

"让您先啊！"顾沛东哂笑，"你不是看不起我嘛，走一起多别扭啊。"

叶言言一头黑线："看不起？我看不起你？"

顾沛东嘴里吐出长长一条白烟，漆黑的瞳子里全是冷意："装什么呀？女孩子平时装装是情趣，现在还装就有点没劲了啊。"

叶言言皱眉：“你喝多了吧。”

他烦躁地踢了一脚路边的石块，啪的一声飞出老远。

叶言言被他古怪的样子吓了一跳，怀疑他真喝醉了：“你没事吧？”

他大步一跨，几步走到她面前，弯腰贴近，嘴角弯弯的，笑得有些邪气：“这点酒算什么？你是没见过真醉的。“

他嘴里的酒气烟气全扑到她的面上。

叶言言紧张地后退：“干什么？”

“怕什么？”他眼睛晶亮地看着她，“以为自己天香国色，男人喝醉了都想对你怎么样？”

一股热气冲上了叶言言的脑门，她大怒：“你神经病啊。”

顾沛东被骂了，不怒反笑，乐不可支。

叶言言只觉得脑门上青筋直爆。

他忽然鼻子抽动，在她周围使劲闻。

“你这喷了什么香水？味道这么难闻。”

叶言言觉得再和他对话下去自己肯定会爆血管，她打开包，从里面掏出一小瓶红花油，狠狠掼在他手里。

顾沛东低头看着手里的瓶子，脑子反应慢一拍，就那么傻看着。

“我看你几次都不用右手，问动作指导要的，”她有些生气地说，“随便你用不用。”说完不看他的脸色，转身就走。

走出好一段，她回头看一眼，顾沛东在后面跟着，距离十步左右，一小瓶红花油被他捏在手上，手指转来转去，一副很有趣的样子，脸上露出属于年轻男孩的稚气。

完颜萍剩余的戏份都是群戏，甚至不需要演技，只要充当背景就可以。没过几天，女主角梁嫣伤愈回归，导演、制片带着演员和剧务在国际饭店聚餐，除了为梁嫣接风洗尘，同时提前为几个配角杀青结宴，其中也包括叶言言。

酒酣饭足之际，程英、陆无双的演员都上前给导演及制片单独敬酒。

叶言言也随后跟上，刘导笑眯眯的，和在片场的气势截然不同，一杯酒下肚，点拨她说："你的演技是跟着科班课程学的吧？"

不愧是大导，眼光就是毒，叶言言猛地点头。

"学院派风格十足，"刘导说，"有好处也有坏处，好处是有基本功，坏处是中规中矩，你拍戏的时候一定要专心，在感情释放上不要拘束。"

叶言言举着酒杯，瞬间有种醍醐灌顶的感觉。从拍戏以来，她隐约有种隔阂感，下意识关心走位和镜头有效视角的问题，虽然表演到位，却没有那种角色融合感——原来问题出在这里。

"要成为好演员，首先要学会'忘我'。"刘导如是说。

导演助理见叶言言愣着不动，轻轻推了她一把："刘导这是教你，也是夸你呢！"

叶言言受教，敬酒一杯干了，一桌人兴高采烈地喝彩。

丽娜私下好奇地问："刘导说什么了？"

叶言言把刘导的话转述了一遍，丽娜的助理有些羡慕："在业内私底下都喊刘导'黑阎王'，他能这么说，说明挺看好你的。"

丽娜说："刚才敬酒他也指导我了。"

助理高兴："说什么了？"

"让我演戏的时候一定要有表情。"

助理语塞，一脸恨铁不成钢，过了半天才说了一句："幸好公司给你的定位也不在演技。"

叶言言笑得想捂肚子。

两天之后叶言言的戏份正式杀青，和几个熟悉的演员剧务道别之后，她便回到酒店整理行李。这一晚睡得特别踏实，第二天清晨，她静悄悄地拖着行李箱离开。在电梯门口遇到晨跑回来的顾沛东。

他瞄了一眼她的行李箱："拍完了？"

"嗯。"

"去哪儿？"

"客运中心。"

叶言言进了电梯，顾沛东随后跟了进来，她有些疑惑。

电梯门打开的时候，他大手一抓，拉住行李箱的拖柄。

叶言言看向他。

"大清早一个女孩子怪可怜的，我送你吧。"他懒洋洋地说。

她看着他一身简便的运动衫，还在犹豫。他手长脚长，已经先一步跨出电梯，回头看她："几点？"

"七点。"

顾沛东笑了一下："几点的车？"

"哦，八点半。"叶言言反应过来。

顾沛东说了一句："吃早饭还来得及。"说完带着她七拐八拐地走进一条巷子里，道长而狭窄，挤着一个十多平方米的早点铺子，有大饼、油条和豆浆。顾沛东熟门熟路地走进去，点了两个大饼、一根油条和一碗豆浆，回头看她："要吃什么尽管点。"

豆浆醇浓，大饼飘香，叶言言被勾得胃口大开，就着豆浆吃了一整个大饼，看着油条还有些眼馋。

"吃呗。"顾沛东撕了半根油条递过来。

叶言言摆手忍痛拒绝。

顾沛东对着她上下瞄一瞄，笑得不怀好意："是不能再吃了。"

她气结。

吃完早饭，老板来收钱。顾沛东耸了耸肩，看向她，把运动服的口袋抓出来，笑得无辜又无赖。

难怪说尽量点，原来全是吃她的，叶言言满头黑线，认命地掏钱。

原本宽裕的时间因为一顿早饭变得有些紧张，顾沛东在路口叫了一辆车，把行李箱放入后备厢，叶言言见他也要上车，连忙拦着："你快回去吧。"

"说了送你的。"

"别呀，"她说，"你都没带钱，等会儿怎么回来？"

"你借我呀。"

她竟无言以对。

叶言言从来不擅长应对这么死皮赖脸的人，最后还是让他上了车。

顾沛东坐在车里，长腿屈起，闭着眼，十分惬意的样子，因为运动回来，头发乱糟糟的，居然也一点不难看，反而更添几分随性和不羁。

"接下来你打算做什么？"他忽然问。

叶言言正看着窗外，晃了一下神，说："大概还要拍戏。"

顾沛东睁眼开："还要拍？"得到确定的回复后，他说，"我以为你只是玩票。”

她睁大眼，不明白自己那么认真怎么会被认为是玩票：“为什么？”

“你给了文哥八万。”顾沛东若有所思地说，“我当你是有钱闲得慌，想要试试演戏的滋味。”

还提这茬儿，叶言言气鼓鼓地瞥他一眼，她出了八万，他可是一分没花。

两人目光交接，瞬间明白了对方眼中的含义。

顾沛东忍不住大笑出声。

叶言言忍无可忍，扭过头去。晨光从车窗照进来，澄澈明亮，映在她纤长细密的睫毛上。

顾沛东看着，心里有些发痒，他咳了一声，说：“把你的手机拿出来。”

“你连手机都没带？”她哀怨。

他拿出自己的手机：“谁说我没带，加一下微信，原来以为你是有钱人，现在看来不是。车钱我总要还你吧。”

他不由分说添加了她的微信，他拿着她的手机通过验证，又低头在自己手机上打字。

叶言言眼角余光瞥到，狐疑道：“你修改了什么备注名？”

顾沛东笑了一下，把手机塞到裤子口袋里：“你猜？”

一定不是什么好名字，叶言言拿回手机，打开微信看了看，刚添加的人备注名已经修改为“世界第一帅”。

这臭不要脸的劲儿！

叶言言回到江城休整了两天，随后就踏上了前往首都的飞机。

她的座位临窗，从上万米的高空望出去，云层汇聚成了海，茫茫如雪原，偶尔有空隙看向地面，城市和乡野全部浓缩成了一块块斑斓色彩，令人心旷神怡。她把餐桌板放下来，把布偶放在上面，让它对着窗外。

这几天它的心情有些沉郁，似乎和将要去北京有着千丝万缕的关系，她不想闷着它。

邻座一个三十来岁身穿羊绒大衣的职场精英，悄悄看了她好几眼，原本都想搭讪了，见她摆放布偶一本正经的样子，吓得缩了回去，再次偷窥的眼神满是同情和警惕。

叶言言毫无所觉，从包里拿出剧本开始研读。

《时光之旅》的剧本对原著改动不大，保持了故事的基本脉络和原汁原味，在部分情节冲突上还有所增强，只从编剧阵容和投入这一项就可以看出，宏成对整个项目的重视。

故事的内容围绕着“长生不老”的主题开始，女主角洛绾陪好友参加一场晚宴，品尝了传说中能让人长生不老的龙肉，不久之后就大病一场，等她醒来的时候发现曾经的与宴人员基本全部死亡，只剩下她和同样参加宴会的男主角安然无恙，两人渐渐发现身体变化，伤口自愈能力特别强，与普通人截然不同。女主角开始追查长生不老的真相，并与母校的生命科学研究社团一起开始寻找龙的根源的旅途，在途中经历了奇妙、诡异、感人或恐惧的各种故事，并与男主角产生了情愫。

叶言言对故事内容早已是滚瓜烂熟，看着剧本封皮上的四个大字，蓦然长长叹了口气。

溶月——她真是选了一个超高难度的挑战。

《时光之旅》是单元故事连接主脉络的故事，每一个单元都与长生和爱情的主题有关，故事叫作《时光之旅》却非常贴切。而里面有两个人物，不是主角又贯穿全剧，一个是作为幕后 Boss 存在的男配岳城，还有一个就是溶月。两人都是在明朝永乐年间食用龙肉存活下来的，活了六百多年。两人本是爱侣，在漫漫时间长河里信念不同，渐行渐远。

直到岳城开始关注女主角，溶月也随之出现，给女主角制造了许多危险和麻烦，促进男女主角的感情发展。

溶月容貌美丽，原本也是性情乖巧的女孩，在长生不老之后，几经时代变迁和人事变故，她渐渐变得不可捉摸，莫测高深。

看双十年华的葱茏少女，内心却住着一个六百余岁的苍老灵魂。

无害时她是容貌俏丽、憨直纯真的少女，但当她发现男配对女主的感情时，立刻又露出锋利的一面，带着纠缠不清的爱与恨，从旧时的岁月里迤逦而出，犹如暗处生长出的毒花，娇娆美艳，却又昙花一现。

作恶的女配角肯定是没有好下场的，她最后众叛亲离，失去了爱人和友人，一无所有，最终在发现了长生的秘密后，成为第一个牺牲者，终结了漫长的生命。

这个人物充满了矛盾和冲突，既精彩又悲壮，

对演技的要求自然很高。

依照叶言言温温暾暾的性格，原本是想选择“悦儿”这个更稳妥的角色，布偶却指着“溶月”说：“别浪费时间，必须选这个，演得好你就能一炮而红。”

从决定要参演《时光之旅》之后，她私下对角色已经揣摩了上百遍，看了许多片子参考经典女配的表演。在家里也试演过上百遍，人物的全部台词基本都背下来了。

还差一点——叶言言心里清楚，刘浩波导演的那句“忘我”始终萦绕在她的心头。

马元进在机场接到叶言言，先把她安顿到酒店，一路上他一边开着车一边说：“这几天太忙了，抽不出时间，言言，对不住啊，等把角色拿下来，我再带着你在北京好好转转，故宫、颐和园、南锣鼓巷、烟袋斜街、什刹海……你没来过北京吧？”

叶言言看着窗外车水马龙的街道，老实回答：“没有。”

“北京好玩的好吃的可多了，”马元进说，“不过在吃上面咱们还是要节制啊，不然北京一圈吃下来，肉得长三圈。”

他大腹便便的，还说这话，叶言言笑起来。

马元进看她一眼说：“多笑笑，你有酒窝就该多笑，不然不白瞎了老天爷的这份厚爱嘛。其他不说，就你这酒窝，哪怕溶月捞不着，悦儿总没跑。”

叶言言听出味儿来了，原来他是对自己没自信，给留着条后路呢，亏得说话这么婉转，不动声色间还捧捧她。

“我的目标只有溶月。”她笑笑，雪白贝齿微露，口气坚定。

“好。”马元进在路口红灯前停下来，赞扬道，“要的就是这精气神，有道是有志者事竟成，光凭这气势这角色已经十拿九稳了。”

听他满嘴火车乱跑没个正形，叶言言初来陌生城市的隔阂感都消了很多，身体松懈下来，靠在椅背上发呆。

“言言。”马元进忽然迟疑地开口。

“嗯？”

马元进余光打量她的神色，踌躇良久，才又说："等角色的事定了，你想不想去看一下旭晖？"

叶言言身体一震，绷直了脊背。她的背包里也有动静，幸好马元进完全没有注意到。

"他在北京的医院？"

"在军区总医院躺着呢，一直没醒过来。"他的声音有点沉。

马元进忽然停下车，说："到了。"

叶言言一看，竟然是快捷酒店。

他不好意思地挠挠头，解释道："这个地段出行方便……"

叶言言也跟着剧组混了段时间，对这其中的道道也不是全然不明白。她虽然是签约艺人，但是还没有定下角色，公司能包机票住宿已经算是很不错了，再多的要求必须等到她本身的等级提上去再说。

叶言言不是挑剔的人，立刻说："挺好的，谢谢你，马哥。"

马元进愣了一下，看她一脸真挚的笑，沉默了片刻，又说："试镜的日子和地址我都发给你了，这几天我恐怕顾不上你，你好好待着研究角色，只要这个拿下了，很快就能配个助理了。"

她点点头。

马元进帮着她把行李拖到房间门口，没有进去，站在门口道别，临走时说："刚才提的那件事等你试镜后再说吧。"

叶言言关上门，回过头，布偶已经自行从包里钻了出来，脸上神情没有丝毫异样，对着她说："什么都不要多想，一定要拿下溶月。"

三天后，试镜的日子如期而至。

试镜当天的要求是不能化妆和戴美瞳，显然要的是原生态。

叶言言脂粉未施，自觉省了很多工夫，随便扎了个马尾。找个大挎包把布偶放进去，它伸个懒腰，说：“别紧张。这几天练了这么多，只要发挥正常，溶月基本跑不了。”

听它这么说，她悄悄松了口气。实际上这些天集中训练的时候，它的脾气好像炮仗一样，一点就爆，对戏时半点不留情，“感情不对”“别把溶月演成傻白甜”这样的评论已经算是轻的了，像是“演的什么鬼，老子一个经纪人都比你演得好”“趁早放弃当演员吧，逗谁呢”“叶言言，说你脑子里装的是草都算是抬举你了”才是家常便饭。

幸亏叶言言性子绵软，全部忍了下来，凭着一股子韧劲，一遍遍揣摩和练习，最后让布偶点了头。

不知道当初梁影帝的演技是不是在这样的精神摧残下练出来的，她暗自腹诽多次，终于没忍住脱口而出。

“得了吧！”它眼神极其不屑，说，“他出道早，我做他经纪人的时候演技早就炉火纯青了，哪儿用我费半点心？”看了她一眼，哼唧了两声。

从言语动作到眼神，全方位打击，令她体无完肤。

叶言言手边收拾着东西，已练出任尔东南西北风，我自岿然不动的深厚涵养。

试镜地址在北京东三环北路上。马元进是资深经纪人，还顶着公司艺人部副总监的名头，叶言言只是他刚签下的无名小辈，自然不能指望着他亲力亲为来接送。她对帝都交通拥堵是早有耳闻，提前选择好线路，早早就出了门。

到达的时间比约定时间早了将近一小时。叶言言打量着三十层的大厦，听说这里是宏成早期的投资之一，随着房地产的飞速发展，盈利早已几十上百倍地收了回来。下面楼层全部外租，十六层以上用作大排练室和会议室，还有部分经纪人的办公室。

叶言言先到休息室，原以为自己到得算早了，没想到已经有三个女孩等候在里面了。

几人互相打量了一下，没有什么交流。其中一个女孩看起来还不到二十岁，还有母亲陪同着。

叶言言坐下来没多久，就听见女孩母亲一直劝说女孩再扑点气垫BB霜："裸妆，看不出来的，皮肤要好很多。"女孩拒绝了两三次，最后忍不住发了脾气："说了不能化妆就是不能，你别添乱了。"

其他几个女孩听了都在偷笑。

休息室门打开，又进来一个女孩，戴着墨镜，身后跟着助理，光看架势就知道是圈中人。等她拿下眼镜，休息室内等候试镜的女孩都惊讶了起来。

孙艾莎，当红偶像歌手。前几年在歌曲选秀节目中脱颖而出，一直维持着很高的人气。

女孩们脑中不约而同地疑惑，怎么连她都来试镜了？

过分啊，明明已经很红了，居然还跨界来抢饭碗。

原本还风平浪静的休息室无形中气氛一变，倏地紧张起来。

半个小时，陆续又来了几个人。

马元进出现在门口，把叶言言叫到走廊里说话："今天面试总共十个人，对你特别有威胁的有两个，你注意到没有？"

“孙艾莎？”

“嗯，她是这次唱主题曲的，突然要求参演，制片方已经同意会给她一个角色，但是具体是哪个还要看她演技到底如何。出演是板上钉钉，是不是溶月不好说，可能安排到单元故事里。”

叶言言点点头。

“还有一个……”

“马哥。”走廊口忽然传来一个不算陌生的声音。

韩菲带着助理慢慢走近，看到叶言言时略点了点头，对着马元进说：“刚才楼上还在找你呢，你怎么跑演员休息室来了。”

“有些话要关照。”马元进笑了笑。

“是这位叶小姐吧？听说你新签的。”韩菲化着淡淡的妆，皮肤白皙，笑容明媚，“对新人这么关照还是头一次啊。叶小姐，你真有福气，我出道的时候可没有这样的待遇呢。”

她虽然口中称呼着，实则目光半点没有分过来。

叶言言听着这话心里有些不舒服，装傻地笑了笑。

马元进笑起来样子特别憨厚：“小菲，这话我听着没什么，让梁总和旭晖听到该多伤心。”

韩菲嘴角一翘：“谁说他们了……”

休息室里跑出来一个女孩，打断了他们的对话，对着韩菲喊：“学姐。”

韩菲转过头：“广薇。”等女孩走近，亲热地牵起她的手，先说了一句，“听说你跑两个月剧组了，看起来没有变黑，反而漂亮了。”

女孩笑着说：“我刚才看到你都不好意思打招呼。”

韩菲问：“为什么呀？”

她说：“没化妆哪敢站你身边，多寒碜啊。”

高！实在是高！布偶躺在包里忍不住赞叹，全程不说一个漂亮，就把对方给夸了，年纪轻轻有眼色有胆量，倒是很有混这个圈子的潜质。它心想，叶言言这傻妞，估计还没有听出自己被归到寒碜那一类了吧。

叶言言听出来了，可是人微言轻，也不能说什么，她打算装傻到底，反正这叫广薇的姑娘是站在韩菲身边的，谁寒碜谁知道。

马元进看起来一副老实相，实则每日脂粉堆里混着的，这点阵仗还看不上眼。他朝叶言言看了一眼，见她沉得住气，心里倒真有几分高兴。

寒暄过两句，韩菲马上向马元进介绍起女孩来：“林广薇，和我同校的学妹，去年刚毕业，科班里的成绩都是名列前茅的，好多公司都相中了，我劝了好几次，让她来宏成试镜，趁这个机会还可以签约。你给掌掌眼，看怎么样？”又对林广薇说，“这是我们艺人部的马副总监，你一直说要见见，怎么见了真佛反而不动了。”

林广薇眼睛一亮，马上对着马元进微微鞠躬：“马总监好。”

其实之前叶言言在休息室里就注意到她，在一众素颜美女里，她的样貌仍然属于出挑的。瓜子脸，柳眉杏眼，顾盼之间流露几许娇艳之色，极其迷人。

马元进说：“你看的还能有错？林小姐一定没有问题的。我这里还有两个资深经纪的电话，林小姐要的话随时拿去。”

韩菲瞥了他一眼，林广薇笑容灿烂地应下。

又说了两句，韩菲拉着林广薇的手说：“来，我特地来看看，就是要关照你今天试镜要注意的地方。”

等她们走远，马元进叹了口气，对叶言言说：“看到了？这就是另一个你要注意的。说起来，她对你的威胁，要远远高于孙艾莎。”

叶言言回到休息室，没过多久林广薇也回来了，她坐到叶言言身边的位置，笑得爽朗：“你是直接和马总监签的经纪约？看来他很看重你。”

“韩菲更看重你。”叶言言回。

林广薇说：“学姐人特别好，教授把我推荐给她，她一路都很照顾我，这次也是。”

叶言言笑笑，不置可否

她又问：“你呢？哪里毕业的？北影？中戏？”

“我不是影视专业毕业的。”

林广薇怔了一下，随即摆出一副恍然大悟的样子。

叶言言不知道她悟到什么，很是疑惑。

“那你可要加油啊，”林广薇淡淡地说，“演戏其实是门专业，没有经过专业训练很难上手的，外行人半路出家都要下很大苦功的。”

话说得没错，可听着怎么这么别扭？叶言言直想叹气，不想费神继续聊天，岔开话题：“时间快到了吧。”

其他女孩也都注意到时间，气氛格外紧张。

工作人员通知所有人到排练室去。十个面试候选人跟随在工作人员身后，其他诸如家长、助理都不能随行，留在休息室内。

排练室占了半个楼层，阳光透窗而入，宽敞而明亮。靠墙摆放着简洁长桌，拼成长长的一条。评审坐在桌后，十个女孩依次走进，根据工作人员的指示，居中站成一排。

今天评审主要由总编剧、制片、导演以及几个公司高层组成，加起来共有七人。叶言言目光扫过去，蓦然紧张了一下，居中端坐的是梁洲——他居然亲自来把关角色甄选。

其他几个女孩也很快发现了这一点，身为老板和影帝的双重身份，增加的压力不是一星半点，好几个女孩偷偷抽了一口气。

工作人员发给每个女孩一张纸，提示说："别紧张，现在拿好你们手中的纸，这是一段情景剧，你们排列的顺序，就是角色的顺序，现在有二十分钟时间给你们排练和背台词，二十分钟后进行现场表演。"

"啊？"当场就有两个女孩喊出了声。

谁也没想到，面试竟然是以这样的形式开始的，事先做好的功课都白费了，所有人似乎都回到了起点。

聪明的很快意识到，面试不是二十分钟以后，而是从这一刻就已经开始了。她们的一举一动都会被评审注意到。那两个惊讶出声的女孩也有些后悔，马上低头看台词。

情景剧的内容，是一个子女众多的富翁临终前把亲人们都叫来，宣布遗嘱，众人七嘴八舌，就把一家子人物的性格和发生的事情描述得一清二楚。

这原本是话剧的表演模式，考的就是演员的基本功。台词并不多，花了七八分钟，众人都已经记住了自己的台词，只有一个女孩，紧张得满面通红，精神难以集中，始终记不住自己的台词。

这时候没有人顾得上她，众女孩聚在一起，把台词顺一遍，分配一下站位，粗粗排练一遍，二十分钟就用完了。

"好，时间到。"工作人员拍了两下手。评审们都停下私下的交谈，向场中即将表演的女孩们看过来，气氛紧张又安静，排练室内落针可闻。

"开始。"

孙艾莎拿到的第一个人物——律师。

她站在当中，把富翁的遗嘱宣布了一遍。

众子女哗然，于是七嘴八舌地讨论。

“为什么现金和股份，大部分给了小妹？”

“父亲太偏心了，难道只有小妹才是他的女儿？”

虽然是临时拼凑而成，女孩们的演出还算有序进行。其中的差异性很快由表演凸显出来，从肢体语言到台词，哪些受过训练，哪些完全是外行，简直一目了然。

其中林广薇的表现最为突出，她演的正是得到最多遗产的小女儿，对父亲即将病故的哀戚与悲伤、对兄弟姐妹之间的不信任感到痛心，从她的肢体与神态中都表现了出来。和她有直接台词对接的两个女孩很快被她的演技压倒，表现畏畏缩缩，台词都忘了念全。

轮到叶言言，她饰演的是刻薄的三姐，她狠狠跺了一下脚，走上前，对着众人说：“父亲病了这么久，神志已经不清楚了，我怀疑遗嘱是否具有合法效力。”

林广薇含泪道：“三姐，你这么说父亲该多伤心啊。”

“他还没死你就一张哭丧脸，他见了只怕会更伤心。”叶言言斜睨她一眼，眉峰挑起，嘴角挂着讥诮的笑。

刻薄而凌厉的形象极其自然。

林广薇一凛。

表演很快结束了，女孩们重新站成一排，对着评审方向鞠躬示意。

编剧、制片等都在纸上勾勾画画，众女孩都清楚，命运就是在这些勾画中决定的，好几个女孩紧张得屏住了呼吸。

梁洲抬起头，温和地对着众人说：“评定结果还需要时间，各位先到休息室等待一下吧。”

当他目光扫过来，叶言言敏感地感觉到他停顿了那么一刹，但又似乎是错觉，他在众人脸上很快扫过，转过脸和制片说起话来。

回到休息室，女孩们有的懊恼，有的苦恼，有的忐忑不安。那个有母亲陪同的女孩就是在表演时忘记台词的，她一进房就低声哭了起来，令气氛一度很压抑。

叶言言趁着上厕所的工夫，走到消防通道口，把布偶拿出来：“这次看着悬。”

“这才第一轮，还有第二轮的。”它说，“第一轮看基本功，还要再考一轮，看演员与角色的契合度。”

正如布偶所说，工作人员很快来到休息室，宣布了一下进入第二轮的名单。

四个人，孙艾莎、林广薇，叶言言，还有一个叫蒋梦的女孩。

六个落选的女孩失望离开，休息室一下子变得安静而空旷。

工作人员前来通知，第二轮试镜安排在下午。休息室旁边的试妆间已经开放，四个候选可以去选戏服，也可以让化妆师配合化妆，然后选取人物角色溶月的任何一段戏来进行演绎。

自由发挥的余地很大，候选人之间的竞争使难度也加大了。

离第二轮的时间还有三个多小时，但是算上吃饭化妆也所剩无几。

叶言言很快拿定主意，先解决用餐，回头再来换戏服，其他三人想法大致相同，谁也不想定妆后再来吃饭。

马元进趁着午休送了一盒饭来，顺便给她打气："我打听过了，制片导演意见大致相同，角色应该就在你和林广薇两人之间了，其他两个基本是陪着过场，你要好好把握下午的机会。"

叶言言给他一个"我懂"的眼神。

"有什么要我帮忙的直说。"马元进说。

"帮忙？"叶言言看他，"把评分偷偷给我调高点？"

"不能。"

"帮我在评审面前美言几句？"

"不能。"

"那你能帮什么？"

"通通关系，让化妆师给你弄漂亮点。"

"能通关系，让化妆师把她们弄丑点吗？"她好奇地问。

"不能。"

这就是资深经纪人的作用，叶言言默默塞了一口菜进嘴。

马元进干笑两声："原先担心你第一次碰到这种试镜，压力大，现在看起来你没那么紧张我就放心了，咱们要靠实力碾压，把角色光彩赢回来。"

分明是变相施加压力来了，叶言言不再理会他，开始思索下午的戏份。

时间太短，她找不到机会和布偶商量，这次只能靠自己。

读书十几年的经验告诉我们，有明确答案的题目和开放型题目，后者看似容易，实则更为难人。叶言言就像一个学生，在自由选择戏份这一段上犯了难。

剧本她已滚瓜烂熟，每一段似乎都可以表现，又似乎都有不足。

这一段戏的作用至关重要，要让评审毫不犹豫地把角色给她——叶言言沉吟许久。

其间工作人员再次来通知面试顺序。

蒋梦第一，依次是林广薇、叶言言，最后是孙艾莎。

听到顺序公布，蒋梦脸色唰一下变了，她急匆匆去了试妆间。等她定完妆出来，其余三人一看，上衣是淡黄收口琵琶袖交领袄衫，下面是葱绿银丝的褶裙，明代女子装扮，妆容秀雅。

选的应该是溶月吃龙肉前的片段。

林广薇嘴里称赞一句，心里却有些不屑。

选溶月性格最单纯的一段戏份来演，分明是避重就轻，对演技不自信。

孙艾莎对助理说："我不折腾了，就选现代部分演吧，不用换戏服了。"

林广薇想了一会儿，在定妆间选了清朝的旗装。

这一段是溶月经历了三百多年不老，渐渐发现人生了无趣味，游戏于俗世，极其颓废与迷茫的一段时期。

从戏剧表演形式来看，很能突显演技。

留给叶言言的选择余地又小了。

溶月的戏份并不少，但面试的时间短，供演员发挥的空间并不大，要给评审留下印象，必须撇开平淡的剧情，选择有更多矛盾和冲突的片段。

尽管没有明说，候选人之间还是很有默契地避开选择同样的戏份，一来怕有直观的比较，二来怕给评审带来审美疲劳。

来到试妆间，叶言言把长条衣架上的戏服看了个遍，最后拿起了一件旗袍。

不知道马元进是不是真的打过招呼，化妆师按照她的想法很快给她上好了妆，最后左看右看，忽然说了一句：“没想到真适合你，等一下，我看嘴唇的颜色可以更艳丽一些。”

叶言言定好妆回到休息室，蒋梦已经开始面试，房内只剩下林广薇和孙艾莎，两个人看到她都是一怔。

在她坐下之后，林广薇好像很介意，虽然看似若无其事，余光却不时打量过来。

蒋梦面试好回来，平静的表情下露出些微沮丧，话也不多说，只静静坐着。

每人候选面试后有五分钟休息时间。

没一会儿林广薇站起身，脸上有着自信的光彩，对着休息室内众人打过招呼后，坦然自若地跟着工作人员走了。

很快就会轮到自己，叶言言有些紧张，赶在面试前上了个厕所，路过排练室时听见两个工作人员在讨论。

“梁总亲自上阵了？”

“是啊，估计就是这个女孩了吧。人漂亮，演技好，都打动梁总给她配戏了，十拿九稳。”

叶言言愣了一下，心里瞬间七上八下的，手里渗出些汗。

林广薇回来的时候，脸上带着按捺不住的喜色，对着叶言言笑了一下：“别紧张，放轻松。梁老师人挺亲切的，还亲自给我配戏。”

她说完，反应最大的是蒋梦，脸色瞬间变得煞白，显然刚才没有这样的待遇。

孙艾莎哼了一声。

工作人员很快来提醒叶言言面试。

走到排练室的门口，她的心怦怦乱跳，焦虑紧张达到了顶点，猛然生出一股豁出去的勇气，推开了大门。

排练室的窗帘已经拉上，为了配合表演效果，只在当中打了几道柔和的射灯。

到了下午这个时候几个高层和制片导演都感到有些疲倦。总编剧对刚才林广薇的表演印象深刻，低声说：“刚才那个女孩我看就很不错，演技扎实，担得起溶月这个角色。”

几个高层也赞同：“连梁总都动容了，我们自然更是没有问题，叫林广薇是吧，漂亮，也有明星相。”

门忽然打开，众人停下讨论，人影从门口走进来，高跟鞋踩在木质地板上，嗒嗒作响，不紧不慢，像是落在心口上。

评审们不由自主地集中精神看过去。

女孩慢慢走到射灯下，露出面容，雪肤红唇，眉目精致，迤逦而来，如画一般，一身云锦旗袍穿在她的身上，勾勒出窈窕玲珑的体态，胖一分则失之轻盈，再瘦一点却又失去了韵味。

叶言言对着评审们大方地行礼微笑。

导演王泽军从惊艳中回过味来，一个激灵，这个女孩他有印象。上午一群候选中，林广薇和她，是他考虑到的角色人选。刚才林广薇的表现非常出色，以至于他差点忘了还有一个备选。

“梁总。”他忽然开口。

王泽军和梁洲也是多年合作关系，他一开口，梁洲同时默契地站起身，旁边几人都笑了起来：“看来又是一个要梁总配戏的。”

梁洲绕过长桌，朝叶言言走过去，说：“是分别的那段？”

一旁的工作人员把剧本递来，他看起来对剧本也很熟悉，翻到那一页，扫了一遍说："台词没有背，可能等会儿有点出入。"

叶言言说："没关系，有梁老师指导已经很荣幸了。"

工作人员按照指示在排练室中央放下两把折叠椅。梁洲坐在其中一把上，揉了一下眉间，再次抬眼时，眼神和气质为之一变，整个人斯文而俊美，周身一股儒雅之气。

这是发生在那个军阀割据的混乱年代，国家已经显现出即将大乱的迹象。溶月厌倦世情，岳城则想参与到乱世中去。

梁洲不愧是影帝，一开口，只从声音就把那种久经世事的沧桑给表现出来了。

"乱世是庸碌无能之辈的悲哀，对心怀天下的人来说却是福音。"他看着她，微笑的眼里有一丝若隐若现的柔情，"溶月，都已经是不死之身，你还怕什么？"

女孩站着斜倚着椅背，姿态里透着疲惫和无奈。

"从明到清，清又覆亡，眼看着一代又一代，到手的终究会失去，有什么趣？"女孩如此说着，慢慢走到他的身边。

"你倦了？"男人忽然问。

溶月含糊其辞地应了一声，身体忽然软下来，靠在他的腿上。

绣着大朵海棠的衣裳顺滑柔腻，如同她蜿蜒而下的黑发。女孩白皙的肌肤宛如上釉的瓷器，晶莹剔透，眼神却已经几经世事跌宕，隐着世海烟尘的苍茫。

她幽幽地说道："已经活了快有五百年了，这世上还有什么没尝试过，太无趣了。"

“我们去找解药吧，我不想要长生了。”她看着他，几乎不需要表情，就把丰富的情感全写在眼睛里，盈盈的目光里流转着柔情和若有若无的怨怼。

梁洲心弦一震，感觉腿上被她触碰的地方格外燥热，险些忘记了台词。

王泽军喊了一声“停”。

叶言言迅速从地上爬起来，鞠了个躬：“不好意思，梁老师。”

梁洲看她黑色长发下露出的耳尖都泛着粉红，心里莫名也有些异样，顿了一下，说：“你表现得很好。”

叶言言刚才演戏几乎全凭着一口气，念叨了许久忘我，这才真正第一次实现。前一刻几乎忘记了周围忘记了处境。现在回过神来，自己都诧异怎么就这样自然地靠上去了。

她的心乱跳个不停，脚也虚软，对着评审席鞠了鞠躬，她丝毫不敢看梁洲的脸色，赶紧撤了。

逃一样回到休息室，脸色还有点红白相间。

林广薇见了笑而不语。等孙艾莎进去面试时，叶言言和她一起在试妆间换衣服卸妆。她忽然开口说：“其实落选也没什么。这个剧还有单元故事部分，角色很多。”

叶言言心绪还有些乱，根本没有听清她说什么，随口敷衍。

从试衣间出来的时候，两人正好碰到了一群评审。林广薇一脸羞赧地上前找导演王泽军要签名，称自己是他的粉丝。

叶言言站在走廊边，王泽军看到她忽然开口：“你工作准备得很好，角色吃得很透，表演细节是要多下功夫。”

叶言言马上点头应是。

林广薇看看王泽军，又看看叶言言，神色微变，目光复杂。在众人要离开时她忽然对着居中的梁洲喊了一声：“梁哥。”

评审们暗惊，目光狐疑地在两人之间兜转。

梁洲回过头，神色波澜不动。

林广薇又马上改口：“梁总……我想问，角色定下来了吗？”

叶言言有些佩服她的胆量，在梁洲那样的注视下，她竟然就直接问出口了。

“试镜结果随后会有专人通知你们的。”他笑起来带着一种成熟男人的迷人魅力，让人不由自主地信服，“即使这个角色没有中选，剧里还有很多其他角色，林小姐，你本身资质很好，会有很多机会施展抱负的。”

叶言言心中大石落地，眨了眨眼，话里的意思是她中选了，是吗？

梁洲平时很少来艺人部，面试之后没有马上离开，而是召集经纪人开了个短会，听取近期工作汇报。

会议结束，等人都走光了，马元进留了下来，明着违反公司安全管理规定，抽出一支烟点燃，吸了一口问：“怎么样，听说今天面试发现了好苗子，不止一个。”

梁洲合上文件夹：“少装了，这幢楼里发生什么能瞒得过你？”

马元进眯眼笑了笑：“我这眼光，算得上是宝刀未老吧。”

梁洲不置可否。

“还有一个要不要一起签下来？”他又问。

梁洲想到了林广薇刚才在走廊上的举动，微微蹙了一下眉头。

“怎么？”马元进敏感地察觉到了，“反正也是打算另外安排个角色给她，索性签下来，自己的艺人好打理嘛。”

“你看着办吧。”

“听你的口气没什么兴趣？”

梁洲把走廊上的事简单地说了一下，总结说：“还不算这个圈子的，做事已经很老练了。”

马元进吐了口烟：“正常。没点野心怎么混？长得漂亮，情商高点，不出头老天都看不过去。”

梁洲笑着摇摇头，艺人之间手段迭出他早就司空见惯，唯一感到不舒服的，就是把手段用在他身上。

“那个叶言言怎么样？”马元进又问。

梁洲抿了一下唇，言简意赅，“不错。”

马元进笑了：“你别说，今天之前我还担心这丫头的演技不行，现在倒真是一个惊喜。听说评审们票数一半一半，是你最后敲定选她？”

“叶言言演技是不错，”梁洲说，“不是野路子，发音、肢体都有一定的功底，看起来专门学过。”

马元进笑了一声：“说她是旭晖挖掘的你们都不信，我看挺靠谱的。”

梁洲沉默了一下。

马元进自知失言，立刻转换了话题：“我接触下来，叶言言这丫头有趣得很。乍看乖巧又文静，冷不丁用眼神就能噎死你；脾气发作的时候看起来厉害，其实和猫一样，顺毛捋捋就好了。”临末还感叹一句，“要是所有艺人都像她那么省心就好了。”

他这么一提，梁洲想起在餐厅试探的那次，唇角略勾：“没想到你还真能签下她，我原来以为要换个经纪人的。”

“我也意外啊，”马元进说，“起先我还当那丫头故意要我呢，这一路看下来，原来是心大。”

“你现在对她倒是评价很高。”

“这年头，但凡是个演员，不管是一线还是十八线，谁不和你闹点小脾气。来了个乖的我当然要珍惜点。”

梁洲看向他，冷不丁泼他冷水：“没出名前这样的也不少，以后出了名可不一定。”

马元进笑笑：“我倒挺看好她的，现在的女孩多厉害，吃点亏就觉得全世界亏欠了她一样，事事要占上风，受不了一点委屈，没有公主命，个个都是公主病，鸡毛蒜皮的事要计较半天。要不就是事事打算依靠男人，要不自立自强过头，整得半点女人味都没有。叶言言这个人，有个最大的优点——宽厚。看着平平实实的，心大能容事，不整小肚鸡肠。就凭这一点，我以后也不怕培养个白眼狼出来。”

他话音刚落，门口传来韩菲的声音：“看来马哥还真是培养了个心腹爱将。”

梁洲抬起眼。

韩菲站在半开的门旁，笑容恬淡：“我是来和你说林广薇的事，没想到听到马哥夸人呢。”

马元进捻了烟头：“夸什么，实话实说而已。”

“怎么不是夸？这么多艺人，得你表扬的总共也没几个，之前我还担心，那个叶言言看起来脾气挺大的，听你一说倒是真觉得不错，我听说她今天面试也表现得很好，和林广薇不相上下？”

马元进黑粗的眉头一动，含笑不语：不相上下，这是替林广薇来鸣不平了。

“是不错，”梁洲淡淡地说，“溶月就定下是她了。”

韩菲笑容停顿了一下，然后又说：“这么快就定了？我觉得叶言言演早期溶月一点没有问题，可是后面的戏份撑得住吗？她是挺漂亮的，就是太过清纯了吧。”

“那是你没有看过她的面试部分。”梁洲不知想起什么，说了一句。

“哦？真这么好？”韩菲走到会议桌前坐下，“只看脸，我还以为林广薇才是最适合的呢。”

马元进看看她，笑说：“头一次看到小菲这么提携新人。”

“那是之前确实没有优秀的。”韩菲坦然道，“林广薇是我母校老师推荐的，长什么样你们也见过，就是当一线花旦也差不了，演技就更别提了，科班里都是拔尖的。”

“是挺好的，”梁洲说，“已经让元进看着办了，适时可以签下来。”

韩菲嘟了一下嘴，露出一股小女人娇态。

梁洲抢先一步开口：“角色是投票决定的，没有意外绝对不会更改。这部剧角色多，你看她还适合哪个，可以优先推荐。”

听到这里韩菲自觉无力回天，笑着下台阶：“好呀，回头我和她说。”

她看看马元进，后者伸了个懒腰，说：“我手头还有点事，先走一步。”

他离开时把会议室门带上了，韩菲脸上的笑意骤然一收，看着梁洲说：“我真担心马哥不会摸了那丫头一下，就莫名其妙地被迷住了吧。”

梁洲不悦地皱眉：“他什么情况你不知道？以后这种没根据的话不要乱说。”

“可是今天这情况也太稀奇了。一个什么身份都没有的新人，把科班给顶下去了。”

梁洲平静地说:“演员不是靠学历的。难道你觉得七个人投票有假?”

“我怕的是你因为旭晖的关系，对她大开后门。”

梁洲眉峰一挑，俊美的面容骤然变得凌厉而冷峻。

韩菲和他对视，目光闪动：“我知道自从旭晖出了事，你就听不进我的话。我说什么都是错，马元进、宋朝寅，还有李勤，个个看我不顺眼，旭晖出事是我想的吗?”她说着，眼圈也跟着红了，“那时候我在云南拍戏，旭晖一声招呼都没有打就跑来，我连他的面也没见到就听说出了事，那两天为了找他，我几十个小时没睡觉，人好不容易找到了却又一直昏迷。从那以后，你们就看我鼻子不是鼻子，眼睛不是眼睛的，难道都是我的错?”

梁洲神情稍缓：“行了，这不是任何人的错，没有人怪过你。”

“他们到底怎么想，我猜也猜得出来。”韩菲声音委屈，“要不马哥怎么这么捧一个新人，我看他以前从来没有这样出过力。”

“那个女孩，你就这么不喜欢?”梁洲有些无奈地问。

韩菲直爽地说：“不喜欢。我知道你们要储备年轻艺人，再过两年接手年轻一块的资源。可这个人至少得有点分量吧，像林广薇那样的。这个叶言言来历古古怪怪的，人不讨喜，假话连篇。要是她的话，我不会配合你们的宣传计划。”

梁洲不疾不徐地说：“现在还言之过早。”

“不早，”韩菲目光坚定，“女演员的周期有多短，我比任何人都清楚，等我坐稳花旦，甚至是青衣，青春片子是接不了了。你们想要培养新一代年轻女星出来，我不反对。谁没有想过被取代的一天。但是要想走我的老路，必须得到我的认可。”她一字一顿，“现在就不能是她。”

梁洲凝视着她的眼，揉了一下额角：“是林广薇就没问题？她看起来也不省心。”

“都是从底下爬上来的，哪个省心了？我看你们男人才是天真得很，叶言言看着纯真就真纯真了？视觉动物。”

梁洲无声地笑了一下：“还是看她们的表现吧，有的人即使公司再用心也捧不出结果。到底怎么样，还是要看她们自己。”

“只要马哥偏心的时候，你这个老板不要视而不见就好。”

梁洲说：“现在偏心的是你吧。”

“我是害怕，”韩菲扯了扯嘴角，神态脆弱，“这段时间发生了太多事，大家对我的态度也不比从前了，我害怕你们的重心全部挪到新人身上去。”

“别瞎想了。”梁洲柔声劝道。

“就像这部《时光之旅》，原本公司男女主可以定一个，你们就选了男主角，放弃了我。”她说。

“那是角色的契合度问题，你向来形象高贵优雅，这种冒险类从来没有尝试过，风险太大。”

“本子这么好，平白便宜了苏晓媛。”她有些不满，“既然主角捞不到，单元故事里让我客串一下总可以吧。”

“你不是和苏晓媛向来不和，给她当配角也行？”梁洲反问。

“你这个影帝演配角都可以，我客串一下有什么不行。再说苏晓媛前两年都基本荒废了，在戏里还不一定谁压过谁呢。”

“好。”梁洲答应她。

韩菲走后，梁洲感觉有些气闷，站起身来到落地窗前，隔着十多层的高度，看到公司门口走过一个身影，不知为何，他第一反应就是叶言言。

脑中闪过她穿着海棠花旗袍的样子，他不禁皱起眉，这个女孩给他的印象太深，和旭晖的关系也像一个解不开的谜团。到底哪一面才是她真实的样子？

他有些疑惑。

面试后不久，马元进电话联系叶言言，约定周末去医院看望沈旭晖。

周六清早叶言言在宾馆门口等了一会儿，拉开斜挎包的拉链，和布偶四眼相对，它龇牙咧嘴，极不耐烦，翻了个身拿后背对着她。

一辆黑色奔驰 Viano 停在宾馆大门前，车门打开，马元进的脸从后排露出来："言言，快上车。"

第一眼看到前排坐着的梁洲，叶言言愣了一秒才反应过来。马元进说去医院看望沈旭晖，事先可一句都没有提过有梁洲同行。

叶言言上了车要坐到后排，马元进嚷嚷："哎，我一个人坐都嫌挤，你前面去。"

她默默看了他一眼，坐老板旁边，压力多大，这资深经纪人是什么眼神。

司机小周和副驾驶座位上的助理李勤和她打招呼认识了一下。

叶言言和梁洲坐在同排，喊了一声"梁总"后，老老实实地坐着，目光不敢乱瞟一下。

车窗都做了防曝处理，漆黑一片，连看风景的机会都不给，她实在无聊，摸出手机娱乐。

“刷微博？”马元进说，“这两天正好要给你弄微博，你有号啊？给我看看。”

叶言言把手机递过去。

马元进看了一会儿说：“内容不多，关注的人也挺少的。不常玩微博吧？”

“看别人的多，自己发的少。”她回答。

“没有经营，粉丝很少，也好，干净。”他又说，“怎么照片也不放，你放两张自拍照，保证粉丝噌噌涨。”

叶言言有些不好意思：“粉的都是以前的同学，没有必要。”

“以后加了V，你要多放照，吃饭放，走路放，睡觉也可以放，”马元进笑眯眯地说，“要是你现在来张自拍，把梁总一起拍进去，保管几个小时后账号就成大V了。”

她汗颜：“那怎么行？”

梁洲的目光也转过来。

“开个玩笑，”马元进说，“女演员不能用绯闻出道，影响出路。这套等咱们以后有机会再玩。”

他手指在屏幕上飞快划动。

“我看你之前也没有什么犯忌的内容，过几天就用这个号直接加V。”马元进说着，盯着屏幕的视线停顿了一下，忽然哈哈大笑。

叶言言头皮一麻，有不祥的预感。

果不其然。“你关注了梁总，还是这么早，你是他的粉？”

脸一下如同火烧，叶言言身体僵硬，简直不敢去看当事人的神色，连忙说：“梁总是我们这一代人的偶像，我是看着梁总的戏长大的。”

马元进忍俊不禁，跟着说了一句："哦，看着梁总的戏长大的。"

前排的小周和李勤都忍不住笑了起来。

叶言言这才反应过来，这不是变相说梁洲老嘛，一时间真是悔青了肠子。

现在说"我不是这个意思"会不会欲盖弥彰？

她偷偷窥过去，和梁洲平静的眼神撞个正着，心虚地飞快移开。

梁洲见她眼神可怜兮兮的，不禁觉得有些好笑，目光朝马元进一扫。

马元进立刻见好就收，把手机还回去："就这样啊，回头给你把号认证了。"

叶言言这回微博也不刷了，有些心塞地打开网页论坛，输入"想换个有眼力见儿的经纪人，怎么开口，在线等，急"。

车停在地下停车场，一路上话不停的马元进也安静下来。李勤先下车从后备厢拿出两大盒高档水果和礼物，提在手里。除了司机小周，其他人都下了车，叶言言跟在马元进身后。

梁洲和李勤先一步去了医生办公室。

马元进带着叶言言来到病房，顺便给她解惑："那几盒都是给医生护士的。我们不能常来，只好托他们多照看一下。"

沈旭晖的病房是单独一间，就像她在电视上看到的那种，窗明几净，阳光充沛，不仅墙上有电视，还有供探望的人休息用的沙发。他们进病房的时候，护工正在给病床上的人滴眼药水。

马元进和护工谈了几句，了解了最近的情况，然后让护工去休息一会儿。

叶言言注意到，护工离开的时候，马元进从口袋里摸出两个红包塞过去，护工含笑收下。

“吃惊？”他侧过脸来，轻声说。

她微微点头，立刻又摇了摇头。

“旭晖亲人少，没有办法照顾他。公司请了三个护工，二十四小时不断人。说句实话，不怕费钱，就怕用了钱，照顾的人还不用心。现在看看还算不错。”他说。

梁洲推门进来，看到病床上静躺着不动的人，眉头微微拧起。

马元进拉了一把椅子坐到床边，一边轻手轻脚地为病人按捏手臂，一边说：“旭晖，老朋友又来看你了。你说我们工作多忙，你这一撂挑子，活还不都得我干，一个礼拜媳妇儿也没能见几面。你要是心里过意不去就赶紧起来。别躺着了。”

梁洲坐到另一头床边，先是熟练地检查他的耳喉鼻三处，嘴里说着：“准备了半年，《时光之旅》快要开机了，按着你的设想基本没什么改变，你策划得很不错。”

“听到没？”马元进跟着就说，“这么好的涨薪机会，你也错过了。”

他们两个对着病人神情自若地说话，语速较慢，就好像病人随时会回应一样。阳光柔软地笼罩着病床，叶言言看着，心口胀胀的，莫名酸涩，手指抓紧了挎包的拉链。

“唉，言言，”马元进忽然想起她，“你和旭晖也认识，和他说两句。”

梁洲看了她一眼：“像这样的病人需要感官刺激，和他说话有助于大脑恢复，你来和他说两句吧。”

叶言言走到床边，躺着不动的人五官和曾经见过的照片一样，只是更瘦，脸色也不好，神色平静祥和，真像是睡着了。

她到了这一刻才真正意识到，布偶曾经是个有血有肉的普通人，它的灵魂转移，是因为身体受到了重创。看着这张安静而病弱的脸，她胸口发闷，喉咙发堵，好半天才说了一句：“你好……”

梁洲抬了一下眼皮，若有所思。

马元进咳嗽了一声说：“言言别害羞，有什么话你就直接说吧。”

梁洲按捏着沈旭晖的肩膀和手臂，一部分注意力集中在这个女孩身上，看她要说些什么。

谁知叶言言大大出乎两人意料。她打开拉链，从包里拿出一个布偶，放到了沈旭晖的枕头旁，紧紧贴着他的脸。

马元进有些傻眼，仔细一看布偶的样子，抽了口气说：“这是什么新疗法？布娃娃治疗？”

梁洲看了布偶一眼，觉得有些眼熟，想了一下，原来在旭晖家里已经见过。那时候女孩手里一直握着布偶，无论什么状态都不松开，让他一度有些好奇。

他看看她，开口：“这是什么？”

叶言言还在观察是否有什么异象发生，结果等了一会儿，病人和布偶都是一动不动。听到梁洲询问，她只好硬着头皮扯谎：“这是旭晖喜欢的玩具。”

“旭晖喜欢这布娃娃？”马元进首先接受不了，“他什么时候有这个癖好的？”

要不是沈旭晖还在病床上躺着，他只怕就要把人抓起来问了。

“你认识的旭晖，好像有很多我们不熟悉的一面。”梁洲这样说，语气里却没有一丝惊讶。

“哈哈……”叶言言无辜地眨了眨眼，“人都有很多面的。”

梁洲怔了一下，笑了笑，没有再追问。

梁洲和马元进给沈旭晖喂食了一次流质，然后给他擦脸翻身，两人亲力亲为，动作老练，看起来都不是头一次做。叶言言心底有不大不小的震撼。

马元进就不说了，梁洲荧屏形象还算多变，但是本人老成稳重，多少让人有些距离感。但是他干起病床伺候的活，动作干净利落，依然很好看很迷人，猛地让人生出一种感觉，原来他也是一个食人间烟火的普通男人。

探望结束，要离开的时候，叶言言把布偶从床头拿了回来。

马元进目瞪口呆地看着她：“带这个来看病人已经很奇怪了，你居然还要拿走，这不是送给旭晖的吗？”

叶言言随口胡诌：“我看病房这么空旷，这个太小了，一不小心就弄没了，下次我带个大的来。”

马元进为脑中那个画面打了个哆嗦。

梁洲站起身的动作也停顿了一下。

他抬眼盯着她，实在看不出这话几分真几分假，视线扫过病床上的人，满腹疑问都化为无奈，把想要探究的欲望全部压了下去。

叶言言跟着两人走出病房，落后几步的时候，趁谁也没有看到，捏了捏布偶，它在她手上拍了拍，示意还在。

她顿时有些沮丧，心情格外复杂，原本以为可以帮它回到身体里去，失败了！

布偶没有回到身体里，叶言言很是担忧了两天，它却表现得很洒脱，不放在心上的样子，时不时嘲笑她杞人忧天，转过身抱着电脑玩得不亦乐乎。

没过两日，叶言言接到公司的通知，正式拿到了溶月的角色。

马元进带着她去吃了一顿大董烤鸭作为庆祝，顺便把公司派来的助理曹佳介绍给她。

曹佳是个北方女孩，比叶言言大两岁，连实习期在内在公司工作了三年，之前跟过一个小新人，两年多没起色，新人自己放弃了，她就给其他助理打打下手。

两个女孩年纪相仿，曹佳性格直爽，叶言言随和没架子，相处了几天彼此都觉得满意。

在北京玩了好几天，巍峨的有故宫，市井的有胡同，等叶言言收心回来打算背剧本，剧组突然又来了通知，《时光之旅》开机延期了。

说起这次延期原因，还是题材审核问题。电视台购买电视剧，最重要看两点，一是班子，二是本子。《时光之旅》的演员班底，虽说启用了很多新人，但是有影帝梁洲和当红女星苏晓媛坐镇，基本属于高配。本子上却出了点小纰漏，长生不老的故事内容，打的是玄幻和灵异的擦边球，电视台对此态度很慎重。

马元进打电话给叶言言，提起了近期高层开会，召集了编剧小组，对剧本进行紧急修改。

布偶听说后，想了想说："如果改故事脉络就乱了，换个时代就容易很多。宏成对这个有经验，放心等着吧。"

既然它这么说，叶言言就放下心来。马元进很快给她安排了一个短期工作，给孙艾莎的歌曲 MV 担任女主角。

孙艾莎的新专辑《Today》筹备了一年多时间,收入了包括《时光之旅》的主题曲《逝去》在内的十二首曲子，其中一首《不该等爱》作为重点曲目之一，因为制作成本和档期，一直没有拍摄，最近孙艾莎和宏成合作较多，专辑策划就提出请宏成的演员来出演 MV。孙艾莎没多想就同意了。其实最根本的原因，就是宏成新签的演员她见过，确实颜值高，价格又实惠。

拍摄用了四天，外景拍摄大多集中在北京的帽儿胡同和西城区。叶言言和林广薇都有份参与拍摄。

《不该等爱》的 MV 故事内容，是女主角和男主角从小在一个胡同里长大，从青梅竹马发展到恋人，长大后男主角去留学，回来的时候身边多了一个女孩。女主角等待了多年，却只能眼睁睁看着恋人移情，爱情不再。

男主角的扮演者是葛一鸣，宏成的当家小生，关于这一点，公司内部没有异议，但是网络舆论一直把既是老板又是演员的梁洲放在首位，导致他的位置有些尴尬。他有知名度，但始终不温不火，各方面都缺少点火候。这次拍摄《时光之旅》，梁洲担任配角，把主角让出来，无疑就是为他铺路，给他的人气添柴加火。

葛一鸣眉目开阔，五官端正，是很标准的帅哥，架子不大，和叶言言以及林广薇拍摄两天熟悉了，开玩笑说：“我听说这次角色征选有两个美女，颜正，演技好，心里还挺高兴的，回去一翻本子，呵，和男主角都没关系，白高兴了，幸好拍 MV 可以左拥右抱，也算补偿回来了。”

叶言言演青梅竹马，林广薇演留学带回来的女朋友。

有一个特写镜头，女主角站在胡同口，伤心又隐忍地看着男主角带着新女朋友走进来，三人擦肩而过，勉强可以算得上是齐人之福。

和故事的顺序正好相反，拍摄的最后才是男女主年少时甜蜜的时光。

第四天在学校拍摄，5 月正是绿草成茵的季节，导演要求男女主反方向躺平，把头靠在一起，洋溢着满满的初恋甜蜜的感觉。

葛一鸣穿着牛仔裤和格子衬衣，朝气蓬勃，就像一个学生。叶言言穿着背心连衣裙，在绿草的映衬下，脸蛋晶莹剔透，美丽动人。在镜头里，她侧过身体，用草去拨弄葛一鸣的脸，等他醒来要抱她时笑着躲开，闹一会儿又主动扑进他的怀里。

他一脸无奈又纵容，而她，笑靥如花。

一周拍摄完成后，葛一鸣邀请叶言言和林广薇吃杀青宴，其实就是和几个主要工作人员晚上一起吃顿便饭。

年轻人聚在一起，几杯酒下了肚，马上玩闹成一片。

葛一鸣坐到叶言言身边，低声问她的手机号和微信。

叶言言一怔，是不是她想的那个意思？布偶之前就提醒过，葛一鸣有个毛病在圈内流传已久，就是拍戏特别容易动情。

林广薇注意到两个人，凑过来说："师兄，和言言说什么悄悄话呢？"

叶言言看看她，从她嘴里听到言言两个字，感觉真奇妙。

"没什么，就是拍戏上的事。"葛一鸣潇洒地笑笑，转身和其他工作人员说话去了。

叶言言去上厕所，林广薇随后也跟上，在只剩下她们两个的时候，她笑了笑说："葛师兄不是对你有意思吧？"

“你想多了。”叶言言回答她。

上完厕所出来，林广薇还在厕所里没有离开，看着她洗手。

叶言言别扭极了：“你到底上还是不上？”

“叶言言，”这次没有外人，她连名带姓地一起叫，语气也冷冷的，“你知道《时光之旅》在改编的事吧？”

“知道。”

林广薇扯起唇角，笑得别有深意：“我听学姐提了两句，好像溶月的戏份改变挺大的。本来就是反面角色，现在更不好演了，特别容易招观众讨厌。”

叶言言抽出纸巾擦手，心里咯噔一下，脸上却云淡风轻：“所以呢？你溶月落选了还挺庆幸的？”

听到“落选”两个字林广薇脸色一下子就沉了下来，过了半晌才说：“是呀，现在还真是塞翁失马了，悦儿虽然只是单元故事里的角色，至少故事和人物都很讨巧。”

“那挺好，我们也算是各得其所了。”叶言言朝她一笑，不等她回应，推门离开。

等了一个多星期，新的剧本终于来了，叶言言从头到尾看了一遍，故事的时代背景改到了民国军阀混战的时期。

背景的改变，令故事有更多的发挥余地。溶月是角色人物中改变较多的，编剧为了突出剧情冲突，后期增加了溶月的分量，几乎可以说充当了半个 Boss 在用，她折磨女主，折磨男主，折磨其他单元故事的人物的戏份都变重了，简单总结一句——溶月变得更坏了。

叶言言希望这是错觉，翻来覆去把剧本翻了几遍，最后哀叹一声伏倒在床上。

布偶拿过剧本看了看，最后嗤笑了一声：“怕什么，现在的时代和以前已经不一样了。只要你坏得合情合理，还有一段可歌可泣的过去，就会有人喜欢你。”

去剧组报到那天，导演、制片和编剧召集演员开了一个会议。

大小主演配角，包括梁洲、葛一鸣、苏晓媛，第一组单元故事的各个角色全部列席。叶言言算是主要配角，被列席在会议长桌的第二排，一个面生的新人突然有这样的待遇，颇为引人注目。

总编剧把故事更改内容大致介绍了一下，提示演员需要注意的事项，格外点名溶月，拍戏的感情和节奏都需要调整。

叶言言郁卒极了，会议结束了也不急着走，一边翻着剧本一边发微信和周茵吐槽。

梁洲离开会议室的时候回头看了一眼，脚下一停，看着她抿着唇，脸颊鼓鼓的，有点生闷气的样子。

他还没想好，嘴却先一步行动：“叶言言。”

叶言言抬起头，诧异之后猛地站起来：“梁总。”

“不用这样，在剧组都是演员。”他说。

她从善如流：“梁老师。”

梁洲颔首，目光掠过她手里的剧本：“你的戏份改变挺大的，是不习惯？”

叶言言很老实地点了点头：“溶月变坏了，比较难演。”

变坏了——梁洲听到她这么直白的言语，不禁笑了笑，总编剧在和他解释改编的时候，用的说法是——“剧情矛盾变得更加鲜明和激烈，刺激观众的情绪。”

“配角的情节肯定没有主角讨观众喜欢，”梁洲说，“就像我的角色也是一样。剧情改编后，也成了对感情摇摆不定的幕后黑手。”

他说了这么一句后，自己就先愣了一下，他居然安慰起一个新人来。

Part 3

时光之旅

《时光之旅》的开机发布会很快在北京举行，作为宏成今年重头项目之一，前期准备及审核工作一波三折，终于熬到了顺利开机。当天主创基本全部到场，梁洲、葛一鸣、苏晓媛、韩菲等都出席了发布会，叶言言和林广薇等配角也有露面。

媒体报道之后，在网上引起了大范围的讨论，重点集中在各类大小演员身上，列数了其中客串的明星，有微博女王贺敏、综艺咖霍敬严，还有新一代花旦韩菲，这个豪华阵容几乎堪比电影，简直是电视剧中的战斗机，况且原著小说内容丰富，整体称得上是硬件软件兼备。

在众多大小明星的光芒下，新人们都成了背景，叶言言等人的介绍就集中在豆腐块大的娱乐新闻里，一丝波澜都没有惊起。

在网友对电视剧又是赞叹又是期待的时候，郑州影视城内举办了简单的开机仪式，拍摄工作正式开始了。

叶言言和曹佳提前到达影视城，住进宾馆。

女主角苏晓媛开机第二天就投入拍摄。

女孩在北方偏远小镇中遇到了兜售龙肉的村民，全家食用龙肉后，只有她一人活了下来，为了查明真相，她离开家乡，根据古书中记载的内容，开始走访寻找龙的踪迹。

葛一鸣饰演的男主角年轻而帅气，是留洋归来的年轻学子，对封建迷信的东西一概不信，遇到女孩后碰巧被卷进一系列的怪事中，在现实面前不得不转变观念。

苏晓媛天生娃娃脸，扮演朝气蓬勃的少女没有违和感，和葛一鸣配在一起居然很契合，借用网友的评论，很有 CP 感。

开机头几天都没有叶言言的戏份，她和曹佳两个在影视城里转了一圈，索性来看苏晓媛的戏份，取经学习。

到了现场后，发现有不少配角新人都在旁观。最引人注目的还是梁洲，他站在监视镜不远处，身材高大挺拔，微微侧着身体，劲松一般。

这时正好拍摄到葛一鸣穿着格子的三件式西装和女主角相遇，旁观的女性群体发出小声惊叹，不时有“好帅”“颜值高”的赞扬。而更多的女孩，大部分是本剧的配角和新人，偷偷打量着梁洲，交头接耳，有两个大胆的直接上前询问签名。

梁洲摆摆手，拒绝得很客气：“影响拍摄不好，等空闲的时候有很多机会的。”

女孩们接连去了两拨都被拒绝，只能看着他的背影，敬而远之。

过了一会儿，叶言言正看着场中的表演，竖起耳朵听导演的说戏内容，曹佳忽然用胳膊撞了撞她。

叶言言不明所以，转过头一看，林广薇也来了。她四处张望了一圈，视线还和叶言言对上，很快就若无其事地挪开，在看到梁洲后眼睛一亮，喊：“梁哥。”

导演王泽军回头比梁洲更快，脸上怒气横生：“拍摄的时候不要大声喧哗。”

林广薇满是愧疚地鞠躬：“导演，对不起，我没注意到。”她小脸煞白，神色紧张，又对着其他工作人员道歉，态度诚恳，工作人员很快就谅解了。

梁洲问：“刚才的声音采进去了？”

王泽军看看监视镜头，说：“等会儿再拍一条备用。”

林广薇小步挪到梁洲身边，连连歉意地说：“我真的没有注意到。梁哥，对不起啊。”

梁洲沉默了一瞬，声音平淡地说：“林小姐，剧组是工作的地方，你还是和别人一样称呼我吧。”

林广薇睁大眼，无辜的表情里隐约划过一丝受伤：“对不起，梁老师，上次吃饭的时候，学姐让我这么喊的，我没多想就这么喊了。”

叶言言距离他们有段距离，根本听不到他们说话的内容，从她的角度看过去，只见两人一来一去地交流着，林广薇抬起头说了句话，又很快低头，不知道是害羞还是什么。

曹佳侧目看了好几眼，忍不住啧啧两声：“这是什么情况？撬墙脚？”

“谁？撬谁的墙脚？”叶言言忍不住八卦。

“韩菲啊。你不知道？前一阵不是还闹过绯闻。”

叶言言微怔：“绯闻真的确定是男女关系了？”

“没明说，”曹佳压低了声音说，“但是公司上下都这么传。韩菲刚出道的时候，是总监沈旭晖亲自签下来的，之后资源基本向她倾斜，当时同期有个小花，据说比韩菲只好不差，最后被挤下来了，和公司闹解约，现在都混到不知道几线去了。”

叶言言倒抽一口气：“这么狠？”

曹佳唏嘘：“只是道听途说的，不过空穴来风未必就全是假的。我也觉得梁总对韩菲态度挺特别的，说不上来，反正和其他女演员不一样。”

叶言言对着梁洲的方向望了一眼，沉吟不语。

曹佳还在说：“这场景要让韩菲看到非炸了不可，她对这姑娘挺好的，签约也是她促成的。”

这场景想象起来的确带劲，叶言言淡淡一笑。

曹佳忽然奇怪地看了她一眼。

过了一会儿，她忽然问：“言言，你……不会是喜欢梁总吧？”

叶言言惊讶：“怎么会？”

“不是就好，不是就好。”

她连说两遍，表情也由试探变为轻松。叶言言越品越不是味儿，忍不住说：“不是就那么好？”

曹佳神色一敛，说：“梁总那是什么人，脂粉堆里打滚过来的，肥的瘦的、妖的艳的，什么级别的美人都看尽了，他自己条件好，现在还拿下了宏成，说句实话，想要什么要不到，就是他不想要，也有的是美女想扑上去。言言，梁总就是再好，那也是镜子里的花、水里的月亮，咱们看看就行了，别想那些有的没的了。”

叶言言横了她一眼：“谁想了。”

“是，是，我想了。”

两人轻声说笑着，场记已经打板开始拍第二轮。

叶言言一抬眼，正好和视线转过来的梁洲撞个正着，他微微一笑当打招呼，眉目生辉。

她心中默念：镜中花，水中月。

梁洲忙完了开机仪式，回公司处理一下急需处理的业务，很快又回到剧组，正式投入拍摄。

男女主的戏份和男女配角的戏份分两条线同时进行，溶月的第一场戏很快到来。

原本是官家小姐，幼年被拐子卖入青楼，几年过去了，溶月渐渐忘却家事，对沦落风尘又一知半解，生得烂漫纯真的性子。到了及笄之年，鸨母同意在元宵灯会的那一日，溶月在丫鬟的陪同下出游。

叶言言穿着交领高束腰裙，披帛绕肩垂于两侧，腰间有玉佩压裙，饰簪花，戴耳坠，粉面如雪，眉目盈盈。

导演选在傍晚拍摄，灯饰悬挂在街市上，溶月从街口转角走来，左顾右盼，不小心与岳城撞在一起，摔倒在地。

梁洲拍戏的风格是极稳的，走位及角度近乎完美。

他穿着一身暗青的长襦，外套鹤氅，身材颀长，眉峰如刀，冷峻而英气，气势凛然。

溶月看了他一眼就呆住了。

“姑娘？”

岳城不耐烦，一把捉住她的手臂推开：“走路也不看着点。”

溶月在风月场所所见男人，无一似这等模样，平时娇俏伶俐的劲儿全没了，一双眼眨呀眨，对他看了又看，似好奇又似情意暗投。

导演盯着监视镜，忍不住喊了一声：“好，过了。”

一旁的工作人员吃了一惊，梁洲作为影帝实力非凡，一条就过那是理所当然，没想到叶言言作为新人，居然跟上了演技节奏，顺利通过，不由得对她刮目相看。

在导演喊话之后，李勤马上把茶壶送到梁洲面前。他的脸色还残留着几分岳城冷酷的影子，喝了一口茶后，眼角余光注意到叶言言和曹佳站在一起。两个人凑得近，曹佳似乎拉着叶言言的手臂，戏服厚重，他却看出了一点不对劲。

梁洲眉头微微一蹙，原本应该当作没有看见，不知为何，第二次眼光转过去的时候，问出了口：“怎么了？”

曹佳先转过身：“梁总。”

叶言言悄悄拉了一下她的袖子。

梁洲看着她的手：“怎么了？”

曹佳说：“她刚才手臂戳到了。”

梁洲立刻想到刚才撞在一起的时候，她身体摇晃摔倒在地上的镜头。

叶言言有些尴尬，就怕梁洲会误会，刚才他的走位没有问题，有问题的是她，她的手肘撞在台阶上，当时就麻痛交加，她硬忍着没有说。

隐忍又富有深意的眼神，被导演默认为情窦初开——这实在是意外之喜了。

“给我看看。”他这样说的时候一点没有觉得不对劲。曹佳半点不迟疑，马上撩开叶言言的衣袖，露出手臂关节外侧的一片通红，还磨破了皮，渗出些微的血渍，在雪白的皮肤上格外显眼。

梁洲看了一眼就移开视线，落到叶言言的脸上，她自始至终一句疼都没有喊，脸色也很淡然，如果不是手臂上明显的伤痕，几乎连他也被骗过去了。

真是一个好苗子，梁洲脑中倏地闪过一个念头。

拍完元宵灯会街市的镜头，导演宣布休息一小时，用餐完再回来拍夜戏部分。

梁洲成为明星多年，早已经养成了晚餐少食的习惯，稍稍吃了几口，忽然想起叶言言手臂上的伤。他问剧务要了几片创可贴，原本想叫李勤送去，目光四下一扫，没看到李勤，倒先一步看到叶言言和曹佳。

两人坐在街市的角落里，因为要拍灯市的场景，那里堆放着小山高的破旧灯笼和杂物，落下大片的阴影，把两人的身形遮住大半。

梁洲走过去，听见两个女孩的对话。

“哎哟轻点，小佳，不认识的人看你下手这么狠，八成以为咱们是情敌关系。”

“现在知道痛了，刚才怎么不说？”

“刚才大老板在啊，上工第一天就喊疼，被他误会我消极怠工，以后给我小鞋穿。”

“演员的身体就是资本，梁总自己也是演员，才不会那么不讲道理。”

“难说，小佳，你这工作经验不丰富啊，天下老板都是一般黑，要不怎么无产阶级要斗争呢。哎，疼，你擦的这是什么？”

“双氧水，消毒。”

梁洲听见那句“天下老板都是一般黑”时停了下来，手里捏着创可贴的纸袋，好气又好笑。他原本以为女孩乖巧伶俐，是特别讨巧的性子，原来私底下还有这么牙尖嘴利的一面。

“梁总。”曹佳用化妆棉蘸着双氧水给她手肘擦了一圈，回头想找地方扔的时候，蓦然被没几步距离的高大人影给吓到了。

叶言言也被吓了一跳，心虚地猛然站起来：“梁老师。”

“我还以为是谁躲在这里，原来是你们两个。”他这么一说，两人就无声地松了口气。

他抿抿唇，语气很随意地问：“在聊什么？”

“没什么。”曹佳赶紧回答。

叶言言也跟着说：“随便聊聊。”

梁洲笑了笑，他还穿着戏服，眉眼英俊，恍惚像是戏里走出来的。

叶言言心跳乱了一拍，随即又唾弃自己——乱什么乱，这是你能乱的吗？

“把伤口好好弄一弄，女演员不能留疤。”他笑意深了点，“不然老板要被骂苛刻了。”

曹佳：“……”

叶言言：“……”

处理好伤口，吃了两口晚饭，叶言言开始和梁洲对台词，其间她半点其他心思都没有，两眼盯着剧本，精神力达到高度集中，一遍就过了。

“你的基本功很不错。”梁洲合上剧本说。

叶言言自从拍戏以来，听过不少人这么说，但是他说的话分量格外不同。她心里喜滋滋的：“有个前辈指点过。”

“那你挺幸运的，很少有人会这么倾囊相授。”他淡淡地说。

叶言言笑笑。

他目光扫过她的脸："是旭晖？"

心跳空了一拍，她紧张道："啊？"

他目光深邃，若有所思，手指在剧本上轻轻敲击了几下："旭晖也是表演科班的，如果不是给我当经纪人，当初也是有实力往艺人发展的。"

叶言言惊觉于他的敏锐，干笑了两声："他是教过我。"

"他虽然没有正式拍过戏，但是学校的表演我恰好去看过几次，"他徐徐地说，"当演员这么多年，没什么其他长处，只要是演艺方面的，看过很少会忘。他对演技有独特看法，你演戏时的肢体、台词、神态，都有一些他以前的痕迹。"

叶言言蓦然想起布偶说过的一句话：要成为一流的演员，观察力一定要出色。这句话现在被深刻印证了——无论她怎么隐藏，梁洲还是从蛛丝马迹中察觉到真相。

她傻傻看着他，有些呆头呆脑的样子。

他看看她，忍俊不禁，随即又想到了什么，脸色一正道："抱歉。"

叶言言看他神色突然变得这么严肃，刚要提心吊胆，没想到居然是一句道歉，怔了怔："梁老师？"

"第一次见面的时候，我对你误会很深，"他脸色温和地说，"下手也很重。"

助理李勤走过来，正要提醒他们时间到，该上戏了，就听见这么一句，立刻站定，目光对着两人来回扫，八卦之心悄然生出。

叶言言的性子，最容易吃软不吃硬，听到梁洲亲口道歉，心底那点点隔阂瞬间就成了过眼烟云，她反而觉得不好意思，连连摆手："那次不怪你，真的，换作我也要误会的。”

梁洲笑了笑。

当天的夜戏拍摄得很顺利，穿着短衫凤尾裙，腰系绸带的叶言言，发髻上一支金绞丝灯笼簪，流苏垂至额旁，衬得她五官精致，姿容华美。妓院的室内布景中，她站在群众演员当中，好像一束光，吸引着人们的视线。

溶月及笄，老板拍卖她的初夜。女孩惶恐又紧张，站在台上茫然四顾，所看到的眼光无一不是贪欲和疯狂的，她心生悲戚，脸上虽还是笑着，眼睛的深处却已是冰冷一片。

“好，过。”王泽军大手一挥，宣布今日完工。

工作人员忙着收拾拍摄器材和重要的道具，王泽军摸出烟来，吞吐了一阵，对梁洲说：“这丫头不错。”

梁洲笑了一声：“还是你慧眼识人。”

王泽军大笑两声：“当初试镜的时候我就觉得这丫头拍戏有股灵气，很适合这个角色。不过话说回来，投出决定一票的是你。”

梁洲但笑不语。

“听说韩菲有点不开心？”王泽军看他心情似乎不错，又说，“我看这次新的小花都不错，还是要用心培养。宏成和其他影视娱乐公司不一样，根底还是弱，艺人的培养方面不能落后。你千万不要纵着韩菲的性子。”

“放心吧。”梁洲沉声说。

王泽军爽朗地笑笑：“自从你做了老板，很多话都不好和你说了。”

梁洲拍了一下他的肩：“还是和以前一样，别跟我客气。”

“那我可就直说了，”王泽军掐了烟头，声音略带疲惫，“公司上的事我们都不担心，你个人的事我们也不好插嘴，和韩菲到底有没有这个谱……”

梁洲沉默了一瞬：“我们之间不是那么回事。”

王泽军又说：“什么不是那么回事，男女之间能有什么事。我倒宁愿你像柯尘那几个董事，女明星一个接着一个玩，家里红旗不倒，外面彩旗飘飘，那还爽快。你这情况可真是急死人。”

梁洲被他说笑了：“一般不都说我洁身自好，怎么到你嘴里倒不好了？”

两人一边说一边顺着影视城的古街往前走，王泽军白了他一眼：“我看你就是过不去那个坎儿，什么洁身自好，说得好听，其实就是在感情上黏糊，不干脆。”

梁洲笑着说：“让你说，你还不客气，忘了我是老板了？”

“下工了，老板也管不着。”

叶言言发现自从和梁洲搭戏以来，拍摄特别顺利，回头仔细一想，梁洲演技深厚，和他配戏特别容易入戏，充分体现出影帝的实力。

趁着曹佳外出不在，她向布偶旁敲侧击探听影帝以前的事。

布偶耐不住她磨，零零碎碎地漏了一些出来。比如梁洲幼年家境很苦，能有现在的成就，基本是靠自己拼搏出来的。叶言言感慨：“原来影帝这么励志！”还有他出道不久，有个富婆公开报价要包养他，被他冷酷拒绝，当时事情闹得还挺大，他差点被封杀，幸好宋朝寅帮了他一把。叶言言愤慨：“富婆真不要脸，影帝有志气。”更有梁洲有点死心眼，喜欢的东西会一直喜欢，念旧的习惯跟老年人一样。叶言言叹息："这也算缺点？"

叶言言觉得，再这么深入研究影帝，她会从粉升级到真爱粉，还是要冷静一下。

布偶把 iPad 扔到她的床上："自己看。"

叶言言的微博早在来剧组报到前就认证好了，粉丝已经陆陆续续增加到了四万多。

她玩微博的时间少，就交给布偶打理。这个号称"和影帝携手并进"的前经纪人其实之前也没有打理微博的经验。第一，梁洲的咖位，和网红明星不同，不需要靠网络力量支撑，基本几千万粉丝都是锦上添花；第二，梁洲私下低调，很少有博眼球的举动。

玩了微博几天，布偶发现粉丝增长速度很慢，想起马元进的那句"吃饭拍、走路拍、睡觉也拍"的话来，于是它偷偷拍了好几组照片。

有叶言言认真研读剧本的，有叶言言贴墙站立姿势的，还有叶言言发呆的。

效果很明显，粉丝噌噌往上涨。

今天早上它发了一张她睡得死沉沉的，嘴巴微张，看起来几乎要流口水的照片。

叶言言打开微博，看到照片，额上青筋爆起，再看评论里闹成一片。

是我瞎了吗，美女怎么画风变了。

还是很美，告诉我，照片谁拍的，我保证不打死他。

美女这是要走自黑风格了？

当天晚上叶言言的粉丝超过了五万人数，曹佳在刷微博时发现了照片，左看右看，仔细研究了半天，忍不住问照片是怎么拍出来的。

叶言言眼神瞟过布偶，指着自拍杆。

两个女孩马上就拍照角度、自拍杆摆放方法和拍照软件的定时功能进行了深入研究。

曹佳最后感慨："还以为你不是自拍党，原来技术这么了得。这张看起来完全就是纯天然有机睡相。"

叶言言暗自提着的一颗心终于落回原处。

过一会儿再刷评论的时候，发现丽娜也在上面留了言：卖萌可耻。

叶言言扑哧一下笑了出来，拿起手机给她发了条问候的微信。丽娜马上回复，内容是过两天要到郑州影视城来。

叶言言：来看我?

丽娜回：公司要求来客串，角色是夏如芯。

以叶言言对剧本的熟悉程度，也是想了半晌才记起这个角色，是第一个单元故事里知道龙肉隐藏的秘密的神秘女孩，有两集左右的戏份。

角色没有出彩的地方，以柯尘影视对丽娜的重视程度，争取的这个角色分量未免太轻了，叶言言有些糊涂。

丽娜毫不避讳："柯尘这部戏投资很多，能多拍一个就一个，刷个脸熟也是好的，苏晓媛也是这么说，我的经纪人马上就同意了。"

苏晓媛对丽娜是什么态度，拍广告的时候叶言言就见识过，她手指一点，发个鬼脸过去。

丽娜连着发了几个笑脸，然后说：这次她没空来理我，她心心念念的对头，是韩菲。

过了两天，丽娜果然到剧组报到。放下行李收拾一番，她先去苏晓媛处打了个招呼，下午就转到梁洲、叶言言的拍摄场地。

这天的内容有些武打成分，用上了威亚。故事内容主要讲的是岳城奉皇帝密旨寻找长生不老药，无意中寻到龙肉，却被知情人追杀，一路逃到妓院，打乱了溶月的初夜拍卖。溶月冒着生命危险偷偷藏匿了他，岳城伤重昏迷之前，把龙肉的秘密告诉了她。

几个刺客都是特约演员，经验丰富，梁洲年少时拍过许多武侠剧，身手也很不错，再加上风和日丽，没有任何阻碍，拍摄得极其顺利。

导演在空闲的时候把叶言言叫去，指着剧本里的几处说："原本这部剧仅仅是讲长生不老，这次改过剧本以后，溶月也是身手很好的人，这几个地方都要上威亚，别人吊的时候你好好看，过几天到自己上去的时候不会乱。"

叶言言在内心叹气，拍《神雕侠侣》时，大部分用了武替，梁嫣出事后，导演索性把几个无关紧要的角色的威亚戏全取消了，改成地面武打动作。

想不到她还是没有逃脱威亚的命运。

武戏结束后，剧组人员把所有摔倒打乱的道具恢复原位，下午开始拍摄岳城昏迷后的场景。

梁洲躺在床上，脸色发青，唇白如纸。

叶言言坐在床边，使劲摇他的肩膀，他却一无所觉。

她有些害怕起来，手指伸去探他的鼻息，感觉到他气若游丝，越发担忧。

这个男人是她见过最特别的，一眼之后再难忘记，以这样的形式相逢，她已暗暗在心中感谢老天的垂怜。是的，这一定是老天的特意安排，才会让他在关键时刻出现。

她低头思索了一会儿，眼神渐渐坚定，乌黑的眸子像是宝石，绽放光彩。她从他随身的小包里摸出两片极小的肉干，喂了一片到他的嘴里。

传说龙肉入口即化。

不知过了多久，床上的人忽然有了异常动静，呼吸加重，四肢抽搐。

她拿着手绢去擦拭他额上的汗。

一只手猛然抓住她的手腕，他陡然睁开眼，目光犀利如寒刀一般。

“你对我做了什么？”

导演全神贯注盯着镜头。

溶月一惊之下，马上就是一喜，眉眼含笑，面如桃瓣，换了一只手，手绢擦过他的脸颊：“我喂你吃了龙肉，你再也死不了啦！”

闻言，岳城先摸了摸贴身暗藏的小包，脸色大变，抓着她的手猛然朝地上一推：“你好大的胆子，坏了圣上的大事。”

溶月摔倒在地上。

“Cut，很好。”导演宣布这条通过，开始看回放。

叶言言很快从地上爬起来，动作利落地拍了拍裙子和衣袖。

梁洲在床上坐起来，看着她问：“有没有摔到？”

“梁老师，没事，刚才摆位试过好几次了，一点事都没有。”叶言言笑眯眯地回答。

导演王泽军听见两人的对话，逮着一个空闲对着梁洲努嘴：“想不到我们梁总也开始怜香惜玉了。”

梁洲扫了下四周，压低了声音说：“还不是听你的，要重点培养新生代。”

王泽军嗤笑一声。

叶言言走出拍摄的房间，听到人群中有人喊她的名字，循声看过去，见到丽娜站在外围。

两人已经有一个多月没碰过面，微信上联系也大多是说拍戏的事，再次见面时有种亲切感。

聊了几句，丽娜按捺不住兴奋，问：“和影帝配戏什么感觉？”

“特别顺利，”叶言言说，“拍了快一个星期了，只吃过六次NG，还不全是因为演技问题，你敢相信吗？”

作为NG的王者，丽娜羡慕的双眼都要冒出星星了：“羡慕，特别羡慕。我小的时候看他的电视，一直把自己幻想成女主角。”

叶言言想到她拍戏时的表现，觉得还是保留这个美丽幻想，不打击她了。

丽娜朝梁洲看了好几眼，忍不住说：“我去要个签名！”然后就兴冲冲地去了。

叶言言想到前几天梁洲拒绝签名的样子，拦都来不及。眼睁睁看着她走过去和梁洲打招呼，两人说了一句什么，忽然朝叶言言看来，丽娜朝她摆手，她也摇摇手。随后丽娜拿出纸笔，梁洲落下签名。

等丽娜心满意足地回来，叶言言好奇：“你到底说了什么？”

“说是你的朋友啊。”

“然后？”

“然后他就签了。影帝真不错，看着冷峻，还是挺平易近人的。”

叶言言有点不敢相信自己这么有面子，脱口而出：“不会吧，这么容易？”

丽娜朝她眨眨眼：“我觉得他对你挺特别的，我问是不是可以签个名，他先问我是不是你的朋友。本来我还想把柯尘的面子拿来用呢，谁知道抬出你就够了。”

叶言言有些无语。

丽娜盯着她的脸看了好一会儿，慢悠悠地说：“你们是不是有什么？”

叶言言注意到梁洲往这个方向看了一眼，吓了一跳：“能有什么呀，你真能瞎想。”

工作人员来通知准备下一个镜头。叶言言和丽娜约好晚上碰面的时间，开始新一轮拍摄。

不知道是不是受了刚才丽娜那句话的影响，叶言言心里真觉得有什么似的，精神有些不能集中。

溶月被推倒在地，不气也不恼，眼波流转，言笑晏晏：“郎君好没道理，我救了你的性命，你怎么反而还要恼我？”

她本就是青楼长大的女子，举止言行妩媚却又利落大胆。

所以才会当机立断让岳城吃下龙肉，又在岳城成功恢复时，自己偷偷吃下了另一片龙肉。

大概在那一刻，她已决定，就是这个男人。

有长生不老的机会，为何不尝试，只要长生了，什么样的愿望不能达成？

如果，这世界上只有她能陪着他脱离时间的束缚，那么是不是总有一天，他会爱上自己？

毕竟其他女人都会生老病死，只有她和他一样，停留在最美好的岁月，天长地久……

这是从来身不由己的溶月，第一次为自己的命运做出决定。

“Cut！”王泽军皱眉，“情绪有些不对，你偷吃龙肉之前，必须要看一眼岳城。溶月对岳城称得上是一见钟情，懂吗？看他的眼神必须要蒙眬、眷恋、憧憬……你心里很想要他，有一点势在必得的决心。再来一次。”

于是再拍一次。

“Cut！还是不行。”

拍第三条。

“Cut！”

叶言言接连吃了五次 NG，心里满是浮躁。

“大军，休息一会儿，让她调整一下。”梁洲开口。

王泽军点点头。演员遇到感情表达上的问题，一味死拍是没有用的，这种情况不算少见。何况叶言言作为新人，这一个礼拜的表现堪称优秀，平时又谦逊懂礼貌，工作人员对她印象都比较好。

叶言言对导演道谢后，想找个角落冷静一下。梁洲忽然叫住她：“发生什么事了，你好像连我的脸都不敢看？”

他问得这么认真，叶言言有几分尴尬，明明是她自己心底有些发虚。

“怎么会呢？梁老师，是我自己的问题，情绪没有调整好。”她说。

“哦？情绪上有问题？”他坐在梨花木的圈椅上，一袭古装，举止潇洒自如。拍摄的地点是在溶月的闺房里，道具家具精巧细致，带着浓厚的胭脂粉气，他居中一坐，大马金刀，分外英气勃发。

叶言言踌躇。

梁洲慢悠悠地说：“演员遇到情绪障碍不能入戏很正常。这种时候把思路好好捋一捋就顺畅了。你拍戏的时间短，经验少，有什么难处不妨说出来，或许我可以帮到你。”

叶言言一直垂着眼，盯着脚上的绣花鞋，鞋尖上缀着一粒珍珠，在灯火的映衬下泛着幽幽的光芒。她微微抬起眼皮，偷瞄了他一眼，无声地叹了口气，提起自己对溶月角色不理解的地方：“溶月对岳城好像是一见钟情，我不太能理解，为什么一眼就能确定自己要的就是这个人呢？”

梁洲一愣，没想到她问的竟然是关于爱情观的。

他反问：“你不相信一见钟情？”

“不相信，太草率了。”叶言言很坦白地说。

她看过小说，剧本也研究了很久，对溶月这个人物始终是抱着欣赏和佩服的心情。这个女人出身青楼，识文断字有才情，还有一般女子不具备的决断和毅力。如果不是后来因为感情失利蒙蔽了双眼，做出很多糊涂事，伤害到了许多人，也不会葬送性命。

可就是这样一个女人，在最初感情的选择上，居然那么鲁莽和武断。

仅仅一眼，她就对岳城情愫暗生。

叶言言的口气有些疑惑：“感情难道不应该细水长流地培养吗？凭着第一眼的印象就盲目投入感情岂不是很傻？”

她与溶月的隔阂就在这里，今天精神难以集中，把她演绎上的问题全暴露出来了。

看得出她对人物角色是用了心在揣摩，梁洲从业久了，自然喜欢认真努力的人，他唇角略弯，抬抬下颌，示意她坐下来，然后说："演员有三类，第一种，演什么都不像；第二类，演什么都像自己；第三类，演什么像什么。第一类就不用说了，第二类的演员，通常会把角色的思维套用在自己的思维模式上，所以演的基本上就是自己。如果演员个人魅力大，一样会受到观众的喜欢和追捧。第三类最难，就是要把自己的思维忘记，彻底去理解角色的思维，把自己当作角色。"

说得浅显易懂，叶言言全神贯注地倾听着。

"你自己对爱情的观念很保守慎重。仔细想一下溶月，她是在妓院长大的，对自己的未来根本没有选择，如果不是岳城出现，她的一生基本上从一开始就有了结局。她的性格其实很大胆，有些地方比男人还有主意。那一瞬间她之所以要吃下龙肉，不仅仅是为了和岳城在一起，也是为了摆脱既定的命运。岳城是她唯一的希望。他是她过往生活里从来没有见过的例外。她好奇、憧憬，还带着一点能打破命运枷锁的希望。在这样的心理影响下，产生感情难道不正常？"

好有道理，叶言言点头，立刻被说服了。

她突然联想到了自己，梁洲一直是她的偶像，如果说每个女孩都曾憧憬过白马王子的样子，她的整个青春期的幻想，几乎都是以他的模样作为蓝本，等长大时才慢慢淡去。她没有想到真的有一天能和他一起演戏，这种不真实的感觉每天都会冒出来。

在她年幼喜欢小鲜肉的时候，他是娇嫩欲滴的小美男，当她渐渐长大，开始欣赏成熟男人了，他就像珍藏的红酒一样，经过岁月的酝酿，低调稳重，弥漫着一种成熟男人才具有的独特魅力。

她突然有点明白溶月的感情了。

“我想明白了。”叶言言一下子站了起来，“抓到感觉了，可以继续拍。”

“不用急，”梁洲也站起身，“导演说了休息半小时，让其他人也放松一下透透气。”

他的声音有些喑哑，叶言言想起他从下午到现在都还没有喝水，陪着被NG了那么多次，开解她又说了这么多话。

“梁老师，你等一会儿。”叶言言跑出房间找人倒了一杯温水端进来，放到梁洲的面前，“喝点水吧。”

梁洲看着女孩雪玉小脸上浅浅的两个酒窝，猫咪似的乖巧可爱，心里发柔，他的眼光扫到她的发髻，伸出手，像是要摸什么，在快要碰到她的头发时马上缩了回去，脸色平静，似乎什么都没有发生，道谢后，拿起茶杯慢慢一饮而尽。

叶言言在他伸出手的那一刻，心怦怦急跳，直奔二百大关，等他动作一晃消失，心里又忐忑又茫然。

“等会儿让造型给你整理一下。”他说。

叶言言转头对着桌上模糊的铜镜照脸，头上的金钗歪了，斜斜坠下来，原来刚才他想帮她整理头饰。她伸手一推，铜镜对照的物体多少有些扭曲，她的袖子反而把金钗完全勾下来，发髻上一缕头发完全散了下来，披散在她的脑门上。

她无语，一万头神兽从脑海里呼啸奔腾而过，一时间简直不敢回头去面对梁洲。

梁洲早就注意到她的动静，见到这一幕忍不住发笑。

叶言言手捂着头发，嘴里说着："我找造型去。"然后迅速从房里溜了。

等再一次拍这个镜头，叶言言的表现让导演眼前一亮。

溶月偷偷吃下龙肉，在岳城拔剑相向的时候，她拍了拍衣裙，从地上站起来，动作柔缓而优雅，嘴边带着甜美的微笑："现在就算杀了我也没用。你刚才受了那么重的伤，吃了龙肉也全好了，可见龙肉的传说是真的。你和我都将是不老不死之身了。"

岳城冷笑，目光森冷："龙肉不是凡夫俗子能消受的，食用之后，有两种结局，一种如饮砒霜，中毒而死，剩下小部分人才能活下来长生不老。"

溶月仅仅惊讶了一瞬，笑语："那有什么关系，生死有命，我愿意放手一搏。"

岳城皱眉。

溶月渐渐感到头疼，用手支着额头，面色渐渐发白，现出痛苦的神色，她忽然上前两步，朝岳城的怀里依偎过去。

岳城反手一推。

溶月趁机抱住他的手臂。

"放手。"

"不放。"溶月撒娇地说了一声，明明身体已经痛苦得开始抽搐，她却勉强笑着，"郎君，如果我熬不过去，这就是我们的最后一面，你就不能抱抱我吗？"

台词早在开戏前就已经对过，可当她缱绻万千地说出这一句时，梁洲心头一阵酥麻，手掌一松，剑落到地上，一声巨响，他一手托住她的腰。

“如果我醒来未死，这世上能陪着你长久的就只有我了，你娶我好不好？”她软声说完，久久得不到回应，既眷恋又失望地凝望他一眼，缓缓闭上眼。

房内静得落针可闻。

良久过后，梁洲才动了一下，缓缓伸出另一只手，轻轻抚过她的脸颊，神色变幻，最终化成了一声叹息。

晚上叶言言约了丽娜吃饭，丽娜点了一桌子的菜，拿出手机，连拍好几张，拉着叶言言一起入镜。

叶言言吃两口水煮白菜，看着满桌菜很是羡慕：“你胃口这么好？”

丽娜也夹了两片白菜：“谁要吃了，拍完照就 OK 了。你打包带回去给工作人员吃吧。”

两个身材要求严格的女演员的用餐过程毫无趣味可言，丽娜吃了两口就停了嘴，说起工作上的事：“苏晓媛这次对我态度好多了。你猜是为了什么？”

“提携你？”叶言言瞎猜，说完自己失笑。

丽娜翻了个白眼，别人翻白眼可能不美观，但由她做这个动作，却有一种巨大的反差萌。

“这部剧最大的投资就是宏成和柯尘，过两天韩菲要来了，苏晓媛感觉势单力薄，想找人摇旗呐喊呢。”

叶言言疑惑：“啊？”

“现场现在大多配角是宏成的，韩菲一来，同一个公司的，大家还不得围着她转？万一苏晓媛身边没人，排场上就输了，所以急着把我叫来。”

叶言言想象那个画面，笑出了声：“怎么可能？”

“只有你想不到，没有不可能。”丽娜托腮，嘀咕道，“过两天就要热闹了。”

叶言言听完没放在心上。

等到了周末，正好宋朝年间的戏份拍摄结束，韩菲带着助理到剧组报到，正如丽娜估计的一样，两个一线女明星碰面之后，剧组工作人员平静的工作状态宣告结束了。

关于宋朝的那段戏份刚结束，那一头男女主角的相遇也正好拍完，两边拍摄进度相当，正好会合。接下来一段时间叶言言的戏份很少，大部分集中在男女主冒险的戏份上。

韩菲到剧组报到的头一天，她的两个助理先行一步，给所有演员和工作人员送来热腾腾的咖啡。

苏晓媛刚拍完一场戏，回来发现手捧咖啡的不少工作人员在感谢助理，还有人大声说：“韩菲是我的女神，喝到女神送的咖啡，今晚要睡不着了。”

苏晓媛朝说话的人瞥去一眼，极其不屑。这年头美女不值钱，只要是母的，在路上就能被喊十七八次，现在连女神都跟着掉价了，但凡有两分姿色都能称神，也不怕地球装不下。

她的助理跑过来，手里拿着咖啡，还没开口，苏晓媛眼睛一瞪：“都什么时候了，还喝咖啡，晚上不想让我睡觉了是吧！”

助理特别委屈，抬头看看太阳，昨天也是这个时候，她非要喝咖啡，说不喝下午提不起精神苏晓媛一个人生着闷气，下午拍戏的时候精神不集中，状况百出，先是走错位，接着念错台词，和葛一鸣的配合也不如往常默契。

正好拍到女主角洛绾和男主角发生冲突，两人拌着嘴，无意中发现了一个神秘的地下溶洞。

苏晓媛说完台词，推搡了葛一鸣一把，转过身，不小心一脚踩进山体的洞口处。

她接连拍了几天高强度的戏份，整个人有些疲惫，脚在往后踩的时候身体重心一歪，就要滑倒。幸好葛一鸣及时伸手托住她，两人一起摔倒在地上。

葛一鸣手臂垫在下方，闷哼了一声。

苏晓媛受惊之后回过神来，着急地问他："你没事吧？"

葛一鸣站起来左右摆动手臂，爽朗地笑了笑："皮糙肉厚的，没事。"

旁边忽然插进来韩菲的声音："一鸣，我看刚才摔得挺重的，还是去医院看一下吧。"

苏晓媛转过去，韩菲不知道什么时候来的，外面罩着厚厚的毛衣，内搭一套 Chanel 的涂鸦卫衣，脚上一双 Jimmy Choo 的高跟中靴，搭配休闲，活泼靓丽，减少了她屏幕上那种距离感，再加上她今天淡淡一层妆，显得气色很好。

和她一比，苏晓媛穿着民国的棉衣棉裤，在地上摔了那么一下，灰头土脸的，对比鲜明。

真是个心机婊，苏晓媛暗暗骂了一声，脸上却漾起笑："韩菲，你怎么这么早就到了，这角色也就十来分钟的镜头，等你档期空了再补拍也是一样。"

韩菲笑着回：“这怎么行，你都休息三年了才拍这么一部，我当然要来捧场了。”

“什么三年啊，你记错了吧？前年我还出过电影呢。”

“哎呀，真是我记错了，要不是你提醒还真想不起来。”

两个女人寒暄了两句，句句夹枪带棒，葛一鸣夹在当中充作背景，不敢就这么打断她们，站着又确实有些尴尬。

幸好韩菲留意到他：“还是去医院看一下，伤了筋骨就不好了。”说完有意无意瞥了苏晓媛两眼。

苏晓媛心里气极，微笑着柔声对葛一鸣说：“是呀，韩菲说得对，还是去看看我才放心。”

葛一鸣头大如斗，干笑两声说：“这点伤去什么医院，我找动作指导看一下就行了。你们先聊着。”

他的助理迎上来，走出一段后，葛一鸣回头，看见两个女人还在笑着闲聊，忍不住摇了摇头，喟叹：“女人啊。”

叶言言好几天都没有拍摄日程，抱着观摩的目的去拍摄场地。到达的时候已经是上午十点了，现场布景和镜头都已经准备到位，却不见主演和导演。

工作人员三三两两聚在一起，明显不在工作状态。

她在现场兜了一圈，直到丽娜喊住她才解开疑惑。

今天是韩菲定妆的日子，她扮演的是一个曾经饮过龙血的女子，虽然长生不老，但是每个月都会有一天变得老态龙钟，鹤发鸡皮。她的丈夫发现这个秘密，很快就逃走了，一生都没有回来。

造型师给她准备了斜襟袄裙，绸缎罗裙钩有织金花绣，再配以华丽头饰，妆容精致，显得她娇艳明媚，不可方物。

苏晓媛当下就有些不满了。她开机到现在，穿的都是普通的布衣，造型也简单得不行，头上就简简单单簪着银钗，本来没有对比心里也没有计较。韩菲的定妆一出，她心里就一阵不舒服。

助理看她脸色一沉就知道要糟，一个劲地劝："韩菲这造型老气，还是你这个好，显得年轻。"

苏晓媛狠狠瞪他一眼，坐了一会儿索性把统筹叫来："我这造型不行啊，整天灰头土脸的，观众怎么会喜欢看？"

统筹安慰："前期是这样的。她是孤身背井离乡，穿着鲜亮华丽也不像话。"

"话不是这么说，"苏晓媛面无表情，"现在什么不讲究衣着和颜值？现在衣服跟农村的一样，连带着颜值也下降了，观众没有视觉享受，收视率上不去到时候怪谁？"

统筹不好接这话，只好赔着笑脸劝。

摄影机位布置好，王泽军等了半晌也不见女主角，询问工作人员。

工作人员支支吾吾。他就找统筹，找了半天没回应，再一问，统筹在劝女主角。

这都什么事儿！

苏晓媛隶属于柯尘娱乐公司，这次的大投资方，即使导演也要卖几分面子。久等不来，王泽军索性自己去劝。

一圈人围着劝苏晓媛。

韩菲定好妆，看见这排场，轻轻哼了一声。

苏晓媛在圈内是出了名的脾气大，直到王泽军亲自来劝，她才就着台阶下来，正式开始拍摄已经拖到了中午。

上午弄了这么一出，工作人员都怕了，把韩菲和苏晓媛的位置安排得远远的，就怕两人又整出什么幺蛾子。

梁洲下午到剧组，很快被黑着脸的王泽军拉走，两人谈了一会儿，王泽军脸色稍霁。不一会儿梁洲走到苏晓媛的休息椅旁，两人说了没两句，苏晓媛就拨云见日，笑容满面。

“啧啧，”丽娜称奇，“刚才还包公一样，现在就笑了，不得了。”

叶言言莞尔：“女明星嘛，变脸还不是闹着玩似的。”

“了不起的是梁洲，那么多人哄都没搞定苏晓媛，你说他说了什么，也就两三句话吧？”丽娜疑问。

叶言言想了想，说：“难道是美人计？”

自韩菲到来，剧组工作人员无不感到气氛为之一变，简单概括，可以称之为风云变幻。

苏晓媛和韩菲见面从不吵架，说话也都是客客气气和和睦睦的，转过身却铆足了劲儿比较。每天到剧组报到就像是时装周的表演，从衣服到首饰，全部世界一流品牌，不是当季走秀款就是限量款，只有内行人才看得出门道，两人斗得不亦乐乎。

工作人员苦不堪言，苏晓媛对造型不满意，隔三岔五就要发作一下，从造型到化妆师，没有不挨批的。拍戏进度跟着慢了下来，本该两天结束韩菲的戏份，拖了三天才完成一半，导演王泽军内火旺盛，嘴里发了老大一颗溃疡。

好容易等到韩菲的戏份拍完了，王泽军松了口气，心想这姑奶奶一走，另一个也能消停了。

杀青的当天下午，韩菲宣布过两天是她的生日，请全剧组工作人员吃一顿晚饭，定在五星酒店。她事先完全没有透过风声，王泽军朝梁洲看去，他脸上也有些诧异。两人对视一眼，齐齐感到有些头疼。

苏晓媛作为女主角，当然是被邀请的行列，表面答应得高高兴兴，回头却在房间里发了好大一通脾气，厌恶韩菲非要把生日宴会安排在剧组进行。

同一时间，叶言言在苦恼另一件事："小佳，剧组工作人员凑份买一件礼物，我是不是也要送点什么？"

曹佳无奈地摊手："以前我也没遇到过这种情况。"

叶言言只好给经纪人打电话询问，马元进在电话里说："送她礼物的人多的是，你一个刚出道的小演员，送多了不值当，送少了没意思，随便买个两三千的东西充一下门面就行。"

一直在剧组拍戏，叶言言根本没有时间筹备礼物，最后想了想，点开了万能的大淘宝。

韩菲生日当天包下了四季酒店的整整一层，处处鲜花点缀，场面布置得美丽温馨。叶言言是跟着副导的车到达的，在酒店门口遇到刚下车的梁洲。他穿着休闲，身形挺拔，显得年轻又俊朗，看到她手上的纸盒，微笑着问："还带了礼物？"

叶言言腼腆地笑了笑。

一行人坐电梯上去，韩菲穿着一套黑色小礼服迎宾，脸上挂着恰到好处的笑容。叶言言把礼物奉上，她笑容不变，目光冷淡，说："让你破费了。”然而她根本没有多看，把纸盒往粉丝礼物堆里一扔。

刚走出没两步的叶言言听到哐啷一声，回头看了一眼，心想：淘宝买来的水晶杯应该碎了吧。

和其他配角一会合，各种八卦蜂拥而至。叶言言这才知道，这场生日宴会的举办人是吴之爵，是四川有名的地产商人，这些年一直追韩菲，锲而不舍，为博佳人一笑，特地飞机赶来，豪掷千金。

同剧组的女孩谈起这个，口气都是各种羡慕。叶言言不免有些感慨，正如布偶之前说的一样，这个圈子的道德观与主流社会从来不同，绯闻都是手段，成王败寇才是唯一的评判标准。尤其是刚出道处于爬升期的演员，有金主反而是一件值得称道的好事。没背景没支撑，只能靠自己的人简直抬不起头。

讨论声突然间停止，韩菲、梁洲还有导演、制片一行走了过来。吴之爵站在韩菲的边上，个子不高不矮，五官端正，和明星没的比，但在企业家中应该很有竞争力。

路过的时候，众人纷纷祝贺韩菲生日快乐，她笑得高贵又矜持，看到叶言言的时候说："哎，你也一起来包厢吧。"

一时羡慕的眼光都投了过来，叶言言却有些莫名，梁洲看她一眼，点点头说："一起吧。"于是她跟在众人后面一起进了包厢。

说是包厢其实是一个小型宴会厅，角落里放着一个三层蛋糕，光是服务员就有十来个，各司其职，井井有条。

在座的都是人物，名不见经传的小演员就只有叶言言和林广薇，不同的是，韩菲和众人谈笑，林广薇还能说上一两句，叶言言则完全被忽视了。

没一会儿，苏晓媛盛装赶到，同行的还有葛一鸣和丽娜。

“不好意思，对这里的路不熟，司机绕弯了，韩菲，生日快乐。”苏晓媛笑吟吟地上去，伸出手抱了一下韩菲。葛一鸣和丽娜也跟着说祝福语。

韩菲抬眼看了看葛一鸣，意味深长地一笑：“怕你找不到地方，刚才还打你的电话，原来当护花使者去了。”

葛一鸣听出她话里的意思，也不恼，笑笑说：“菲姐你的主场，我当然要替你照顾好客人了。”

这话说得讨巧，众人闻言都笑起来。等全部坐定，开始上菜。

丽娜趁刚才众人说话没有注意到，坐到了叶言言的身边，以只有两人听见的音量低语：“这顿饭不好吃啊。”

叶言言给她一个感同身受的眼神。

用餐的时候韩菲心情极好，也没有急着去刺激苏晓媛，两人相安无事，宾客自然高兴，场面一度热闹。

席间吴之爵嫌酒味淡，让服务员拿了两瓶五粮液上来，对众人说：“今天高兴，这什么红酒喝着没味，还是喝点我们四川的名酒。”

梁洲说：“度数有点高，女士就免了，就我们几个喝喝吧。”

韩菲眼波一转：“这口气怎么看不起女人啊，今天生日我最大，都要喝，不能落下。”

苏晓媛心想这不是冲着我来的吧，当即说：“太烈了，明天还要上戏呢。”

“王导都在呢，难得高兴，喝点没事。”韩菲说，“王导，你说是吧？”

王泽军这两天夹在两个女人中间已经积累了经验，只笑笑不说话。

酒上饭桌，每人面前都换了云吞杯，浓醇的酒香迅速弥漫开，吴之爵笑着说：“都说洋酒好，其实中国的酒才是真好，五粮液是我家乡产的，高粱、大米、糯米、小麦、玉米五种粮食，所以叫五粮液。喝下去连打嗝都是米香气，带劲。”

男人对酒或多或少有些情怀，喝得爽快。

轮到女人们就不一样了，韩菲就在杯口上舔了一口，说：“太烈了。”

吴之爵马上接口：“没事没事，五十二度对你来说是高了点，我帮你喝。”

韩菲笑吟吟地瞥他一眼，吴之爵满面红光，说不出的志得意满。

苏晓媛说了一声：“我怕醉酒头疼。”

葛一鸣说：“我来吧，不然明天上不了戏就糟了。”

苏晓媛立刻笑靥如花。

林广薇开桌前就称自己酒精过敏，一滴也没沾。

韩菲目光瞥过来：“你怎么不喝啊，刚才看你能喝红酒的，不可能是酒精过敏吧。”

叶言言环顾一桌，那感觉形同举目无亲。尤其是之前她还以为葛一鸣对自己有点意思，现在一看，他全程照顾苏晓媛，这误会大了去了。

她举起酒杯就要喝。

梁洲忽然开口：“这酒烈……”众人都看向他。

叶言言心跳如擂鼓。难道……

“你慢点喝，喝快了容易酒劲上头。”梁洲缓缓道。

又是一个天大的误会——叶言言内心在流泪，将酒一饮而尽，火烧一样的味道直燎到喉口，她硬忍着没咳，眼睛已憋得通红。

丽娜同情地看了她一眼，拿起酒杯也是一口喝完。她酒量上佳，一口闷了之后居然半点事没有。

过了好一会儿，嘴里的酒味才淡了点，叶言言渐渐感到胃部发热，心情有些飘忽。

手机振动了一下，她拿出来看，是丽娜发的两个字：装醉。

她心领神会。

专业演员的素质，绝对不是趁机酒后胡言乱语，叶言言借原有的两分酒意，眼神呆滞，动作迟钝，再加上她酒劲上头，脸上酡红，不一会儿饭桌上都看出她醉了，再无人硬性劝酒。

其他女演员，苏晓媛有护驾，丽娜酒量不输男人，杯盏往来，也没吃什么亏。倒是葛一鸣连着几杯下肚，脸色通红，说话也开始不利索，不敢再喝。

好容易熬到吃完饭，众人各自打电话给助理叫车。

叶言言装着醉不好马上清醒，丽娜原想捎带她，苏晓媛却横了她一眼：“宏成的人他们自己会料理的。”

叶言言叫苦不迭，想着如何在这个时候自然清醒。

梁洲说：“让她坐我的车回去吧。助理会在酒店门口等。”

众人无异议，韩菲似笑非笑地看他一眼：“梁总对新一代小花倒是很照顾。”

梁洲说：“都是公司宝贵资源。”

叶言言两眼放空，还在假装呆滞中。梁洲拍了拍她的肩：“可以跟着走吗？还是要我扶你？”

她对着他迟缓地傻笑了一下。

到了车上，她微微闭眼。

梁洲好笑地看了她一眼：“没人了，还装？”

叶言言心猛然一跳，靠着背垫纹丝不动，负隅顽抗。

“几年前有一部戏要求我扮演的角色嗜酒如命，为了观摩醉酒的人到底是什么状态，我在酒吧街泡了两个礼拜，接触了各种酒醉的人，”梁洲的眼里露出回忆的光彩，“醉酒什么状态，我多少有点了解。”

这岂止是有点了解，她马上睁开眼，歉意地朝他笑笑：“梁老师，我醒了。”

梁洲挑起眉：“哦？”

“你说的是《五湖四海》那部电影吧。”她记忆特别深刻，那是她高二的时候，媒体铺天盖地讨论他混夜店，一度网络上都是抹黑他的言论。

梁洲看看她：“你看过？这部电影票房一般。”他低笑，声音沉沉的，像从胸腔里发出来的，“看来你还真是我的粉丝。”

被他直面这么提起，叶言言有点不好意思，眼神游移，轻声地说：“是真的，我看过很多你的电影。”

“第一次我以为你是为了脱身才套近乎的。”梁洲说。

画面太美，一点都不想回忆，她抿抿唇。

“委屈吗？”他忽然问。

“啊？”叶言言摇头，“不委屈，当时那个情况……”

“我是说今天，”他说，“委屈吗？”

叶言言转过脸来，有些诧异地看着他。就连正在开车的助理李勤，也从后视镜里朝后座张望了一眼。

“送礼物的时候我看到了，饭桌上韩菲也有些为难你，”梁洲的口气带着些闲谈的随意，“心里是不是有些不舒服？”

没想到他全看在眼里，叶言言沉吟，字斟句酌地想着怎么回答最得体。

他把她的犹豫当成了默认，浅笑说：“韩菲的脾气是有点不好，但是人绝对不坏。这个圈子竞争大，有些在明面上的，有些在暗地里的，她也是好不容易熬出来，现在新一代却又很快出来了，她心里难免有些难受。你刚出道，也许还不能体会这种滋味。艺人起起伏伏，谁都有光鲜和落魄的时候，看着你们这些年轻的一代，感觉到很快会被取代，心里多少会有些危机感。她是个即使心里难受极了，也要硬撑着面子的人，举止容易失分寸，你不要放在心上。”

叶言言听着他低沉柔和的声音，再看着他如雕刻般的侧脸，心里蓦然涌起酸涩的感觉。

他的每一句话，不是真心在关心她的情绪，而是在为韩菲解释开脱。

在他问的时候，她不觉得委屈的，可是现在，突然觉得心里发堵。

他演过那么多角色，浸淫演技这么多年，却不太懂女人呢。

她扯起嘴唇笑了一下：“梁老师。”

梁洲目光转向她。

“去年的这个时候，我一直在找工作，当时怎么也没有想到会来拍电视剧，”她微笑着说，“这个圈子对我来说相当于另一个世界，我以往学习、生活的经验都派不上用场，我和你们距离很远，差距很大，大到只能仰望，这些都是新人经历的必然，我不觉得委屈。”

这一晚梁洲也喝了不少白酒，此时脑袋也有些混沌，他听出一些不同寻常的意味来，凝神看向她，女孩细腻洁白的皮肤上微微泛着红，眼睛明亮坦荡，笑容甜美，回答得也很得体——一切都恰如其分。

是真心话还是演技？梁洲揉了揉额角，有些分辨不出。

叶言言却再次闭上眼：“这回是酒劲真的上来了，我休息一会儿。”

车内骤然陷入了沉默。

空调开着，叶言言感到有些闷热，大概是酒劲的缘故，脑子里乱糟糟的，忽然就想起高中的时候，梁洲是名副其实的屏霸，在男演员中以压倒性优势胜出，无论他扮演什么角色，她都能把自己幻想成女主角。

她曾经幻想过各类王子、总裁甚至是神仙，像他那样是最适合的，不管性格是什么样，邪魅、狂狷、霸道……最后统统会爱上她。哈！真是三流小说的剧情——她曾经还深深沉醉过。

现在想起来都觉得好笑。

到达酒店的时候，叶言言下车后道一声谢，没有进酒店往花坛右侧走去，梁洲喊住她：“你去哪里？你的助理怎么没来接？”

“我去买点酸奶解酒，喝完就上去。”

梁洲蹙眉：“天色很晚了，你上去，让助理下来给你买。”

“梁老师，我的助理也是个女孩子，我买好就上去，很方便的。”她摆摆手，走的步子又大又快。

梁洲看着她的身影，微微出神。

酒店右侧有个露天的咖啡室，环境幽静雅致，大晚上的没有人在，只留着几盏昏暗的灯。叶言言找了张空椅坐下来，长出一口气。

包微微动了动，她打开拉链。

布偶从里面钻出来，抬头看了一眼，辽阔无际的黑色天空，缀着几点零碎的星星。

“怎么了，喝醉了还不回去，在这里赏景啊？”

夜风徐徐，叶言言发着呆不说话。

布偶啐了一口，然后一屁股坐在小圆桌上，嘀咕：“以前就觉得他真是不懂女人，你看吧，两头都没落好。”

叶言言听见了，呵呵笑了两声：“就你懂女人。”

布偶说：“怎么不懂？我看你有点喜欢梁洲。”

叶言言蓦然瞪大了眼：“胡说什么。”

“得！不喜欢你在这里吹什么风，”它目光了然地说，“刚才车里说的那些话让你难受了吧！你可别说心里把他当老板，有没有把他当老板你自己心里最清楚。”

叶言言有些难堪，就好像心里最深处的隐秘一下子暴露在阳光下，连她自己都吃了一惊，原来潜意识里居然有那么一层淡淡的感情。她又气又恼，不知道缘由症结，难受得让她急于找到一个宣泄口。

“光会说我，你呢！还不是喜欢韩菲。”

布偶一下跳了起来，瞪着一双蓝眼睛：“谁告诉你的。”

“还用得着告诉，你不全表现出来了？”

两人目光对视，寒光四射。

过一会儿，布偶耸耸肩，先服软：“算了，不和你计较。”

叶言言叹了口气。

“我看你也够迟钝的，自己的感情居然不知道，”布偶说，“现在还犯傻，坐在这里有什么用，他又不知道。”

“你倒是懂感情，难道就追到韩菲了？”

布偶不忿：“叶言言，你够了啊！知不知道好歹，我这是在教你。”

叶言言斜眼看它：“得了吧，有经验叫教，没经验叫瞎指挥。”

布偶说：“你不信是吧，这世上真正了解梁洲的人没几个，我恰巧就是其中之一。能教你追上梁洲的，只有我能做到。”

叶言言撇了一下嘴：“那不是变成你追梁洲了。”

布偶即刻暴跳如雷，连连呸了好几声，气得咬牙切齿：“老子要是身体好好的，立马让你知道马王爷为什么有三只眼。”

看着它上蹿下跳的，叶言言忽然有一些解气，抬头看了看天空，过了半晌，她用手捂了捂酒气蒸红的脸蛋，低声说：“没用的。”

布偶发作了一通，忽然听见她这句:“啊？你说什么？敢不敢大声点。”

叶言言又重复了一遍，然后说：“他喜欢韩菲，我看得出来。”

她的声音有些压抑，布偶忽然平静下来，皱起眉，深深地看着她。

“哈，”她苦笑，“你没有否认。”

布偶白她一眼：“否认有用啊？”

叶言言心里酸酸涩涩的，各种滋味混合在一起：“还说自己懂女人，连最基本的善意的谎言都不懂。”

“得了吧，你们女人最奇怪了，说谎吧，你们要真相，说真相吧，你们又觉得太残酷。”

仔细想想，还真就是这么一回事，她笑了一声。

“不想笑就别笑，这里又没人非要你开心。”它说。

她揉揉脸，沉默了一会儿，忽然问："为什么是我？我没有什么才能，性格也不突出，别说韩菲，就是林广薇，我也不及她机灵聪明，你只怕是找错人啦。"

布偶盯着她看，本来不想提起，但是今天看她的样子，它有些心软，眼神也露出几分温柔："那时候我已经在那块地方兜了好几天，你是里面最漂亮的一个。"

她一愣。

"叶言言，选你的原因就是这个。"

没想到理由这么简单，她好气又好笑，要知道她曾经也幻想过，自己是被命运选中的？

"没想到你还挺会安慰人的。心情真不错，原来我什么都没有，至少还有颜值。"她叹气。

"叶言言。"梁洲的声音忽然在身后响起。

她转过头，他站在一盏灯下，脸色半明半暗，口气不知是焦急还是疑惑："你一个人在说什么？"

他大步走过来，看到桌上的布偶，不陌生，她居然对着一只布偶嘀嘀咕咕，他有些头疼。

"打你的手机怎么不接？"

叶言言从包里摸出手机一看。

"拍戏的时候静音了。"

"你不是说去买酸奶吗？"

"买了。"

"酸奶呢？"

"吃了。"

"吃剩的盒子呢？"

"扔了。"

叶言言忽然笑起来，拿起桌上的布偶："梁老师，我这就回去了。"

梁洲忽然一把大力拉住她。

叶言言诧异。

梁洲的脸色有些凝重："你喜欢和布偶聊天？"

叶言言没提防他突然来这么一下，两人距离突然拉近，她甚至可以看清他的每一根眉毛，只是他的问题让她刚有些乱扑腾的心瞬间又冷静下来，他不是怀疑她有什么心理毛病吧？

拯救她的声音出现了，曹佳从酒店里出来，顺着大门落地玻璃走过来，隔着老远喊了一声："言言。"

叶言言看过去，梁洲松开了手。

小跑过来的曹佳近了才发现高大的身影居然是梁洲，一愣之后马上躬身："梁总。"

梁洲说："她今天喝高了，快点回去吧。晚上女孩子在外面乱晃不安全。"

曹佳如领圣旨，立刻上前一把扶住叶言言，拉着她往酒店大门走，梁洲跟在后面。谁也不说话，一起进了电梯，安静得几乎能听见呼吸声。梁洲住在套房，楼层更高。电梯门开了之后，两个女孩齐声和他道别。梁洲看着叶言言，有些头疼，要说女孩的表现，真和马元进说的一样，乖巧伶俐，可她身上就像有层纱，藏着难解的谜团，让人很有一探究竟的冲动。

“给她泡点蜂蜜水喝。”电梯合上前，他说。

曹佳和叶言言面面相觑。

回到房间叶言言洗了个澡，顿时神清气爽，刚出卫生间，曹佳就把一杯蜂蜜水端到了她面前。

“你还真弄来蜂蜜水了，”她惊叹，“哪来的蜂蜜？”

“咖啡、蜂蜜、胃药，助理三宝，从不离身。”

叶言言笑了下，心想第三样还是不要用上才好，看看时间，她还是拒绝了：“这个点了，不能喝甜的。”

“君要臣喝，臣必须喝。”曹佳坚持。

叶言言严格执行着布偶的形体训练大半年，早已习惯晚上不饮食，可经不住曹佳软磨硬泡，终于还是把蜂蜜水喝了，心里负担很重，她默默计算明天要跑多久才能对得起这杯水。同时，还有一道不容忽视的视线……

“能不能别用视线扫射我了？”叶言言说，“有什么话就直说吧。”

“那我可直说了，”曹佳坐到她的床边，“你和梁总怎么回事，我琢磨着气氛不对啊。刚才我下去，梁总的手……是不是环着你？哎呀，这事大了，叶言言，老实交代，你是不是对圣上下手了？行啊，太有胆色了。不过这事你可不能瞒着助理和经纪人。真要有什么行动，你得要有智囊和后勤啊。现在不流行单打独斗了，那么多宫的娘娘眼巴巴瞅着呢……”

叶言言听得头都大了，这一串里面怎么还夹着“圣上、娘娘”的：“你是不是最近看宫斗剧了？”

“别转移话题，”曹佳说，“好言言，我从刚才到现在，肚肠都痒了，你就告诉我真相吧，我发誓绝对不外传，嗯？”

叶言言钻进被窝里，嘿嘿笑了两声，一手指戳在她的脑门上：“就不告诉你，憋死你个小八卦。”

曹佳一声哀号。

正如王泽军预料的一样，韩菲离开后，苏晓媛跟着渐渐消停了，做造型和化妆的工作人员仿佛重见天日。

关于苏晓媛和韩菲的一段恩怨，叶言言也是后来和丽娜深入讨论才知道的。两人不仅仅是同期女演员资源抢夺那么简单。苏晓媛和韩菲年龄相近，参拍同一部电视剧出道，苏晓媛演韩菲的丫鬟，韩菲首先受到媒体关注，后来几年里一直处于半红不紫的阶段，苏晓媛因为参演一部青春电影很快蹿红，在此后的一部电视剧中，韩菲给她当配角，类似丫鬟的角色。而去年，韩菲因为一部电影和一部现象级电视剧，站稳了一线女星的位置，同一时期，苏晓媛却因为接太多商演和广告而没有作品面世，显得势弱。

两人的经历比电视剧本身还精彩，堪称娱乐圈跌宕起伏的教科书，令人叹为观止。

接着的两个月里，拍戏按部就班地进行着。随着故事的推进，叶言言开启了溶月的Boss模式，欺负女主角，欺负男主角，欺负其他所有看不顺眼的配角。明明在现实中是个刚签约的新人，但是在戏里几乎是无敌的存在。

叶言言在剧组里表现一向低调，从不和工作人员争执吵闹，脾气好是公认的。到了戏里，她扮相娇美，把偏执和狠毒演绎得淋漓尽致。

在和女主角的几场对手戏里，原本苏晓媛只当她是个宏成要捧的新人，没怎么放在眼里。等到上戏一试，叶言言基础不错，对镜头的敏锐度很高，也把人物性格的层次感表现了出来。两个月下来，积累了一定的表演经验后，叶言言的表现更上一层楼，演技褪去了稚嫩感，渐渐圆滑老辣起来。

苏晓媛一面感慨她进步巨大，一面又生出危机意识来，戏外对她的态度总是冷冷的。

叶言言却觉得很满足，《时光之旅》的客串阵容极其强大，拍戏期间她几乎见到了小半个娱乐圈的人。半红不紫的就不用提了，微博女王贺敏也来客串了一把，近几年她的工作重心早就已经挪到了大屏幕上，这次能再回电视剧，纯粹是看在和梁洲的私人交情上。贺敏并不是传统意义的东方美人，五官偏硬朗，身材高挑，是天生的衣架子，却有种时尚的魅力。她到影视基地的两天，苏晓媛也只能往后排。还有素有古装美人之称的尤舒静、情歌王子许焕等。

第二个单元故事拍完，梁洲做东，把贺敏、许焕聚在一起吃了顿饭。能列席参加的只有导演、制片，还有主演两人。

没过两天，一则关于"苏晓媛葛一鸣假戏真做，深夜约会"的新闻被炒得如火如荼，当天就推上了网络热门话题，照片是酒店门口的葛一鸣牵着苏晓媛。

叶言言看到这则新闻时，整个剧组早就传开了。其实这段时间苏晓媛和葛一鸣走得近，在剧组内部根本不是什么秘密，等新闻一出来，也只是印证了部分猜测。

叶言言原本以为两边公司人员会有后续公关动作进行澄清，谁知拍戏照常进行，制片和导演也全无反应。

曹佳午饭时以一脸便秘的表情偷偷和她说：“刚才我听见梁总和制片在说绯闻的事。”

叶言言马上四处张望了一下，确定身边没人后，问：“要澄清？”

曹佳说：“澄清什么呀，你猜梁总说什么？”

叶言言有些无力地看着她：“我要猜得到，现在你就该喊我叶总了。”

“他说，没什么不好，以苏晓媛的地位，葛一鸣这个绯闻算是占便宜了，不用特别处理。”

叶言言有些意外，转过头看看在另一边休息的苏晓媛和葛一鸣，两人不因绯闻而有所忌讳，坐在一张桌上吃饭，苏晓媛夹起什么，直接放到了葛一鸣的饭盒里，两人相视一笑，态度很亲密。

“我在公司早就听说过，葛一鸣帅是帅，但是有个毛病，最容易戏假情真，每次搭档一部戏，都会和女主角产生感情。”

叶言言听得汗颜，想起他问自己要电话号码的那出，幸好没有当真，不然就糗大了。

过了几天，绯闻热度稍稍减退，一则新闻突然横空杀出，震惊了整个娱乐圈——“接北京朝阳区群众举报，某知名黄姓艺人聚众吸毒被捕”。

这条新闻一出，横扫大小版面，不但是娱乐新闻，还有社会新闻。

当天下午，黄姓艺人被披露是黄朝安，现象级电视剧《不婚不爱》的男主角。叶言言对这条新闻只看了个标题，到了剧组，发现工作人员特别忙碌，打听了一下才知道制片发了脾气。原来和黄朝安一起被捕的还有霍敬严——《时光之旅》第三个单元故事的男主角。

吸毒被披露，别说戏不能演了，以后的职业生涯都成了问题。这时

《时光之旅》第二单元正好结束，第三单元正要开始，按计划下周霍敬严就该进组，现在却先一步进了看守所，留下一个巨大的窟窿等待制片方解决。

梁洲等人连夜开会。几天之后，吸毒被捕的新闻热度还在，幸运的是没有波及剧组工作。梁洲宣布先把后面的戏份提前拍摄，第三单元的角色会马上有人顶替进来。

戏份提前之后，叶言言的第一场威亚很快就到了。溶月花了几十年学会武功，第一件事就是向岳城炫耀。她要做的，就是在岳城面前从城墙上翻身而下，如树叶般轻飘飘地落地。

上威亚之前，动作指导千叮咛万嘱咐要把握平衡。女演员因为体重比较轻，很容易在威亚上控制不住打转。

叶言言深呼吸了好几下，一遍遍催眠自己可以的。

不知道是准备工作做得好，还是心理建设很成功，跃下的动作完成得很顺利。

但是落下之后，离地面还有一小段距离的时候，她马上就体会到工作指导所谓打转的意思了，她的身体失重，分不清方向，突然不受控制地转动起来。

她吓得脑子一片空白，动作指导说过的措施一点没想起来。

腰间突然被大力钳住，她惊魂未定地低头看着梁洲的脸，他两手高举，稳健而有力地抱着她的腰，语气沉稳地安慰："别动，马上就下来了。"

"梁老师，"叶言言脸涨得通红，低声说，"我可以的，你放开吧。"

梁洲抬起头："别瞎逞强，现在是威亚出了问题。"

一旁的工作人员看到这情形有些目瞪口呆，动作指导大吼一声："愣着做什么，让梁总这样撑着，女演员吊着。”

马上有人上前要替换梁洲，他瞟了他们一眼，冷声说：“做事不分轻重，快去看威亚出了什么问题。”

工作人员苦着脸马上离开。

故障很快查明，是缓缓下放的时候，两根钢丝中的一根脱轨卡在轮子旁。问题不常见，倒也不算复杂，大概十来分钟就能修好。

叶言言就那么半上不下地吊着，因为威亚是固定在腰部，下半身被勒住，感觉形同穿着尿布。为了防止她因为钢丝一松一紧而在半空打转，梁洲始终两手高举托在她的腰上。

真是有点尴尬，叶言言低头看看他的古装发髻，心里无比纠结。

梁洲仰起头，正好和她低头的目光碰在一起，他问：“很难受？”

“没有没有。”她摇头，身体也跟着晃动，立刻停下动作。

大概为了缓解她的紧张，他开始闲聊：“第一次遇到这个情况吧？”

“是，”叶言言说，“不过之前就见过一次威亚事故。”她把《神雕侠侣》剧组女主角梁嫣吊威亚骨折的事说了一遍，总结说，“那次才叫惊险，这次轮到自己上了，有惊无险已经算很好了。”

梁洲微笑着说：“做演员的不管男女，都会遇到一些危险的情况，以后你拍戏多了就知道，这职业表面看着风光，背后的辛苦更多。”

叶言言从上而下的视线，把他斜飞的剑眉和挺直的鼻梁看得一清二楚，这样的距离之下，甚至能闻到他身上淡淡的气息，不是古龙水，淡淡带着男性的味道，她有些出神。

“怎么了？”他仰起头看她。

“没什么，”叶言言心虚地移开目光，过了半晌，忍不住说，“梁老师，有钢丝吊着我没事，你手举久了应该很酸吧。松开没有关系。”

梁洲说：“已经在修了，很快就好。”

叶言言见劝不动他，只好闭嘴。隐隐又担心体重。她最近虽说没吃多少，但是也不轻吧……尴尬症要发作了啊。

一阵风刮过，叶言言的裙摆随风摆动。已经到了 6 月底，剧组给她准备的衣服以轻便为主，裙子大多是轻纱质地。这种古装裙子，施展轻功时，裙摆飘飘，仙气十足。但是现在梁洲站在她的前下方。风吹裙摆，纱布一下子拂在他的脸上，盖住了他的头部，从旁观者的角度来看，某个角度有类似于梁洲钻进裙底的效果。

这个场景，啊啊啊啊啊——叶言言真想直接装晕算了。

旁观的工作人员看见了，一个个飞快别开脸，不敢当着老板的面笑出来。心里也有些扼腕，这要是拍下照片来，一准可以上头条。

动作指导这时候飞奔过来，嘴里喊着：“好了好了，刚才是钢丝脱轨，现在已经调整好，马上可以放下来。”

看到叶言言和梁洲的模样时，他自动消音，然后马上折返往回跑，大声说：“我去盯着，这回不能再出错了。”

等威亚安全又缓慢地放叶言言到地上，她简直不敢去看梁洲的脸色，躬身说：“梁老师谢谢你。”

梁洲应了一声，她偷偷瞄上一眼，不知道是不是错觉，他脸色平静，但脖根连着耳朵都有些泛红。

叶言言卸下威亚，曹佳马上带着她去休息。

她一眼瞄到旁观的龙套演员中站着的熟人：“顾沛东？”

曹佳顺着她的视线看过去，狠狠抽了一口气：“哟，怎么这个龙套长得这么好，你认识啊？”

叶言言点头：“一起拍过戏。”

顾沛东吊儿郎当地站在龙套演员当中，长T恤、牛仔裤，看起来大学生似的，对着她摆摆手，桃花眼眯起，似笑非笑的样子：“好久不见。”

叶言言走过去：“你怎么来了？”

顾沛东说：“踩点。”

“踩点？”叶言言疑惑，马上又反应过来，“你是来参演的啊？”

他点点头，下巴朝梁洲一仰：“上个星期在他那里走过面试。”

“你被梁总挑中？”叶言言有些吃惊，朝他上下打量一番，“士别三日，当刮目相看啊。”

顾沛东嘴角一提：“你也是。”

叶言言有些不明所以，他却抬起眼，神态一正，对着她身后一脸很正经的样子。

她转过头，原来是梁洲走了过来。

“梁总。”顾沛东首先打招呼。

“你来了？”梁洲笑着点头，态度平和，就像前辈一般，“那边戏拍完了？”

“已经杀青了，想着早点来熟悉环境，就提前两天来报到了。”顾沛东回答。

看他那么谨慎和认真的样子，完全不同于过去。叶言言朝他瞥去诧异的一眼，不过仔细想想，当着梁洲的面，谁能不当回事儿。

“你们认识？”梁洲目光在两人之间转了一下。

“是朋友。”顾沛东说。

“拍戏认识的。”叶言言答。

两人同时回答的，话音落下后停了一秒，叶言言看向顾沛东，他虽然还笑着，眼神却明显一沉。

“是拍戏认识的朋友。”她赶紧补充。

梁洲颔首:“认识更好,这部戏里你们还有好几场对手戏,好好表现。”

两人都应声说是。

梁洲又对她说：“今天先不拍动作戏了，我让他们先彻底检查一下威亚，确保没有问题了再拍。”

叶言言一听今天不用再上空了，按捺不住地开心。

见她那么高兴，眉眼都舒展开，他也忍不住露出一个浅淡的笑容，转身离开。

顾沛东面无表情地看着。

等梁洲走开，叶言言有些兴奋地问：”你这次是来拍哪个角色？是顶替霍敬严的？“

顾沛东淡淡应了一声。

见他突然意兴阑珊的样子，她讶异道：“怎么了？”

他蹙起眉。

一旁有工作人员走来提醒叶言言该去补妆了，准备拍下一个镜头。

顾沛东叫住她：“晚上一起吃顿饭吧，”停顿了一下，“我请。”

“晚上？”她为难,上次半夜喝了一杯蜂蜜水,第二天她跑了两公里。

他声音冷了下来：“不愿意？”

叶言言一看他的样子就觉得是中二病犯了，头疼地说：“没有不愿意，不能吃太咸太油的。”

“好。”顾沛东笑了一下，他五官俊朗不羁，意气飞扬，极为耀眼，把不少龙套演员的目光都吸引了过来。

顾沛东住进宾馆，就在叶言言的楼下一层，两人约在酒店大堂碰面。

叶言言以为他要在酒店吃，谁知他早就叫好一辆车，最后带着她去了一家粤菜馆。

广式烧腊、花蛋虾仁、啫啫滑鸡煲、蒸肠粉……点了满满一桌子菜。

叶言言瞠目结舌：“这么多，你能吃完吗？”

“你不吃？”他拿起茶壶，给她的茶杯添满，又给自己满上，“这不是少盐少油嘛。”

一阵阵香气直往鼻子里钻，叶言言忍得很辛苦，语气有点埋怨：“主要是少卡路里，这些少吗？”

看她只吃了两个虾仁就放下筷子，盯着茶水喝，他的脸色也有些不好：“是有谁说你胖了？”

叶言言疑惑：“谁？”

“不然你怎么饮食这么克制。”他没好气地说，“不是谁说了你胖你介意吧？”

叶言言莫名其妙：“这是作为演员的自我修养好不好。”

顾沛东哼了一声，筷子飞快地在盘碟间移动，像是故意吃给她看一样，他风卷残云，吃得又快又香，最后还叫了一份牛奶布蕾。

叶言言看着他胡吃海喝，吃相绝对不算好看，但是因为长相好，也不算难看，周围不少人的视线都看过来。她心里嘀咕，也就他敢这么挥霍资本，换个胖子来这样吃吃看。

吃完之后他还问她：“真的不吃？”

她恶狠狠地回答："不吃！"

顾沛东勾起嘴角，邪气地笑了一下："瘦不等于美，你知道的吧？"

叶言言噎住，白了他一眼。

等他吃完布蕾结完账，又拖着她一起散步，美其名曰消食。

叶言言抱怨："我就吃了两个虾仁，还需要消什么？"

顾沛东忽然问："你和那个梁总怎么回事？"

她愣住："什么怎么回事。"

顾沛东笑了起来，肩膀一耸一耸的："少装了，今天我都看到了。"

"那是威亚故障了。"

"威亚故障不见得要老板亲自去抱着你吧。"他语气有些不屑，"抱"字被他念得特别重。

叶言言听懂他的暗示，白天那一幕突然又跳进脑海里，不自觉红了脸，幸好天黑看不清。

顾沛东什么人，即使光线不足，只消看她的动作神态，就猜到她在想些什么，哼唧一声："怎么？抱一下就动春心了？"

"胡说八道。"叶言言有些恼。

顾沛东说："要说梁洲条件的确不错，现在是宏成的大老板，真要搭上了，说不定就直接上电影了，何必还在电视里混个配角……"他的声音渐渐低了下去。

叶言言的目光笔直对着他，他脸色雪白，有一丝受伤的神色。

顾沛东抿了抿唇，马上说："我开玩笑的。"

"我和你什么关系，能开这样的玩笑。"叶言言讪笑了一下，"还真是能将心比心，你是拿自己的老路来套我呢？"

顾沛东身体僵硬了一下。

她转身就走。

越走越觉得气愤，他居然这样说，以为她在勾引梁洲，就为了在公司得到更多的资源？！无语，无聊！难道在他看来，她就是那样不择手段想要往上爬的人，甚至不惜牺牲色相？

叶言言胸口一阵憋闷，走着走着发现自己迷了路，拿出手机找地图，屏幕上好几个顾沛东的未接来电。手指一划删掉记录，手机又响，按掉，终于恢复了平静。

打车回到酒店，顾沛东靠在廊柱边，烟头火光一闪一闪，他低着头，微长的额发垂在眼睛上，看起来有些不羁，更多的是颓废，仿佛年纪轻轻就已久经世事的沧桑。

她停了下来，心里还有些生气，远远看着。

他抬头的时候看见她，大跨步走了过来。

叶言言心想就算他道歉，她也要给他两天脸色看。

谁知他的第一句话是："看不起我？我的第一个角色是靠抱大腿来的，你是靠钱买的，谁也不比谁高贵，也别笑话谁。"说完他还笑了两声，当着她的面把烟头一掐，转身走进酒店。

叶言言气得噎住，一口气差点没喘上来。

他打了那么多个电话，特意等在门口，就为了反唇相讥这么一句话——叶言言只要一想到这个，就觉得气都要喘不过来了。

她心情恶劣，一直持续到第二天。

顾沛东正式到剧组报到，他长相好，嘴巴也甜，对谁都是笑嘻嘻的，标准新人的模样。凭着眉目俊朗、风流倜傥，一群配角姑娘被迷得晕头转向，到了午餐的时候，好几个借故靠近，助理拦也拦不完。

这个看颜的时代，太容易上当受骗了，叶言言在心里吐槽。

拍摄休息的时候，王泽军对梁洲评论说："这小伙子哪里找来的？少见的资质。"

梁洲语气有些惋惜："是个好苗子，可惜已经签了寰盛。听说寰盛内部已经有了培养计划，不然我还真想挖过来。"

王泽军诧异了一下："老何眼光真毒，寰盛旗下的男艺人都是他管的吧，前面有莫一杉，和你不相上下，后面带的童宇诚也成了气候，现在还网罗了这么一个。宏成男艺人这块还真比不上，我看投了这么多资源，葛一鸣也难当一面。"

梁洲淡淡地说："看这一部的效果，急也急不来。"

王泽军在片场内环视一圈，说了一句："这次挑选的小花不错，说不定有意外之喜。"

叶言言下午有场戏。

彼时清朝早已覆亡，辛亥革命爆发后，革命党成立了临时政府。政局于乱世中呈现出短暂的平和，溶月混迹于歌舞团中，凭借优美的歌喉和姣好的容貌，成为上流社会的表演常客。

在前两个单元故事里，溶月多次现身，男女主角发现了她的不平凡之处，可能和龙肉的核心秘密有关。循着她故意留下的线索，终于找到了溶月的踪迹。

无论时局如何动荡，洋人开办的俱乐部内总是歌舞升平。

溶月穿着一袭银线黑丝的高领旗袍，恰到好处的收腰，内修外敛，凹凸有致，从实木扶梯上拾级而下，袍角下隐约可见的小腿到脚踝，精致而朦胧，淌出一段难以言喻的高贵写意，风流婉转。众人仰头看着她，除了惊叹再无其他。

穿着一身洋服的女主角问周围的人：“她是谁？”

“电影明星，溶月。”旁边有人回答。

女主角将信将疑，等到溶月走近，冲到她的面前，别有深意地问：“我们之前见过，你到底是谁？”

苏晓媛穿着荷叶小西装、配着蓬松的长裙，耳垂上一对光泽亮丽的钻石耳环，打扮富贵而洋气，到了溶月面前，她却无端觉得自己矮了一截。溶月一身简洁的旗袍，仅在脖子上搭配着一串珍珠项链，明亮得就像她的眼睛。

“你们追着我来，难道不知道我是谁？”溶月唇角微微一勾，媚眼如丝，“我叫溶月。”

王泽军看着监视屏，目光闪亮，忍不住说：“我有预感，这个女孩要红。”

没有人应声，他侧过脸，梁洲盯着特写镜头，神色专注。

站在工作人员堆里观影的顾沛东怔怔看着站在扶梯口的那个女人，久久回不过神。助手小孔年纪比他还小一岁，知道顾沛东和叶言言认识，忍不住赞叹：“东哥，叶小姐上镜之后完全变了一个人。不得了啊，看得我都傻眼了。”

顾沛东全无动静，小孔又说：“这演技，啧啧，是科班的吧，惨了，东哥你演技不行啊，肯定要被比下去了。趁这两天好好去跟叶小姐学习学习，临阵磨枪不亮也光嘛。”

“去。”顾沛东有些烦躁，“我什么时候靠演技了？”

“那你靠什么？”

“刷脸。”

小孔无语，这也太不要脸了。

看过男女主演包括叶言言的上镜表现，小孔陷入了十二分的忧愁当中，他最清楚顾沛东除了脸一无是处的本质，从中午磨到下午，要求他看剧本背台词，最好再和叶言言对一对戏，顾沛东不胜其烦。见他毫无反应，还没有进取之心，小孔铤而走险，亲自去找叶言言说对台词的事。

顾沛东上个厕所回来看见小孔和叶言言说话，脸色瞬间就变了，一下冲过去，对准小孔的脑门一拍：“要造反了你。”

小孔哀号一声，叶言言翻了个白眼。

他余光扫了一眼，她还穿着那套黑色旗袍，银色纹路若隐若现，因为化着浓妆，不苟言笑的表情极为冷艳。他偷偷咽了下口水：“你今天有空吗？我们对一下台词吧。”

小孔看他，说话要不要这么傲气，你演技不行，是你在求人啊，大哥！

“没空。”叶言言硬邦邦地说。

顾沛东和小孔都沉默了一下。

“你还在生昨天的气啊？”顾沛东说，“行了啊，我承认昨天说话过分了。”

曹佳和小孔听见了，不知道两人发生过什么，一脸好奇，匆忙之中还互换了眼神。

叶言言呕得要死，想起他昨天的恶劣行径简直一句话都不想多说。

“叶言言，我跟你道歉呢。”

她猛地抬起头："就你这个态度叫道歉啊。"

"要怎么样你说，我做。"顾沛东说，"你别这么幼稚，就是吵吵嘴，我对你说得过分了，你还不是说话像刀子一样，戳心戳肺的。"

叶言言听他前半句还算诚心，后半句立刻又原形毕露。

她站起来要走。

他一把抓住她的手腕："去哪儿？"

"厕所！"

叶言言走了一段，发现他跟在后面，有几个道具组人员偷瞄着他们。

"你跟着我干吗？"

"男厕所也往这边走。"

叶言言在厕所里冷静了一下，顾沛东是第三个单元故事里的男主角，和溶月有好几场对手戏，那是除了岳城之外和溶月接触最多的异性角色。她要用冷静、公事化的方式来解决。

刚走出门，就被顾沛东堵住了。

她瞬间无名火起，刚才的心理建设忘到九霄云外："你有完没完，不约，我们不约。"

顾沛东听到这句，嗤笑出声，在她的目光下很快神色一正，说："对不起。"

叶言言一愣。

他的表情很认真，眼神很诚恳："我知道我昨天的话过分了。吵架向来无好话，其实我没有那么想过你，真的。"

她本来就是吃软不吃硬的性子，听他这么说，气消了大半，心又有些发软，反而局促起来。

顾沛东又说："我昨天是被你气到了，要扳回一城，所以口不择言。你大人不记小人过，别气了。"

叶言言听着不是味儿："怎么感觉还是我不对？"

顾沛东笑了笑："是我错，都是我错。"

两人回到休息地，拿出台词开始对戏。小孔和曹佳见了啧啧称奇。

顾沛东翻了几页，有些好奇："我们之间有感情戏？"

"没有。"叶言言没好气地回答。

顾沛东手指拨动剧本的页面，斜眼看了助理小孔一眼，说，"不是说对手戏挺多的？"

看他的语气和表现，她有些无奈地猜测："你还没看过剧本吧？"

顾沛东丝毫不掩饰地承认："没看过，你给我讲讲吧，到底是什么故事？"

"连故事都不了解你就打算来上镜了？"叶言言惊叹。

"我们卖点不同，你靠演技，我靠脸。"他大言不惭地说。

看他一脸无所谓，一点没有身为演员的责任感和羞耻心。叶言言认命地开始讲解："你年纪轻轻就是当地军阀大帅的副官，和大帅的女儿青梅竹马。有一次按照大帅的要求，你在古墓里找到一小块龙肉，小青梅和你开玩笑的时候吃了，从此以后就昏迷不醒。你为了让小青梅醒过来，查询龙肉的真相，后来遇到了溶月，然后被她各种利用，做了很多坏事，直到男女主角到来，拆穿了溶月利用你的真相，你设计了陷阱，没有害死溶月，最终自己死在陷阱里。"

"居然是这么蠢的人物。"他一脸嫌弃。

"不是挺好的？"叶言言说，"现在观众都挺喜欢这种心狠手辣，有隐衷又深情的人物。”

“溶月就是你？”

“是啊。”

他上下打量她一圈，目光狡黠得像一只狐狸：“是你利用完我，又杀了我？”

“是你设计陷阱要杀我，最后不成功反而害了自己。”

“那你在戏里喜欢谁？”

“岳城。”

他拿起剧本，哗啦啦地翻动书页：“梁洲的角色？”

叶言言点头。

他笑了起来，眉眼洒脱：“他倒是挑好的演。”

她不喜欢他的口气，皱起眉头。他马上转移了话题：“你对演技挺自信啊，居然演个坏女人。不怕观众看了唾沫星子淹死你？”

他说中了她一直隐隐存在的心病，叶言言轻声叹了口气：“没办法，剧本就是这样。”

看她顾虑这么深，顾沛东抬抬眉，打算安慰两句。

小孔忽然在两人之间插嘴说：“叶小姐，不用担心，我就很喜欢你的戏，感觉比女主还要出彩。”

叶言言感激地朝他微笑：“谢谢。”

“看电视的主力是你吗？”顾沛东冷言冷语地开口打击，“收视主力军是大叔大妈好吗？能喜欢她这种心肠毒辣的蛇蝎女人才怪。”

叶言言顿时拉长了脸。

晚上曹佳照例刷微博，找到了顾沛东的和叶言言分享。

头像是张黑白的侧面照，把他雕刻般的五官和线条表现得淋漓尽致。粉丝已经有了二十多万，是叶言言的四倍多。在《神雕侠侣》还没有面世的情况下，这个增长速度有些惊人。叶言言好奇地点击进去，发现寰盛娱乐对他的宣传很到位，官方微博有互动，就连童宇诚在微博上也公开喊过他"师弟"，要不是她在片场亲眼见过两人相处，光看微博还以为两人真是关系良好的师兄弟呢。

"不光是官方微博的威力，你看这张。"曹佳指着微博上的一张照片，啧啧有声地赞叹，"身材真好，足够粉丝舔屏了。"

那是一张对镜自拍的健身照，露出的半身是六块腹肌，腰线紧绷，肌肤细腻有光泽，隐隐带着汗珠。

不得不承认，这是一张对女性视觉杀伤力很强的照片，叶言言对着曹佳努努嘴："口水擦擦啊，色女。"

两人玩笑了一阵。曹佳在顾沛东的头像下点了一下关注。

叶言言："这是我的账号。"

"有什么关系，反正你们也认识，互粉一下不是很好。"

叶言言刷新其他微博，几个重点关注兜了一圈，丽娜在拍广告，周茵吐槽工作，梁洲……已经有好几个月没有更新过状态。他的头像也是一张侧脸，隐在黑暗里，带着朦胧感，仿佛看着远方，坚定而冷峻。

一旁红点显示粉丝和私信的提醒，打开一看是顾沛东：刚才去看我的照片舔屏了？

他的半裸照跳进脑海，她马上回：谁说的。

顾沛东：你点了赞。

叶言言啪的一声合上 iPad，狠狠磨了一下牙，准是曹佳的手笔。

顾沛东定妆的那天，现场工作人员和小配角姑娘们一片春心荡漾。他一张民国军装照上微博后，又引起粉丝的疯狂追捧。他穿着蓝色军服，腰间皮带紧束，显得修长英挺。修眉俊眼，鼻梁挺直，对着镜头双眼明亮而情深，和他平时的形象大相径庭，恍然已变成了将要饰演的那个角色——戴辰墨，少年得志、手握实权的少年军官。

第一次与溶月相遇是在大帅寿宴上。

活了几百年的溶月，喜欢穿各种各样的旗袍，像是一阕旧词，错落在时光之中。她游离于宾客之间，摇曳生姿，一抬手，一回眸，都是风情。

戴辰墨却早已经瞄准了她。是的，她手镯上的图案和古墓中的一模一样，他甚至查过她的来历，谜一样的女人，没有任何可以查证的过去，像风一样出现。

他甚至亲眼看见，她的手指被划破后，仅仅一瞬就愈合了。

这一定不是普通人，她知道长生不老的秘密，可以解救他昏迷不醒的恋人。

在她落单在走廊上的时候，他忽然大力拽住她，推到了阳台上。

溶月的下颌抵着一把枪。

“脑袋如果打穿了，还能活下去吗？”戴辰墨一手掐在她的脖子上，一手持着枪，“大明星，你到底是谁？”

溶月仅仅错愕了一下，脸上笑容如初：“戴副官，我还能是谁？大帅请我来的。”

“不，你不是人。”他的语气有些急促，“我知道你不是普通人，你到底是谁，这个镯子从哪里来的？”

“你掐疼我了。”溶月娇嗔了一句，纤细的手指搭在他的手枪上，坚硬的黑色和柔软的白色呈现出极致的对比，强烈地吸引住他的目光。

“我知道你想要什么，”在他出神的那一刻，溶月凑到他的耳边，温柔的气息几乎要钻进他的耳朵里，“可是这样蛮干可不行，想想你那个一直昏睡的未婚妻，你应该好声好气求我才对呀。”

副官皱眉：“你……”

溶月握着他的枪口轻轻推开，言笑晏晏，美艳不可方物：“要我帮你，你就必须听我的。”

戴辰墨被她推开，不由得羞恼，大手一张要去抓她，触摸到她纤纤只堪一握的腰身，顺滑的缎子如同皮肤一般，细腻滑溜不沾手。他只碰到一下就被她腰身一扭躲开，溶月回头一笑：“戴副官，不要心急。”

这样的女人……

他怔在当场，浑然忘记了初衷。

导演满意至极，一条就宣布过了，连特写都不必补拍。

小孔在旁边看得完全傻眼了，给顾沛东送水的时候忍不住说：“东哥，你演技不错啊。”

顾沛东脸色很臭，狠狠灌了两口说：“你懂个屁！”

不是演技！

拍摄的过程中，他根本忘记了表演之类的技巧，全程被带着走，溶月靠近的那一刹那，他的身体似乎失去了控制，台词自然而然就说了出来，心脏在胸腔里那么激烈地跳动，顾沛东感觉有一丝不妙。

溶月和戴辰墨的交锋开始了。电影明星和大帅副官，互相怀疑和试探，渐渐开始靠近，当溶月展现出长生不老的特征时，戴辰墨不得不臣服，听从她的安排和命令。

梁洲之前打过招呼，顾沛东走的是偶像路线，演技要求要适当放低，导演之前本有几分担心，现在渐渐消除。

这两个年轻演员的碰撞，有一种稚嫩而独特的魅力。

溶月狡诈多变，妩媚多姿，于达官贵人之间应酬交际，圆滑而高贵，十足旧时代的明星范，一言一笑都风情万种。戴辰墨在她面前，无声的服从、心里的挣扎，透出一种张力，在小小的屏幕里流淌。

在溶月的指使下，戴辰墨把男主角关进了大狱，女主角求人无果，最后只好去找岳城。

岳城来到大帅府上。

戴辰墨第一次见到这个溶月喜欢的男人。

他坐在大帅的面前，不卑不亢，身形挺拔，深沉的气度如海一样莫测。

岳城和大帅长谈一番，大帅立刻下令将人释放。

戴辰墨听从命令后立刻去找溶月。

她脂粉未施，素白着脸，一身水青的昭君袖袄裙，坐在红木圈椅上，听到了岳城的消息，她笑容微敛，脸上露出激动、伤感、怀念，还有一丝情怯，不再是那个妖娆的女明星，倒像个无措的小女孩。

他看着她，一时痴痴回不过神来。

拍摄到了七八月，天气炎热，酷暑难当，演员动不动就要脱妆，每天的拍摄时间相应缩短，拍摄进度慢了下来。

幸好早期戏份安排合理，没有发生夏天穿冬衣，酷暑当严寒的情况，女演员都换上夏天的戏服，无袖下摆高衩的旗袍，款款而行，一片姹紫嫣红，成为影视基地一道亮丽的风景线。

男演员可没有那么幸运，军装上身，上镜时连第一颗纽扣都不能松开，对演技是莫大的考验。

接连拍了四个月的戏，不论主演配角都感到有些疲惫。梁洲和叶言言的戏份不算多。苏晓媛在两个最热的月份里戏份排得很满，渐渐有些耐不住气，变得焦躁起来。

故事里女主角不断被牵扯到冒险的事故中，吃苦受累，时不时有惊险场面，最让苏晓媛不能忍受的是，不管是客串的演员，还是女配角，服装和配饰都华丽至极，唯独女主角，装扮朴素，虽然后期有所改善，和其他单元故事的角色依然有差距。

但凡女演员，谁不想漂漂亮亮地出镜，就算心里清楚这是角色需要，苏晓媛仍然解不开心结。舆论媒体大多把她列为花旦之一，以她的年纪，还不想马上步入只要演技不要形象的青衣行列。

还有一点让她心烦的就是叶言言。以她在娱乐圈的地位，本可以完全不把新人放在眼里，但戏份里两人摩擦很多，大多时候都是叶言言单方面欺负她，言辞犀利，极尽侮辱之能事，她却只能做小伏低，唯唯诺诺。拍摄时间一长，她心里憋了一团气，私底下对叶言言不摆一丝好脸色。最近从导演的态度里，她又敏感地察觉到一些不同的东西来，这个新人进步飞快，令人侧目，再不对盘，她也不能否认这一点。

这个圈子，如常青树一样永远红的毕竟少见，谁都不敢打包票说没有新人能反超。

她心生警惕，冷落叶言言的举动越发明显。通常两人只在戏里对话，叶言言作风狠辣，苏晓媛节节败退；下了镜头，苏晓媛冷漠高傲，叶言言谦逊低调。

这天拍摄戴辰墨死亡的一幕，是第三单元故事的落幕，也是剧本重头戏之一。

道具组在小树林里挖了一个洞，上面用竹片交叉布置了一个陷阱，洞里排布铁钉。

拍摄对演员的走位要求很高，王泽军对几个演员的表现了如指掌，唯一再三叮嘱的人就是顾沛东。

化妆师在为叶言言补妆，她穿着一套绣花立领的袄裙，茜素红的衣裳，衬得她乌发如云，唇红齿白，雪玉似的一团。

统筹看见不禁夸了一句:“不说演技,就这颜值,恐怕一播就要红了。”

苏晓媛是老江湖了，脸上半点不显，握着水瓶的手紧了一紧，骨节分明。

拍摄的这一段，是戴辰墨已经被男女主角劝服，将溶月骗到树林中，要将她推入陷阱中。因为溶月是不死之身，陷阱要不了她的性命，却可以在她身体恢复期间困住她。

前期口舌之争拍摄顺利，戴辰墨终于忍受不了被人欺骗的愤怒，朝溶月肩部单手劈刀，随后男女主角都上前帮忙，却被溶月一一格挡开。

顾沛东按照要求一手搭在叶言言的肩膀上，一手去折她的手臂，苏晓媛和葛一鸣也围了上来，齐齐上手。叶言言感到一股大力猛然推过来，根本来不及动作，脚一滑就往陷阱里倒下去。

顾沛东眼明手快，一把抓住她的手腕，只来得及拖住她的身体。

叶言言右脚一下子冲到竹片编制的格网里，顿时一声惨叫。

二号机的摄像师也跟着叫起来，马上有一群工作人员围了上来。

叶言言的右脚以一种极其歪曲的姿势卡在竹格里，脚踝瞬间红肿一片，被竹片边缘刮到的伤口已经渗出血丝。

“见血了。”曹佳挤到最前面，一看就变了脸色。

顾沛东忽然抬起头朝苏晓媛瞪过去。

苏晓媛脸上满是担忧，对着工作人员说：“还是送医院吧，看起来挺严重的。”

围着的工作人员忽然散开一条通道，王泽军和梁洲走近，王泽军脸色难看，梁洲神色还算平静，只是他面无表情，冷冽如冰，让人想避开。

梁洲蹲下身，看着叶言言脚踝的红肿和血丝，皱起眉：“你试着轻轻动一下。”

叶言言轻微摆动一下，细细抽了一口气。

“去医院。”梁洲当机立断。

曹佳要去扶叶言言，梁洲见她手臂纤细，摆手拦了一下：“你别动了，我来吧。”

工作人员还没有明白他的意思，就见梁洲一手搁在叶言言腰后，一手抱住她的腿窝，将人横抱了起来。顾沛东抿紧了唇，伸出手说：“梁总，我来吧。”

梁洲瞟他一眼：“你还有戏。”

一群人几乎都傻眼了，王泽军大吼一声：“还不快去找个担架。”

叶言言的眼泪在眼眶里打了好几个转，一时也蒙了。

工作人员还在震惊中。梁洲说：“散开。”围观的马上反应过来，如鸟雀般顷刻散光。梁洲转过身，看到苏晓媛时停了一下，皱了一下眉头，很轻微，旁人几乎没有察觉，可是苏晓媛看得清清楚楚。不知道为什么，刚才顾沛东那样明目张胆地瞪她，她一点也不担心，但是梁洲什么都还没说，她却心脏急跳，仿佛被看得透透的，有些难堪。

“先把叶言言的戏跳开，其他戏份先拍。这么热的天，辛苦你们了。”梁洲淡淡地说了这么一句。

苏晓媛觉得辛苦那两个字似乎是朝着自己来的，心里发虚，别过脸去。

工作人员抬着担架来，王泽军脸色很臭地走上来，问梁洲怎么处理，梁洲说继续拍戏，随后就登上车，陪着一起去医院。

叶言言坐在车上，脚像被撕裂一般疼痛，她忍了这么久，到了狭小而安全的空间里，低下头终于忍不住落下一串泪来。

梁洲上车时正好看见了，神色有些复杂。

司机小周疑问道：“梁总，您也去？”

“开车。”他说。

叶言言自小没有受过这么重的伤，心里很慌很乱，脚又疼，她闭上眼，身体微微缩成一团靠在椅子上。

梁洲看一眼她，一言不发。

到了医院门口，梁洲先下车，绕到叶言言的门前，伸手要抱她。随车的李勤和小周有些反应不过来。

叶言言有些不好意思：“梁老师，让助理来吧。”

“这种时候不要讲究了。”梁洲神色紧绷地说，“他们还有手续要办。”

李勤先一步下车到医院去挂急诊，曹佳也赶紧去医院借了轮椅出来。

叶言言先见了医生进行伤口初步处理，然后拍片，等拍片结果出来后，确诊为外踝扭伤，再进行包扎，一直从下午弄到傍晚。医生处理完她的伤口，叮嘱一定要静养一周时间再来复诊。

在等待拿药的时候，叶言言心情总算平复下来，这才注意到梁洲全程陪同在旁。他穿着亚麻衬衣，袖口别致，闪烁着金色光芒，眉眼漂亮，冷峻而贵气，在医院白墙的衬底下，有种时尚大片的感觉。

“疼？”他注意到她的目光，问。

“不疼了。”她摇了摇头。

“脚是怎么崴到的知道吗？”他问。

叶言言心里有些忐忑，她和对方等级差太远，说出来会有作用吗？犹豫了片刻，她说：“发生得太仓促了，我不是很清楚。”

她自认为说话进退自如，很恰当。

梁洲没有回应。

两个小护士有些扭捏地走近两人，脸色微红地说：“请问您是梁洲吗？我是您的粉丝，能签个名吗？”

梁洲微微点了下头，小护士高兴得直掩嘴笑，朝叶言言打量两眼，露出很不以为然的表情来。

叶言言一怔，等护士们离去，摸了摸口袋，这才发现自己还穿着戏服。她挣扎了许久，发现路过的人有偷窥梁洲的，还有不少用古怪眼神看她的。

“梁老师，”叶言言轻声问，“手机借我用一下好吗？”

梁洲拿出手机，解锁给她。原以为她是要打电话报平安，谁知她拿过之后打开相机，对准自己。

这个时候要自拍？梁洲忽然感觉有些头疼。

叶言言打开自拍模式当作镜子照，看了一眼险些要跳起来。难怪别人都是目光闪烁奇怪。她的妆全花了，眼线在脸颊上粗粗延了两条，像是毛虫似的，有一只眼的眼睫毛耷拉一半下来，还穿着大红的戏服，模样惊悚，几乎可以直接拍鬼片了。

形象实在太提神了，甚至让她一时忘记了脚上的痛苦。

叶言言把手机还给他，手抵在额头上，脸深深地埋起来。

梁洲恍然明白了，在她花猫一样的脸上扫了一圈，唇角忍不住略勾。

两个小护士得了签名，在走廊口叽叽喳喳地讨论，不一会儿有好多人对着这个方向探头探脑。梁洲在手机上发了条信息，然后两手一伸，把叶言言抱起放在轮椅上，说回车里等。

回到保姆车上，叶言言从储物箱里翻出卸妆棉来，对着镜子擦去妆容，顺便把掉了一半的假睫毛从眼皮上扯下来，她心急了些，疼得龇牙咧嘴。

梁洲看她忙前忙后地卸妆，就怕她动到那只伤脚，观察了一会儿，忍不住说："你别动了，我来吧。"

叶言言以为自己出现了幻听，手里捻着假睫毛，看着他眨巴眨巴眼睛："梁老师？"

梁洲口气平淡，言简意赅："给我。"

于是叶言言把卸妆的棉签和化妆棉双手奉上。

华人电影大满贯影帝亲手为她卸妆——这简直比任何一部电视剧的情节都要来得精彩，艺术来源于生活这句话果然没有讲错。

她脑子里乱七八糟的念头像奔马一样撒欢乱跑。

梁洲说："坐好。"

叶言言双手交叠放在腿上，端端正正。

“眼睛闭上。”

闭上眼的那一刹那，她陡然记起自己现在是什么样子，一时万念俱灰，蔫了。

女孩妆容经历汗水泪水，花得不成样子。梁洲心里当然什么想法都没有，先卸去眼妆，缓缓撕下眼睫毛，用化妆棉蘸着卸妆油，手法纯熟地在她脸上缓缓打圈。等底妆乳化后，他拿着干净的化妆棉擦去她脸上的剩妆。

很多女星，上妆就像画皮，镜头前璀璨生辉，卸了妆能瞬间大变活人。

幸好女孩不在此列，二十多岁，正是青春的大好时光，擦去脏污的妆容，露出的肌肤白皙嫩滑，连毛孔也瞧不见，与妆容完好时几乎不相上下。

指心接触到的肌肤细腻顺滑，似乎还有些泛红，他只当她肌肤敏感，手上动作又轻了两分，等脸上全部擦干净，脸颊上两片绯红异常明显，原本心无旁骛的梁洲，也有些分神。

李勤带着曹佳配好药，一路喊着热跑回停车的地方，打开车门上车。

梁洲清清喉咙，说：“好了。”

叶言言睁开眼，脸上泛热，拿镜子照了两眼，放下心来。可心里有一丝说不清道不明的别扭，接下来一路上都不敢去看梁洲，索性闭着眼佯装休息。

到了酒店门口又是梁洲把她抱下车的，叶言言不可避免地直视到他的侧脸，不禁感慨了一句老天对他真是厚爱。

李勤弄来了轮椅，叶言言像伤残人士一样，一路被人推着走。

在电梯口分别的时候，梁洲说："先好好休养，戏份全部延后，等好了再拍。"

回到房里，叶言言脚上包扎不能沾水，洗澡成了问题，只能用湿毛巾慢慢擦拭身体。

曹佳让她在房里把戏服脱了。

叶言言坚决拒绝。

曹佳头疼地说："就我们两个女人你担心什么，赶紧脱了吧。"

她余光瞟过床上的布偶，还是摇头拒绝。

第二天顾沛东特意来看她，在房里坐了没一会儿，助理小孔就打电话来催着走。他临走时对着她面色严肃地说："以后拍戏的时候当心点，那个女人下手狠毒，你能躲就躲着点。"

叶言言感激地对他笑道："这次多亏了你，谢谢。"

顾沛东看着她，无意识地搓了搓手，想说什么又忍住，最后道别说："我的戏份已经杀青了，今天要走。你要是无聊，可以给我发消息。"

叶言言满口答应，他放松地一笑，告别离开。

接下来整整两周，叶言言除了去医院复诊，所有时间都在酒店房间内度过。曹佳替她打点生活所需，趁着她外出，叶言言和布偶讨论这次的事。

布偶说："苏晓媛心气高心眼小在业内是出了名的，没想到她胆子这么大。不过这次可真是惹错人了。"

叶言言错愕地对自己指了一下，一脸疑问。

布偶解释："这是宏成今年的重点项目，她弄这么一出，针对你事小，惹到梁洲、王泽军才是事大。”

“梁总和王导？不能吧，来者是客，苏晓媛毕竟是柯尘的招牌。”

布偶咧嘴一笑，面目极其阴森狰狞：“等着看吧。”

曹佳去剧组转了一圈，回来有些气愤地和她抱怨，原来苏晓媛的生日就在 9 月，柯尘组织了一次粉丝探班活动，声势浩大，来了三十人的小团，今天在剧组里围着苏晓媛转，还开了一个小型派对，闹得特别起劲，夜戏部分不得不取消拍摄。

“幸好你不在，那群粉丝一口一个女神，”曹佳边比画边说，“也不想想他们的女神心有多黑。”

叶言言听得心头有些发堵。晚上刷微博时特意搜索了一下，苏晓媛的官粉团微博直播了探班的经历，其中还有一个提起苏晓媛的拍戏情况：听晓媛姐姐提过，新剧里面有个新演员，仗着背景深厚，为人嚣张，不把前辈放在眼里，最近因为拍戏走位错了受了伤，却想怪在姐姐身上，怎么会有这么不要脸的人，背景到底有多雄厚？

她看着那条微博，久久回不过神来，这是在说她？

掰着手指算了算，最近受伤，还和苏晓媛扯上关系的，除了她没别人了吧……

布偶一脚踩上屏幕，说：“别看了，本来就是一群只知道附庸偶像的人，不用理睬。”

叶言言郁闷极了，心里默默怨恨了下微博只有“赞”，没有“呸”的按钮。她一把合上屏幕，捶胸顿足了一番。

布偶安慰说：“当了演员，你就要有面对网友和观众谩骂的心理准备。就算他们不认识你，依然可以打字评论来发泄不满。”

叶言言声音低落：“即使他们根本不认识我，也不了解我的为人？”

布偶深深看了她一眼，没有说话。

第三次复诊的时候，医生拆除包扎，宣布叶言言的扭伤已完全好了，可以恢复正常活动。她看着脚踝脚背上暗红的伤口发怔。医生一看就明白了，笑着安慰说：“听说你是职业演员，不用太担心，伤得不深，新肉长好就是这样，等过段时间就会和旁边皮肤一样了。”

叶言言放下心来，对医生感谢一番。

离开医院时她给周茵通报伤愈的消息。记得刚受伤那天周茵收到她的微信，气到不行，直嚷嚷要上网曝光苏晓媛的真面目，被她拦住。周茵说了一句让她印象深刻的话：“会哭的孩子有奶喝，言言，你这什么都闷着的性子在哪里都容易吃亏。”

叶言言夜里抱着伤腿反思了一下，从小，叶爸爸的教育方式就是，吃小亏是福。所以她一直都是老师和大人眼中的乖孩子，不会主动告状，对其他孩子也很懂得退让，久而久之，她成了最让大人放心的那种孩子，撒泼打滚、告状撒娇一概不会。

等到长大后才渐渐明白，最让人放心就等于最让人忽略。

叶言言有些感伤，心里也很清楚，她与苏晓媛之间的地位云泥之差，没有人会来关注她的言论，除非有朝一日，她能站到更高处，才是给苏晓媛最痛快的回击。

在曹佳熟睡的晚上，她抱着被子，擦去眼角沁出的泪，暗自下定了决心。

复诊完回到酒店，叶言言一路上用手机和统筹确定着后面戏份的拍摄时间。曹佳手机铃声响起，接起来说了几句后，在电梯里按下二十二层的按键，在叶言言疑惑的目光下解释："梁总说要对戏，让你直接去房间找他。"

梁洲住的是总统套房，包括主次卧、娱乐厅和会客厅。他坐在会客厅的单人沙发上，手指在笔记本电脑上连续点击，专心致志。李勤招呼叶言言先坐下休息，和曹佳站在一旁轻声交谈。

叶言言有些无聊，打量了一圈房间后，目光落在了梁洲身上。

他穿着 Givenchy 男士印花 T 恤，休闲舒适，显得年轻而英俊。黑色服帖的面料勾勒出整只手臂的线条，他的手指修长有力，就是点击的简单动作，也显得利落潇洒。

想到布偶沉浸在网络游戏里，叶言言脑中跑过一个荒谬的念头，梁洲不会也在玩网游吧？

他抬起头，揉了一下额角，对她说："我马上就好，你先看看剧本，溶月死的那一段。"

剧本就放在两人沙发之间的茶几上，她拿起来翻了翻，发现这一段被特别标注过，不仅仅是岳城的戏份，溶月的部分该注意的细节都做了详细标注。

她从头至尾看了一遍，心下有些佩服。剧本里溶月的部分早就被她翻烂，熟到不能再熟，但剧本上的部分标注，还是带给她新鲜的感觉。

"看完了？"梁洲已经放下笔记本电脑，说，"我们来对一下台词。"

两人坐在沙发上，喝着茶水，把溶月身死的片段练习一遍。这个男人有十多年的演艺经验，演技早已是收放随心，炉火纯青。低沉的语调，深邃的眼神，他什么都不需要做，只面对面地坐着，就能把人生生溺死在他的目光里。

叶言言手心里渗出了薄汗。

“叶言言。”梁洲低声说，“抬起脸，现在看着我，把台词再说一遍。”

要命，真是要了卿命。

这里没有镜头，叶言言却觉得比上镜更紧张，她的心微微发抖，慢慢抬眼，和他深深凝望。

心脏在那一瞬忘记了跳动，她几乎喘不过气来。

“梁老师，”她声音都低了两度，“我倒点茶。”

梁洲转过脸喊：“李勤。”

“不用，我……我自己来。”

叶言言简直是落荒而逃，倒水的时候深深呼吸了好一阵，脸颊和耳朵的热度才稍稍减退。

她心情有些忐忑地回到客厅里。

梁洲把手上的剧本放到一边，淡淡笑了一下，化解了戏里的刀光剑影，柔和了眉眼：“谈过恋爱吗？”

心脏又不争气地开始乱跳，她有些傻眼。

“没谈过？”他的口气有些疑惑。

“谈过。”叶言言想到大学的那段时光，很老实地回答。

“男朋友如果突然被抢走了，什么感觉？”

叶言言简直要以为他是进行过背景调查了。但是看他神态认真在等待答案，她突然有点难以启齿。

大一认识，大二谈恋爱，大三分手，她的恋爱史就像一本乏善可陈的三流小说，结局却不是那么美妙。尤其是分手的时候，室友提醒她有第三者介入，她也曾偷偷去看过，那个插足她感情的女孩，各方面看起来都不如想象中那么出色，可当她撒娇的时候，显得那么可爱。

原来男朋友有时候无奈说她“傻姑娘”，不是昵称，而是真的觉得她傻。

幸好，她只是喜欢他，并不是深爱，即使是这样，分手的时候，胸口还是疼。

“很难受。”她长吁一口气，声音闷闷的，“感觉受到了背叛。”

“溶月和岳城经历了几百年，不仅仅是普通的恋爱，岳城爱上了别人，背叛的打击更沉重，”梁洲拿起茶几上的笔，在剧本上勾了几句，递到她的面前，“叶言言，这里的表现力要加强，是感情上的爆发，要更激烈、绝望。”

她被那沉重的字眼惊住，看着剧本上的字，陷入了沉思。

他静静地等着她的感悟。直到女孩抬起头，目光平静地表示可以再来一遍，再无之前的紧张和拘束，他赞赏地笑了。

叶言言接下来的表现叫他大吃一惊。

刚才他提示的片段，她完全演绎了出来，两人之间的对戏张力十足。

她的目光里满是爱恋与缱绻，绝望而哀伤……

他心弦一动，涌现出陌生的感觉，拿着剧本的手指猛地攥紧，过了半晌，说了一句与台词完全无关的内容：“记住现在的感觉，后天上镜的时候，务必要一遍就过。”

叶言言又休息了一天才复工，回到剧组的当天，发现有某著名娱乐新闻的主持人带着人在片场采访，苏晓媛正对着话筒和镜头笑靥如花地接受访问。

叶言言换上戏服，化妆的时候统筹过来提醒：“过一会儿你也有面访，提问很简单，你放轻松尽管回答。”

今天拍摄溶月死亡的镜头，造型特别用心，选用的琵琶襟袄裙，雪白的上衣，绛红镶滚花的裙摆，清艳多姿。

主持人带着摄影师过来采访的时候，眼里满是惊艳，照例问了叶言言扮演的角色和故事大概之后，又问：“这是你第一次担当比较重要的角色，和剧组其他人相处得好吗？”

叶言言对着镜头笑得很谦逊甜美：“剧里的前辈演技都比我好，学到了很多东西。”

“听说你前一阵子受伤了，是拍戏的时候遇到什么事故吗？”

叶言言留意到苏晓媛频频朝这里侧目，笑着说：“是遇到一点事，原先我以为演员的工作只需要扮得美美的，好好演戏就行，现在才知道有很多辛苦和危险，真的是一份很了不起的职业。”

她虽然避重就轻，回答却很真挚亲切，主持人满意地点点头，结束了面访。

随后主持人接到制片通知，可以直接在片场观看今天拍摄的戏份。主持人大吃一惊，再三确认后觉得自己捡到了大便宜。今天的戏份是梁洲和女配角的重头戏之一，能拿到第一手拍摄素材，给她的节目含金量增加不是一点两点。

叶言言上镜之前，发现除了拍摄机位外，娱乐节目的主持人和摄像师居然都在。曹佳在她耳边说：“这是梁总安排的。加油，好好表现。”

她恍然明白过来梁洲的用心。

现场一片肃静中，场记打板：“各就各位。”

这是一个长镜头，在古墓设定的背景里，两侧石壁斑驳而残破，女主角半躺在地上，被男主角拥在怀里。溶月嘴角含血，手持长剑，颤颤巍巍地举起，指向岳城。

王泽军目光紧紧盯着监视器屏幕。主持人让摄影师站在同一个角度，开始摄像。

由射灯模拟的月光打在古墓之中。岳城穿着一身藏青的长褂，站在女主身前，挡住剑锋。

溶月看着他的目光由迷茫转为恍然，由恍然转为凄凉。

“原来……是你。”她艰难地吐出这句话，唇瓣微微颤抖。

他目光冷漠：“是我做的，不怨她，有什么你都冲着我来。”

溶月笑了两声，美丽的脸上竟有几分癫狂：“你知道结束长生不老的办法，就是再吃一片龙肉？”

“我也只是猜测，”岳城的声音始终那么平静，仿佛发生在他眼前的事再平常不过，“龙肉本就是剧毒，吃了不死就能长生，再吃一次，对长生之人也是毙命之毒。”

她咬牙说：“你从没有和我提过。”

岳城淡笑了一下：“你也从没有问过。”

她那样怔怔地看着他，刀锋上一抹雪亮将她的脸照得煞白，眼眶渐渐红了，她的眼角沁出一滴泪水，顺着脸颊缓缓滴落：“我不问，你就把它喂给我，明明知道这是剧毒。岳郎，你好狠的心。”

她的声音由激烈渐归于平静，颤抖的声音里，长剑落在地上。

岳城挑了挑眉，有些意外。

“溶月，”他说，“你还有什么未尽的愿望？”

她泪滴不断，看着他，露出极为讽刺的一笑：“活了五百多年，还有什么愿望不能实现？”她生前那么疯狂，欺压女主不留余地，到了这一刻，全身的力气都耗尽了一般，只剩下空洞而虚无的感情，从她悲怆的双目中流露出来。

“原来这就是死亡的感觉，”她抱着臂膀，凄凉一笑，“你抱抱我吧，最后一次。”

不等岳城回答，她踉跄前行，到他面前，看到他不带一丝感情的眼眸时，身子一软，瘫倒在地。

他终于动容，蹲下身体扶住她的肩：“别动了。”

大滴的泪滚滚而落，她却唇角含笑，笑得肆意而张扬，又充满了不甘和绝望：“我死后，你把我烧成灰，撒在家乡的田地上，游荡了五百年，一次都没有回去过，就让我死后再回到那里。”

“好。”岳城答应。

她满足地笑了一声：“我不怪你，因你而长生，又因你而死，佛家说因果，我信。”

他看着她，神色波澜不兴。

他是这样无情，到了这一刻，她仿佛才明白这一点。明亮的眼睛如同火焰般燃尽了光芒，余晖渐消，她抬起一只手，摸到他的脸，那样的唇鼻眼睛，她在梦里勾勒了无数回，几百年的岁月，早已深深烙印在了心里。

她的身体瑟缩了一下，双眼含泪：“谁不想风光霁月、淳朴善良，像她一样。”她苦笑而凄婉地张口，“我总是不甘，不想让你看着她……岳城，五百年，我日复一日地想着你，你却看厌了我，对不对？若有来世，我宁为猪犬，不想再做女人，百年苦乐，皆随他人。岳城，我好悔！”

她抓住他的领口，身体逐渐僵硬。

“我好悔……”爱上你。

他读懂了她未尽的话语，看着她那般脆弱地闭上眼，先前一双盈盈妙目，逐渐暗淡，浓烈的深情与爱恋，如风逝去。

梁洲忽然生出一种错觉，心脏被什么捏住，手臂环着她无法动弹。

片场内悄无声息，众人紧张地看着这一幕。

王泽军皱眉，心里发急，还有一句台词。

时间停止了几秒。梁洲肩膀一动，手抚上她美丽而苍白的面孔，冷峻的容颜上不辨喜怒，启唇轻轻念了一句，道似有情却无情：“梨花院落溶溶月，柳絮池塘淡淡风。”

这原是溶月名字的由来。

娱乐星闻的主持人看完现场戏份激动无比，回去之后马上找后期抓紧制作节目，计划在周末播放“《时光之旅》探班”节目。

由于节目时间有限，最后剪掉了苏晓媛采访的部分片段，反而是叶言言的面访一点未剪。后期人员再三和她确定：“这个是新人吧，切了苏晓媛的时间不切她的，说不过去。”

主持人意味深长地笑：“有后面的这段现场拍摄，前面不切顺理成章。制片的意思也是这个，不然会这么大方给我们看现场？我估摸着是要捧这个新人。”

后期看了全部拍摄片段，感叹：“这是宏成的新人？还真有些门道，稍稍处理一下，简直可以当成片花。”

探班节目的收视率一向不差，关于影帝梁洲回归小荧屏也是热门看点，一经播出果然引起轩然大波。

观众们在看现场拍摄的片段时，视线忍不住被溶月吸引过去。

真如原著中描述的一样：女孩肌如白雪，鬓若堆鸦，两道秀眉，一双娇眼，从骨子里透出一股子妩媚清艳，尤其是用剑指着梁洲那一段，双目含泪，楚楚动人。

娱乐圈里从未缺过美人，但近些年走马观花一样出现的不是缺少辨识度，就是匠气太重。

叶言言扮演的溶月，坏得理直气壮，妖娆多姿，让人眼前一亮。

相比之下，躺在男主角怀里的女主角，善良正直，和其他电视剧没有什么不同。

同一时间，电视剧前期宣传启动，放了不少剧照和定妆照出来，引来网友不少评论。

妆容朴实的女主角很快被华丽多姿的众多配角淹没，苏晓媛原本俏丽的优势没有得到发挥，在二维空间里败得一塌糊涂。

网上评论几乎一片倒。

苏晓媛这是得罪化妆师了吧，完全村姑嘛。

这电视剧的定律是，绫罗绸缎是坏人，乞丐穷酸是好人？

溶月这妹子水灵啊，女主是用生命在烘托其他女配？

经纪人和助理想尽办法没有让苏晓媛上网看评论，没过几天，报纸娱乐版面刊登了《时光之旅》的消息，列举了众多大牌配角，重要角色都放了一寸大小的剧照，叶言言也在其中，苏晓媛虽然是主角，最后也只有豆腐干大小一块，丝毫没有得到优待。

柯尘方面反应迅速，立刻有补救措施，各种吹捧的文章出炉，但是抵不过剧照上美人的直面冲击，效果甚微。

苏晓媛得知后气疯了，这些年她已很少在舆论媒体战中吃亏，这次明着被宏成摆了一道，可她理亏在前，也没有办法去讨说法，只能硬忍下来。

叶言言明显感觉到之后的拍摄中苏晓媛疏离的态度，再也没有过分的举止。

反而是她和梁洲的戏份叫人为难。

他演技纯熟，上镜时很容易就带人入戏。后期的戏份，溶月和岳城摩擦分歧越来越多。往往导演宣布戏份结束，叶言言还沉浸在角色感情中难以抽离。对梁洲的感觉似怨似恨。

这日因为取景，拍摄时间延长，等最后一条拍完，早已经过了晚饭时间。

梁洲对众人打招呼，看到叶言言时说："快去吃饭吧。"

谁知她侧过脸，狠狠瞪了他一眼，又凌厉又风情。

梁洲愣了一下，意识到她这个出戏困难的状态，一时真是怒也不是笑也不是，声音放柔，喊了一声："叶言言。"

声线低沉又迷人，叶言言从恍惚的感觉中醒过来，闹了个大红脸，躬了一下身，立马就跑了。

梁洲看着她像只仓皇的兔子，慌慌忙忙一溜烟逃跑，完全没有之前的气势，唇角勾起，忍不住想笑。

Part 4

Kiss
kiss

到了 9 月中旬，叶言言拍完最后一场戏，心里感叹，终于要结束戏里威风，戏外憋屈的状态了。

曹佳和一众工作人员上前恭喜她杀青。

叶言言连连鞠躬感谢，忽然有只胖胖的手举到她面前：“恭喜杀青。”

“马哥。”她有点惊喜，“什么时候来的？”

“今天下午，来的时候你在拍戏，”马元进笑嘻嘻地说，“这次表现很好，制片、导演都和我夸你，好样的。”

梁洲也走过来：“恭喜杀青。”

叶言言对着他有点心虚的感觉，等意识到杀青之后就是分别，心底又有隐隐的不舍。

梁洲说：“这四个多月辛苦了，你进步很快，演得很好。“

同样的话，他说比马元进说要有分量得多。叶言言说：“是大家教我很多。”

他目光下移，她穿着旗袍，纤细的脚踝上还有淡淡的伤痕。

“以后还是要多注意，不要受伤。”

叶言言心里一动，垂下眼，躬身：“梁老师，谢谢你。”

她这样有礼貌的举动，让他觉得自己平白长了一个辈分，笑了笑不再说什么。

叶言言卸了妆后问马元进后期的工作安排，他说：“有两个平面广告、一组杂志，还有剧本在洽谈，这些你不用担心，先休息几天。我估计这部明年上了之后，反响好，你就可以当主演了。现在还要多跑几个剧组。不过，言言，知道我为什么跑这里来？”

“不是来看我杀青的？”

“这也是一方面，还有一点，你想想。”

叶言言茫然：“不知道。”

“你生日忘记了？”

她恍然大悟，关在影视城里天天拍戏，她忙得都忘记自己的生日了。

“趁着还在剧组里，给你过个生日，把导演、制片、摄像都邀上，让后期给你做得美美的，懂不懂？这可都是资源。”马元进耐心地教导。

叶言言眼眶微微泛红：“谢谢你马哥。”

“客气什么，我是你的经纪人，这点小事还用谢？”马元进反而有点不好意思，腆着肚子嘀咕，“哎，这实诚丫头。”

第二天晚上，马元进组织了饭局，拉着剧组呼啦啦一大群人出来庆祝叶言言杀青。饭后又宣布一并庆祝生日，这时候大部分人都散了，剩下制片、导演和宏成几个主演配角，转战 KTV 去“嗨皮”。

这一部剧前期宣传已经启动，效果极好。叶言言作为新人，在宣传中得益最大，已经有很多原著党在搜索溶月的扮演者，业内对这部剧里的几个角色一致看好。

其他几个小配角，也都是宏成的艺人，现在还处在刷脸熟的阶段，对叶言言是又羡慕又嫉妒，趁着狂欢，一个跟着一个前来敬酒。平时都是剧组混熟的，叶言言也不好拒绝，一上来就喝了好几杯，脑子立刻就有点犯晕。

葛一鸣举着酒杯来劝酒。

马元进看见叶言言脸颊飞红，目光涣散，赶紧拦下来："哎哎，小葛，怎么你也来敬酒？辈分不对啊，欺负我们新人是吧。"

葛一鸣笑："那换她敬我也是一样。"

马元进暗骂一声小滑头。

梁洲忽然说："一鸣，你明天还有戏，少喝点。"

老板发了话，葛一鸣只好放下酒杯。

这时叶言言朝他看过来，嘴里含糊地说："你敬的酒呢？酒呢？"

看她这傻乎乎的劲儿，马元进忍不住笑："哎哟你这反射弧够长的。"

众人几杯黄汤下肚，没一会儿气氛就热了，包房里阶级观念也淡了许多。好几个配角女孩看看坐在转角的梁洲，在半明半暗的空间里，身姿挺拔，面目俊朗，心里那点小遐思小念想一股脑地冒了出来。

趁着敬酒的工夫，已经有两个女孩坐到他身边，一口一个"梁总"娇滴滴地喊着。

制片、导演等已是见怪不怪，包房地方大，寻乐的寻乐，唱歌的唱歌。

王泽军高歌一曲："大河向东流呀，天上的星星参北斗呀……"慷慨激昂，忽然听到旁边有人摇手铃助兴，顿时高兴，转头一看，叶言言摇得欢快。

“小叶，有品位啊。”王泽军还从未受过如此追捧，乐呵呵地停不住嘴。

宏成内部早就是老相识了，谁还不知道他几斤几两，制片笑着揶揄：“都唱成这样了，赶紧让他停，怎么还助上兴了。”

等他一曲高歌完，一个配角女孩大胆地要求和梁洲对唱《因为爱情》。

马元进和王泽军对视一眼，笑呵呵地看热闹不说话。

梁洲不置可否，到底没有落人的面子，拿起话筒，合唱起来。

他声音低沉，多年娱乐圈混下来，唱歌不算拿手，也有业余水准，女孩有备而来，唱得婉转多情，颇具韵味。

手铃又没有章法地响起，众人一看，叶言言看着屏幕摇得起劲，还评论：“不好听。”

“哎我的姑奶奶，”马元进拉住她作乱摇铃的手，“大军的你说好听，这首你说不好听，你这什么品位这么反人类？”

包厢里笑成一团。

轮番唱了一圈，话筒回到马元进的手里，他点了一首，把话筒塞到叶言言的手里：“来，别摇铃了，唱一首露露嗓子。”

叶言言还处在半醉半醒的迷蒙状态，世界好像特别清明，但眼睛又有些发花，总算还残留几分理智：“我不会唱。”

马元进指着《红尘客栈》说：“这首，不可能不会。

一听旋律果然很熟，她拿着麦克风唱了起来。

其他人一听差点跪了。

葛一鸣啧啧称奇：“这还有一个音在调上吗？”

“难怪连王导的歌都说好听，”几个配角笑着议论，“她不是当成

《千里之外》在唱吧。”

一曲毕，马上有人从她手里接过麦克风。

马元进一脸复杂地说：“以后拍戏你可能都唱不成主题曲了。”

叶言言对着他笑，全无愧疚。

经过她那不着调的歌声洗礼，后面的歌曲听着都跟天籁似的。

马元进越听越忧伤，叹了不知道几声气。

他一时没注意，叶言言刚有些清醒，又被配角演员拉着一起喝了几杯果冻酒，迷迷糊糊的。她兴致勃勃，不是摇铃助兴就是摇铃捣乱。

过了一会儿，叶言言放下铃要起来，马元进问干什么，她说：“上厕所，放水。”

马元进乐了，还懂得“放水”，看来还是有几分清醒的。

叶言言出了包厢门没走几步，脚下软软的，踩在云上似的，低下头看了半晌，才想起今天穿了双高跟鞋。这一刻，她感觉脑子特别清楚，身体却有点摇摇晃晃不听控制，上完厕所，照镜子时发现脸蛋像猴子屁股那么红。

出了卫生间，她左右一看，走廊和门都长一样，一时记不清从哪个方向来的。她也不急，昏沉沉地找房间门，走完一条道才想起房间号她根本没记，便站在转角徘徊。

一个头发颜色怪异，穿着破洞宽松牛仔裤的年轻男人注意到她，走上前搭讪：“美女，一个人？”

叶言言没理他。

走了没两步，男青年追上来：“美女没地方去跟我走啊。”

“有地儿去，你别烦。”叶言言左右张望，不耐烦地摆摆手。

听她声音带着醉后软绵绵的调，男青年没有因为被拒而生气，笑嘻嘻地伸手去抓她的手腕。

这时从转弯处快步走过来一个高大的身影，搭住叶言言的肩，声音冷冰冰的，问她："你认识他？"

他周身气息冷峻深沉，目光凌厉地扫过来，男青年讪讪的，马上灰溜溜地走了。

叶言言歪着头看梁洲，说；"看，我找对了，是这个方向。"

梁洲一看她这个样子，眉头皱起："你的手机呢？"

她两手拍拍裤子口袋，笑嘻嘻地说："没带。"

看她这举动，还跟邀功一样，梁洲反倒被气笑了，眉眼柔和不少："上次不是很会装醉吗？今天怎么都实打实喝了？"

叶言言呆呆看着他，转弯角落里，灯光昏暗，他的眼里有温润笑意，她有些看不清，把脸凑了上去。

梁洲被她的举动惊住，一时没有反应。

"你别摇啊，让我看清楚。"

她不但说还上了手，两只手掌摸上梁洲的脸颊，冰凉的触感让他一凛，口气低沉："叶言言！"

叶言言露出满足的笑："是你。"

这个酒胆，简直是换了个人，梁洲心想。两张脸离着不到一尺的距离，她的脸通红，皮肤又薄又透，一刹那他简直担心她脸蛋上要滴出血来。她的呼吸有点重，酒气里带着水果香甜，潮热地拂在他的脖颈处，有些痒。梁洲骤然生出一种奇特的感觉，半个身体微微酥麻。

她凝视他的眼，表情特别认真："我也会唱。

“嗯？”他抬眉。

“《因为爱情》，我也会唱。”她说。

回想她的五音不全，梁洲忍俊不禁，忍不住点了一下她的额头：“你那也叫唱？”

旁边忽然有包房门打开，恰巧是《红尘客栈》的音乐，悠悠唱着：“你回眸多娇，我泪中带笑……”

叶言言心跳加快，仰着头看着梁洲过分俊朗的眉眼，心里仿佛有七彩光芒闪过，最后归于黑暗，只有一个念头越发明亮清晰。

脚略一踮，她朝他的唇亲过去。

唇碰唇什么感觉……叶言言头有点晕，软软的、温温的，好像也没有什么特别，根本和小说里不一样。

她糊里糊涂地感觉到有些失望，在他唇上亲了两下，想想还有些不甘，于是用舌尖去舔一下尝尝味道。

梁洲身体一僵，一身的血液都翻滚起来。

叶言言踮着脚半晌，脚掌发酸，缩了回去。

她低下头，腰被手掌捉住，梁洲低头吻了过来。

不是刚才那种浅尝辄止，有软滑的小鱼钻进嘴里来，在她的口腔里大肆作恶。

戏弄她，掠夺她，教导她……

一个真正的吻。

唇舌纠缠，相濡以沫。

仿佛有微小的电流从脊椎蹿上来，让她手脚一起发软，整个大脑呈现出缺氧的症状，一片空白。她用尽力气抓着他的衣服，心跳急促得几乎快要停止了。

吻完之后，叶言言忽然福至心灵，清醒了。

她微微喘着气，觉得还不如晕到底，现在她浑身的血液都好像涌到了脑袋，血管将要爆掉的感觉。

梁洲放开环抱着她的手，声音有些低哑："回去吧。"

叶言言有点混沌，回哪儿？

当然是回包厢。

众人正好在收拾东西，就等两人回来。梁洲面色平静，马元进看到随后进来的叶言言，马上倒了一杯清水递过去："你出去是不是又喝酒了，这脸，都快要熟了啊。"

众人不疑有他，叶言言僵着脸拿起包，跟在众人身后进了电梯，对梁洲的方向一眼都不敢看。

司机和助理早就等在楼下。叶言言紧张地想，等会儿要坐谁的车，如果是梁洲的车，她是上还是不上？

几个配角都没有车，必须分开搭乘。梁洲上车之后，两个配角女孩率先跟了上去。导演和制片也很快带上两个演员走了。

马元进让她原地等着，他去开车。

叶言言伫立风中，这时才觉得酒是真正醒了。

司机小周从后视镜里瞄向后座，和邻座的李勤对视一眼，心里暗暗有些好笑。后座捎带的两个女孩对着梁洲大献殷勤，一上车聊天从电影入手，不着痕迹地奉承着梁洲，态度自然说话也不过分热烈，手段堪称高明。

梁洲面色平淡，表现得很被动，通常十句里面只应一两句。

两个女孩没有觉得被怠慢，反而十分高兴。以她们这种十几线的配角地位，平时根本没有机会和上层接触，更别说这位位于金字塔尖的大老板。其他的奢望先不说，混几分脸熟和好感，获取露脸的机会就会大增。

梁洲闭目养神，忽然一件带着香水味的衣服覆上身体，他倏地睁眼。

从后座探身上前的女孩穿着吊带小衣，胸线美好，对上他的目光，女孩害羞了一下，脸上带着恰到好处的粉红："梁总，空调开得足，我怕你着凉。"

梁洲把身上的衣服拿下来，还给女孩，口气淡淡的："我不冷，没有道理让女演员受凉。"

女孩在后座把衣服重新穿上，神色羞赧。

余光注意到她的举动，梁洲神情一丝不变，眉头微微蹙起。助手李勤知道他有些不耐烦，马上转过身，把话题引开，主动和两个女孩聊天。

回到酒店，等候电梯的时候，梁洲对两人关照："今晚应该累了，好好休息。"

两人都笑着答应。那个在车里脱下衣服的女孩大胆地抬头直视梁洲，依依不舍地说："梁总也早点休息。"

李勤注意到这一幕，暗自嗤笑了一声——现在的年轻女孩胆子真是大，脾气没摸准就敢来献媚，公司上层都清楚，梁洲公私分明，什么时候对公司里的女人下过手？就连韩菲，这些年也只是捕风捉影，模模糊糊的。

梁洲有些心烦，在这个圈子，隔绝在影视基地一拍戏就是几个月，暧昧不清、戏假情真的人不在少数。他见识多年，对此都是敬而远之——

唯独今天。

实在是当时的诱惑太大，梁洲微微沉吟。

在电梯里，女孩羞涩的笑容从金属墙面上反射出来，他留意到了，不是不知道含义，他历来不给公司内部艺人明面上的难堪，默不作声地移开目光，女孩失望地低头。

她自以为做得隐秘，到了梁洲这里却只能算是小把戏，他入行时间长，久经风浪，什么手段不曾见识过？只是今天心里少有地焦躁，让他耐性尽失，女孩离开电梯前还目含春水地回瞥一眼，梁洲声音冷漠，有些严苛地说："以后多放些心思在演技上。"

女孩脸色一白，李勤立刻按上关门键。

梁洲回到房里，连着喝了两杯水，才把心头那股燥意压下去，他坐在沙发上拿起茶几上的资料。李勤看到了，劝着说："梁总，已经很晚了。"

"反正睡不着，就先看看。"

几份资料大多是策划案，其中一份还是马元进的计划书，对这一批新晋艺人的详细分析，有针对性地制定了发展计划。梁洲的视线落在叶言言的那一页，注意力有些分散。

少女红着脸，清丽的面容在昏暗的灯光下艳若桃李，让他一瞬间忘乎所以。

明知那一刻发生的事是错误的，身体却好像失去了控制。

嘴里似乎还残留着甜美果香的酒味……他从回味中醒过神来，揉了一下额角，把那一份新人资料重重搁在茶几上，久久没有再翻动一页。

叶言言回到房间里，今晚曹佳和剧组认识的人也出去玩了，还没有回来。

她的精神处于一种奇异的状态，有一根筋绷得紧紧的，其他感觉又轻飘飘的，两种情绪来回拉扯着她的神经，让她有些敏感和神经质。

啊啊啊啊啊！刚才她是突发性精神障碍了吗？为什么会做出那种举动，强吻老板，她是疯了吗？

他为什么要回应？

难道他也喜欢她？为什么用了“也”，其实是自己喜欢他吧？

当时还说了什么，《因为爱情》，我也会唱，这算是明晃晃的勾引了！

她一遍又一遍地回忆着，脸色忽白忽红，蒙了半晌，内心咆哮，古人果然没有骗我，酒是穿肠毒药……怎么不毒死她算了。

布偶看着她表情变幻，一会儿害羞甜蜜，一会儿狰狞恐怖，终于露出关心的意思：“什么酒这么厉害，把你喝出神经病了？”

叶言言还沉浸在记忆的反省中，没有理睬它。

她想起两个女孩开开心心地搭上他的车，又有些愤愤不平，他没有开口叫她，甚至看也没有回头看一眼，难道那只是一时冲动——

哀号一声，叶言言把脸埋进了枕头里，一不小心嘀咕出声。

布偶腾地坐起来：“一时冲动，谁冲动了？”

叶言言从枕头缝隙里看它，想着他是最了解梁洲的人，是不是该问问它的意见，可是就这么说出来，有巨大的羞耻感。

挣扎了一会儿，她开口：“不喜欢的女人，你会不会吻？”

它斜睨：“不喜欢我吻她干吗。”

她骤然眼睛发亮：“吻了就是喜欢了？”

“也不一定。”它口气飘忽，“万一是她强吻我呢？”

叶言言：“……”

它就是故意来打击她的吧。

“行了，”布偶一挥手，狐疑地看着她，“你是不是和谁亲过了？”

“没有。”

布偶不屑：“得了，叶言言，你脸上都写着呢。说吧，到底是谁？”

叶言言昏沉沉地把经过说了一遍，亏她说得颠三倒四，它也理清了前因后果。

“你居然强吻了梁洲！”它第一次对她这么刮目相看，强吻两个字念得铿锵有力。

她羞愧得头也抬不起来。

它在床沿上来回走了两圈，忽然转过身，目光炯炯：“手机拿过来。”不等她答应，它飞快地从她包里翻出手机打字。

叶言言反应慢一拍，等它发完把手机扔过来，她拿过一看，已经对陌生号码发了一条消息出去。

睡了吗？

这这这……她心生不祥预感，瞪大眼。

布偶露出一个“你明知故问”的表情。

如果明天是世界末日就好了！叶言言拿着手机，像握着烫手山芋。怎么撤回？她慌慌忙忙找删除的按钮。

布偶轻哼：“这是短信，你删了没用。”

叶言言简直欲哭无泪，捧着手机就像捧着什么珍贵的瓷器，而实际上，过了很长一段时间，手机都没有任何动静。

也许是信号不好，那条信息根本没有发出去……

也许他已经睡了……

也许他只是一时冲动。

许多个“也许”从她的脑子里溜过，她复杂纠结的心情渐渐冷却下来，从心底慢慢冒出一种名为懊恼和羞耻的感觉，弥漫到她的胸口。

这时电话忽然振动起来。

她想也不想，马上按了接听，动作之快，堪称迅雷不及掩耳，以至于根本没有看清楚来电显示。

老叶的声音震耳欲聋：“叶言言，电视娱乐新闻里那个是不是你？你把好好的工作辞了对不对？”

叶言言猝不及防，对着手机屏幕看一眼，表情比哭还难看。

“爸……”

“别喊我爸，”老叶大为光火，“自己赚钱了就乱来是吗？你本来好好的怎么跑去当演员？有没有和家里商量过……”

叶言言最了解她爸的脾气，火气一上来，完全不听别人说话，必须要等他说完才行。

等老叶告一段落，她才插上一句：“演员也是一份工作。”

老叶吼：“好女孩安安分分的就可以，跑去当什么演员，搞七捻三，乱七八糟。新闻里那些吸毒的、嫖娼的，都是这些个拍电视的。”

叶言言一听这话，感到莫名锥心，顶嘴道：“贪污的、养情妇的还都是当官的呢，你怎么不反对当公务员？”

这一下就像点了炸药桶，老叶的声音立刻高了八度：“我让你安分工作还错了？才去当演员没几天，你就眼里没有爸妈了是吧……”

一通数落毫不留情。

在老叶的眼里，女孩子去当演员，随便和人搂搂抱抱简直可以称得上是伤风败俗。

叶言言拿着手机，把头埋在被子里，心里一阵阵发堵，不禁自嘲地想，要是老叶知道她今天强吻了别人，只怕电话就要被砸了。

等电话那头说累了，末了他放话："你马上给我回来，那个什么戏不要拍了。"

她沉默了一瞬，语气缓慢地说："我想拍戏。"

"你再说一遍。"

"我想拍戏。"

老叶拿着电话，大声说了声"好"，一下挂断了。

叶言言蒙了，再回拨过去很快被摁断了，再三重拨都是如此。她立刻明白，爸爸是真的生气了。

再低头看，手机上都是红色被挂断的通话提示，没有任何短信。

她鼻子忽然间一酸。

叶言言一晚上没有睡好。

昨晚，在她拨了四五通电话回去都被老叶挂断后，她索性打了家里的座机。锲而不舍的响铃之下，终于有人接起了电话。

"妈——"一听到电话那端的女声，叶言言立刻委屈上了。要说这世上唯一能把老叶降住的，就只有叶言言的妈了。叶妈妈是典型的南方女人，身材娇小，平时说话轻言细语，听起来没有什么分量，而实际上五大三粗、固执难搞的老叶却是有点畏妻的。这一点从没有在官方得到认可，是叶言言总结二十多年的生活经验得出的结论。

比如读书时代，叶言言要是考坏了哪一门，报到老叶面前，那是劈头盖脸一顿训。如果能先报给叶妈妈，她婉转地劝两句，老叶的气性也就没有那么大了。还比如，家里要添置什么大件，需要叶妈妈点头，老叶才会付诸行动，叶妈妈要是不答应，添置计划只能无限期搁置。

叶妈妈在电话里问："你怎么没有和家里商量就去做了演员，一声不响的，要不是电视上看到你了，我们还不知道，难怪你爸要生气……"

对着老叶，叶言言还能犟嘴，对着叶妈妈，她就先认错，然后撒娇求情。幸好叶妈妈思想没有老叶那么固执，聊了大半个小时，口风终于软了下来："你演戏的事，你爸这关过不了。你先回来，把事情说清楚，做通他的工作才行。"

挂了电话，叶言言心里有些难过，这事也不能怪任何人，只能怪她自己，明知道老叶思想固执守旧，她却抱着拖过一天是一天的想法，才弄成现在这个局面。

已经到了凌晨时分，手机电量都已经快要见底了，依然没有任何短消息通知。

叶言言在身心疲惫下，感觉到一丝难堪，就好像暗恋突然开了口，对方以不回应作为拒绝。

那三个字的短信，把她心底最隐秘的心思全暴露出来了。

她迁怒于布偶，板着脸开始收拾行李。任它怎么说都不听，把所有的东西都收拾得干干净净，整整齐齐地放进行李箱，她稍稍松了一口气，终于把心里那点失落与难受压了下去。

第二天清晨七点，叶言言和曹佳拖着行李箱关房离开。曹佳是凌晨两点回的房，没睡几个小时，睡眼惺忪，一脸浮肿，一边打着哈欠一边说："言言，你这强迫症也太厉害了，我昨天回来的时候你行李就收好了吧，因为一双鞋没收，你愣是又重新理一遍，非得按颜色大小顺序，累不累，啊，累不累？不都自己用的吗，非要那么整齐干什么？"

叶言言无言地朝她的行李箱瞥一眼，鄙视的意思显露无遗。

曹佳一头黑线。

电梯门开了，梁洲和助手李勤站在里面，李勤率先打了招呼："今天就走了？"

"是啊。"曹佳应声。

两人拖着行李箱进了电梯。叶言言微微垂着头，专心致志地看着电梯数字键，提示灯一格一格下移着。

气氛沉默得有些异常。

叶言言的安静柔顺，梁洲看在眼里，心里忽然有点不是滋味。昨晚上收到的那条短信，虽然没有署名，可是他一瞬间想到的就是她。他迟疑着，盯着看了半晌，直到李勤提醒他时间晚了，还是没有下定主意。

先放着，他最后决定。

他需要时间来确认，这是不是一时的意乱情迷。

电梯里，从梁洲的角度，正好看见叶言言的发顶，她的发丝又黑又软，只有一小撮从旁边斜出来，让他的心痒痒的，很想伸手去捋一捋，目光定定看了许久，他感觉有些燥意。

这时叶言言的手机响了，叶妈妈电话过来和她确定行程："你爸还在生气，你回江城整理好就马上回家来，知道吗？"

狭小的空间内，电话那头的声音特别清晰，旁人避无可避。

叶言言支吾地答应，赶紧挂了电话。

电梯到了一楼，两个女孩拖着行李箱，梁洲伸手要搭一把，李勤眼明手快，抢先一手抓一个手柄："我来我来。"

四人走到门口，梁洲问："车呢？"

李勤说："小周马上就过来了。"

梁洲朝两个女孩看去，李勤才反应过来这不是在问他。

叶言言说："预约了车，马上就到。"

"让小周先送你们去机场。"梁洲说。

叶言言马上婉拒："车马上就要到了，不用麻烦的。"

梁洲蹙了一下眉头，口气不容拒绝："打电话取消，"大概意识到口气有些强硬，他口气迅速和缓下来，"这是公司的车，演员出行都可以用。"

曹佳轻轻拉了一下叶言言的手，让她乖乖听话，然后马上打电话取消订车。

说话间小周的车已经开到酒店门口。

一行人都上了车，叶言言坐在梁洲的邻座，默默开始反省自己的态度。梁洲公私分明已经表现得很清楚，她不能因为他不回她的短信，就把感情上的失败牵扯进来。这样不是明摆着告诉他，她很介意，她很尴尬吗？

也许她应该装得若无其事，假装这条短信很普通，没有任何内在含义，这样对大家都是好事。这才符合成人世界的规则，不是吗？

她迟疑了一下，低声说："谢谢你，梁老师。"

听到她道谢，梁洲皱了一下眉头，心里那股燥意又浮现出来，他沉吟了片刻，闲聊一般说：“马元进有没有和你说过以后的发展计划？”

“马哥说，接下来会有平面广告和杂志的拍摄，其他剧本还在谈。”

“这段时间通告不多，等到电视剧上了，只要收视率高，曝光机会就会多起来，会有很多剧本可以挑。你这个阶段应该多看多学积累经验，充实自己，以后才会有更好的发展空间。”他分析道。

叶言言有些佩服，脑中忽然跳过一个念头，也许他根本不知道那条短信是她发的，不然怎么能在沉默拒绝后，这么平淡地和她分析工作上的事。

她想得有些出神，久久没有回应。

梁洲目光掠过她，女孩和初次见面的时候已经大不相同，脸上婴儿肥退去，五官更见精致，经历了饰演溶月这一遭，气质也有微妙的变化，仿佛拂去灰尘的珍珠，开始绽放温润而明亮的光彩。

“在想什么？”等他发现时，问话已经脱口而出。

“啊？没什么。”在想昨天短信的事，她是万万不能说出口的。刚才还想着要坦然面对，要洒脱，不要纠结，要做到输人不输阵，不能叫他看低了，以为她是那种小家子气的人。

她咬咬唇，要说什么缓和一下气氛。手机又响起，来电显示是家里。她很想挂掉，又觉得敏感时期很不恰当，接通之后，是老叶的声音，声音高三度：“你别回来，那个劳什子演员不当了再回来……”旁边还有叶妈妈劝说的声音。

那一声吼估计全车人都听见了，叶言言脸上发热，别过头去，说：“等我回去再说吧。”

老叶还要吼什么，被她直接挂掉了。

车内一片安静。

叶言言尴尬得无地自容，闭上眼假寐，一路直到机场。

李勤把两个女孩送进安检，回到车上，梁洲在和马元进通话，谈到了叶言言的事，关照他跟进一下，做好和家长沟通的准备并及时汇报。

叶言言回到江城，稍微收拾，马上又坐火车回了家。没想到老叶特别幼稚，居然反锁大门，父女俩隔着大门狠狠吵了一顿。叶妈妈看不过眼，来把门打开。叶言言进屋，老叶拍着桌子吼："好好的工作不要，去拍什么电视。"

她也火气上头，回他："拍电影拍广告就可以了？"

"少给我咬文嚼字。"

"你老思想老封建。"

原先叶言言准备的好言相劝早就忘到了爪哇国，父女俩争执不下。到了夜里，叶妈妈和女儿聊天时语重心长地说："我知道娱乐圈赚得多，但事端也多，有些事不是你想洁身自好就能一直清清白白，你一个女孩子，在那种名利场万一遇到不好的事怎么办？我们家是普通人家，你要真受了什么委屈，都没有办法给你出头。你爸是担心这个。"

叶言言沉默了，抱着被子偷偷哭了一晚上。

第二天马元进打了个电话来，说下午要来家访。叶言言听了一阵无语，还家访，小学生吗？

到了下午他果然上门来，带着大包小包的礼品，和老叶及叶妈妈一通长谈，足足三个多小时，指天画地地发誓，绝对不让叶言言做违背良心的事，陪酒应酬的事能少就少，他全力保驾，一定保护她不受委屈。

他诚恳的态度总算做通了老叶的思想工作。

“看这个公司还算诚心，就相信一回，你要做演员就做吧。但是有一点，万一以后有什么事，马上停止。”老叶最后叹了口气说。

叶言言送马元进下楼，一路感谢他。

马元进看了看她，忽然别有深意地说：“是梁总让我来的，这些保证的话，没有他首肯，我还真不敢打包票。”

居然是梁洲的主意，叶言言有些不是滋味。送走马元进回到家里，老叶的态度已经和缓，神色颇为严肃地和她说：“你既然已经决定做了，就要好好做，别辜负了人家公司的栽培。”

叶言言答应，不禁又感慨，梁洲和马元进对老一辈的心理掌握得真好，老叶不仅打消了顾虑，还改变了立场，从担心“走上歧路”彻底转变成“公司正规，领导重视，你别辜负”。

想起梁洲，她感觉有些复杂，刚才马元进的那句话，要说心中没有涟漪那是不可能的，她掏出手机，想着是不是要发条谢谢的短信给他，点开短信页面，那股勇气又很快熄灭了。万一人家再没有回复，她不是丢脸丢到姥姥家了。

在家休息了两天，叶言言很快回到江城，跑了两个平面广告的通告，随后的半年里，马元进给她安排了一系列课程，有形体、舞蹈等训练，还有发声练习。她在北京与江城之间两地奔跑，日子过得飞快。

《神雕侠侣》在国庆的时候开始播放，几个主要演员引起的话题都很热门。其中梁嫣神形几乎复制了本世纪初的电视剧《神雕经典》版本，被观众评为仙气十足。丽娜因为样貌出众，与原著郭芙最相近，也小火了一把。如果说得益最深的，还是耶律齐的扮演者顾沛东。电视剧播出不久，他就因为样貌俊逸风流，给网友留下深刻印象，随着剧情深入，耶律齐的正直深情开始大量圈粉。同时期，寰盛娱乐开始宣传攻势，放出大量平面照片，顾沛东在综艺上也频频露面，话题性与热度不断升温，甚至超过了男主角童宇诚。

有一次周茵在和叶言言吃饭时都忍不住问：“你们原先同一个剧组的吧，关系好吗？能不能要一张签名？”

叶言言瞥她：“你说过做梁洲的忠粉，一辈子不变的。”

周茵笑眯眯的：“谁说不是呢，可是梁洲实在高冷，就让我 YY 一下小鲜肉暖暖心吧。”

听到这句话，叶言言有些触动，在没人注意的时候露出一丝苦笑来。

没过两天，在与顾沛东微信联系的时候，她就把签名的要求提了出来，顾沛东回复：好，我过两天正好要回江城，到时候见个面，我给你签名。

叶言言答应下来，过一会儿才感觉有些不对，又不是她要签名，什么叫给她签名。

隔了两天，这天晚上叶言言刚洗好澡在吹头发，布偶大声喊：“电话。”她出来一看是顾沛东的，他说：“快出来，我就在楼下。”

叶言言匆匆吹了头发扎起，走到小区门口，左右张望。一旁传来汽车喇叭声。她转头一看，小孔从司机位探出头来喊：“叶小姐，这里。”

叶言言走过去。

后座车门被打开，顾沛东朝她努嘴：“上车。”

“去哪儿？”叶言言低头看看自己一身休闲的卫衣，迟疑。

“先上来。”顾沛东说，“不然等会儿被人看见。”

叶言言条件反射地坐进车里，小孔掉了个头就开动了。

她问：“到底去哪儿？约了文哥？”

两人之前也有几次邀约，大多是和文哥这一圈聚会，所以她问这一句。

“约他干吗？就我们俩。”他极其随意地说了一句。

叶言言一怔，车厢内沉默下来，气氛有些微妙。

他转过脸来看她，目光从她蓬松的马尾一直落到她的头颈，啧了一声：“你是不是女人啊，穿这么邋遢就出来了。”

叶言言横他一眼：“你之前又没说清楚，我还以为你顺路来送签名呢。”

顾沛东轻哼了一声，伸出手：“拿来。”

“什么？”

“要签名你不带本子和笔的？”他批评。

叶言言一头黑线，真想和他说不要了。

顾沛东从包里摸出签名笔和纸，唰唰唰地写了几个字给她。

叶言言的谢谢已经到了嘴边，一看纸上写着“To 叶言言”，气不打一处来：“谁说是给我的，是给我朋友的。”

顾沛东哦了一声：“要得这么急，我还以为你自己要呢。”

又给他嘚瑟的机会了。叶言言说：“重写。”

顾沛东又写了一段，叶言言一看，“To 叶言言的朋友”，抽了一口气说：“你傻呀，这么写谁能喜欢啊，她叫周茵，草字头下面一个因为的因，重写重写。”

小孔一边开车一边低笑出声。

第三遍顾沛东终于按要求签好字，叶言言一阵心累。他把三张签名都塞到她手里：“拿好。”

叶言言嘀咕："只要一张就够了。"

顾沛东态度强硬："要么三张拿回去，要么一张也别要。"

又来了又来了，这个神经病。叶言言无奈收下三张签名，看上面写着自己名字的抬头一阵荒唐感。

小孔这时候把车往路边一停说："东哥，到了。"

叶言言看向车外，是一条比较热闹的街道，两旁都是小吃店和各类小商品的摊位。

顾沛东拿出口罩帽子戴上，说："陪我吃点东西。"

叶言言觉得他太不把身材管理当回事了，没几个自律的演员会在这个点出来吃垃圾食品。刚要说什么，小孔忽然插话说："叶小姐，东哥今天上了一个访谈的通告，又马上赶飞机，路上什么都没有吃。"

她心软了一下，被顾沛东拉着下了车。

他看起来是饿极了，一路上什么铁板豆腐、串串香、章鱼丸子……就没有他不吃的。其间电话铃响了一次，他看了眼手机就挂掉。没过一会儿，又响，又挂。再响起时，叶言言好奇地看过去。手机屏幕上闪着"章茹"的名字。

他挂掉后，索性关了机，用竹签叼起一个章鱼丸子问："吃不吃？"

对上叶言言若有所思的目光。

"怎么了？"他挑起眉头，问。

叶言言犹豫了一下，还是说："电话怎么不接？"

他往嘴里塞了一个丸子，一边嚼一边口气很随意地说："不高兴。"

叶言言心里有些不赞同，接下来一路上比较沉默。

他却异常热情，每路过一个摊点就要问："吃不吃？"

她被问烦了，口气也跟着不耐烦："不吃不吃，你就自己吃吧。"

他忽然不说话了，一直盯着她，眼神探究，似乎还有些高兴："看到章茹的电话你不高兴了？"

叶言言有些莫名："我为什么不高兴？"

顾沛东咧嘴笑了一下，眸光熠熠："那得问你呀，为什么不高兴？"

看着他耳边还挂着口罩，手上却捧着一碟辣年糕的样子，嘴边还沾了些红色酱汁，模样着实有点滑稽，她心平气和地说："我是觉得你不应该不接她的电话。"

"哦？"他笑容依旧，感觉却和刚才已完全不同，"为什么？"

她说："你能拍《神雕侠侣》多亏了她，现在有名气有人气了就不理她，这样不大好吧。"

顾沛东啪地把竹签扔在纸碟上，手里那个劲道，让叶言言毫不怀疑，如果他手里拿的是剑的话，说不定扔的就是她了。

她赶紧补了一句："这是作为朋友劝你的，听不听在你。"

"什么朋友？"他冷嗤，"说这么婉转我听不懂，还不如直白点。你是觉得我吃软饭，现在有点起色，就翻脸不认人了是吧。"

叶言言尴尬极了："我不是这个意思……"

"你以为我是傻子，你到底什么想法我看不出来？说什么朋友，还不如直接说你看不惯我这种白眼狼做法。别人说得再难听我都听过，你装什么知心朋友良药苦口啊，还不如直接指着我的鼻子骂呢，虚伪不虚伪？"

叶言言听得瞪圆了双眼："说够了？"

"没够呢。你倒是看透我了，怎么就看不到自己呢，拍《时光之旅》

的时候，和你们公司的大老板眉来眼去的，当别人不知道你的目的呢！你看不上我上位的手段，倒是要个高明的给我看看……”

一记耳光。

顾沛东手上的辣年糕撒了一地，他蒙了。

“你说得对，”叶言言目光冰冷，一字一顿地说，“我们不是朋友。”说完不去看他，转身就走了。

她心里又憋闷又委屈，胸口像堵着大石头一样，目不斜视地走出老远，才发现自己出来得匆忙，根本一分钱都没有带。

顾沛东回到车上，小孔回头看了一眼：“哎，叶小姐呢？”

“开车。”他扬起声音道。

小孔从后视镜里看到他的脸色，阴沉、愤怒，还有些茫然和懊悔，神色复杂。他立刻猜测到两人吵架了，心里默默叹了口气，你这样怎么追女孩啊？

“你和叶小姐说了吗？这后面是大学城，以前你最想来这里吃东西的。”他禁不住多嘴，“人家是女演员，你要不说清楚，还以为你故意带她来吃垃圾食品呢。”

顾沛东神色变幻，到了嘴边却是愤愤一句：“说什么说，她已经看不起我了。”

小孔忍住叹气的冲动：“那也不能把人女孩扔路上吧，刚才她出来好像都没带钱。”

顾沛东不语。

小孔只好沉默地开车，刚要拐弯，顾沛东突然语气急促地说：“掉头，回去。”

叶言言身无分文,只能给周茵打了个电话,告知路名,让她来接一趟。

等待的时间里，她一个人站在路口。旁边不是年轻的情侣一边说笑一边路过，就是成群结队的女孩子拿着小吃走过。站了没一会儿，就显得她异类而落寞。有三个学生模样的女孩子走过，兴奋地讨论着。

“刚才那个人是那个那个对吧，‘神雕’里演耶律齐的。”

“对对，应该是他。”

“本人超级帅啊，比镜头上更灵。”

几人声音不低，叶言言听见了，朝路口看过去，顾沛东正急匆匆从那头走过来，不停地张望两边。他身材挺拔，气质独特，在人群里有鹤立鸡群之感，路过的女孩们对他关注度极高，叽叽喳喳地讨论着，还有人拿出手机偷偷照相。

他看到叶言言后明显松了一口气，朝她大步走过来。

叶言言一看到他，满腹委屈和压抑又涌了上来，朝旁边的小路躲去，看也不想看到他。

顾沛东抓住她的手：“我们谈一谈。”

“放手，没什么好谈的。”她狠狠甩手，却不敌他力气大。

看着她压抑着微微泛红的眼眶，他怔了一下后，神色复杂，沉默了一瞬后放软了声音:“刚才是我说错话了,咱们找个地方说清楚好不好？”

叶言言一口回绝:“不好。”实在是受够了他翻脸比翻书还快的脾气。

“你身上又没有带钱。”

“关你屁事。”

叶言言平时性格温温暾暾的，十分绵软的样子。没想到这时候还能爆出一句粗话来。顾沛东愣了一下后，忍不住有些想笑，他压低了声音说：“好像有人认出我来了，我们再这样闹下去，明天可能就要上娱乐新闻了。我倒是不介意制造点话题，你的经纪人同意吗？”

周围还真有两三个女孩窃窃私语，手里拿着手机对着两人。叶言言只好背过身体，免得被拍到。她还没有正式出道，不能以绯闻的形式出现在公众面前，落下一个不好的名声。

顾沛东趁机拉着她离开小吃街，回到路旁停车的地方。

叶言言没有上车，看四周无人，用力甩开他的手：“有什么话赶紧说。”

她穿着一身休闲的卫衣，脂粉未施，看起来稚嫩得像学生，生气时板着脸的样子在顾沛东看来也很可爱，他斟酌了一下，开口道：“刚才是我说话没经大脑，我知道错了，你也打我出过气了，这件事能不能就这样翻篇了？”

给熟悉的人见到他这个样子真是要大跌眼镜。顾沛东脾气难搞和他的样貌一样出名，说出这样的话，已经是最大程度的服软了。

叶言言却不买账：“翻什么篇，你说得对，我们又不是朋友，有什么资格互相讨论工作和生活。”

顾沛东说：“我说错一句话，你要一辈子记住不放？”

叶言言讥笑：“原来你错的就一句，让别人听见还以为我多小气呢，揪着一句话不放。”

顾沛东看她有点娇蛮，不肯听别人讲话的样子，倒是有些体会别人对着自己的心情。可他现在既有些新鲜，又有些其他说不清道不明的情绪，一点没有生气，反而好声好气地说：“吵架无好话，我气头上一时糊涂，你就不要和我计较了。”

叶言言抬头认真看了他一眼，忽然咧嘴笑了笑，说：“顾沛东，这都几次了。你说吵架，实际上我一点没有和你吵架的意思，每次都是你单方面发脾气。就是朋友也不可能这样包容你这脾气，何况我们还不是朋友。”

顾沛东清清嗓子：“你说吧，要怎么样才能不生气？”

叶言言皱眉，这时手机响了，她接通，周茵在路上问她具体位置。小孔选择的停车地点在小吃街后面的一条小路上，闹中取静，看不清路名。叶言言左右查看，讲不清地址，顾沛东忽然凑过脑袋，对着手机大声说：“我会送她回去，今天麻烦你了。”

周茵听见了，尖叫了一声。叶言言怀疑这声音穿透了整条路。

“言言，有情况啊！刚才是不是男人在说话？”

叶言言瞪了顾沛东一眼，说：“你先到小吃街，那里见。”

顾沛东又开口，这次直接对着手机的方向：“美女，我在和言言赔礼道歉，你给我个机会送送她吧。”

周茵兴奋极了：“怎么感觉声音有点熟悉，他喊你言言，哎呀，感觉都要醉了。”

叶言言强忍着翻白眼的冲动，催促道：“你快点来。不然友尽。”说完直接掐断电话，断绝了周茵想要继续八卦的企图。

顾沛东苦笑：“真的不打算原谅我了？”

沉默了一下，叶言言说：“每次都是你发脾气，认错，然后翻篇，我们又不是男女朋友，闹这个有什么意思？顾沛东，你刚才那些话，敢说就没有一句是心里话？作为朋友，我们缺乏最基本的信任，就这样吧。”

听她前面说的，顾沛东有些不自在，听到下半句，他怔了怔，飞快伸手抓住她的手腕，放到脸边：“要不你再打一巴掌出出气？”

叶言言被他惊到，用力挣脱："你……神经病啊。"

"言言，"他忽然低声喊她，声音又沉又闷，"我不是存心的，我就是……不想你和他们一样看我，我怕你看不起我，脑子一热，就说了一些更伤人的话，你能不能饶了我这一次，嗯？"

叶言言不得不承认，女性观众这么容易迷恋上他是有原因的，一旦他放低姿态，刚才还打定主意和他划清界限的她立马有些心软了。

她轻轻摇头："不是这样的。"

"那你说，"他完全不见平时的玩世不恭，神色诚恳认真，乌黑的瞳仁看着她，"只要你肯原谅我，做什么都成。"

叶言言有些头大："我说的不是这个意思。"

就算她原谅了这一次，也没有办法继续和他做朋友了，她性格平实内敛，他作风桀骜不驯，原本就差别很大，处事和观念上产生差异再正常不过，硬要做朋友也很累。

她的目光把这些话都透露了出来。顾沛东静静凝视着她，垂下眼帘，慢慢放开握着她手腕的手。

"我真心和你道歉，言言，"他说，"你知道我为什么带你来这里吃东西吗？"

她回视他，有点疑惑。

"这后面是崧汇大学城，江城一半的大学都在这里……来这里吃东西，是我以前一个小小的梦想，这次我来，就只想到叫你……"他声音有些压抑地说。

叶言言略微吃惊，一时无语，说不出话来。

"言言……"他又要说什么。

周茵的来电又响起，叶言言拿起手机答应着，避开顾沛东的目光，挡着通话口轻声说：“我朋友来了，再见。”她一边和周茵通话，一边离开后街。

走到路口时回头看了一眼，顾沛东站在车旁，身影一动不动，孤零零地被黑暗笼罩着。

12 月的时候，马元进给叶言言安排了新工作，她飞机刚到北京，就先去了公司。

宏成办公楼大厅的巨大播放屏幕上已经开始为明年上线的《时光之旅》做宣传，片花滚动播放着，音乐唯美动人，后期特效也做得十分尽心，各个人物轮番登场，精彩纷呈。在这之前几天，网络上也已经有片花播放，很快引起热议和反响，主要的关注很快从背景特效转移到演员和剧情上。原著党关注还原度，更多人关注人物颜值，《时光之旅》两者都经得起考验。尤其是梁洲回归小荧屏，以及各路大牌的参演，都是很热门的话题。

第一次和梁洲搭配情侣的叶言言也受到了关注。马元进电话和她联系时，提到下一个剧本，就是一个导演看了“时光”的片花后，觉得可以让她尝试一下，才给的机会。

“这次是运气好，沈钦导演手上的这个本子，宏成也有份投资，但是主投资是星建和寰盛，演员方面没想过会有回报，想不到导演肯给这个机会。但是你也别掉以轻心，盯着这个角色的人很多，外界征选的不算，光内部人选就有三个，梁嫣你知道吗？演了小龙女，人气很不错，这次也在备选里面。”

叶言言暗暗咂舌："到底是什么角色？"

马元进领着她走进电梯："等一下我给你剧本，本子没得说，是沈钦拿手的领域，行内普遍看好。他已经歇了几年，这次是卷土重来，造势不弱。投资回收肯定不成问题，就看能不能把新人捧出来。"

沈钦作为国内知名导演，叶言言还是知道一点的，最拿手的是宫廷剧，前些年风靡全国，几乎无人不知，无人不晓。

电梯停下，门打开，叶言言看到站在门口的两人一愣。

马元进第一个打招呼："梁总，小菲。"

梁洲身材颀长，一身灰色休闲西装，线条利落，打扮像是商务人士。韩菲穿着亮黄色羊绒外套，内搭齐膝连衣裙，男俊女靓，外形看来十分登对。

叶言言对着两人略躬了躬身，然后就专心致志地看着脚下。

进了电梯，韩菲语气有些意外："小叶怎么到公司来了，最近有通告？"

叶言言简单回答："嗯。"

马元进补充说："这两天沈导在北京，正好让她去认识一下。"

韩菲立刻明白了他的意思，这是要去争取一个角色，她眸光一转，说："听说这次又是沈导拿手的古装和女人戏？几年没有作品了，还以为要推陈出新，原来还是老酒装新瓶。"

马元进和沈钦有几分交情，有点不满她随意批评的口气，忍着没说什么。

梁洲平淡地说了一句："沈导的风格向来是以细腻见长，其他题材难以发挥这种特质，这是他的优点。"

韩菲微微露齿一笑：“他的剧一向女性角色多，要出彩真是不容易。”说着有意无意地往后看了一眼，“这部剧我们公司虽然也参与投资，但占比不重，其他投资方把主要角色都定了，剩下的是留给导演的人，剧是不错，可惜机会难得。”

叶言言知道她这番话都是说给自己听的，脸上挂着客套的浅笑，装作没有听懂。

电梯到楼层之后，韩菲和梁洲前后脚走出电梯，她回过头来，唇畔含笑，眼里却不含一点笑意：“小叶，加油啊。”

对着她这一副亲切前辈的样子，叶言言有些无语，几乎是面无表情地看着电梯门合拢。

韩菲没走几步，嘀咕：“哎，这个女孩真不讨人喜欢，我给她鼓劲呢，她一点没回应。”

梁洲扫了她一眼，目光揶揄，写满了然。

“怎么，我说错了？”韩菲问。

梁洲反问：“你刚才说了这剧没剩几个角色，又叫她加油，真的是好意？”

韩菲被他说破，没有生气，爽朗一笑：“角色是没剩几个，让她加油也是真心，怎么就说得我好像是心眼小，见不得后辈上来的人了。我只是觉得，同样是这个岁数的女孩，广薇比叶言言可爱多了，这次我身体不好，让广薇代上了一期综艺，她表现得很好，反馈也好，现在节目组的人还在跟我打听她有没有档期，说以后可以作为常驻嘉宾呢。”

梁洲不置可否地应了一声。

“是公司旗下的艺人发展，你怎么好像不上心呀？”韩菲似真似假地抱怨。

梁洲微微皱眉，神色认真："综艺作为演绎发展的辅助可以，但是要作为主要经营就要慎重。演员的正职还是演戏。"

韩菲不以为然："现在和以前不一样了，综艺做得好，人气代言都会上去，反而一门心思拍戏的，不一定能得到认可。"

"人各有志。"梁洲说。

韩菲眼珠一转，试探地说："同样是新人，你好像更看好叶言言？"

"新人的淘汰率你应该清楚，主要看她们自己的表现。"

韩菲听他口气并无偏颇，语气俏皮了点："之前我还真有点担心。"

梁洲侧过脸，韩菲有些猜疑和落寞的眼神落在他的眼里。

"听后期说你和叶言言的戏很来电，我还特意去看了一下。你拍得很用心，和一个新人这么默契，我从来没见过。我真怕……"

"行了，"梁洲截断她，"无谓的事不要瞎猜。我们这一行，一句话一个动作都会引人遐想，这么多年你应该清楚。"

他的口气有些冷，韩菲却觉得有些开心："我还不是担心你，多年道行栽在一个小女孩手里。"

梁洲沉下了脸。

韩菲知道他这次是真的生气了，聪明地不再继续，转而说起了工作上的事。

马元进带着叶言言进办公室，拿了剧本给她看，口气有些唏嘘："沈钦和我有点交情，这个剧和刚才韩菲说的一样，主要角色都被投资方和导演安排的人瓜分掉了，你去参演，算是二等关系，连女三号都算不上，要争取的角色我给你标出来了，你看一下。”

《飞燕传奇》。看到剧本上这个名字，叶言言立刻就猜测出这个故事的内容。赵飞燕和赵合德，这是关于汉朝宫廷中最出名的姐妹花的故事。剧本对历史的改编非常大，赵氏姐妹不再是一入宫就万千宠爱于一身，大幅度增加了后宫众多美人的戏份。马元进选的角色是班婕妤，这个女子知书达礼，才华极高，心性淡泊，不好名利，深受太后喜爱，在历史上留下才名和德名。而在剧本中班婕妤被改编成了一个工于心计、手段狠辣的人，多次暗中对赵氏姐妹下手，其中许皇后的巫蛊案就是她的手笔。

故事对历史人物颠覆极大，所以只能称之为传奇，与沈钦前期的秘史系列可以说同出一脉。

叶言言并不喜欢这种改编，但是也不得不承认，经过修改的故事，冲突和矛盾增多，可看性更强。

“这个角色在演技上有很大发挥余地，也容易留下深刻印象。”马元进看她沉默，还以为对角色不满，解释说，“现在《时光之旅》还没有播出，你还一点名气都没有，等播出之后有了影响，才能有更多的选择余地。”

叶言言乖巧地点头感谢：“马哥，这个角色已经很好了，多谢你费心了。”

随后几天马元进带着她和导演沈钦见了一面。沈钦在这个圈子里混迹多年，阅人无数，在投资方面前也很能说得上话，在电视剧的制作上有很大的话语权。他见过叶言言后并没有当场表示，隔了两天，剧组人员电话通知了结果。

叶言言在电话里听马元进说，角色最后定给了梁嫣，不是不失落的，可是细想一下，小龙女和完颜萍之间，谁不会选择小龙女？

马元进电话里安慰她："没了就没了，这剧本改得太离谱，班婕妤也不是什么讨喜的角色，错过也不可惜，我再给你物色其他的。"

"没关系，马哥，让你费心了。新人起步都是这样，我有这个心理准备。"

挂了电话，马元进长叹一声，这些年他经手的艺人至少两位数，倒是很少遇到性格这么憨实的，对叶言言的乖巧真的有些心疼。打了个电话给策划部问最近的立项。

没过两天又在公司洽谈的广告项目里找了个酸奶的项目，谁知广告商临时变卦，指派新晋艺人林广薇。马元进也无法，最后只能拱手相让。

幸好这件事他没办成之前没有漏过口风，就想这么平平淡淡过去，不让叶言言知道。

叶言言近期没有通告，听了布偶的建议，正好趁空闲的时候充充电，到公司艺人部参加形体训练的课程。这天遇到了林广薇，她带着助理到公司办事，路过时两人碰见，她特意站住，招呼说："叶言言，真是对不起啦。"

叶言言丈二和尚摸不清头脑，要不是听到了自己的名字，还不敢相信这句道歉是对自己说的，憋了半天，接了一句："啊没事，我原谅你了。"

林广薇柳眉一竖，笑得含蓄又深意："哟，你要是早说要拍那个广告，我就让给你啦。反正我最近通告挺多的，还愁没有美容觉睡呢。"

这时候谁还看不出来她的用意。几个同是参加课程的新人纷纷看向这里。

曹佳皱起眉头，要说什么维护一下叶言言。

叶言言这时说："难怪你看着挺憔悴的，要多注意身体啊。"

几个新人本来就是空闲大于忙碌的，天生就对林广薇这种故意示威的行为有些同仇敌忾，听到叶言言四两拨千斤的一句，有人忍不住笑了出来。

林广薇面子上挂不住，脸色有沉下来："我知道你被抢了广告不开心，不过这种事看的是名气，你也不用撒气到我身上吧？"

叶言言态度落落大方："叫你注意身体就是撒气，咱俩接受的教育差距太大了。"

这时林广薇的助理突然开口："广薇我们走吧，你赶时间呢，和闲人扯什么浪费时间。"

林广薇嗤笑出声，瞥了叶言言一眼，施施然走了。她身后跟着两个人，除了助理之外，公司另外配了司机，已经初步具备了新晋女星的阵仗和气派。

其余几个新人看着叶言言的眼神有些同情。谁都知道，在同一个公司同期出道，资源抢夺的关键是看谁能占得先机。现在明显林广薇先走一步，公司里早有风闻，韩菲对这个学妹颇为照顾，好几次随访带着她，还让出一个综艺的机会。对韩菲来说，可能只是九牛一毛，但是对新人来说，是难能可贵的崭露头角的机会。

由于韩菲态度鲜明，公司几个部门也都高看林广薇一眼，新人有什么项目和机会，头一个考虑的就是她。

曹佳拍拍叶言言的肩膀："嘁，别理她们，小人得志。"

叶言言轻摇头："没事……"她的声音忽然被掐灭一样，因为头一转，她看到了站在走廊口的梁洲。他穿着剪裁合体的西装，高大俊美，不知道是不是听到了两人的口舌争锋，停下了脚步，态度却很明朗，只是作壁上观。

她顿时显得有些拘谨，时隔好几个月，她却依然觉得有些尴尬，潜意识不想让他看到她被奚落的一面。

曹佳顺着她的目光看过去："是梁总，好呀，正好让他看看，林广薇太欺负人了。"

叶言言没有应声，过一会儿再去看，梁洲早已离开。

这天晚上，叶言言整晚失眠，清晨总算浅眠了一下，梦中穿梭着形色各异的画面，最后汇聚成了一个熟悉的人影，实在太过英俊的面容，轻轻吻了她。

醒来后叶言言心里空落落的，暗自唾弃自己没出息。

布偶坐在床脚默默看着她。

"言言……"它张口，却又很快沉默。

两人相顾无言，良久，她声音轻轻的："我让你失望了，一年下来，还是没有什么长进。"

它慢慢走过来，坐在被子上，凝视着她的眼眸很澄澈明亮，泛着蔚蓝的光芒："没有什么事是一蹴而就的，我有耐心，你也必须有。就是不信自己，你也要信我。"

她笑了，感觉心情一下子好了不少："可是我不能拖太长时间，你的身体……还等着你回去呢。"

它有些意外，这些日子他能感觉到叶言言的失落和急躁，还以为她计较这一时的得失，没想到她这么急迫的心情一部分是为了他。

“你不要这么急，”它的表情有些别扭，脸上的疤痕也跟着抽动，视觉效果是有些惊悚的，语气却温柔，“我的情况有点特殊，反正情况已经稳定，照顾的人很用心，身体没有恶化。”

叶言言伸手，有些犹豫，布偶平时是不喜欢别人碰触的，她的手指离它还有些距离，它忽然站起身，抬手碰她：“路还长着，叶言言，别害怕，有我呢。”

手指上的触感有些软软的，叶言言心里一热。

时光飞逝，转眼元旦和春节相继过去，开年之后叶言言跑了好几个剧组，不是演女三就是女四，演艺经历渐渐丰富起来。有过在冬天穿着厚厚的古装跳入河中，反复拍了十几条的经验，也有在苦情戏里，扮演女主惨死的妹妹，嘴角流着鲜红的血液，还断断续续说上一分钟台词的经验。两三个月的时间里，她演过恶毒使坏的妃子、被日本人炸死的男主妹妹，还有忠心护卫女主的丫鬟。

4 月的时候，《飞燕传奇》举行了隆重的开机发布会，宣布项目正式启动。几位主演及导演现身助阵，引起广泛关注。这是导演沈钦几年磨一剑的新作，圈内人士及观众都极为期待。尤其是赵氏姐妹的故事，本身就是旖旎风流的皇室经典。

到了 5 月，《时光之旅》召开发布会。叶言言按规定出席了发布会。酒店现场记者众多，大多围绕在梁洲和苏晓媛的身边，提问一个接着一个，剩下的几个漏网之鱼对林广薇也进行了一个单访，工作人员里外忙碌，只有打扮精致的叶言言做了一回壁花，幸好她沉得住气，面对冷遇也始终面含微笑。

在记者随访期间，苏晓媛始终紧贴梁洲，营造出一种亲热的氛围，梁洲对她的心思门儿清，回答提问时始终客客气气。他拍戏十多年，什么提问没有经历过，似是而非的回答，既切题又官方，让人抓不到错处，也不会有刻意的错觉。没一会儿，众多记者已看出苏晓媛一头热的内情。

为了宣传效果，还有几个大牌配角也参与了发布会，其中包括了韩菲、许焕等，记者圈分成零碎的几个。

梁洲环顾酒店大厅一圈，视线落到了叶言言身上。

她穿着黑白相间的连衣裙，款式大方简洁，露出修长笔直的腿，妆容甜美，正符合她的年纪，白皙细腻的肌肤如上好的瓷器，干净而无瑕。她乖巧地站着，矜持而端庄，即使没有记者的关注，也没有露出怯意，漆黑的头发服帖地垂在肩上，在灯光下勾勒出她的侧脸，娇美而楚楚动人。

凝视着她，他的心里有片刻的不是滋味。

有记者注意到他的目光停留的时间较长，转向叶言言。

叶言言看到摄像头转过来的那一刹那，露齿微笑了一下，两个梨窝乍现，甜美得直欲醉人。

梁洲看到她的笑，眉眼也舒展开，对记者说："这次启用了不少新人，也想给这部剧增添一些新鲜血液，给观众一些新的观感。"

记者们闻弦歌知雅意，很快有几个跑到叶言言面前进行采访。

韩菲早已经注意到这里的动静，看到这一幕，险些忘记回答问题。

记者们对《时光之旅》是下过功夫的，知道她是重要女配溶月的扮演者，和片花上那个妖娆多姿的身影对照起来，不由得大吃了一惊。这个女孩长相标致，有股独特的韵味，一对梨窝，娇美而灵气，令人印象深刻。

《时光之旅》被安排在新闻结束后的黄金时段，因为融合各种元素，故事新颖独特，大牌云集，正如圈内估计的一样，收视高开。宏成同期的宣传到位，频频登上娱乐新闻，微博营销号大力宣传，一时全民关注，人气鼎盛，同档期电视毫无还手之力。

溶月的角色果然引起了争议。她可怜的身世和凶狠毒辣的手段形成绝大的反差。前期大多数网民一边倒骂她恶毒，等剧集播出大半之后，随着她的过去被挖掘出来，很快有网友转变立场，表示喜欢她美艳风情又至情至性的性格。

反而苏晓媛的角色，没有把女主角的特点表现出来，天真不成反显娇蛮，勇气演得鲁莽。网友评论：每到关键时刻就掉链子，男主的灾难一半来源于她。

临近结尾的时候，已经有许多人站了岳城溶月的CP，和男女主角的CP支持者人数不相上下。

叶言言一下子受到了多方关注，其间还发生了一个小插曲。苏晓媛的粉丝“肉圆”不知道什么缘故，跑到叶言言的微博下进行谩骂，把角色代入到演员身上。

随着观众看法上的扭转，有很多网友开始关注叶言言的微博，发现这个情况，很快就有喜欢溶月的网友自觉自发地开始维护她，在网上与“肉圆”对掐。

这件事一度上了热搜榜，叶言言受曹佳提示，到自己的网页上看了一下。

她居然已经有了一些粉丝，建立了贴吧，在论坛为她立帖，大部分人称赞她漂亮演技好。

这个热度，直到溶月身死的那一集播出后达到顶峰。

《时光之旅》的官博上热门话题不断，都是关于溶月的。

坚定岳溶 CP 不动摇，相爱才会相杀。

女主狗带，还我溶月妹子。

岳城绝对爱着溶月，一往情深终成怨，物是人非事事休。

叶言言的微博一向被布偶经营得不错，有时间就和一些溶月的粉丝沟通，一来二去，很多粉丝转变为叶言言的粉丝，关注数量急剧上升，呈现出很好的发展态势。

就在剧终的那一天，顾沛东忽然在微博上 @ 了她，留言：还在生气吗？

顾沛东近期频频露面，凭借刷脸，愣是在娱乐圈打开一片天地，俨然已经是新晋当红小生。他的微博上这样直接一句，马上引起了轰动，他的粉丝团体名为“东风”，一夜之间把话题炒成了热门。

这算什么，还没等我上位，正宫就现形了？

半夜不发健身和自拍，难道有奸情？

我不信，我不信，我不信！

第二天寰盛娱乐官方就进行了澄清，说这是指顾沛东发的角色人物戴辰墨背叛溶月的感情，与现实生活无关。从剧情上来说也说得通，大部分网友被说服了，仍有小部分持怀疑态度，因为两方都沉默处理，最后渐渐风平浪静不了了之。

叶言言一个月内上了两次热搜，知名度上涨，瞬间成了宏成新人小花中的翘楚。

林广薇虽然前期有积累，悦儿的角色也迎来一片同情，但是因为角色单薄，最后热度不持久，落了下风。

这一天晚上快要睡的时候，叶言言忽然接到马元进的电话：“快，看一下新闻，出大事了。”

叶言言用肩膀夹着手机，打开电脑查找热点新闻。布偶好奇地把脑袋凑过来。

马元进在电话里连声催促：“看到没？”

他电话里只含糊说了“大事”，其他什么也没提示，叶言言一时心里还打鼓，心想不是关于自己的吧。直到视线扫到加红字体的一个标题时才恍然。“张衍华婚内出轨，劈腿新任赵飞燕。”张衍华是近些年影视剧当红小生，拍过的红色年代戏还是现象级的，论圈内地位，还在童宇诚之上，他的好男人形象塑造得深入人心，现实生活里也一直与圈外人的妻子恩爱示人，居然被爆出轨新晋女星齐蓉，难怪网民反应如此激烈，一面倒地谩骂。

马元进的声音多少有些幸灾乐祸的成分：“昨天东城娱乐周刊主编发了微博预告要放大料，今天上午公布了照片，是张衍华和齐蓉的亲热照，出轨事实不容抵赖。刚才沈钦给我来了电话，说按合同规定，要和齐蓉解约，赵飞燕这个角色你可以去试镜了。”

叶言言吃了一惊，一下子还顾不上高兴：“这件事影响这么大？居然连在拍的角色都喊停？”她记得之前一年也有过类似的婚内出轨事件，当时也闹得沸沸扬扬，人人喊打，但是女方该拍的戏照样拍完了。

“沈钦的演员合同本来就定得严，最重要的是，档期的原因，齐蓉只出席了开机仪式，下周才进组，现在喊停还来得及。”

挂了电话，叶言言心情复杂，和布偶对望了一眼。

“是个好机会。”他说，“这部戏应该可以红，赵飞燕是主角之一，你有了这一步的基础，以后就可以正式上位挑大梁，不用再做女配角了。”

女主女配，只有一字之差，有的演员却一辈子也迈不过那个坎，在圈内还有个迷信的说话，演上几年配角不能上位，可能一辈子都是配角命，任你美貌如花，身姿妖娆，也难以翻身。

《时光之旅》的溶月，虽然反响极好，说到底也只是配角。叶言言目前最需要的，就是在一部电视剧里担任主角证明自己。

到了试镜当天，马元进陪着她一起前往，路上提起那桩绯闻，细节描述如同亲眼所见，絮叨了好一阵。等说完了闲话，又转到角色上：“齐蓉属于投资方那边推荐的，练过舞蹈，沈钦也很看好，这个你差点，不过幸好前些日子你也参加了形体舞蹈课，还不至于一窍不通，另外就是齐蓉属于妖娆性感型的，这个你也差点……”

叶言言默然。

试镜的地点在北京三环一个摄影棚，导演沈钦为了赵飞燕这个重要角色，特意提前一天到了北京，亲自主持试镜工作。

叶言言到了之后就被工作人员安排试戏服上妆，造型师见她样貌清丽，挑来挑去，发现桃红、烟紫之类都不适合，最后选了一套素白红绣的汉服。

今天面试的人一共有三个，另外两个都是和齐蓉差不多的类型，性感而艳丽，穿着古装梳着高髻，不言不语就有一种宠妃的华丽感。

沈钦让三人依次跳一段舞。

汉服裙裾束缚，舞蹈大多以手部动作为主。叶言言暗自庆幸前几个月闲着没有偷懒，把舞蹈课程和形体都认真上了，今天正好用上。

另外两人也是有备而来，三个人舞下来都有同一个特征，不是专业的，但也不是全无基础。

等拍好平面照片，和工作人员告辞，叶言言也没能看出导演的确切态度来。马元进和沈钦有交情，今天试镜为了避嫌，也没有去打听消息，只说尽人事听天命。

隔天剧组来了电话，通知叶言言赵飞燕的角色拿下了，她还有点恍惚，把试镜的情况想来又想去，也没想明白导演看上她哪一点了。

沈钦在和马元进通电话时倒是说得很清楚："原先齐蓉是最大的投资方推荐的，其实类型和赵合德重复了，我选叶言言，也是看中她清纯秀美，这样飞燕和合德，春兰秋菊各擅胜场，才更有看头。"

叶言言很快收拾行李，在曹佳的陪同下赶赴影视城到剧组报到，隔天就投入了拍摄中。

她饰演的赵飞燕，身世卑微，貌美如花，身轻如燕，在阳阿公主处学舞，御前表演时被刘骜一眼看中，被召入宫。她与野心勃勃、心机颇深的妹妹赵合德不同，飞燕性格天真烂漫，不谙世事，直到在宫内被人陷害，才知道人心叵测，后宫艰险。她也不同于以往那些电视剧里的女主角，醒悟之后智商手段节节攀升，她受了委屈，想来想去，只能找合德商量。

于是赵合德为了帮她固宠，也为了自己的前程，顺理成章入了宫。两姐妹开始了在后宫争伐不休、迷惑君王的一段岁月。许皇后、班婕妤等人都不是两姐妹的对手。

直到许皇后因为蛊毒一事东窗事发，赵飞燕终于坐上皇后之位。可当她坐上这巅峰位置，却发现自己已经失去了皇帝的宠爱，赵合德独宠后宫。

赵飞燕体态轻盈多姿，翩翩娇舞如燕子。她的一生是个传奇，有旖旎，有辉煌，也有无尽的落寞与悲伤。

导演沈钦擅长女人戏，拍摄手法也和正剧很不一样，故事并不严谨，背景布置和衣服头饰却都是精益求精的，要求美人们形态各异，千姿百态，一个镜头都可以称得上是视觉盛宴。

这部剧里采用的演员大多是新秀，比如叶言言、梁嫣这类，还有一些二线演员，没有花旦和当红小生来撑场，看导演的用意，是要捧新人出头。现场气氛也有些奇特，把戏里女人们的钩心斗角演得入木三分。

叶言言和男主角姜涛的对手戏最多。姜涛常年徘徊二线，几年都没有出过头，处于观众脸熟却叫不出名的状态。这次跑一部女人戏里来演男主角，前景远比不上女演员们远大。不过他性格好，在女演员产生摩擦时还能出来含糊过去。一旦上了妆，他又成了那个好色荒淫、阴沉多情的帝王。

叶言言是半路进的剧组，大多数演员已经有了小圈子，她没能交上什么朋友，除了拍戏，闲的时候就和曹佳在一起。剧组还有一个独行侠是梁嫣，她性格和相貌很一致，属于清清冷冷的那一类，看着又美又仙，却有距离感。

在影视城拍戏的日子相对封闭，没有什么特别的娱乐。这天下了工，几个“后宫妃嫔”约了一起去吃饭唱K，也邀了叶言言。她还要拍两个月的戏，不想被孤立，立马答应了。几个人相约卸妆后在城墙楼下会合，梁嫣并不在其中。

几个年轻漂亮的女孩聚在一起，又出现在影视城，明眼人一看就知道是演员。

汉朝城墙脚下，有个上了年纪的中年妇女，穿着朴素，看着像是农村出来的，徘徊了好一阵，看到她们，目光闪闪烁烁的，没一会儿就凑上来，用一口方言问几人问题。

女孩们来自祖国各地的，还真出来一个能和她说上话。

叶言言听不懂这口音的方言，猜测应该是问路的。许皇后宫女的扮演者皱眉说："哎呀，啰唆什么，剧组这么大，谁知道她问的人是谁，我们快走吧。"

叶言言这才知道那妇女在问人，原本没在意，忽然听见那妇女重复说着一个名字，不知是"古飞栋"还是"谷斐同"，忽然脑中一激灵，问那个能听懂方言的女孩："阿姨问的是谁？"

那女孩已经被问得不耐烦，回答说："她找顾沛东。"

同行的几个人念着这个名字，混迹这个圈子的人，敏感度都不缺，有人惊讶："哪个顾沛东？最近露脸很多的那个小生？"

其余人看着中年妇女的打扮，否认道："不会吧。"

叶言言心想会不会这么巧？

中年妇女从手拎的袋子里掏出一包饼干，指着外包装上的人说："就是他。"

帅气的脸蛋，玩世不恭的笑容，还真是顾沛东。

女孩们半信半疑，有两个露出嬉笑的表情，还拿出相机要对中年妇女拍照。

叶言言赶紧拦着："不好吧，拍阿姨干吗？"

两个女孩说："说不定她是骗子啊，我们留个相，以后好辨认。"

也有反感这种做法的，催促着："搞什么啊，赶紧去吃饭吧，拍一天戏不累啊。"

碰上了总不能装作不理，叶言言没有办法，拿出手机拨打已经有半年没有联系的人。

电话响了一声就被接起来。

顾沛东 3 月就到了影视城，参与拍摄的是一部古装仙侠剧《碧空远影剑》，是寰盛娱乐今年小荧屏的重头项目。他拿到的角色是男二号。能在寰盛众多小生中脱颖而出拿下这个角色，有一个最为关键的原因，这部剧的导演是今年自立门户的章茹。

章茹在圈中浸淫十数年，有人脉，有资源，单干之后拍摄的第一部剧就是热门 IP，她以往和寰盛合作就多，这次指定演员也是有力捧的意思，寰盛怎么会不答应，立刻欣然同意。

自从顾沛东接下这个剧，公司背地里就风传不断，议论纷纷，不少人看他的眼神都变了。开机前剧组会议的时候，其余几个男演员有意无意排挤他，女性角色因为导演也故意疏远他。戏已经拍了两个多月，情况还是没有一点改变。

今天顾沛东的戏份结束得早，卸了妆他坐在试衣间里休息，没一会儿剧务推了满满两大衣架的衣服进来，他索性就躺在角落里小憩。过了一会儿，有两个人进来，只看见衣服，还以为没人，索性聊起天来。

"我看姓章的那婆娘也是鸡蛋里挑骨头，刚才那条都拍了六次了还不行，对着那条小狼狗就没有这么精益求精的要求了。”

“小狼狗要求什么演技，床技好不就行了，四十的女人，要应付好也不容易。”

两人不约而同地笑起来，一个骂了句：“狗男女。”

衣架忽然被人大力踹开，两人回过头，顾沛东从角落里的沙发里站起来，长脚再一蹬，两大排钢制衣架轰然倒地。

两个人心里惴惴，坐着不动，论身份，他们是公司演艺生，还没有正式签合同，撑死可以算十八线，还不敢明面上和现在明显出头的顾沛东闹翻。

“顾……”其中一个开口，想蒙混过关，声音却戛然而止。

顾沛东一手夹着一根烟，一手拿着打火机，啪地翻开盖子，却没有点烟，盖起又打开，连续啪啪几声。他浑不在意的样子，觑着两人，目光阴沉黑暗，在冰冷的深处又似乎有一小簇火苗。

对上他的目光，两人心头发寒。撇去顾沛东新一代小生的身份，他本人虽然年轻，身上却有一股野性，透过他的眼，能感觉到那种叫人胆寒的疯狂意味，叫人不敢轻举妄动。

顾沛东玩了几下打火机，终于点上烟，慢慢吐出一长口气，迈过一地凌乱的衣服，慢慢从两人身边走过。

直到门砰的一声被摔上，两人才松了口气，一个忍不住发泄似的说：“真是一匹狼崽子。”

小孔找到顾沛东时发觉他面无表情，凭着他跟随这些日子的了解，知道他心情很差。

“走，找个地方喝酒。”顾沛东上车时说。

影视城很大，包括秦王宫、明清宫苑，还有适合古装武侠拍摄的各洞府，周边也有居民配套设施和娱乐。小孔绕出拍摄的那一块，路过一个烧烤摊，顾沛东喊：“停。”

小孔停了车，陪着顾沛东到烧烤摊，叫了一打啤酒，又点了一些烤串，他看看周围，劝说：“东哥，这里人多，现在不比以前了，咱们得低调点。”

顾沛东嗤笑一声，打开一听啤酒猛灌了两口，幸好还没到饭点，人特别少，他戴着帽子，帽檐挡住了半张脸，没人认出来。

小孔还有点不放心，吃个饭跟做贼一样，左顾右盼的。

顾沛东说：“别瞎叨叨。这地方明星还少，你以为他们没见过世面？”

小孔心想：明星不少，亲自来吃烤串的肯定不多。可看他的脸色，到底没有再说什么。

顾沛东冷眼看他：“是不是觉得陪着我一起吃路边摊挺丢人的？”

小孔一愣，马上说：“这什么话，东哥，我是怕你被骚扰。”

顾沛东扯了扯唇角，两口就干了半杯啤酒，口气清冷：“这就是个屁。”

小孔不知道他的意思，赔着笑。

顾沛东又打开第二听啤酒，这时老板送上第一批烧烤，他拿起一串就吃，样子毫无风度，坐相也不好，身体微微弓着，黑色的卫衣圆领下微微露着锁骨，显得很颓废暗沉，又有种不羁的性感。

小孔观察了一下角度，拿出手机打算拍张照发今天的微博。

顾沛东冷淡一瞥：“拍什么拍，吃。”

这时桌上的手机亮了起来，刚振动一下，顾沛东就飞快点了接通。

小孔发觉他说了没几句，眉头深深皱起，神色更阴沉了。

顾沛东挂了电话，喊结账，剩下的烤串也不吃了，顺手就拿了一听啤酒。

小孔按照他的要求，往汉朝城下方向开，一路偷偷观察他的脸色。

顾沛东一只手挡在眼前，像是假寐，看不出在想什么，又像是什么都没在想。

小孔看到叶言言陪着一个农村大妈站在城墙底下还是很高兴的，转念一想，不会是她碰上什么麻烦了吧。谁知停了车，顾沛东抢先下了车，没有招呼叶言言，对着那中年妇女喊："姑。"

虽然是方言，但叶言言听懂了，知道两人是亲戚，她放心了大半，刚要开口告辞。

中年妇女一下扑过去，拉着顾沛东的手，一把眼泪一把鼻涕开始哭诉，她音量高，语速又快。

叶言言和小孔都听不太懂，依稀就听明白几个词，"四十万""欠债"之类的。

顾沛东刚才来的路上脸色不好，当着中年妇女的面，却显得很有担当，静静站着，表情也不像平时那样吊儿郎当，唇紧紧抿着，有几分严肃。

他用方言和他姑交流了几句，然后招呼叶言言和小孔上车。

叶言言被他阴沉得能拧出水的脸色震慑到，稀里糊涂跟着上了车才发觉不对，她跟着干吗？

顾沛东几句话安抚了中年妇女，转过脸来问她："你在这里拍戏？"

她点点头，眼角余光注意到顾沛东的姑姑抹了一下眼泪，车里气氛凝重得叫人呼吸不畅，她轻声说："前面路口放我下来吧，我约了人吃饭，在这附近。"

小孔应了一声。

顾沛东有些烦躁，扒了一下头发，垂下眼帘，直到她快要下车的时候才说：“今天谢谢你。”

“小事，我先走了，再见。”

他定定地看着她：“再见。“

这一桩事对叶言言来说算是拍戏过程中的一个插曲，事后想了一下，也许是顾沛东的姑姑知道侄子在这里拍戏，却不知道到底是哪一个区，所以路上看到人就问，这么巧就让真的认识顾沛东的她给碰上了。

兴许是家里遇到什么难事。她脑中时不时会闪过这个念头，几次拿起手机想问一下，又觉得唐突。

没隔几天，这夜她都已经上床打算睡了，突然接到小孔的电话，说顾沛东喝醉了，求她来帮忙。小孔在电话里哀求的声音带着哭腔，叶言言心软了，再想到前几天的那件事，心里莫名沉甸甸的，叫上曹佳，两人一起打车循着地址找过去。

顾沛东高大瘦长的身子窝在烧烤摊上，脸完全埋在桌子上，头发都被酒打湿了，一缕一缕的。

小孔看见两人来了，表情如释重负。一面说着不好意思，一面用眼神哀求两人一起动手帮忙。

三个人里最孔武有力的居然是北方姑娘曹佳，她和小孔一边架一只手臂，把顾沛东拖起来，叶言言结账拿了东西，怕别人认出来，她还特地戴着大口罩，一行人行迹古怪稀奇，幸好影视城周围的摊主都是久经市面的人，半点不好奇，还好心送了两个塑料袋，说：“路上用。”

叶言言没明白，可是马上……

把顾沛东塞进车里的时候，他面朝下颠了一下，张口就吐出一堆秽物，瞬间车厢里弥漫起一股子酸臭味。

三人面面相觑，小孔快哭了，看着两人说：“叶小姐，求你先忍忍吧，这么晚不好叫车，我先送你们回去。”

算了，帮人帮到底，送佛送到西。

三人分工合作，有搞清理的，有拿袋子兜着他的脸的，还有发动车的。

为了防止他第二轮搞破坏，叶言言直接把塑料袋罩在他的嘴上。

手忽然被大力抓住，顾沛东倏地睁开眼，舔了舔牙，眼中锐利的精光一掠而过，马上又涣散了，他用方言嘀咕了一句。

她问：“他说什么？”

小孔和曹佳都摇头。

顾沛东就那么直愣愣地盯着她看，喘着气，唇抖了抖。

她低头：“你说什么。“

“叶言言。”他躺在座椅上，幽幽念着她的名字。

他的声音又哑又沉，让叶言言心颤，她抬头看另外两人，他们似乎没有听见。

手上被握着的地方似乎很烫，她听见他又喊了一声她的名字。

他的脸被酒劲熏得通红，闭上眼，眼角慢慢滑落一滴眼泪。

三个人费了很大力气才把顾沛东送到宾馆，下车的时候叶言言发现这里离他们剧组的宾馆也不远，步行大概三四分钟路程。同一时期拍戏，因为剧组不同，这么近的距离，居然一次也没有遇到过。

顾沛东路上又吐了一回，酒醉的情况倒是比刚才好了一些，出电梯的时候，两边扶着他的人一拖，他还能自己走几步，大大减轻了三人的负担。

“东……小孔？”走道里忽然有一道女声。

三个人刚才忙得完全没有注意周围，听到声音看过去，叶言言发现还是个熟人——章茹。她穿着真丝花纹上衣和阔腿长裤，身材瘦长，脸上妆容得体，很有几分风韵，就是神色有些复杂，看到他们几人，嘴角虽然还笑着，目光却有些不达笑意

叶言言能拍《神雕侠侣》是章茹给的机会，她忙点头招呼：“章导。”

章茹似乎没有听到，走上前用手搭了搭顾沛东的额头：“怎么喝了这么多？”

顾沛东人事不省，小孔看看叶言言又看看章茹，有些尴尬地回答：“这段时间一直拍戏，东哥就想放松一下，没想到喝多了。”

“快扶他进去休息，仗着年轻也不能这样糟蹋身体。”章茹说着，朝叶言言和曹佳看一眼。她做导演这么多年，肢体语言一点不逊色于演员，目光冷淡，不说一个字，逐客的意思已经表达得清清楚楚。

曹佳已经放下手臂，章茹一把接了过去，一手温柔地抚了抚顾沛东的脊背。

小孔从包里摸出房卡，满脸愧疚和不好意思地看着两人：“叶小姐，今天真是谢谢你们了，等一下，我把东哥放下就送你们。”

叶言言说：“就几步路不用特意送了，你先照顾他吧。”

小孔抹了一把额上的汗，苦着脸想笑，章茹已经先一步扶着顾沛东往里走。

房门关上的那一刻，曹佳直脾气忍不住，喊了一声：“什么玩意！”

叶言言给她使了个眼色，曹佳才想起，刚才那个一直冷眼相待，不把她们放在眼里的人是一位圈内颇有影响力的导演。

她是叶言言的助理，当然不能给她惹祸，今天白忙了一场，最后却弄这么一个结局，心里到底不舒服。

两人离开宾馆，曹佳忍了一路，快要到的时候终于憋不住："言言，以后还是和他保持距离吧。"

叶言言说："只是朋友。"说完自己先一怔，怎么又把他放进朋友名单了？

曹佳看她的表情，还以为她心里有其他想法，马上劝："你看刚才那个导演的样子，他们两个说不定……有点不清不楚的。"她在公司的时间虽然不长，跟的艺人也不多，但是这种男男女女的事，向来风闻多，别说刚才导演是个女的，就是男的，她都怀疑两人有点什么。

年轻女孩，总是对这种行径有天生的敌对和鄙夷。

叶言言的感受更复杂一些，她想起了遇到顾沛东姑姑的那一天，顾沛东匆匆赶来，年纪轻轻的小伙子，对着姑姑的样子，不见平时的懒散和轻佻，低眉顺眼，从背影看，又瘦削又沧桑。

她忍不住叹息了一声。

在宾馆里，小孔将毛巾用水打湿，要给顾沛东擦脸，被章茹接过去："我来。"

她捋开顾沛东的额发，用毛巾轻轻从额头开始擦拭，然后从挺直的鼻梁往下，到下巴，动作温柔，眉眼也变得柔软。

小孔看着这场景，莫名紧张，动了动嘴，说："章导，别劳您大驾，我来吧。"

章茹抬头看着他笑了笑，“你先回去吧。”

小孔苦笑：“这怎么行，东哥都醉成这样了。”

“我来照顾。”章茹说。

顾沛东平躺在床上，酩酊大醉，满身酒气，完全没有一点反应。

小孔心里叫苦不迭，他已经猜到了章茹的意思，照理说他是寰盛的人，只需要听公司和顾沛东的话，但是章茹是导演，他们又在剧组里，他怎么可能当面顶撞她。

天人交战了半晌，章茹斜瞥来一眼，叫他心中一凛。

“东哥，东哥，”小孔急中生智，大声和顾沛东告别，“我走了啊，章导在这里照顾你。”“照顾”两个字被他念得特别重，说完也不敢去看章茹的表情，迅速离开酒店房间。

房间里骤然安静下来，章茹拿着毛巾，昏黄的床头灯下仔细打量着顾沛东，从眉毛眼睛到鼻梁嘴唇，年轻的肌肤紧实而有弹性，她的目光有些迷离沉醉，一手摸了摸自己的脸，脸色转瞬微沉。

顾沛东的头转了转，一手无意识抓了抓衣领。

章茹看他脸色涨红，猜他有些气闷，抓着他的卫衣从腰部慢慢往上挪，抬起他的上半身帮他脱下来。一番动作，额头上已经出了汗，顾沛东看起来瘦，却又沉，卫衣里面穿着一件工字背心，将他瘦长壮硕的身体勾勒出来，腰线分明，肌肉隐隐起伏。

章茹眼光痴迷地流连了一会儿，手搭在他的肩膀上，轻轻抚摸。

顾沛东的头轻轻一摆，迷迷糊糊中睁开了眼，对上章茹的视线。

他唇角勾起，讥笑了一声。

“渴不渴？”她起身倒了一杯水来，递到他的嘴边。

顾沛东手一甩，把半杯水全洒了，脸上湿了一片。

章茹脸色不变，笑得温柔，低下头在他耳边说："你还年轻，以后的路长着呢，这么辛苦何必呢？我可以帮你的，不管是你家里的那些事，还是拍戏的事。你只要乖乖听我的，以后保管一帆风顺，嗯？"

顾沛东潮红的脸色渐渐有些发白，他睁着眼，却不知道看谁，手臂一摆，似乎要推开什么，却挥了个空。

章茹抚摸着他的脸，贴着他的耳朵，喟叹："太年轻了，你还不知道怎么选才是对的……"

在影视城拍戏的日子过得飞快，转眼到了 6 月下旬，叶言言的戏份已经完成了大半，接下来是三伏天，酷暑之中要穿着宫装演戏就是莫大的折磨和考验，补妆的时间变长，在片场随处能看到演员休息的时候把古装撩起来，夹在裤腰上，下半身短打的装扮。

这天叶言言要拍摄一场重头戏份，是太液池舟上起舞，几乎被风吹去，这是得名飞燕的典故来由。

导演对这出戏极为看重，几天前就对船上拍摄的细节过问了好几遍，也找演员重点说了戏份。到了拍摄当天，气温达到三十四摄氏度，

叶言言化好妆，还没等上船，身上已经湿了一层。

姜涛在河边拿着一个电动小风扇吹着，等着道具准备全就上船，看到叶言言大汗淋漓的样子，招手叫她过去，然后让助理给她一块冰："含着，等会儿还要跳舞，你要先静下来。"

叶言言感激得不行，在心里催眠自己，很凉快很凉快。

据野史记载，刘骜在太液池做了千人舟，号称"合宫舟"，在池中

竖立四十尺高的瀛洲榭。赵飞燕就在上面翩翩起舞，忽然有一阵大风刮过，赵飞燕衣袂飘飘，几乎要随风飞去。

自此，身体纤瘦轻盈的美女，以飞燕为代表。

等道具布置完成，机位准备好。演员就位，姜涛和叶言言上了船。

叶言言的妆容完全模仿古风，远山黛眉，唇妆浅淡一抹红，古人称之为“慵来妆”。她穿着云英紫裙，登上了舟上高台，随着归风送远的曲子翩然起舞。刘骜手击玉环，节拍相和。随着叶言言手臂动作，腰肢轻摆，衣裙被风吹起如云雾般美丽动人。

沈钦要求严苛，这个镜头来回拍了五条。

都是一些很小的错误，有姜涛打错节拍，叶言言舞蹈动作不到位，裙子吹起的幅度不好看等。

两个主演热得够呛，停下来补妆。

统筹过来给两个主演一人一杯冰水，鼓励说：“就差一点，这条拍好应该就可以过了。”

演员补完妆就位，场记打板喊：“Action。”

再次开始拍摄舟上起舞的片段。

剧组工作人员聚集在岸边，从影视城里走来一小群人，往这个方向靠近，统筹注意到了，刚要叫人去拦，等人走近一看，他吃了一惊，亲自迎了上去。

“梁总，您怎么来了？”

梁洲下颌朝身后的摄像机一点，说：“是一个随访节目，要求到影视城转一圈，录一些拍摄的日常。”

统筹和后面的摄像师寒暄了两句，马上弄明白了。这是综艺秀“大咖来了”录制组。这档综艺节目不针对圈内，实际采访做企业的人更多，跟随拍摄一个月到半年不等，收视反馈极好。

他听说梁洲是不喜欢上综艺的，没想到会同意上这一档，仔细一想也觉得正常，他现在基本已经作为宏成的老板在活动了。

后面两个录制节目的人，平时搞的都是采访性质，这样看拍摄现场还是头一次，显得有几分激动。

再一打听拍摄内容更是兴奋，有人惊叹：“哎，那就是赵飞燕。”

梁洲往船上看去。

距离船上有段距离，岸边的人能看到的就是女子肌肤如玉，身姿似柳，在船头上动作轻盈地舞动，姿态优雅而妖娆。

美人不见长相，只凭身姿，已足显风流婉约。

节目组工作人员平时做的是综艺，很少接触这类古装拍摄，摄像师兴致勃勃地转过镜头，对着船头上拍了一会儿，再转回来，调整了一下镜头，拍摄的是梁洲的脸部特写。摄影师看着镜头，惊讶了一下，梁洲侧脸轮廓分明，眺望河中央，不知什么缘故，竟有些发呆的样子。整组人跟他拍摄已经有一个多月，梁洲向来深沉内敛，从容自若，这样的镜头还是第一次拍到。

这个综艺节目是要求随时沟通的，方便观众了解嘉宾的真实情况。工作人员在岸边马上和梁洲做了一个简短的问答环节，了解关于电视剧拍摄的过程和梁洲以往拍摄过程中的趣事。

船上关于飞燕起舞的一段终于拍摄通过，叶言言和姜涛都是松了一大口气，这个镜头，别人看着觉得风流动人，个中滋味只有自己知道。叶言言一圈舞蹈跳下来，古装戏服几乎都要被汗湿透，下一个镜头之前肯定又要补妆。

船靠岸，比镜头开拍前还多了一圈人，剧组工作人员兴奋地交头接耳："梁洲来了。"

叶言言从船头木板上下来的时候正好听见议论，晃了下神，一脚踏空踩进了靠岸的水里，弄湿了绣鞋和裙摆。旁边的工作人员都在关注梁洲和节目组的动向，居然没有人注意到女主演的窘况。

幸好曹佳眼明手快，几步走过来扶住她。

也不是完全没有人注意到。

节目组正和梁洲沟通的工作人员发现他忽然失神了一下，脚下挪动了一下，又立刻刹住。这个举动很细微却有些突兀，工作人员提醒了两声集中注意力。

梁洲皱了下眉，马上又恢复自如，对以往拍摄的各种经历侃侃而谈。

叶言言完成拍摄，突然接到李勤的通知，梁洲约她晚上一起用餐。

她正在收拾东西，手里动作停顿，不可思议地瞪圆了眼睛。

李勤看她的表现顿时明白了自己措辞的不恰当处，马上进行了解释。原来这是节目组的意思。"大咖来了"这类综艺节目，宗旨是拍摄嘉宾日常，还要从中挖掘亮点，让观众看节目的时候更有趣味。梁洲身为大满贯影帝转型娱乐公司老板，噱头很足，但是跟拍过程中，大多数是他处理公务的镜头，作为综艺节目素材太过单调。节目组讨论后决定，这次来到影视基地，如果能和其他演员一起吃个饭聊个天，顺便再说一些关于演员工作性质的话题，也许可以作为很好的剪辑素材。

叶言言心情有些微妙，不知道是之前误以为一起吃饭时惊讶多一些，还是之后听明白这只是另一种拍摄工作时的微微失落多一些。回到宾馆，她匆匆洗了澡，照镜子时发现接连多日拍戏，皮肤有些干燥，马上敷了一张面膜，然后再上一层淡妆。

布偶看着她仔细上妆的样子，在床头柜上走来走去，终于忍不住发声："你……还喜欢他呢？"

叶言言愣了一下，条件反射地想要否认，又觉得自己刚才急着敷面膜的动作把什么心思都暴露了，一时间有些讪讪的。

"我也不知道。"她梳理着自己的头发，想了几个造型都觉得刻意，最后只梳了个马尾。在梁洲面前，她想要展现美丽的一面，却又不能让他看出她是刻意打扮的，这种微妙的心理，自己也难以说清楚讲明白。

布偶有些欲言又止，嘴唇动了两下，最后什么也没说。

叶言言动作奇快，在房间里又逗留了十多分钟才出门，按时到达酒店。

安排的会餐地点是酒店的一个小厅里，里面除了餐桌，摄像器材和工作人员早已到位，看起来几乎就是另一个片场。除了叶言言，还有好几个宏成的演员也被邀出席。其中一个还是和叶言言同一个剧组的，角色是宫中的美人，与飞燕地位悬殊。其余几人是在影视基地的其他剧组拍戏的，有一个叶言言觉得面熟，想了一下才记起，那个女孩是《时光之旅》的演员之一。

饭局主要拍摄的是梁洲和演员之间的工作互动。几个演员都是因为凑巧在影视基地拍摄所以被叫来一起出镜，觉得机会难得，把这一次和梁洲同桌吃饭当作一次机缘，在座位上暗中抢夺了一番。叶言言在新人里出头算是快的，她为人又比较低调和安静，几人有意无意地忽略她，最后坐定，她的位置离主位几乎是最远的了。

梁洲进来，菜很快上来，两台摄像机运转，从镜头里看着好像是很平常的场景，实际上每个人都当成一场大戏在演。

梁洲起了一个话头，问起在座的众人拍摄情况。

在座的虽然都是新人，但是对拍摄的敏感度都不差。综艺节目是个刷存在和好感的绝佳机会。借着梁洲的光，最好的表现就是自然又出彩，几人聊起自己的戏份，有的故作认真，有的言语幽默，有的抓紧机会表现反差萌……叶言言的位置最远，发言也是排最后，轮到她的时候，什么类型的表现机会都被前面抢光了，于是只好平铺直叙地说了一下《飞燕传奇》。

这个情况一直持续到用餐结束。

节目组导演对晚饭拍摄的片段特别满意，最后又玩了一个命题，让每个演员谈一下对梁洲的认识。演员们求之不得，这是当面发糖的好机会啊。男演员们不吝言辞地赞赏，女演员里有个特别大胆的，对着摄像机眨巴眼睛，开玩笑似的说："老板，你太帅了，我会一直紧跟你的脚步的。"

她的长相也是可爱型的，与语言搭配极好。工作人员笑了起来，认为她的表现可圈可点。

最后轮到叶言言，她深呼吸了一下，对着镜头很平实地说："从梁老师这里学到很多，以后会努力成为像你一样的演员。"

摄像师暗自感叹了一下，这女孩没有什么综艺感。

叶言言心里清楚，虽然成为演员已经有一年多的时间，但是她性格绵软又慢热，不适合在综艺里面发挥。马元进也从来没有安排过此类工作给她。今天赶鸭子上架头一遭，不用别人说，她也知道表现得差强人意，勉强只能算合格。

拍摄完之后，她松了一大口气，只觉得比电视剧拍摄还难。

离开酒店的时候，另外几个演员抢先坐了出租车走。叶言言在门口等了一会儿，夜里比白天凉爽许多，空气别有一种清新的味道。酒店门前安静又清幽。灯光昏沉沉的，照得四周朦胧一片。

她忽然生出走一走的冲动，拒绝了门童的叫车，一个人慢慢走出酒店。

想要走走是一时兴起，她闻到路边一阵馄饨的香气，肚子忽然就有些饿了。刚才那个拍摄她是当作工作任务认真完成的，再加上和梁洲同桌，她不自觉地拘谨，实际上真没吃几口。

馄饨铺子在街口拐角，临街的铺子，香味里飘着家常，大堂很明亮干净，也没什么客人。叶言言进去点了一碗小馄饨。老板四十开外，人极瘦，笑容很温和，在她坐下后看了好几眼，眉头皱了一会儿，忽然惊喜道："你……你是那个完颜萍吧？"

叶言言真是万万没有想到，第一次被人认出来，居然是因为这个角色，她有些意料之外的惊喜，还有些羞赧，脸红了红。

"真的是你。"老板笑，"等会儿给我签个名吧。"

叶言言更加不好意思了，这样的场景是每个演员的幻想，但是没有想到来得这么突然，让她有点措手不及，既兴奋又忐忑。

又有人进店，径自走到她的桌前。

叶言言低头在手机上和丽娜交流着被人认出要签名的喜事，抬头一看，却愣住了。

梁洲坐在她对面，回头对老板熟稔地招呼："小馄饨一碗。"

老板应了一声。

叶言言这时脑袋还有些卡机，想的是，老板都认出她这个无名小卒了，怎么影帝在这里他都没什么动静？

梁洲开口："刚才没吃饱？"

"嗯。"叶言言点了点头，同时又疑惑，怎么就他一个，节目组不是号称全程跟踪拍摄吗？

好像是看透了她的想法，他微微一笑："已经一个白天盯下来了，晚上总得让我喘口气。"

老板把两碗馄饨送上来，叶言言等着他认出梁洲后的惊讶表情，谁知他只是拿来一个小本子和笔，摊开空白一页对她笑着说："签个字。"

叶言言已经有了签字设计，但还没有练习过，很认真地签下自己的名字，看着还有些不满意，一笔一画太认真了，像是学生的笔迹。

她的这些小烦恼，梁洲都看在眼里，觉得真像孩子一样，有些想笑，提醒说："怎么，怕字不好看？"

叶言言没吭声。

"你翻翻前面。"

她往前翻了两页，发现每一页都是签字，有的龙飞凤舞认不清，有几个却认出来了，都是比较熟悉的名字，有的还是一线的。

她沉默。

梁洲说："这里地理位置好，离影视城近，隔酒店才一条街，味道有特色，很多人都来这里吃过，这样的签名本，都有好几本了。"

老板这时候笑嘻嘻地应："三本。"

叶言言听明白了，老板这是见惯明星的，她这签名就是凑数的，根本不用在乎字迹好坏。

真是很好的安慰，她放下本子，吃自己的小馄饨。

汤是鸡汤熬出来的，撇去了油，鲜而不腻，入口甘香，叶言言被征服了，签名什么的眨眼就忘记了。

老板走来拿过本子，笑容满意，和梁洲招呼说：“这是梁总公司的新星吧？”

梁洲吃了一口小馄饨，说：“看过电视了？”

“看了，比镜头上还好看，肯定有前途。”

叶言言没想到老板这样夸奖她，脸又微红。

梁洲却很正经地回答：“别夸。等会儿该骄傲自满了。”

叶言言：“……”

老板笑了起来：“我看不会，这小姑娘面皮这么薄。”

两人这样对当事人评头论足，叶言言有些无语，过了一会儿也坦然了，任由他们调侃。

老板走开后梁洲看看她，忽然说：“是还不习惯受人关注？”

叶言言：“有点不自在。”

“以后这类情况会越来越多，经历多了，就会习惯的。”他语气温和地说，“等习惯变成麻木了，你就该要躲避这些关注了。”

他说的是经验之谈，也是一线甚至超一线才会有的烦恼，叶言言听着笑了笑，心想还不知道那一天什么时候会来。

梁洲举止有度，吃相优雅，但是速度并不慢，端起碗连汤一起吃完了。

这和他留在荧屏上的形象有很大不同。

叶言言扫一眼他的碗底，加快了进食速度。

“吃慢点，”他微皱眉，像教训孩子似的，“演员吃饭容易错过时间，保护肠胃很重要，细嚼慢咽。”

叶言言讶异：“你刚才还吃那么快……”

“我是饿了，”梁洲莞尔，“被贴身跟着录制节目，一举一动都要注意，吃什么都味同嚼蜡，饿一天了。”

她忍不住扑哧一下笑出来，脸颊上浮起酒窝：“观众都喜欢看生活真人秀。”

梁洲浅笑，眼神深邃：“都是美化过的，谈什么生活，全是秀。”

叶言言想起刚才那顿饭，无声叹了口气。

等她吃完馄饨，结账，离开。

被外面微微凉爽的风一吹，叶言言的脑子更清醒了。这就是生活最真实的地方，即使半年前有过小小的尴尬，两个人谁也不提起，就好像从没有发生过，依然可以很自然地偶遇聊天。

她转头打声招呼就想离开。

梁洲叫住她：“去哪儿？”

她一脸理所当然的表情：“回去。”

“这么晚了你走回去？”

叶言言点头。

“跟我回酒店，让李勤送你回去。”他说。

叶言言摇头：“太麻烦了，没几步路。”

梁洲深深看了她一眼：“听话。”

这一声意味完全不同，太过亲昵。叶言言一怔，一时沉默不语。

他立刻也意识到，脸上波澜不兴，背后是沉沉的夜色，叫人看不出想法来。

于是两人沉默地往回走。

附近的店铺都关了，只有路灯还亮着，昏黄的灯光将两人的影子拖得细长。梁洲感觉到气氛有些不对劲，始作俑者还是自己。和那么多女星接触过，他向来处理得圆滑又成熟，不会落入尴尬境地，可这一刻有些不同，他感觉自己的心跳有些过快。

环境暗沉，四周寂静无声，他转头看了一下，她微微低着头，五官秀丽，肌肤洁白，乌黑的瞳仁在光线下像是黑曜石，整个人干净澄澈，像是夏日的清风，让人心旷神怡。

一瞬间，梁洲的心微微发紧。

这种微妙的感觉让梁洲有些措手不及，可仔细想一下，也并不陌生，他脑中浮现出半年前那个昏暗而暧昧的吻，女孩眼眸蒙眬，有些矜持有些害羞，说着那句似是而非的告白。

梁洲纵横娱乐圈十几年，怎么会不懂其中的意味。只是他向来有原则，对公司旗下女星谨守公私分明的防线。

当这条线在始料未及的时候突然模糊了，那一刻，他矛盾而警惕。

幸而他自制力极强，想了半个晚上，很快就拿定主意冷处理，让时间和空间来验证这种感觉不是一时迷醉。

拍戏的时候假戏真做，情感半真半假的情况，在娱乐圈里实在常见得很，他也许只是代入到岳城的角色里，没有察觉。

隔了半年，这种感觉得到了验证。

梁洲是个情绪不易外露的人，思绪浮动，脸上却半点也看不出来。

两人沿着街边走着，安静而沉寂，只有脚步的声音。

叶言言力求表面平静，实则心里乱七八糟，像是汹涌的潮水，早已经潮起潮落了好几回。借着灯光，她偷偷观察了他两次，没有被发现。她觉得自己有些没出息，可是行为和理智就像是被分裂开了，理智告诫她应该避开他远一点，等时间长了，那些憧憬和暗恋自然会淡下来，可是每次碰到他，她却忍不住想要靠近一些。

如果说半年前她还模模糊糊，凭着本能，而这一刻，她无比清晰地确定自己的感情。她喜欢他，比想象的还要深——也许还掺杂了年少时的情怀，少女时期对异性意识的觉醒和对屏幕中的他心动的记忆。

与真实的他相遇，比起屏幕里那些形象，经过岁月的淬炼和沉淀，更有成熟男性魅力的他，让她不知不觉沉沦。

叶言言在意识到这一点的时候，有点无措。

这个时候，她虽然离他很近，实则两人之间距离有多远，她心里很清楚，更何况，他还没有那个意思。

叶言言的情绪一下子变得低落，心头空荡荡的，像是突然有了一个洞，让风灌了进去。她的脚步变缓，渐渐落后了两步。

梁洲回过头："怎么了？"视线瞟到她的脚下，在她纤细的脚踝和一寸来高的鞋跟上转了一圈，"脚酸？"

叶言言呆在原地，看着光线下他英俊的脸，不知道为什么，明明一点事都没有，这个时候却点头："嗯。"

梁洲皱了皱眉头，大步流星走过来，在她面前蹲了下来。

叶言言瞬间紧张，心跳快速，思绪乱哄哄的一团，她的言行似乎已经分离，被冲动和本能支配着，自己也不知道在说什么做什么。

梁洲见过几次因为高跟崴伤脚踝的情况，第一时间想起去查看，低下头仔细看了看她的脚踝，在他专注的目光下，她往后退了半步，他才意识到她是有些害羞了。

目光在她雪白如玉、线条匀称的小腿和脚踝上流连了一下，他轻咳一声，说："看起来没有崴伤，你疼不疼？"

叶言言摇头，忐忑得不行，动了动脚说："不疼，没事。"

他抿抿唇，有些怀疑："真的没事？"

想到刚才承认脚酸，叶言言觉得自己真是鬼迷心窍了，回过神来赶紧弥补："真的，刚才……有点脚酸，现在好了。"

梁洲怀疑她是逞强，眼看马上就到酒店了，他神色温和地说："先别动了，等车开过来吧。"

叶言言说："就一条路，我走过去，没关系的。"

他却看着她说："以后不是工作要求，不要穿这么细高的跟，对踝关节和膝关节不好。"

如果不是亲耳听到，她真不敢相信，原来这位影帝的想法会这么保守和老派，完全不懂高跟鞋对女人的意义，她沉默了一下。

他疑惑地看着她，还要说什么，手机铃声响了起来。

看了屏幕显示一眼，梁洲神色不变，叶言言却敏感地感觉到他情绪上的波动。

他接起电话："什么事？"

电话那头说话声音很急，叶言言转过头去，看着路边人行道旁的绿化，假装很欣赏的样子，实际上耳朵竖起，全副精神都在关注这个电话。

梁洲脸色一沉，眉峰紧绷，骤然严肃的表情让人有种山雨欲来的错觉。

叶言言顿时感觉到一股压力扑面而来，一时噤若寒蝉。

他结束通话后对她说：“我有事要处理，你自己打车回去吧。”

叶言言马上点头。

他站在路口查看，发现出租车很少，转头问她：“你一个人可以？”

叶言言觉得这句话其实不是问句，马上领会到他的意思，说：“没有问题的，你去吧。”

他得到她的答复，大步离去，和他平时走路的样子没有什么区别，唯一不同就是节奏快了一点，透露出主人有些焦急的心情。

叶言言看着他的背影有些愣怔，失落的同时也有些好奇，不知道刚才电话那头说了什么，让他露出那种神态。

路上车少，等了足足二十多分钟叶言言才打到车。

在回去的路上，她看着车窗外倒退的街景和路灯微微发呆，包里的手机振动让她回过神来。

周茵打来的电话，口气兴奋又激动：“爆大料了，言言，你看到微博上的新闻了没，韩菲被娱记拍到和人热吻的照片，对方好像是有妇之夫，韩菲‘小三’插足啊。”

叶言言和周茵从大学起就是无话不谈的闺密，自从入行拍戏，她把经历的事都和周茵交流过一遍，以至于这位曾经挺喜欢韩菲荧屏形象的路粉很快变成了黑，这次谈起韩菲的绯闻，口气居然是有些幸灾乐祸的。

叶言言惊住了，好半晌才反应过来：“韩菲？”她的理智开始否认，“不会吧。”

“我骗你做什么啊，你快上微博，都热门第一条了。”周茵大嗓门地喊。

叶言言停顿了两秒，翻出微博，搜索的同时却想到了梁洲离开时的样子，是因为这件事吗？她心里想。

韩菲的绯闻在网上引发了强烈的反应，热点前十有三条都贡献给了她。其中“小三”的字眼反复出现，针对性异常明显。叶言言点开转发最多的微博看内容，有几张韩菲和一个男人手牵手逛街的照片，最后一张是两人在街头无人注意的角落里接吻。配有文字说，这是网友在日本街头拍到的韩菲偷偷约会的照片。

留言数量已接近十万条，议论火爆。

微博是下午五点的时候发的，最热议的内容却是来自另一个微博营销号，在转发过程中曝光了绯闻男方的身份，南方赫赫有名的富豪家族继承人，个人资产二十多亿，本人刚到而立之年，样貌端正，是富豪圈里出名的青年才俊。从照片来看，他和韩菲外形很是登对，如果没有后面爆出他已经有妻室了，这说不定就是一桩女星将嫁豪门的普通绯闻。

要说这几年娱乐圈，爆出诸如耍大牌、潜规则、没文化等都已经算是小阵仗，对明星杀伤力最大的丑闻有三种，出轨、吸毒和嫖娼，几乎可以直接扼杀演艺前途。

韩菲这两年人气鼎盛，已经奠定了一线地位，在公司的计划下正在进行小屏幕向大荧屏转型的关键时候，想不到会受到恶性绯闻的冲击。

看完微博，叶言言几乎可以肯定，刚才梁洲匆匆离去为的就是这件绯闻。

和周茵在电话里议论了几句，到了酒店。

叶言言这次饰演主角，照惯例应该享受套房待遇，但她是半途进的剧组，套房已经没有了，统筹最后安排了两个单间，一间给她，一间给助理曹佳。两间相邻，有事可以及时呼应，又保有独立空间，叶言言十分满意。

打开房门，里面一片漆黑。她有些诧异，再往房间里看，笔记本电脑的屏幕亮着，罩着布偶，显得一片惨白，伤疤明显。

叶言言险些被吓到，深呼吸一口气，打开灯说：“吓死我了，你怎么不开灯？”

布偶没有回答。

她倒了一杯水，一口饮尽，回头看，它还是一动不动地坐在电脑前，她慢慢放下杯子，走到它的身后，电脑屏幕上的东西正好是她来的路上看过的。

叶言言有些恍然。

他没有任何表情，神色冷漠得让人心惊。

她有心劝两句，却想不到什么实质内容，绯闻照片确实是韩菲无疑，再辩解也无用，她叹了口气：“也许有什么隐情……”她说得很气虚，能有什么隐情呢？大家心里都明白。

布偶耸了耸肩，关闭了热火朝天的论坛和微博，还有桌面上的照片，语气有些故作轻松：“没什么，随便看看。”

叶言言替它感到难过，却不能点破。更让她觉得心焦的是，已经一年多了，它的灵魂依然被困在布偶里，不能回到身体，每次提到这个话题，它都顾左右而言他，不肯面对，她也只能听之任之，可是心里的疑惑与担忧渐渐加深，像一道沉沉的枷锁，让她每想起来都觉得沉重。

布偶坐在桌前，问她晚餐情况。她没有说关于梁洲的那部分，尽量挑些有趣的说，放在平时，它早就开始点评了，今天却只是配合几声，明显有些心不在焉。

聊了几句后，叶言言洗漱睡觉，布偶早早就在沙发上躺下了。

半夜，她迷迷糊糊地醒来，桌上微弱的光线显示电脑开着。她坐起来，看着布偶的背影说不出话。

“把你吵醒了，”它听到她的动静，声音低沉，“不好意思。”

气氛有些压抑，叶言言打开床头灯，起床喝了半杯水，坐在床沿上，想了半晌说：“周末两天我没戏，我们去北京吧。”

她的话有些没头没脑，布偶听懂了，笑了一下，沉默了片刻，说：“没用的。”

没用的——它已经尝试了无数遍，还是回不了身体。它凭感觉知道，缺少一个未知的关键。

叶言言有些难过，换位思考，如果她是这个状态，只怕早就精神崩溃了。她望着它，眼睛里透着几分同情和伤感，嘴里安慰说：“你别难过，都闹成这样了，韩菲她……成不了。”

它看着她愣了半晌，忽然开口：“你是不是误会什么了？”

这下换成叶言言发愣，眼睛眨巴眨巴，低声说：“你不是因为韩菲谈恋爱难受了吗？”

它无奈地长吁一声：“我都这个样子了，你当我还有心情拈酸吃醋？”

叶言言失语，还真是误解了？但是回头一想它看着绯闻沉默不语的样子，难道不是心里介怀？她疑窦重重，盯着它看：“你不是难受，老看着她的照片干什么？”

电脑屏幕上还是照片点开的状态，它又开始沉默，在她的注视下转了一下身体：“要是有根烟就好了，好久没闻过味了。”

它的身体软绵绵的，姿态懒散，不知道为什么，叶言言就觉得它说这句话的时候其实很悲伤。

“明天我去给你买一包。”她说。

它嬉皮笑脸的：“别，又不能抽，看着难受。”

叶言言点头：“好。”

布偶仰头看她，两人目光交接，她的目光平静而温柔，它心里一暖，身体深处似乎涌现一股热流，让本来没有任何温度触觉的身体都渐渐温暖起来。

良久之后，它开口：“我不是在看韩菲。”

叶言言朝屏幕上瞥了一眼：“不是她，那是……这个男的？”答案有些惊人，她声音都跟着变高了。

“就是他。”它给予肯定的回答，“陆乔。”

“为什么？”她疑问。

它的脸色骤然沉下，目光如利刃：“我的车祸和他有关。”

叶言言深深吸了一口气，张口结舌，发不出声音。

它缓缓说：“韩菲在云南拍戏，打电话给我，说当地有个富豪纠缠她，不胜其烦，让我去帮她解决一下，就是这个陆乔。他喜欢韩菲，做法很强硬，云南地头上，他家的势力很大，黑白通吃。我找上门，替韩菲拒绝了他，他拿出一瓶酒，说只要韩菲过来赔个罪，把酒一口闷了，这件事就算了……”它的语气很低很沉，说到这里停顿了一下，接着苦笑着说，“我既然都来了，怎么能让女人出来认错，所以拿起酒就喝了。休息了几个小时，我打算到拍摄点去看韩菲，晚上路过一条窄道，有辆车堵着，忽然打灯，我的车不小心就翻了。”

它说得很平静，叶言言却觉得气都喘不过来。梁洲说过他自我约束很强，从来没有过酒驾，可是为了韩菲，他破了戒。

并不像说的那样不在乎吧，她心想。忽然想起什么，她惊得睁大眼：“可是……”

它看着她，表情一点也不意外，仿佛知道她要说什么。

叶言言的声音咽回喉咙里。

“我出车祸的地方，是乡下偏僻地方，怎么会那么巧有辆车停在那里？事后我查了一下，是姓陆的公司里的车，和陆乔脱不了关系。”它说着，语气冰冷，“还有韩菲。”

叶言言听得心悸。

“她为了自己的形象和在公司里的影响，知道我出了车祸后，把关系撇得干干净净。”它嗤笑一声，讥诮地说，“这也怪我自己，当时她哭诉了两句，我心软，为了维护她的形象，就想私下解决这事，谁也没说。”

事情的来龙去脉居然是这样的。

想到之后的经历，叶言言心里一阵苦涩，跟着难受起来。为自己所爱的人出头，最后出了事，她却隐瞒不说，让车祸的真相被掩埋起来。这种心情，该有多苦？她想着，眼眶发热，站起身去倒了一杯水，不急着喝，等到心情慢慢平复了，表情也变得自然，才又端着水坐回来。

布偶知道她是做什么去了，看着她的背影，眼睛发暗。这些话它原本没打算说，今天莫名其妙就说了，也许是一年的相处，对她已经建立了基本的信任。藏在心底的话说出来，没有想象中那么沉痛和哀伤，反而因为她的眼眶红了，它出乎意料地平静，心头还有些复杂的感觉涌上来，百味杂陈。

“我们去找目击者吧，也许会有人看到你车祸的情景，再找找还有什么证据……”她说，“你回不去身体，说不定就是因为车祸真凶没有找到，等真相大白，你可能就可以回去了。”

布偶看着她，目瞪口呆，没想到她听完冷静下来，居然脑补了这么多东西，它叹气摇头道：“那里的人睡得早，就算有看到的，难道还会冒着得罪陆家的风险来做证？都一年多了，我的手机也不见了，什么都证明不了。”想了想，它又补了一句，“我回不去也不是因为这个，你别瞎想。”

叶言言怎么可能不瞎想，这一刻她简直是伤感又气愤，恨不能马上就找出蛛丝马迹，好把坏人绳之于法。

看着她煞费苦心、努力思考的样子，布偶隐隐有些欢喜，冲淡了今天看到照片上的两人的愤怒和仇恨。

“不急，总有一天会让他们付出代价。”它阴恻恻地说了一句。

叶言言猛地点头给予支持。

布偶说完后却转头对上她，眼神里有点内容，叫人摸不清，过了半晌才又说：“你……是不是对梁洲还有意思？”

话题骤然转变，叶言言猝不及防，有些愣怔。

布偶一看就知道答案了，沉吟了一下，叹气说：“还是收了那份心思吧，他不适合你。”

叶言言没答应，房间里光线很暗，她往后靠了靠，身体大半躲在了黑暗里，不适合？她心里有些明白，可是曾经他不是鼓励过她吗？

“为什么？”她把疑惑问出口，“因为他是宏成的老板，我是公司新人，社会地位太悬殊了？还是年龄相差太大？”

这是梁洲和她之间最显而易见的差距。

“都不是，”他很快给出了答案，“他心里已经有人了。”

叶言言哑然，胸口里立刻像是被什么堵住了，闷闷的。

他还在继续说：“这些年他不动如山，除了逢场作戏，暗地里交过几个女朋友，都是很短时间就分了，就是因为心里有那么个人。”

这些都是媒体舆论根本没有报道过的内幕八卦，叶言言听完却不觉得一点惊喜，心里一阵阵烦躁。可是情绪就是那么不受控制，越是不利的消息越是想知道。

她问：“是谁？我认识的吗？”

他眼神沉郁：“韩菲。”

答案居然也没有让她很意外。一个晚上听到了太多的消息，叶言言发现自己的接受能力居然大幅提高，她看着窗帘没有完全遮蔽住的一部分玻璃，微光泛白，有天亮的迹象。她扯扯嘴角，笑得很勉强：“可是你当初鼓励我去追梁洲。”

淡淡的一句话，让布偶变得沉默。它粗重地吐了一口气，口吻郑重：“言言……”

它向来口齿伶俐，这一刻却有种不知道怎么说的慌张。

“因为韩菲那样对你，你不希望梁洲再和她搅和在一起，所以让我去追梁洲，是吗？”她说着，垂下眼帘，“这是你设计的剧情？太狗血了吧。”偏偏她还曾当真，有那么一刹那幻想过，有梁洲曾经最得力的助手帮她，近水楼台先得月，说不定还真能成功。现在想起来，真是又讽刺又难堪。

布偶的眉毛狠狠拧成一团，它从桌上跳到被子上，靠近她，声音有些急促：“言言，你不要激动，听我说。这些年梁洲喜欢韩菲，却一直什么都没说，顾虑的就是我，现在我不在了，韩菲又很有一套，我怕他会上勾，这个时候你恰巧喜欢他，我想过撮合你们最好不过了。这些都是我的想法。鼓励你的时候我存有私心，但是我从没想过要摆布你，这是真的。”

叶言言抿着唇，保持沉默。

“这本来是我们的事，不应该把你扯进来，”布偶苦笑了一下，“对不起。”

她心里乱麻似的一团糟，听到这一声“对不起”，鼻子忽然有点发酸。

图书在版编目（CIP）数据

应爱重生 / 朵朵舞著 . -- 南昌 ： 百花洲文艺出版社，2017.9

ISBN 978-7-5500-2431-1

Ⅰ. ①应… Ⅱ. ①朵… Ⅲ. ①长篇小说－中国－当代 Ⅳ. ①I247.5

中国版本图书馆CIP数据核字(2017)第215693号

应爱重生

朵朵舞　著

出 版 人	姚雪雪
责任编辑	袁　蓉
封面设计	小丸子
出版发行	百花洲文艺出版社
社　　址	南昌市红谷滩新区世贸路 898 号博能中心 A 座 20 楼
邮　　编	330038
经　　销	全国新华书店
印　　刷	北京鹏润伟业印刷有限公司
开　　本	880mm×1230mm　1/32
印　　张	22
版　　次	2017 年 9 月第 1 版第 1 次印刷
字　　数	360 千字
书　　号	ISBN 978-7-5500-2431-1
定　　价	55.00 元（全二册）

赣版权登字 05-2017-378

邮购联系　0791-86895108

网　　址　http://www.bhzwy.com

图书若有印装错误，影响阅读，可向承印厂联系调换。

应爱重生

Duo Duo Wu 朵朵舞 —— 著

[下 册]

百花洲文艺出版社
BAIHUAZHOU LITERATURE AND ART PRESS

contents

Part 5

综艺风波

凌晨五点，宏成影视大楼的会议室里，梁洲刚刚结束一场通宵的紧急公关会议，大部分人已经离开会议室，梁洲坐在首位上，揉了揉额角，隐约露出一丝疲惫。

坐在下首第一个座位上的是宏成影视公关部、宣传部负责人——宋朝寅。这个男人五官深刻精致，身材挺拔精瘦，有着一副不输明星的好相貌。

“再这样惯着韩菲可不行，”他说，“公司最好的资源都给了她，她谈恋爱不报备，拉拢经纪人帮助隐瞒，现在闹出这种事，全是由公司公关部兜着，我可经不住这样的折腾。”

“先摆平这场危机公关，”梁洲对这位左膀右臂的能力极为信任，口气平淡地说，“韩菲已经是一线，其他女艺人都没有这个分量，不应该现在就放弃。”

“下半年那个电影呢？原本定的是韩菲，公司投了一个多亿……”

梁洲犹豫了片刻：“先看这次危机公关的结果。”

宋朝寅也是跟着梁洲工作多年，互相再熟悉不过，听这话的意思，如果公关结果不尽如人意，可能韩菲就要失去女主角的机会。他笑笑，不置可否。宏成高层最核心的圈子和沈旭晖的关系都不错，当年他追韩菲的事大家也都知道。宋朝寅看得清楚，韩菲虽然没有接受沈旭晖，但是态度欲拒还迎吊着他，把女明星周旋的一套本事全用在自己人身上。他暗自不齿，含糊提醒过沈旭晖几次，直到他出车祸。

两人又讨论了一会儿公关的细节，没一会儿，就有公关部的工作人员来找，宋朝寅跟着离开。

会议室内只留下梁洲一人，他起身来到落地玻璃前，天已微微见亮，窗外的城市仿佛还在沉睡，显得格外清冷。他忽然想起就在开会前，韩菲的经纪人拦住他，说韩菲在休息室里哭泣，请他过去看一看。他过去之后韩菲很是闹腾了一阵，发火、哭闹，最后还摆出协商的样子，为的无非是下半年那个大投资的电影机会。

梁洲看透她的手段，冷静地看她发挥完，最后问："你这是拿过去的情分在要挟我？"

韩菲僵住，看着他，忽然就捂着脸哭起来。

公司公关部人员半夜起来赶到公司，在会议室内等着开会，韩菲在休息室里却哭个不停，梁洲一阵不耐烦，同时也意识到，在娱乐圈摸爬滚打这么些年，韩菲早已经不是当年的样子。

梁洲不由得想起一些往事。

他是高中辍学进的演艺圈，成名之后再回头去中影进修，认识了当时的大四生沈旭晖，进而又认识大一时的韩菲。那时候的她，面容白净，五官精致，性格直爽大方，年纪轻轻已经显露出很大的明星潜力。

那段学校里的日子是梁洲过得最舒坦的时候。他时常和沈旭晖、韩菲一起，搞过小范围的话剧社，一起爬过山游过水。

他渐渐被韩菲所吸引，可是，目光落在她身上的时间多了，他马上就察觉到沈旭晖对韩菲的心思。

在梁洲心里，拿旭晖当半个亲兄弟，论男才女貌、年纪相当，也是沈旭晖更适合。

他想了很久，终于把那份冲动按捺下去，把机会留给旭晖。

一眨眼，居然这么多年过去了。

回想过去，很多片段变得模模糊糊，记忆最深刻的还是他拼命接戏赚钱，创立宏成的艰苦日子。当初对韩菲不曾说破的好感，现在想起来也变得十分单薄和遥远。公司内部谣传他与韩菲之间的暧昧，只有他心里清楚，那份感觉早已经过去，留下的只有作为朋友的情谊。他甚至有些庆幸，当年没有跨出那一步。

司机打电话来问他是否要用车。梁洲挂了电话后，忽然有冲动给叶言言打个电话，联系人页面拉出来，他又犹豫，时间不对，他又该说什么？昨夜匆匆离开甚至没有送她回酒店，而实际上，他此时仅仅想要听听她的声音。

这个冲动的情绪来势汹汹，他抿唇忍了许久，还是没有拨出这个电话。

之后的几天，关于韩菲的网上舆论一致差评，国内最出名的几大论坛八卦板块对此事津津乐道，有多个号称业内人士的进行爆料，对韩菲的过往及演绎经历进行了深度扒皮。什么“韩菲上位黑历史”“‘小三’

门内幕挖掘”“国内一流女明星中的心机女”，随便点开一篇，都有一些不知真假的爆料，还有韩菲一些奇怪角度的丑照。韩菲出道至今，高雅大方，美貌过人，向来被称之为无死角美女。而实际上，某些拍摄角度，就算是天仙也得打落凡尘。现在这些照片被收集起来，一起放到了帖子里，口口声声说这是卸妆后的韩菲。

同样作为女演员的叶言言把长长的爆料帖看完，心有余悸。怀疑自己是不是在不自知的时候已经被拍下了无数丑照。

网上对韩菲的攻讦是越演越烈，有星火燎原之势。韩菲的粉丝“飞碟”经过多年的积累，忠诚度和数量都极为可观，这个时候忙站出来维护偶像，和发帖爆料看热闹的人一通厮杀。八卦新闻很久没有这么热闹过了，近期爆料中韩菲是最大牌的，网络关注集中在这次的“小三门”事件上，热度多日不散。

布偶这几天缩短了玩游戏的时间，在网上到处翻看韩菲的帖子，姿态闲适，心情愉悦，时不时还要评论一两句。

叶言言看不下眼，很是唏嘘了一下：“你看你这样，因爱成恨啊。”

自从两人开诚布公地谈过之后，相处的态度更随意了。

布偶斜着眼反驳：“我没亲自上网写帖，都算是厚道的了。”

它一边说着一边点开一篇新出现的帖子，标题是“那些包养过韩菲的男人”，标题很悚动，出现短短的时间就被标注了火热的标志。内容与标题相比还是比较平实的，居然还是一篇分析帖。分析韩菲上位的过程中得到过哪些男人的帮助，其中被提到最多的就是梁洲。内容说的是在宏成内部，资源倾斜得如何厉害，在各种资源堆积下韩菲踩着其他小花一路上位，有了今天的地位，最后结论是没有梁洲的默认，韩菲绝对没有今天，两人铁定有一腿。为了佐证这一论点，还有一张照片贴在后面，是四年前的宏成年会，梁洲刚当上执行总裁，韩菲身穿礼服，站在梁洲和沈旭晖中间，手持酒杯，笑靥如花。

布偶看着陷入了沉默。

这个爆料无疑是大浪淘沙中难得有含金量的，叶言言猜测："这是……宏成内部的人干的？"没想到风口浪尖，还有公司内部的人来落井下石。

布偶点了点头。

"这些年她一帆风顺的，资源从来没有断过，公司同期的人肯定不满很久了，这个时候跳出来咬一口不奇怪，"布偶关闭帖子，语气冷漠，"这大概就是因果。"

在网上争吵得如火如荼的时候，韩菲的微博一直静悄悄的，宏成方面也没有反应。这周末，某大品牌的新品发布会上，韩菲作为代言人要出席，记者们摩拳擦掌，终于熬过产品发布时间，在最后提问环节逮到了韩菲："您对近期网上热议的话题怎么看？"

韩菲妆容完美，脸上也没有颓色，笑容恰到好处："陆先生是单身，我也是单身，没想到接个吻也能引起大家的关注，我想这也是好事，说明大家都很关心我，在这里要对喜欢我的朋友说一声，谢谢，我谈恋爱了。"

短短几句透露的信息量是巨大的，她态度大方自然，笑容明丽，很容易勾起好感，随后经纪人招呼媒体去吃饭。第二天风向就有些转变。首先辟谣的是，陆乔已经离异了，所以不存在出轨的情况。同期宏成方面做出回应，表示对网上恶意抹黑韩菲、有损名誉及形象的不实言论，将启动司法程序，通过法律途径来解决。

韩菲的粉丝立刻兴奋了，之前对偶像的维护，大多处于护短的心态，现在却可以理直气壮地说：“看，没做‘小三’吧，都是抹黑。”

之后网络上又零星出现流言，提起陆乔离婚是近期，可能就是韩菲插足导致的结果。这些缺少实证的言论，只激起了小水花，最后淹没在网络海洋之中。布偶评论说：“是宏成幕后做了工作，发布的源头消停，后续就由宏成引导风向，开始洗白。看媒体只报道陆乔是离异单身，却含糊离婚时间，就知道其中用意了。”

叶言言说：“还是有一些网友注意到的。”

经此一役，韩菲的声名到底受到损伤，近期内只能低调行事。

《飞燕传奇》顺利杀青，叶言言的最后一个拍摄镜头，身着浅金留仙裙，站在宫殿的高阶上，微微抬起头，红霞漫染半天，从云絮中透出余晖，薄薄的金光洒在飞檐高啄，雕梁画栋间，她表情落寞，精致的妆容里藏着欲说还休的哀愁。

飞燕拾级而下，手指轻轻一动，做出舞蹈的动作，风姿娟秀，翩然若画。

可是台阶下除了垂头的宫女，再无他人。

飞燕笑了，笑中含泪。

表情与动作无可挑剔，一条就过，导演对这一幕满意至极，拍完了之后还不断夸奖叶言言，说她底子好，有天赋。

叶言言谦逊有礼，不管是对导演还是工作人员都是温和相待，礼貌周到。

在杀青宴上，导演出于对她的喜爱，还暗示了一句："你们公司最近事情多，作为演员，你要珍惜每一个出演机会。"这句意有所指的话连一旁的曹佳都听懂了，分明是让叶言言去争取公司资源，毕竟韩菲需要一段时间的缓冲期。

回到北京，马元进亲自来接风洗尘。吃饭的时候，他唠唠叨叨说了一堆，主题有两个：一、艺人的感情不是私事，必须先和经纪人通气；二、韩菲暂时冰冻了，宏成最近很多资源都会分给小花，这是上位的好时机，要发扬不怕苦不怕难、迎难而上、攻坚克难的精神。

叶言言听得头大，打断他问，到底什么艰和什么难。

马元进觍着笑说，先上一次综艺吧。

之前叶言言的发展规划上，马元进曾判断，她性格慢热，不适合综艺，五音不全，不适合唱歌。没想到不到半年时间，他又安排了综艺的通告。

叶言言看着他，乌溜溜的眼睛里是无声的疑惑和控诉。

马元进说："综艺聚人气，你不能光默默拍戏，也要展现一下生活中的样子，让粉丝更喜欢你。"

回到宾馆，布偶也表示了对马元进的赞同："马胖子眼光还是很毒的，仅次于我。综艺里是性格突出比较吃香，但他肯定和节目组打过招呼了，给你剪辑的时候字幕安排讨巧一点，也一样有作用。你去吧，说不定还是有人喜欢你这慢吞吞、软绵绵的性子的。"

叶言言真想把它塞到包里去，再也不打开。

马元进给她安排的综艺通告是"Bulingbuling"，地方卫视推出的一个户外竞技真人秀。节目刚一出炉就受到追捧，人气遍布全国各地，在综艺节目中名列前茅。这个资源在宏成公司里很吃香，不知道多少小生小花想要，被马元进抢先安排给了叶言言。

休息了两天，节目组的工作人员联系了叶言言，当天晚上，叶言言和曹佳就飞去了广州。

第二天清早，节目组安排了一次叫床，全程跟拍。叶言言很少看综艺，不知道还有这种特殊安排，被叫醒时还糊里糊涂，睁眼一看，摄像师举着个镜头对准自己。

吓得她张大嘴，一瞬呆滞。

节目组工作人员高兴了，一个绝佳素材诞生。

叶言言起床梳洗，想到刚才那个镜头，一阵郁闷。根据节目组安排，她在酒店门口等了一会儿，林广薇很快就来了，穿着和她同款的运动服，两人同车前去游乐园。在参加这个通告之前，叶言言就被马元进告知过，林广薇因为参加综艺，反馈极好，人气跟着上升，已经成了节目组常驻嘉宾。这一次两人算是同门在节目里合作，马元进叮嘱，要她们在节目里相亲相爱，亲如姐妹。

镜头采取跟拍模式，每个人身后都有摄像随拍。林广薇上来就热情地抓着她的手："言言，太好了，你来了。"

叶言言心里吓得不轻，脸上也扬起灿烂的笑："嘿，广薇。"

综艺，才是考验演技的试金地。

10 月 12 日，早晨七点，前往游乐园途中。

为了积累节目后期剪辑所需要的素材，摄像师在车上对两人进行多次提问。

"你们是公司同期吧，平时关系好吗？"

"这是第一次一起参加综艺节目吧？"

“对最后获胜有信心吗？”

林广薇多次参加，对综艺规则和表现早就熟悉，主动接过话题，有些针对叶言言的问题，她都巧妙地抢先一步回答，表现得很抢镜。

聊了一会儿，摄像师说：“怎么都是广薇在说，言言好像很腼腆啊。”

林广薇娇嗔：“哎呀，我太话唠被嫌弃了吗？”

叶言言笑着说：“她平时就是这么喜欢说话的，不让她说就难受。”

林广薇：“……”

摄影师笑了：“两个人看起来都很了解对方，关系好像很好啊。”

林广薇：“那是当然了，我们属于同期，平时很亲的。”

叶言言：“亲如姐妹。”

腻歪！两个人心里一同闪过这个念头。摄像却很高兴，觉得拍摄全程特别顺遂，还有闪光点。

到达游乐园门口，已经有四个嘉宾到达了，三男一女，看到两人表现得十分高兴。

“广薇到了，还有一个，哇，又来一个美女。”

“今天组队有福利了。”

众人打趣着，林广薇和叶言言下了车。林广薇和众人熟悉，和几个常驻嘉宾打招呼，给大家介绍叶言言。

叶言言看着队伍里一身清爽、身材火辣的女孩，高举着摆手：“丽娜。”

丽娜看到她，马上走过来：“你怎么来了，不是说综艺绝缘体质吗？”

这句话被叶言言身后的摄像师记录下来。

两人悄悄交流了两句。丽娜最近一直在跑综艺通告，这是第二次受邀来“Bulingbuling”节目，没想到碰到叶言言的综艺处女秀。

林广薇看到两人亲密说话，想也知道，她在镜头里变得置身事外，可有可无，马上转而找另一个嘉宾说起话来。

节目组在介绍环节结束后，拿出一个箱子，让每个人摸一个球，颜色相同的组成一个组。

摸到红球的叶言言、丽娜和歌星杨光同一组。杨光外形帅气，为人诙谐，对着镜头狠夸了一顿自己运气好，居然和两个大美女同组，今天就算输了也没有任何遗憾。

林广薇和另外两个常驻嘉宾一组，三人之间早已熟悉，玩笑一般互相攻击嫌弃了一阵，一边吼着要换组，一边开始了第一个游戏。

第一轮：找出藏在儿童游乐场里的三把钥匙，是解开最后一轮游戏的关键。

叶言言没经验，丽娜先给她指了几个方向，说是最可能藏钥匙的地方。杨光性格开朗，与名字相称，为符合节目组要求，在综艺里表现比较逗。三个人通力合作，在儿童乐园里四处搜索，但是运气欠佳，大多数是空盒子，过了两个多小时，才找到两把钥匙。

蓝队找到了三把，红队暂时落后。

林广薇炫耀地举着手里的钥匙，对叶言言喊：“言言，要加油啊。”

叶言言回了一个灿烂笑容。

丽娜打了个寒战：“你们公司是不是给你们下了什么命令？“

“亲如姐妹。”叶言言笑眯眯的。

第二轮：水上争夺战。

在游泳池中央，放置着一个圆型气垫子，工作人员通知两组人员都换上游泳衣。

游戏规则很简单，两组人在气垫上，率先把对方一组人员全部赶下水的，就是胜利者，获得一把钥匙，一共玩三次。

两组人站在气垫上，杨光回头对两个女孩说：“别怕，对方肯定不会对姑娘动手，我们有两个，这局我们赢定了。”

赢定了。

才怪！

对方三个常驻嘉宾，那叫一个心狠手辣、辣手摧花，对叶言言和丽娜一点都没有手下留情。杨光之前喊着：“我来挡着他们！”马上就第一个牺牲，被推下了水。接着叶言言和丽娜也被依次扔下水。

丽娜吐出一大口水，重新梳了一下头发，对叶言言说：“和他们拼了。”

两人一商量，这组的男人不可靠，喊口号还行，行动太糟心。

游戏第二场，叶言言和丽娜打头阵。杨光还想说什么争取一下，丽娜回头说：“去去去，别捣乱。我们都落后两把钥匙了。”

杨光远目：“……”现在的姑娘啊！

林广薇瞄准了叶言言，冲过来的时候还嚷了一句：“不好意思，言言。”

叶言言忍住没翻白眼，身体趴在垫子上，把重心放低，然后推她的脚，林广薇一时不察，摔到水里。

丽娜也解决了一个，剩下蓝队最后一个和杨光抱在一起，相互使力，却谁也不能奈何谁。丽娜看着一阵心烦，彪悍地一脚把两人一起踹进了水里。

“自己人也不放过，女中豪杰啊。”蓝队评论。

游戏第三场开始，蓝队有了心理准备，严防死守，这是针对两个女孩，对杨光则是放任自流。

六个人战成一团，互相推搡厮杀，画面群魔乱舞，风中凌乱。

这大概会是观众最喜欢看的一个镜头。

林广薇在乱战中，抓住丽娜的头发，在她后仰的时候推她的身体。叶言言突然横插过来，猛力推了一把她的腰，砰一声，林广薇落水砸起偌大的水花。

不是被通知要亲如姐妹吗？丽娜甩了她一个眼神。

叶言言才想起这茬，无辜地眨眼，我忘了。

蓝队一人冲了过来，叶言言一下被撞到了气垫的边缘，丽娜抓他的脚，叶言言拽他的肩膀，很快蓝队第二个人也进了水。

杨光还拖着蓝队的最后一个人，眼角瞥到叶言言和丽娜喘着气看过来，颤抖了一下，说："别急，我自己来。"自杀式袭击，抱着蓝队的第三个跳进水里。

赢了！叶言言松懈下来，手臂脱力，从气垫边缘滑进水里。

到了下午，导演来通知第三个环节内容。在公布具体内容之前，他对所有人打预防针："这一次的游戏，会把节目以外的人牵扯进来，你们做好心理准备，当然事后我们的工作人员会去解释和道歉，具体内容，要看你们自己的运气了。"

常驻嘉宾的脸色都有些古怪，叶言言不解，杨光趁空给她普及常识："导演通常不会事先打招呼，一旦说了，代表这个游戏内容会让人……"

丽娜问："让人怎么？"

杨光现在看到她，那感觉是相当纠结，马上回答："让人难受。"

导演让所有人交出手机，并暂时设置成无锁状态，然后宣布游戏内容：两队队员可以挑选对方队伍中一人的手机，选取一个号码，然后从纸箱里抽出一张任务卡，手机主人必须按照任务卡内容拨打选中号码，完成任务就算成功，没有完成则算失败。

“任务卡？”蓝队有人哀号，“这不就类似真心话和大冒险吗？”

导演表示赞同：“对，这个游戏的思路就是结合了真心话和大冒险。”

嘉宾们顿时愁云惨淡，这可是要在电视台上播放的，真心话和大冒险……太刺激了吧。

常驻的还是比较了解节目组的。

“任务卡内容肯定很刺激，我们要被玩坏了。”

“哎呀，手机先交上去了，早知道我先把联系人整理一遍。”

“要整理？里面有什么敏感人物？”

众人笑了起来。

猜拳决定蓝队主动，代表队伍猜拳的杨光接收到两位姑娘的灼灼目光，躲到了阴影里。

蓝队第一个上去挑选任务卡和手机的人，是林广薇。

她站起来的时候，俏皮地对叶言言眨了眨眼。

一旁的人看了都认为她们隶属同一公司，感情不一样。

只有叶言言瞬间有不祥的预感，汗毛直竖。

丽娜促狭地用肩顶她一下：“你完了，刚才推了她两次，后悔吗？”

“不后悔。”叶言言嘴硬，心里却着实有些忐忑。

林广薇对着叶言言笑了一下，看她紧张的样子，胸口一下舒畅许多。来到放置手机的容纳盒，她根本不用仔细翻，就知道叶言言的手机是哪个。

她装作挑选的样子，从盒子里把叶言言的手机拿起来，打开通讯录翻了一圈，没有预想中的那个名字。随即她在镜头扫不到的地方，露出一个轻蔑的笑容，手指飞快地在屏幕上点击着。为了掩饰这个动作，她背对着摄像。

“选好了。”她说。

摄像给了手机屏幕一个特写。

林广薇随后又从纸箱里摸出一张任务卡。看到上面的内容，她对着摄影机做单独录制：“真没有想到会是这个任务，选联系人的时候，我还以为会是一个很好的机会呢！”她的表情又苦恼又可爱，“你放心吧，事后我一定会去解释的，言言，期待你的表现哦。”

红队等了一会儿，叶言言的不祥预感立刻成了真，工作人员拿着手机和任务卡来到她面前。

手机屏幕上的电话名字标注是“直线”。

叶言言很确定之前自己的手机里是绝对没有这个号码的。她朝对面看过去，林广薇一直注意着这边的动静，马上对她露出一个热情甜美的笑。林广薇是知道自己的容貌优势的，即使在综艺里，也时刻注意自己在镜头前的角度和表情。所以不到半年时间就积累了很高人气，粉丝们把她的微笑称之为“会心一击”，意思就是看到的瞬间就被攻陷了。

叶言言看完任务卡，却只想一巴掌呼到林广薇微笑的脸上去，给她来个会心一击。

任务卡内容：拨打选中的联系人电话，在电话里对他说出关键词“我爱你”，并要在规定时间内，引导对方说出关键词“你最漂亮”，限时五分钟。

这是什么鬼？！

叶言言内心是抓狂的，接过任务卡的时候，表情都僵硬了。

其余嘉宾看见了，瞬间同情得不行，大笑着安慰她："没事，没事，反正节目组事后会去澄清，不会让你糊里糊涂地就托付终身的。"

"是粉丝电话的话，对方要幸福得晕过去吧。"

"这是座机，北京的……男的女的？"

叶言言无言，她也想知道。

打？还是不打？

叶言言踌躇着，不是没想过马上和林广薇摊牌，虽然是真人秀节目，也是后期剪辑的，现在把话说清楚，这一段可以重新录制。有可行性，但是风险很大，叶言言只是受邀来参加一期节目，她这样处于上升期的新人，如果被报道出耍大牌，要求重录等负面新闻，损失会很巨大，一旦被观众定型，就很难扭转形象。

不然公司也不会特地嘱咐，要两人在节目里表现得和睦友好了。林广薇就是看中这一点，有恃无恐。

工作人员提醒她，可以开始打电话了。

叶言言心一横，点击了拨打和扩音健。

摄像师把采风话筒直接放置在她的手机边。

嘉宾们和工作人员都聚精会神地听着。

嘟——嘟——嘟——

再响一声还无人接听就可以挂了，叶言言暗自高兴。

电话突然被接起。

"你好。"电话里的男声低沉悦耳，十分熟悉。

嘉宾里有人挤眉弄眼，悄悄起哄，低声评论。

“是男的！”“声音很好听！”“是谁啊，我感觉在哪儿听过！”

叶言言瞬间僵硬石化，周围的人和声音都自动屏蔽，世界里只剩下那个接通的电话。

直线，原来是梁洲办公室的直线电话吗？

“喂？”

工作人员拼命在她面前摇手，示意她说话。

叶言言紧张地握紧拳头，好半晌才找回自己的声音：“梁总？”

嘉宾们炸开了锅，像地下党那样交头接耳：“是梁洲？”意识过来后，马上又挤眉弄眼报以同情，调戏老板啊，这不是人人都可以做到的。

“叶言言？”

“是我。”

沉默了一瞬，梁洲主动问：“怎么了？”

“呃……”叶言言在众目睽睽之下，感觉舌头已经不听使唤，“吃饭了吗？”

嘉宾们齐齐注视她，不忍直视，都下午两点半了，问什么吃饭啊。

电话那头沉默了一下：“刚才开会晚了，还没顾上吃。”

叶言言平时接爸妈的电话，对这句特别熟，简直像条件反射一样，就把平时老妈的那套说辞给搬出来了：“还没吃饭啊，不定时吃饭很伤胃的，胃要是不好了，对身体影响很大……”

旁听的工作人员恍惚了，我们这是在做养生访谈节目？

梁洲轻笑了两声：“好。”

好！梁影帝在说好。嘉宾们坐直了身体，林广薇都没控制住，露出讶异的表情，眼睛一眨不眨地看着叶言言。

在这个圈子混过几年的，多多少少知道一些关于梁洲的传闻。都说本人冷峻自律，作风属于比较强硬的，尤其是掌舵宏成之后，威势更甚。他的私人新闻少之又少，让人十分有探究的欲望。

今天这样的机会很少见。

工作人员指着定时器，提示只剩三分钟了。

叶言言捂着额头发愁，绞尽脑汁想着对策，很快转移话题："之前《时光之旅》，你觉得我演得怎么样？"

"有天赋，演技还有待磨炼提高。"

"角色呢？"

"该表现的都表现出来了，可圈可点。"

听到这句赞扬，有两个嘉宾都露出了羡慕的表情，撇开电话任务不说，这句评点都可以单独作为宣传，提高身价了。要知道，华语电影大满贯得主说好，本身就是含金量很高的肯定。

林广薇暗自咬牙，笑容又淡了两分，她的本意，是想让叶言言知道一下，她和公司上层关系密切，连梁洲的座机直线号码都知道，顺便让叶言言在电话中出丑，但是现在，心里却有一种偷鸡不成蚀把米的感觉。尤其是电话里的梁洲对叶言言态度温和，让她隐隐不安和嫉妒。

叶言言继续引导："扮相呢？"

梁洲说："还不错。"

还不错，还不错……只是还不错……

叶言言沉默，看了红组队员一眼，凭她"还不错"的扮相，今天是不可能完成电话任务了。

丽娜和杨光都听着，用眼神表示同情，对这把钥匙不抱希望了。

停顿了一会儿，梁洲的声音露出几分好笑的意味来："挺漂亮的。"

哦哦哦，绝处逢生。

嘉宾和工作人员激动起来，拼命示意叶言言继续问。

叶言言硬着头皮："和其他人比起来呢？"

想到《时光之旅》那众多的大牌客串，她对这个问题已经不抱希望了。

"叶言言，你到底想要我说什么？"梁洲问。

现场肃静。

按照游戏规定，叶言言是不能直接给出提示的，她愁云惨淡，轻声说："拣好听的说吧。"

梁洲又沉默了。

宏成高层例会结束的时候，梁洲看了一下手机，刚过两点。会议桌上放着汉堡、鸡翅一类的快餐，是秘书中午的时候准备的，吃的人不多，大部分都凉了。

与会人员走光了，剩下宋朝寅拿着一只鸡翅慢慢啃着。马元进伸手去拿汉堡，宋朝寅斜睨他："刚才会上就你吃得咔嚓咔嚓的，还吃。"

"动脑太多，饿啊。"马元进也不管汉堡已经冷了，两口下去，小半个就进了肚子。

"这两周全是我在出力，你动个屁脑子！"宋朝寅扔下吃剩的半个鸡翅，转头看梁洲，"危机公关总算过了，效果也不错，刚才会上说的明年的项目都挺好的，哥几个这阵子可以轻松一下了吧。"

马元进插嘴道："我这里还有件事。"

听他的口气就觉得事情不小，宋朝寅竖起眉毛："刚才开会你怎么不说？”

“会上不方便说，”马金元擦擦嘴，说，“韩菲有意要开工作室。”

会议室里静了一下，梁洲皱起眉：“她的合同还有两年吧。”

马元进答：“一年半。”

宋朝寅冷笑了一下：“什么意思，帮她摆平了这么件丑闻，她倒想着单飞了？”

马元进掏出一支烟，在身上左摸右摸找不到打火机，只好作罢，夹着烟在桌上敲了两下说：“也不算是独立门户，就是想依托公司成立个工作室，电影、广告、活动还是交给公司做独家代理，交代理费用，其他商业运作由她自己决定。”

这种工作室模式三人都不陌生，借助一部分公司资源，还可以利用自己的人脉资源，为工作室创造业务，对演员来说，自主权和选择权比单纯的公司经纪约空间大得多。

梁洲沉吟了一下：“合同到期后，经纪约还续吗？”

“这个……还没谈。”马元进含糊地说。

梁洲看了他一眼，面无表情。

宋朝寅掀着嘴角，似笑非笑。

谁都知道这句是托词，马元进身为艺人部总监，艺人合同是首要的事，不可能放着不谈。唯一的可能，只能是韩菲对合同态度不明确。

梁洲面沉似水。

宋朝寅从鼻子里哼了一声：“心真大。”

韩菲在宏成的艺人里处在很特殊的位置。在沈旭晖没出事前，她的经纪人形同摆设，所有项目审核安排都是沈旭晖一手包办，就是马元进和宋朝寅，在公司里身居高位，也很少插手韩菲的事，只能等着梁洲表明态度。

梁洲语气极其冷静地下了决定："就按以前的流程办，工作室和公司谈的分成价码，你把握好。"

马元进应了下来，感慨说："反正还有一年半的时间。"

回到办公室，梁洲查看了一下行程，稍稍松了口气，闭眼靠在椅背上小憩，脑子里却翻滚不休。韩菲要成立工作室，这个举动背后，他比马元进和宋朝寅想得更深一层。公司要走上市，韩菲想要股份，他之前并没有答应。成立工作室，是她的试探，也是给他的一个预警信号。

有些事，和过去已经完全不一样了。

电话铃突然响起，梁洲睁开眼，还有些愣怔，等响完第三声，他才接起来："你好。"

那头没有回应，他疑惑："喂？"

"梁总？"

这个声音很熟悉，轻轻的，隔着电话线，梁洲也能想象到她忐忑的样子："叶言言？"

"是我。"

梁洲有些诧异，女孩的性格内敛乖巧，不是那种会没事找事的人，难道遇到什么困难？他脑子里划过这个念头，于是直接问她什么事。

谁知道她居然问："吃饭了吗？"

梁洲颇有哭笑不得的感觉，还没细想，嘴里已经很老实地告诉她答案。

接着她就在电话里絮絮叨叨一通养生知识。

有人关怀的感觉不错，梁洲眉头舒展，忍着浅浅的笑意，全程听完。

他细心地察觉到，在电话那头有一些声音，似乎不远处有人在说话，叶言言的声音也有点不自然。梁洲修长有力的手指飞快地在电脑键盘上输入了一个网盘密码，查看艺人的工作日程安排总表，很快找到了目标。

原来是综艺！

梁洲大致明白这通电话的来龙去脉了。

叶言言还在绞尽脑汁地兜圈子提问。

他一面和她聊天，一面好奇着答案到底是什么。

“扮相呢？”叶言言问。

梁洲见多识广，立刻猜到了这道题的意图，可是这一刻，他突然兴起了捉弄她的意思，不想直接给出正确答案。

他说：“还不错。”

电话那头突然就安静了。

想象着叶言言此刻的心情和表情，梁洲唇角勾起，顿了片刻，才又说：“挺漂亮的。”

这句是实话，看过电视剧的人都不会否认。

“和其他人比起来呢？”她的声音又轻又低。

他聚精会神才能听清，眉梢一动：“叶言言，你到底想要我说什么？”

“拣好听的说吧。”

要是久经花丛的梁洲不懂这句话的含义，恐怕就没有其他人能准确说出答案了。

他只是在犹豫，要不要说、能不能说。

叶言言浅浅的呼吸从话筒里传过来，呼吸有些急促，听起来很紧张，紧贴着他的耳朵，就像是在身边一样。

良久，梁洲终于笑了一下，意味深长："你是最漂亮的。"

电话那头压抑不住，几个人一声欢呼，暴露得彻彻底底。这个时候，叶言言忽然在电话里语速飞快地说了一句话，然后啪一下挂了电话。

梁洲发愣，说什么，哎哟？唔哎哟？

还是……

我爱你？

用那么快的语速把关键词说完，叶言言其实是讨了点巧的，最好希望梁洲听不清楚。挂上电话，她长舒一口气，三魂七魄才算归了位。工作人员把钥匙递过来，她叮嘱："要快一点打电话去解释哦。"工作人员点头，憋着笑。

后面的进展她心神涣散，有一搭没一搭地旁观。丽娜被抽到一段顺口溜，要对方配合重复一遍，任务失败。杨光走了点运，蓝队在他的电话联系人里发现一个"哈尼"，马上选了这个，谁知居然是杨光的妈，任务轻松过关。

轮到红队选电话的时候，丽娜拿到林广薇的手机，挑来挑去，最后选中韩菲。任务卡要求她在电话里说出"臣妾做不到"这个关键词。

林广薇看到电话和任务卡，脸一下就绿了，按韩菲的性格和她平时高贵端庄的形象，根本不可能配合。何况，林广薇心里清楚，前一阵子韩菲负面绯闻缠身，她有意识地疏远了韩菲，以韩菲的精明，怎么可能没有察觉？

电话接通，韩菲的声音果然不咸不淡，林广薇有点尴尬，提起自己在广州，这句暗示没有违反游戏规定，韩菲马上反应过来，可是后来的配合也是一塌糊涂，五分钟时间耗尽，任务以失败告终。

当天的节目录制完，红队以微弱优势胜出。叶言言高兴之余有些心神不定，结束的时候又和工作人员确认了一遍电话解释的事，才算放下心来。

接下来的一天，叶言言和丽娜都没有通告，相约在游乐场里玩半天。谁知在排队等云霄飞车的时候被人认了出来，有些人直接上来要合影签名，还有很多人都悄悄关注着两人，视线如影随形，让人难以忽略。两人只好半路撤退，躲到了僻静处，远离人群，两人对视一眼，捧腹大笑。

完成综艺的通告，叶言言有三天的假期，正好回家一趟，享受了几天舒服日子。回北京以后，马上接了两个代言。

一个是饼干广告，一个是国产运动品牌。拍摄的地点就在香山附近，天气晴朗，秋高气爽，衬着火红一片的树林，她穿着运动服，做出跳跃的动作，肌肤白皙，笑容甜美，广告商看成片时极为满意。

接下来的一段日子，叶言言在各类通告中奔走，参加了两期访谈节目，其间又有一期综艺，这次是《飞燕传奇》的剧组主演的集体通告，主要为了电视宣传。节目里没有什么出格的要求和难题，让她很是松了口气。实在是上次的综艺经历太险恶，让她不得不防。

最近马元进开始接管她的粉丝管理工作，进展有序，她的粉丝团日益壮大。最明显的表现，就是近期有两部她演配角的戏开始在地方台播放，论戏份，她只有三四集出现过镜头，粉丝们也在网上很认真地讨论角色，还留言鼓励。

10月末的时候，公司安排了一个小型的粉丝见面会。精心挑选了十八个最忠诚乖巧的粉丝来参加聚会。叶言言本来性子有些内敛腼腆，不擅交际，但是面对这么一群衷心喜欢她的年轻女孩男孩，心里激动、感动、害羞等情绪不一而足，险些当场掉下眼泪来。粉丝们这么近距离观察偶像也是很激动，送上了准备的小礼物，拍照合影。

回去之后，有粉丝在论坛和贴吧上写了见面会感想，纷纷赞扬叶言言平易近人，性格温柔。

她的粉丝团有了自己的名字，叫“盐巴”。

后援团会长在和言言聊天时告诉她，盐巴虽然听起来普通，但是很重要，谁也缺少不了。

马元进在看完粉丝讨论后对叶言言说：“现在这个发展势头很好，已经有好几家的剧本拿来了。我想问你，接下来你有什么打算？”

叶言言反问：“打算？”

“你出道到现在，拍的大多数是古装，这些天拿来的剧本几乎也都是，你打算继续拍古装，还是要尝试一下现代剧？”他说。

拍戏已经有一年半，叶言言已经不是全然不懂的新人，照理说，古装剧比现代剧更容易红，但是电影则正好相反。布偶之前和她分析过，要做好从小荧屏转型到大荧屏的准备。不能一直拍古装，限制戏路。

叶言言自然无条件相信他，想也没想就说:“那就试一下现代装的。”

马元进笑眯眯地表扬：“有魄力，也有眼光。”他转手从桌上的文件夹最底层摸出一本剧本，“这个是我挑出来的，你看看。”

剧本《花开半夏》，讲述北漂女孩在经历男朋友劈腿、得罪老板被辞退的困境时，重遇初恋，既熟悉又陌生。女孩回忆起校园里两人相识相爱误会分开的过程，两人再次相遇后都已经变得成熟，经历重重困难，感情再燃，又解除了学生时期的误会，最终有情人终成眷属的故事。

剧本脉络清晰，故事虽然没有奇特之处，但胜在清新动人，尤其是深情的男主，是一大亮点。

随后马元进又给她做了一番心理建设。这部剧的导演是新人，之前在业内拿过短片奖，算是小有名气，拍摄手法很细腻，和这部剧的风格很契合。虽然这个电视剧项目投资比较小，但是潜力比较大，对演员来说，这也是一个绝佳的机会。

叶言言没有二话，把《花开半夏》的剧本拿回去研究。没过几天马元进就通知她角色拿下了，没有角色征选也没有其他波折，很快就签订了演员合同。但是剧组在男主角的确定上横生波澜，初定由港台转战大陆的小生卢言瑞担任，后来对方因为档期冲突拒绝。接着制片方看中童宇诚，从投资角度来看，导演算是新人，女主角还处于新人上升期，定一个收视有保证的男主角，算是明智之选。

剧组和寰盛娱乐接触了一个多星期，最后还没有拿下童宇诚，马元进在说起这个消息时还十分惋惜。叶言言询问原因，马元进叹气，给了掷地有声的两个字：“没钱。”

《花开半夏》是小投资剧，投资方很保守，最后对童宇诚这个一线片酬望而却步。

花开剧组在定男主角这条路上异常艰辛。直到去参加筹备前期会议的路上，叶言言才得知男主角确定的消息，听到那个熟悉的名字时，她有些惊喜也有些头疼地想：居然是他。

到达会议室，马元进先带着她与制片和导演打过招呼。导演不到四十岁的年纪，圆脸，戴着金丝眼镜，看起来很好说话。叶言言打量了一下四周，一眼就看到了坐在角落里的顾沛东，他像是特意选了一个躲避阳光的位置，双腿跨着，高大的个子屈在四方的办公椅里，有些吊儿郎当的模样。

他看过来，眼睛一亮，有些高兴的样子，没有说什么。反而是助理小孔先摆手："叶小姐。"

叶言言走过去："嘿。"

顾沛东拉开身边的一张椅子，眼神一瞥，明明是邀请的动作，被他做得漫不经心。

"想不到我们又要合作了。"叶言言从善如流地坐下，微笑着说。

顾沛东笑了，说："这次是主角了。"

两人第一次拍《神雕侠侣》，耶律齐和完颜萍，配角中的配角。第二次在《时光之旅》的单元剧也有合作，也是配角。现在，终于成功上位成了男女主角。这个时候，两人不约而同想到了一处，心里多少都有些感慨。

叶言言突然又想到一点，狐疑地看着他："你不会……又没看剧本吧？"

小孔扑哧笑出声。

顾沛东咬牙切齿："当然看过。"

叶言言将信将疑。

因为是现代剧，拍摄地点就在北京，只有部分场景要到农村拍摄，免去了演员大部分舟车劳顿的辛苦。

剧组的宣传经费有限，10 月底办过简单的开机仪式后，演员很快投入到拍摄中。

首先拍摄校园部分。本来按照编剧的设定，这部分的角色应该换成年轻演员。导演在见过顾沛东和叶言言后，决定不用两套班子，全程戏份都由主演担任。曹佳私下讨论说，这不会也是没钱闹的吧？叶言言也有点怀疑，但想到大学毕业都有两年了，现在又要回头穿高中制服，心里莫名有种臊意。

剧组和一所民办高中商议好场地租用和拍摄时间，因为上课等限制，实际利用时间很短，工作人员马不停蹄地开始机位布置和安排。学生们早就沸腾了，如果不是有老师管束纪律，只怕就要围堵过来。

顾沛东穿着白衬衣，藏青的直筒裤，靠在校园操场的花坛旁，有两个漏网之鱼的学生偷偷跑来要签名。他微笑着礼貌答应，签完之后又觉得无聊，要摸烟，想起穿着高中制服，口袋里什么都没有，于是百无聊赖地打了个哈欠。

这时看到有个女学生穿过工作人员设置的拍摄圈，朝这里走过来。

他眉峰拧起，以为又是一个不遵守纪律来要签名的，等人走近了，他才看清楚，叶言言上身雪白的衬衣，下面是藏青的短裙裤，露出的双腿笔直修长，脚上堆堆袜配着跑鞋。阳光从藤蔓交错的走廊投射下来，落在她的脸上，轮廓秀丽，肌肤白嫩滑腻，垂在肩上的头发乌黑柔亮，她对着这个方向笑了一下，带着羞涩，两个梨窝隐显，眉目如画，美好靓丽，俨然一个灵气十足的高中校花。

顾沛东忘记了烟瘾，直愣愣地站在那里。

工作人员见了，倒对导演的眼光有几分佩服，纷纷夸奖。

叶言言感觉更不好意思了，脸庞微微发红。

男二号扮演者张科也是一个很帅气的小伙，从进剧组的时候就对叶言言表现得特别殷勤，围着她团团转，这个时候看见学生装扮的叶言言眼睛一亮，马上凑上前："言言，你这么一穿，完全就是校花。"

顾沛东走过来，口气有些嫌弃："你怎么穿这么少？"

叶言言："校服不都是这样。"

"那也该穿秋季校服吧。"顾沛东说，左右张望，"我去和剧务说。"

叶言言有些无语："你穿的也是夏季校服。"说完上下打量他，挺拔的身材穿着制服，别有一股清新阳光的气息，尤其是他的长相精致俊逸，被学生装一衬，把原先那股邪气冲淡，反而显得雅痞范十足，立刻把身边的张科比下去了。

顾沛东看到操场边上一群学生，有不少穿着和叶言言一样的夏季校服装，感慨了一下现在的女学生真是不怕冷。转眼看到张科对着叶言言笑，还要搭话，他心头无端生出烦躁，一把拉过她的手，往教师楼旁的长廊走："太阳这么厉害，你别晒了，女演员也不注意一下，晒出斑有你哭的。"

叶言言被他一吓还真有点怕，转转手腕："我自己走。"看看他的侧脸，"你涂过防晒霜了？"

"没有。"他回头瞟一眼，看到张科没跟来，心情立刻阴转晴。

"不怕晒出斑？"叶言言转眼把这话还给他。

"不怕，"他笑得特别淡定，"我这属于天生丽质难自弃。"

怪她，又给他不要脸的机会了。叶言言龇牙，很快找到曹佳去补防晒了。10 月末的太阳，还带着秋老虎的余威，不容小觑。

顾沛东看着她的背影，眼神浮浮沉沉，神色难辨。

开拍后，叶言言马上发现顾沛东的改变，他说看过剧本，半点没有说谎。走位、演技和台词功底与一年前相比有了质的飞跃。休息的时候叶言言夸他“非吴下阿蒙，当刮目相看”，顾沛东眉梢挑起，得意地笑：“用老眼光看人了吧。我这还只是发挥正常，要是哪天超常发挥一下，你还不得挖墓相看了？”

我去，叶言言白他一眼：“你这演技要赶上脸皮的一半，影帝也该拿下几个了。”

他摆出考虑的样子：“不行，就我这颜值，再有演技，还给不给其他小生活路。”

叶言言一口气堵在嗓子眼，斜眼看他：“你先给我一条活路吧，快被你的脸皮吓死了。”

这个时候张科拿了咖啡过来，要递给叶言言。顾沛东长手一伸截了去，嘴里还客气两句：“张科你怎么知道我困了，正好提神。”

张科脸皮僵了一下，对叶言言讨好地笑笑：“言言你要不要？我给你去拿一杯。”

“她不要，”顾沛东说，“刚才骂我那个精神劲，熬夜拍戏都没有问题，还要什么咖啡！”

被他抢了话，叶言言只好客气地谢谢张科。

张科察觉到气氛不对劲，可是看着叶言言一派温柔娇美，又有点舍不得走开，有一句没一句地聊着。

顾沛东灌了一大口咖啡，到了肚子里竟是苦中带着酸的味道，他微微眯起眼，冷眼看着闲聊的两人。

“喂，”他忽然开口打断，“下面一场是你和女二的戏份了，你还不去准备。”

张科转过头看，还没有工作人员来通知，看样子还在拍校园背景。被顾沛东这么一说，他也不能拖下去，只好离开去询问拍摄进度。

等人走远了，叶言言转过脸看他：“他得罪你了？”

“没啊。”

“没有吗？”她说，“你对他这么不客气。”

顾沛东脸色微微一变：“你看不出来？他这是在追你。”

叶言言微怔，移开目光：“不算吧。”

顾沛东冷哼一声：“都这么明显了，你会不知道？难道你就喜欢被他献殷勤，你早说啊，这咖啡我就不喝了。”

叶言言窝火：“他又没有明说，我难道还要伸手打人笑脸不成，咖啡爱喝不喝，反正是你自己要的。”

顾沛东刚想说什么，忽然想起前两回吵架的事，立刻开始警觉。不能争，一争就要吵起来。吵架无好话，最容易伤人，他想起小孔说的话，暗自提醒着自己。锋芒、尖刺全部收起来，他把肚子里那点乱七八糟的想法全沉淀了一下，声音放缓，语气柔和地说：“我不是那个意思，你别急。”

再一想，女演员被献殷勤也确实不是稀奇事，要是真没人献，那肯定是出大问题了，不是相貌丑就是人品差，叶言言肯定不沾边。

顾沛东心气稍平，说：“我这不是怕你经验浅，容易受骗嘛。”

叶言言哼唧一声。

“你还别不信，”顾沛东眼珠一转，说，“你知道有些人特别容易因戏生情吧，拍戏的时候动感情，戏拍完了马上烟消云散。”

叶言言惊疑：“你说张科？”

顾沛东点头：“我听说是，你小心点吧。”实际上他之前并不认识张科，也压根没听说此类传闻。

叶言言马上相信了，主要是宏成就有那么一个活生生的例子——葛一鸣，每拍一部戏，都会和女主角似真似假地来那么一段，其实说到底也不是他人品不好，每次拍戏他都是动真感情，可是拍完了感觉就没了，放在小说里，那是标准段正淳式的人物。

顾沛东一看叶言言深信不疑，心虚之余又觉得好笑，这傻妞，太容易信人了，果然是容易受骗。

叶言言当真之后，对张科的态度就特别注意。这也是女演员必须具备的技能，圆滑客气，不能得罪人，拒绝也不能明着来，要婉转要诚恳，让人被拒绝也不觉得难堪。尤其是在不挑明的情况下，如何让对方知难而退，礼貌周到地拒绝于无形。叶言言虽说没有修炼到那个层次，但是拉着助理当挡箭牌还是已经熟能生巧了的。

曹佳起到了很大的作用，总是适时出来，阻碍张科想搭话的目的。顾沛东几次见了，忍不住偷乐，小孔不解，但是看他最近心情好，自己工作也轻松，乐见其成。

校园的戏份拍完，秋天正式来到，树上的叶子黄了一半，落了一半，在地上铺起厚厚一层，仿佛厚毯，金黄灿烂。

《花开半夏》的故事从本质来说，并没有特别新颖的地方。女主角花半夏高中时成绩优秀，名列前茅，在老师的安排下帮助当时成绩落后的男主角。两人从敌视、冲突开始，渐渐互相了解。在考入同一所大学后，两人渐生情愫，变成了一对校园情侣。男主角的母亲下海经商，经过几年经营，成了大富之家，发现两人的恋情后棒打鸳鸯。两个初尝爱情滋味的年轻人没有经受住现实与生活的考验，分道扬镳。男主角出国留学，另外结交了女朋友，而女主角毕业工作后，在职场上认识了男配角，谈起了新的恋爱。

男女主角的重逢，是剧中最重要的戏份之一，导演极为慎重，考虑到经费拮据，最后将拍摄点安排在宏成大楼的门口。

拍摄的内容，是两人在办公楼大厅内擦身而过，随即站住，猝不及防，情绪复杂。这一段需要重点表现内心戏，用导演的话来形容，要看见无形的火花迸射。

一开始拍摄不是很顺畅，NG 多次，大多数原因是顾沛东的情感表现张力不足。

导演把两个主演叫去："这一段是有点难，要表现的感情很多，表情还要控制住，多用眼神，暂时休息，你们再去酝酿一下，对对戏，争取快点过。"

他这样说完，又单独提示叶言言："你多帮他一下，要表现的感情太多了，光靠说是理解不了的。"

等两人走开认真去对戏了。在监视器旁的助理说："让她去带戏，能行吗？"

导演气定神闲地笑笑，没说话。

助理想到了什么，放低了声音说："老师，您是不是也看出来了，这一对有点感觉……不会因戏生情了吧？"

导演说："你看得还不够仔细，是顾沛东，他的演技一般，只有遇到和叶言言的戏份，他的发挥才会特别好。"

助理想了想，说："还真是那么回事，不知道他的公司知道了会不会干涉。"

"演员的私生活不关我的事，我只要把这部戏拍好。"导演淡淡地说。

助理明白话里深一层的意思，哪怕演员之间有了真感情，只要是有利于拍摄的，他都乐见其成。助理笑着摇了摇头，转过头吩咐工作人员去买几杯咖啡，余光一瞥，看到电梯门打开，一个身着西装，器宇轩昂的男人走过来，身后还跟着两个人。等人走近了，助理连忙提醒导演："梁洲来了。"

低头在监视器里反复看拍摄片段的导演抬起头，梁洲已经快走到跟前，他连忙站起来，动作有些局促。论地位，他是刚有出头希望的导演，梁洲已经从影帝转型影视公司老板，两者分量天差地别。他笑着招呼："梁总。"

梁洲客气地和导演、助理等人寒暄几句，脸上含笑，态度温和，令人心生如沐春风之感。

导演暗自感慨，经过时间的历练和沉淀，这位影帝一举一动流露出的魅力早已经没有屏幕的限制。

两人闲聊了几句，导演提起叶言言的表现，不吝褒奖："看起来文静柔弱，一到镜头前就不一样，精神有灵气，演技具有自身的风格，能强烈地吸引住别人的眼光，天生就该吃这行饭的。"这些倒不全是虚话，经过一个月的拍摄，导演早就有感觉，演员中最值得期待的，就是这位女主角。

“演员要遇到好导演雕琢以后才能成器，你别太夸她了，还是要多教教。”梁洲笑了一下说。

导演听到这句话，有些讶异，笑眯着眼不着痕迹地看了梁洲一眼，说：“叶言言很乖很听话，讲过的戏上手也快，我都想不到还要教什么了。宏成培养出那么优秀的新人，前途无量啊。”

梁洲笑容依旧，神色和悦，口气里是隐隐藏不住的满意和得色：“还有很长的路走。”

导演几句话已经摸到了宏成的意思，看起来对叶言言也是上心要力捧的。从梁洲的态度里，他还感觉到一些不一样的东西。

梁洲目光在工作人员中睃巡，没有看到叶言言，开口问：“主演呢？”

导演猜他想问的只有叶言言一个，也跟着在场内转了一圈：“刚才让他们去对戏了，不会走远的。”大厅前台的位置似乎有人争吵，他注意到，眉毛立刻皱了起来，手顺势指了过去，“是不是在那里？”

梁洲看过去，目光一动。

叶言言拉着有些不情愿的顾沛东走到大厅前台的另一边休息区，说：“我们先对对戏。”

“对什么呀？”顾沛东扒了两下头发，“台词我反着都能背了。”

“那你把相遇后的表情做给我看。”

顾沛东有些不好意思，磨磨蹭蹭，讨价还价，磨了一会儿见没有转圜的余地，只好把脸一板。在摄像机下，他可以肆无忌惮、自然而然地表现出来，可是私下对着她表现，他心跳突然加快，莫名开始紧张，仿佛心底最隐秘的一块被剖析，暴露在明处。

他目光直直地投来，细长的睫毛根根分明，黝黑的眼眸里藏着欲说不能说的感情，像是一张大网，要把人给擒入。

叶言言拿着剧本，在他脑门上敲了一下："太直白了。"

顾沛东头上不疼，嘴里叫唤了一声："怎么直白了？他不是一直就喜欢花半夏嘛。"

"他已经另外交了女朋友，这个时候遇到了，即使有感情，也要压抑住，不然成什么人了，如果是你的话，你怎么办？"

"回头去分了。"他不带半点犹豫地说。

叶言言："你也太不负责了吧！"

他不服："这才是对感情负责。"

叶言言觉得脑仁疼，刚才 NG 那么多次，原来是他和男主角理念不合，表现不出导演要的感觉。于是她耐下心来和他讲解："他不能只对女主的感情负责吧，女二呢，陪伴了他好几年，不能因为发现还是爱着女主角，回头就踹了女二吧。这个戏份很重要的原因就在这里，男主角如果对女二太过薄情寡义，观众会不喜欢。你要把他隐忍克制的一面表现出来，把感情藏到最深的地方去。"

顾沛东沉默了，想了想说："观众难道不想看到有情人终成眷属？"

"他们更想看到男主角有情有义的一面吧，"叶言言说，"编剧处理这个矛盾，最后也是让女二先犯错，然后男主角才有机会名正言顺地和她结束。这样观众就会更集火女二，对男女主更同情。"

“真没道理。”顾沛东嘀咕，总算接受这个讲解，感慨了两句，忽然问，“遇到这种情况你怎么办？”

“啊？”叶言言没想到问题抛到自己这里，苦笑了一下说：“我哪有花半夏那么幸运，有这种面对鱼和熊掌的机会。”

顾沛东不说话。

叶言言忽然注意到窗外，讶然：“那是不是……章导？”

顾沛东回头看去，章茹正从大厅旋转门进来，他脸色倏地一变，瞬间整张脸变得阴沉起来。

章茹在大厅里看了一圈，马上朝两人走过来，她穿着一套职业装，外面套着长西装外套，妆容精致，显然是特意打扮过，整个人显得干练而精明。在场的大多是和娱乐圈有关的工作人员，有不少人认出她来。

“东。”她走近了笑着喊了一声，亲昵地拍拍他的肩膀，“你今天穿了西装，真像换了一个人，我差点没认出来。”

顾沛东躲开她的手，一声不吭，爱理不理的样子。

叶言言看着这场景，不由得就想起当初送他去酒店那个时候，章茹的表现也热情得有些露骨，对其他人却完全不理睬。

章茹目光一转。

叶言言点头示意：“章导。”

“叶小姐，”章茹这次倒没有无视她，微笑着开口，“还记得第一次，你还是塞了钱走化妆师的后门才拍上戏，这才过一年多吧，居然已经是主角了。”

叶言言心里咯噔一下，这话别有深意，是说她用了不正当手段取得角色。她眉头一皱，正要说话。

顾沛东忽然冷笑："你有的没的说这些什么意思？"

章茹语气平常地说："我不过是感叹一下，叶小姐去年还什么都不懂呢，现在发展这么好，真是天生的演员。"

叶言言还是头一次碰到这种，明明说着夸奖话，却能让人歧义丛生，明着说她天赋好，实则还是暗指她现在能当上主角，是背后使了力，不是凭自己的本事。

"章导，是不是我有什么地方冒犯了您，我自己不知道呢？"她平静地开口。

章导瞥她一眼，笑着岔开话题："看你说的，我不过感慨两句。你们两个躲这里干什么？有什么事要避开人……东，你可要注意影响。男女主角本来就容易引人注目，再有什么格外的举动，就要闹绯闻了，你是新生偶像，粉丝可不想这个时候听到绯闻。"

一听这话，就是泥人也有三分火性了，叶言言心头窝火。但是章茹段数极高，这几句话是对着顾沛东说的，没有她反驳的余地。

顾沛东的反应很直接："关你屁事啊。"

章茹三番五次被他顶回来，脸色微变："你别不识好歹，我这可都是为了你好。"

"不用。"顾沛东脸色极为难看，对叶言言说，"我们走吧。"

章茹一把拉住他的手："叶小姐，我和东要说两句话。你能避开吗？"

"我没什么要和你说的。"顾沛东甩动手腕，没想到章茹抓得很紧，他一时没有甩开。

她冷笑一声："你确定我要说的话也能让她听？别忘了你家里有事的时候，是谁出的钱！"

叶言言愣愣看着，心想这是唱的哪一出？

顾沛东狠狠一下把章茹甩开，她踉跄了一下才站住，头发微乱，气息也有些不稳。

“欠你的我早就还清了，别无理取闹了你。”顾沛东冷冰冰地说。

章茹捋了一下头发，脸色再不平静，深深吸了两口气，把矛头对准了叶言言：“叶小姐，自从认识了你，沛东就变了一个人似的，我求你高抬贵手放他一马吧。是不是你和他说，不要接我的电话？你这么有心，现在又和他一起拍戏，是不是看中他现在星途坦荡，前途大好？你知不知道，他家之前是什么情况，而这一切都是我……”

“够了！”顾沛东打断她，脸涨得通红，眼睛赤红，怒气勃发，“你说够没有？”

这边的动静早已经惊动了周围的人，曹佳跑过来，站在叶言言的身后。小孔也走过来，看到章茹一瞬间就紧张起来。

章茹看到有人围了过来，半点不惧，刻意提高了声音：“叶小姐，沛东的事业也才刚起步，以你的相貌，以后什么老总富豪都会围上来，到时候沛东还能放在你眼里？你现在吊着他做什么呢？”

叶言言长这么大，还是头一次遇到这种上来就泼脏水的，听到这里，气得脸色都白了，嘴唇颤抖：“章导，你这样诬蔑我是什么意思？”

曹佳心想不好，叶言言真是老实，这个时候是不能去辩的，越说越纠缠，到底是经验浅。

果然，章茹说：“我只是希望你开解一下沛东，别让他一头热，分不清谁是谁非了。”

顾沛东大吼：“你有完没完？”

章茹温柔地看着他："我这都是为了你好。"

身后有好几个人走过来，脚步声急促。

章茹看到打头的人一愣。

梁洲走到叶言言身边："没事吧？"

没想到这么难堪的时候又被碰上了，叶言言又羞又臊，说不出话。

梁洲往前半步，把她挡在身后，笑了一声，说："是不是我们的艺人得罪了章导，到这里来兴师问罪？还请明说，真是她做错了，我马上让她给你赔礼道歉，绝不包庇。"

章茹没有想到这种小打小闹居然会惊动梁洲。她不是菜鸟，这几句漂亮的门面话里面什么意思，心里自然清楚。

上来先套了一个"兴师问罪"的帽子，至于说"得罪"，直接就是指责她以大欺小，还有那一句"真是她做错了，我马上让她给你赔礼道歉"，这话得反过来听，意思是，如果她没做错，今天这事就要说清楚了。

章茹在这个圈子浸淫多年，大风大浪见惯了，顷刻间已经调整好表情，口气平和："梁总误会了，您这旗下人才济济，我是见才心喜，过来套一下近乎。大概是说话急了，让叶小姐产生了误会。"

叶言言听得险些吐血，看这变脸的功夫，当导演都屈才了。曹佳也是一脸不忿。

章茹表现圆滑得多，这会儿还能对叶言言露一个笑容："刚才没说清楚，你进这个圈子还是我领进门的，看你进步这么大，我是打从心里觉得高兴的。"

曹佳插嘴："章导，您刚才可不是这么说的，左一个老总，右一个富豪，还说要言言放谁一马，不像是高兴的样子。"

这个时候正是助理发挥作用的时候，有些话，艺人当然不能说，助理就没有这方面的顾忌了。何况曹佳经历全程，早就忍不住了。

梁洲一听就明白了刚才在吵些什么，嘴里训斥："章导说话，你插什么嘴，没规矩。"

曹佳顺应地答了一声。

章茹笑容微僵。

大厅里不少人都是听到刚才的争吵的，这个时候就算不能明目张胆地围观，一个个也都竖着耳朵偷听。

梁洲闲聊似的问："我刚才听到，章导说要言言放过谁？"

章茹支吾，刚才那些话，用来欺负叶言言可以，拿到梁洲面前就成笑话了。

没等她含糊其词，梁洲侧过脸，看到叶言言面色发白，眼眶红红的，心里有说不出的滋味。他脸上虽然还挂着笑，眼里已经一丝笑意也无，直接问曹佳："是谁让章导这么看重，特意跑一趟？"

曹佳这时可顾不上小孔拼命眨眼暗示，说："她刚才说让言言放过顾沛东。"

章茹急忙解释："我是提醒他们注意现在的记者和舆论，万一闹出什么绯闻对前途不好。"

梁洲刚才已经注意到站在几人之中的顾沛东，样貌在娱乐圈称得上拔尖，此时再看他一副桀骜张扬，却又极力隐忍的样子，心里大致已猜到几分。

梁洲的眼眸幽深黑沉，藏着刀刃般的锋利。

章茹无意识地避开目光。

“这是章导签下的艺人？”梁洲问。

有些明知故问，剧组的工作人员没有人不知道，顾沛东是寰盛的艺人。

这个时候，就是再迟钝的人，也恍然明白：这章茹气势汹汹地过来找叶言言的麻烦，主要目的就是顾沛东。

众目睽睽之下，章茹有些尴尬：“不是。沛东是我带出来的演员，所以多关心一些。”

不少人偷偷瞄着顾沛东和章茹。这个圈子从来没有不透风的墙，章茹喜欢小鲜肉在业内也不算新闻。

顾沛东被明里暗里的视线刺得身体紧绷，心上某一处隐隐作痛，他死咬着牙，做出一副若无其事的样子来，手背上崩起的青筋却多少泄露出真实的心情。

听到消息赶到大厅的马元进看到这个阵仗有些意外，大步走到叶言言身边，嘴里说道：“这么多人围着干吗？这是谁闹上门了？言言，别怕啊，哎，怎么眼睛都红了，谁欺负你了？”

他嗓音之洪亮，整个大厅的人都听得一清二楚。

章茹骤然脸色一变。

叶言言和剧组工作人员到底还是处了一段时间的，大多数人都知道她平时礼貌周到，为人低调，听过刚才那段再稍稍一联想，不少人有些同情她。

梁洲别有深意地点评一句：“章导对认识的演员真是关爱。”

章茹面色说不出地难看，想发作又没有由头，说到底梁洲的每句话明面上都没有错处。这个感觉就像刚才叶言言对上她。章茹心里冷笑连连，联想梁洲的举动和言辞，她嗅到了一些不同的味道。

梁洲不动声色地对马元进甩了一个眼色。

马元进一拍手："哎呀，这不是章导吗？"那样子像是刚发现似的，又接着嚷，"到宏成来了怎么不提前说，你是和大军约了吧，走走，我给你带路。"他一边说一边拉着章茹往电梯口走。

章茹也想借着台阶下，顺势就跟着走了。

"好了，没什么大事，"梁洲对导演致意，"只是个误会。"

导演领会，马上拍手大声说："还愣着干吗？该干什么干什么。"

在场工作人员马上散开，一时间各忙各的，就是视线还时不时瞟过来。

梁洲和导演低声说了两句，走回来对叶言言说："我和导演说了，今天的戏份延后再拍，之前的进度不错，不耽误杀青。"他稍一停顿，语气柔和许多，"你受惊了，先上去休息一会儿。"

叶言言早就被周围的视线弄得浑身难受，硬忍着心头的不适和尴尬说："没关系的，我可以拍。"

"还拍什么？"梁洲眉头微皱，"演员又不是铁打的，该休息的时候就休息。"

曹佳上前拉住她的手："你脸色不好，我们先上去。"

两人相携，走过顾沛东身边时，他身体一动，小心翼翼地看向她，嘴唇翕动，想说什么。

曹佳使劲拉了叶言言一把，很快从他面前走过，没有给他开口的机会。

梁洲看在眼里，等人走远了，忽然开口："顾沛东？"

顾沛东有些意外，默不作声地看着他。

"照理这些话不应该由我来说，"梁洲缓缓说，"在这一行，观众对女演员的要求比男演员更苛刻，行差踏错就很难翻身。只是和你同剧组，无缘无故为你的私人感情埋单，这种事下不为例。”

他的语调很平常，不见刻意严厉，一旁听着的小孔却紧张得气都喘不过来，脊椎骨跟着发凉，再看顾沛东的脸色，也是难看得要死。

“梁……梁总，”小孔声音发颤，“其实这事真的和我们东哥没关系……”

顾沛东咬紧牙根，断然道：“你放心，我不会连累言言。”

梁洲眉梢微挑：“目前最好的方式，还是保持距离。”

顾沛东攥紧了拳头：“我说了，不会连累……”

“漂亮话谁都会说，”梁洲打断了他，“说到和做到是两回事，照我看来，你连保护自己都很困难。”

这一句无异于一记重拳，打得顾沛东说不出话来。

梁洲并不在意他的反应，说完转身就走。

小孔发现顾沛东面无表情，异常沉静，心里着实捏了一把汗，轻声唤：“东哥？”

顾沛东抬眼，声音喑哑：“没事。”垂下眼，掩去眼里那一层戾色。他没有想到，梁洲会带给他那么大的压力，这个男人，就算没有刻意表现出来，那种经过岁月打磨、锤炼而成，犹如锋刃一样的冷峻气势，让顾沛东有种压抑感，仿佛面对的是巍峨高山。他说的每一句话，都比其他人更犀利、更尖锐，直指中心，让他无处逃避，自尊被剥离得点滴不剩……

他感到了从未有过的挫败和难堪。

叶言言在休息室里坐着，曹佳小心翼翼，拉着她东扯西扯的，她几次说没事了，曹佳压根不信，眼里全是“你需要安慰”的坚定光芒。

没一会儿马元进推门进来，一边嘀咕着那老娘们真刁钻，一边安慰她。

房门再次打开，梁洲走进来，坐到叶言言身边：“不要觉得委屈，今天给她一个台阶下，公司方面全是出于为你考虑，章茹混了这么多年，现在又自立门户，手里积攒了不少资源，要真是弄僵了没有回头余地，她狗急跳墙，回头矛头还是要对准你。你这刚有点起色，栽到她手上，到时候两败俱伤，你是台前，她是幕后，吃亏的还是你。”

叶言言认真听着，点头：“梁总，我懂。”

梁洲看着她乖巧的模样，心里还真过不去，情不自禁把她的手握在手心里捏了捏：“乖孩子。”

他声音醇厚，本就迷人，这一声更是拨动心弦。

曹佳瞪大眼，马远进拍拍她的肩，两人打开休息室的门悄无声息地出去了。

叶言言也有些不自在，要抽回手。

梁洲没放手，问：“你和顾沛东是什么关系？”

“朋友。”

“什么朋友？”梁洲追问，“男朋友？男性朋友？”

叶言言皱眉：“男性朋友。”

梁洲说：“他身上事太多，你以后远着点。”

经过章茹一闹，叶言言也有这个打算，但是经梁洲这么提醒，她反而有些叛逆的情绪冒出来：“为什么？是章茹来闹，又不是他的错。”

“章茹为了谁来的，怎么不关他的事？”梁洲说，目光盯在她的脸上，“还是你另外有什么想法，嗯？”

叶言言沉默，憋了半晌才说一句：“只要不是谈恋爱，不用和公司报备吧。”

梁洲忽而一笑，看着她说：“还是听我的话远着他点，别和我说什么友情，现在接近你的男人，没人是图纯洁友谊来的。”

叶言言瞬间涨红了脸，挣开他的手，想说什么又觉得词穷，就把头别向一边不回应。

梁洲看她恼火的样子也觉得可爱，尤其是她白皙的脸庞上一抹粉红，让他的心一阵酥痒，他笑了一下，摸了摸她的头发，用哄孩子似的口气说：“听话。”

敲门声响起，曹佳打开门提醒：“导演找。”

叶言言噌的一下站起身，忙不迭地离开休息室，躲开变得有些暧昧的气氛。

休息了一天，第二天拍摄照常进行。

再次拍摄重逢那个镜头，居然一条就过了。

戏里叶言言背着顾沛东，看不到他的表情，只是看导演满意的样子，就知道这段他表现得很不错。

两人早晨见面的时候还是有点尴尬。顾沛东看到她，点了一下头，什么都没有说，很快垂下脸，拿着手机玩游戏，心无旁骛的样子。

剧组工作人员虽然各司其职，但时不时朝这里瞅上一眼，显然昨天那件事已经在众人心里留下烙印。

休息时叶言言一个人待着，以往很喜欢来献殷勤的张科现在也不往这里凑了，一有空就和扮演女二的演员有说有笑。

叶言言处之泰然，该怎么做就怎么做，态度自然大方。

导演把几个主要演员都叫去，安排下一场拍摄。

“这里是男主压抑不住感情，冲上去抱住女主告白，女二正好看到，大吵大闹，并打了女主一记耳光，情感表现要激烈一点，把冲突体现出来。不要拘谨，要放开。”

场记打板。

顾沛东从大厅一侧急匆匆走来，剪裁合适的西装衬得他身形挺拔，眉目清爽而俊美，他看到叶言言，眼睛倏地亮起来，光彩熠熠，几个大步冲上来，一把环抱住她。

“半夏。”他嗓音嘶哑地唤出这个名字。

这一声包含着压抑和伤感，她的心跟着一颤。

“我才知道，当年……”他知道了当年母亲做的事，终于明白花半夏不是移情别恋，想到蹉跎等待的这些年，兜兜转转，终于还是回到这个起点，他激动得心口都有些发疼，只有喊她的名字，才能缓解那种压抑的痛苦，“半夏。”

她的手臂动了动，缓缓搭在他的背上。

“对不起。”他低着身体，几乎把脸埋在她的颈窝。

叶言言感觉到耳郭一片温热，不是台词里的，第二声，轻得几乎听不见的“对不起”在耳旁响起。顾沛东抱着她的手臂有些用力，箍得她的肩膀隐隐生疼。她什么都没有说，用手轻轻拍着他的背，动作温柔，安慰一般。

感情真挚到位，导演认真观看着监视器。

随后二号机位拍摄的女二出现，看到这一幕是崩溃而疯狂的，她上来拉扯，把两人分开，又哭又闹，尖声数落着男主的不忠，在看到男主维护女主的一刹那，终于情绪失控，狠狠一巴掌扇了过来。

叶言言脸上挨了一个耳光，麻木一瞬之后马上转变为火辣辣的疼。

扮演女二的女孩今年刚从艺校毕业，表演过猛，本应该虚打的巴掌，她一时没控制住，居然打了个实。

女孩自己倒先蒙了，打完之后愣在那里，表情呆滞。

“停！”导演站起来喊，“怎么回事，先不说打错了，你愣着干吗，这一停，等会儿还要重拍。”

女孩被导演一吼，紧张得手足无措，脸色涨红，连声道歉：“叶小姐，不好意思，我也不知道怎么回事……”

顾沛东下意识要冲过来，刚迈了一步，又收了回去，视线在叶言言的脸上打转，神情紧绷。

“没有关系，”叶言言反过来劝女孩，“你别紧张，第一次是容易出错的。”

没一会儿，曹佳拿了冰袋来给她敷脸，看她白皙的肌肤上几条浅浅的红印子，讶异道：“她这怎么回事？用了多大力啊。”

脸上一阵冰一阵疼，叶言言龇牙：“算了吧，她比我还紧张。”

小孔趁着别人不注意，路过两人时停下来问：”叶小姐，你没事吧？”

曹佳恶狠狠地回他一眼，他苦笑。叶言言知道是谁想来打听的，淡然道：“小事，敷敷就好了。”

小孔马上回去汇报。

等叶言言脸上的红印淡了一点，再补一层妆，重新拍摄这一段。

扮演女二的女孩这次放缓了动作，节奏却没把握住，NG。

第三次，节奏过快，NG。

来来回回拍了五条都没有过，女孩越紧张越容易出错，第六次，导演还没喊停，她觉得节奏又出了错，自己先停了下来。

等到拍第七条的时候，叶言言又挨了一记实打实的耳光。

顾沛东脸色一变，目露寒光地瞪着女孩。

女孩一下就红了眼，眼泪欲垂。

导演急得上火，却不好再说什么，宣布暂停拍摄，让大家先去休息。

叶言言的左脸印痕明显，还有些微红肿，曹佳气得几乎要跳脚，拿着冰敷在她脸上揉，抱怨说："就她还艺校毕业呢，连错位都不会，害你遭罪。"

叶言言的半边脸又麻又疼，脑子还有点眩晕的感觉，一个字都不想说。

休息时间过了，叶言言脸上的红痕没有褪，遮瑕上了两层也没盖住。导演亲自过来看，无奈宣布今天女主角戏份暂停，先补拍其他片段。

梁洲参加完一个商务会议，中午回到公司，看到大厅内工作人员正在收拾拍摄器材，随口问了一句："这么早就拍好了？"

李勤去打听情况，回来汇报。梁洲听完愕然，怎么回事，又是她?

在办公桌前翻文件，翻了几页，都有些走神，他索性站起来，走动一下散散心。

员工们不知道，还以为撞上老板检查工作，一个个战战兢兢的。

梁洲走到休息室门口，马元进的声音从里面飘出来："印子这么重，是个小丫头打的？这是练了铁砂掌怎么的？"

他停下脚步。

曹佳开门出来，看到梁洲，愣了一秒才反应过来：“梁总。”

马元进在休息室里问：“梁总来了？”

梁洲走进去，马元进坐在单人座上，叶言言坐在沙发一头，捧着腮帮子，神色尴尬极了，眼神也有些躲闪。

那垂头丧气的样子，像极了垂耳的兔子。

些微好笑之余，他不舍又心疼。

叶言言抬起眼飞快瞥他一眼，目露疑惑。

梁洲轻咳一声：“让我看看，伤得怎么样？”

叶言言赶紧说：“小伤，没事的。”

“快给梁总看看，”马元进说，“瞧瞧你，我只听过以大欺小，被圈子里的前辈抽耳光的，你这居然都挨上新人的耳光了，出息！”

叶言言被他说得无地自容，慢慢放下手，露出微微红肿的左脸。

梁洲眯了一下眼，视线凝在她的脸上。

叶言言浑身不自在，轻轻挪动一下身体。

二十多岁的年纪，正是青春美好的时候，肌肤细腻水润，红肿的印子格外明显，梁洲情不自禁伸手，在她脸上轻轻一碰：“还疼？”

他的手指修长有力，骨节分明，结合了力量与柔韧的感觉。叶言言看着发呆，脑子里混沌一片，都没有听到他的声音。

马元进的视线在两人之间来回转。

“疼不疼？”

叶言言回神，脸色通红：“不疼，不疼。”

曹佳拿了新的冰敷进来，梁洲对着马元进朝外示意，两人走到门外，梁洲脸色凝重，说：“有点问题，打耳光的人是故意的。你多注意点。”

梁洲的判断，马元进从不怀疑，收敛了笑，一脸肃色：“魑魅魍魉都跑出来了。”

叶言言敷了脸，不敢在公司多逗留，赶紧回了酒店。布偶看到她的半张肿脸，当场就绿了脸，沉默半晌，开口说：“言言，有人在针对你。”

叶言言说：“这是一个刚开始拍戏的新人，没掌握好时机。”

布偶把 iPad 拿到她的面前。

她本还不在意，看了几眼后，脸色渐渐变了。

“揭露心机婊小花上位始末。”“818 叶言言潜规则内幕，这些年睡过的男人。”“我来爆料，某个表面纯洁，实际上一路睡上来的小花旦。”

布偶打开的是国内某个知名论坛，有好几个标题劲爆悚动的帖子都和叶言言有关。它点开其中一个帖子，里面以行内人的口吻，文字描述了叶言言在公司内受到力捧，主要原因是马元进和梁洲，并暗示她和两人有着不正当男女关系。发帖人爆料，还有《飞燕传奇》的导演，半路提拔主角，也是因为接受了潜规则。

叶言言把其中一个帖子看完，脸色极为难看。

布偶点开另外一个纯文字帖说：“这篇你应该看一下。”

虽然没有任何图片，这篇帖子热度却是最高的，内容是叶言言在公司内部勾引梁洲、马元进，还提到了具体时间点，比如《时光之旅》的杀青宴、公司年会，翻到最后，昨天半夜还有楼主发帖，提到国内某知名导演上门来打闹，因为叶言言拍戏期间勾引了她老公。

从第一次发帖到现在，时间跨度有半年，时不时还有细节暴露，相比某些只是谩骂却没有实质内容的帖子更容易让网友相信。

布偶说："我全部看过了，几篇帖子半年前就开始有了，热度并不高，之前也埋没在其他娱乐爆料里，这两天明显有人把这些帖子顶了起来，应该是雇了水军。"

叶言言忍着看了最近一些评论，有骂她一脸狐媚样，指名道姓说她下贱的，把帖子的热度炒了起来。

布偶分析："发帖的和评论的，应该是两拨人。最近你是不是得罪了什么人？"它看着她微微红肿的左脸，把页面转到爆料昨天上门来闹的事，口气不无担忧，"最怕就是这种真真假假混杂在一起的信息，容易让人相信。"

只有公司里的人知道昨天发生的事。叶言言看得心里直冒寒气，从半年前开始，就有人故意在背后黑她，还一直持续着这种行为。想到这一点，她就有种不寒而栗的感觉。至于最近雇水军，把帖子炒热的行为，她脑中迅速跳出一个名字。

"马上打电话给马元进，作为经纪人，他必须马上知道这件事。"布偶说。

叶言言马上打电话进行了汇报，马元进一听就极为重视，一边说一边打开电脑查询，看了没几页就发现事态的严重性，其中还牵扯到公司内部的人。他经验丰富，一看这些似是而非的信息，大致已经猜出其中几篇是同一个发帖人，应该是实习演艺生，和叶言言几乎同期，却还没有出头，听过一些公司里的流言蜚语，加工一下放到了网上。

至于动机，无非嫉妒。

第二天的拍摄，马元进出现在剧组，一路陪同。扮演女二的那个女孩这次再没有出错，很快顺利完成当日的拍摄任务。在休息的时候，马元进笑眯眯地找那个女孩谈了一会儿。

叶言言在上厕所的时候和她碰到，正要客气地打招呼，谁知女孩看到她，脸色苍白，视线也不敢对视，飞快逃开。叶言言回来和曹佳一说，曹佳冷笑说，大概是心虚吧。

之后几天，那几篇帖子被越炒越热，参与讨论的人开始增多，甚至有些人开始到叶言言的微博下留言谩骂，难听的字眼漫天飞舞。叶言言的粉丝也进行了反扑，但是因为数量上的差距，很快被淹没，只有最忠诚的一部分，还在努力为偶像辩护。

但是谩骂的人是无法用道理去说服的，他们倾泻的只是一种情绪，攻击火力也集中在粗俗的字眼上。

挑选的照片都是一些怪异角度抓拍的丑照。

卸妆之后那么丑，不是潜规则是什么。

当初叶言言看到韩菲的爆料帖时还感慨那些照片挑选不易，想不到这么快就轮到自己了。

她原以为自己可以很淡定地面对这些网络攻击，但亲身面对时，还是觉得心情沉重，像是有万只蚂蚁在心里爬，既难受又不能完全发泄出来。为了避免引起更激烈的冲突，她暂停了微博更新。

实际上，几天之内她已经无数次冲动，想要去问一问那些来诋毁、谩骂她的人，明明对她根本不认识不了解，凭什么这样在网上肆意进行侮辱？

她把这个想法透露给布偶。

布偶看着一脸苦恼、认真思索的叶言言，心不自禁地发软，不忍直接把那些残酷而冷漠的现实剖析出来。

“不遭人妒是庸才。”布偶说，“世界上哪有百分百受欢迎的人或者事，这就是成为明星的代价。言言，你后悔吗？”它直直地看着她。

叶言言几乎没有犹豫：“不后悔。”

“真的？”它有些不确定，一时间种种情绪纠缠，让它脸色复杂，还有一丝忐忑。

“真的，我挺喜欢演戏的，”叶言言有些不好意思地说，“你看平时生活那么平淡，演戏的时候，感觉自己成了另外的人，可以勇敢，可以坚强，还可以很腹黑、很聪明……我好像一下子变成很厉害的人了，体会到不同的人生，还有很多人喜欢我。”说着，她连耳尖都开始泛红，“好像变成公主了。”

布偶看着她黑亮的双眸，伸出手握住她的手，可是它的手软绵绵的，那么小，最后变成了搭在她的手指上。它低头看了很久，忽然意识到什么，神色黯然，迅速把手收了回去。

你这么可爱，在现实里，也有人喜欢你的。这句埋藏在它心里，安慰的话语到底还是没有说出来。

马元进和公关部的人开了个内部会议，以叶言言目前的公司地位，虽然还不能动用宋朝寅这尊大佛，但是借用公关部力量采取一些舆论反击还是可以的。宏成很快有所反应，由于这些帖子的内容都不符实，反击力度集中在走司法程序，对恶意造谣进行报警和出动律师函。

宏成公开表示了态度，网上谩骂趋势果然有所遏制。

这和之前的公司内部评估差不多符合，这一波网络恶意攻击是出于人为操作，水军雇用。

随后几个宏成的艺人都在网络上对叶言言表示力撑，居然连韩菲的微博上都评论了一句“无聊”，这是马元进运作的功劳。要知道之前叶言言和韩菲的微博，虽然在公司安排下进行了互粉，但是互动基本没有。

而影响最大的，还是梁洲某个晚上在微博上转发了一个营销号对叶言言的指桑骂槐，评价四个字——胡说八道。

网民瞬间沸腾了。

这位影帝虽然坐拥几千万粉丝，但是微博更新频率可以算是半年刊，没想到这次居然正面回应，还给了这么有力的四个字。

一群粉丝在底下激动评论。

好厉害，居然把影帝炸出来了。

之前就觉得这些水军很无聊，梁影帝要潜规则，谁不能潜。

我呸，右边几个意思，是高级黑吧，说得好像我们影帝真的潜了一样，你咋不上天？

半年都没有发微博，有这么重视？难道这个小花是宏成接下来要力捧的？

粉丝脑洞大开，随后话题果然飞出天际。关于梁洲发微博的信息第二天上了热点，随后几日，关于叶言言的恶意诋毁和谩骂渐渐停歇。除了宏成网络公关在起引导作用，更重要的一点是，叶言言的两部电视剧在年底进行了播出。一部饰演配角，还有一部就是《飞燕传奇》，这部戏刚完成后期，因为顶替一部审核没有通过的古装，一经播出，就以美女云集而受到大众关注。

十几个漂亮靓丽的女孩，身姿窈窕，广袖华服，在镜头前齐集，片头一出，就有大片粉丝舔屏。

这些年，各类古装剧轰炸屏幕，质量良莠不齐，该剧背景恢宏，装饰华美，情节是由真实历史改编，不存在人物脸谱化、没有特色的缺点。尤其是女性演员众多，在精美的布景中没有被泯灭，反而更加出彩。

这对姐妹花的故事家喻户晓。

赵飞燕以一身飞袖青衣、窈窕灵活的舞蹈姿态出场。她冰肌玉颜，丽而不妖，裙裾摆动如舞风一般。

“我叫飞燕，赵飞燕。”她微微一笑，含羞带怯，对着皇帝盈盈一拜。

真真是国色天香，勾魂夺魄。

屏幕上那股丽色直面冲击着观众的感官，仿佛那古装美人眼波流转，从二维画面上伸出手来，在众人心上微微一挠，引得人从胸腔直冲喉口地发痒。

皇帝怎能不动心？就是观众，也不由得倾心了。

首先轰动的是“盐巴”们，叶言言惊艳出场的当天晚上，评论就刷爆了官微。

随后接连几天的剧情彻底点燃了粉丝的热情。

扮演赵合德的演员也是美女一枚，但是这部分剧情她还在民间，妆容和衣物都差飞燕几个档次。

赵飞燕的娇姿艳质、杨柳细腰，艳压后宫一众美女，就是新晋的小龙女梁嫣，也因为长相和装扮素淡，显得不能力敌。

媒体们很快加入到这场视觉盛宴中，顺应着当季话题，对《飞燕传奇》这部剧进行了深度剖析，从背景设置到画面布局，当然不能忽略整剧的高颜值。就连宫女，容貌也比一般的古装剧高出好几个层次。

高度赞赏的，评价为“精良制作”，忽略演技表现的，报道就是“颜值刷屏”。

一时间，该剧成为当季之王，无论收视还是热点，同期电视剧完全不能匹敌。

叶言言在经历了网络负面攻击之后，再度被推到了网络话题的热浪上。

转眼拍戏又过了两个月，《花开半夏》在春节前顺利杀青。

叶言言睡了一个懒觉，醒来的时候已经到了中午，酒店的饭菜她早就吃腻，压抑许久的食欲在叫嚣，她在心里挣扎良久，可怜巴巴地看着布偶。

布偶无奈点头，可以吃零食，只限一天。

叶言言立刻穿上羽绒服，直奔超市。在剧组半封闭式地拍了几个月的戏，她显然对于近期人气蹿升的事意识不强。在膨化食品柜前站了没一会儿，一对母女推车靠近，盯着她看了半晌，女儿忽然发出一声低呼，走过来，小声问：“你是拍《飞燕传奇》的叶言言对吧？”

叶言言拿着一盒薯片，有些意外地微笑点头。

“太好了，”女孩从包里拿出手机，“我和同学都喜欢你的赵飞燕，合影一张好吗？”

叶言言头一次遇上这么热情的观众，欣然同意。

女孩叫上母亲，三人合影一张。

叶言言转到另一边柜台时还听见女孩兴奋地和同学打电话：“你们猜我在超市遇到谁了？”

结账的时候，又有好几人认出她，有年轻的也有上年纪的，有的要签名，有的要合影，叶言言都礼貌含笑答应。好不容易轮到她付钱，营业员笑着拿出一张白纸：“给我签个名好吗？”

周围指指点点的人变多，远处还有人闻风而动，凑热闹一样围了过来。

叶言言还是头一次遇到这种阵仗，眼看着人越来越多，她顾不上再签字拍照，抱着零食就往门口方向疾步离开，身后还有一些人跟了上来。

进入娱乐圈两年多，真的碰上追星这回事，叶言言才体会到其中的辛苦，拒绝不礼貌，可是不拒绝很可能脱不了身。她拎着大包食品往人少的地方走，手机铃声忽然响起。

她接通，声音有些喘："喂？"

顾沛东问："你在哪儿健身？"

"在超市。"叶言言答。

顾沛东问清楚地址，嘱咐她原地等着，然后就挂了电话。

等了一刻钟左右，一辆黑色丰田停在她面前，车门打开，她飞快上车。

顾沛东看她戴上了羽绒服的帽子，厚厚一圈毛罩着巴掌大的脸，脂粉不施，唇红齿白，细长的睫毛下露出一双眼眸。

"被人认出来了？"他很有经验，一看她的样子猜到几分。

叶言言心有余悸："真没想到这么热情。"

"现在不比过去了，《飞燕传奇》收视率很高，你以后出门要当心，起码要带上助理。"顾沛东笑了一下说。

叶言言微微惊讶，从他说话的内容到语气，给她一种有别于过去的感觉，似乎变得更成熟了。

两人一起拍了三个多月的戏，自从章茹来闹过之后，叶言言一度被舆论攻击，那段时间除了对戏，顾沛东在剧组有意识地避开她，唯一一次借着拍戏的机会，偷偷和她说过一声对不起。

她朝他看了两眼，一部戏拍完，他瘦了一些，轮廓线条越发分明。

“看什么？发现我变得更帅了？”他笑，有些促狭。

叶言言翻了个白眼，错觉，成熟什么的都是错觉。

即使是美女，翻白眼也是煞风景的，顾沛东见了却笑得开怀，来之前他心里还有些忐忑，这一下却感觉近两个月刻意躲避的隔阂一下子消失了。他大手一伸，打开塑料袋看她买的东西，嘴里嫌弃个不停：“都是垃圾食品，你不是挺怕胖的，突然胆子这么肥了？”

“就一天，放松一下。”

顾沛东打开一包薯片，啃了两片，蹙起眉头，拿着外包装前后看：“什么味这么怪，蜂蜜黄油味？”他怪叫两声，把薯片扔回袋子里，“吃这不行，午饭没吃吧？走，带你去吃好吃的。”

叶言言发现，他虽然直接做了决定，但是余光一直关注她的反应，眼神举止都透着几分小心翼翼，和以往表现大相径庭，她有些心软，默认了。

车子停在一条小街路口的潮汕粥铺。

下车前顾沛东从车后座拿出口罩给她。

叶言言往后瞟一眼，一整袋的口罩，忍不住笑：“带这么多。”

他咧嘴一笑，露出一口白牙：“防身懂不懂，还能防雾霾。”

两人都蒙着半边脸进店，粥铺门面看着小，里面地方却很大，门口一排排透明水缸里养着各种海鲜。顾沛东随意点了几样，等粥烧好一大碗端上来，飘香四溢，勾人馋虫。

顾沛东给叶言言盛了满满一碗，她低头一尝，鲜得舌头险些掉下来，一口气喝了半碗，才发现坐在对面的人一口也没动，一直凝视着她。

叶言言有些不好意思，心想一定是吃相太急了，解释：“我今天还没吃过东西。”

顾沛东又给她满上：“多吃点。”

叶言言喝两口，抬起头：“我就这么秀色可餐，你光看就饱了？”

顾沛东心猛然一跳，脸上却做出夸张表情：“你怎么突然画风一变，脸皮这么厚了？”

“跟你学的。”叶言言没好气地回答。

顾沛东哈哈一笑，呼噜呼噜大口喝起粥，如猛虎下山，风卷残云，全然没有帅哥的风度。

“你这样粉丝知道吗？”叶言言调侃他，“拍下来放到网上，多少粉丝要梦碎了呀。”

“不会，”他老神在在，“她们会舔屏说反差萌。”

和他比脸皮，输了！

热腾腾的一大碗粥被喝了个底朝天，叶言言感到心满意足。

顾沛东看着她被热气熏得微红的双颊，眼眸幽深。

“言言……”他开口，有些犹豫，摸出打火机和烟，就要点上。

她知道他一向烟瘾大，无奈抬手指了指墙上。

禁止吸烟。

顾沛东烟已经叼在嘴里，看到那四个大字，拿了下来，用手一折，把烟丢在桌上。他垂下眼：“章茹的事，下次不会再有了。”他突然这样保证。

叶言言唔了一声。

“你信我吗？”顾沛东问，口气有些急。

叶言言眉眼认真地看着他：“这件事其实不怪你。”

顾沛东听了这话没有放松，脊背绷直，直直看着她："你还是不信我？"

叶言言不知道该怎么接这话了。她想，顾沛东也许只知道章茹来闹了一场，不了解后面网上的攻讦，还有演女二的那个女孩，身后都有章茹的影子。最好的证据是马元进告诉她，章茹签了女孩的下一部戏。

顾沛东想的却完全不是这个，他的表情很严肃："我能签约寰盛，进《神雕侠侣》剧组，全是章茹使的力，她那个时候说看待我像看待子侄辈一样，后来要求却越来越多。"他微微讥笑了一下，"我进娱乐圈，不为别的，家里欠了钱，很多。家里没人还得起，所以我就想找个来钱快的工作。有一阵子催钱催得急，章茹就替我给了。不过这笔钱我已经还给她，现在两清了。"

叶言言有些明白他的意图了，慢慢睁大了眼。

他继续说着："等我再接一部戏，家里的债就差不多还完了……"

叶言言打断他："沛东，别说了。"

顾沛东看了她一眼："我家在农村，什么都没有，还欠一屁股债，高中一毕业我就出来混了，也没什么文化，言言，你有没有看不起我？"

他的目光直愣愣的，白炽灯把他紧绷不安的表情照得纤毫毕现，连每一根眉毛都看得清清楚楚，他紧抿着的唇微微泛白。

叶言言一刹那有些明白他之前那么敏感易怒的性格，原来全是来源于这脆弱的自尊心。她的心又酸又涩，眼睛也有些潮热，只好用力摇头："没有，我没有看不起你。"

顾沛东想要笑一笑，表情却有些僵硬。听到她的回答，他原该松口气，放下长久以来压在心头的大石，可实际上，刚才看到她心软同情的表情，他的心口就像被狠狠抽了一鞭子一样生疼。

梁洲那句冷冰冰的话，骤然跳了出来：“目前最好的方式，还是保持距离。”

他准备了许久想说的话，借着被热粥熨烫出的冲动，渐渐凉了下去。

顾沛东握了一下拳头，扯扯嘴角：“说出来舒服多了。”

叶言言有些茫然地看着他，还有些紧张。

“走吧，”他站起身，“我送你回去。”

车停在酒店门口，顾沛东拉住要下车的叶言言，眸光微闪：“言言。”

她回避了他的目光：“沛东，今天不说了，我好累。”

顾沛东看她神色微微纠结，态度躲避，心里一时滋味复杂，可到底什么也没有多说，屈起手指在她的脑门上一敲：“你当我要说什么，零食忘记拿了。”他从后座把那一大包的食品塞到她怀里，“公司给我接了一部戏，年后我就要去横店。”

她下了车，转过身，认真地说：“加油。”

这句话换了别人说很有可能是敷衍，叶言言却语气温柔，态度诚恳，让人感受到其中真挚的用心。

顾沛东低笑出声：“行了，天气冷，快进去吧，电话联系。”

等叶言言抱着一大包东西往大门走，顾沛东忽然又喊：“叶言言。”

叶言言转过来，满脸疑问。

顾沛东坐着，敞开车门，直愣愣看着她说：“给我一点时间，再过几年，我不一定会输他的。”

叶言言不知道他是怎么看穿她对梁洲的心思的，但她知道，感情的事，最忌讳拖泥带水伤人伤己，这个时候绝对不能打马虎眼。

她抿了抿唇：“沛东，就算你赢过了他，也不是他。你明白吗？”

顾沛东眼神一下子黯下去，扯了扯唇角，勉强一笑："我也就是随口问问，过了几年大红大紫富贵发达了，不定有多少美女追着我呢。"

叶言言也配合着说："别选花了眼。"

顾沛东笑了两声，摆摆手让她走，随即关上车门发动车子。离开小区不远，他靠边停车，摸出香烟，打了几次火都没有点燃。他猛然把烟一扔，狠狠捶了一记方向盘。尖锐的鸣声划破安静的夜空。

《飞燕传奇》在地方卫视的首播结束，随后又有两个电视台开始播放，颇有刷屏的架势，话题维持了一定的热度。叶言言人气蹿升后，代言、广告、商演各种机会找上门，马元进整天乐呵呵的。在各类工作机会中筛选了一番，剩下的通告依旧排满了工作日程。

春节只休息了四天，叶言言初三和父母道别，回北京后隔天就坐上了前往巴黎的飞机。下个行程是为国内知名杂志拍摄一组巴黎街头照片，服装、配饰和鞋子全部来自赞助。

她第一次出国，马元进作为经纪人全程陪同。上飞机前，叶言言听到他在打电话，口气软得一塌糊涂："我怎么会不想陪着你过年，你这不是冤枉我嘛……人家一小姑娘头次出国工作，人生地不熟的，真遇上什么事怎么办，我得看着点……"

等他放下电话，拿着登机牌走过来。工作团队里的摄影师看起来和他有几分熟稔，笑着打趣："看这样子，不是老总就是嫂子。"

马元进没好气地回："去，去，就知道凑热闹。"

所有人听了都笑。

十几个小时后到达巴黎，入住酒店的时候已经是晚上九点多。第二天早上起来，叶言言感觉头重脚轻的，一量温度发着低烧，吃了药，没有多休息就开始当天的拍摄。这次行程整个团队的酒店和用车都是定好的，时间拖长了会超出预算，产生额外开销。

一整天叶言言充当了一回木偶娃娃，化着精致的妆容，穿着流行前端的服装，在摄影师的要求下摆出各种表情和姿势。她脑子有点昏沉沉的，别人要求什么做什么，拍摄进行得异常顺利，竟然提前完成当天进度。

下午四点团队收工，一群人约着去歌剧院附近逛一逛。

叶言言回酒店休息，睡得昏天黑地的时候，被拍着脸醒来，布偶拿着药站在她的枕头上："起来，吃药。"

她目光有些呆滞地看了它一会儿，慢吞吞地坐起来，拿水杯的时候还差点打翻。

它皱眉，脸上的疤痕拧在了一起："再忙也要顾身体。去和马胖子说，工作密度不能这么大。"

叶言言弯起眼，笑着说："马哥说最近势头好，要乘胜追击。"

布偶实在看不过眼她这傻兮兮的笑容，口气嫌弃："你就傻吧。"

叶言言躺下，想也不想地说："不怕，不是有你给我把关嘛。"

布偶扭头，哼唧一声。

她很快又沉入梦乡。

Part 6

巴塞罗那
的 热 情

叶言言的这次感冒症状来得快，去得也快，连着两天吃药，第三天就恢复了状态。街头拍摄进行得很顺利，巴黎路人见多识广，除了少数人来询问两句，基本没有任何阻扰和干扰。拍摄提前一天完成任务，剩下一天可以自由安排，工作人员各自兴奋地安排了行程。

马元进许诺带着叶言言好好游览巴黎，第二天带着她直冲奥斯曼大道，一头冲进 Lafayette 的购物海洋。这座百货商店以拜占庭式的镂金雕花圆顶和豪华堪比皇宫的装修而闻名世界，才开门不久，已经是人头攒动，热闹非凡了。

别看马元进长得胖，身体却很灵活，在人群里像条鱼，很快在茶花家和驴家选中了四款新包，两个买给自己媳妇，另外两个给了叶言言，说是公司的奖励。

两人离开百货大楼时马元进就接到一个来电。叶言言见他说了没几句脸色渐渐严肃起来。挂了电话，他有些为难地开口："看来要晚两天回国了。"

叶言言一怔。

马元进没有详细解释，回到酒店后找了摄影组工作人员商量后续安排，然后电话联系两人的机票退票，忙到晚上，他才有空和叶言言说起这件事：“是关于梁总的事，我们绕道去西班牙。”别的他没有多透露，只说让她好好休息。

叶言言完全不知道发生了什么事，和布偶提起时，它沉思了许久，说：“大概是关于他妈的事吧。”

“什么事？”

布偶的声音有点沉闷：“听说早些年梁洲他妈抛下他们父子，跟人去了欧洲，后来梁洲闯荡娱乐圈出了名，他妈好像回来找过一次。听说他妈最后定居的地方就是西班牙。”

再多的事连他也不清楚了，叶言言听完陷入沉默。

第二天摄影工作组去机场，马元进和叶言言则坐上去巴塞罗那的火车。途中大部分路程在法国境内，马元进看着窗外的景致，有几分歉意地说：“又让你奔波了，本来还打算让你玩两天的。这趟就算了，下次应该去南部的蒙布利耶坐火车，可以看到地中海的水和比利牛斯山的雪顶。”

马元进是个有趣的陪客，话题不断，有他作陪不会感觉到无聊。

在菲格拉斯换车的时候，他又打了个电话，挂断之后，他闷了一会儿才说：“这次去西班牙主要是因为梁总，前几天他去西班牙办事，昨天下午人就消失了，电话关机，联系不上，把李勤急个半死，刚才总算联系上了。”

叶言言露出惊讶的表情，在她的印象里，梁洲向来沉稳深沉，和突然失联绝对挂不上边。

“那我们还需要去吗？还是回巴黎？”她问。

“算了，机票都退了，就去一次吧。”马元进说，有些咬牙切齿，“都让他报销，我们顺便还能玩两天。”

叶言言看得出来，他嘴里叫嚣，实则松了口气。

到达巴塞罗那，李勤在车站接了两人先到酒店安顿。晚上在酒店附近用餐，吃得很简单，面包沙拉，再加上一份墨鱼饭。

梁洲没有出现，李勤陪着两人一起吃饭。

马元进照顾叶言言的心情，不时问她对不对胃口。

叶言言没那么娇气，在车上饿了几个小时，现在吃起来毫不客气。

马元进转头开始问李勤情况。

“没让你跟着？人怎么样？”

“胃食管倒流，还有营养不良，其他没有什么。梁总陪着，一路话很少。”李勤瞥了叶言言一眼，想说什么，犹豫了一下，闭上了嘴。

马元进叹气：“他这是心理这关过不去……这么多年了。”

临近中午，梁洲醒来，透窗而入的阳光洒满房间，格外明净亮堂。

他躺着没动，让脑子彻底放松，过了一会儿发现根本没用，于是利落地起床梳洗。酒店四面环海，夹在码头和海滩之间，打开窗户，海边独有的湿冷空气扑面而来，有寒冽的感觉。

海涛阵阵，从海岸线徐徐推进，扑打在海滩上，水浪声发出哗哗的巨响，富有节奏，每一声像是打在他的心脏上，产生微微的钝痛。

昨天在病房里的情形又浮现在眼前。

近二十年没有见面的母亲睁开眼看到坐在病床前的他，闭上眼，虚弱地说了一句："回去吧，我不想看见你。"

当时梁洲薄唇抿成一线，面无表情。换作十年前，也许他会忍不住站起来，大声反驳，这句话应该我来说才对。

经过这些年的大风大浪，他早就习惯喜怒不形于色，最后一言不发地站起来离开了病房。

医院环境国内外大同小异，墙面洁白，消毒水的味道刺激着鼻腔，走廊里走动的不是金发的白人，就是浅棕肤色的巴塞罗那人。梁洲感到一阵气闷，留下助理李勤盯着，一个人走到街上。

他漫无目的地在巴萨罗那街头游荡，处处都是古罗马人修筑的城墙，带着历史的尘烟味。

被埋藏在记忆里的时光和回忆都被翻出来，一桩桩一件件，都是那么清晰，以至于他有种错觉，那些事就发生在昨天，也许是今天。

梁洲的父亲叫梁宏，读书不多，年轻时聪明，有些商业头脑，赶上八十年代改革开放，经济发展大潮流，他从摆水果摊到搞水果批发生意，很快积累了大笔财富。当时的环境，大部分人还生活在奔小康的路上。年纪刚到三十，已经成为百万富豪的梁宏成为很多人家嫁女儿的目标。可惜他看来看去都不合心意，直到他遇到汤文馨。

目如点漆，唇若涂丹，清水出芙蓉已不足以用来形容梁宏心中的惊艳。汤文馨的美貌不经修饰，已不输屏幕上任何女明星。

娶到汤文馨，是梁宏人生中的第二个成功，结婚一年，就生下儿子梁洲。

梁宏是如此志得意满，人生到了这一刻简直可以称得上完美，那个时候，他从没有想过婚姻已经产生了裂缝。

汤文馨人如其名，美丽的外表下有一颗灵巧浪漫的心。结婚生孩子，完成了人生重要的环节，周围的人都乐于看她从此洗手做羹汤，成为一个家庭妇女。可是她是如此美丽窈窕，多才多艺。没有人欣赏她，没有人赞美她，就连丈夫梁宏，婚后也少了甜言蜜语。何况两人本来就是兴趣爱好完全不同，共同语言很少。

汤文馨感到很惶恐，她最珍惜的美丽，成了可有可无的摆设，像是清晨花朵上的露珠，很快就要消失在空气里。

她的痛苦和惊慌无人可以诉说。梁宏以为她无所事事才会感觉无聊，给她报了各种兴趣班，有舞蹈，有乐器，有英语，他尽自己所能想让妻子快乐起来。

谁也没有想到，汤文馨在英语兴趣班认识一个年轻英俊的老师，居然抛弃家庭，和英语老师一起出了国。

汤文馨抛夫弃子的时候，梁洲只有八岁。

梁宏受到打击，一蹶不振。随后不久，遇到一次火车延误事故，运输的水果全部腐烂。梁宏驱车赶去的途中，出了车祸，导致高位截瘫。随后的合约赔偿和手术治疗费等等，梁宏前半辈子积累的财富几乎一夜之间消耗殆尽。

梁洲读初中的时候，梁宏过世，他的一生跌宕起伏，死时却平淡，一个人躺在病床上，身形瘦削，面容憔悴，嘴里含糊其辞，闭眼长逝。

据梁洲的奶奶说，梁宏临终时，最后念着的依然是汤文馨的名字。

梁洲对这个名字感情复杂，幼年的记忆里，母亲是那么温柔美丽，可是自从她离开了，这些美好的记忆就成了一种折磨，让这个家庭沉浸在难以言喻的遗憾和痛苦中。父亲的去世，让这个十多岁的少年一夜之间成熟起来，母亲成了一个禁忌，稍稍触碰就感觉锥心疼痛。

梁洲跟着爷爷奶奶生活，经济条件不好，高中毕业后就选择就业，偶然一次被导演看中，进入娱乐圈。

在他出名不久，有个叫汤文馨的女士发E-mail给他的经纪人，想见他一面。

看到这个名字，他就想起在病床上逝世的父亲，断然拒绝，只是听到有人提起，她和那个英语老师也分了，跟了一个西班牙人。

随后十多年没有任何音信，直到最近，有人辗转通过网上留言的方式联系他，说汤文馨生了病，欧洲大环境不好，她没有钱治疗，希望他能出面帮助。

梁洲失眠了一整个晚上，和来信人网上联系，很快来到西班牙。

这么多年过去，他几乎快要认不出母亲了。

汤文馨头发花白，脸上皱纹丛生，不到六十岁，老态毕现，早已看不出年轻时候的绝代风华。

她态度冰冷，仿佛已经忘记过去，对儿子也不带一丝温情。

梁洲说不上心里是什么感觉，有些失望，又有些解脱，仿佛是历经世事后的了悟和疲倦。

是太累了吧？他心想，关上手机，顺着拉布拉斯大道一直走。

没想到与外界断绝联系一天，惊动了不少人。

这就有些出乎他的预料了。

电话铃声把他从回忆中惊醒。

马元进和李勤上午去医院处理后续事宜，电话汇报进展，梁洲放下电话，心说不在意，到底还是松了口气。

他穿上外套，打算出去吃点东西。

酒店外墙是全玻璃设计，中庭沐浴着阳光，透过落地窗户还可以欣赏到地中海的风景，天空湛蓝，与海水一色，波光粼粼闪动。梁洲路过裙房时听到有人用英语交流时提起东方人，他顺着谈话人的目光朝外望，离酒店不远的沙滩上有个女孩，漆黑的头发被海风吹得扬起，她手上拿着什么，站立的姿势保持了很久，酒店里有人注意到，甚至议论起来。

梁洲走出酒店，朝着海滩大步走过去，离着一小段距离，喊："叶言言。"

叶言言一惊，回头一看，更是诧异，梁洲穿着深灰高领毛衣和米色羊绒外套，身形挺拔修长，气度冷峻，大步流星地走过来，在酒店的映衬下，这个场景像极了某个电影的片段，以至于她一时都有些走神了。

上午马元进和李勤外出办事，叶言言一个人被留下，幸好酒店环境优美，紧靠海边，冬天水冷，沙滩边人少，她就来逛一逛，还带着布偶。

"梁总。"

梁洲看到她手上拿着的布偶，又想到某个不太好的念头，眉头稍动："你怎么一个人跑出来。"目光扫过她手上的娃娃，"还带着这个，给我看看。"

叶言言犹豫了一下，还是把布偶递了过去："我没事做，看这里漂亮就下来走走。"

梁洲把布偶翻来覆去看了一圈："怎么喜欢这么丑的娃娃？"

叶言言满头黑线，心想你知不知道他是谁："这是很重要的朋友送的。"

梁洲把布偶还给她，看她珍重地放进包里，没多想，鬼使神差地问了一句：“男朋友送的？”

“不是！”叶言言被吓到，赶紧澄清，“一个好朋友送的。”

“吃过饭了吗？”梁洲问。

叶言言摇头，她英语很一般，大部分已经还给老师，又不懂西班牙语，半个小时前本想着跟着人流一定会找到餐厅，结果一路走到厕所门口。

“陪我一起吃点吧。”

梁洲领着她到酒店餐厅，点了一些海鲜和火腿面包，还有酒。

先上来的是葡萄酒，叶言言看他空着肚子喝了大半杯，提醒说：“空腹喝酒容易醉。”

梁洲笑笑，俊美的眉眼熠熠生辉：“这里是加泰罗尼亚地区，出名的葡萄酒出产地，别轻易辜负了，你也尝尝。”

叶言言看出他的状态有些不同寻常，等上菜的时候，都往他面前推，有食物垫胃总比空腹饮酒好。

梁洲看出她的用意，多少有些哭笑不得。

吃完饭，梁洲酒喝得有点急，量也比较多，脑袋有些眩晕，面上却一点不显。

“你刚才在海滩边看什么？”

“看海，很漂亮。”

“你不是住江城，没看过海？”

“江城？”叶言言笑起来，“那海可不一样。我以前看过一本书，说要在江城的海里折腾出一只海星来，那是可以上地区报头条的，要么苍天有眼，要么海星无眼。”

梁洲闻言大笑，他还看出来，女孩发现他心情沉郁，故意说些轻松的逗他笑。

他找来侍者结账，随后站起来："走吧。"

"去哪儿？"她问。

"不是喜欢这里的海吗？再去走走。"

冬季的时候在海边走其实并不是多么浪漫美好的事，这件事叶言言刚才就知道了，湿气夹在风里，吹得脸颊冷冰冰的。可是梁洲执意要在海滩边逛逛，她只好紧随其后。

这仿佛实现了叶言言青春期的一个梦想，那时候她就幻想着，能和屏幕上的他一起在海边散步，那该有多浪漫啊……

"阿嚏！"

幻想和现实果然还是有差距。

一件带着体温的外套罩在她的身上，叶言言猛地抬头，有些无措，要把衣服脱下来。

"穿着，你衣服穿得少。"

"我不用，海风冷。"她紧张得完全不知道在说什么。

梁洲笑笑，不容拒绝："我刚才酒喝多了，身上热，穿着吧。"

衣服上还有他的味道，叶言言的思维仿佛一瞬间受到了冲击，有点发蒙。

海风吹来，冷冽的气息侵袭身体，梁洲却感到一种别样的快意。那些因为母亲而带来的伤痛记忆也平复了一些，他一边走一边看无边无际辽阔的海面，整个人散发出一种深沉而沧桑的气质。

偶尔有几个路过海滩的异国美女，视线都被吸引过来。

梁洲从容自若，自顾自地走着。

叶言言跟在他身后。

海浪汹涌而至，在岸边化为温柔细碎的泡沫。

两人一句话都没有，沿着海岸线走着。

叶言言猜想他一定遇到了什么难题，看起来不像平时那么冷酷锋利，就像是一道坚壁之后露出软弱的罅隙。

梁洲蓦然回头，对上她柔软而澄净的目光，不觉一愣。

他问：“还冷吗？”

“不冷。”叶言言回，笑了笑，露出两颗虎牙，笑容温暖，犹如巴塞罗那的太阳。

梁洲的视线停驻在她的身上，从脚一直到她洁白饱满的额头，几缕头发被风吹乱，在她的脸颊旁蹭着，他的心像海潮一样起起伏伏。

他招手，叶言言走过去。

两人相对，叶言言感觉到空气像凝胶一般，黏稠中带着无形的压力，她偷偷咽着口水。

梁洲伸手理顺她的头发，手指擦到她脸颊的地方，带着神奇的力量，让她身体整个开始发热。

他替她顺好头发，又理了理外套的衣领，略微沙哑地问：“是不是喜欢我？”

晴天霹雳！

叶言言身体僵硬，目光呆滞，心跳快如奔马。

梁洲抿唇轻笑出声，声音里有些意味不明的含义：“嗯？”

“我……”

叶言言根本来不及辩解，肩膀上一紧，他已经低头吻了过来。

脑中一片空白，只有胸膛里一颗拼命跳动的心和控制不住燃烧的感情。

脊椎处蹿起了细小的电流，让她身体跟着发软，不需要大脑思考，本能地闭上眼，双手自觉环上他精壮的腰。

舌尖纠缠，相濡以沫。

心率过快的叶言言感觉呼吸困难。她担心的是，心会不会因为失速跳动持续攀升而跳破胸膛，这一刻，她甚至产生了错觉，她的心早就跳到了嗓子眼，被梁洲舌头一勾，吞到他的肚子里去了。

一个大浪打来，再一次在沙滩上留下一片白沫退去。

梁洲终于放开叶言言，两人的喘息都很粗重。他看到她又密又翘的睫毛轻轻颤动，忍不住又亲亲她的眼帘，转而细密的吻又陆续落在她的脸颊上。不知不觉一路往下，又嘬在她的唇上。

他们再一次沉醉在唇舌勾缠里。

这滋味是如此之好，梁洲心神飘忽，一时间什么都忘记了，只想更深地探入下去。

他的手从自己的外套里伸进去，里面裹着的小人腰肢纤细，他情不自禁合掌掐了一下，她微颤，楚楚可怜，有些躲避。他的唇舌更加用力，甚至有些恶劣地咬了一下她的舌尖，男人不管到了哪个岁数，都有些幼稚的因子存在身体里，这句话到了梁洲身上也没有失灵。

他抱着她的身体贴近自己，手掌在她的衣服里作乱。

摸着她温热柔软的皮肤，他心里一阵满足，用力在她的每一寸口腔里游弋，直到她喘息不能，呜呜求饶。

男人与女人，天生就存在着强弱的差异。

叶言言终于从目眩神迷中醒过神，她真没有想到，梁洲吻起来这么霸道凶猛，嘴唇都有些麻木，她怀疑是不是已经红肿了。

意乱情迷的魔咒打破了，神志回笼，她眼神躲闪不敢和他对上，笔直看着前方，正好可以看到他滑动的喉结，说不出地性感——她脸上火烧一片，简直退不下去。

梁洲声音沙哑地轻笑了一声，摸摸她的头发："风大了，我们回去。"

以叶言言现在的状态，哪怕他说要去炸了巴塞罗那，只怕她都会马上同意，然后转身找炸药。

"好。"

他手往下一垂，抓住藏在她大衣里的手，往酒店的方向走。

叶言言垂下眼皮，盯着两人交握的手掌，心像是被吊得高高的。这什么意思？他不是酒醉？难道是现在还没醒？

各种各样的念头像奔马一样在她脑中飞快闪现又消失，有好的有坏的，让她的大脑有些瘫痪，可她没有问，全闷在心里。

快走到酒店时，一个电话打来，梁洲放开她的手，拿出手机接听。

叶言言茫然若失。

是马元进通报消息的电话，梁洲挂上电话，决定去医院看一趟。他转过身，看到叶言言穿着他的外套，衣服宽大，罩着她显得她身形单薄幼小。

"言言。"他心里还有些发热，"你先回去，我要去市区一下。"

叶言言点头，有点不知道说什么好的感觉，想了又想，很迟钝地说："那拜拜。"

她转身就走，现在必须要找一个地方冷静冷静。

手腕突然被人大力抓住，她转头。

梁洲抓着她的手拉近距离，贴到面前。

叶言言心跳又漏拍了。

“这里治安不比国内，你英语不行，下午就乖乖待在房间里，不要乱跑，海边太冷了，远一点的地方等我回来再带你去逛逛。”他叮嘱几句，看她心不在焉，又确认，“嗯？听到没？”

难怪有句话说，恋爱中的女人智商下降。

叶言言以前对这句话多少有点嗤之以鼻，这话有科学依据吗？有实验证明吗？有数据支撑吗？现在亲身经历了，才知道很有道理。

她像是被一种奇异的力量给擒住了，脑子里跟糨糊似的，哪里是下降，分明是归零了。

“不乱跑。”她马上表态。

梁洲笑笑，连续亲她的眉眼、脸颊和额头：“真乖。”

套上外套，看着她走进酒店大门，他才打车离开。

叶言言回到房间，摸着自己的脸，烫得简直能煎蛋了。她的心忽上忽下经历了几遭，早就乱得不成样子了。

她猛地扑上床，来回打滚，抱着被子傻笑两声，又把脸埋在被子里，狠狠呼吸。

包忽然扭曲变形，她看见赶紧打开拉链。

布偶从里面钻出来，目光在她的脸上睃巡，落在她水润红肿的嘴唇上，一下子愣住，神色深沉而复杂。

叶言言沉浸在自己的世界里，朝他伸手。

布偶口气冷冷地说：“别碰我。”

它平时就讨厌人触碰，叶言言倒不意外，实在有点兴奋，问，“你说他是什么意思？”

“什么什么意思？”

“你刚才听到没有，他喊我言言。”她喜笑颜开地说。

它撇了下嘴，烦躁地说：“不就是一个称呼，我怎么知道他什么意思？”

叶言言被泼了冷水，转念一想，对呀，就是一个称呼，不会是什么含义都没有吧？她又患得患失，对自己存疑起来。

“走的时候，他也亲我了。”叶言言负隅顽抗。

“那又怎么样？”布偶不知道为何，现在看到她开心的样子，就觉得无名火起，它拼命克制，可还是没忍住，“以前没谈过恋爱吗？男人意乱情迷的时候什么话不会说，还是不要太当真了。”

叶言言的神情有些受伤。

布偶更加心烦，跳到地毯上，走到阳台落地窗前，望着外面那一片海。

傍晚的时候，马元进来找叶言言吃饭，到了楼下餐厅，梁洲和李勤也在。

四个人同桌吃饭，马元进一边抱怨吃来吃去就是这些味，没有中餐很痛苦，一边拿着香肠，要递给叶言言。

结果有人比他动作快。梁洲夹了一大只烤虾放在叶言言的盘子里。

马元进和李勤齐齐一愣。

马元进笑呵呵地鼓励叶言言："言言，你看梁总对你多器重，今年你努力工作，明年要争取更上一层楼。"

叶言言："……"

他马上又扭头对梁洲说："今年要多给点资源，我们言言值得大投资。"

梁洲："……"

吃完饭，马元进和李勤提议去酒吧坐坐，用他们的话来说，不来体会一下西班牙女郎的风情，就白瞎了这几天的行程。

三男一女逛酒吧，配置不算特别合理。

李勤有些暗示地问叶言言去不去。

马元进抢先答："当然去。"

李勤给他一个白眼："叶小姐一看就是喜静的，跑去看西班牙美女做什么。"潜台词是，男人去看就行了。

马元进说："不行不行，她要去给我做证。"

梁洲问："做什么证？"

"和你们两个光棍去酒吧，我老婆要知道了我日子还过不过了？"马元进说，"言言可以证明，我就是去看看的。"

我去！李勤忍不住咆哮："谁逼你去了，你回房睡觉去啊。"

叶言言这时候说："我也要去。"

马元进大笑："还是言言贴心。"

梁洲看了她一眼，有些意味深长地笑了笑。

叶言言眼观鼻鼻观心，装作没有看到。

夜晚的巴塞罗那果然热情而奔放，超级摇滚的音乐响彻酒吧，男男女女充斥其中。

东方人的面孔很显眼，四人在酒吧女郎的招待下坐到角落。

女郎小麦色皮肤，细腰丰臀，画着浓浓的眼线，看人的方式既火热又风情。

她飞快从几人中分辨出谁是出钱的，再加上梁洲身材高大，样貌出众，她显得特别热情，点酒的时候身体微微下弯，对着他的方向露出波涛汹涌的事业线。

这种阵仗，国内国外大同小异，几个男人都是从容淡定。

点完酒，女郎很快端来一盘 Tapas。梁洲随手给了二十欧元的小费，女郎眼睛一亮，笑容越发甜美。

叶言言狠狠吃了一口小菜，这里的奶油味有点酸。

说是到酒吧看西班牙美女，还真就是看看，舞台上很快有歌唱及舞蹈表演，西班牙美女普遍皮肤紧实，长发微乱，眼线深邃，腰臀的线条特别诱人。

李勤啧啧称赞了一番，马元进光用眼睛瞟，嘴里则说："还行还行，还是东方女人好看。"

"得了吧，"李勤揶揄，"你老婆听不到，说句实话要你命了？"

两人叽叽歪歪一阵，反而去问梁洲："西方、东方，哪一边的女人更诱人？"

命题有点大。

梁洲注意到叶言言也看过来，进了酒吧，她就一直视线乱转，偏偏不看他，现在才算看过来。

他抿唇含笑，做出考虑的样子。

李勤给了一个男人都懂的笑容："梁总这是在总结经验，才能给答案。"

叶言言翻了一个大大的白眼。

梁洲看见笑出了声，手一伸把她揽到怀里："还是东方女人更有味道。"

李勤和马元进吓得差点扔掉酒杯。

马元进忍不住问："怎么回事，梁总，你干吗贴我们言言这么近？"

梁洲眼神笃定，笑而不语。他本就相貌英俊，对外总是冷峻深沉的模样，此时一笑倒有几分风流的意思。

马元进马上换对象进攻："言言，记得我说过什么没有，不能瞒着经纪人，这是怎么回事？"

没想到梁洲会摆明姿态，叶言言脸色通红，看看他又看看马元进，吞吞吐吐："马哥……"

梁洲气定神闲地说："你是经纪人，我是老板。"

马元进立刻就蔫了，拿起桌上的酒，看也不看，一杯喝了下去。

酒吧气氛渐渐热闹，驻唱女郎扭着身体唱起一首热辣奔放的曲子，点燃现场。

梁洲出去接了个公司电话，回来一看，李勤已经混到两个西班牙美女身边去了。叶言言面前坐着一个棕色头发的巴塞罗那年轻小伙，他拿着一元硬币，在手指间飞快穿梭，动作娴熟，观赏性极强。他的手展开在叶言言面前，当她露出惊叹赞赏的表情，他便笑得开怀，露出一口白牙，目光灼灼地凝视着她。

醉翁之意不在酒。

就像东方男人会欣赏西方女人一样，西方男人对东方女人也有一种特殊情怀。叶言言体态轻盈，面容清丽，十足的东方美人，在酒吧无疑是很引人注目的。

偏偏身为经纪人的马元进毫无反应，跟着一旁看硬币表演，还拍手起哄。

梁洲脑门青筋一跳，大步走过去，大大咧咧地在叶言言身边坐下，揽着她的腰，姿态自然，笑着问："喜欢看杂技？"

叶言言被他突如其来的动作和问题弄得一惊："嗯，还行。"

巴塞罗那小伙极会领会眼色，手掌一翻，硬币摊在掌心，说了一句什么，梁洲回了一句，他便笑着离开了。

"你懂西班牙语？"叶言言感到有些意外。

"不懂。"梁洲挑挑眉，"只会你好、再见、谢谢简单几句。"

"那刚才说的是？"

"谢谢，再见。"

行程已经超出时间，4 月在江城还有电视节，无论是梁洲还是叶言言都不能再多逗留。

汤文馨的病得到治疗之后有所好转，人也精神起来。梁洲每天都会到医院一趟，母子之间话很少。他们互相错过了太多岁月，剩下唯一的牵绊就是血缘。

梁洲和医院确认病情后，回到病房，坐了一会儿，开口说："明天我要回国了。"

汤文馨躺着，微微闭着眼，没有回应。

他知道她没有睡，等了一会儿，把控制不住的失望藏在心底，拿起衣架上的大衣。

她忽然睁开眼，在他走出病房的时候，说了一句:“你……好自为之。”

梁洲微愣，转过身，视线和她对上，她很快错开了目光，神态冷漠地闭上眼。

“知道了。”他慢慢走了出去。

飞机穿透云层，叶言言透过机舱的窗户往下望，总是阳光灿烂的巴塞罗那已经变成了一个模糊的图案，那些斑驳的古城墙和高迪建筑，已经缩小得看不见了。她对这座城市充满了好感，不仅仅因为这里到处充满了曾经辉煌的历史痕迹，更重要的是，那片美丽的海域下，她留下了最美好的回忆和感情。

梁洲坐在她旁边的座位，搭了一条毯子在她的身上：“还有十几个小时，睡一会儿。”

叶言言的确犯困，睡之前她把包里的布偶拿出来透气。这两天它话少了许多，有点郁郁寡欢的样子。

梁洲看到她的举动，笑着摇摇头，低头在她的额上亲吻，温暖细腻的皮肤让他流连不去，渐渐顺着鼻子脸颊往下，封住她的唇，缠吻了一会儿，叶言言喘不过气，好容易才推开他。看到空姐的目光瞟过来，她羞恼：“让不让人睡了？”

梁洲闷声一笑，贴着她的耳朵，暧昧地说:“好好好，睡，我陪你睡。”

叶言言脸更红了，看他平时沉稳老练一本正经，没想到私下居然这么不正经。抓住他在自己腰上揉捏的手，她说：“你正经点。”

梁洲又在她唇上吻了吻，眼神宠溺："不闹你了，休息。"

叶言言这才得了安静，睡得昏天黑地，只有空姐来发餐的时候，她才醒来吃一点。每次吃完，梁洲都帮她收拾干净。

这一幕让过道另一侧的马元进和李勤直瞪眼。

长相这样出众，成熟稳重，事业有成，在男女相处上还这么知情识趣——叶言言睡不着了，侧着脸看了他好一会儿，又是感慨又是叹气。

"不认识了？"梁洲笑着问，"这么盯着看。"

"在和屏幕上做对比。"叶言言口不对心地说。

"对比出结果了？"

她叹了口气："你居然不算是上镜的。"

这算是一记浑然天成的马屁了，梁洲莞尔："这是身为公司艺人说的，还是作为女朋友说的？"

叶言言心跳如擂鼓，脸上又是一片粉红，磨磨蹭蹭半天，把头靠过去，挨在他的肩膀上，声音轻得只有贴耳才能听见："女朋友。"

梁洲心里也跟着发软，情不自禁搂着她又是一阵揉搓："宝贝，你的嘴可真甜，再让我尝尝。"

成熟男人的调情，杀伤力类同原子弹，叶言言立刻有种沦陷的感觉。

经过十八个小时，飞机落地，正好是北京的下午，众人都觉得疲惫。梁洲头一次履行男朋友职责，自然要送叶言言回家，马元进抖着一身肥肉，直呼："腻歪得让人受不了！"李勤马上拿出墨镜口罩等准备好的遮掩物，警惕地注意周围是否有偷拍的嫌疑对象。

梁洲开机不久，电话就接连打进来，全是他不在期间积累的公事。

在等待行李的时候，他很简洁地在电话里下达指令处理着公司事务。

又一个电话打进来，他看了一下手机屏幕，神色一动。电话那头说了许多话，直到行李取好，电话还在持续。

他侧过身体："要换人？导演拍板了？"

叶言言注意到他揉了一下眉心，似乎有些疲惫的样子。

他最后说"先联系导演看看情况"，电话挂断，梁洲朝她看过来，笑容里有些歉意。

叶言言乖巧地先开口："公司的事要紧，不用特意送我了。"

如果不是公众场合，梁洲真想抱她亲她，可最后什么也没有多说，点了点头。

"把手机给我。"他说。

叶言言递上手机，他在通讯录里输入号码保存，浅笑道："以后别打座机了。"

叶言言轻轻应了一声，号码挺熟悉，她曾经看过好多遍。

梁洲忽然记起，有些疑惑："怎么之前没有存我的号？"

叶言言瞟他一眼，很直白地说："之前用不着。"

梁洲噎了一下，对上她的目光，想起那条没有回复的短信，竟有几分心虚，很明智地不深入探讨这个问题，补救似的说："以后用得着了。"

叶言言哼唧一声，心里轻轻发笑。

公司早就派了车来接，在机场门口分开，马元进送叶言言回住所。北京作为常驻地，年前公司就为叶言言租了一套房子。一路上马元进少见地话少，不时从后视镜里观察她的脸色。

叶言言完全没有注意到，精神集中，用微信添加梁洲为好友，很快得到验证通过，她的唇角忍不住翘起。

梁洲的微信名出奇简单，LZ 开头，后面跟着一串奇怪字符。和他平时的形象十分相悖，她光看着名字就忍不住想笑。

刚添加好友，梁洲的信息跟着进来：到了？

叶言言：还在路上。

梁洲：回去先吃饭，别饿坏胃。

极其简洁的对话，内容也没有任何特殊，但梁洲从来不是喜欢拿着手机发微信的低头一族，叶言言想象他发微信的样子，即使内容很简单，她心里也忍不住有些泛甜，盯着手机屏幕翻来覆去地看个不停。

车停在小区门口，这里地处东城区，保安措施特别好，保护住户隐私。下车之后，马元进提着行李送到叶言言的房外，离开之前忍不住说了一句：“既然你打定主意了，以后多长点心吧。”他显然不看好这段恋情，再没有多说什么，摆摆手让叶言言不要送，转身走了。

回来之后梁洲忙了一阵，叶言言接了一个国内化妆品的代言，在摄影棚拍摄广告。连着一周两人都没有碰面，只有电话和微信联系。梁洲话不多，通常是叶言言说他听，微信上梁洲回复更是简短，忙起来的时候就留语音信息。叶言言知道公司在做上市前的准备工作，从不在工作时间去骚扰他，在电话里发现他的声音有点疲惫，很快就结束通话。有时候她看到搞笑的段子，就微信发给他。

有一次梁洲正在开会，手机屏幕忽然亮起，他点开看了一眼，忍不住弯起唇角，让正在汇报工作的部门主管大受鼓舞。

这天叶言言完成平面拍摄时已经是晚上九点多，走到停车场，她的保姆车后停着一辆黑色奔驰，等走近了，后车门忽然打开，露出梁洲的脸。

惊喜！

“你怎么来了？”

“来接你，陪我吃点东西。”梁洲微微一笑。

曹佳早就从马元进那里得到通知，但是这么直接面对两人恋情还是头一次，表情惊吓又纠结。幸好梁洲让她先离开，曹佳如蒙大赦地离开。

叶言言上了车，司机位坐的是李勤，一声不响，把自己当成了木头人。

梁洲问她要吃什么，叶言言说：“火锅。”

梁洲带她去的地方是一个四合院，外面看着居民房似的，进去才知道别有洞天，装修得古色古香，精致华丽，弥漫着一股勾引食欲的香味。服务员见了梁洲没有大惊小怪，领着两人去了一个隐蔽的包厢。

紫铜火锅炉端上来，各色菜品上齐，光看着摆盘叶言言已经垂涎欲滴，想下口又觉得有些罪恶感。

梁洲只看一眼就猜出她的挣扎：“吃吧，胖不了多少。”

叶言言立刻大快朵颐，味道太好，过年的几天她都没有这么放开吃过，吃完小腹鼓了起来，她又有些后悔。

后面接吻的时候，叶言言才想到，自己不会是满嘴火锅酱料的味道吧，又是忐忑又是担忧。

梁洲见她心不在焉的，轻轻在她腰上捏了一把。

叶言言担心被他摸到鼓鼓的小肚子，吓得左右扭动。

梁洲停下来，盯着她看，语气警告：“叶言言！”

她不明所以，等看到他的脸色，好一会儿才反应过来，立刻火烧屁股一样涨红了脸，手足无措，无辜地看着他。

女孩容色娇美，两颊和鼻尖红彤彤的，双目水汪汪的，看得梁洲心动不已，搂着她又亲又揉，弄得自己浑身发热，长喘一口气后忍住，在她白嫩的脸上惩罚地掐了一把。

吃完送她回去，一路上叶言言在自己的小情绪里打转。

梁洲闭目小憩，忽然伸手把她的手包在手掌里，姿态自然。

她低头看着他骨节分明的大手，慢慢平静下来，不需要言语，心中一片平和安宁。

到了楼下，像电影里那样，叶言言在梁洲的脸上飞快亲了一记。梁洲反手捉住她的手腕："不请我上去坐一下？"

是那个意思吗？叶言言立刻紧张起来，再想到刚才吃饱鼓胀的肚子，脸色立刻又变得纠结。

梁洲看着她的脸色变化，一点没有掩饰，大笑出声。

还只是个小丫头。

他双目幽深地看着她，在她脸上亲了一记说："让你再勾着我。"

吓得叶言言飞快落荒而逃。

5 月，《花开半夏》开始登陆卫视播放，首播就达到了一点二五的收视率，迎来一个开堂红，随着剧情深入，很快就成了当季热播剧。叶言言和顾沛东的知名度得到大幅度提升，很快被网友列为经典荧幕情侣之一。"盐巴"们很多站"言东 CP"，每天在网络热点上贡献留言。

到了 6 月，江城电视节拉开帷幕，群星齐聚，走红地毯成了观众最期待的一幕。不少《花开半夏》粉都期盼顾沛东和叶言言能一起走红毯。而实际上，叶言言是因为《飞燕传奇》被提名为最佳女主角，同剧的赵合德扮演者蒋岚也一起入围。两人几个月来同剧组拍戏，扮演的还是姐妹，在收到提名消息的当天就通过电话互相恭喜一番。

根据马元进分析，女主角入围的人选中，最可能从《飞燕传奇》和另一部农村剧《红土地》中选出。《飞燕传奇》收视高，《红土地》业内口碑不俗。不过即使飞燕一剧能够胜出，飞燕和合德也只能一人获奖。叶言言的得奖率仅有百分之二十五。

撇开得奖与否，电视节走红毯环节作为叶言言的首秀，从半个月前就已经开始做准备。

马元进和化妆师在礼服选取上有了意见分歧，化妆师选的礼服束腰高衩，走性感路线，马元进则偏向一套Valentino的小礼服，清新靓丽。两人意见始终不统一，交由叶言言自己拍板决定。

她一个人在化妆室里轮番试礼服，照着镜子问布偶意见。

它最近意志消沉，做什么事都有些提不起精神，叶言言注意到，它发呆的时间有些长，经常一动不动，真的像一只布偶。

布偶抬抬眼，黑色的Versace礼服线条流畅简洁，勾勒出叶言言窈窕的身姿，胸口一片白嫩格外耀眼，还有高衩露出的腿部，隐隐约约，引人入胜。

"这条不好，"它皱着眉头，"就选那条吧。"它指向衣架上亮黄V领的小礼服。

叶言言说："我还没试完呢。"

布偶没好气："还试什么，你不适合性感路线。"

叶言言照着镜子自己觉得还不错，但她向来对布偶的眼光很信服，最后还是选了亮黄的小礼服。

到了颁奖当天下午，造型师为叶言言化妆，上眼影时嘀咕着：“礼服选择太保守。”

曹佳拿着 iPad 走进来，脸色有些古怪，放到化妆台上：“言言，你看看。”

叶言言看她神色就预感不是好事，等看到上面的内容，脸色顿时变得不太好看。

化妆师也瞟到了，脱口而出：“撞衫？”

林广薇中午的时候发了一条微博，嘟嘴卖萌，文字标题“晚上是体力活，Fighting！”照片里，她穿着亮黄色的单肩礼服，无论是颜色还是款式、花色都和叶言言的衣服有八九分相似。

“这是 V 家新春款式，和我们的是同一系列，”造型师惊讶地看着叶言言，“你们商量好的？”

等看到叶言言和曹佳的脸色，顿时又醒悟过来这是不可能的。

造型师停下工作，叶言言立刻和马元进电话联系。

马元进听了当场跳脚：“她倒是好算计，去年的影视作品里，她就在一部电视里演了配角，走红毯都算是沾了光，现在和你撞衫，想引媒体关注蹭热度。事后如果遇到舆论攻击，她先发微博，还占了理，明摆着要坑你一把。”

这推断和叶言言想的差不多。马元进继续说着：“是谁多嘴泄露你的礼服的，回头我一定要好好查一下。”他发了一通邪火后马上开始动脑筋，“必须换。原先那套黑色礼服还在我这里，现在就给你送过来。”

挂断电话之前，他还问：“要不要和梁总说一声？”

叶言言听了陷入沉默，犹豫了半晌，还是说：“还是不要了，我自己能解决。”

马元进几不可闻地叹了一声：“你呀……”

叶言言有自己的考量。她和梁洲刚开始谈恋爱，今天这事先和他诉苦，林广薇要是其他公司的也就算了，偏偏同一个公司，性质就变成了告状。于公于私都会让梁洲觉得很难处理，毕竟他的另一重身份，是宏成的董事长。

马元进送来礼服，再重新化妆，等全部收拾好，去和《飞燕传奇》的导演沈钦会合时已经迟到了二十多分钟。叶言言满是歉意地赔礼，沈钦看着她的装扮，惊艳了片刻才幽默地说：“本来我是很生气的，但是看女伴打扮这么漂亮，是需要时间的，就算了。”

今天红毯的安排是按剧组进行，导演沈钦带着叶言言和蒋岚。叶言言再和蒋岚打招呼，蒋岚扮演的合德形象是妖娆狠毒的，今天却穿着蓝色曳地长裙，妆容清淡，打扮清纯。叶言言和她对视一眼，心下都是各自庆幸，幸好风格不同，不怕被归到同类比较。

尽管出发时已经有些迟了，但是走红毯环节向来是容易超时的。沈钦带着两个女伴并不着急。

到达江城文化广场，一个个明星依次走过红毯，两旁的粉丝呼喊声此起彼伏，闪光灯胜过天上星光，衬托着群星闪耀，美如画中人一般。

沈钦携着两个女伴下车的时候，前面走到红毯尽头的正好是顾沛东和女伴。

叶言言刚下车，举着荧光牌的粉丝们立刻呼喊起来。

“言言！”

“言言！”

“言言！”

进入演艺圈已经有两年半的时间，叶言言在这一刻，才深深感受到粉丝的力量，被认同被喜爱的感动充满心中，她轻轻抬起手，对着两旁打招呼，笑靥如花。

粉丝更是激动。

这时顾沛东也注意到了这里的动静，他停下脚步，旁边的女伴拉拉他要退下，他却纹丝不动，对着叶言言扬了一下手，瞬间点燃场中一个高潮。

粉丝们都是容易被调动情绪的，不知谁喊了一声“严冬（言东）CP”，一群少男少女跟着尖叫。

网上看直播的网友也很激动，没一会儿娱乐八卦板块就热闹起来。

“严冬 CP”假戏真做，红毯尽头深情对望。

叶言言今天靓爆啊，魅丽如妖。

今晚局势分明，四小花旦人选基本确立，排名不分先后，叶言言、梁嫣、丽娜、蒋岚！

论人气，林广薇应该算小花旦吧。

楼上不是林广薇的粉吧？她凭什么是小花旦，现在跑跑综艺就可以成花旦了？

梁嫣演技也不行。小龙女角色就是没表情，丽娜也跑综艺，这种时候“果粒橙”就不发声了，盯着林广薇说什么？

网上已经变成了多方混战，粉丝互掐，拼命为自己的偶像正名。

红毯尽头又走来一个剧组，林广薇身为女配角走在其中，穿着紫色改良旗袍，身材婀娜，姿态优雅。看到叶言言的时候，她笑容变得更大，有几分挑衅的意思，仿佛在说：你看，我随便出一招，就弄得你进退两难，必须换一套衣服。

镁光灯下，叶言言什么反应都没有，仿佛根本没有看到她一样。

到了会场内，按位置就坐，没过一会儿，林广薇也走了进来，她特意走过来打招呼，众目睽睽之下，她表现得很热情："言言，我看好你哦，今天能把奖带回去。"

旁边听到的蒋岚不自在地咬了一下唇。

叶言言看看她，笑得灿烂："呀，刚才没看到你，还以为你今年跑综艺不来参加电视节了呢。"

林广薇身体一僵，旁边几人都露出了然的目光。她忽然有点不自在了，马上借故离开，去和剧组主演几个坐在一起。

会场外忽然爆发出剧烈的响声，会场内都听得一清二楚，这个阵仗很是不一般，就是刚才热度很高的"严冬 CP"的动静也没有这么大。不少人都向会场入口看过去。

沈钦久经阵仗，笑着说："有大咖来了。"

粉丝高昂的呼喊持续了好一阵，才渐渐歇停。

会场口一对男女相携而来。

不少人一直关注着，叶言言跟着回头看，顿时一愣。

梁洲一身最简洁的黑色西装配白衬衣，腰窄腿长，挺拔高大，英俊的脸上带着淡淡的笑，柔化了他硬朗深刻的轮廓，眉目生彩，带着一种迷人的魅力。挽着他手臂的是韩菲，她偏爱 Dior 的礼服，今天穿着该品牌高定的礼服，与她往常端庄明艳的形象大相径庭，一身火红的裙装，从跨部收拢，紧贴腿型，衬得她身材高挑，端妙无比。

俊男美女，翩然入场。

即使在闪耀的群星之中，他们依然是最闪亮的一对，格外引人注目。

坐在后排的一个小明星感叹："能让梁影帝这样陪着走红毯的，只有韩菲了。"

这句话源自一个八卦论坛，叶言言恰巧也看过那篇帖子，还是韩菲和梁洲闹绯闻的时候，粉丝针对真假进行了讨论，其中有个考证党，把韩菲出道以来的情况全部捋了一遍，特别指出一件比较特殊的事，韩菲获得飞天奖最佳女主角时，是梁洲陪着走的红地毯。那个时候梁洲早已经是电影圈人士，很少出席电视节，陪着走红毯明显是为了给韩菲压阵。

而现在，是他的第二次例外，依然是为了韩菲，难怪别人都会想入非非。

叶言言说不上是什么滋味，移回目光，努力把精神集中在今天的颁奖上。

手机振动了一下，是丽娜发来的消息：你是看你老板发呆，还是看韩菲发呆？

叶言言视线四下扫了一圈，看到丽娜坐在斜前方，露背的礼服，为了避免走光，她紧紧靠着椅背，回过头来对她吐了吐舌头，信息紧跟着过来：啧啧，不出名的小明星，没啥好作品来跑一次红地毯就叫蹭，你们公司的韩菲，也没什么作品，来跑一次电视节就叫高调露面……这也太不公平了。

叶言言忍住笑，回：酸——

丽娜不服气：就酸，我酸菜鱼，人家是带着大咖露面的，我们好不容易上一次娱乐新闻的机会，又要被抢了。

叶言言：要不你走个光，抢回来？

丽娜：呸。

叶言言还在输入调侃她的话，丽娜的消息又跳了进来：你们老板这么不遗余力地帮韩菲，他们不是有一腿吧？

看着这行字，叶言言的笑容淡了。

丽娜的信息接二连三地来：你在公司里就没有听到什么？

叶言言打了一个没字回过去，沉吟了半晌，然后锁上了屏幕。

等所有人走完红地毯，司仪走上了会场中央，宣布颁奖礼开始。

梁洲的视线四下里转了一圈，似乎在搜索什么。

韩菲注意到有场内记者的镜头对准这个方向，故意朝梁洲靠了靠，说："你这是找谁？东张西望的。"

梁洲看到了叶言言，无肩的黑色礼服，胸前沟壑明显，他狠狠惊艳了一把，一时有些出神。

韩菲顺着他的目光看过去，面色一冷，哼道："我当是谁呢？原来是她。看来还真是上心了，公司里那么多年轻女孩，偏偏捧她。先别高兴早了，评委只要没瞎，我看这个奖她拿不下来。"

梁洲皱起眉头："她是你的公司后辈。"

"有了新人就忘了旧人，"她冷笑，"我说失了这部电影的女主角你怎么一点不上心呢，是有备胎人选了吧。兴许，就是这个叶言言。"

"孙导不要你做女主角，该说的该劝的全说尽了，他另外有考量，这事能怪谁，现在你全推到一个什么都不知道的后辈身上去，怎么，这样就觉得心理安慰了？"梁洲说。

韩菲咬咬牙，想到这一年来转战大荧屏的不顺和网上的舆论攻击，口气稍软："可是这个时候你们抬举一个新人是什么意思，让她来顶我，还是来压我？"

梁洲斜乜她，语气冷淡："公司艺人不能有断层，该帮你的我都做了，今天连走红毯都陪着你来，你还有什么不满意的？"

韩菲想想，终于心气稍平。司仪已经说完开场白，她也就不再纠缠这个话题，专心致志看颁奖。

最佳女配角奖揭晓的时候，叶言言看着上台领奖的林广薇，一时间大脑有点死机。

这个奖项今年竞争力较弱，入围作品大多声名不显，但是最佳女配最后花落林广薇，还是足以让人吃惊。她的角色中规中矩，演技没有什么突破，能够获奖完全可以算是矮子里面拔高个儿。

林广薇上台一番动人感言，眼泪含在眼眶里，欲掉不掉，对该感谢的感谢一圈后，高高举着水晶奖座，在面对坐席上的众人时，她在叶言言的方向停顿了较长时间，笑容得意而张扬。

丽娜也有点接受无能，发了三个字给叶言言：要瞎了。

这一刻，叶言言有些笑不出来。

轮到最佳女主角奖时，司仪故意卖了一个关子，叶言言的心高高吊起，放在裙子上的手已出了一手心的汗。

曾经有人说过，当你遇到倒霉的事，需要好好冷静，因为可能还有更倒霉的等着你。

奖项宣布，电视剧《红土地》的女主角赢得最佳女主角。

叶言言心中大石一下落了地，砸得心口又闷又疼。

上台领奖的关键时刻，互相作为对手的演员，是不能露出失落的表情的，不然可能会被记者抓住瞬间大做文章。

叶言言遵循了女明星的套路，落选时笑容要灿烂，做出比自己获奖还开心的表情。

等众人注意力都集中到发表得奖感言的女主角身上时，林广薇侧过脸对上叶言言的目光，摇晃着手上的奖座，在隐蔽的角度，露出幸灾乐祸的表情。

随后各个奖项宣布，最佳男主角被葛一鸣以《时光之旅》一剧的表现摘下，同样失落的还有苏晓媛，《时光之旅》囊括了最佳编剧、最佳男主角，但是她演的女主角，仅仅获得提名，在颁奖之前，甚至没有人对她抱有希望。

颁奖一结束，韩菲就拉着梁洲先走一步，宏成内部还有一场庆功，安排在公司排练室。

马元进在会场外，陪着叶言言上保姆车，安慰说："不得奖也没什么，等会儿在公司露个面就回去休息，没人会说你什么。"

叶言言扯起唇角笑了笑，说："我没那么脆弱。"

马元进笑着想拍拍她的肩，看她肩膀袒露，马上缩回了手，说："那就好，那就好，以后奖还多着呢。"

叶言言在参加颁奖之前，就已经做过许多心理建设，可是这一刻她依然有些难过，有没得奖的因素，也有其他原因，心里憋着气似的，有一股难以形容的闷滞感。

她低头看着手机，半天没有动一下。

回到公司，排练室里早已焕然一新，整整齐齐搭着长条的餐桌，上面摆放着各类精致的食品和上等香槟。

公司高层、经纪人还有各个部门的工作人员齐聚一堂。

梁洲先走到场地中间，手举无线话筒简单说了几句开场白，主要是鼓励艺人鼓励员工，夸奖一下今天获奖的葛一鸣和林广薇。

韩菲自始至终站在他身旁不远处，自然从容，仿佛已养成习惯。公司员工也不觉得意外。

这一幕格外刺眼。

叶言言觉得胸闷气短，整个人都不爽利。她放下酒杯，来到走廊外面透气，把布偶拿出来。今天穿着礼服，带的包只比手掌大一些，根本放不下它。她抱着万一获奖的心理，让曹佳带着它一起去了会场，谁知道空欢喜一场。回公司的路上，她索性就把布偶带在身边。

“本来想让你看着我获奖的。”她语气有些沮丧地说。

白炽灯光下，布偶的眼睛冰蓝得像一块宝石，它搭着她的手：“这种奖项我看多了，评委全是老古董，更喜欢朴素的农村年代片，别放心上。”

叶言言长出一口气，表情淡淡的，神色依然有些沮丧。

布偶仰头凝视着她，眉头紧锁，轻声说：“韩菲和梁洲，你难受了？”

叶言言摇头。

“你要是真有怀疑，为什么不直接去问他？”它忽然说。

她微微垂着头没有吭声。

“去问他，”布偶说，“你们已经是情侣了，有些事藏在心里只会让怀疑变成障碍，伤感情的。”

叶言言微微苦笑：“我记得第一次去你家拿钱的时候，看到一张你们三个人的合影。”

布偶脸上露出一丝别扭：“还想那个做什么，都是老皇历了。”

她说：“他笑得那么开心的样子，我只在电影里见过。”

一阵高跟鞋声音由远及近，打断了叶言言想说的话。

韩菲和林广薇离开训练室，朝走廊这头走过来，林广薇跟在韩菲身后，距离不到半步的位置，笑吟吟的，带着几分讨好的意思。

“一个最佳女配角，”韩菲声音稍显冷淡，“就想走上大荧屏了，还是主角，你是不是太心急了？”

林广薇笑容僵硬了一瞬，马上又恢复过来，热情地微笑：“就算不是主角也行，学姐，就是你一句话的事，导演肯定会答应你的。你帮帮我吧，这一年我都在跑综艺，到手的电视剧本又是拿不出手的，这样下去演技都生疏了。”

韩菲但笑不语，斜斜睨她一眼，不说行也不说不行。

林广薇心里也有些不舒服，出道两年半，她早已经有自己的粉丝后援团，出入也讲究排场，可每次在韩菲面前都要做小伏低，这种滋味并不好受。

“学姐，最佳、最受欢迎女主角你前后都拿了四个了，最佳女配角在你面前算什么，可这次的电影，我听说公司有意给叶言言，今天的红毯你来得晚没看见，她出场的时候，现场动静都赶上苏晓媛了。”

韩菲听她上半句恭维还觉得有几分得意，听到后面眉头一皱。

林广薇突然伸手拉她的手腕。

韩菲不乐意地甩开，这时看到林广薇使的眼色，转头就看到站在窗口边的叶言言。

韩菲唇角微弯，似笑非笑地看着她。

林广薇率先和叶言言打招呼：“里面正热闹呢，你怎么一个人在这里?

“人家透气呢，你看不出来。”韩菲说。

林广薇马上配合说：“我光顾自己高兴了，都忘了这事。”

她们两个搭配着一唱一和，叶言言一阵心烦，索性当作没有听见。

看她没有半点回应，韩菲眸中闪过一丝恼火。

林广薇颇识眼色，板起脸说：“叶言言，我们是体谅你今天空欢喜一场，心情不好。但是你见了公司前辈连招呼都不打，太傲慢了吧。”

“像你这样点头哈腰地打招呼，”叶言言反唇相讥，“我可学不来。”

林广薇被人戳中痛脚，脸色顿时阴沉。

韩菲说：“尊敬前辈也有错?叶言言，你是不是仗着有点人气，眼睛就长到头顶上，不把其他人放眼里了？”

叶言言垂着眼，看到布偶的眼睛里闪过一丝戾气，整张脸都皱了起来，狰狞的伤痕像要活过来一般。

她吓了一跳，想起它对韩菲的怨气，条件反射地用手捂住他的眼睛。

韩菲和林广薇看到她的动作，对视一眼，都有些莫名其妙。

“古里古怪，”韩菲声音冷了下来，“你手上拿着什么？”

林广薇一听韩菲动了真火，生出几分幸灾乐祸的感觉，抱着看热闹不嫌事大的想法，冲上前，冷不防劈手一夺：“什么东西这么了不起?让我看看。”

叶言言拼命抓紧布偶，林广薇扯住一只脚。

“你有病啊？”叶言言骂。

林广薇使劲扯："不就是个布偶嘛。"

叶言言担心伤到布偶，手上不敢用力，林广薇猛地抓落下来，布偶掉在了地上。

韩菲扶着裙子低下身，拿起布偶，看到它丑陋的脸，忍不住说："你心理有问题啊，随身带这种东西。"

布偶的眼睛在灯光下闪动了一下，韩菲突然有种诡异的感觉，这是一个活物。她尖叫一声，就要把布偶往地上扔。

叶言言抢先上去，左手抓住布偶的身体，右手推搡韩菲的肩膀。

韩菲还在为刚才那种怪异的感觉感到心慌，她今天配合礼裙穿的高跟鞋足有十二公分高，被一推之下没站稳，砰一声摔倒在地上。

林广薇没有上前扶，先是惊呼了一声，然后马上朝叶言言喊："你怎么动手？"

叶言言拿着布偶轻轻拍了两下，回头看着地上的韩菲发怔。

凌乱的脚步声响起，从训练室的方向走来一群人，听到动静脚步加快，很快来到三人面前。

当前是梁洲，身后簇拥着的是公司高层和部分董事。

其中有个衣冠楚楚的年轻人吹了一声口哨："哎哟，这是唱哪出戏？地上的是韩菲吗？"

梁洲沉下脸，周身透着一股寒气，问："怎么回事？"

他近几年掌舵公司，权威渐重，脸色一沉，就有几分山雨欲来的气势。

林广薇先开口："叶言言有个娃娃，学姐想借来看看，她不开心，就推了学姐一把。"

她小心地朝众人看一眼，认出几个宏成的董事和投资人，心里暗想时机真巧。

听了她的话，再和眼前情形印证，大部分人信了。

叶言言拿着布偶，有些无所适从的样子。

韩菲倒在地上，红火的裙裾铺散开，像是一朵盛开的花朵。

“行了，”韩菲轻轻拍一下臀侧，对林广薇说，“扶我起来。”

林广薇上前扶起她。

韩菲转转脚踝，微微蹙了一下眉头，什么都没有说，她这一个动作，有些示弱的意味。熟悉她的几个高层不免心生怜惜。

“这是叶言言？最近话题很多的那个？”

“看着还挺乖的，想不到这么泼辣。”

梁洲听到身后交头接耳的轻声讨论，脸色更是沉郁。

“刚才情况是这样？”他直接问韩菲。

韩菲笑了笑，温柔大气：“没事，就是小女孩闹点脾气，也是我们玩笑开过分了。大概这个娃娃对她来说有什么特别的意义吧。”

这明面上是替叶言言开脱的话，实则把她能解释的后路都堵了。

众人对叶言言反感更甚，少数几人则好奇地冷眼旁观。

梁洲面色铁青，视线在三人面上扫了一圈，最后落到叶言言的脸上，停顿了一瞬，说：“道歉。”

叶言言愣住了，抓着布偶的手指不自禁地收紧，嘴唇翕动几下，声音就像堵在嗓子眼里，心里生出一股难受的情绪，在胸口翻腾。

梁洲皱起眉：“一进公司应该就教过你，要尊重前辈。道歉。”

他的声音又硬又冷，叶言言眼睛一阵发热，别开眼。韩菲背着身后众人，对她露出一个轻视的笑容。

叶言言压抑着胸口的酸涩，僵硬又木然地说：“对不起，我不是故意的。”说完，她的眼眶已经悄悄红了。她故作从容地别开脸，看着窗口。

韩菲马上体贴地打圆场：“好了好了，小姑娘谁没有不懂事的时候。”

几个老董事纷纷称赞还是韩菲大气。

韩菲始终微笑以对。

梁洲把人招呼去会议室，他们本来就是要开个短会，没想到半路在走廊遇到这么一出。

韩菲叫住他：“今天我跟你的车来的，等会儿再送我一程回去。”

梁洲对李勤说：“看看车库里还有没有车，派一辆。”

“要保姆车，我的脚又酸又疼。”韩菲要求。

他们之间口气那么熟稔，叶言言垂下眼，深深呼吸了一口气，慢慢走开。

梁洲这时转过脸来，目光投注在她单薄的背影上。

回到训练室，果然已经是一片欢乐的海洋，葛一鸣捧得最佳男主的桂冠，摇着香槟开瓶，喷洒得到处都是。叶言言找到马元进，说要回家休息。马元进看她情绪低落，还以为是奖项落选的事，一边安慰她一边打电话给司机备车。

回去的路上，天色早就黑透了，霓虹灯将整个江城点缀得一片通明，五彩缤纷，倒映在车窗上。

马元进不停说着话调动气氛，想逗她开心。

叶言言心领，听他说完段子，呵呵笑出声，眼角沁出一滴泪。

回到家里，布偶腾一下跳上茶几，它早就气得一佛出世二佛升天，只是找不到机会发泄，狠狠踢了一脚杯子，杯子滚落在地。它转过头来看到叶言言，浑身的劲儿一下就松了。

它说："我想回去了。"

叶言言没听清："去哪儿？"

"回去。"

她听明白了，它是要回身体里去，于是问："怎么回去？"

"不知道。"布偶泄气了一瞬，又重新鼓起劲，"各种办法都可以试一试。"

叶言言看着它眼里涌动的光芒，忽然明白它这么做，多少有一部分是为了自己，胸口蓦然发胀，鼻子酸酸的。

"周末我们再去医院看看吧？"

叶言言心情好转不少，脱了礼服，卸妆洗澡，其间手机响了两次，她出来一看是梁洲的来电。微信上也有几条消息提示，分别来自周茵、丽娜和顾沛东的安慰。叶言言正在看消息，又有电话进来，原来是老叶打来的，他竟然也开始关心电视节颁奖的庆典，特地打电话来安慰。

挂上电话，又有一条消息进来，是梁洲的：我在楼下。

叶言言套上一件卫衣，噌噌噌跑下楼。

梁洲开着车刚到楼下，见她青春活泼的打扮像个大学生样，与参加典礼时娇艳的模样截然不同，稀罕地看了两眼，见她站着不动，说："上车。"

叶言言犹豫了片刻，他又催："后面有车进来，我可堵着道了。"

小区车道狭窄，叶言言看到有车从拐角过来，只好打开车门上车。

梁洲开车离开小区。

叶言言问："去哪儿？"

他眼角余光一直注意着她："去吃点东西，刚才庆功宴你才吃了几口。"

叶言言看着车窗外灯光快速倒退，说："没有胃口不想吃。"

路口红灯停下，梁洲伸手握住她的手："那陪我吃一点，刚才我也没吃饱。"

叶言言不置可否。

车停在一个环境清幽的粤菜馆门前，两人下车进了包厢。

梁洲点了几个点心和一碗粥，服务员刚一离开，他就挪到叶言言身边："生气了？"

叶言言面无表情："生什么气？"

她卸了妆，皮肤光溜溜的，不言不笑的样子没有威慑，反而看起来像个精致娇美的娃娃，梁洲看了心里软成一片，又觉得有些好笑，笑着说："怎么没气？嘴上都可以挂油壶了。"

叶言言刚要反驳，服务员推开门进来了，等摆完菜离开，她忘了自己刚才要说什么。拿起小勺戳着面前一盏姜汁撞奶，也不吃，没一会儿就把碗里搅得跟碎豆腐似的。

梁洲心想这还不叫生气，语气更柔了几分："谁给我们言言气受了？嗯？告诉我。"

叶言言抬起眼瞥他，他现在这样，根本看不出刚才在公司里的冷漠，到底哪一个才是他？她目光直直地看着他，没有回答。

梁洲见她一直沉默，倒有几分心疼，于是不再逗她，夹了一个水晶虾饺到她的碗里，说："刚才那个情况，公司的董事和高层都在，韩菲又摔倒在地上，众目睽睽，我要是不管不顾包庇你，让其他人怎么想？尤其是各部门主管，韩非在公司里那么多年，资历人脉远胜你，我要是为了你让她难堪，高层觉得心凉，对你发展也不好，懂不懂？”

“那你呢，心里也觉得我错了吗？”叶言言问。

梁洲不答反问：“韩菲是你推倒的吧？”

叶言言有点委屈，声音软软的：“是她和林广薇抢了我的布娃娃不肯还我。”

梁洲看她抿着嘴，心想道理还是应该说清楚，虽说当时自己处理的时候严厉了一点，但是方向没有错，自己心疼她年纪小，当着全公司的高层落了面子，所以哄着她，但也应该让她认识到错误，不然以后纵出性子可就容易闯祸了。这样一想，他神色就冷淡了几分，说：“再怎么说也不能动手。为了一个布娃娃你就动手推人，韩菲穿着高跟鞋，幸好没什么事，要是扭伤摔伤怎么办？放在哪里说都是你没道理。”

叶言言刚刚心情稍有缓和，一下子火又涌上来：“她们抢我的东西就有道理了，我又不是故意推她的，是她要扔我的东西，她们两个我一个，难道还能是我欺负她们？”

梁洲拉长了脸：“你还有道理了？”

叶言言气得胸口发闷，今天一整天，和林广薇差点撞衫临时换了衣服，颁奖没拿到被挤对，看见他和韩菲相携入场像一对璧人，再加上庆功宴上那一遭，简直没有办法更糟糕了，叶言言全部忍了下来，现在积累的委屈全部汹涌而出，她感觉整个脑子都是嗡嗡的，拼命憋着一口气才没有在他面前崩溃，眼眶里却已经隐约有泪水在打转。

见状梁洲没有再说什么，盛了小半碗粥放到她面前：“饿了容易发晕，你先吃点。冷静下来我们再说话。”

她一把推开：“不要吃，我要回家。”

梁洲见她今天油盐不进，也有些恼火了，硬声说：“叶言言，就算是我的女朋友，在公司里该认的错也必须认，别以为你娇蛮我就应该纵着。”

叶言言的泪水一下子涌了出来，她用手一抹，站起来推开包厢门就往外走。

包厢外的走廊错综复杂，她绕了一圈，深呼吸好几口气才把情绪压下去，找服务员问清楚路走到餐馆门口，手臂被人从后面拉住，回头一看是梁洲，他说：“我送你回去。”

叶言言扭动胳膊，梁洲抓得很紧，脸色淡淡的：“太晚了，一个女孩子不安全，你现在还是公众人物，我送你。”

还真有不少人在朝这个方向张望，叶言言只好默不作声地跟着他上车。

路上两人一句话都没有说，梁洲面色沉沉的，侧面在夜色中犹如雕刻而成，线条硬朗而冷峻。

车停下叶言言打开安全带，什么话也没有说，下车快步上楼。

回到家，刚关上门，她就忍不住哇一声哭起来。

布偶飞快窜过来，跳上她的肩膀，轻轻抚摸她的头发：“言言怎么了？谁欺负你了？”

有人关心的滋味让她越发委屈，她抱着双臂把头埋在里面，摇着头说不出话。

梁洲在楼下等了很长时间，叶言言房间的窗户还没有亮灯，他心生烦躁，刚打算上去看看情况，灯就亮了。他抬头看了好一会儿，才发动车子离开。

看到叶言言要哭的样子，他心里也不好受，一直到此刻，心上还是沉甸甸的像是压了东西。手机响铃，他接起。

马元进的嗓门大大咧咧的："今天我们言言吃了大亏，你看那部电影是不是给她试试？陈导的要求是二十多岁，眼神干净，韩菲不合眼缘被刷下来了，现在还有谁比言言适合？"

梁洲注意到他的头一句，问："吃了什么大亏？"

马元进把差点撞衫的事说了一遍，又说："没拿奖被林广薇挤对她也没吭一声，刚才庆功宴上又丢面子，年纪轻轻能忍住已经很不错了。梁总，咱们奖罚分明，是不是该把电影机会给她？"

梁洲听完，心想难怪她刚才发脾气，原来之前发生了那么些事，倒有些后悔刚才那么凶，一时思绪有点乱。

"喂，喂？梁总，你答应不答应，倒是给句痛快话啊。"

梁洲说："明天我给陈导电话。"

挂断电话，梁洲想来想去总觉得牵挂，拨叶言言的电话是关机状态，他想掉头回她家的小区，再一看时间，还是把冲动按捺住。

之后两天梁洲工作繁忙，空闲的时候都给叶言言打电话，她的工作日程安排得也相当紧凑，通告不断，两人真正说上的话没几句，电话里也没法深谈，就这样到了周末。

周六清早，叶言言戴上眼镜口罩，电话通知司机来接，带着布偶去了医院。

这两年她来看过好几次，护工早就认识她，也知道她现在已经成为一线明星，隔着几个月没见，还拿了纸和笔来要签名。叶言言很和气地签了，然后让护工去休息。

等病房只剩下她的时候，立刻把布偶从包里拿出来。

“快回去。”

布偶在床头走来走去，越走越烦躁：“没感觉。”

叶言言干着急：“怎么没感觉呢，这不是你的身体吗？”

布偶朝自己脸上拍了两下：“是不是少了什么契机？”

叶言言不安：“要找道士、和尚？”

“咱们这种学习社会主义核心价值观的不搞迷信啊。”

“得了吧，你都这样了还不是迷信。”

叶言言在病床上沈旭晖的额头上摸了摸，布偶见了，心跳加速，额头也跟着发烫，一急之下连声音都结巴了：“你……你干吗？”

“没干吗啊。”

“都说了别乱碰我。”

叶言言顶嘴：“你又没回去。”

她收回手，布偶的额头也跟着没有发热的感觉了，它愣住，看看身体又看看叶言言：“你再摸摸看。”

叶言言立马不乐意了：“刚才还说别乱碰你的。”

“行，行，行，我就这样凑合一辈子跟着你。”

叶言言立刻把手放到沈旭晖的额头上：“这样行吗？”

额头上果然有滚烫的感觉，布偶兴奋了：“你再往下摸。”

摸脸。

“往下。”

摸头颈。

“再往下。”

摸他的身体。

“伸进衣服里面。”

“变态啊你。”叶言言吼。

布偶叹了口气，除了额头，其他地方并没有特殊感觉。它拿眼瞅瞅她，心想护工每天都帮着擦身体，从来没有感应过，怎么换成她，反而会有感觉呢？

这样的问题谁也回答不了，两人面面相觑，不知道该怎么解决。

病房门被轻轻敲响了三下，叶言言动作飞快地把布偶收起：“请进。”

门打开，梁洲和李勤站在门口，视线对上，叶言言立刻移开，梁洲有些讶异。

他走进来，叶言言马上从椅子上站起要走。

梁洲手腕一转，抓住她的手，捏在掌心里。她挣了一下，没有挣开。

李勤眼观鼻鼻观心，悄悄离开，并带上房门。

“这么不想看到我？”梁洲问。

叶言言不吭声。

不回答就是默认，梁洲说：“关于那天的事，我有话说，是你没给机会。”

“还有什么好说的？”叶言言回，“是我的错，我认。”

梁洲知道她说的是气话，放柔了声音说：“我不知道那天你受了许多委屈，马元进已经和我说过了，我不了解情况，那天不该凶你，言言，都气三天了，该消气了。”

听他提起那天的事，叶言言就觉得心里酸涩难当，说：“哪里，梁总说的对，我资历浅又把人推倒，幸好没出事，不然我的罪就大了。错误我都认识到了。”顿了顿，她又说，“没什么事我先走了。”

梁洲哪能让她这样走掉，紧攥着她的手走出病房，一路来到医院后面的僻静走廊里。

叶言言几次都没有甩开他的手，有些恼怒，但是公众场合，到底没有大喊大闹。

走到无人的僻静处，梁洲一把抱住她，任凭她怎么挣扎都不放，贴在她的耳边说：“那天的事我都清楚了，好宝贝，别气了，还有气你就对着我发，别闷着，气坏身体不值当。”

叶言言推着他的胸膛的手一下子就失去劲了，她鼻子发酸，险些要掉眼泪。

她原先并不是那么喜欢发脾气的人，受了委屈也默默忍着，回头忍两天也就烟消云散了。可是遇到他，那种细微的情绪就像是被显微镜放大了，经常触动她的神经，就连眼泪也多了起来。

这种感觉并不好。

“放开我。”她齉声齉气地说。

梁洲一听她带着哭音，又是心疼又是着急，摸着她的脸把眼泪擦掉：“好了不哭了，还难受呢？那天是我把话说重了，你要怎么罚都可以，好不好？”他到底没忍住，在她水润的唇上亲了亲。

叶言言心想这一根大棒一个萝卜的手法真是炉火纯青，但他这么服软，她的气还真的消了不少，眼泪也收了，说："说得好听，你是老板谁敢罚你？"

"怎么没罚，这两天你理都不理我不就是惩罚？"梁洲看着她泪水浸润过的眼睛，澄澈明亮，心跳不觉乱了两拍，又在她的唇上啄了两下，直到她别开头才作罢。

梁洲又说："以后有什么话说开就好，别再自己生闷气，也别动不动就不理人，你这样难受，我看得心里也不好受。"

叶言言斜睨他："我那天说了，是你说我无理取闹。"

梁洲疑惑："我什么时候说过？"

"反正你就是这个意思。"

梁洲不和她纠缠遣词用句，说："前因后果你也没有说清楚，让我怎么判断？"

叶言言当下不高兴："是你没给我机会说就吹胡子瞪眼的。"

梁洲被她说笑了："我哪来的胡子？还没来得及给你瞪眼你就跑了，到底谁气性大？"

叶言言噘着嘴不说话。

梁洲又问："咱们不闹别扭，还有什么不舒服的都说出来，不然我真猜不到你的想法，回头你又不理人，不是要急死我？"

叶言言哼了一声说："电视节你陪韩菲走红毯。"

梁洲愣了一下，随即笑着说："我当什么事。她是宏成的一姐，公司花大力捧出来的，这两年主攻电影，票房表现平淡，再没点话题性怎么行，也不符合公司利益。"

完全从公事角度考虑，叶言言将信将疑，一直以来公司里都是风言风语，再加上韩菲和他之间说话的口气，熟稔亲切，带着一种谁都不及的默契感。以前还不觉得，和梁洲确认关系后，她就变得敏感起来。

“你个人就没点想法？”她问。

梁洲手臂一揽把她抱进怀里：“原来是吃醋了，我能有什么想法，她是有男朋友的，我的女朋友是你，还能有什么想法？”

叶言言还不放过，追问：“她要没男朋友你就有想法了？”

想到她生气还有部分原因是吃醋，梁洲居然莫名觉得欢喜，心里胀鼓鼓的，他用下巴在她发顶摩挲一会儿，低下头亲吻她的脸蛋：“你个傻丫头，有想法还能等到现在？现在我是明白了，这些年我是在等着你呢。”

不愧是影帝，真要说起甜言蜜语来一点不输剧本台词。叶言言红了脸，再一想不对啊，在他腰上掐了一记，说：“这几年你又没空着，女朋友也不少，什么叫等着我。”

梁洲被拆穿半点不心虚：“你不一样。”

叶言言哼唧一声，见好就收，雨过天晴。

见她脸上露了笑意，梁洲也轻松起来，还不忘问：“我之前的女朋友的事谁和你说的？”

叶言言想转移话题。

梁洲一眼看穿她的意图，说：“别想蒙混过去。是马元进告诉你的？”

叶言言心想不让马哥背这个锅，只好透露：“以前沈旭晖说的。”

梁洲一怔，笑容微敛，盯着她看了好一会儿，摸了摸她的脸蛋没再说什么。

下午两人都没有工作安排，梁洲提议去约会看个电影。

他说约会的时候，眉眼飞扬，俊朗非凡。光看样子，还以为过了而立之年的男人连约会都没有过呢，叶言言感到好笑。

“还真没有几次，”他说，“之前太忙，不能分心，等到没那么忙的时候，单纯约会的机会很少。”

作为公众人物，尤其像梁洲这样家喻户晓的程度，很难去公众场合。两人中午吃了西班牙餐，梁洲带着她去了私幕影院。

这是新型的电影模式，以包房的形式看电影，不会受打扰。李勤去定了房间，两人直接进包房。

关上门就是一个私密的空间。

电影是一部美国大片，讲的是一个特工拯救地球的故事，故事紧凑，场面劲爆，再加上俊男美女，动作到位，是一部极其成功的爆米花商业片。

梁洲知道这绝对不是李勤点的，转头问：“你点的？”

“是呀。”

“喜欢看什么？”

叶言言不假思索：“特效好看，男主角帅。”

梁洲看了两眼男主角：“很矮。”

叶言言怀疑：“还行吧。”

“拍摄角度，你看不出来。”他肯定地说。

叶言言很不屑地哼了一声，梁洲笑出声，怀疑自己怎么较了真。

电影放到精彩地方，男主角街头追车，同伴进了医院，包成木乃伊的样子。

梁洲忽然想起一件事，问：“你经常去看旭晖？”

叶言言应了一声。

梁洲问："言言，你到底和旭晖……是什么关系？"

她的视线从精彩的屏幕上移开，看看他："朋友，还挺好的那种。"这么长时间和布偶相处，她终于可以坦荡荡地说出这句话。

"在他出事之前，一次都没有听他提过。"梁洲的口气有些感慨，"他的嘴可真够严的。"

她也不知道该说什么好。

梁洲的心思已经完全不放在电影上，提到沈旭晖，让他的情绪有些沉郁："都两年多了……"

叶言言安慰说："护工照料得很好，身体肌肉也没有萎缩。"

梁洲把她的手包在掌心里，轻柔按捏。

这时电影情节进入转折，发生一起爆炸，整个屏幕都亮了，灯光一样照亮整个包房，他侧过脸朝她看去，论相貌，在娱乐圈她不算是顶尖的，但是如果排一张美人谱，绝对少不了她的位置。尤其是陶瓷一样细腻的肌肤，不化妆也显得剔透无瑕，再加上笑起来一对浅浅的酒窝，绝对加分不少，美得让人感觉心旷神怡。

真是宜嗔又宜喜，不知道多少人会拜倒在她屏幕上的石榴裙下——梁洲莫名其妙想到这些，心里竟有些不舒服的微妙感觉。

第二天原定休息，叶言言被马元进一个电话叫醒，说安排她见一个大导演。叶言言梳洗打扮好，车刚好到楼下。

马元进高兴地说具体内容，今天要见的是圈内数一数二的大导演陈谋。他拿奖拿到手软，绝对是华语电影导演的金字招牌，为筹备拍摄古装电影《一斛珠》选女主角。

说完电影背景，马元进另起话头说：“前几天庆功宴，你和韩菲发生冲突的事。”

叶言言斟酌着言辞要解释：“马哥……”

“不用多说，我知道。”马元进语重心长地说，“以韩菲的道行，你要能欺负到她，我都该为你鼓掌了。你吃亏在哪里知道吗？你的分量还不够，要是哪天你的地位力压韩菲了，真欺负了她又怎么样，他们只会装瞎子。”

叶言言听完不由得发笑。

马元进激励她：“争口气，把角色拿下，气死她。”

车停在了国内知名五星级酒店门前。

陈谋住在总统套房，会客厅的面积比普通商务会议室还大，顶上挂着硕大的水晶灯。在今天参与导演试镜的四个人里，叶言言是最晚到达的。其他三个人早已带着经纪人或者是助理等了有一会儿了。

马元进笑着和导演助手寒暄。

叶言言在靠近门口的沙发位置坐下，打量几个竞争对手。

没想到三个人里面有两个是熟面孔。

苏晓媛坐在当中的双人沙发里，现在的天气还属于乍暖还寒，大家穿得还比较厚，她只穿了一条淡黄印花的连衣裙，外面罩着短款丝绒外套。头发微卷，扎着半圆子头，把流行和经典搭配得浑然天成。再加上她天生一张娃娃脸，难怪很有底气，可以忽视导演曾经那句“要找二十多岁，眼神干净的女孩”。

在《时光之旅》剧组拍戏的时候两人十分不对付，尤其是叶言言差点被她推到陷阱里，受了皮肉伤，事后虽然找不到任何实质证据，但是发生龃龉的记忆十分深刻，难以忘记。

苏晓媛看见她进来，飞快皱了一下眉头，又恢复矜贵高傲的表情。

剩下两个女孩，年纪都符合导演要求，最有趣的是，两人都主动和叶言言打了招呼。其中气质清冷、笑容淡然的是梁嫣。叶言言和她一起拍戏有两次，一次是《神雕侠侣》，一次是《飞燕传奇》。说起来也真是有趣，拍摄《神雕侠侣》的时候，她还只是配角中的配角，出现的镜头不超过三集，梁嫣演的是小龙女。到了《飞燕传奇》一剧，她是主演赵飞燕，梁嫣演的则是重要配角班婕妤。

还有一个女孩，双眼皮，高鼻梁，嘴角翘起，笑容很热情，给叶言言的感觉有些莫名熟悉，但是脸很陌生，从没有见过。叶言言没有多想，正打算拿手机，女孩忽然笔直走到她面前，笑着喊她“言言”。

叶言言诧异，听声音有点熟悉，她不禁露出茫然的表情。

“我呀，张寄燕。”

叶言言先是恍然，随即又吃了一惊，这是张寄燕，眉眼鼻子嘴巴包括脸型都和以前截然不同。如果不是她先说破，叶言言就是做梦也不会把两张脸联想到一起。

就连气质也变得不一样，以前的张寄燕爽朗直率，眼下她说话轻声细语，多了份娇柔的味道。

张寄燕表现出遇到老友的热情来，拉着叶言言悄悄交谈了好一阵，其间好几次隐晦地问到“你有没有听说今天的面试内容”“你们公司和陈导之前有过合作吗”之类的问题。聊了一会儿，叶言言发现她根本就是抱着刺探的目的来的。这些问题叶言言自己也不知道答案，据实回答后，她的表情有些古怪，一副根本不信的样子。

叶言言表情淡淡的，说得更少了。张寄燕察觉到，笑着说了两句，坐回自己的位置。

苏晓媛朝张寄燕的方向扫了一眼，张寄燕正想回以一笑，苏晓媛轻蔑地一勾唇角，眼角飞快扫过。

张寄燕笑容僵住，她感觉整个房间里所有的人都看到她的窘态，脸上一下变得滚烫，心里又羞又怒，手指无意识抓紧了座垫。

论身份，苏晓媛是四人中最大咖的，还有过八亿的票房历史。叶言言和梁嫣，是新晋女星中的佼佼者，网上评选小花旦时绝对不会漏了两人。只有她，声名不显，坐在几人之间气场弱上许多。因为这一点，她甚至隐隐有种感觉，这三个人相互忌惮，唯独没有把她放在眼里。

张寄燕暗自咬牙，脸上却始终挂着微笑。

陈谋来到会客厅，他年近五十，身高中等，眉心有很深的皱褶，和众人打招呼时语气很温和。

叶言言原以为会一个个单独试戏，谁知陈谋把经纪人等都请到另一个房间，回来给四个女孩每人一页剧本。看样子陈导打算四人同时试戏。

几人互相视线交错，有些严阵以待的意思，就是苏晓媛，也不敢掉以轻心。

叶言言把那一页剧本认真看了一遍，这一段是女主角子虞与皇帝对弈时的场景。就弈棋之道，两人几番口锋，对话十分精彩。她没有看过整个故事，只这一片段，就感觉到这部古装必然是制作精良、考究严谨的故事。她甚至还从场景及对话中看出一些不同的意味来。子虞是大皇子睿定的王妃，但与皇帝的相处，却有一种隐秘的、似有似无的暧昧。

她在思索，其他几个人情形也差不多。张寄燕读完剧本，目光却开始四处瞟，关注其他几人的表情。

陈谋说："这是一部原创剧本，故事是保密的，现在看完这一页剧本，你们谈一下对女主角的了解吧。"

张寄燕抢先开口："陈导，我先来说一下吧。"

剧本才一页，看完大家感受应该是差不多的，先说的无疑得益最大，轮到后面说的，要么和前面雷同，要么就无话可说。

其他人也明白她抢先的意思，苏晓媛脸色微微一沉，论资历和身份，都应该默认她第一个，谁知道张寄燕会这么主动。

陈谋没有异议，补充了一句："长篇累牍的就不用说了，也要给后面的人机会，这样吧，每个人说一句话，用一个关键词来形容女主角。"

张寄燕还以为导演看穿她的目的，脸色瞬间憋红。

苏晓媛笑着睨她："要不还是我先来？"

张寄燕说："才一句话，我想到了，野心勃勃。"

陈谋点点头，看向苏晓媛。

苏晓媛马上说："我觉得她进退两难。"

梁嫣的答案是心事重重。

陈谋没有对众人的回答做任何点评。轮到叶言言时，她说："如履薄冰。"

四人全部回答完，陈谋又说："这部电影里的人物感情都比较深沉，现在大家依次以宠妃的身份，给我一个笑容的表情。"

这回苏晓媛抢在第一个，将头发一拨，眼角微挑，笑得既美又媚。

张寄燕的笑和她极为相似，表现得极为艳丽。

梁嫣表演之前皱了下眉头，笑得一如既往地仙气十足。

叶言言想着剧本上那个片段，微微一笑，温润而妩媚，不见任何锋芒，眉宇之间隐约还藏着一抹轻愁。

陈导不置可否，看完众人的表演说："今天各位的表现都很出色，接下来我还要去参加一个会，就暂时不对剧本做深入探讨了，角色的事我也需要回去和制片商量一下，结果没有那么快出来，一有消息我会尽快与诸位联系。各位都是出色的年轻女演员，希望有机会和你们合作。"

这几句话说得漂亮至极，几人都是笑容满满地和他道别。

离开套房之前，助手提醒四个女演员，助手和经纪人都在楼下喝咖啡。

出了房门，叶言言正要打电话联系马元进，旁边房间忽然有人出来，三十多岁的年纪，西装革履，看起来和苏晓媛认识："晓媛，你们四个这就走啦，不行不行，一起去吃个饭。怎么能让你们空跑一趟？"

他对三人自我介绍，他姓刘，是副导演，接着热情洋溢地邀请众人去吃饭。

张寄燕毫不犹豫就答应了，叶言言和梁嫣有点犹豫，苏晓媛还在考虑。刘副导说："机会难得，正好有投资人在，一起吃个饭熟悉熟悉，结个善缘。"

苏晓媛马上意动，她十分清楚，虽然试镜是陈谋亲自操作，但是最后角色拍板，绝对不是导演的一言堂。

她一点头，叶言言和梁嫣也跟着同意。

叶言言等要联系经纪人，刘副导说："我已经另外让人给他们安排了，绝对不会亏待他们，放心吧，我们就到对面吃顿便饭，很快的，这点距离还怕出什么事？”他说着，脸上虽然笑着却已经露出几分不悦来。

苏晓媛率先收起手机，对其他几人说：“好了好了，既然安排好了我们就先去吃饭吧。”

说是对面，其实还是安排了车。刘副导见女演员都乖巧地听他安排，笑容不停，热情又周到，主动提出要拿包。

他一路聊天，对苏晓媛这样的一线演员不着痕迹地吹捧，就是张寄燕这种没有什么作品的新人，也没有受冷落的感觉。

车在路口拐弯，又开出两条街的距离，在一家会所门口停下来，刘副导招呼女演员下车，上了洁白的台阶，在门口四个漂亮女招待的鞠躬迎接下，进入大厅。巴洛克风格的装修，富丽堂皇，主体金色系，炫得人眼花。

刘副导熟门熟路地报了一个包间名，在服务员的带领下，来到走廊尽头，推开一道厚重的门。里面的装修比大厅更见豪华，几个年龄相仿的中年男人坐着，有一茬没一茬地聊着天。一位穿着蕾丝裙的年轻女子站着陪着聊天，肤白眼大，化着精致的妆，极其漂亮。几个男人见到进门的女演员们，眼睛一亮，全部站起身来，其中一个矮胖、圆肚子的，夸张地喊：“这不是……苏晓媛嘛，我最喜欢看你的电视和电影了。来来，晓媛，坐我身边。”

一句话的工夫，就变成“晓媛”这样亲昵的称呼了，苏晓媛脸色几不可辨地僵硬了一下。她在娱乐圈混迹多年，一进门就知道这几个不是份额最大的投资人，不知道给了副导演什么好处，安排这么一场饭局。

这时候就体现出女演员的专业素养了。就算心里不开心，也一点没有让在座的男人们察觉到。

叶言言和梁嫣也很快被认出，被热情邀请入席，两人目光一交流，很想紧挨着坐在一起。刘副导马上拦着，把两人隔开：“这是赵总和李总，对电影都很看好，投了不少，你们有什么角色的想法就趁这个机会说说，说不定就成了。”被他一安排，现场变成了男女相夹的局面。

座上介绍了一下，都是总，什么钱总、赵总、李总、吴总……只差一个，就能凑成“赵钱孙李”了。

还有谁看不出刘副导的意思？叶言言和梁嫣都要拿手机，包在刘副导的手里，他有些阴阳怪气地说：“哟，叶小姐和梁小姐的架子真是大，吃个饭还要找助理陪着，难道是怕饭菜里下药了？”

几个老总笑呵呵地打圆场：“小刘不要这么说，现在年轻人都是低头族，就喜欢捧着个手机玩。”

刘副导又笑：“赵总李总这才第一次见，就这么熟悉我们女演员的性格了？”

众人一阵乱笑。

这话题被含糊带过，他一点还包的意思都没有。

苏晓媛把叶言言和梁嫣拉到一边，叶言言对她有成见，心里还怀疑刘副导和她是不是一伙的，甩手不愿意搭理她。

苏晓媛压低声音说：“好汉不吃眼前亏懂不懂，不能撕破脸，先坐下，等会儿再找机会。”

叶言言和梁嫣心里都明白，不撕破脸是底线——这几位虽然不是最大的投资人，看刘副导的态度就知道，份额不会太小。

苏晓媛怕两人发起脾气来不管不顾的，把事情搞难堪了不好下台，脸上笑着压低声音说：“演技没有吗？就拿这个当演戏。”

三人重新回座，那边胖矮的吴总和有些秃顶的李总已经和张寄燕坐在一起说笑起来了。

叶言言看到，吴总伸手在张寄燕的手上摸了一把，很快放开。张寄燕咯咯笑，一点不以为意。

梁嫣皱眉，苏晓媛不屑。

“眼皮子这么浅，脸都被她丢光了。”苏晓媛眼风都不夹她一下，端坐在那里，拿起筷子夹了两口凉菜吃，她动作优雅端庄，是长期训练出来的。

吴总眼角瞥到了，马上扔下张寄燕回头来献殷勤，而且态度有所不同，不敢贸然动手动脚，有还几分赔小心的意思。

女演员心里有数，几个男人心里同样有算盘。漂亮的女人哪里都有，但是像女明星那样，受众人追捧，有股子矜贵高雅范儿的却不多。苏晓媛的俏、叶言言的纯、梁嫣的冷，平时只是在屏幕上看，现在灯火下这么近距离接触，越发有些色授魂与。

苏晓媛那套纯熟的手段，叶言言使不来，只好面无表情地坐在那里，旁边赵总在说炒房的事，夸得胡天海地的。

“除了白粉，还有什么比楼市赚，这边地拍下，那边转手楼盘预售，钱就收回来了。你别看这么多人喊房价高，越高越要买，不高谁会去买？做什么生意都有风险，唯独房市没有风险。”说起半年前开的一个楼盘，他面有得色，“听说叶小姐住江城的，房子买了吗？”

叶言言惊讶，这是要做她的生意吗？她浅浅笑了一下说：“没有。”

赵总刚才说了那么多，搁一般应酬场上的女人，早就笑着凑上来了。可是在座的几个女明星都没有很大反应。赵总已经观察叶言言一阵子了，她的妆容很淡，皮肤底子很好，不是卸了妆就变个样子的那种类型。一双眼黑白分明，嘴角微微上翘，不笑也像笑，又纯又娇美，比起苏晓媛的手段圆滑，梁嫣的寒气逼人，这个样子更讨他的欢心，不然事先不会打招呼要坐在她身边。

“叶小姐要是有意，我的楼盘还有几套朝向好的房子……”赵总声音含含糊糊的，头朝叶言言的方向偏过去，一副要亲热交谈的样子。

叶言言吓得往旁边躲，不是很明显，态度却坚定：“我没有在江城买房子的打算。”

原以为赵总该消停了，谁知他眼睛一亮：“那是打算在北京买了？房价更高啊，有没有看中的楼盘……”

叶言言头疼，闭上嘴，不再说一个字给他搭话的机会。

服务员打开门，鱼贯而入，端菜上来。叶言言和梁嫣等都松了一口气，就希望赶紧吃了这一顿好走人。

她专心致志地吃菜，赵总却不放弃机会，时不时夸道：“叶小姐吃这么多身材还这么好？”

“连吃饭也像演戏，真漂亮！”

叶言言差点被菜给噎着，赶紧喝点鲜榨果汁压压惊。

这家会所不仅装潢豪华，桌布也异常华丽，厚丝绒，拖着长长的流苏，垂在膝盖以下。叶言言之前觉得桌布很妨碍，很快她就知道里面藏着的用意。

起先是膝盖被人擦到，速度很快，一碰就松开了，她以为是有人无意擦碰。过一会儿，有只手在她腿上摸了一把，动作猥琐而下流。赵总在她旁边轻声说：“房子虽然贵，叶小姐要一套还不是容易的事……”

她脸色陡然一变，椅子骤然往后退，与地面摩擦发出刺耳的一声响，手上筷子早已掉落。

众人还没反应过来，隔着一个座的梁嫣啪的一声手上杯子砸在地上，整个人像弹簧一样跳起来，衣服上湿漉漉地洒了一身果汁。

叶言言脸色发白，转而又沉下来，变得铁青。梁嫣也没好到哪里去。

两人的样子在座的人一看就明白发生了什么。几个老总倒是很淡定，反而笑眯眯地问：“怎么了，叶小姐和梁小姐这是饭菜不合口味？”

刘副导皱眉：“好好吃饭呢，这又是怎么了？”

这个时候苏晓媛踩着高跟鞋走过来，在叶言言的肩膀上按了一下，走到梁嫣面前，在她要开口前抢先说：“哎哟这衣服是当季限量款，不好买的，我包里有个涂抹的清洁剂，走，去卫生间里我帮你弄弄。”

苏晓媛不是那么热心的性子，突然这么一大通话，在座的注意力都集中在梁嫣的身上了。只有张寄燕还在和钱总亲亲密密地说话，脸几乎要凑在一起。

刘副导听到苏晓媛提到包，下意识反驳道：“不要这么麻烦吧，叫服务员。”

苏晓媛柳眉横竖：“服务员懂什么，这衣服上万的。”她一边说着，手一下就把刘副导旁边椅子上的包拿了过来，一来她一向配合度高，二来苏晓媛脾气不好，业内都知道。刘副导也就没有说什么。

梁嫣还一脸气愤地戳着。苏晓媛推了她一把：“走，先去卫生间。”

叶言言察觉到什么，也拉了梁嫣一下：“走，我陪你去。”

刘副导又板起脸。

不等他说话，叶言言马上回：“去厕所都不行？”

三个女人结伴离开。

刚走出包房，苏晓媛脸色沉得跟包公似的，嘴里咒骂：“这该死的刘天，把我当成什么了？不入流的货色，使这种手段。”

梁嫣从刚才开始就一句话不说，寒气迸发，生人勿近。

进了盥洗室，苏晓媛锁上门，翻出手机，马上给经纪人打了个电话，让他赶紧来接。挂了电话她说：“这刘天让经纪人准备什么资料，他们都散了，你们自己联系吧。”

她把手机给了梁嫣，现在手机作为必备，根本已经没有人记号码了。梁嫣打给家里，告知了地址。

轮到叶言言，她更犯愁，能记住的和梁嫣一样，只有家里电话，但要是今天打电话给老叶，只怕演员生涯就到头了。

她拿过电话还在想，苏晓媛一眼看穿：“不记得号码？”

叶言言点头。

“我查查，”她拿过手机在通讯录里翻了一圈，“有个梁洲的办公室座机，你试试吧。”

叶言言又头大，看着手机发怔，怎么又是这个号码？

“快打啊。”苏晓媛催，梁嫣拿着纸巾蘸水擦拭衣服。

叶言言硬着头皮按下拨打键，电话很快被接通。

“喂。”他清朗低沉的声音从电话里传来。

叶言言看看苏晓媛和梁嫣，下意识退开几步：“是我，叶言言。”

愣了一下，梁洲笑着说：“怎么打这个电话了？不会又是什么整蛊节目吧？”他是清楚叶言言最近没有综艺通告的，故意这么笑话一句。

听到他的声音，叶言言一直悬着的心松懈下来，赶紧说：“我联系不上马哥，你让他赶紧来接我吧。”拿着会所名片把地址报了一遍。

梁洲问：“发生什么事，你怎么跑到那里去了？”

叶言言一句两句说不清，旁边还有苏晓媛和梁嫣，她更怕暴露两人之间的关系，只好简洁地说：“没什么事，被副导拉来吃饭，现在吃好了，要经纪人来接。”赶紧挂了电话。

手机还给苏晓媛，梁嫣收拾好，身上印渍不容易去除，她索性留着那一摊明晃晃地在衣服上。

三人走出盥洗室，苏晓媛的手机疯狂振动，她拿起一看，抬眼朝叶言言一扫，接起来：“喂……我是苏晓媛……是呀，我们在这个会所……哎呀，这可一言难尽，被刘副导硬拉来饭局，都是投资人，什么搞房地产的、搞网站的都有，非让我们陪着吃饭，现在快吃好了……事先不知道，被临时拉来的……”

走到包房门口，苏晓媛对着叶言言一笑：“梁嫣家里有背景，想不到你也不简单，难怪这么短时间都要追上韩菲了。”

叶言言猜到了刚才那通电话是谁打来的，抿着唇没说话。

女演员和顶头老板有点小暧昧，在圈子里不算什么新闻，对象是梁洲，苏晓媛反而有些佩服，扔下一句：“今天这次，咱们两清了。”

人回来了，刘副导松了口气，他就怕三个人不管不顾地走了，最后闹僵局面。

苏晓媛回到座位，笑着说：“下午还有个通告，等会儿吃好我就先走一步，今天多谢刘导和诸位款待了。”

因为她是笑着说的，刘副导和几个老总心有不快也不好发作，应付两句，什么“苏小姐是大明星，贵人事忙”之类的话，苏晓媛也不放在心上，满面含笑，还招呼左右吃菜。

叶言言坐回去，赵总表情自然，丝毫不受刚才风波的影响，只是再没像刚才那样热情搭讪和布菜，脸色严肃，爱搭不理的样子。

这个时候菜已经凉了，多少有点食之无味，席面上说的都是些场面话。唯一如鱼得水的就是张寄燕，她应酬本就有一套，分别给各个老总夹了菜，陪着聊天，又讲了两个笑话，饭桌上渐渐恢复了热闹。几个老总看她知情识趣的，和叶言言与梁嫣一比更是明显，乐得给她面子。最后的局面成了一面倒，张寄燕这方最热闹，有几分众星拱月的架势，她心里高兴，越发谈笑风生，表现得欲擒故纵。钱总盯着她看的眼睛里几乎要放出光来。

苏晓媛的经纪人没一会儿就到了。梁嫣家里人来接的时候，随身还带着两个保镖，架势很不一般。梁嫣从刘副导那里拿过包，神态冷若冰霜。刘副导心里拿不准，道别时反而有些赔着小心的意思。

随后马元进就来了，胖胖的身躯在门口一站，大着嗓门对叶言言教训道："之前和你交代过没有，去哪里都要和我通气，幸亏这次是刘副导，下次换了阿猫阿狗你也跟着走？现在社会多乱，不是每个人都和刘副导一样是好人，说请你吃饭，就真的只是请你吃饭。"

刘副导听他一通指桑骂槐，脸色难看到不行。

叶言言拿回包，跟着马元进离开，包房门关上前，席间有人用不大不小的声音骂了句："不就是戏子嘛，摆什么架子！"

她身体僵硬了一下，马元进大手拍拍她的肩："就当狗叫，别放心上。"

回到车上，马元进对她上上下下打量。

叶言言松了一大口气，说："不用看啦，没什么事。"

“幸好没事，”马元进说，“接到梁总的电话，差点没把我吓出心脏病。”

原来叶言言进行角色征选的时候，马元进和其他几个经纪人助理一起到大厅喝咖啡。没一会儿，刘副导就带着人过来，说需要每个演员提供一份资料，包括基础信息和过往角色资料，给导演选角参考用。资料公司都有准备，但是这次事先没有要求提供，副导要得急，几个经纪人商量一下都觉得可以去拿一下。没想到他们前脚刚走，后脚就被刘副导打了个时间差，把女演员拉去吃了顿饭。

“真是八十岁老娘蹦倒孩儿，着了姓刘的道。”马元进板着脸说，“他是吃准了这事只能不了了之。”

骂了一阵才觉得解气，马元进把车开回公司。

他进梁洲办公室前先垮了脸，一脸苦色领着叶言言进去，对着梁洲倒豆子似的诉苦。什么刘副导把经纪人支开，安排试镜女演员去饭局，说得绘声绘色的，如同自己参与了全程，末了说：“我看陈谋这边不至于玩这么不入流的手段，就是副导兴风作浪，不行不行，今天吃这么大亏，必须给剧组施加压力，趁这个机会把角色定了。”

他说得那么理所当然，叶言言倒有些不好意思了。

梁洲抬眼，眉头紧皱：“吃大亏？”他朝叶言言看去，“什么大亏？”

叶言言脸上发热：“没什么。”

马元进说：“怎么没什么，陪几个半老头子吃饭，要说他们没那心思真叫见鬼了……”

没想到他说得如此直白，还当着梁洲的面，叶言言窘到不行，脸皮一阵阵烫，蓦然又记起桌布下那双油手的触感来，脸色顿时变得不自然。

梁洲训马元进：“这么粗糙的伎俩也没看出来，你还有理了，第一年当经纪人？滚回去好好反省。”

马元进像是被戳破了的气球，气势马上弱下来。他是跟随梁洲多年的老人，私下说话不用讲究，哀号一声后，看看叶言言和梁洲，马上找个理由单独开溜。

叶言言像做错事的孩子一样，正襟危坐正对着写字台，看着深色纹理的木质台面发呆。

“过来。”梁洲说。

叶言言反应慢了一拍，站起来，靠近写字台。

梁洲轻咳一声：“到我这边来。”

叶言言领悟过来，绕过写字台走过去。

梁洲侧转过来，握住她的手：“刚才饭局上发生什么了？马胖子说得天花乱坠的，什么他孤身闯入重围去救你。”

他的手又宽又大，刚劲有力，她低头看着，有些出神。

他眉头皱得更紧，脸色沉下去：“是真的遇到什么不舒心的事了？”

“没有，一点小事。”她实在难以启齿，含糊地说。

梁洲说：“我是以男朋友的身份问你的。”

叶言言心里发甜，之前的那些不快已经飞到九霄云外，撇撇嘴说：“就是吃饭的时候，旁边的人话很多，什么炒房之类的，烦死了。”

梁洲看着她黑白分明的眼睛，很漂亮的一双眼，笑着看人的时候，横波欲流，脉脉含情，望之叫人沉迷。

娱乐圈是个红尘名利场，他是早早就在里面滚过一圈，那些手段十几年也没有大变，他听个大致就能猜出其中情况。以叶言言内敛的性子，是不太可能说细节的，他有些怜惜有些心疼，圈着她的手，想了想说："这部电影我们公司不是第一投资方，很多事，我说了不算。"他说着这些，目光坦诚，"我会让人去交涉，要求换掉副导演，但是其他投资人，我也不能霸道地说不让他们投资。"他定定地看着她，"有没有失望？"

叶言言发声："嗯？"

"我能做的不多，"他说得很大方，"失望吗？"

叶言言摇头。她很开心，他这样开诚布公地和她谈心，虽然大部分还是关于工作上的，她感觉离他又近了一些。至于那些幻想男朋友无所不能，今天吃了亏，明天就把让她吃亏的人扔到马里亚纳海沟，然后对方哭着跪着来恳求原谅，这样的戏码——拜托，她早就过了中二的幻想时期。

以前看他扮演的那些角色，大侠、杀手、天才，她是曾幻想过，到了现在，她脑中的答案清晰无比——眼前这个男人才是真实的，尽管他不是万能，也并不完美。

她没有犹豫很久，低下头，去寻找他的唇。

唇舌接触的那一刻，她浑身的细胞都在跳跃。每个女孩都有一种与生俱来的宿命论，兜兜转转，寻寻觅觅，就为找到那么一个人，有那么完美的一刻。这一刻，她心里再清楚明白不过，就是他！

自从有了刘副导的饭局一事，接着几天马元进这个经纪人对叶言言的通告全程陪同。等了几天，《一斛珠》的女主角仍没有丝毫风声。叶言言心里有些没底。私下和梁洲聊天的时候，她倒是把当天面试的事情详详细细说了一遍，梁洲听完了说："听起来你最有希望。"

叶言言问："为什么？"

梁洲说："陈谋沉寂了几年，对这次的作品肯定有信心，从前到现在，宠妃拍过多少了，大多是艳丽型，我猜他这次肯定要另辟蹊径。"

恋爱中的女人总是思路奇怪："什么意思？是说我不艳丽？"

梁洲笑出声："是呀，不艳丽。"在女孩还没有发脾气前他赶紧搂住人安抚，"也不是所有男人都喜欢艳丽型的，比如我。"

叶言言一下红了脸，心花怒放。

在等待电影选角结果出来的这段时间，叶言言过得极惬意，通告安排少，其间只跑了江城的一个商业活动，当天去，隔天回。梁洲到机场接她。首都机场向来是狗仔长期打埋伏的地方，他没有在大厅内等候，守在楼外。叶言言不知情，低头发着微信走出航站楼，忽然被人攥住手腕，她还吓了一大跳，等看清是他，又是高兴又是担忧，四处张望，就怕被人认出来。

梁洲一身薄羽绒外套，戴着大口罩。他成名以来，为人低调，外出却很少特意装扮，这样的尝试也算头一次，新鲜感十足。

两人牵着手，曹佳推着行李车隔着一段距离追在后面。上了车，梁洲从后座拿出一只巴掌大的粉红兔子送给叶言言。乌黑的眼珠，粉色绒毛的身体让叶言言十分欢喜，捧着左捏右捏，又用脸去蹭蹭。梁洲心里顿时有些满足，趁着司机和助理没注意，飞快地亲了一记她的脸颊。

要说这只兔子的由来，前几天梁洲受邀出席国内知名网站的活动，访谈室里就放着几只毛茸茸的兔子。看到的第一眼，他就想起了叶言言，尤其是粉红色的那只，憨态可掬。主持人眼尖，注意到他几次看向那只兔子，采访结束后就直接送了来。梁洲做活动那么多次，还是头一次收到这种礼物，送礼的主持人神色复杂，他的神色更复杂，没有多想还是高兴收下——反正他有适合的人送。

叶言言拿着兔子舍不得松手，他问累不累、饿不饿，她全都摇头。倒是曹佳忍不住在后面说一句："从早上到现在你只吃了半个三明治。"

梁洲蹙着眉不赞同地看着她。车驶过小吃街，他喊停车，下了车，过了一会儿拎着碗粥回来。

送叶言言到楼下，他一手提着行李一手拎着粥下车，叶言言招呼："到上面坐坐吧。"说完了，她才想到这句话还有另一种含义，心里顿时七上八下的。

梁洲坦然自如地答应一声，让司机送曹佳回去，然后提着行李箱陪着叶言言回家。

叶言言的房子不大，但是整齐得像是样板房，干净整齐，是真的整齐，所有的物品排列有序，仿佛天生就该放在那里。叶言言在玄关鞋柜里取了鞋给梁洲穿，他看着那双明显男士尺码的拖鞋，愣了一下，穿上之后又看了几眼。

"刚搬来的时候，我爸来看过一次。"叶言言说。

梁洲轻咳一声，踩了踩说："很舒服。"

叶言言把布偶拿出来放在陈列架上，又把兔子放在他身边，画面居然还很和谐，她趁着它不敢动，把兔子紧贴在它身旁，看它敢怒不敢言，只能腹诽的模样笑出声来。

梁洲不认生，进厨房把粥盛了两碗端出来。叶言言看着他拿碗筷的样子，心里冒出许多个热气泡，心里被充实得满满的。

两人一边喝粥一边聊天，话题从工作见闻到娱乐圈八卦，渐渐衍生出去。她说起小时候考试，大学的同学；他告诉她进入娱乐圈的故事始末，还告诉她他拍过哪些戏，拍摄的过程完全不是电视上看到的那样，吊着威亚像穿尿布，还要摆出玉树临风的架势。还有些狗血台词，明明说着很羞耻，偏偏还要说得一本正经。

叶言言听得有些入迷，这些事和以前杂志上看到美化过的故事完全不同，更加亲切也更加真实。刚吃饱本来就容易发困，她渐渐有些倦意，坐在沙发上，身体慢慢靠了过去。

醒来的时候是在梁洲的怀里，他一手环着她一手在手机屏幕上看着什么内容。

“醒了？”他低沉的男中音就在她的耳旁，“醒了就换换位置，我的手都要麻了。

旖旎气氛瞬间消弭，叶言言狠狠用头撞在他的肩膀上，然后坐起来。

梁洲正巧用手机打开公司邮箱，宣传部附件里有几张海报，其中一张是赵飞燕迎风起舞，衣袖飘飘，瑰姿艳逸。再看眼前的她，马尾蓬松，睡眼惺忪。梁洲闷声笑了起来。

叶言言还以为他在手机里看了什么段子，伸头要去看，他手抬高，锁了屏幕，怕她乱动掉下沙发，他抱住她的手臂紧了紧，从她身上透出的香气似有似无地窜进他的鼻子里，不是人工香氛，清爽里带着馨香，他不禁在她的脸颊和脖子上细闻。

叶言言有些发痒，转动脖子，脸贴着他的胸膛，咚咚咚咚，不知道是谁的心跳，她忽然僵住身体，头埋在他的胸口不敢动。好像感觉到那处蠢蠢欲动，硌得她难受，又热度惊人。

梁洲身体绷得有些难受，抓着她狠狠亲了一顿，撩得自己浑身发热，重重喘息几口，将她抱在胸前，转移注意力地把视线移开，陈列架上有什么，嗯，是布偶和兔子并排坐着，仔细一看，布偶的眼睛蓝得纯粹，仿佛蕴藏着光芒，比一旁的兔子有神多了。梁洲和布偶对视良久，深呼吸很长时间，才觉得身体渐渐松弛下来。

“我该走了。”他说。

叶言言肢体紧张，马上站起来给他拿外套，送到玄关的时候，他伸手摸摸她的头发，硬忍着没有去亲吻她，叶言言却主动亲他。

这作死的小妮子。梁洲刚下去的火又被撩起，抱着她的腰肢，狠狠嘬她的嘴唇，闯入唇关，四处搅弄，兴风作浪。直到吻得她面色潮红，他也气息不稳，才松开，不知说给她听还是说给自己听：“我真的该走了。”

叶言言哪里还能说出其他话，点头：“嗯。”

最近让叶言言心烦的只有一件事，面试之后过了一个星期，仍没有任何消息和风声传来。外界对于这部陈谋的新作也是满怀期待，之前关于征选女主角的传闻早已传得沸沸扬扬。网上对于可能入选的名单还逐一分析，其中苏晓媛、韩菲的呼声最高，这两人名列四大花旦，颜值演技都已得到大众认可。但是两人目前都有些颓势，苏晓媛主演的《时光之旅》收视领先，但是配角风头十足，衬得她这个女主暗淡无光。韩菲近两年拍了几部大荧屏作品，担任配角的分量不足，担任主角的又票房不佳。两人之间说不上谁更占优势。

网友分析，陈谋的戏曾经捧红过完全不知名的小演员，所以这次也不排除用新人的可能。在新生一代的女演员中，最被看好的是蒋岚、叶言言和林广薇。理由很简单，蒋岚和叶言言在《飞燕传奇》里表现出色，曾同时被提名最佳女演员，林广薇则刚捧回最佳女配角奖。

不管网上怎么猜测，马元进却知道内情，选角的事已经到了最后角逐的阶段，前几天他和陈谋通过电话，他明确表示欣赏叶言言，但是几天过去了，剧组那里却一点动静都没有，马元进心想事情一定发生了什么变化。幸好他之前多生了一个心眼，想等事情确定了才告诉叶言言，没有造成什么期望落空的事。盘算了一下竞争者，他怀疑是苏晓媛截了和。

想来想去，他还是打算先去找梁洲。走到办公室门口，看到李勤对他眨眼示意。两人眼神一交流，李勤用口型给了个“韩”。

马元进啐了一口，千算万算，没想到还是内部起了波澜。

等韩菲走出梁洲的办公室，正好遇到马元进。不该抽烟的地方，他却叼着一根烟。

韩菲甩甩手掌扑散烟味：“马哥，禁烟区你又忘了。”

马元进开门见山地说：“小菲，那部电影还是不放弃？”

“本来就是我的嘛。”韩菲脸色丝毫不变地回道。

“电影不错，如果角色不适合一样会扑，小菲，这个角色真的不适合你。”

韩菲略沉了沉脸：“你这是怎么了，自从签了叶言言，我就成了眼中钉？以前你都挺为我着想的。”

“处处为你着想的，是旭晖和梁总，”马元进说，“以后有什么好机会我也替你留意着，这次就算了，让给叶言言吧。”

又是这个名字，韩菲咬了下牙：“这次可真没有办法，陆乔听说我喜欢这个角色，正巧他和制片方有交情，替我去说了。”

马元进套了半天的话，才知道原来是制片那里的意思，嘀咕一句：“你真是固执。”不管韩菲如何表情，马上钻进梁洲的办公室。

韩菲看着他的背影，脸色阴晴不定好一阵。

Part 7

激情戏现场

叶言言并不知道这背后那么多弯弯绕绕的事，对女主角悬而未决的事，她甚至已经开始准备后路。电影不确定，电视剧的剧本却有很多找上门的，她粗略翻了翻，古代三个，现代四个，基本持平。古装扮相容易出彩，但是三个故事都胡编乱造得有些离谱，现代四个，有两个都是《花开半夏》的同类型，剩下两个里，一个是婆媳剧，还有一个励志剧。七个本子都不合心意，叶言言有些发愁。

茶几上的手机忽然响起来。

挂上电话，叶言言还恍如做梦一般，有种不真实的感觉。

女主角，大导演陈谋新电影的女主角？她掐了自己的脸颊一把，疼得直龇牙，总算确定这不是美梦一场。

第二天叶言言带着曹佳和剧组签订保密协议，拿到了完整剧本。

随后几天她闭门不出研究剧本，唯一一趟出门也是和梁洲碰面，地点是圈内比较出名的私家会所，地点闹中取静，环境优美，面积巨大的飘窗上铺着榻榻米，她捧着剧本就地一滚，舒服地眯起眼。梁洲看她这样不讲究形象，转来转去像猫崽似的，唇角忍不住勾起，脱了鞋，也坐到榻榻米上，说：“拿到角色这么开心？”

叶言言笑眯眯的：“之前只是为了陈谋的大名，我小时候看过他的很多电影，现在居然能成为他电影里的女主角，怎么能不开心？这两天看过剧本，故事内容很精彩，我已经深深被折服了，我有种预感，这部电影一定会成为我人生的转折点。”

梁洲听她说得郑重，很自然就想到前几天，韩菲和马元进先后进他办公室要角色的事情。韩菲要得理所当然，就像对待以前那些资源，为了加重筹码，她甚至搬出了陆乔，把角色安排变成讨价还价。最后弄得不欢而散。

叶言言从剧本里抬起头看他：“怎么了？”

梁洲抚了一下她的头发，眸光深邃。马元进很好，背后那些事一件也没有告诉她。角色之于女演员，是出头的机会，但在那些幕后男人的眼里，却要挖掘出实实在在的利益来。韩菲就是对利益追逐得太急迫了，才会渐渐失了本心，变成和过去完全不同的样子。

但她又是在他过去生活中参与得最深的女人。想到这点，梁洲的心有点沉甸甸的，回味着难以言喻的些微苦涩。

他转瞬已经想得很远，叶言言还在等他的答案。梁洲挥去心底那点不可捉摸的心思，问她：“是个什么样的角色？”

“一个随公主和亲的宫女，嫁给了大皇子，后来牵扯到宫廷阴谋中，被逼出家，然后她摇身一变，又嫁给皇帝的故事。”

梁洲哑然失笑：“还真有点符合陈谋的风格。”

“他的风格？”

“看过那部《来电》吗？讲述婚外情的。”梁洲说，“故事核心是不伦，现在这个故事同样也有这个元素，只不过时代换了。”

叶言言说：“是不是像一个很另类的唐明皇和杨贵妃？就是充满了阴谋和算计。”

梁洲拿起她的剧本翻了几页，忽然说：“陈谋刚开始来和公司联系，是想邀谁做主角知道吗？”

叶言言心里飞快筛选，不可能是韩菲，还有谁？难道是男演员？能让陈大导演亲自来邀，必须是有演技有票房号召的，她蓦然睁大眼：“是你？”

梁洲刮了一下她的鼻子：“还挺聪明的。”

“演大皇子？年纪不对吧。”她说，“难道是皇帝？”

梁洲板起脸：“嫌我老了？”

“不老，不老。”叶言言冲着他笑，目光闪烁，乐不可支，“正正好。”

梁洲被她的笑容耀花了眼，把她揪过来，抱在怀里揉了揉，心中生出从未有过的满足感。覆着她殷红的小嘴亲吻了好一阵，轻咬着她的耳垂，意有所指地说道：“很快就让你知道，我到底老不老。”

叶言言微怔，随即涨红了脸。

正如梁洲说的，导演陈谋在项目启动之初，第一时间能想到的男主角候选人就是梁洲。无论容貌、演技还是内涵，能将皇帝这个深沉内敛的角色演绎出彩的人选并不多，一个手指都数不满，梁洲是其中条件最好的。但宏成上市在即，梁洲无暇分心，今年没有接拍电影的打算。陈谋和他谈了几次都没有成功，最后只能放弃。

4月下旬，名导陈谋正式公布新电影《一斛珠》的演员阵容，引起网络上一片哗然。主演是叶言言、唐晋文、童宇诚。男主角唐晋文，今年刚过不惑之年，是圈子里出名的大叔代表，演技精湛，电影作品很多，尤其值得一提的是，他是国内获得影帝次数仅次于梁洲的人，唯一缺的是香港金像奖，而之所以没有拿下金像奖，也是因为香港这个奖项几乎只颁给本土港片。在娱乐圈里，演艺成就上能和梁洲相提并论的，也只有唐晋文。陈谋选择他做男主角一点都不奇怪。

让观众意外的是另外两位主演，叶言言和童宇诚，相比之下，童宇诚至少还有大屏幕作品，而叶言言蹿红时间短，只有电视剧作品，之前的江城电视节，她又与奖项失之交臂，演技上说服力不够。

当记者在开机发布会上提出这个问题时，陈谋不假思索地回答："她是一个有天赋的演员，能把握住角色的精髓，我对她很有信心。"

媒体针对这点大肆报道，电影界的新人，新一代谋女郎叶言言备受关注。微博上各大营销号纷纷转发，带动一轮舆论热议。叶言言的名气再度攀升，网络上到处是她的名字和照片，即使是之前对电视剧不关注的人群，也因此开始知道她的名字和长相。

马元进看着飞涨的微博粉丝数和留言，乐得合不拢嘴，特地打电话表扬宋朝寅团队出色的舆论引导工作。

宋朝寅问他要不要出来喝酒。马胖子马上一本正经地说要去丈母娘家，还苦口婆心地劝，老宋啊，你都老大不小了，连梁总都找到伴了，你这孤家寡人以后可怎么办，想去丈母娘家干点家务活都没有去处。

宋朝寅一脑门的青筋，气壮山河地回了一个字："滚！"

开机发布会举办后两天，叶言言在房间里整理了半天行李，物品按类别大小摆放有序，纹丝不乱，纤尘不染，在行李箱角落里只剩下一个空当，她抬头，看向布偶和粉毛兔子。

布偶瞪着她，索性背过去，蜷起身体。

她把粉毛兔子放进行李箱，然后坐到沙发上，和布偶面对面：“你最近到底怎么了？”

“你别管我。”布偶有气无力地说。

“不是生病了吧？”叶言言疑惑，“布偶也会生病吗？”

布偶原地跳了起来，怒气冲冲：“布偶，布偶，你以为我想当布偶！这个鬼样子又不是我选的，你还整天提，烦不烦！”

叶言言有些冤枉，她什么时候天天提了，可是听到他的话，心里也跟着有些难受，她轻声说：“对不起啊。”

看她小心翼翼的样子，布偶瞬间泄了气，一屁股坐下，过了半晌，张口说：“对不起什么对不起，你又没做错……”

她在它头上一抚，它却侧过头去躲开。

叶言言觉得布偶一定是在苦恼回到身体的事。

前一阵子两人什么都尝试了，香火鼎盛，最具盛名的寺院也去过，号称民间神算的大师也去拜访过，没有一点可靠的线索。实在无奈之下，布偶还想了一个馊主意，让汽车再撞一次。叶言言不放心，它就自己尝试了，当场被撞飞挂在了树杈上，等夜里自己爬下来回家，屁股后面还破了一块。叶言言拿着针线要给他补上。布偶抵死不从，男子汉大丈夫，怎么能让女人补屁股。无奈稍稍一动，屁股缝里就漏出棉花来。坚持了两天，最后只能含屈受辱地让叶言言缝补上。

那之后接连几天，它连一句话都不想说。

叶言言很担忧，布偶心里清楚，可是它的情绪仿佛走进一个怪圈，她的关心和温柔，让它得到一时抚慰，可随之而来的紧迫和恐慌，却进一步扩大，让它无比烦躁，稍有不顺便想发火。

只有在她看不见的角落里，它无须再掩饰，脸上全是深深的沮丧和绝望。

叶言言是第一批进剧组的人员之一，先和导演以及其他主演熟悉情况。男主角唐晋文身形修长，容貌俊朗，身上有种少年人难以企及的儒雅气度。叶言言在他试妆那天第一次和他碰上，他穿着常服，上绣翟纹及十二章纹，整个人看起来气度不凡，深沉内敛。

她上前打招呼，唐晋文很客气地笑："你就是梁洲公司的艺人？"

"是的。"

"那演技肯定不错。"唐晋文说，"这几个月好好合作。"

看他这么平易近人好说话，叶言言安心不少。

另一个主角童宇诚，他们之前已经认识了，在剧组碰到的时候，两人交谈了好一会儿，回忆起当初拍《神雕侠侣》的情形，童宇诚有些感慨："当初就觉得你是个好苗子，群众的眼光果然是雪亮的。"

叶言言被说得很不好意思，谦虚回应。

童宇诚又笑着说："刚听说你是女主角，真为票房捏把汗，幸好还有唐晋文老师。"

叶言言："……"

简单办过开机仪式后，正式开始拍摄工作。

《一斛珠》的故事，是从南国宫婢子虞身上开始的。这位年轻而敏感的美貌佳人，离开家乡，跟随公主远嫁北国。在先期北国宫廷斗争中一直扮演着旁观者的角色，她对这个国家权力的中心既敬畏又好奇，很想揭开这层面纱，看透皇宫的真相。对她好感甚深的晋王不顾非议将她迎为正妻。可惜好景不长，围绕着皇位继承权，三位皇子开始明争暗斗。

这时南国设计了一场针对北国皇帝的行刺，晋王得悉先机，故意把刺客引向太子所在。为了避嫌，他带着侍从进入猎场深处，留下王妃子虞留守营帐。在刺客行动之际，子虞识破玄机，孤身前往报信，途中遇到的太子妃将她引向皇帝营帐。子虞到了皇帝面前报信，因为太过疲惫而昏了过去，在皇帝的营帐内留宿一晚。因此引来流言蜚语。皇后为了打击晋王，故意抹黑子虞，造成翁媳私情的丑闻。子虞不得不出家为尼。

在寺院里，她经历了流产，又听闻兄长被派往前线。在这一刻，她终于明白，没有权力，她护不住自己，也护不住兄长。求得相爷帮助后，她以全新姿态出现在皇帝面前，并获得他的垂青，重返宫廷。

这是一个身陷宫廷，无法摆脱命运纠缠的女人，先嫁子再嫁父，成为宠妃的故事。

导演陈谋平时看起来话不多，但是拍摄起来要求特别严格。他对人物、布景以及衣饰的要求极为严苛，还未开拍之前，剧组的道具衣服成本开支已经超出预算。道具服饰组工作人员苦不堪言，这样严格要求之下，配饰布景无一不精美绝伦。

拍摄的第一周，启用二百群众演员做宫女，填充到皇宫的每一个角落。

陈谋对叶言言提出的第一个难题，就是要拍一个镜前梳妆，回眸一瞥的特写，作为电影的开端。

“要惊艳，这个电影本来就是描写一个宫廷女人的传奇经历，她不仅要美丽，眼睛里必须要有东西，要藏着故事，藏着秘密，藏着锋芒，只一眼，就要把人吸引进去。这不光是电影的开头，还会作为宣传片的重点，你一定要把握好。”

叶言言身穿乘云绣的襦裙，外披罗纱，鬟若堆鸦，眉横丹凤，坐在梳妆台前，两架摄像机对准她。

导演一声令下，她慢慢侧过脸来，眉秀鼻端，齿白唇红，她微微低头，似笑非笑，眼光迷离……

这个镜头来回拍了十遍才过，叶言言身体几乎都要僵硬了，这才知道拍电影与拍电视完全不同。

进剧组的一个月里，她没有和梁洲碰过面，只能通过电话联系，有时实在想念，她就要求视频聊天，梁洲总是一身闲适、一脸清爽地出现在镜头里。而她每天卸了浓妆，为保持皮肤最佳状态，经常贴着面膜，像一只可笑的熊猫。梁洲第一次在视频中看到，微微一惊，打趣说：“入行这么多年，你真是让我对女演员彻底幻灭了。”

叶言言一听，面膜险些掉下来：“幻灭？你原来对谁幻想来着？”

梁洲忍不住大笑。

自他提出幻灭论，叶言言越发下定决心，要把《一斛珠》拍好，然后带着他去看首映，让他深刻认识到错误。

转眼两个月的拍摄过去了，昼夜温差大，叶言言得了感冒，鼻涕不断。因为她平时表现努力，导演放了她两天病假。叶言言自觉没有大碍，想了想还是不能做流鼻涕的宠妃，于是乖乖在酒店休息。一个电话却把她从睡梦中惊醒。

丽娜在电话里的声音没什么精神："言言，你在横店对吧？哪家酒店？"

叶言言还睡眼惺忪，报了酒店，等电话挂了后还有点迷糊。

到了下午两点，电话又响了，她接起，丽娜说："我在一楼电梯口，你来接我吧。"

叶言言蒙了，拿起房卡出门。

丽娜果然站在电梯口，穿着一套灰色卫衣，戴着大墨镜，遮掉大半张脸，很酷的样子，一旁等电梯的人不自觉地避开她。

叶言言怕被人认出来，带上她很快回到房间。

进了房丽娜还没有摘下眼镜，叶言言给她倒了一杯热水，调侃："你这来演黑客帝国了？啧啧，别看，脸色这么白，再配上眼镜，像极了。"

丽娜把眼镜拿下来，叶言言看着她通红发肿的眼睛，玩笑话再也说不出口，有些紧张地问："怎么了？"

丽娜勉强笑笑："收留我几天吧。"没等叶言言说什么，她又很低声地说，"我没什么其他朋友。"

叶言言的心瞬间软成了泥："客气什么，你尽管住。"

丽娜松了头发，瘫倒在床上："我先睡一会儿。"

叶言言吃了感冒药，也有些犯困，两人各占一个枕头一起睡，醒来的时候刚好是饭点。

休息过之后丽娜明显有了点精神，洗漱之后，两人到楼下吃饭。

叶言言猜测她连助理都没有带，孤身一个跑出来，一定是发生了什么大事，趁着吃饭的时候想问，没想到有几个来横店旅游的青年男女认出两人，上来要签名。

两人唰唰唰地签名，又合影了几张。丽娜直接对着队伍里的女孩们说：“回去一定要P，P完才能放网上。”

叶言言听得一头黑线。

女孩们倒是爽快地笑着答应。

回房之后，叶言言回了两条问候的信息，回头一看，丽娜坐在阳台上。她也走到阳台上，丽娜两腿搁在藤制的茶几上，手上夹着一根细烟，红色的火点一闪一闪。远处灯火汇聚，勾勒出一幅星图。

“你是不是谈恋爱了？”丽娜率先问。

叶言言抿了抿嘴，没有否认。

“不是圈子里的人吧？”

叶言言眨巴眼。

丽娜瞬间懂了，吐出一口烟，慢慢说：“怎么找圈里的了？这圈子多乱啊，你可得看紧点。”

叶言言想了想，觉得梁洲应该还是可信的，稍稍定心，反问她：“你呢，怎么回事？”

丽娜低笑一声，脸上淡淡的，下午睡足一觉，眼下却还泛着青影。

叶言言见她做闷葫芦状，死活不肯透露，就推她去洗澡。然后打了个电话给梁洲，说有朋友来玩，必须用心招待，这两天要少联系。

梁洲这头刚习惯她每天晚上电话骚扰，晚饭时间一过，条件反射似的就要看手机，听她说到招待朋友，还没细问是什么朋友，那头叶言言已经挂断电话。

拿着手机出神了片刻，梁洲失笑，什么时候开始有这种牵肠挂肚的感觉了？

丽娜洗完澡出来看到叶言言动作奇快地切了电话，眼角一挑说："继续打啊，怕我当电灯泡？"

叶言言嘿嘿笑着装傻。

她看得出来，这天晚上丽娜强打着精神说话，像是平时的样子，实际上心思缥缈，经常失神。

叶言言半夜醒来口渴，往身旁一瞅，人没了，布偶也醒着，向阳台一努嘴。叶言言先倒半杯水灌下肚，然后来到阳台。丽娜靠着扶栏，头埋在手臂里，压抑着声音抽泣。

上前轻轻搭住她的肩，安抚地拍了拍，叶言言什么也没有说。

丽娜眼泪掉得更急了，抽泣了好一会儿情绪才稳定下来，进了房，两人躺在床上聊天。

"你知道我是怎么和他认识的吗？"丽娜说，"读书的时候我就在做平面模特，给杂志拍照片，赚点零花钱。拍照还算轻松，价格也不低，渐渐接的活就多了，有一次就在广告公司遇到他。他送花送礼物，我知道这是要追我，这种事我从小遇到得多了，也就是那么回事，何况我觉得，有钱人图新鲜的成分比较多，不会是真心的。

"他送得多，而且一直没有断，很有耐心。我觉得有点过意不去，就打算和他吃顿饭把话说清楚。谁知道他别的没提，就问我要不要试试当明星。他说得很专业，我被说动了，心想可以试试，所以就和现在的公司签约了，也是他推荐的，他在公司里有股份。"

叶言言明白了，丽娜口中的那个"他"是柯尘影视的大股东。

"到公司演艺训练班培训，开头老师都觉得我可以，后来又说我表情不丰富，不适合当演员。这事他也知道，还笑了我几次。不知道为什么，我就觉得不能让他看轻我，憋着劲要拍戏。”

丽娜说到这里，笑了起来，又苦又涩：“其实那个时候我就有点喜欢他了吧。

“公司里背后说我的人不少，但是我只在乎他的想法，不知道有多少次，他和我说一句话，哪怕只是打招呼，我都会背后仔细想里面有没有含义。前年公司开年会，弄了个走红毯的仪式，有好些人来约我，我都拒绝了。我有一种直觉，就这样一直拖到年会前一天，我都要放弃了，他打电话给我，问我要不要和他一起走。”

柯尘前年年会正值公司成立十五周年，举办了一个规模空前的年会，叶言言也有所耳闻。走红毯这个流程完全照搬了电影电视节的模式，但是又有些不一样的地方，红毯顺序安排，搭档人选往往就昭示了公司内部派系及演员地位。

丽娜眼神迷离，还沉浸在回忆里：“我太兴奋了，从早上就开始打扮，弄到晚上，他看到我的时候说，真漂亮。我就知道，完了！原来忙了一天，就为了他这么一句话。我开玩笑地问他，有没有被打动，他却躲开和我对视，说很少有人不被我打动……”她说到这里的时候，笑了一下，有甜蜜有苦涩，“我不知道他在顾虑什么，那天晚上我喝多了，胆子壮了，在跳舞的时候，直接问他，要不要和我谈恋爱试试。”

叶言言啊了一声，在丽娜不解的目光里也没有解释。这一幕何其熟悉，她也趁着酒醉吻过梁洲。不愧是好姐妹啊，关键时候连手法都差不多。

“他没有拒绝，只是提醒我，我们不适合。我根本没有放在心上，然后就和他开始……他平时还好，就是有些时候会突然变得不冷不热的。

直到上个星期，他突然又变得冷淡，我想不能这样惯着他，就忍着不联系他，原来只想冷冷他，让他知道我也有脾气的。但是前天他突然来找我，说要好好谈一谈……”

丽娜的眼泪又连串往下掉，哽咽着难以继续。

叶言言重新倒了一杯水来。

丽娜慢慢喝下半杯温水，擦了两把眼泪，又说：“他有一个女朋友，在国外念硕士，马上就要回来了，他说给我一笔钱，就这样了断。”

叶言言蹙起眉，安慰地搂住她的肩膀。

丽娜说开了，眼泪有些止不住：“我才明白，原来他心里早就有人了，难怪之前他三次去英国，去了之后就音信全无，我却全都不知道。”

叶言言听着却有些窝火，难道这个男人和丽娜一开始就不是认真的？

这个时候万万不能火上浇油，可真要她说出违心的安慰话也很难，叶言言只好一边楼着丽娜一边手掌轻轻拍着她安抚。

后半夜丽娜说了一些交往过程中的琐事，断断续续，模模糊糊，有些片段她甚至重复说了三遍也不自知，最后终于倦极了，快要睡着的时候，她轻轻呢喃：“我又不是图他的钱，为什么要用钱来打发我呢？”

叶言言听得心里一揪，久久无语。

也许对有些人来说，给钱远比给感情更方便省心。

第二天还是叶言言的病假期，不用上戏。

丽娜醒来的时候，鼻塞喉干，明显是感冒初期症状。

两人同时抽纸巾擤鼻涕，鼻子一圈红通通的，商议之后决定留在酒店宅一天。

倾诉了一整个晚上，丽娜的精神显然比之前好了许多，除了面色有些憔悴，其他看起来都恢复了正常。

两人窝在床上，用笔记本找了部电视剧看，是当季热播的一部新人剧，女主角刚艺校毕业，真正的新面孔，演技青涩，胜在满脸的胶原蛋白。故事内容极其狗血，毫无逻辑，衣服颜色的鲜艳程度，看完电视再看现实都觉得暗淡不少。

叶言言和丽娜抱着笔记本看得哈哈大笑，仿佛什么烦恼都扔到了脑后。

白天的时间就这么消耗了。

吃过晚饭，丽娜的手机忽然疯狂振动起来。她动作飞快地拿起来看，怔了一下，脸上说不出是失望还是如释重负，接通电话。

打来的是丽娜的经纪人，对她狠狠发了一通火，什么无组织无纪律的词都冒了出来。嗓门实在太大，叶言言都能听见。

经纪人全程吼完，发现丽娜一声不吭，老老实实地听着，察觉到不对味，声音骤然就低了两度："你怎么了？"他在电话里说，"真要遇到什么事先和我商量啊，是不是遇到什么事了，你现在在哪里？"

丽娜说了几句，交代了住址，然后又听电话里说了一阵才挂断。

此后电话再也没有响起，她情绪渐渐又低落下来，直到入睡前，她忽然开口："你说我是不是傻，居然还希望他能追来，结果连电话都没有一个。"

叶言言问："以后什么打算？"

"休息几天，回去继续，该拍戏拍戏，该综艺综艺，该结束结束。"她说。

"想通了就好，"叶言言说，"丽娜，都会过去的。"

丽娜转过头来，语气认真地说：“你也要当心，不要太相信这个圈子里的人。”

第二天清早，门铃一个劲响，把叶言言和丽娜吵醒。

打开门，两个助理门神似的站在门外，一个是曹佳，一个是丽娜的助理。

叶言言感冒好了很多，丽娜却鼻涕不断。助理一边给她找药，一边详细描述这两天着急的心情。回头还感谢了叶言言的收留行为。

两天的假期已经过去，今天有拍戏任务。等叶言言梳洗好，丽娜吵着也要去剧组看看。

助理劝不住她，拿眼神向叶言言求救。

《一斛珠》的拍摄是保密的，叶言言无权带外人进剧组，但留丽娜在这里又确实让人不放心。她抱着试一试的想法电话打联系郭副导，把情况说了一下。郭副导倒是爽快，立马就答应了。

叶言言拍戏，丽娜就守在外围看，她自己演技不行，眼光却练得不错，看出叶言言演技又进步许多，把一个温润妩媚的后宫妃嫔演得活灵活现。休息的时候，副导带着一个女孩进来给大家介绍，工作人员围着一阵热闹。

“都拍了两个多月了，今天还有新角色进组？”丽娜问。

叶言言想了想，剩下的角色还真不多，属于女性的，大概只剩下穆雪一个角色了，镜头不是很多，却是电影里最后和男二在一起的女人。

郭副导领着人到叶言言面前，居然是张寄燕，她以朋友的口气招呼，郭副导和丽娜都以为两人是朋友。等他们走向男主角唐晋文，丽娜看着张寄燕的背影说："这是你朋友？好奇怪，我怎么觉得有点眼熟？"

"不记得了吗？《神雕侠侣》里的耶律燕。"

丽娜大惊："什么？耶律燕？这是全脸都动过了吗？"她想起当年剧组里传得沸沸扬扬的影视公司签约截和事件，最后还是提醒叶言言，"不知道为什么，我总觉得这女孩有点厉害，你当心点。"

今天没有张寄燕的戏份，她坐在休息椅上，拿着剧本遮住半张脸，观察片场的情况，视线却不由自主地在叶言言和丽娜身上停驻了一会儿。

女人爱美，更爱比美。

"你说，"她问一旁的助理，"是叶言言和丽娜好看，还是我好看？"

她的声音太轻，助理第一遍没听清，等她说了第二遍，助理犹豫了一下，回答道："你的五官更精致。"

张寄燕顿时心满意足，自得地轻轻拨弄了一下头发。

助理心底颇为不以为然，张寄燕五官都动过刀，现在的确称得上是大眼、高鼻、樱桃嘴，精雕细琢，凑一起却失去了点什么，有那么一种不是味道，换句话说，虽然漂亮，但是辨识度低。而叶言言和丽娜已经算是业内公认的小花旦，论外表，丽娜艳丽，叶言言娇美，两个人凑在一起，真可谓春兰秋菊各擅胜场。

没想到的是，两个人关系还这么好。不光助理这么想，剧组工作人员都觉得意外。按说两人都是突围而出的新生代女星，又总被舆论媒体放在一起比较，总会有些竞争意识。现实却是两人交情很深，来往亲密的样子。

叶言言刚结束一段戏，回到休息的位置，丽娜便递上保温瓶。两人说了几句话，丽娜忽然打了个大喷嚏，叶言言抽了两张纸塞到她手里。

张寄燕看到了，冷哼一声，评价道：“装模作样。”

丽娜在横店待了两天，每天跟着叶言言进出片场，这天下午有场宫女的群戏，一个特邀演员病假，她向导演毛遂自荐。导演笑着说，演员预算不够，开不起她的片酬。丽娜很谦虚地表示自己免费出演。于是真的换上宫女服，跟着群演站在宫殿外，来来回回拍了近四小时的外景。

助理劝不住她，等了大半天终于等到她完戏，语气无奈：“你要拍戏和公司说啊，何必来做免费工。”

丽娜不接话，等和叶言言碰头了，笑眯眯地说：“我这也算和你同一届的谋女郎了吧？”

“也是和张寄燕同一届。”叶言言说。

张寄燕穿着一袭秋香色的宫女服和童宇诚拍戏，导演喊卡了好几次，拿着剧本在详细讲戏。

丽娜朝那里瞟了一眼，用鼻子大声出气，撇撇嘴：“谁稀罕和她同届。”

她调剂着心情，又多玩了一天，助理已经快沉不住气了，每天好说歹说地劝。

叶言言却知道她要等的电话一直没有来，这周还缺席了一期综艺。

周末，丽娜情绪低落了半天，在房里只有两个人的时候，她声音平淡地开口：“五天，能想到的理由都没有了。看来真的是我一厢情愿。”

这几天叶言言看多了她白天若无其事，晚上黯然神伤的模样，感情的事，就是亲密如闺密，也很难劝说，只好握着她的手，无声地传递力量。

“我明天回去啦，”丽娜微笑，“总不能一直赖在你这里。”

叶言言：“想赖多久赖多久。”

“给你当免费宫女？”丽娜啐，“想得美。”

“你混在宫女堆里，我就看到乌压压一片，哪里认得出你啊。”

“我要真是宫女，早就成娘娘了。”

“凭什么？”

“你说凭什么？”

“凭你脸皮厚啊。

“……”

丽娜走了，头几天叶言言还真感觉有些寂寞，随后身心全面投入到电影拍摄中。

电影对镜头的要求和电视剧完全不在一个层面上，经常一个特写拍了几遍导演还不满意。《一斛珠》的故事整体较低沉阴暗，一旦入戏，情绪就不受控制地低沉起来。在这方面，唐晋文这类经验丰富的演员显得游刃有余，好几次叶言言陷入角色情绪难以自拔，都是受他点拨解决，两人对戏越来越默契。

另一边的童宇诚却有些心烦，近期他的几场重头戏都是和张寄燕。因为有同拍《神雕侠侣》的缘分在，他对张寄燕还停留在直爽热情的印象上。谁知对戏没两天，张寄燕发了微博照片，是两人对台词的场景，拍摄角度特殊，产生了错位效果，看起来两人脸庞贴在一起，童宇诚笑得一脸温柔。微博发出没多久，被几个营销号一转，马上炒作成了绯闻。童宇诚近年是从偶像派过度到实力派的关键时候，很注意个人形象。绯闻一出，电影内容关注的人不多，倒是对女方身份特别好奇。张寄燕一夜就涨了不少知名度。

第二天没等童宇诚兴师问罪，张寄燕就买了咖啡来赔罪，说了不少好话，还当面删了微博表示误会一场，她说得诚恳，童宇诚作为前辈也不能过多追究。

没两天，童宇诚发了一张拍夜戏的照片，粉丝们纷纷表示：好心疼！男神脸都瘦了！“欧巴”注意身体！

隔了一个小时，张寄燕发了微博，是剧本和咖啡的照片，留言：再辛苦都不怕，幸好不寂寞。前几天绯闻热度还没有消散，童宇诚这里没有明确表示，张寄燕又删了微博，网友正关注动态呢，突然前后脚又发了让人浮想联翩的微博，一石激起千层浪，瞬间又成了绯闻的佐证。

童宇诚夜里看了微博，脸色沉得犹如灌铅，偏偏张寄燕的微博模棱两可，像是说了什么，却实在什么都没有说。他这才知道，遇到了高手。

自那之后，童宇诚在片场对张寄燕态度冷淡不少，除了对戏，私下没有任何接触。

张寄燕浑然不觉的样子，在片场依旧活跃，她演的宫女穆雪戏份不多，但是每次出场都有特写镜头，对新人来说，已经算是绝佳的机会。她心里却觉得不足，私下常常和叶言言做对比。在上戏的时候，她会将襦裙的胸襟往下拉一点，露出深深的沟壑。走位的时候，也会有意识在叶言言面前微微低下身体。

张寄燕自以为做得高明，实际上不仅叶言言和两个男主角，就是打光、道具的工作人员都看出来了。

如果仅仅这些，对叶言言来说还不算困扰。张寄燕拍戏时还各种小动作，后期剪辑时极可能一样都用不上。除了拍戏，她在剧组里一直以叶言言的好朋友自居，聊天时动不动就提起“我们拍神雕那会儿”。

拍了穿戏服的照片，发微博还要 @ 叶言言，一副好姐妹的架势。不明真相的网友一看，她不仅是童宇诚的绯闻女友，还是叶言言的闺密级人物。果然话题马上变成了——新晋谋女郎美过叶言言，童宇诚意乱情迷。

类似这类的娱乐新闻通告，一看就知道出自张寄燕背后的宣传团队之手，借着童宇诚和叶言言的名气往上爬。虽然有些夸张和荒诞，但实际上很有成效。

就现阶段而言，张寄燕水涨船高，很是风光。

这类小手段，不至于让人伤筋动骨，却让牵涉其中的叶言言和童宇诚都感到不同程度的反感。在网络上，采取“三不”防范手段：不理、不睬、不知道。网上热闹一阵，渐渐发现都是剃头担子一头热，张寄燕这边自导自演，其他人都不做任何反应，渐渐热度就衰退了。

转眼到了 6 月底，气温骤升，天气炎热。拍戏的进度渐渐慢了下来，陈谋除了导戏，还有美术的爱好，在业内是出了名的唯美主义浪漫者，对画面感要求特别高。经常为了一个镜头反复拍摄。叶言言在新晋小花中已经算是实力派，但拍摄期间吃了无数个 NG，被狠狠磨砺了一番。不光是她，童宇诚也没有好到哪里去。就是捧了两座金奖回来的唐晋文，私下也感叹被导演折腾得不轻。

这天下午拍摄皇帝和女主角的床戏，四十秒左右的镜头，是整部戏的一个高潮。

最近被导演批多了，叶言言心里没底，从中午就开始感觉紧张，无意识地把剧本都捏皱了。

唐晋文毕竟是前辈，心细如发，吃午饭的时候看她没吃两口就放了筷子，打趣说："多吃点，下午是体力活。"

助理们没忍住都笑了出来。

他口气戏谑，叶言言倒不好显得太在意，点着头拿碗喝汤。

"别喝太多，"唐晋文说，"等会儿紧张你就要跑厕所了。"

叶言言马上放下碗："唐老师……"

唐晋文笑笑，不见戏里沉凝儒雅的样子，有些长辈的亲切："小叶，之前恋爱谈得少吧？"

在剧组里封闭拍戏时间久了，大多数熟悉了，比如童宇诚，已经开始喊"言言"，但是唐晋文年过四十，是有家庭有孩子的人，戏里纠缠不清，私下却界限分明，一直喊"小叶"，不失亲切又不会让人误会关系，分寸把握得很好。

叶言言顿时有些不好意思。现代社会，不到二十岁的年纪，恋爱谈得少，那是清纯。她这转眼快二十六岁了，还用这句话，显得有些滞销。

"还好吧。"她含糊地说。

"这么漂亮，追的人应该很多啊。"唐晋文说，"下午的时候，你别多想，戏服层层叠叠的，碰到皮肤的机会少，你别拘束，都是工作。"

他把床戏提升到了技术层面，叶言言听着，果然心情放松不少。

等她补好妆，穿上素衣长袍、广袖缓带的戏服进入布置好的寝殿，导演已经完成了清场，只留了平时一半的工作人员。其实这场床戏在电影里级别真不算高，和现代装亲热戏比起来更是不算什么，但是这是叶言言出道以来的第一次，等电影上映还是一个宣传卖点，导演态度慎重，还是做了清场处理。

叶言言坐在偌大的床上深呼吸。

导演接了个电话，走出去不久，亲自带着两个人走进片场。

叶言言眼角一瞥，顿时愣住了，整个人犹如石化一般。

梁洲穿着短袖T恤，头发剪短了些，一身清爽地站在导演身旁，面容英俊，似乎没有留下丝毫岁月的痕迹。

心理建设瞬间灰飞烟灭，叶言言四肢僵硬。

昨天夜里他在微信上说的“惊喜”，原来是指探班？

只有惊，哪来喜？

梁洲一进片场就看到她了，心里微微一动，不动声色，专心致志地听陈谋介绍拍摄情况。要说他为什么来探班，其实也是受陈谋邀请。《一斛珠》被业内看好，陈谋第一部还没有拍完，已经开始筹划第二部。宏成作为大投资方，是他项目启动的主要目标之一。在电话联系的时候，他就对梁洲发出邀请。

叶言言封闭拍戏，两人已经有两个多月没见过面。梁洲沉吟片刻，就答应了陈谋的邀请，来横店剧组，并且提前给叶言言提示。

她目瞪口呆的样子，看起来一点没有惊喜。很快梁洲就知道了原因：“床戏？”

陈谋拍戏时表情通常很少，现在却微微笑着表扬叶言言：“小姑娘有悟性，稍稍点拨就能领会，你这是带出了一个好苗子。平时做人做事又低调，前途远大，我看你们宏成现在是凑齐了一副好牌啊。”

梁洲看看四周的布景，再看机位布置，百分百确定这是拍床戏，几不可见地皱了下眉头。

“这戏还有床戏部分？能过审？”他语气平淡地问。

陈谋倒是意外他十几年的拍戏经验，居然问起这个问题，解释说：“古装嘛，衣服摩擦多，只露一点肩膀和腿，怎么会不过审？”

梁洲笑了笑，没说话，眼光朝床上的人瞟过去。

唐晋文也换好了寝衣出来，衣如白雪，轻袍缓带，一派成熟风流的样子。看到梁洲，也是先愣了一下，然后笑着来招呼。

两人差不多前后出道，算是同时代代表明星，只不过唐晋文还在演绎道路上进取，梁洲已经半收山做了老板。

打过招呼，唐晋文走到床边，看到叶言言魂游天外的状态，笑着开解：“看到老板紧张了？没事，没事，等会儿专心看着我就行了，当他不存在。”

导演和梁洲全听见了。

陈谋：“幸好有晋文，要都是新手，这戏可难拍了。”

梁洲久久无语，过了好一会儿才应了一声表示同意。

这个时候场记一击打板，宣布开拍。

这段床戏是女主角从寺院再次回到宫中，侍奉君王的第一夜，身份却从王妃转变为宫妃。

灯光柔和，如同泻了一地的银霜。

叶言言面朝内躺着，身上搭着湖绿的丝被，薄薄的一层，勾勒出她纤细而玲珑的曲线。宫女站在殿内，唐晋文走进寝殿，手指在嘴唇上示意噤声，挥退宫女，缓步来到床前，唇角微微一勾，手掌轻轻搭在叶言言的肩膀上。

女主角原在寺院中就有过遇刺经历，于睡梦中受惊睁眼，神思还恍惚，却先一步抽起枕头就往床边砸去。

唐晋文脸部被砸中，低喊了一声。

导演立刻说："手劲过重了，言言，轻一点。"

唐晋文揉着被砸个正着的鼻梁。叶言言满是歉意地双手合十告饶。

梁洲在一旁观看，忍俊不禁。

第二条开始拍摄。

枕头不偏不倚，正好砸在唐晋文的胸口，他又是一声惊呼。

宫女太监听到声音，立刻从殿外拥进来，齐齐半弯身体。皇帝坦然自若地笑了笑，将人喝退，宫人们立刻又退了个干净。

叶言言拥被坐在床上，眼睛黑亮，脸色绯红。

"听说你受了委屈，我来看看你。"唐晋文这样说着，把枕头放到她的背后，趁她直起身体的时候，顺势拥她入怀。

叶言言把脸搁在他宽阔的肩上，露出羞怯的表情。

"怎么，连朕都不想理了？"唐晋文轻笑。

"停。"导演又喊，"这里有特写镜头，回头要剪，时间太短，再延长一点。"

他想起身边还有个演技大师，转过脸来想问意见，只见梁洲面无表情，聚精会神地盯着床上。

重新开拍，叶言言在唐晋文的怀里多待了段时间。

台词过后，唐晋文低下头，潮热的鼻息贴在叶言言的耳垂上。她既挣扎又沉沦，背德的羞耻感重重地压在胸口，让她惊恐而慌乱。

唐晋文的手探到她的腰间，一抽腰带，扔到床下。

"Cut！"导演指导，"动作太快了，再来一条。"

导演助理给梁洲送来咖啡，还来不及提醒烫，梁洲已经灌了一大口，微微皱眉。

再拍的时候，唐晋文抽腰带的动作慢了许多，叶言言的外衣散开，她蓦然想起自己曾经儿媳的身份，莫大的羞耻袭上心头，拢起衣服，拒绝道："不，不行。"

唐晋文停下动作，目光清明，似乎有一种穿透人心的力量。他凝视她片刻，缓缓放开双手，作势要离开。

叶言言又慌张起来，不能让他走，这是她翻身的唯一凭仗。她一张臂，衣襟大开，露出胸前一片雪白凝肤，从后抱住唐晋文。

"别走。"她的声音娇依而颤抖。

唐晋文深深低喘，像是无声的叹息。

他回抱住她，慢慢躺到了床上。叶言言黑色的长发柔顺地披在枕上，他亲吻在她的脖子处，已经是尽量错位，还是避免不了接触。叶言言脸色涨红。唐晋文在镜头切不到的地方，以蚊蚋一般的声音说："别分心。"一手划到下面，扯起叶言言的裙摆，撩得高高的，露出她修长的腿部。

"节奏又快了。"陈谋看着监视器喊停，"后面这段再来一遍。"

梁洲差点被咖啡呛到。

再拍一条，叶言言被衣服绊住，手臂没有伸展。

重头开始拍，唐晋文扑身上床的时候，陈谋再次喊停："动作不对，老唐，身体放松，置身在叶言言的腿间，你挡住露腿的角度了。"

梁洲感觉一口咖啡也喝不下去了。

床戏片段拍了近三个小时，导演才感到满意，宣布收工。

唐晋文松了一大口气，抹了抹额头上不存在的汗，说："总算过了，比拍什么戏都累，一把老骨头了经不起折腾。”回过头又问，“小叶，怎么样？还是和想象中不一样吧。”

他这一派学术交流的姿态，把刚才床戏的些许尴尬都冲散了。叶言言笑着说：“幸好有唐老师，我刚才紧张得不知道该怎么办了。”

“快去换戏服吧，刚才都出汗了吧。”他提醒。

叶言言目光在四周扫了一圈，除了工作人员，梁洲不知道去了哪里。

她上戏前还关注着他的动向，一入戏后专心致志，不容分心，很快忘了他物，连他什么时候离开的都不知道。

穿着素白的寝衣回到化妆间，刚推开门，一只手臂猛地把她拽进去，她吃惊地张口，全被熟悉的唇舌堵了回去。

梁洲把她的身体压在门上，狠狠压住她的唇，勾着她的舌头四处扫荡，毫不留情。

叶言言浑身发热，等回过神，他的手已经在她的腰上流连许久了，古代的寝衣袖子宽大，他居然就从袖口把手伸了进去。

“要让人看见了。”她低声提醒。

他留恋地亲亲她的嘴唇，口气不满：“这戏怎么有床戏？”

叶言言拍之前也忐忑，拍完之后一身轻松，这时候反而有心情打趣：“这种程度的你不是拍过很多了。”

梁洲咬了一口她的鼻尖：“早知道这部戏我就接了。”

叶言言脸一红，心里甜蜜得像是喝了蜂蜜。

敲门声倏地响起，叶言言一把推开梁洲。他倒坦然，坐在沙发上，姿态闲适。

曹佳和化妆师进门，被这位突然出现的宏成老总吓了一跳。

等叶言言卸完妆，换好衣服，梁洲说："走吧，晚上我请导演几个吃饭，你也一起出席。"

化妆师这才恍然，原来是设了饭局等叶言言出席，顿时放下心里的悬念，刚才差点以为他无意间发现了娱乐圈的隐秘恋情呢。

梁洲当天留在影视城，晚上和叶言言一起出去吃饭，两人现在辨识度都高，尤其梁洲，几乎家喻户晓，影视城又是一个明星遍地、粉丝扎堆的地方，两人全副武装，偶尔眼神交缠都觉得好笑又有趣。

一回到酒店，梁洲就忍不住把人抱在怀里，又亲又揉，灼热的气息喷在叶言言的身上，激得她浑身一颤，伸手挡住他说："刚吃好饭。"

梁洲笑了一声，贴着她的唇，声音沙哑："正好消化一下，让我好好亲亲，宝贝，两个多月了，你就不想我？"

叶言言主动在他唇上印了一记："想。"

这一声娇软得把梁洲的心都捂化了。他堵着她的唇，吸吮勾缠，几乎让她喘不上气。他的声音也含糊在唇齿间："我也想死你了。"

两人腻歪一阵，梁洲抱着人几乎不想放开了，长吁一口气后才把人放开，抬手整理她的碎发。叶言言早就面色潮红，横他一眼也妩媚多情。

梁洲又倾身去吻她的眉眼，心想，自己怎么就能忍那么长时间，总算没有错过，人还是在他的怀里了。

第二天叶言言工作特别有动力，入戏状态也好，很快拍完当天的戏份。回到酒店里，梁洲刚换好外出的衣服，见到她有些意外："这么早收工？"又亲她的额头，"晚上约了几个老朋友，你自己吃饭，多吃点有营养的，别为了上镜就不吃东西。"叶言言乖巧点头，梁洲又摸了摸她的脸才走。

到了晚上，叶言言一边敷着面膜一边微信聊天，看时间已经十点过头，就发了条微信给梁洲："还没散？"等她撕了面膜擦完脸，还没有回应。她顺手拨了个电话过去，响了没两声就接通了。

梁洲的声音很低沉，像是喝了酒："喂？"

叶言言说："还没有散……"

没等她问清楚，一个熟悉的女声从电话那头传来："我不行了，梁洲，这杯你替我。"理所当然的语气。

韩菲，叶言言心一紧。

还有一个男人的声音："比猴儿都精，酒全让梁洲挡了，吃准了他心疼你是吧。"

叶言言只觉得太阳穴一抽一抽的，梁洲在电话里说："还有一会儿散，你先睡吧。"

电话挂断前，还能隐约听见韩菲的娇声催促和桌上众人哄笑的声音。

叶言言握着手机，沉默不语。

第二天梁洲比平时生物钟晚醒半小时，太阳穴隐隐发胀，他知道昨天喝得有些多。拿起手机过滤信息，大多是公司汇报的消息和邮件提醒。

今天行程空闲，横店这些年发展迅速，多造了好几座古城，他之前也没有逛过，正好可以和叶言言约会逛一逛。他昨天就留意过，今天一天叶言言没有戏份安排。

顺手给叶言言发了一条微信：下午我去找你，不要乱跑，可直到午饭的时候都没有任何回信。梁洲直接打电话过去，那头很久都没有人接，他再拨曹佳的电话。

电话很快接通，梁洲问她们在哪里，随即声音有些沉：“怎么跑到那里去了，不是让她不要乱跑吗？让她接电话。”停顿了一下，换到叶言言，他的声音又低了两度，并没有问微信的事，“待着别动，我现在就过去。”

挂上电话，梁洲还有些纳闷。

叶言言把手机还给曹佳，慢吞吞地在万盛街上逛。眼下天气已经热了，她穿着中袖 T 恤和热裤，打扮很简单，鼻梁上架着大黑超，遮住大半张脸，一路上回头率很高。曹佳知道她心情不佳，上午开始就陪着她漫无目的地四处瞎逛。

梁洲找到她们的时候，街上已经有人认出叶言言，上前索要签名。他拿起手机打电话：“前面路口。”

叶言言和曹佳走过来坐上车，他看看街上人头攒动，果断决定换地方。转头发现叶言言脸色不佳，问：“怎么了？”

她没有说话，其实从昨晚到现在，她就胸口发闷，什么话都不想说。

梁洲交过数任女友，不是完全不懂事的傻小子，笑了一下，一派爽朗：“是我惹到你了？”

叶言言朝他看过来，嗔了一眼，欲说还羞。看得他心头漏跳一拍，原本还不以为意，当成小女孩的骄纵脾气，现在语调柔了下来：“是不是昨晚我喝多了，没给你打电话，生气了？”

叶言言不想当着李勤和曹佳的面继续往下说，闭上眼做休息的样子：“等会儿再说。”

李勤把车开到一座古城的背后，有条护城河，河道窄小，水质清澈，周围也没有什么人。

梁洲拉着叶言言下车，她却避开他的手。两人顺着河道慢慢散步。

“到底怎么了？又生闷气。”梁洲刚才在车上已经想过一圈，昨晚出门前还好好的，怎么今天就开始闹别扭了，想来想去问题还是出在昨天晚上，“昨天吃完饭散的时候都十二点了，我是为了不吵你才没打电话，就为了这个跟我闹别扭呢？”

说着他伸手来拉她，被叶言言一把甩开：“谁说我为了没打电话生气的？”

梁洲仍好声好气，“那你气什么？你说。”

“你喝多是为谁喝的？”

梁洲微微皱眉：“应酬难免……”

叶言言打断：“你这么大老板，谁应酬敢灌你酒呀，还不是怜香惜玉，当护花使者把酒全揽了。”

梁洲愣了一下，这才想到昨天酒席间接的电话，全被她听见了：“都是酒桌上取笑玩闹的话，你怎么当真了。”

叶言言扯着唇角笑：“怎么别人玩笑只闹你们两个，有什么不好承认的，你和韩菲的事，公司还有谁不知道？”

梁洲脸色一沉：“我们能有什么事，别人不知道情况胡说八道，你是我女朋友怎么也当真。”

叶言言回：“无风不起浪，谣传总是有起因的。”

梁洲没想到她伶牙俐齿起来居然这样厉害，耐着性子说：“我和韩菲是十多年的朋友，酒桌上一群大老爷们儿，就她一个女孩儿，我能看着她被灌醉？他们调笑两句，都是酒后胡话，你忘了，韩菲是有男朋友的。”

叶言言抿着嘴唇不说话，听到这里张口说：“别解释，我懂了。”

说着就要往前走。

梁洲伸手拦住她，眉头皱得死紧：“什么懂了，懂什么了？你是打算就这么和我别扭下去？这就太小心眼了。”

叶言言只觉得一口闷气直冲头顶，顿时就火冒三丈：“我就是小心眼，别人眼里你们是最适合的一对，怎么不凑一起去！让我来做个小心眼的人。今天就把话说清楚，你要是心里一直放着她，也别弄得跟电视里的深情男二一样，要守着要护着你就去，别拖别人下水。咱们也好聚好散，我不想恋情吹了还得罪老板，以后日子还过不过了？”

她一股脑地把话全说了，梁洲脸色乍红乍白，额上青筋隐现：“你心里就是这样想的？好、好。”这两声好他几乎咬着牙说的，随即又说，“这个圈子里但凡有点风吹草动，就要往绯闻身上靠，是不是真的只有自己知道，你这样闹没意思，咱们还是先冷静冷静吧。”说着他招手让李勤把车开过来。

叶言言一声不吭，上车后拿着手机发微信，脸上半丝表情都没有，到了酒店和曹佳下车走了。

梁洲余光打量她几次，看她冷淡的样子，憋得心口发慌。

叶言言心里其实并不如表面平静，私下还偷偷抹了一次眼泪。她心里清楚，这不是突然爆发，韩菲的事如鲠在喉，稍一碰触就觉得疼痛，她不能再欺骗自己不在意。这种时候，唯一知道内情并支持着她的只有布偶。曹佳不在的时候，它就坐在她的身边陪着说话，编派起韩菲不遗余力，故意逗她发笑。

梁洲有些不是滋味，他不是个毫无底线容忍到底的人，之前几任女朋友耍小脾气，把他的沉默当成容忍，后来变本加厉，渐渐就让他感觉厌烦，最后通通是分手的结局。也有聪明的女孩，察觉到苗头不对，先退了一步，后来始终性格难以磨合。那种性格娇蛮、惯于使脾气的，他向来敬谢不敏。这次也想着不能太惯叶言言了，打算冷她几天。

一晃几天都没有联系，梁洲工作闲暇经常去看手机，忍不住腹诽，这丫头也真是狠，让她冷静，连消息都断了。这天午休吃饭的时候，梁洲路过公司食堂，电视屏幕上在播放一个娱乐探班节目，恰巧是《一斛珠》剧组。几个年轻演员身着古装在亭子里休息，记者过去采访。童宇诚说话时，张寄燕表现积极，想要插话。童宇诚并不理会，转而打趣叶言言，把话筒递给她，顺手拿开她手上的剧本，动作亲切熟稔。记者都忍不住夸两人关系好。这段节目录制的时间是前天。

梁洲站在食堂门口看了半晌，脸上没有一丝表情。他回到办公室后立刻给马元进打了个电话，让他汇报这两天的工作情况。马元进一头雾水，脑子一转，想明白了，立刻把话题移到叶言言身上。

梁洲说：“你这个经纪人虽然不用跟着拍戏，但是演员的情况要时时关注。”

马元进说：“那是当然，言言状态很不错，这两天拍得顺利，NG吃得也很少。”

梁洲想到自己牵肠挂肚，她却心无旁骛地拍戏没受半点影响，沉默了一下，然后嘱咐马元进要对艺人加强管理，多关心作品，不要走花边新闻。挂上电话，他想了想，还是沉不住气，给叶言言打电话，接通后叶言言问：“什么事？”

梁洲极其罕见地支吾了一下，然后说：“周末我要去影视城，晚上一起吃饭，我们好好谈谈。”

叶言言沉默了一瞬，回答：“好。”

放下电话，她的情绪陷入低谷，忍不住想，他是不是打算摊牌？

周六下午，叶言言拍完戏，卸完妆离开片场就被梁洲的车拦住，上车之后直接回酒店套房。李勤和曹佳很识眼色地把空间留给两人离开。

房间内安静了一会儿，叶言言坐在沙发上率先开口：“有什么事你直说吧，我都能理解。”

头一句话就叫梁洲心惊胆战了一下，理解什么？说得两人马上要结束一样。他问：“还在生我的气？”

叶言言看他一眼：“没有。”

梁洲坐到她身边：“情侣之间哪有不吵架的，那天是我没把话讲清楚，你气也是应该的。这几天气下来，也该消了吧。”说着拉起她的手，在唇边亲了一记。

叶言言没想到他摆出服软的姿态，一下子倒有些蒙。

梁洲看她呆呆的模样，心中爱怜，面色微微沉凝，慢慢吐了口气说：“有些事本来就要和你说清楚的。我高中出道拍戏，本科是自学的，出道五年多，才去中影读了研，比同届的年纪大，又背负点名气，和同学关系都比较远，认识了旭晖和韩菲后才有所好转。那个时候，我一直以为这种感觉就像旭晖是我弟弟，韩菲是我妹妹。没想到后来感情有些改变。”他说到这里停了下来，叶言言微微蹙着眉。

“那个时候会选择去读研，是因为事业落到低谷，我也需要调整一下。有他们两个陪在我身边，日子过得很愉快，我不否认，我喜欢过韩菲，发现旭晖也喜欢她，我就决定放弃了。

“我和她从没有开始过，也谈不上结束。她现在有了好的归宿，我衷心为她感到高兴。那天晚上都是认识多年的老朋友，酒席上应酬的玩笑话，当不得真。我也没放心上，哪知道你会这么认真。”

听他说到这里，叶言言鼻子一酸，眼眶泛红。她还知道沈旭晖车祸的真相，可惜无论如何也不能说。

梁洲一见慌了神，忙揽住她：“这是怎么了，还哭上了。我不是已经说清楚，和韩菲没什么事。”

他不哄还好，这一哄把叶言言之前的委屈全勾了上来，眼泪簌簌往下掉，她用手格开他：“还说没事，什么哥哥妹妹的，全部是骗人的。我那天问你几句，你就凶我，还说要分手。分就分……”

梁洲听到这里，赶紧拦住她，揽着不松手，哭笑不得：“谁说分手了，你这丫头怎么尽误解我的意思呢？好，乖，不哭了，是我不好，你说得对，以后她的什么事我都不管、避嫌，好不好，不哭了。”

她一抽一噎，梁洲的心也跟着一抽一缩的，亲吻她的脸蛋和额头，亲昵地说：“宝贝，我对你怎么样，难道你就一点感觉也没有？”

哄了好一阵，总算雨过天晴，梁洲的心早就软成了一团面，摸着她的脸蛋，说：“在我们开始之前，我考虑了很久。以前我给自己定过规矩，不和公司内部的艺人谈恋爱，就怕一旦开始影响工作，结局会发展得不受控制。遇到你，脑子就容易发热，想不了那么多，言言，你对我来说是不一样的。”

说着他吻上她的唇，好几天没亲热，梁洲只觉得浑身发烫，把人紧紧搂在怀里，恨不能把她揉进自己身体里。

晚上两人外出吃饭的时候，气氛已经恢复如初。

李勤和曹佳都松了口气。

叶言言把包拉链打开，让布偶透气。

梁洲注意到，多看了两眼，不知想到了什么，脸色微微变化，不动声色地问："这是谁送你的娃娃？长得挺奇特的。"

叶言言想起他上次也问过，心想要是能说出来吓你一跳呢，语气佯作不开心："都说了是一个朋友送的，你怎么还问？你之前那么多年保驾护航的，我都没有说什么，我这才一个布娃娃，你还追着不放。"

梁洲现在有点怕她提韩菲，就怕她还要闹一闹，自己可再经不住，于是好声好气地哄："好好，我不问了，其实这个布偶仔细看着也挺可爱的。"

开着车的李勤和副驾驶位上的曹佳一瞬间都觉得不忍直视。

转眼拍戏又是三个月，今天遇上十年不遇的高温天气，外景格外考验人。这期间童宇诚因为骑马摔倒，骨折入院，引起粉丝关注。到了10月，电影顺利杀青。

杀青宴办得热闹，和简单的开机仪式完全不同，由导演带队，全体主创出席，还邀请了许多娱乐媒体。戏骨唐晋文、一直位列娱乐圈前沿的童宇诚，还有新生代女星叶言言，记者当然不会放过这个大热题材，现场场面火爆，话筒摆放了二十多个，提问从不间断。

张寄燕作为新人出席，关注度和几个主演不能相比，她今天特意穿了 Moschino 的无袖短裙，长度堪堪超过屁股，动作幅度稍大，就有走光的嫌疑。这个方法在娱乐圈真不算什么新鲜招数，但还算有用，不少记者都注意到她。

在记者提问和其他主演合作有什么感想时，张寄燕微微笑着说：“收获很大，尤其是童宇诚，他受了伤，刚好没多久就拆了石膏进行拍摄，这种精神特别感动我。”

记者又问：“看你微博上好像和叶言言是好朋友，这是你第一次拍电影，她私下有没有教你什么？”

张寄燕心里暗暗不悦，记者对她的提问大多牵涉别人，和她本身没有直接关系。她环视众人，笑得别有深意：“我们在戏里是情敌关系，真正对手戏不多，没有什么请教演技的机会啦。”

记者们常年奔走娱乐新闻，听这两句还有什么不明白的，心里顿时已经脑补了无数内容，比如新人受到叶言言排挤，还有姐妹同戏翻脸无情等经典桥段。

童宇诚听到了她的访谈内容，心里的厌恶感噌噌往上涨，趁着空闲时机，他找到叶言言，开门见山地建议：“我实在烦死张寄燕了，拿我受伤的事蹭热度。看今天这个架势，又是拼命要出头，不惜踩着别人上。怎么样？作为同剧的演员，我们有必要维护公平和谐的发布环境吧。”

他说得诙谐，叶言言笑出声：“怎么维护？”

“等会儿你听我的。”童宇诚对她眨眨眼，“看来今天我要牺牲一回了。”

叶言言还在思索他的意思，有记者发现他们在说话，走了过来。童宇诚压低声音说：“一定配合我。”他一手搭上叶言言的肩膀，往下一滑，很自然地虚扶着她的腰。

这个动作太过亲密，记者们眼睛发亮，瞬间忘记了张寄燕。

“当红小生童宇诚戏假情真，恋上小花旦叶言言”的新闻一石激起千层浪，让两方粉丝头晕目眩。原本此类伴随新出作品而来的绯闻，大多数网友都有辨别能力，但是这次新闻图文并茂，还有一小段视频，虽然两人并没有说过任何和恋情有关的事情，但是童宇诚的动作，亲昵中带着一种宣告的态度，无疑给出一个确定的答案。

网上各种议论接踵而来，有的质疑，有的不信，有的祝福，粉丝的反应各不相同，相比之下，“盐巴”们比较冷静，从技术层面分析绯闻的真假。而童宇诚的粉丝“橙子”就没有那么冷静了，前不久才有张寄燕蹭新闻蹭热度的举动，被网友识破后，“橙子”各种攻击谩骂，轮到叶言言，待遇也差不多。不少“橙子”跑到叶言言的微博下留言冷嘲热讽。“盐巴”当然不服，两方在网上狠掐了一顿。

杀青宴新闻出来不久，整个网络上不是讨论电影，就是讨论这段绯闻，话题牢牢占据了前三。论宣传效应，这无疑是很漂亮的一仗，童宇诚的经纪人特地联系了马元进，表示暂时不澄清，等过两天，热度减退，再宣布这是误会，两人是好朋友，又能掀起一层热议。这是双赢的策略，马元进满口答应。双方经纪人意见统一，官方没有任何表示，反而让这一桩绯闻更加真实了几分。

梁洲近期都忙 ipo 冲刺的最后收尾工作，宏成上市是大事，在今年完成，宏成影视将正式踏上一个新台阶，市值翻倍，从此有了和几个巨无霸影视公司并肩的实力。他除了每天晚上和叶言言联系，其余时间都献给了工作，直到在厕所里听到员工讨论绯闻。

“听说了没，我们公司的叶言言和童宇诚好上了，你觉得这是真的还是假的？”

“童宇诚绯闻那么少，我看是真的。叶言言多漂亮啊，还是越看越漂亮的类型，听说脾气也好，《时光之旅》《花开半夏》我看过几眼，哎呀，她笑起来两个酒窝，眼神那么一瞟，真是骨头都要酥了。”

“你一个大老爷们儿，怎么还看那么狗血的言情片？”

“再狗血，颜值高啊……”

听两人评论叶言言颜值高，梁洲心里既有得意，也有些发酸，极其复杂。今天下午叶言言飞机回京，他上午加速料理了公事，就为了空出两个小时去机场接人。没一会儿马元进电话给他，说车已经安排好，一起出发。

上了车，马元进就不时眼神发虚地瞥过来。李勤开车，车上没有外人，梁洲斜睨他一眼：“有什么要说的？”

马元进哈哈干笑了两声：“言言新电影杀青，这不是为了配合宣传嘛，弄了个小绯闻。”

梁洲没好气地说：“就你这点小肚鸡肠，作品配合绯闻我还能分不出？”

“看我这瞎操心，”马元进说，“这圈子里什么事骗得过你。”

梁洲没理会他这记太过明显的马屁。过了半晌，他才淡淡开口：“你手下的艺人，总要多看顾点，她年纪还小，很多事容易被糊弄，别人还说不清什么心思，你得替她把好关。”

马元进一听，还有什么不明白的，心想你刚才那老神在在的样子，还以为多么胸有成竹、智珠在握，原来是虚张声势啊。

接到叶言言和曹佳，几人一起去会所吃了顿晚饭，席间马元进眉开眼笑，不停地给叶言言夹菜，犒劳她半年拍戏辛苦，夸她舆论宣传做得好。饭后又提议去唱歌，李勤看不下去了，一把扯着他，低声提醒：“两人都隔了两个多月没见了，你老凑合怎么回事，看着机灵一到关键时刻就掉链子是不是？”

马元进回过神来，和李勤、曹佳两人早早散了，把车钥匙留给了梁洲。

梁洲牵着叶言言在会所附近一条僻静小街上走了一圈，秋风习习，吹来一阵槐树叶子的味道。

“冷不冷？”梁洲问。

“不冷。”叶言言摇头。

梁洲把她揽进怀里，笑着说：“都这个时候了，还不说冷，你这是明摆着不给人机会。”

自从下飞机，除了吃饭，叶言言都戴着大口罩，脸红也看不出，她在他的胸口蹭了蹭，心里就像冒着一阵阵的水泡，满足得不得了。

“今天去我那里吧。”梁洲提议。

叶言言怔了下。

“拍戏大半年，你的房子还没打扫，去我那里将就一个晚上吧。”他语气平稳，凝视着她的双眼，“好不好？”

叶言言浑身的机能在这一瞬间几乎已经停止了，她把脸藏在他的胸口，很低很轻地说：“嗯。”

梁洲住的地方离公司很近，是城区内最高档的住宅小区之一，保安一流，环境优雅，极度尊重住户的隐私。所以在小区保安看到梁洲和叶言言时，面色如常，没有露出任何异色。倒是叶言言，脸上红彤彤的，热度始终没有下去，她只好装出欣赏环境的样子。

梁洲的房子占了整一层，布置低调，干净整洁，叶言言在第一眼看到时候，就觉得有些喜欢。

“先去洗洗吧。”梁洲说。

“啊？”叶言言有些回不过神，这么快就要进入主题？

梁洲看她瞪眼的样子，心里发笑，忍不住逗她：“怎么了？”

“我……我没带洗漱的东西和衣服。”她才反应过来，刚才都被曹佳带走了。

梁洲也没想到这一层，想了一下说：“我去给你买。”

“这么晚了……”

“你难道打算不穿？”梁洲笑，随即发现叶言言的脸又往烧熟的方向发展，他忍不住笑出声，亲她的脸蛋一记：“怎么这么老实，开玩笑呢，我去给你买。”

在他拿钥匙要出门的时候，她又赶紧提醒：“我的尺码……”

“我知道。”梁洲说，脚步有些急。

您就这么阅人无数？叶言言沉默地看着他。

梁洲知道她又想歪了：“是演员经验，不要误会。”

叶言言：“……”

在他离开的这段时间里，叶言言打开窗户透了一下气，今天情绪起伏太大，她需要冷静。

没一会儿梁洲回来了，买了一套女士内衣和睡衣，尺码果然分毫不差。叶言言心情着实有些复杂。

两人轮流洗漱梳洗，等梁洲穿着睡袍出来，看到叶言言正形象全无地趴在床上刷微博。他买的是纯白的睡裙，一般人穿着可能会显得单调，但是到了叶言言的身上，真是应了那句“清水出芙蓉”。她转头朝他看过来，有些害羞地笑了一下。

梁洲觉得浑身的血液都躁动起来，双眸也变得黑沉沉的。

叶言言莫名紧张，四周仿佛连空气都变得焦灼。

他笑笑，坐到她身边，和她一起看微博，还口气轻松地问："看什么？又有什么绯闻？"

听到绯闻，叶言言有些心虚，指着微博上一个好笑的段子和他分享。很快她就知道，他的用意哪里是要看微博，分明是曲线救国，很快就手脚并用，在她身上作乱。

睡衣下面，她身量纤细，肌肤莹白，连脚趾头都白嫩嫩的。

他不停地亲吻着她，情到深处，连章法都乱了，手直接伸进她的内裤揉捏。他脱下衣服裤子，起身飞快拿了一个小雨衣回来。

叶言言看到了，头昏脑涨的时候，还不忘疑惑："你怎么有这个？"难道是以前……

梁洲回到床上抱着她，唇贴着她的唇，慢慢流连到耳畔，潮热的气息全钻到她的耳朵里，让她战栗了一下，身体有些不受控制。他小声哄："刚才买的。"

叶言言嘟起嘴："骗人。"

"不骗你，"梁洲的手四处游走，鼻息粗重，缠着吸吮她的舌头，含糊地说，"超市的小票我还留着，要看吗？"

这种时候，她还能真起来看小票吗？显然是不能。她很快就迷糊起来，身体像是着了火一样。

看着男人俊美的面容，在这一刻也变得有些凶狠，叶言言轻轻亲了一下他的眉心。

他的动作越发强硬，一手握着她的腰，用力一顶，把自己送进去。叶言言疼得倒吸一口凉气，梁洲不断吻着她，爱抚着她的身体，嘴里柔软地喊着“宝贝”，在她稍有放松的时候，终于不再忍耐，大力动作起来。

在疼痛慢慢累积的时候，她感觉到一种从未有过的圆满。

第二天叶言言醒来，睁眼那一会儿还有种不太真实的感觉。梁洲睡着的时候，神色松懈而无辜，完全不见平时的冷峻。

她怔怔地看了好一会儿，心里痒痒的，把脸靠过去，还没有亲到，一只大手猛地环住她的腰。

“有句台词很俗，想不到我也有用到的一天。”梁洲说。

“哪句？”

他贴着她的耳垂，灼热的鼻息喷在她敏感的肌肤上：“满意你所看到的吗？”

叶言言没想到他居然还能有这么冷幽默的一面，忍不住咯咯笑。他亲她的脸颊，两边轮流亲了一遍，她有些闹不懂，梁洲盯着她脸颊上那个浅浅的梨窝，心想，真像那些人评论的一样，能醉死人。

她推推他：“你不上班吗？”

梁洲很无赖地说了一句：“反正没人记我考勤。”

叶言言翘了翘嘴角。

两人亲昵了一会儿，其间梁洲的电话响了两次，他叹息了一声，起床梳洗。

“你再睡一会儿。”他温柔地说。

两人经过这一晚，比以往又多了些说不清道不明的东西，叶言言抱着被子，嗅到他留下的气味，蒙着被子发了一会儿呆，确认再没有办法睡回笼觉，也跟着起来。

梁洲洗漱好，回了一个电话，随后进了厨房。

等叶言言洗好脸换好衣服，面前居然多了一杯牛奶和三明治。

“你弄的？”她有些意外。之前从没有把他和厨房联系在一起。

“不算什么，”梁洲为她感叹的语气笑，“蛋炒饭才是我的拿手。”

叶言言一大口咬下去，真想不到，居然还是个宜家宜室的男人，捡到宝了。

回到家里，叶言言的心情还处于比较亢奋的状态，开始收拾房子，才整理一半，突然想起一件重要的事，她赶紧把放在客厅的行李箱打开。

布偶躺在衣服堆里，一动不动。

她顿时有些紧张，用手去拨它。

布偶身体一拱，跳了起来：“什么时间了，差点没憋死老子，你去哪里了？”

叶言言抬手告饶，却对去处交代得含含糊糊。

它瞪着她看，目光灼灼，从上到下，直到看到她锁骨那里的一块红色印记，身体蓦然僵住了，一股郁气直冲头顶，可想到自己什么样子什么身份，迅速又凉下来，透心凉一样。

它面色阴沉地跨出行李箱，跳到沙发上，身体蜷成一团。

叶言言自知理亏，动作轻手轻脚，不敢去惹他。

Part 8

绑 架
危 机

休息了没两天，马元进很快召唤她到公司一趟，商量后面的工作安排。现在叶言言已俨然站稳了小花旦位置，属于这一层级的资源，公司内部基本定好了分配的顺序。尤其是她接连两部电视剧大火，很受广告商青睐。不过马元进这次说的工作，是没有明面上的薪酬的。

“这次属于公司公益活动，月底出发，往贵州云南走一圈，大概半个月，捐助希望小学，还有修路之类的活动。事先声明，那里都是山区，住宿条件不是很好，而且路上还有跟拍，所以还是要吃一点苦的。”马元进说。

叶言言倒不怕吃苦，只是还要去云南，想到布偶，犹豫了一下。

马元进继续说：“档期空闲的艺人全部要去，梁总领队。”

中午休息，马元进带着她出去吃了一顿日料，又提起公益活动，漏了一些内幕出来。原来之前韩菲合约到期要成立工作室，以这个为条件问公司索要上市股份。这两个月却改变方针，提出要入股。钱当然不是她的，背后是陆乔的手笔，韩菲起了牵线搭桥的作用。经过几轮商谈，董事会已经初步敲定。但是陆家到底资本多雄厚，还都只是耳闻。这次要办公益，地点定在贵州和云南两地，梁洲也打算顺便去实地看看陆家的产业。

“合作之前总要探探虚实，”马元进说，“陆家家底都在云南，这次突然要北上，合作也要知根知底不是，去看看也好。说起来，旭晖出事也是在那里，到现在都还没有个说法。”他说到这里，忽然有些烦躁，伸手去摸烟，想到这里是禁烟区，咳嗽了两声，塞了满满一口寿司，又转到其他话题去了。

晚上叶言言问布偶，它没有半点犹豫就同意要去。

定好行程，网上绯闻的热度正好已经衰退，叶言言参加访谈节目，澄清了绯闻，在主持人追问的时候，她笑着说，童宇诚是那种很可靠的朋友，两人绝对不是男女朋友关系。主持人失望了一阵，随后又问她喜欢什么类型。叶言言想了想，有些羞赧地说，稳重一点，能让人想依靠、有安全感的。

当天晚上围绕她的话题瞬间又变成了当红小花旦叶言言不爱帅哥爱大叔。

随后童宇诚也在微博上回应。

两方粉丝这时知道了真相，两个当事人都承认是好朋友，粉丝怎么能拖后腿，两方掐了好几天，还有点惺惺相惜的。

这一出绯闻，既汇聚了人气，对电影又是一次良好宣传，成为娱乐圈营销的良好范例之一。

很快到了 10 月底，宏成包机，上有梁洲和高管，下有各层级艺人，飞机从北京直飞贵阳龙洞堡机场。这次出动规模很大，有一整个制作团队跟拍。艺人之间壁垒分明，葛一鸣、韩菲作为第一层级，随后就是叶言言、林广薇，还有几个没有出头，始终在二三线徘徊的熟脸，都要参与这次的公益活动，顺便也是一次很好的露脸机会。

飞机落地，贵阳飘着细雨，天气阴冷，众人纷纷套上外套。陆乔带人来接，他不到四十岁，浅蓝的衬衣，头发很短，鼻梁直挺，说不上很英俊，但是气质硬朗，磊落分明，在人群里很是显眼。

韩菲高高兴兴地第一个迎上去，两人说了两句。

陆乔首先和梁洲打招呼，两人目光交流了一下，微微含笑，双手交握。

当天晚上，陆乔在当地一家豪华餐馆为宏成众人接风。餐馆布置在园林之间，隔着落地大玻璃能看见小桥流水、廊角飞檐，环境雅致非常，众人一打听，原来也属于陆家的产业之一，不由得感叹陆家财大气粗，新晋艺人们对韩菲越发殷勤奉承。

韩菲今天以半个主人自居，飞机落地不过三个多小时，晚上入席时已换上一套小礼服，罩着斗篷式西装，顾盼神飞，光彩照人。酒席间频频为陆乔和宏成的高层穿针引线，也没有冷落同行的艺人，八面玲珑。两人相携到各桌敬酒，众人都是吹捧和奉承，这种众星捧月的滋味与以往出席活动又有所不同，韩菲从心底涌出一股满足感。

来到艺人这一桌，大家客气有礼地站起来，韩菲一眼扫过去，高涨的情绪有些回落。叶言言、林广薇，还有今年公司刚签约的几个新人，青春美好，只是化了淡妆，先不论样貌，光是那种娇嫩的气息，就叫人眼前一亮。叫娱乐圈混迹多年的前辈情不自禁感慨岁月流逝。

陆乔笑着和众人点头示意，看到叶言言和林广薇，目光才稍稍停顿了片刻。美女他见得多了，但女明星又有些不同，尤其叶言言和林广薇两个人，比屏幕上看起来还要漂亮一些，他面露惊艳，赞美了一句。林广薇微笑，叶言言却因为知道陆乔是沈旭晖车祸的罪魁祸首，对他极其冷淡。

韩菲在他腰上不轻不重地掐了一下：“怎么样？我们公司的艺人漂亮吧？”

陆乔对她宠溺一笑：“是比屏幕上好看点，但是怎么看都不如你。”

韩菲笑着嗔他一眼，挽着他的手臂去往下一桌。

林广薇看见韩菲这样不加掩饰地秀恩爱，心里泛酸，破天荒地主动拉着叶言言说话，话里话外都是指韩菲“小三”上位的事。叶言言原先不想理她，她还一直嘀嘀咕咕说个不停。林广薇自觉身份高人一等，同桌几个二三线的艺人她很少搭理。

同桌葛一鸣见气氛有些异常，提议说：“你们两个和我一起去敬个酒吧。”

三人来到主桌，对梁洲、陆乔、王泽军，还有几个高层依次敬酒。这时酒足饭饱，气氛多少都有些放开，几个高层开着玩笑要给三人加酒。葛一鸣一马当先，豪爽地替两位姑娘挡酒。林广薇端着酒杯迎上去：“葛师兄喝太多了，我也分担点。”桌上不少人都觉得这个女孩漂亮，脾气又好。叶言言躲在最后面，每次喝酒就抿一小口，动作磨磨蹭蹭，只是笑容乖巧。

梁洲早就注意到她逃酒的举动，暗自笑了一下，也不点破。

叶言言敬了大半圈，其实酒才喝了小半杯，抬起头，对上梁洲注意的视线，她抿唇笑了一下。梁洲也跟着笑。

韩菲眼尖，注意到两人之间隐秘的互动，怔了半晌，不知想起了什么，有些出神，等回过神来，再去观察两人，越发看出一点端倪。

两人之间有时视线交错，时间很短，却流露出恋人之间的视线追逐感。

她的心渐渐往下沉，整个人像是突然被人掐住了喉咙，面色也变得难看起来。

“怎么了？”陆乔察觉到，细心地问。

韩菲深呼吸一口气：“没什么，就是室内有点闷。”

陆乔马上叫服务员打开排风。

韩菲看着他，心想，不能多想，最好的就在眼前，何必得陇望蜀？可心底那股淡淡的不甘，始终如鲠在喉。

回到酒店，宏成预定的房间分布三个楼层。叶言言和韩菲、林广薇是同一层。出电梯的时候，韩菲忽然喊：“叶言言。”

叶言言和曹佳回过头。韩菲说：“让你的助理先回去，我有话和你说。”

林广薇和助理站着，面面相觑，都觉得诧异。韩菲又催促她们先走。林广薇眼睛在两人之间来回转，十分好奇，但是迫于韩菲的威势，只得磨蹭着回房。

叶言言跟着韩菲重新进了电梯，到一楼餐厅。

刚坐下，韩菲就语气冷淡地开口说：“你是在和梁洲谈恋爱吧？”

叶言言沉默以对。

“我提醒你，之前梁洲也谈过好几任，就是贺敏和他好过一个多月，后来也分了。”

看她对梁洲的过往情史信手拈来，感觉很是不爽。叶言言说：“都快半夜了，你特意叫我来就为了说这个？我之前就知道，不劳你费心。”

韩菲说："微博女王贺敏和他也才一个月，你觉得能胜过贺敏？"

叶言言口气戏谑："至少我比她年轻呀。"

韩菲一噎，怎么想都觉得这话刺耳，讥诮说："这种事是看情分，光年轻有什么用，比你年轻的多得是。"

"那我就放心多了，也不怕他以后找更年轻的。"叶言言说。

韩菲定定看着她，按捺住烦躁的情绪，慢慢冷静下来，红唇微勾，淡淡一笑："你应该知道吧，他之前谈了几个都没有成功，是因为他心里已经有人了。"

叶言言截住她的话头："接下来你不会要说，他心里那个人是你吧。前辈，你是最近没拍戏，技痒了半夜消遣我吧？刚才你还挽着陆总的手秀恩爱呢，这算是吃着碗里的看着锅里的吗？不怕鸡飞蛋打两头空？这种话幸好是对我说，我就当作没听见，要给娱记听到，一本书都可以给你编齐了。"她不管韩菲难看的脸色，站起来就要走。

"叶言言，"韩菲有些气急败坏，"他是喜欢我的，这么多年都是。"

叶言言头也不回："喜欢这么多年都没有在一起，说明真的没戏。"

等她走远了，韩菲还坐着没动，过了好一会儿，她慢慢抬起手，捂住了自己的脸。

叶言言回到房间，曹佳一脸的八卦表情。她一个字也没透露，胸口又闷又涩，这个时候梁洲发了微信过来：昼夜温差大，过两天要进山，别穿裙子了，换裤子。

他还有闲情关心她的穿着。叶言言一肚子闷气，噼里啪啦打了一大串字发过去，然后扔下手机去洗漱睡觉。

手机屏幕一亮，梁洲拿过来一看，表情有些发蒙，上面写着：微博女王贺敏上次接受采访的时候说过，曾经在拍戏时遇到一个男演员，想过要嫁给他，可惜后来谈了没多久就分了。今天我才知道这个人是谁，呵呵。

网上评论“呵呵”两个字是聊天杀器，这一刻梁洲深以为然，他拿着手机，斟酌语句，过了好一会儿，才发了一句不像辩解的话过去：都过去很久了。

等了很长时间都没有回信，梁洲有些牵肠挂肚的感觉，盯着手机看了半晌，恨不能现在就去找她，最后也只能想想作罢。

第二天，宏成的车队进入黔东南地区，物资车辆紧随其后，最后还有拍摄车辆。到了偏远山区，道路崎岖，路面坑洼，行驶的速度不得不减缓。三天之内，在剑河县、渔寨等地，宏成送去了现金及爱心物资，有课本衣物，还有电脑等。

边远山区的孩子，对明星的敏感度较低，见了生人有些害羞。大部分认识梁洲，韩菲原先觉得自己已算得上是家喻户晓，实际上认识她的孩子也只有寥寥几人。剩下葛一鸣、叶言言、林广薇，认识的更少了。这对众人来说还真算一个特殊体验。孩子们生性淳朴，得到资助特别高兴，合照的时候个个喜笑颜开。

到达山区之后，夜里只能住在县城的宾馆里。县城地方小，突然涌现这么多光鲜亮丽的人物，当地居民特别新鲜。宏成的人不管走到哪里，都有一群居民围观。

这天上午捐助完一所希望小学，下午空闲出来，待在县城里也觉得无聊，众人商议，决定下午去山里一片梯田看看风光。

当地山势陡峭，梯田大多呈狭长形，依山层层向上，远远看着，稻田金黄，像是一块美丽的画板绘制而成，美得惊心动魄。

游玩的众人纷纷拿出相机手机拍照。

韩菲站在田头拍照，下来的时候脚一滑，左右站着的分别是陆乔和梁洲，她条件反射，一把抓住了梁洲。

“小心。”梁洲扶着她，等她从田埂上安全跳下才放开。

陆乔拉过她的手问：“刚才没扭着吧？”

韩菲看着他关心备至的脸，眼角余光瞥过梁洲，心里格外不是滋味。

叶言言心里也不是滋味，她站在梯田上一层拍照，什么都看在眼里，偏偏现在情况特殊，整个工作团队同进同出，她没有机会和梁洲单独相处，更加不能质问，心里堵得难受，那天她在韩菲面前不肯示弱，可有些疑问，还是深深埋藏在心底，不知道什么时候，就会窜出来刺她一下。

完成贵州地区的捐赠任务，在陆乔的陪伴下，车队从贵州经高速进入云南省。

沿途休息大部分是陆乔事先安排好的，陆家产业扎根在云南，地方上很有能量，到了云南之后，吃住出行都比之前的行程轻松好多。到达第一天，陆乔就领着众人去参观了他名下投资了一个多亿的茶园。

山间树绿水清人淳朴，沿途风光极好。顺着山路走下来。曹佳忽然小声对叶言言说：“刚才山上好像有几个人盯着我们这边看。”

“是不是认出我们来了？”不是叶言言自恋，这段时间他们几乎处于天天被围观的状态。

曹佳蹙起眉头：“几个人鬼鬼祟祟的，看着不太正常。”

叶言言回头看去，却没有看到任何人。曹佳也只当自己多心，没过一会儿就放下了念头

第二天继续去希望小学捐赠。众人早就熟悉这套流程，到达牟定县后，各司其职，很快和学校完成捐赠仪式。希望小学盖得简陋，总共四层楼高，操场甚至没有围栏，孩子们唯一的娱乐就是一只破旧的皮球。

曹佳等几个助理都被叫去分发衣服和文具用品。

叶言言被几个小女孩围着，温柔地陪着她们聊了一会儿，女孩们对明星半知不解，但是见她漂亮，说话又亲切，害羞地要求合照。轮番陪着拍了几张，叶言言鼓励了女孩们好好学习。看着她们高兴的脸，她也生出难以言喻的满足感。

这所学校建筑和城市的有些区别，叶言言找了半天没有看到厕所，最后找学生问，才知道厕所另造在教学楼后面。她循着路线找去，终于看到一个简单的厕所标识。

厕所面积很大，学生们上课，里面一个人都没有，卫生设备不是很先进，味道奇大，她忍着关上木制的门。

忽然听到男人说话的声音：“快把她抬上车。”

声音离得很近，叶言言心想，隔音这么差。

等她手拉冲水出来，看到厕所门口两个穿着脏污军绿T恤和黑色长裤的男人在抬地上一个长条麻袋，麻袋口还露出半张脸，头发透迤。

叶言言看清那张脸——韩菲!

“救……”她张口就要叫，脑后蓦然大痛，眼前一黑，失去了意识。

两个抬韩菲的男人朝女厕里面看，那里也站着一个相同装扮的胡楂

男人。

“你怎么又打晕一个？”

“她都看见了，一起弄走。”

“这个是陆乔的老婆。绑走可以要钱，这个带着做什么？”

“你没听见这次来的都是一个大公司的明星，也可以要钱。带走带走。”

男人从腰里取下绳子，飞快地把人绑起，单手扛在肩上，剩余两个抬起韩菲，三人飞快从厕所后面离开。

叶言言头疼欲裂地醒来，睁开眼，韩菲的脸就近在眼前，泪流满面。

两人的手脚都被绳子紧紧捆着，嘴上贴着胶带，喉咙一阵阵发苦，却什么声音也发不出。

她们所在的地方似乎是一辆小货车，行驶路程颠簸不停，上面罩着厚重的塑料布，不透光线，隐约觉得天还亮着。

被绑架了！叶言言判断，脑中瞬间变得空白，心一下沉入深渊。

她又惊又乱，不断扭动身体。韩菲呜呜地发声，用脚踢车厢，发出沉闷而又轻微的声音，被车轮转动的声音盖住，没有引起任何注意。

身体能挪动的空间很小，折腾了一会儿，叶言言惊惶地发现根本没有作用。她心里害怕，鼻子发酸，眼泪一下子涌了上来。

韩菲早已泣不成声，妆容花成乱糟糟一团。

车突然停下来，车门打开。此刻两人都已是惊弓之鸟，吓得哆嗦不停。

车顶上的塑料布被人扯开，光线一下子透进来，叶言言双眼被光线刺激得微疼，只好闭上眼。

两个男人站在车厢外，年纪不大，个子不高，皮肤都有些发黑，其中一个头发染黄，对两个人好奇地打量，另一个目光则有些躲闪，不敢与两人的目光对上。

叶言言以前听说过，绑架案最容易被撕票的一种情况，就是看见绑匪的脸。和这两人的目光对上，她吓得身体一弓，简直要叫起来，可是所有声音都被堵住了，只能惊恐地瞪大眼，身体瑟瑟发抖。

韩菲无声地大哭，脸花了一大片。

开车的人朝后面喊："快把人搬下来放屋里去，戳着干吗？"

两个男人答应一声，伸手要朝两人抓过来。

韩菲又惊又怕，身体不停地扭动，不肯配合，惹怒了染发的那个，狠狠一个巴掌扇在她的脸上："给老子老实点！"

韩菲从没有遭过这样的罪，整个人都傻了，一下子止住了哭。

叶言言先被两人抬下来，她身体一转，改变了视线角度，忽然看到韩菲身后，车厢角落里静静躺着一个幼小的布偶，脸上布满狰狞的伤疤。

她怔住了。

布偶？

它什么时候跟上来的？

会议室里，梁洲和几个公司高层正在小学校长的陪同下，欣赏孩子的绘画作品。偏远山区条件有限，颜料色彩不齐，但是画纸上依然充满了童趣和想象。门忽然被推开，李勤带着曹佳和韩菲的助理走进来，一脸焦急。李勤走到梁洲身边，压低声音汇报情况，梁洲乍然变色。

学校面积并不大，宏成的员工翻来覆去找了两遍，终于确定韩菲和叶言言失踪的事实。

校长也被吓出一身冷汗，组织了几个老师跟着一起找。

“韩菲的手机是在教学楼后面发现的，叶言言的已经关机了。”

“叶言言和几个小姑娘拍了照，后面就一个人走开了，之后再也没有见过人。”

“我当时是肚子有点疼，去了次厕所，回来菲姐就不见了。”韩菲的助理六神无主，直掉眼泪。

梁洲面色紧绷，整个人透着森森寒气。几个高层和秘书噤若寒蝉，在公司时间久了，大部分人都知道他的性格，越是这样含威不露，越是暗流汹涌，狂风暴雨隐在后面。

几方消息汇总，有用的没有多少。校长带着一个老师和几个孩子走进来，说有重要线索。

“有辆黑色小货车，之前停在学校后面，后来开走了。”有个孩子胆怯地说。其余两个也是看到小货车的人。但是车牌谁也没记住。

梁洲耐着性子谢过校长，在学校简陋的会议室里狠狠捶了一下桌子，在鸦雀无声的室内吼得震天响：“助理干什么去了，连人也跟不住。”他眼里满是焦虑和阴沉。韩菲的助理吓得眼泪止住了，和曹佳站在一起，垂头不语。

几个高层交换了眼神，都觉得事态紧急。梁洲平时喜怒不形于色，也不做这种类似发泄和事后追责的事，今天如此失态，显然已经是狂躁到了极点。

“报警吧。”有人轻声建议。

梁洲扫了一记眼风过去，冰冷如刀，叫人心里发颤。

他想起一个人，拿起手机找到陆乔的号码，拨打过去，电话里没有废话，三言两语交代了事情，陆乔在电话里沉默了片刻，语气沉重地说：“我知道了，马上就过来。”

梁洲是什么人？只从他那片刻沉默，立刻察觉到事情不一般，难道不是普通绑架案，和陆乔有关系？

这个念头一闪过，梁洲便沉思起来，论私仇，韩菲和叶言言两个女孩子顶多是有些娱乐圈的纠葛，不至于选到云南动手。陆家扎根云南，陆乔态度又有些异常，事情十之八九和陆家有些关系。

想到两个女孩娇弱无力，落到匪徒手里，不知道会吃什么苦，他心里像是油煎一样疼痛难受，生出的怒火怎么也压抑不住。

有员工端了茶进会议室，递到他面前的时候，被他一掌拍开，茶杯砸到地板上，瞬间碎开，热水洒满地板。

室内众人犹如暴风压顶，大气也不敢喘。

“把电话都开着，万一有联系进来马上汇报。”他脸色铁青地命令。

陆乔不到一个小时就赶到了学校，他本来参加本地的一个商会，穿着一本正经，现在松开了衬衫的头两颗纽扣，脸色也好看不到哪里去。到了会议室，他对梁洲开口的第一句话是：“我想和你单独谈一谈。”

梁洲板着脸点头，宏成的员工如蒙大赦，迅速离开气氛压抑的会议室。

“这事和我有点关。”陆乔一屁股坐下来，脸色凝重，“之前有个铜矿，我拍到了探矿权，当地有人不满，之前就说要给我好看，我还以为是小打小闹，没放心上。”

梁洲皱眉，眼里满是冷意：“都快要弄出人命官司了，还小打小闹？这么快判断是他们，你还有些事没说清楚吧？”

“矿里已经闹过两次械斗，伤了一些人，都被我压下去了。”陆乔有些烦躁地说，“有色金属这几年市场好，不少人眼红，我都查过了，同期竞标的大部分是正规公司，唯独有一家，地痞流氓起家，不讲规矩，见到好处就想分杯羹，事后想要我给干股，我不肯，矿里两次闹事都是他们起的头。这次恐怕也是他们搞的鬼。”

梁洲一听就觉得不好：“就算是开矿的争端，弄成绑架有什么意思？”

“这里可不比北京，道上没那么干净，绑架是手段，私下想逼我同意干股分成的条件。”陆乔说。

梁洲手指敲了敲桌面，冷笑：“是你的矿，让我们公司的女演员遭殃，这次随行的还有几个记者，万一事情曝光就难看了。”

“不行，”陆乔眉头紧锁，“绑架私下谈条件，不会把人怎么样，要是曝光了，就怕这些浑蛋狗急跳墙。”

两个男人目光对撞，梁洲眼神如刀，陆乔隐晦不定。

陆乔率先移开眼：“我在公安局认识几个朋友，刚才已经叫了人，道上我也去打招呼，尽量先弄清楚人在哪里。你稳住北京来的这些人，千万不能闹到媒体那里去。”

梁洲语气阴沉地说：“我不管你用什么手段，总之要把人安全弄出来。”

陆乔不满：“那是我的未婚妻，我当然会上心。”

梁洲：“我这里被绑走了两个，不仅有你的未婚妻，还有我女朋友。”

陆乔一惊，电话里只听说韩菲被绑架了，没想到被绑的居然有两个人，他也搞不清绑匪的意思，只好再打电话催促公安的朋友。

没一会儿公安的人就来了，从法律程序上讲，失踪几个小时还够不上立案，但是来的人是当地公安大队的队长郑锋，从小就和陆乔认识，打着帮忙的旗号，不完全照规矩办事。

来的一路上郑锋就带着几个公安兄弟调查了一些情况，和陆乔的判断基本一致。铜矿当地的地痞头子，自从竞标失败后就瞄上了陆家。这次绑架案也没有多遮掩，事先就有人透露过风声，说要给陆乔一点好看。

“奔着你来的，不是奔着两个女明星，那个姓冯的地痞头子做事还算有点规矩，现在人肯定没事，就等他们开条件。”郑锋说。

“能不能从手机定位上来找？”陆乔说，“找到藏身的地方，先把人救出来。”

郑锋挑了挑眉：“手机定位要上头签字审批的，我手头没这资源。他们离开时开着小货车，我已经让人留意行踪了。就算找到了藏身地方，归根结底，事情没有立案，公安明面上不能动。”

陆乔游移不定，心底还是偏向私了：“这样，先查地方，我这里出人。”

梁洲想到报警立案，就要引起媒体注意，万一惹恼了绑匪，说不定危及两人安危，也默然同意。

这个时候，陆乔的手机振动起来，一个陌生的号码显示在屏幕上。

韩菲挣扎得厉害，两个男人几次都没有把她拖下车。开车的人走到车厢后，看见这情形，气不打一处来，一掌朝两人脑后扇了一下：“蠢货，连个女人都搞不定。”

黄毛说：“吴哥，她是陆乔的女人……”

“怕个毛线，就是要给他好看。”他大掌一伸，擒住韩菲的头发，“别给我乱动，我们是请你来休息两天，只要和陆乔谈妥就放你回去，真要弄伤就不好看了。你不是女明星吗？”

被喊吴哥的男人是个光头，三十开外的年纪，四肢粗壮，一双眼里隐隐含着凶光。

韩菲看了他一眼就吓得手脚发软，被顺利拖下车。

“给她们蒙上眼，这都不懂。”他骂了一声。黄毛和黑皮找了两根布带，给韩菲和叶言言绑上，然后一人扛一个往前走。

下车的时候，叶言言看过几眼环境，是一个偏僻的山坳，半山有个砖垒的房子，周围荒无人烟。

吴哥领头，黄毛和黑皮各自扛着一个人走。韩菲不敢大哭，声音憋着，一路抽泣。

叶言言因为看见布偶，仿佛吃了一颗定心丸，镇静许多，她注意到，几人脚下不平，似乎在往高处走。

“这女人真轻。”黄毛用土话说，他肩上驮着韩菲，故意颠了颠，韩菲果然闷声叫唤，他恶劣地发笑。

黑皮也跟着笑：“皮肤也好，滑溜溜的，还白，这两个都是女明星。”

吴哥回头狠狠瞪了两人一眼：“老实点别起歪念，这次是求财，坏了冯哥的事，弄死你们。”

两人听到冯哥的名号，各自打了个寒战，那些龌龊的念头瞬间就抛诸脑后。

打开房子的木门，内外两间房，有简易的几张床铺，简陋的木桌上摆着一些吃的，方便面、火腿肠、花生之类的，还有几副扑克。

吴哥啐了一口：“他娘的这条件……”

黄毛和黑皮把人就地一放，吴哥又训：“你们没长脑？！把人放后面那屋。”

两人把人扛到里面一间，吴哥跟着进来，让两人把韩菲和叶言言的蒙眼布解开。他坐在房内唯一的小板凳上，笑眯眯地说："真是委屈两位了，道上有句话，叫相逢就是有缘，你们也不要太担心，只要姓陆的同意了，马上送两位回去，这叫什么，完璧归赵。"他语调和气，但眼含戾气，叫人不寒而栗。

韩菲忙不迭点头，叶言言缩着身体。

吴哥又笑，带着几分恶意："要是渴了饿了就撞门，平时最好像现在这样，不要弄出声音来，我这两个兄弟年轻，没见过大世面，两位又都是万里挑一的美女，你们要是太闹腾，那两个兄弟等会儿耐不住，你们可别怪他们不懂怜香惜玉。"

拿话吓住两人，他摸了摸下巴上的胡楂，站起身关上了门。

叶言言艰难地挪动身体，四处张望。

韩菲哭了大半天，早就又疲又倦，手脚被捆，她只好坐靠着墙壁，眼眶微肿，双目无神。

叶言言四周看了一圈没有找到布偶的影子，心里惴惴不安。

门外守着的三个人不一会儿就开始打牌，说笑声音渐渐变大，时不时夹着一句土话骂人。

叶言言和韩菲被长时间捆着，提心吊胆了一路，靠墙支着身体，手脚发麻，几乎快没了知觉。

屋子只有一面小窗，天色渐暗，不知过了多久，房内没了一丝光亮。外面三人点了灯，从木门的缝隙里透进光来。

叶言言适应了黑暗的环境，借着一线光照，只见韩菲已经蜷在地上，身体弓着，不知道是醒是睡。

窗外忽然传来轻微的动静声，叶言言悚然一惊，有些惊恐地看过去，黑黝黝的窗户上似乎有什么东西在移动。黑暗中她看不清，只觉得浑身一紧，疑心是蛇或者壁虎爬过，心里又惊又怕，身体缩成一团，紧紧盯着黑漆漆的玻璃窗看。

窗户木框咯吱一声轻响，朝外打开一道缝隙。叶言言屏住呼吸，直愣愣地瞪着。

一个小小的黑影从窗口跳下，柔软的身体落在地上，没有发出一点声响。

叶言言眼睛一亮，摆动着身体。

布偶适应了一会儿黑暗，才辨认出屋里的两个人影。

它疾步来到叶言言面前，她眼里蓄着泪，硬忍着没有掉下来。

门外一阵脚步声靠近，布偶一下躲到她身后。

木门被推开，光线一下照亮屋子。黑皮朝两个人看看，韩菲没有动弹，叶言言也安静不动。他喊了一声，又关上门，对着外间的两人说："老实着呢，也没要水喝。"

吴哥说："别急，过两个小时再喂点吃的喝的。我们继续玩。"

打牌声音又响起。

叶言言松了口气，布偶手掌轻轻抚过她被捆绑的手腕，轻声说："我来了，言言，别怕。"

强忍的眼泪瞬间夺眶而出。叶言言心里大石落地，泪眼蒙眬地点着头。

它不知道从哪里弄来一块铁片，在叶言言手腕的麻绳上磨动。

"别动，小心弄伤。"它声音低低的。

黑暗中不能视物，它只能用手掌隔在她的手腕上，一点点摸索着用铁片锋利的一面割麻绳，不知道过了多久，终于完全磨断。

叶言言活动双手，还有些酸麻，她把绳子扔一边，松开脚上的捆绑，又慢慢撕开嘴上的胶带，时间久了，嘴边的皮肤火辣辣地疼，她顾不上，原地动了动手脚，双脚麻木几乎站不起来。

韩菲的身体忽然抽动了一下，她缓慢地睁眼，看到叶言言的一刹那，还有些迷茫，随即又惊慌起来，在地上挪动身体。

“嘘……”叶言言朝她做手势。

韩菲有些懂了，这个时候她忽然看到了地上一个黑影在活动，木门底部透出的一丝光线让她看清了那是什么东西。

湛蓝诡异的眼珠、脸上满布狰狞的伤疤的布偶，一步步朝她走过来。

韩菲一阵胆寒，身体拼命往后挪动，喉咙发出低低的喊叫，如果不是胶带封住嘴，她几乎要尖叫。

叶言言害怕被门外的人注意到，连连比着噤声的手势，朝她走过去。

韩菲瞪着的眼布满红血丝，死死盯着布偶，脸上是惊骇和恐惧的表情。

叶言言走到她身边，伸手摸向她的手腕：“别怕……”

韩菲看她一眼，身体猛然扭动，像是离水登岸的鱼，拼命躲闪，脚弯起猛然一蹬。

叶言言没提防，被她踹在腰上，一下摔在地上，吃痛抽气。

布偶一看赶紧走过来。

韩菲身体往后退，一个劲朝墙角缩，嘴里不断发出“唔唔”的声音。

“有病吧你！”布偶开口，声音尽量放低。

韩菲看它居然还能说话，越发害怕，身体战栗，脸色煞白，看样子几乎要晕过去。

门被外面的人大力拍了一下："吵什么吵，害老子输了钱。"

叶言言和布偶都停下动作，韩菲更是一副惊骇欲绝的样子。

三人在外间又开始打牌。

韩菲有些醒悟过来，看着布偶狰狞可怕的脸和突破人类常识的行为，她几乎怀疑自己身处噩梦的最深处，比绑匪更可怕。她想要大声喊叫却无能为力，只好拼尽全力，把靠门的一张小凳子撞倒。

布偶大惊，飞扑过去顶住凳子，不可避免，还是在地上磕碰了一下。幸好外面打牌嬉闹的声音比较响，没有注意到。

叶言言也被韩菲的举动吓出一身冷汗，低声说："你干什么，他是来救你的。"

韩菲想起这个布偶是叶言言的，对她也警惕起来，一时脑子里都是"养小鬼""邪术"之类的联想，叶言言几次想要接近，都被她又扑又踢踹开。

布偶看她这副疯狂的样子，一时也不知道该怎么说服她。外面还有人看守，他们动静已经有些大。

"你先走。"布偶对叶言言示意。

叶言言下意识摇摇头。

"快，"布偶在她的膝盖上拍了拍，"时间久了想逃也逃不了。"

她朝韩菲看了一眼，韩菲眼里还是惊恐和警惕，仿佛她和布偶是什么可怕的妖魔。

布偶叹了一声，皱眉，声音细若蚊蚋："我留下来说服她，你先走，快。"

门外几人打着牌，时不时发出笑声和骂声。叶言言不再犹豫，轻手轻脚去推窗户。

窗户常年不用，木头老化，打开一半就卡住，她使劲推，咔嚓一声，窗框转轴断裂。叶言言一惊，被窗框上的木刺扎进手掌，疼得险些掉眼泪。

布偶一看不对劲，走过来，用尽力气打开另半扇窗。

“快。”

窗户不大，只能容纳一个人的位置。叶言言先跨了脚出去。

“你们听到什么声音没？”外间有人忽然说。

另两个人都说没有。片刻后，吴哥说：“去看看两个人怎么样，也该喂点水了。”

黄毛说：“饿不死她们。”

另一个也说：“我们继续打。”

吴哥脸拉下来，冷声说：“快去看看。”

布偶一听，着急地催：“言言，快。”

叶言言使劲吸一口气，手抓着窗框，钻了出去，随后马上蹲矮身体，躲在墙外。

木门被打开，黄毛原本有些不乐意，朝里面一看，顿时精神一振，大吼：“吴哥，有个妞跑了。”

叶言言听到这句，立刻矮着身体朝前狂奔。

窗户透出的光照不了多远，她只模糊看清了路的方向，不管不顾拼命跑。身后传来屋子里几人发出的惊呼和喊叫。

路边全无灯光，黑漆漆一片，跑得远了点，什么方向都无法辨识，她不知道布偶和韩菲留在那里会遭遇什么，心里焦急又忧虑，火燎一样。

她跑得太急，脚被石头一绊摔在地上，手掌一搓，就像掉了一层皮。

叶言言手轻轻一模，温热带着腥味，似乎是血，她来不及多想，那幢小屋的灯火还在山坳里，像是一只恶毒的眼睛看着她。

必须快点找到人去救他们，她抹去眼泪，站起来继续往前跑。

每一分每一秒，都在和危险抢时间。

不知不觉，泪已流满脸。

屋子里，黄毛一声大喊，把屋外两个人都惊醒，吴哥一把牌扔在地上，站起来就要打开门追出去。他想得很清楚，这屋子远避村县，外面黑暗，一个都市来的女孩能跑多远，没一会儿就能找到。

他发狠地啐了一口，心里想着抓回来一定要给她点颜色看看。

内屋里黄毛突然一声尖叫，随即变成惨叫："有鬼。"

黑皮正站在木门口，脸色乍变，眼睛瞪得铜铃一样大，惊呼："吴哥！"

吴哥大怒，要跨出门的脚又转回来，噌噌两步走过来："咋呼什么？"

"见鬼了，"黑皮的声音打战，"有……有什么东西在里面。"

黄毛和黑皮两个虽然年纪不大，但是从小出来混，胆子也不是普通的，现在吓得话都说不利索，吴哥心头一紧，朝里间看。黄毛倒在地上，脚腱上似乎被割了一刀，血汩汩朝外流。

吴哥看了一眼，就知道黄毛这下有些糟糕，事情发展到这个地步，远超预料，他大怒："愣着做什么，还不快把人拖出来。"

黑皮心里害怕，但是吴哥更可怕，他双腿发软，进去拉住黄毛就往外拖，根本不敢在里面多待。

黄毛喘息着哀号，声音凄惨。

黑皮说："别叫了。"抬眼一看，一道黑影从墙角飞快窜出，钻到灯光照不到的阴影处。

黑皮立刻大叫一声。

吴哥被他叫得发毛，一脚踢在他身上："叫丧啊你。闭嘴。"

他平时狠惯了的人，到底有些不信邪，一脚走进里屋，看见韩菲，走过去抓住她的手臂："你在搞什么鬼。"

韩菲身体哆嗦个不停，脸上毫无血色，也是被吓得不轻的样子。

吴哥还想问什么，韩菲身后闪电般窜出一道黑影，银光一闪，他匆忙一躲，脸颊上被锋利的物体割过，鲜血溅出。

吴哥被血激出狠劲，往后退了两步，捂着脸，手摸到腰后，大吼："把门打开点，我倒要看看到底是什么鬼东西。"

跑了很久，叶言言才看到山里几户人家，稀疏几盏灯火从窗户里透出来，让她一下子有了希望。冲上前敲开其中一家的门，开门的是个十多岁的孩子，有些少年老成的样子，瞪大眼看着她。

叶言言开口借电话，声音沙哑得不成样子。

屋子里走出一位头发半白的老奶奶，看见她的样子吃了一惊，用土话问小孩，两人交流了几句，小孩就跑进屋里端出一杯水来。

老奶奶招呼叶言言坐下，她心里十万火急，险些就要哭了，比画着要打电话。

小孩又从里间拿了一个款式老旧的手机出来。叶言言马上拨通 110 报警。可她压根不知道自己所处的地点，最后还是那个孩子帮着报了现在的地址。

叶言言紧紧捏着手机，直到老奶奶和蔼地拍她的肩，把水杯推到她面前。

温热的水入喉，眼泪再也忍不住，大滴大滴往下落，不一会儿她就泣不成声了。

出警来到老奶奶家的只有两个派出所警察，听叶言言说完情况，其中一个年纪较大的警察说："照你说的，那就是绑架案，我们这里办不了，你先跟我们回去，情况已经报上去，很快就会有人来调查清楚。"

叶言言着急："还有人在绑匪手里呢。"

"别着急，姑娘。"警察说，"绑匪为的是求财，弄出人命他们也不得好。"

"可是我逃出来了，万一他们狗急跳墙……"叶言言说。

两个警察看她眼眶红肿，多少有些同情，年轻的那个劝说："天黑没有灯，你也认不出路，我们警力少，根本不能搜查，万一惊动了绑匪换地方就不好了。你别急，局里会派有经验的刑警来。你先跟我们回去。"

叶言言只好跟着警察回到县派出所。年轻警察认真给她做了一份笔录，问完之后，又拿来一床毯子。叶言言缩在警局办公室的一角，心里起起伏伏，既有后怕又有忧愁。不知过了多久，她实在倦得不行，打了个盹。

电话铃响起，年轻警察接起电话，接完之后对惊醒的叶言言说："有消息了。"

毯子滑落在地，叶言言站了起来。

陆乔挂上电话，揉了一下太阳穴，口气恶狠狠的："真是异想天开，狮子大开口。"

郑锋问：“要什么？”

“矿上四成干股。”陆乔说着，口气阴沉，“这疯子是想钱想疯了。”

“他给你多少时间考虑？”

“一个小时。”

“等会儿再来电话的时候和他讨价还价，”郑锋冷静分析，“要给他传递一种你在认真考虑的态度。我这边已经开始查了，很快就会有结果。”

梁洲听两人说话，眉头皱起：“有没有说两个人怎么样？”

陆乔说：“姓冯的在道上还有几分信用，现在说没事就肯定没事。”

梁洲语气郑重：“无论如何，先要保住人。”

陆乔看看他，冷哼一声，没有说话。郑锋拨通了一个电话，布置任务，查冯哥的手下。

过了一个小时，电话果然准时响起。这次陆乔开始谈价，两人通话了十来分钟，冯哥在电话里阴恻恻笑：“陆大公子，不是已经报警了吧，这是有人监听呢？”

陆乔骂了一声：“电视看多了你。报没报警你不知道？”

冯哥说：“你也别和我绕圈子了，你陆家家大业大，这点蝇头小利都要讲半天，难道未婚妻在陆大公子眼里就值这么点？”

陆乔气得想骂娘。冯哥也想到了陆乔可能在拖时间，这次说定，再隔半小时打过来，谈不拢直接撕票。虽说他这威胁的成分居多，但是谁也不敢冒险。陆乔没了一开始的笃定，几次催郑锋。

郑锋接了几个电话后，终于大致锁定了绑匪的地点。陆乔一听从椅子上跳起来：“走。”

梁洲拿起外套。

陆乔诧异：“你也去？”

梁洲看看手表，已经快十一点了，他反问：“我的员工出了事，这个时候难道我去睡觉？”

郑锋从来了之后就一直忙碌，半天没有停歇，这个时候才注意到梁洲风度非凡，惊讶：“你……你是电影里……”

陆乔拍他的肩：“赶紧走吧。”

眼线给郑锋的消息，是临近一个县城边缘，地址偏僻，附近人烟稀少。去的路上郑锋就在布置人手，一部分是警局里的弟兄，另外还有陆家的人。

“真狡猾，这地方偏僻，周围没有住户，一有什么动静绑匪就知道了，趁夜难度较大。”他的意思很明白，天亮了，不需要用手电，动静可以更小，不惊动绑匪，把握更大。

“不行，”梁洲说，“现在那边已经有所警觉，再拖对人质不利。”

陆乔也说：“姓冯的心眼多，时间长了不知道会发什么疯，赶紧先把人弄出来。”

车在山路上开，郑锋又接了一个局里的电话，声音陡然变大，脸色也跟着一变，电话结束后说：“有人报警了。”

“什么？”陆乔吃了一惊，“谁？”

“没说清楚，好像是人质里逃出来一个。”郑锋说。

梁洲先是露出难以置信的表情，随即又变得凝重。

陆乔和他几乎同时想到了一个问题：逃出一个，剩下的那个会不会更危险？

郑锋马上催促车子加速。凌晨一点多，车子停在山道上，路旁已经停了两辆面包车。

两个年轻人跑到郑锋面前，指着前面亮着一盏灯的房子，孤零零在半山坳上："就是那里，我们来了有一会儿了，里面好像有点不对劲。"

"什么不对劲？"郑锋问。

"太吵，我们来的时候，房子里有人喊叫，好像是什么有鬼。"

如果不是场合气氛不对，郑锋差点笑出来："进局子几年了，怎么还搞起封建迷信了？多半是内讧了，行了，准备吧。"

两车加起来十来个人，齐齐等着命令。

郑锋命令："围上去。"

叶言言从警车上跳下来的时候，车甚至还没有完全停住。冷风瑟瑟，夜里的山到处是黑黝黝的，看不清环境，显得诡谲阴森。山路上还停着两辆车，都熄火关灯状态，附近守着好几个人。在来的路上，警察就得了信，关了警灯也没有鸣笛。

叶言言凭着直觉判断出这正是她逃出来一路跑过的地方，心有余悸，往前眺望，似乎还能看见那间充满了可怕回忆的屋子。

有人上来招呼，警察很快和前面的几人会合。

她四处张望，一眼看到了人群中心位置的梁洲。

他却没有注意到她，几个人正面色严肃地讨论着什么。

前面有人飞快跑回来，喊着："拿下了，绑匪控制住了。"

郑锋几个有经验的警察正在讨论包围行动的细节，听到这个消息，还有点难以置信："不是就让你们先围住，怎么就控制住了？人质呢？"

那人咽咽口水："我们先是围上去，听到里面有声音，是有人在哭，还有人一直不停骂人，好像不止一个受了伤，全乱套了。副队长当机立断破门强攻，里面砸得一塌糊涂，绑匪全部带伤，除了一个有抵抗，其他马上就被控制住了。”

郑锋见他说了半天还没有提到人质，追问：“人质呢？”

“有点不太好。”

旁边的梁洲和陆乔同时急问：“什么不好？”

“人质身下有血，好像……”

梁洲听完立刻朝小屋奔去，陆乔愣了一下随后立刻跟上。

叶言言正走过来，和梁洲照了个面，他有些讶异，随即摆摆手，示意让她待着，然后头也不回地朝前。

陆乔几乎和他同步的速度，精明强悍的脸上憋着一股怒火。

叶言言看到两个男人一前一后地朝小屋狂奔而去，怔了一下，冷风刮在她的脸上，让她哆嗦了一下。她拦住身边的警察询问情况，起先没有人告诉她，后来同车来的警察告诉她情况。

“有血？韩菲怎么了？”叶言言有些不敢想象，在那样的环境下韩菲受到伤害，她心里有些发慌，随即又想起更重要的一件事：“警官，有……有没有发现……一个布偶？”

警察皱了一下眉，对叶言言的观感直线下降，心想这种时候，她居然还有心思想自己的玩具，语气也冷下来：“不知道，等天亮了会整理现场的。”

知道他有了误会，叶言言闭上嘴。

小屋里依次出来好多人，先头两个都是被担架抬出来的，几个警察守着。

叶言言看到第一个担架上是黄毛，他双眼无神，呻吟不断，脚似乎都无法动弹了，嘴里还时不时嘀咕：“有鬼……见鬼……”

她心里一紧，想上去问个清楚，被警察挡在外面，随后第二个担架上是黑皮，他已经完全昏了过去。

看他们的样子，肯定和布偶有关联，叶言言急得像是热锅上的蚂蚁，顺着山道向小屋跑去。

等她气喘吁吁地跑到门口，看到那幢小屋的全貌时，心里还是一抖，本能地感到害怕，双腿灌了铅一样，有些发软。

两个警察押着一个铐着手铐的粗壮男人出来，嘴里还呵斥：“老实点。”这个男人正是吴哥，他额头上淌着血，半张脸都染红了，眼里充满了血丝，看到叶言言的那一刹那，他面色狰狞，充满凶色：“都是你……”

警察狠狠压着他的肩膀：“还要横，给我老实点。”

叶言言吓得身体僵直，心几乎要跳出胸膛。

吴哥被押出门，里面还有几个人在，一团乱，有人在说：“担架在外面，没带医务人员，救护车也进不了这种山路，还是早点送医院好。”

“别挪动太厉害，我去叫车开过来。”陆乔急匆匆地跑出来。

叶言言站到门旁，他像一阵风地走过，跑到外面叫车去了。

里屋还有三个人，韩菲躺在地上，嘴上的胶带已经被撕去，嘴边发红，脸上却苍白得像纸，她泪流满面，几乎说不出话来，嘴唇哆嗦，半天才挤出声音：“疼……”

梁洲半蹲，把她半搂在臂弯里，不断安抚：“不怕，马上就去医院了，再等等……”

叶言言站在门外，被他声音里的温柔给定在了原地，她不知道这一刻是什么滋味，原本的担忧和害怕，全部被定格。她早就觉得今夜风寒，这时心底却像突然打开了一道罅隙，让风呼呼地灌进去，空荡荡的，叫人难受。

她不由自主地抱了一下臂膀，感受到的却是自己手掌的冰冷。

“车来了。”有人在门外提醒。

梁洲小心翼翼抱起韩菲，朝外走来。

叶言言嘴唇微张，想说什么，梁洲视线一直关注着韩菲的脸色，根本没有看到灯光阴影处的她。

陆乔跑过来：“来，人给我。”

梁洲说：“别乱动了，先上车。”

叶言言转过脸来看着他们几个。韩菲的脸色青白交加，裤子上血迹斑斑。叶言言想问到底发生了什么事、她怎么了，却始终没有机会，也开不了口。

陆乔余光瞥到她，眼里燃着火苗：“是你！你一个人逃了让韩菲留着……”

叶言言被吓了一跳，周围好几人都看过来。她急于解释，还没说话，就看见梁洲也转过脸来，目光冷淡，唇线紧绷，完全不复刚才对韩菲柔和安抚的样子。

她所有想辩解的话都被堵在了嗓子眼里，无法发出声音。

郑锋拉住了陆乔：“别乱迁怒。”

几人平稳地把韩菲抬进车里，飞快驶离现场。

叶言言原本还有些头昏脑涨、口干舌燥，现在却犹如被淋了冰水，从里到外，都冷得叫人发颤。

可她还有重要的事要做。转过身，她很仔细地在屋子里找了起来。

有警察来提醒她，这是犯罪现场不能乱动。她根本没有听清，脑子里始终绷着一根弦，在四周寻找，不放过任何一个角落。

警察嫌她碍事，要把她拉开，碍于性别，却也不能动手。正当他们要不耐烦的时候，叶言言忽然发现断了一条腿的凳子下面压着软绵绵的一团。

她跑过去，拾起一看，是布偶的半截身体，脑子里轰然一声，炸得她慌乱起来。

根本想不起周围还有人，她抓着软绵绵已经散落出棉花的布偶身体，喊："喂！"

目光一转，又看到角落里有另外半截身体，脑袋也破了，脸被破开，一边的眼珠甚至掉落下来，被线头勾着。

叶言言眼前发黑，迈动脚，软绵无力，险些栽倒在地。

"喂，你怎么了？"有警察看到情况不对，上前扶了一把。

她冲上去，拿起布偶的头部，手颤抖着紧紧攥住，嘴里轻声呢喃："没事吧，你还在吗？"

破裂的布偶没有任何反应，从手掌上触到的感觉，让叶言言立刻明白了，这团棉花和布片上已经没有生命支撑了，她心底一直以来都作为支撑的东西，一瞬间分崩离析，她甚至听见了那种破碎的声音，心脏似乎被勒紧了，疼痛让她无法说话。

眼泪，却不知不觉已涌了出来。

之后的几个小时，叶言言都处于一个浑浑噩噩的状态。她心底隐秘的疼痛，从心理转化为生理性，胸口堵得难受，憋得她头晕眼花，脊背上不断冒冷汗。

开车带她回警局的警察问了一些问题，看她精神实在差，转身倒了一杯热水，回来一看她坐在椅子上身体整个蜷起，警察吓了一跳，走近发现她还抓着那个破碎的布偶，警察这下真有些同情和担忧，就怕经过绑架这一遭，人给弄出毛病了。赶紧电话联系了宏成的工作人员，凌晨三点不到，把叶言言送到市里的医院挂急诊。

叶言言坐在急诊走廊外挂盐水，头枕在椅背上，合上眼却怎么也睡不着，太阳穴一跳一跳地发疼。

曹佳赶到医院，看到她的样子，眼泪一下就流了下来，轻轻摸了一下她的额头，又摸摸她的手。

叶言言睁开眼：“你来了。”

“言言，你没事吧？有没有受伤？”曹佳忧心忡忡地问。

叶言言垂下眼：“没事。”

“怎么会没事！”曹佳语气满是歉意，“要是我一直跟着你就好了，都是我的错，让你遭那么大的罪。”

“和你没有关系，别责怪自己。”

曹佳险些又要掉眼泪，抹抹脸：“别多说话，你睡一会儿，我守着。”

叶言言正要重新闭上眼，曹佳看她手上拿着布偶，要拿走，她紧紧抓住，表情惊慌。

“坏了，很脏。”

“没关系，我要。”叶言言把布偶往怀里揣，怕棉花又从布偶身体里掉出来，动作小心翼翼。

曹佳满脸忧愁地看着她。

天还未亮，医院的人并不多，走廊就在中心服务台点了灯，叶言言却总觉得光线从眼睑透进来，让神经始终紧绷，她关注着那一团亮，渐渐模糊起来，泪水又无声地流泻。她想起三年前的这个季节，她在绿地长椅上看到那个布偶，它倒在那里动作那么奇怪，让她心里难受得百爪挠心，非要去扶正一下，然后就看见它咧嘴一笑，满脸狰狞的恐怖样子。她想起它每次在房间里上蹿下跳，逼着她学表演理论知识那股狠劲，那时她从不相信自己可以演戏，能成为那个光鲜亮丽世界中的一员，只有它坐在茶几上，跷着二郎腿，一脸恨铁不成钢地威胁："必须去，不然我缠你一辈子，你可别想好过。"她想起她第一次要上戏的前一晚，紧张到失眠，只好带着布偶在酒店附近跑步，她忐忑不安，怀疑自己，生怕选了一条不适合的错误道路。它一眼看穿她的忧虑，搭在她的手掌上，语气很坚定地说："你一定可以的，叶言言，说不定以后你能捧起影后的桂冠。"

叶言言埋着脸，无声地呜咽。她回忆起那么多，这一刻才真正明白失去了什么……

第二天醒来，叶言言被挪到病房。曹佳捧着笔记本电脑，在一旁打着字。过了一会儿，来了巡床的医生。还有宏成的几个高层和员工。他们似乎已经听说了传言，对她床边摆着破碎的布偶没露出一点奇怪的神色，安抚了一番，留下慰问品才离开。

叶言言看着已经被针线缝补起来的布偶，不言不语。

"言言，"曹佳有些欲言又止，"你别放心上。"

叶言言抬头看她。

"在你睡着的时候，梁总已经来看过你了。"

叶言言面无表情，半晌，忽然扯动唇角："曹佳，谢谢你。"

"嗯？"

"帮我补好了他。"她伸手摸了摸布偶。

曹佳看着她，心里一阵阵难受和心疼。自从叶言言和宏成签约，她就一直跟着，看着她一步步从新人走到如今，经过这件事，她身上忽然迸发出一种叫作坚韧的东西。她表现得那么冷静，都看不出昨天痛哭过的痕迹，却越发让人感觉到发生在她身上的变化。

"这里的事马哥已经知道了，他正在赶来。"曹佳说。

马元进赶到医院的时候，叶言言正好完成拍片检查。曹佳坚持要给她做个全身检查。这两天，她已经察觉到，有些宏成员工看她眼神古怪，似乎认为她心理上受到了什么创伤，出现了异常。

马元进走进病房，眼神和曹佳如出一辙，充满了担忧，笑容却很和煦："好像瘦了，脸又变尖了点，要多吃点饭，不然那群疑神疑鬼的娱记又要乱写新闻了。"

叶言言笑笑："随他们写吧。"

马元进放下包，洗了手回来，在床头凳子上坐下削苹果："给你重新办了卡，买了新手机，等会儿就可以用了。"

"谢谢你马哥。"

"我是你的经纪人，客气什么？"马元进把苹果塞到她手里，"言言，你没有什么要和我说的吗？"

叶言言看向他。

"我来的路上打听到，你们这个案子有些蹊跷，听说几个绑匪都胡言乱语，说什么见到鬼，布偶会动……"他说着，朝床头上静静躺着的布偶看看，脸上的表情说不出地古怪。

叶言言突然问：“你来的时候，北京有没有消息？沈旭晖怎么样了？”

马元进虽然意外，但还是回答：“没有。”

“你再问问。”叶言言有些着急，“说不定有什么变化。”

马元进说：“请了护工二十四小时不间断看护，有什么事一定会打电话联系我的，没有，真的没有。”

他才说完，就看见她两行泪夺眶而出，剩下的话全堵住了。

“言言……”马元进叹息了一声。

“它就是旭晖，”叶言言哽咽着说，“这个布偶就是旭晖，是他救了我和韩菲，就是他。”

马元进瞪大了眼，曹佳震惊地转过脸来，两人的眼里都是难以置信的错愕。

叶言言深吸一口气，平稳了呼吸，开始说话。

马元进听她说完事情始末，久久不能言语，旁边的曹佳也是目瞪口呆的表情。沉默了许久，马元进习惯性掏出了烟，想到这是病房，他捏着烟在手指里转来转去，这件事荒诞无稽，超出了常识认知，放在平时，作为剧本故事都可能因为题材问题而不能过审。可叶言言谈起的时候，几次都红了眼睛，马元进不得不审视这件事的真实性。

私心里，他也更愿意相信，旭晖还好好的。

说了半天的话，叶言言的精神变差，嘴唇泛着青白色。

马元进安抚她休息，把曹佳叫出病房，让她好好照看。他走到吸烟区，点了烟，慢吞吞地吞吐烟雾，直到一根烟毕，他掐了烟头，上了电梯，来到楼上的病房区。这是市级最好的医院，韩菲就住在楼上两层。

到了病房门口，韩菲的助理拿着空着的保温壶出来，梁洲回头看到他，做了一个安静的手势，两人走到走廊口。

“怎么了？还在闹脾气？”马元进嘴朝病房方向一撇。

“她没了孩子，有点接受不了，前天又和陆乔大闹了一场，精神很差。”梁洲说，停了一下又问，“你去看过言言了？”

马元进抬抬眉头：“我当你想不起她了呢。”

梁洲蹙眉：“我去看过，她都睡着。”

马元进不作声。

梁洲追问：“她怎么样？”

“看起来比这个平静，真实情况也许也没好到哪里去。”

“回北京给她们找好的精神科医生看看。”梁洲语气坚定地说。

韩菲是大前天夜里送进医院，当天就被判定为流产，阴道出血不止，第二天又发起高烧，陆乔陪在医院。梁洲召集了宏成的人开会调整后续行程，中午睡了几个小时，下午接到韩菲助理的电话，说陆乔和韩菲在医院大吵大闹，连院方都惊动了。梁洲赶到医院，韩菲正把陆乔赶出病房，披头散发，精神奇差，看到他就大哭。他只好先让陆乔离开。随后韩菲的精神一时好一时差，还时不时胡言乱语，醒来看到只有助理陪着，每次都要发脾气，牵扯了他的全部精力。

梁洲知道自己有些忽视了叶言言，晚上他去看过两次，每次见她乖巧地躺着睡觉，放心不少。

马元进旁观者清，心想，真是会哭的孩子有奶喝。有些话，作为下属还是要有所忌讳，他抛开这些问题，提起布偶的事：“言言和我说了一件事，太离奇了。”他说到这里，不禁长长叹了一口气。

梁洲皱了皱眉，表情有些沉凝，他沉吟了一下，说：“是不是旭晖的事？”

马元进一惊：“你知道？”

梁洲目光深沉：“韩菲提到一些。”这两天韩菲的精神状态，一半为了孩子，还有一半就是这件事。他已经严令禁止同样听到的助理外传。斟酌了一下，梁洲说，“她很怕那个布偶，还说那就是旭晖。”

马元进再也不能忽视这件事，眉头锁起：“言言也是这么说的，那个布偶就是旭晖，她能拍戏，还进宏成，全是旭晖指点的。”

即使有了心理准备，听到这个梁洲还是愣怔了一下：“照这么说，旭晖昏迷以后……”

马元进点头。

梁洲无语，揉了一下额头，这些天他睡得少，精神变差，思维慢了一些：“你信不信？”

马元进勉强笑了一下，表情古怪：“照理说我吃着信仰唯物社会主义的米长大，但是这件事，不可能是她们两个串通起来骗人吧，我还真说不上……尽管理智难以相信，但也许我已经信了。”

他语无伦次的一番话，梁洲却明白了他的意思，一时两人都有些沉默。

“可惜布偶碎了，再也没有办法印证这些事到底是真还是假。”马元进长叹一声。

病房里韩菲又在乱发脾气，一时吼着陆乔的名字，一时又叫嚣找记者爆料。助理没有办法，到走廊来找人。

梁洲和马元进回到病房，韩菲看到马元进脸色并不好，面无表情地坐在床头，招呼也没有打。马元进说了几句慰问的话就离开了。

梁洲淡淡地教育她："他是脾气好，看你精神不好才没和你计较。"

韩菲经历这番大难，正处于敏感时期，听到这话，鼻子一酸，泪眼婆娑："我也知道发脾气不好，现在弄成这个样子，难看死了，我谁也不想见。"

梁洲无法，看她被子上摆着平板电脑，转换话题说："有心情弄点别的也好。"

韩菲手指在屏幕上滑动："幸好还有粉丝对我不离不弃。"她撇了撇嘴，"不像有些人。"

"陆乔给你电话你不接，他一来你又发脾气。"

听到陆乔的名字，韩菲咬咬唇："别和我提他，我没了孩子，他居然和我说婚期延后。"

梁洲还想替陆乔说什么。

韩菲已经声音拔高："你要是烦了尽管走，去陪叶言言，危险的时候她一个人跑了。如果不是她，绑匪也不会把气全撒我身上。我受罪掉了孩子全是她的错。从她一进公司我就知道，她就是来克我的，你去找她，我就找记者……"她声嘶力竭地抱头痛哭起来。

梁洲紧皱眉头，觉得很疲惫，一言不发只能任她继续发泄。

让他没有想到的是，韩菲在微博上发了一条文字信息，仅仅几个字：痛苦得只能流泪。后续却引起了轩然大波。

当天傍晚，医院出现了记者的踪影，到病房区寻找时被宏成的员工发现。没几个小时，众多娱乐新闻工作者闻风而来。

马元进发现情况不对的时候已经是晚上了，他和两个高层商量后续捐助事宜，被曹佳的电话打断，挂断电话后马上上网，发现叶言言的微博下已经被众多网友留言攻占，一大片谩骂攻击，话题是“滚出娱乐圈”，内容针对叶言言在云南遇到危险抛下韩菲独自逃跑的事。

韩菲在微博发言后不久，有微博营销大号匿名绘声绘色地描述了这个故事，影射两个女明星在云南被绑了几个小时，不知道遭遇了什么事，其间Y姓女星独自逃出来，把H姓女星留下，H姓女星被绑匪殴打，流产住院。

现在的网友，大多具有福尔摩斯的精神，马上分析出这符合宏成的南下行程，Y就是叶言言，H就是韩菲。

“飞碟”马上炸了窝，平时就有关叶言言有追赶顶替韩菲的势头，让粉丝耿耿于怀，现在爆出这样的事，粉丝义愤填膺，跑到叶言言的微博下谩骂，主要说她“人品差”“不是人”“没有做人的基本道德”。

知名女星被绑架，独自逃生扔下同伴。这个新闻犹如巨大的石头，一下扔进了已经平静半年多的娱乐圈，讽刺谩骂、嘲笑讥讽，各种议论铺天盖地袭来。

新闻爆出的当天，几个营销号进行舆论引导，同时还有人不断爆小料，有指叶言言片场耍大牌，不把同公司的前辈放在眼里；有说她抢夺其他小花资源的，还有爆她私生活混乱，勾搭导演和公司上层。爆料人口吻无一不是圈内人士，把她从人品到性格都狠批一顿。叶言言自从出道以来，形象一向娇美可人，从没有如此多的负面新闻。起先还只是韩菲的粉丝来谩骂和讽刺，没过多久，论坛、微博上都是痛骂声。网友谴责她外表清纯美丽，实则内心肮脏污秽，提醒粉丝不要光看脸就被这种人品的人给蒙蔽了。

叶言言的粉丝开始也据理力争，但是很快也被四面侮辱和恶毒谩骂淹没。事件持续发酵，规模庞大。贴吧早已经被爆得面目全非，微博下面留言达到了前所未有的数字，汹涌而至的网友以各种语言对她进行批判。

马元进正在云南处理团队后续安排，接到北京的电话，才后知后觉发现这件事，立刻上网关闭了叶言言的微博评论功能，然后电话联系北京安抚粉丝核心团队。他想起刚给叶言言换上新手机，让曹佳赶紧关机，并且时刻要注意，千万不能让叶言言知道这件事。

连着打了几个电话，马元进额头上出了一层汗，他前后想了想，暗自骂了一声。这件事多半又是宏成内部泄露出去的，带来云南这支做公益的队伍人数庞大，艺人就有不少，不排除有人怀着嫉妒的心思放风出去。之前叶言言拍《花开半夏》的时候就遇到过一次。那时候他就怀疑是公司内部员工或者艺人背后做的。这在娱乐圈也并不少见。只不过这一次的手段更准确更狠毒，连韩菲也牵扯到里面，有一部分网友恶意猜测，两个女明星被绑架，其间到底发生了什么事，这种言论低级恶劣，却很快散播开来。人们的想象有时候比现实更龌龊，不少网友已经各种隐晦地留言暗示，语言猥琐肮脏。

梁洲听闻消息，脸色铁青，焦躁又愤怒，立刻召集了几个高层紧急开会。

叶言言睡了一个午觉醒来，曹佳没有守在病房里让她有些意外。洗了一把脸清醒后她想打个电话给父母，找遍了房间却没有找到手机。叶言言等了一会儿，曹佳还没有回来，她慢吞吞走出病房。

走廊里人不多，叶言言想着哪里可以借电话用。安全门里忽然蹿出两个男人，后面一个拿着长镜头单反。

他们动作奇快，把叶言言吓了一跳。前不久才经历过绑架事件，她正处于惊弓之鸟的阶段，两人看到她，飞快跑过来，相机也被打开。看到这个架势，叶言言不禁后退了两步。

“叶言言，网上传言前两天你和韩菲被绑架，你故意撇下她独自逃走，是不是真的？”跑在前面那个人还没有到跟前，就大声问。

叶言言脑中一响，愣在那里，脚下瞬间万分沉重。

闻讯而来的宏成员工拦住两个记者。

曹佳随后也赶来了，拉着她要回病房。叶言言脚步沉重，回头看着正在和宏成员工交涉的记者，心情无比沉重。

回到病房，叶言言直接伸手问曹佳要手机，曹佳面色犹豫，最终抵不住她的强烈要求，拿出手机。

叶言言打开两个国内最大规模的娱乐新闻网站和论坛，匆匆浏览了一下。曹佳柔声劝：“言言别看了，都是胡说八道。公司已经启动应急公关，很快会好的。”

叶言言关闭了网站，给家里打了个电话，叶妈妈接了电话，声音低沉沙哑，没说两句，突兀地问：“言言，你在云南是不是遇到事了？”

叶言言的心猛然一沉，印证了她不好的想法，绑架的事她之前并没有和爸妈说，只说在云南水土不服，身体不舒服。就这样，叶妈妈仍是担心不已，一天几个电话问情况。

“言言……”叶妈妈压抑着声音说，“要是累了还是回家来，娱乐圈又苦又累，咱们也不是非做不可。”

叶言言眼睛立刻湿润了，她用手捂住嘴，不让呜咽的声音传到电话里，深深呼吸了几下说：“好，过两天我就回家。”

换成老叶接电话，他一向是大嗓门，这次声音却细声细气了不少，也是一个意思，让她回家。

回家！叶言言看着手机自动锁屏，心底无比渴望。

吃过晚饭，叶言言提出要去韩菲的病房。

“言言，冷静！”曹佳说，“是她发微博引起的，但是应该不是她爆料的，别看评论大部分帮她说话，恶意抹黑的也不少。”

叶言言无奈地看着她，冷静地说：“不是去问罪的，我身体没有什么问题，马上打算出院了，这期间我连一次都没有去看过她，这样说不过去。毕竟这一次……她受的苦比我多，又是同公司的前辈。”

曹佳为之前的想法脸红了一下，随即又愧疚：“我陪你去。”

两人坐电梯上楼。

电梯门一开，曹佳拉了一下她的衣袖：“前面好像是梁总。”

叶言言朝走廊一看，病房前的身影笔直挺拔，脸部轮廓利落分明，正是梁洲。

韩菲的助理站在病房门口和他说话，里面突然传出韩菲拔高的声音：“问她做什么，我说清楚，这事和我没关系，你没看到网上连我一起骂了吗？”

梁洲走进病房。韩菲床下已经砸裂了一台平板电脑。

“这群网友怎么回事，说我被绑架的时候被强暴了。”她眼眶泛红，整个人显得有些神经质。

叶言言和曹佳走到病房门口，透过玻璃，看到梁洲冷峻的表情有些松动，长吐一口气，随后变得有些无奈和柔和，说了几句话，韩菲那头的声音渐渐轻下去。

曹佳憋着表情，欲言又止。

叶言言觉得很疲惫，心里那个洞似乎又出现，灌着风，从她的胸口穿过。

原地站了一会儿，病房里的灯光透出来，照亮了她一半的脸，显得越发苍白。

曹佳看着有些不忍，拉着她的手要回去。

叶言言转过脸，居然还能勉强朝她笑，笑得比哭还难看。

再等等！她无声地对自己说。

可是梁洲始终没有转过脸来看到她。

不知道站了多久，也许只是短短一会儿，也许很长，走廊那头忽然有人的脚步声传来，叶言言在那一瞬间，感觉心底有什么悄然崩断。

够了，到此为止吧。

她挪动脚步往回走，眼前的景色有些模糊，泪水缓缓滑落，而她竟恍然未觉。

第二天叶言言办好出院手续，整理好行李，马元进开车送她们到机场，路上嘱咐她好好休息，短期内不用上网，后续应对由公司出面。

叶言言很认真地答应。

马元进看着她平静的脸，几乎没有一丝波澜，心里反而有些没底，他目光一瞟，注意到她今天随身携带的包挺大："那个，言言，你把布偶带上了？"

叶言言嗯了一声。

马元进短促地叹了一声："旭晖的事我已经关照医院那里关注情况，一有什么变化马上就能知道，你别太担心了。"

“谢谢你马哥。”

“客气什么，旭晖的事……要多谢你才是。”

叶言言蓦然听见这么一句，微微一怔，心里不由得发酸，侧过脸去看车外。

马元进也察觉到气氛有些低沉，马上转换话题：“你这次回家和梁总说过没？”

“说过了。”叶言言说。

马元进直觉有些不对，追问：“怎么说的？今天早上我碰到他的时候，好像没有听他提过。”

叶言言微笑：“我发微信的，大概他忙还没有看到吧。”

虽然她说得轻描淡写，马元进立刻明白背后一定有什么事。他转动眼珠，说：“他最近是很忙，出了这么多事，公益做一半，效果还没有达到，又遇到这么多意外……”

她打断他的喋喋不休：“我知道。”

马元进说：“就只有你心疼他了。”

叶言言眨眨眼，朝他笑笑，没接话茬。

马元进：“言言，你这么笑，真让我心慌。”

叶言言轻声说：“最近我也有很多事，想心疼别人也有心无力啦。”

马元进顿时哑声。

梁洲接到马元进的电话时才知道叶言言已经离开，他愣了足足一秒，口气有些冲：“你就让她一个人走？安全不安全？”

马元进心想怎么就一个人了，不是还有曹佳嘛，可惜这种时候不能顶嘴，只好婉转提醒："有助理陪着。"

梁洲揉了下额角："回到北京再给她多配一个男性助理。"

马元进答应下来，最后忘了初衷是来问两人出了什么问题。

梁洲放下电话，马上给叶言言拨了个电话，得到关机的提示，他随后要和当地两个校长签订捐助协议，暂时把这份心思放下。等完成签约，看一眼手表，算算时间半个多小时前飞机就该落地了，他又拨叶言言的号码。

电话接通，叶言言的声音淡淡地传来："喂。"

"到了？"梁洲问，随即又疑惑，"你要回家怎么不和我说？"

好一会儿，电话那头叶言言说："昨天我就微信给你了。"

梁洲近几日都是电话处理事务，压根没有打开过微信。

"这两天没看，以后这种事要及时告诉我，不能让你的经纪人来说，知道吗？"他说。

叶言言那边背景有人的嘈杂声，她说了一句："我去拿行李了。"匆匆挂断电话。

梁洲觉得有点不对劲，马上打开微信，叶言言发了两条语音信息，他打开，听完之后一脸震惊，一时竟有些迷茫，他马上又一个电话拨过去，这次提示是占线。

叶言言拖着行李没走几步，丽娜打了个电话过来，嘀嘀咕咕说起在网上大战网友的事情。原来这几天网上舆论一边倒，有网友在叶言言的微博下留不了言，索性跑到了平时和叶言言有互动的丽娜的网页下留言，丽娜毫不客气，直接回复：她就是一个弱女子，既不是女超人也不是神奇女侠，没有救人的能力很正常。

网友立刻驳：那她自己怎么逃出来的。

丽娜又回：这么喜欢道德绑架，you can you up。

两人的争论很快也被舆论拿来炒作。

丽娜在电话里说：“别理会那些键盘侠，整天闲着没事就喜欢瞎起哄，什么事都要分个是非黑白来，最烦了。”

叶言言心里暖暖的，口不对心地说：“你就网上瞎和别人扯吧，没准过几天变成‘当红花旦辱骂粉丝’的新闻，这就好了，炮火全吸引到你那里去了。”

丽娜豪爽地说：“来吧来吧，暴风雨怕什么，不骂不红。言言，这件事也不全是坏处，你的知名度又涨了。做咱们这行，不就是踩着风口浪尖迎面直上嘛。”

丽娜之后顾沛东又来了电话，叶言言感慨了一下，怎么都扎堆来了。接通电话后，顾沛东的声音还带着鼻音，齉齉的：“网上说的是真的吗？”

叶言言问：“网上哪个？是，我是自己逃出来了，韩菲被留在魔窟里，我没能力救她。”

顾沛东笑了一声：“谁管她了，这么说，你是真的被绑架了？有没有受伤？”

叶言言瞬间有些苦涩和感慨，这种单纯的关怀，贴心得让她有些眼睛发热，最后只能说：“没事了，我很好，身体也没事。”

顾沛东沉默了片刻：“下个月我就回来了，给你带礼物。”

“好。”

放下手机，曹佳找到了预定的车，两人放好行李上车。手机又振动起来，显示着梁洲的名字。她毫不犹豫，按下锁屏键。曹佳余光注意到，抿抿嘴，以无声的行动支持她。

回到家，老叶和叶妈妈迎上来，视线急迫地在她身上睃巡，看到她分毫无伤才放下心来。

“闺女，我们管不了别人，也不是什么大错，在爸爸心里，只要你平平安安的就是最好的。”老叶拍着她的肩说。

叶言言眼里滚着泪，抱着老叶的胳膊，湿润了他的衣袖。

老叶口气无奈：“哎呀，这么大姑娘了还撒娇，让别人看到笑话你。”

回到家中，气氛温馨自然，与外面仿佛不再是同一个世界，叶言言心理松懈下来，晚饭的时候也多吃了半碗饭。等洗好澡出来，桌上的手机又振动了，她拿起来看，又是梁洲的来电，经过一天的拨打，电量已经见底，电池显示框一闪一闪，她没有去找电源，看着手机自动关机。

第二天是个阴天，清晨的空气带了些冷意，雾气沉沉，房屋树木都被擦去了颜色似的，显得有些冷清萧索。

叶言言在小区里晨跑了一圈，她习惯性带着布偶，可惜现在即使是无人，布偶也再也不会动和说话了，她摸着它柔软的身体，心里空空的。这仿佛是生命中一个沉重的玩笑，来得突然，失去得更是突如其来，她一个人独处了许久，小区内来往的人渐渐变多，好些都是以前就认识的邻居，她避开人流回到家里。

叶妈妈拿出早饭，忽然想起来说：“你的手机大清早就振个不停，做演员也太辛苦了，你不是在休假嘛。”

叶言言坐下来，拿起油条大大咬一口，含糊不清地夸好吃。

老叶摇头：“你这形象和电视里也差太远了。”

叶言言闻言傻笑。

房间里手机又开始疯狂振动。

老叶提醒：“快去看看吧，万一是急事。”

叶言言回到房里，连着电源的手机振动个不停，她的心里有些矛盾，看着屏幕上的字发呆，老叶在客厅里又催了一声，她伸手去拿手机，振动忽然停止。叶言言不禁长长舒了一口气。

梁洲放下手机，神色沉凝，李勤进来告诉他捐助物资都已经顺利送到学校，他心不在焉地答应。随后秘书进来汇报回京的安排，两个部门主管打电话和他汇报北京公司的事务，他尽力抛开私人情绪处理公务，就是这样也比平时慢了许多，到了中午，秘书早已经察觉出他的情绪处于低气压，不敢在这个时候捋虎须，送来午饭，等了很久不见他动口，磨磨蹭蹭地开口：“梁总，上午韩菲的助理来过电话，陆乔下午要去医院。”

后面半句她没提，韩菲和陆乔最近矛盾重重，一见面就要吵架，这是要梁洲去压阵。

梁洲忍着没有发作，眉头拧紧，心底一阵疲惫，冷淡地说：“让他们去。”

午饭没有吃，他闭眼小憩了一会儿，身体有些累，却怎么也睡不着。他不禁想到了叶言言，有一次她搂着他的胳膊问：“我听说演员经常错过饭点，胃都不太好，你拍了十几年的戏，胃口这么好，还不胖。男人都这个样子，要逼死女人了。”

他作势摸摸她的腰，惹得她笑的时候说：“看着也不胖，肉怎么这么多？”

叶言言给他一个大大的白眼。

这女孩骨子里透着温柔和乖巧，生起气来像奓毛的猫崽，真要用心哄又很容易，相处久了像是一脉清泉，让人贴心。和她在一起的时间过得特别快，回想起来连细节都是那么清晰。梁洲忽然意识到，因为她的乖巧安静，让人无意识忽略了她许多。他心里一阵愧疚和难受。

想到她遭遇了绑架这么大的事，事后不哭不闹，把难受全部藏在人后看不到的地方。

梁洲越想越是心疼，站起来在房里来回踱步，握着手机的手掌紧了松，松了紧，忍不住又拨了一遍电话，依然是意料之中的没接。

梁洲苦笑了一下。

电话忽然响起，韩菲亲自来了电话，质问：“你是不是早就知道陆乔这次来的目的？”

梁洲听到她高亢的声音，眉头紧皱：“你们两人之间的事情好好谈就是了。”

“怎么谈？”韩菲尖叫了一声，“他不要和我结婚了，网上传得那么难听，说我被强暴，他们家里本来就不看好，现在全部反对，不让他和我结婚……”

对这个结果，梁洲倒没有很意外的感觉，为防止刺激韩菲情绪，他语气变得温和：“给他点时间吧，他家里什么情况你又不是不清楚，现在硬扛有什么好处。小菲，你是聪明的女人，这种时候钻牛角尖一点好处都没有。”

韩菲这些年顺风顺水过惯了，近期遇到的事却是一桩接着一桩，心情差到极点，什么话也听不进去，喘着气大声说：“你是不是因为现在和他合作了，就什么都帮着他说话，不管我的死活？”

“合作还只是在洽谈阶段，你是公司的重要演员，我们多年朋友，怎么会不管你的死活？”

“那你现在一点忙都不肯帮？”

“这是陆家的私事，谁能插手！”梁洲蓦然一阵心烦，说，“你到底还要闹脾气到什么时候？”

“你以前说过什么会守护我，现在呢？袖手旁观什么都不帮我。”

梁洲淡淡地说：“这些年我在公司待你如何你心里有数，小菲，你私人感情的事，我不方便，也不会干涉。有些事要你自己面对。”

韩菲二话不说挂断电话，拒绝继续和他对话。

梁洲处理完手头上的工作，等了一天，熬到临睡前，天色一片漆黑，他再也忍不住，拿起手机又拨打叶言言的号码。

响了几声，他几乎不抱有希望，电话却突然接通了。

“言言，”梁洲的声音有些惊喜，“你终于肯接了？”

叶言言站在阳台上，声音轻轻的：“有什么事吗？”

梁洲有些气闷：“你在微信上说的，到底是什么意思。”

叶言言淡淡地说：“经过这段时间相处，无论是性格还是脾气，我们两个都不太适合，幸好现在能够看清差距，我们还是分手吧。”

梁洲听她几乎一字不差地重复了一遍，心口泛疼，声音一沉，冷静地说：“我不同意。”

叶言言勉强笑了笑，尽力保持语气轻松：“恋爱分手又不是离婚，非要两方签字不可。梁总，我有点累，想去休息了。”

梁洲被她一语噎到，急忙说：“等等。”

叶言言停下动作，两人的呼吸在电话里清晰可闻。梁洲听着，这次有些沉不住气，先开口说：“这次是我忽略了，言言，你不要用分手来惩罚我。”

叶言言缓缓说：“梁总，要说分手是惩罚你，倒不如说是惩罚我自己，毕竟这段感情，是我投入得更多。现在我不是在和你闹脾气，也不是和你吃醋，玩欲擒故纵，我们之间是真的不适合。这一点不光我知道，就是其他人也都看出来了，相信你心里也有数。本来我也想当面和你说清楚，但是我怕到时候我会忍不住哭，你也许会心软，这样拖泥带水对我们谁都不好。女孩子谈恋爱，最重要的是安全感，希望能找到那个能包容支撑的人，能包容好，也能包容坏。你不能给我这份安全感，而你能包容的人，或许早就已经有了。我们何必要在彼此身上浪费时间。”

梁洲听得额头跳动，一瞬间简直不想听她继续说话。他捏紧了手机，深呼吸几下，抑住心底的燥郁，说：“言言，你最近事多，我体谅你不是很冷静，过两天我就回北京，我们见面谈。”

叶言言说：“我还在休假中，最近也没有通告。暂时不回北京。”

梁洲脸色难看：“那我去找你。”

“我身上的新闻已经太多了，不想引起更大的非议，就到此为止吧，”叶言言声音轻轻软软的，“外面风大，我要先回房了。”

梁洲听她说风大，不忍心再拖着她说话，任她切断联系。

叶言言眼角发酸，长吐一口气，慢悠悠地转身回房。

叶言言回到家中，过起了传说中“睡了吃，吃了睡”的幸福日子。

然而她这几年拍戏，过惯了起早贪黑的日子，生物钟比什么都准，早上醒来的时间从来没晚于七点半。叶妈妈左看右看总觉得她瘦得皮包骨头，这几天把一身厨艺全用上了，不是炖个老鸭汤就是煲个牛腩，肉香四溢，美味入骨，铁了心要给她增肉。到了饭点都是叶言言痛并快乐着的时间。

到了周末，她去了江城，和大学闺密周茵碰面，说起来两人足足有一年多没有见面了，平时联系都是电话和微信。

周茵听到她回来，情绪极其激动，电话里支吾了半晌，说有一个人要介绍给她。

相约的地方是以前常去的大学后门的黄鱼面馆，几年过去了，面馆的格局布置一点都没有变，和别处不同的是，周末学生都跑出去玩了，这里人反而少。叶言言在二楼角落等到了周茵和她的男朋友。两人手挽着手，眼神表情都透着甜蜜。

周茵的男朋友高高瘦瘦，长得斯斯文文，有些文气，看来之前周茵就提过叶言言，他看起来一点都不吃惊，点头致意之后，端来热水壶给周茵烫碗，动作熟练又体贴。

叶言言给周茵飞了一个眼神，意思是：不错不错，训练有素。

周茵得意一笑，然后想起什么，笑着说，“你还没认出来呀？”

叶言言不明所以。

周茵的男朋友说：“我比你们大一届，建筑工程系，王东佳。”

叶言言恍然记起，大二的时候周茵跑了一次工程系回来，在寝室里坐立不安了半天，经不住室友拷问，坦诚对一个男生一见钟情。经历过高考的文科生都对理科生存着一种本能的向往。室友打了鸡血一样给她鼓劲，什么“女追男隔层纱”的理论被拿出来用了不知道多少遍。周茵也确实鼓起勇气，勤奋地往工程系跑。可是没两个月，这段感情就无疾而终。叶言言记得，有一天周茵回来躺被窝里睡了很久，到了晚上她忍不住去掀起周茵的被子，才发现她闷在里面哭得满脸泪水。

事后周茵提起这件事，总是轻描淡写地说："他心里早有人了。"

是他？

叶言言对周茵用眼神交流。

周茵点头。

两人现在居然走到了一起，叶言言感慨了一下。

王东佳斯文有礼，很少说话，把谈话空间都留给了两个姑娘。两人像是回到了大学时代，叽叽喳喳地聊天，周茵没有提任何和娱乐新闻有关的事，反而追问她的感情私事。

"半年多前你不是说有苗头了嘛，之后神神秘秘死也不说，现在怎么样啦？"周茵问。

那还是去巴塞罗那之后没多久，叶言言和她联系时说的，因为和梁洲的关系需要绝对保密，她对朋友一个都没有说，现在想起来，还觉得有些对不起闺密，叶言言一撇嘴角说："早就过去了，没有啦，现在孤家寡人一个。"

周茵读懂了背后的意思，险些原地跳起："谁这么不长眼！"

叶言言浅浅笑着说："他心里有人了。"

周茵顿时陷入沉默，眨巴着眼，脸上还留有愤慨。在她的眼里，叶言言既漂亮又温柔，嫁豪门都绰绰有余，怎么能有人这么不长眼。王东佳挑出她面里的葱，说："慢慢说别着急。"

周茵想了想，安慰她："你看我，这么多年，还不是精诚所至，金石为开了，言言，你那位也一定逃不了。”

叶言言听她一副山大王的口气，不禁莞尔。

王东佳有些尴尬，看她专心致志地说话，笑着微微摇头，一脸纵容。

叶言言瞥到他的表情，真心替周茵感到高兴。

吃完面走到街上，周茵还有些依依不舍，拉着叶言言嘀咕个不停，把男友扔在了一旁。

叶言言戴上口罩，和两人道别后，一个人回了江城的住所。

房子里已经落了一层灰，她环视房间，茶几、沙发、书架，无论哪一个角落，似乎都会有布偶突然窜出来。她看了许久，突如其来眼眶一热，眼泪滚落。

电话响起，她扫了一眼屏幕，接通后忍不住情绪爆发：“该说的不都说清楚了，不要再打电话来了。”

梁洲刚回到北京的家里，拨打电话一个字还没来得及说就被挂断，这种经历他从未遇到过，也没敢有怨气，这两天打过去的电话，这还是头一个被接通的。从电话里听见叶言言的声音有些嘶哑，像是有些哭音，梁洲有些挂念。想来想去，心里始终像绷着一根筋，他再拨打过去，又变成了无人接听状态。

梁洲转而一个电话给马元进，派他去探听消息。叶言言总不能挂马元进的电话吧。

马元进也是刚到家没多久，和媳妇没说两句，就被梁洲一个电话打断，还布置了限时任务。他一边哀叹一边对媳妇抱怨：“活生生的例子告诉我们，单身狗是怎么炼成的，现在姑娘不理了才知道着急，早干吗去了？”

他背后腹诽领导是一点心理负担也没有，马上给叶言言打了个电话，听说没有什么事，就是江城的房子里积了灰，现在正在打扫。

马元进原话转述梁洲，然后飞快挂上电话，马上关机，不给领导第二次骚扰的机会。

梁洲回头想了想，还是觉得有些担忧，她怎么一个人跑到江城去了，大晚上还要打扫房间。这个念头一起，悬在心里许久，他曲线救国，再次打电话给马元进，居然提示关机。

梁洲只好把想法憋着，下午到现在还没有吃过饭，他自己煮了一碗面，打开电视，地方卫视正在第二轮播放《半夏花开》，屏幕上叶言言一身干练的职业装，干净的气质，整体忧伤的基调里，她偶尔一露笑容，就仿佛是穿破云层的阳光。

超大尺寸的液晶电视，投射出的光线落在梁洲的脸上，他专注地看着屏幕上的她，怔怔出神。

叶言言大半夜整理了一通房间，到了凌晨才睡下，没几个小时又醒来。眼睛红肿，她用毛巾浸了凉水慢慢地敷，别看这几天她压根不接梁洲的电话，挂断来电也是毫不手软，可一到夜里，她就忍不住拿出手机，看着那些来电发呆。情绪起起伏伏，深深沉陷在“难过”和“失落”里。

比起表面看起来的云淡风轻，只有她自己知道，每次梁洲打电话来，她的心就跟着猛地跳动，拼命克制，才能压抑住自己去接通电话的欲望。

思念像是温柔的刀，慢慢地磨锯着她的心。

“这是分手后的阵痛，必须经历过彻骨的疼痛，才能把他真正从心里剔除出去。”丽娜在电话里帮她分析，“投入多少感情，这种剧痛就有多厉害，只要你一心软，就会走回头路。只要忍住了，慢慢地，这种感情会自然麻木。”

叶言言深吸一口气：“可要是一直忘不了这种感情怎么办？”

丽娜说：“那就看你更能忍受哪种痛苦了，是留在他身边，忍受他心里还有另一个人的慢痛，还是忘不了他也要了断这种感情的阵痛。”

叶言言是个怕痛的人，但是如果一定要从两种当中选择一个，她依然毫不犹豫地选择了后者。忘了他吧，时间会慢慢改变，是时候放下这段感情了。也许梁洲是喜欢她的，但他与韩菲总是存在着羁绊，一到关键的时候，他总是忍不住会去帮助她。

感情的初始，叶言言只想着能和他在一起就很满足，可是感情就是那么自私，她不能忍受这种感情里存在着影子，这种难受如鲠在喉，时不时在她心口狠狠戳一下，疼得她心有余悸。

忘了吧……她下定决心。

休息了半个月，叶言言坐上了回北京的飞机，落地之时，又是红叶落地的深秋。

邻座一位西装革履的男士，三十多岁的年纪，在飞机上就认出了她，气度修养很不一般，既没有喧哗也没有刻意搭讪，直到领行李时主动帮叶言言从转盘上拿下行李，看着体积巨大的行李箱，很体恤地建议：“正好有朋友来接我，你一个女孩子拖这么大个行李不方便，坐我们的车回去吧。”

叶言言微笑婉拒：“助理已经在外面等我了，谢谢您的好意。”

男士帮她把行李放上推车，一边和她聊天一边并排走到出口。忽然有个高大的身影靠过来，一脚踩住叶言言的推车。

“聊什么呢这么专心，连路都不好好看。”

熟悉的声音——叶言言有些意外地转头看去，手长腿长，高大英挺，又是吊儿郎当的样子，果然是顾沛东。

他戴着一副大墨镜，但是轮廓分明，依然很吸引人眼球。

西装男士看看他又看看叶言言：“叶小姐，这是……”

叶言言还不知道怎么介绍顾沛东好，含糊地说：“我朋友。”

顾沛东倒是毫不客气：“这位是？”

“飞机上认识的，帮我很多忙。”

“哦哦，”顾沛东瞟了对方一眼，笑容灿烂地说，“小叶子一个人，多亏您帮忙了，多谢多谢。”

西装男士笑笑，又看看两人，迅速走开了。

顾沛东一手抓过推车手柄，抬手压压眼镜：“我们走吧。”

“我助理……”

“在外面等着呢。”顾沛东利落地推着车，机警地打量四周，说，“我说你行啊，这坐趟飞机都能钓个免费劳动力，看那副劳心劳力的巴结样子。”

叶言言瞥他一眼：“你是说你自己吗？”

顾沛东冷哼一声。

叶言言问：“你怎么来了？”

一周前顾沛东从美国回来，两人电话联系过，他问她什么时候回北京，她提过时间，没想到他居然亲自来接机。

“我这刚从美国回来，就听说国内娱乐圈形势大变，当红小花旦在网络上被舆论攻击，当然要来看看真人现在什么样了。”顾沛东咧嘴一笑，一副“我来看你笑话”的表情。

知道他这是口不对心，叶言言半点没生气：“现在看到满足了？”

“你怎么好像还胖了点，这心也够大的。”顾沛东对她上下打量，“你这不是要激流勇退，顺势离开娱乐圈了吧。”

“呸，乌鸦嘴，”叶言言没好气地说，“我这是蓄势待发，等着厚积薄发拿影后呢。”

顾沛东哈哈大笑：“要不要当红小生给你添把火？”

“什么火？”

已经快走到航站楼门口，顾沛东一手抓着车扶手，一手揽住她的肩：“我把墨镜一摘，咱们就这么大大咧咧地走出去，除非是谁婚变了谁吸毒了，不然明天头条和热点妥妥是我们两个的。”

叶言言一巴掌拍在他勾搭的手上：“少来，我这都一身腥了，你这看热闹的还不嫌事大是吧。”

顾沛东哀呼一声收回手：“我说你就是老实，才挨网友欺负，信不信，要是咱们真闹一出，保管网友把前面忘个一干二净，只顾眼前这绯闻了。”

叶言言说：“公司已经有对策了，这个时候别添乱。”

顾沛东又哼唧一声，要说什么不好听的话。

叶言言的手机突然响起，这才下飞机没多久，难道是曹佳等久了？她从包里拿出来一看，居然是梁洲。

这半个月里，他从开始疯狂打电话、发消息，一直被她拒听，渐渐地来电就少了，最近一阵几乎已经不再打来。她想，也许他已经认识到，放弃了……时隔几日，在屏幕上再次看到这个名字，叶言言心情复杂，一时怔在那里。

“怎么了，谁的电话？”顾沛东朝她手上看过来。

她立刻点击挂断。

顾沛东吃了一惊：“你这胆子也见长啊，连老板的电话都挂得这么不假思索。”

“这里吵，回头再接。”叶言言敷衍道。

两人走到停车的地方，曹佳拼命招手示意，放好行李，很快离开了机场。

梁洲忍了半个月，这期间叶言言一个电话都不肯接，消息也是石沉大海，半点没有回应。真是风水轮流转，梁洲在心里自嘲。随后一阵公司 ipo 上市，他忙得根本脱不开身，索性把私人感情暂时放一边，专心忙公事。但是那股子思念反而更浓了，时常让他想得难受。

这小丫头片子，狠起心来是真狠。

梁洲想，这次等她回北京，一定要好好谈一谈，把之前的事说得清清楚楚。

和马元进确定了一下飞机落地的时间，一开完会他就直奔机场而来。路上有些堵，到的时候，飞机已经到达超过二十多分钟。马元进硬是挤上车跟着来，看到路边手机广告牌上叶言言的笑容，笑眯眯地说：“哎呀，看看，言言是真漂亮，还耐看，这广告拍的，搁哪个男人看了心跳不加快两下。”

梁洲横他一眼：“你加快了？”

马元进当然不接这话茬。眼睛一瞟："哎，那不是言言吗？"

不仅有叶言言，身边还跟着个俊朗小伙，两人一路说说笑笑到大厅门口。

马元进，还有坐在司机旁边位置的李勤瞬间都有些沉默，不约而同地偷觑梁洲。

梁洲面色紧绷，拿起手机拨打电话，叶言言没接。

车里几人都看得一清二楚，马元进有些后悔跟来了。

果然，梁洲脸色变得更难看，脸上一片阴影，平静的姿态下隐隐透着山雨欲来的气势。

叶言言和顾沛东在车上聊天，大多是顾沛东在说话。他说起在美国拍戏和拍广告的经历，近些年好莱坞大片里加入中国元素已经不是什么新鲜事，寰盛拿到一个大片里的配角机会，露脸前后加起来两分多钟。本来首选童宇诚，因为与拍《一斛珠》的档期冲突，最后便宜了顾沛东。

中美文化差异大，拍戏规矩也有很多不同。顾沛东把美国导演和监制的古板行为挑了一些有趣的说，逗得叶言言笑个不停。

车子停在红灯路口，叶言言接到马元进的电话，通知马上回公司开会。她疑惑是不是搞错了时间，马元进强调："就是现在，议题是关于前阵子的网上攻击，很重要的会，快来。宣传部的人都等着。"

顾沛东只好在半路下车，抱怨说："你们公司也太狠了，你这才下飞机半个多小时，居然就要回去开会？"

叶言言也有些无语，这种情况还是头一次遇到。司机半路掉头，很快开到公司。

会议室的灯亮着，照得室内一片敞亮，两个员工在调试投影，会议桌前坐满大半圈人，都是宣传部的员工。他们也是临时被通知来开会，眼看时间临近下班，用屁股想也知道极有可能要加班，每个人心里都是怨声载道的，但会议桌的一头坐着梁洲，他们一点哀怨都没敢露，认真检查会议发言内容。

叶言言来到会议室，没想到阵仗搞这么大，梁洲、宋朝寅、马元进都有参与，她走进去，面色平静地和梁洲打招呼："梁总。"然后依次而下是宋朝寅和马元进。

听到她疏离的称呼和口气，梁洲唇线绷紧，什么表示也没有。

会议开始，首先是针对近半个多月来网上非议的话题和内容。韩菲和叶言言被绑架的事泄露后，网上谩骂攻击不断，由于话题内容劲爆，后期衍生议论也很多，关于韩菲和叶言言在绑架过程中被强暴猥亵的言论尤其恶劣，之后还有爆料诸如叶言言潜规则，韩菲耍大牌等，宏成的女星在外形象一向正面积极，这次被网上舆论攻击，影响巨大。韩菲和叶言言分别有洽谈中的广告和代言被广告商喊暂缓。

宣传部之前已经做了一系列应急措施，律师信就发了好几封，几个兴风作浪的营销号已经停止散播不利言论。

但是网上跟红顶白向来成风，韩菲这些年形象高贵大方，叶言言出道后也一直以正面形象示人，两人陡然遭遇这样的大事件，一部分网民更乐于听到丑闻，于是恶议从未间断。

等宣传部员工分析完，宋朝寅总结：经过半个月的网上情绪发泄，现在正好是可以进行宣传补救形象的机会，间隔时间太短，网友不容易接受解释，但如果时间太长，话题性降低，效果也会大打折扣。韩菲和叶言言如果携手出现在公众面前，部分谣言自然不攻而破。

他说完看向梁洲。

梁洲突然朝叶言言发问：“你觉得怎么样？”

一般这样的会议，作为当事人的叶言言甚至不需要出席，只要经纪人做好把关工作即可。没想到梁洲在会上直接问她。

出自宋朝寅制定的方案，她当然没有意见：“方案很好。”

随后又细致地讨论了几个方案实施细节，梁洲宣布散会，员工们手脚麻利地收拾离开。

马元进叫住要离开的叶言言：“晚上一起吃个饭。”

叶言言求饶：“我行李还没有收拾呢。”

“接风洗尘宴，主角怎么能不去？”马元进说，“宣传部的为了你可是忙了好一阵了，这顿饭也犒劳一下他们。”

几个正在进行收尾工作的员工被他点到，一脸茫然，听到会餐的消息，在心里掰着手指算加班工时。

用餐的地点定在宏成街对面的晶轩，粤菜远近有名。排座的时候，马元进招呼叶言言坐在他和梁洲中间的位置，她微微一怔，随即微笑，面色如常地走过去。

凡是老板在场的饭局，开局都是规规矩矩，中场气氛才渐渐热闹起来，员工轮流给梁洲敬酒，个个拿出做广宣的才能，溜须拍马的话说得妙趣横生。

马元进给叶言言使了个眼神，示意她也敬杯酒。叶言言视而不见，闷头吃菜。一圈员工敬酒下来，只剩下一个没动。马元进又用手肘顶了她一下，笑呵呵地说：“还不快敬敬大老板，机会难得。”

梁洲把一个空酒杯往这边移了移，意思很明显。

叶言言见躲不过，接过酒瓶，给他的杯里倒上小半杯，拿起自己半满的酒杯，手指托着玻璃杯，红色酒光映着葱白手指，梁洲的视线忍不住跟着她的动作转。

她看向他，目光清澈而平静。

“梁总，谢谢您一路的提携，这杯酒是敬您的，我先干为敬。”她眉眼弯弯，笑吟吟地说完，一口喝干。

众人没想到她看起来娇美纤细，做事那么豪爽，起哄地喊了一声好。

梁洲的脸色却沉了下去，手抚着杯子没有动嘴的意思。

桌上几个员工感觉到气氛微妙，心里嘀咕，难道是前面几个马屁妙笔生花拍得太好了，叶言言这干巴巴的两句太直白没有创意，所谓没有对比就没有伤害，大老板不开心了？

酒杯见了底，叶言言打了个嗝。

梁洲声音冷冷地说：“急什么，又没有人逼你喝。”

马元进打哈哈：“言言就是太实诚了，来，来，快吃口菜压一压。”

梁洲面色森冷，气氛就再也热不起来了，席间众人如坐针毡，只是不知道问题出在哪里。好不容易等到酒足饭饱散伙，众人才感觉活过来了。要说梁总平时看起来也很冷峻，但是从不对基层员工摆脸，今天这股寒气简直犹如实质了，众人都是避之唯恐不及。

到了楼下，梁洲先上车，车门却没有关上，他转过脸来，对站在人群旁的叶言言说：“上车。”

宏成的员工看到这一幕，惊讶得下巴险些掉下来。

叶言言哑然，随即马上说：“谢谢梁总，我的车在后面，不麻烦您了。”

梁洲目光一紧，平静的姿态下仿佛已经可以看到蹿起的怒火：“上车。”他又重复一遍。

餐厅门口，一辆黑色奔驰横着，车门打开，一堆人站在车旁眼睁睁看着。

叶言言感受到众目睽睽下的压力，垂死挣扎：“我的行李……”

“让马元进和曹佳给你送回去。”梁洲命令。

她皱眉，周围已经有几个人小声催她上车。叶言言咬了咬牙，坐上车。

围观的宏成员工齐齐松了口气，不知为何，忽然生出一种助纣为虐的感觉来。

车子发动，叶言言朝身旁座位看了一眼，很快又移开目光，敛眉垂目，嘴里客气地说：“谢谢梁总。”

梁洲无名火起，冷声说：“你非要用这种口气和我说话是不是？”他为人内敛，这样怒形于色，显然已经是忍到了极点的爆发。司机和邻座的李勤都被吓了一跳，坐得端端正正，目不斜视，对后座发生的事视而不见。

叶言言有些疲惫，也有些心烦，索性不回答，一门心思看着车窗外。车上一瞬间安静得过分。

梁洲一手解开衬衣领口的纽扣，原本一丝不苟的严肃风格顿时透出几分不羁来，配上他轮廓分明的英俊面孔，依旧冷峻，却也不乏性感。

“说话。”梁洲说。

叶言言撇了一下嘴：“梁总想要我说什么？”

梁洲真是没有想到，平时伶俐乖巧的女孩，惹人生气的本事也是一等一的，听听，每一句话都几乎要戳进他的肺管子。

“你和我就没有什么好说的了？”梁洲一晚上被她的态度激怒了几遭，现在反而冷静下来，“发那么两条糊里糊涂的微信，你单方面不接电话，现在见了面，装作什么事都没发生过？”

叶言言打量他一眼，目光相撞，他双眸幽深，她目光澄澈：“我记得电话里已经说清楚了，我们分手了，梁洲。”

这一次她没有再疏离地喊他梁总，可话里的内容依然让他气堵。

“我不同意。”梁洲冷静地、吐字清晰地说。

堂堂大满贯影帝，居然还有耍无赖的时候，叶言言气笑了，眉宇间却是一片清冷：“只是分手而已，你同不同意有什么关系？梁总，你这样可没什么意思。”

又是梁总，梁洲眉头一挑，瞪着她：“叶言言，感情是两个人的事，你单方面说了不算。”

司机和李勤听得是心惊胆战，都怕自己知道得太多，恨不得把耳朵塞起来。两人都在气头上，司机却不得不提醒：“梁……梁总，到了。”

叶言言朝窗外瞟了一眼，已经到了她的小区楼下，她懒得废话，就要开车门。

梁洲一把抓住她的手，冷声说：“继续开。”

司机没二话，车子再次启动。

叶言言急了，咬着牙根大声喊：“你疯了！”

梁洲抓着她的手腕，任她怎么挣扎也不放开，冷笑着说，“没错，你可以试试我疯到什么程度。”

叶言言瞠目结舌，这样的梁洲，她还是第一次见到。

车子转弯路过一片城中心绿地，过了跳广场舞的时间，灯光暗淡，人迹稀少。梁洲说：“停车。”

司机如听纶音，马上刹车。

梁洲紧握着叶言言的手：“下车。”

两人先后下车，梁洲还不放手，叶言言有些抗拒：“你放开我。”

“你答应我们好好说话，马上就放。”

“你信不信我马上就喊非礼。”

梁洲笑了一下：“你喊吧。”

他一脸笃定她不会做出这种类似疯狂的举动，叶言言也的确做不出，作为公众人物，她丢不起这个脸，何况现在还背着一身骂名，不容她再闹出什么丑事在公众面前。

深秋的夜里冷风萧瑟。

梁洲看着叶言言单薄的身体，如果不是两人这样剑拔弩张的气氛，他甚至想抱一抱她。可她眼里满是防备和冷淡，让他不能动弹。

他松开钳制她的手，她马上退开一步。

“言言。”

“梁总。”

两人同时开口，又同时一顿。这次梁洲没有再被激怒，他有些僵硬地站在路灯下，面孔被照得半明半暗，沉默了一下之后，他已经彻底恢复冷静：“言言，这段时间，我很想你。”

叶言言心一颤，几乎就要维持不住表情，她深深吸一口气，看着他的衣领位置：“那又怎么样？”

“我想你，你呢？”梁洲深邃的目光盯着她的表情，不放过一丝一毫。

“分手之后的想念是正常的，只能说明曾经的这段感情是真的。”

梁洲皱眉："不是曾经。"

叶言言语气平淡如水："过段时间就会好的。没什么大不了。"

梁洲凝视她的目光里透出一丝冷硬的愤怒："你不该把我们之间的感情贬得一文不值。"

"就算不是一文不值，也没有你想象中那么重要。梁洲，你有更重要的事要做，何必和我在这里纠缠不清。"

梁洲伸手想抓她的手，却被她飞快避开。他眸光黯了一下："我知道你对我和韩菲的事有误会，我可以解释给你听。"

"不需要，"叶言言截断他，"以前很想知道，现在这个答案对我来说可有可无，不是必须的了，现在我很累，想要回家休息。"

梁洲不给她离开的机会，开口说："以前韩菲和旭晖是学校里和我最亲近的人，那个时候我已经拿到了宏成的股份，有机会成为董事，韩菲和旭晖本来有机会去更大的公司发展，为了帮我，两个人都签约宏成；几年前公司内部派系争斗厉害，韩菲受前辈欺压，吃了很多苦，因为受到欺负，还伤了肌腱，你不知道，她业余爱好拉小提琴，因为那次受伤，这个爱好也废了。晓晖为了帮我，转型做了经纪人……"

叶言言听着，忍不住说："你这是要告诉我，你看待韩菲和沈旭晖一样？他们都是你的兄弟？"她把兄弟两个字咬得特别重。

梁洲沉默了一下，继续说："我不是喜欢在感情上含糊的人，这几年，韩菲既是我的朋友，也是公司重点培育的女星，于公于私都有牵连。但是这种感情不是爱情，她对我来说，是和旭晖一样的朋友。"

叶言言说："我终于知道你前面的女朋友为什么都分手了。打着不是爱情的幌子，却时时刻刻那么重要，抱歉，我的世界小，没有办法理解这种超脱的感情。”

梁洲眼里有几分烦躁：“我知道这次在云南忽视了你，这是我的错，可是言言，你不能因为这一个错，就否认我们的感情。事情发生得紧急，你们两个之中她受的伤害更多，还失去了一个孩子，我只是想让她不要闹出大事，没想到会伤害到你。”

叶言言说：“是呀，你没想到，你连我都没有想到，怎么会想到顾虑我的情绪呢？”

梁洲着急想说什么，叶言言迅速打断他说：“你们究竟是什么感情我已经不想去弄明白。我现在很清楚的是，我的感情变了，我不想和你继续下去，我没有那种勇气，我也不想自己的爱人心里始终有个特殊的存在。要是继续下去，我心里始终有个疙瘩，你也觉得两边为难，这样即使有感情也迟早有磨光的一天。我们到此为止，你是公司的老板我避不开，以后就当作普通关系不好吗？”

梁洲脸色铁青，听到这里，嗓子眼似乎被堵住了，他咬牙：“我说不好呢？”

叶言言说：“反过来说，我这里有一个异性好朋友，我和他之间没有爱情，但是我们之间有更深的羁绊，无论发生什么事，我都会第一时间想到他，事事紧着他，但是你也不用担心，我们不会有进一步的表示，你觉得呢？”

梁洲一愣，面色阴暗不定。

叶言言讥诮地一笑，大步朝车子走去，任他独自站在瑟瑟秋风中。

回到北京的第二天清晨，叶言言来到军区医院的看护病房。

沈旭晖安静地躺在病床上，即使有二十四小时不间断的看护，他看起来还是比半年前更瘦了，脸颊两侧已经完全凹陷下去，面色暗沉，四肢更是瘦得皮包骨头。

伸手轻轻握住他的手腕，叶言言心里又酸又涩，眼睛湿润，直到马元进走进病房，她才低头擦去眼角的泪水。

马元进说："医生说，旭晖脑干功能正常，现在是大脑皮层处于抑制状态，也许什么时候就会突然醒来。"

叶言言问："现在就没有任何要醒的征兆吗？"

马元进叹了一声没有说话，显然主治医师没有给出确切的希望。

两人坐在病床一头一尾，安静无语。叶言言把清早买来的花束插到花瓶里，又拣一些有趣的新闻念，直到快要中午的时候才离开。

走出病房楼，马元进忍不住问："言言，你上次说的，那个布偶就是旭晖的事……"说到这个有些匪夷所思的话题，他有些支吾，"会不会……"

"会不会是我的错觉？"叶言言接口，苦笑了一下，"也难怪你不信，我至今还觉得不可思议。"

马元进有些不好意思，讪讪一笑："你可别见怪，这事实在太超越现实了，你和我说了之后我还和梁总说过，上周韩菲身体恢复了点，梁总找韩菲问过，我就在旁边。"

叶言言有些讶异："她怎么说？"

马元进皱着眉头："她说你在被绑架最危险的时候产生了幻觉，她也受你影响，才会意识混乱，分不清现实和幻想。"

叶言言猛地停下脚步，面色变得冷漠："她是这么说的？"

马元进点头。

得到他肯定的答复，叶言言胸口燃起一把怒火，烧得她几乎控制不住，眼中的冷意变得更深，她深吸一口气，回头看了一眼病床的方向，几乎是咬着牙说：“我真替旭晖感到不值。”

网上对韩菲和叶言言的舆论余波不断，宏成今年成功上市，风头无两，现在旗下两代花旦一起出事，其他娱乐公司简直乐见其成，推波助澜。一个多月过去了，话题依然保持着一定的热度，堪称现象级讨论，在今年的娱乐圈绝无仅有。

作为当事人之一的韩菲对云南当地的医疗资源不放心，两个星期前就回到北京秘密休养。陆乔没过几天也来到北京。绑架事件发生后，两人摩擦很多，见面三句话不到就要弄到吵架收场。目前在舆论和家庭双方压力下，陆乔坚持要将婚期延后。韩菲则是委屈得不得了。说到绑架，论根源还是陆家惹出来的祸，她丢了孩子，被网上流言恶意评论，演艺前途受损，这个时候，陆家还透露出不要她当儿媳妇，简直是雪上加霜。

韩菲咽不下这口气，一面冷着陆乔，一面打算收拾旧河山，重新拍剧拿代言。

身体一好，她自觉状态可以上电视了，马上回公司问对策。公关部、宣传部把之前开会的内容说了一遍，韩菲和叶言言一向关系不和，在公司内部不是秘密，她从未在公开场合表示过亲近，现在要和叶言言一起携手宣传，她内心是反感的，但理智也很清楚，这是短期内能最快起效的方式。

韩菲同意了后续宣传方案。

宏成公关方面很快运作起来。当天韩菲和叶言言在微博上就有了互动。韩菲拍了一张家里水果的照片，@叶言言，说“你送的水果甜得不得了”。叶言言也马上回应。两人以亲密友好的姿态一出现，立刻给这场硝烟弥漫的网上舆论攻势带来另一股风向。

韩菲粉对两人关系提出疑问，韩菲回复，叶言言是公司很好的后辈，平时一起玩得很好。

那头其他人对两人质疑，叶言言也统一口径，说韩菲像是姐姐的存在。

明眼人一看就知道这是公司的公关策略，网友们则提前嗅到了一丝不同寻常的意味。

随后一周里，叶言言和韩菲一起参与了地方卫视的综艺节目录制，在节目里，两人亲密交谈微笑，携手完成任务，表现出当下娱乐圈女演员最精湛的演技，收效也是立竿见影，很快就有宏成运作的营销号出来爆料，说韩菲和叶言言的确在云南遇到了歹徒，韩菲受了伤，叶言言及时报警，两人都遭受了人身威胁，没想到还被网上抹黑。宏成法务部会对网上造谣的源头进行起诉，动用法律武器保护两位女星。

在随后的访谈节目里，韩菲声泪俱下地哭诉在云南受伤的事，把流产说成是从山上滚下来折断腿。叶言言在一旁配合，姐妹情深的戏码再加重一分。经过最近一番动作，韩菲摆脱了被绑架强暴流产等流言，叶言言也洗脱了临危扔下同伴的恶名。

叶言言的很多粉丝在网上留言：就知道这件事不是真的，言言加油。

叶言言和韩菲不同程度受损的名声挽回不少，也给代言的广告商们打了一剂强心剂。居然很快有合资化妆品公司看中两人姐妹形象的效应，给出一个产品系列的代言机会。还有近期互联网上极度热门的直播平台，也对两人进行了邀请。

直播作为一种新型的媒体交流形式，大受年轻人欢迎。叶言言很爽快地答应了，韩菲看到直播数据，评估两个小时就有几十万收入，最厉害是聚拢人气迅速，大为心动，也答应下来。

宏成把化妆间收拾了一下，定好时间，做好前期宣传，当天作为两人直播的现场。

叶言言到达公司的时候，不少签约艺人围在走廊上，看着工作人员进出繁忙的化妆间，眼里流露出各种羡慕和憧憬。只有林广薇妆容精致，冷眼旁观，看到叶言言走过还出言讽刺："哟，这戏这么假，也不知道网友怎么会这么笨就相信的。"

叶言言还没有回应，身后传来韩菲的声音："关你什么事！"

林广薇面色微微尴尬："学姐。"

韩菲冷眼瞥她："别以为你那点小动作我不知道，自作聪明。"在林广薇还来不及有所表示的时候，韩菲又口气讽刺地说，"玩了一季综艺有点人气就找不着北了，这次的事我迟早要和你算，你也不用急着跳出来。"

林广薇听到这里已是脸色白过粉底，嘴唇哆嗦了一下，抬头看一眼韩菲冷笑不止，她自知多说无益，转身快步离开，去找经纪人商量。

韩菲来到化妆间，和叶言言一边一个坐着，两人自从认识就不曾交好过，最近因为宣传不得不捆绑，私下相处时索性连招呼都省了，对着镜头时直接上演技。

今天直播不同寻常，没有后期剪辑，临场没有修改的机会。

韩菲恰巧是小产后第一次来月经，肚子隐隐作痛，额头还冒了一颗痘，用遮瑕厚厚地盖住了。她听着助理提示直播时该注意的镜头和麦克风方向，包括和网友互动的注意事项，转头朝同样听提示的叶言言看了一眼。叶言言只上了淡淡一层妆，肌肤晶莹，嘴唇粉嫩，即使不言不笑，也像是精致的娃娃一样。

注意到韩菲的注视，叶言言朝她看了一眼，嘴角微微一撇，似笑非笑。

韩菲蓦然一僵，敏感地注意到，叶言言隐晦的笑容里藏着说不清道不明的意味。韩菲心里蓦然生出一股烦躁。自从踏上云南之后，她一路就有些不顺，叶言言几乎是目睹了她一路狼狈的人，她出于本能地讨厌这个女孩。再加上，那个诡异的布偶……

想到这里，韩菲呼吸急促，心头如压大石，有种喘不过气的感觉，她强压下心头翻滚的躁意，集中精神到工作上。

旁边的工作人员打手势，网络连通，马上进行直播。

韩菲和叶言言先和网友打招呼，韩菲放下平时高冷的架子，表现得很亲切，叶言言表现得乖巧甜美，两个人美貌各异，性格互补，在荧屏上产生的效应叠加，很快直播聊天室的人数噌噌往上飙，短短半个多小时就达到了五十多万。

网上留言和礼物从未间断过。

韩菲和叶言言结束了闲聊，开始给网友介绍化妆品和戏服，穿插一些平时拍戏的经历，配合还算默契。

就是韩菲有些在状态外，她注意到，电脑屏幕上跳出来的留言，大批地夸叶言言漂亮。

出道这么多年，韩菲早已习惯被人夸奖，突然遇到这种几乎被压下去的情景，心里犹如蚂蚁啃噬一般难受。

这个时候，叶言言去衣架处拿一套《花开半夏》里穿过的戏服，韩菲磨磨蹭蹭也跟过去，她看到叶言言打开手机屏幕看了一眼，她视线跟着溜过去，看到了陆乔的电话显示。

韩菲脑中仿佛有一根弦崩断，她的脸瞬间涨红又变白，两步上去，啪的一下夺过叶言言的手机。

叶言言诧异地回头。

韩菲滑动通话记录，发现昨天晚上两人也有通话，脸色已不是难看可以形容，之前被陆家积累的压力一下涌现出来，她几乎忘记了还在直播过程中："你什么意思？"

叶言言拍拍她的肩，侧过身体挡住镜头："别急，菲姐你听说我。"对专业演员来说，借位这种基本功已经是炉火纯青，她在镜头扫不到的地方，蚊蚋一般，以只有两个人可以听见的音量说，"陆乔要追我，你可真可怜，没了孩子还拴不住男人，嫁入豪门，省省吧。"

韩菲遭此侮辱，血涌头顶，脑子嗡嗡响，伸手就是一记耳光扇过去："小贱人。"

叶言言没有躲避，左脸瞬间红了一片，她抚着脸，惊讶地说："菲姐你误会了呀，今天陆乔知道你要上直播，打算给你一个惊喜，你这段时间不接电话，他就想借我的电话和你说话。"说完，她直接接通电话，对着麦克风方向。

陆乔果然在看直播，声音很急："小菲你误会了，我在直播室里……"

韩菲周身发冷，朝电脑屏幕上看了一眼，果然有个网友送了四辆豪车礼物，屏幕上闪着"小菲，我爱你"的图样，一看就知道是陆乔。

她朝叶言言看去，女孩半张脸红肿，狼狈无比，但是目光坚定，就像直播前那样透着微笑和坚定。

韩菲这才意识到，中计了。

观看直播的网友们早已经轰然。

直播强制关闭后混乱成一片。韩菲发了疯似的，叫嚣着“贱人”，冲上前就要掌掴叶言言，被宏成的员工拦住。助理们把两人分开，分别安置在化妆间和休息室里。

公关部的电话此起彼伏，工作人员不断被各路媒体追问。

梁洲从电梯里大步走出，黑沉沉的眼眸里满是阴鸷，领带已经被他单手扯开，衬衣也松开一截，冷硬的脸部线条犹如露锋的刀剑。他推开化妆间的门，马元进和曹佳同时站起身，唯独靠窗的沙发上，团坐着一个纤细的身影，窗帘关得严实，不透一丝光线，她像是要把自己埋到阴影里，埋着脸一动不动。

把身体团起本身就是一种保卫自己的姿态，梁洲见了，心下不由得一软，乍听到消息时的担忧又浓了一些，他停顿了一下，才冷硬着声音问：“到底怎么回事？”

马元进打哈哈：“梁总，这件事……”

“不是你说。”梁洲把木椅朝沙发方向一拉，利落地坐下，正对着沙发上的人。

马元进和曹佳见状都替叶言言着急，其实刚才进了化妆间，叶言言就缩起身体，没有说过一句话。马元进正在劝，梁洲就进来了，没给人半点准备的时间。

两人正着急，想着要给叶言言使个眼色什么的。

叶言言已经抬起头，半张脸发红，眼眶却更红，她视线笔直地看过来，慢慢开口说："是我做的。"

梁洲想到刚才乍听到直播情况时的心情，犹如蒙头一棍，难以置信。他是娱乐圈过来人，只听局面一面倒地对韩菲不利就猜出其中有蹊跷。直到现在叶言言亲口坦诚，他心中咯噔一声，神色有些复杂，一时陷入沉默，过了片刻，他揉了揉太阳穴："说吧。"

"说什么？为什么这么做？"叶言言嘴唇轻轻颤了颤，"我就是看她不顺眼。"

如果不是事情太严重，场合也不对，马元进险些想笑。

梁洲神色暗沉，却也没有发怒，继续问："你是怎么做到的？"

叶言言双手紧握在一起，表情冷淡，眼里却像燃着一小簇火焰。

"说起来也没什么，前几天韩菲不理会陆乔，公司里全都知道，我来公司的时候，正好碰到陆乔，主动和他说了几句话。"叶言言说。

梁洲脸色又难看了几分，紧抿着唇，以目光示意她继续说。

"我和他说，韩菲没了孩子，又被媒体抹黑，没了里子又丢了面子，现在他说什么韩菲都听不进去。除非，"叶言言说，"他在大众媒体面前给足韩菲面子，当着媒体的面，韩菲脸上有光，自然不会再强硬拒绝他。我又和他说，近期我和韩菲正好有捆绑宣传的任务，他打的电话韩菲不接，我可以帮他直接在媒体前表示。如果成功了，韩菲高兴了，以后也能关照一下我这个后辈。"

听到这里，梁洲和马元进都有些意外，短短几句话，把韩菲的心理和陆乔的心理都掌握得很精确，尤其是最后一句，打消了陆乔这个商业老手的疑心。

梁洲本来以为像她这样一个柔弱的女孩，也许一辈子都不会有什么过激的行为，可眼前的她，除了脸色稍显苍白，神色冷静，目光镇定，对于一手操纵了足以震动娱乐圈的大事显得格外从容。

她还在继续说着："至于韩菲这边，那就更容易了，她本来对我就有戒心，只要稍许挑拨她就受不了了。"

梁洲直直看着她："你知不知道你几乎毁了一个人的演艺前途。"

叶言言脸上紧绷，毫不躲避他的目光，忍了忍，咬着牙说："我知道。"

"那你还要做。"梁洲声音一下子变高。

空气骤然变冷，气氛凝重。

马元进急得冒汗。

叶言言扯起嘴唇笑了一下："那又怎么样？"

梁洲和马元进、曹佳三人都诧异地看着她。

"沈旭晖为了韩菲，已经是两次没有命了，只有她的前途重要吗？我就是替他不值……"她的声音微微颤抖，"你以为她丢了孩子痛苦？还有旭晖，他现在也没了，躺在病床上醒不来，布偶里也不见他了，谁都不记得他，被他救了的人也不承认，只有我记得，凭什么！是！是我卑劣，我处心积虑算计她、刺激她，如果有别的办法我也不想这么做，我不想使那么下作的手段……"眼泪慢慢滑下脸颊，叶言言喘了一口气，"选择直播平台，也是为了让她没有机会抵赖，都是我算好的。我承认，你们决定吧，无论公司什么决定，我都认。"

她眼里透着一股执意，没有片刻动摇。

梁洲和马元进交换了一个眼神，深深皱眉。之前对于布偶始终持着半信半疑的态度，这一刻梁洲终于觉得有些不同寻常，心里腾起一股复杂的情绪，既怜惜她藏了那么多沉重的心事，又对她不信任任何人的态度感到一丝愤怒。

这时门被人重力拍响。

嘈杂的声音从门外传来，有人劝有人阻拦，夹杂着韩菲尖锐又高亢的声音："滚开，让我进去。"

直播结束不到一个小时，网上消息层出不穷地出现，尽管宏成第一时间补救，和大部分主流娱乐媒体打过招呼，标题做了含糊处理，采用"直播事故"等含糊的字眼，但依然拦不住网络爆料，现在社会自媒体发达，"韩菲掌掴叶言言，宏成内部花旦之争露出端倪""揭韩菲、叶言言姐妹情深背后的反目真相""韩菲对叶言言大打出手，为男人撕破脸"等耸动的内容以惊人的速度出现在网络上。

韩菲在休息室里已经联系过陆乔，越发肯定自己被叶言言算计，这时手机屏幕上跳出热点新闻提示，正好是"韩菲打叶言言"的红色标题，她脑子里嗡的一声，理智的弦瞬间崩断，熊熊怒火直冲头顶。她深深呼吸了一口空气，开门就冲到化妆间门口，被梁洲的秘书拦住。

"滚开，让我进去，"韩菲自出道以来，虽然不能说是一路顺风顺水，但也没吃过这么大的亏，现在又气又怒，已完全不顾形象。

化妆间门从里面推开，曹佳露出脸："梁总请你进去。"

韩菲推开一直阻拦的助手，踩着细高跟走进去，梁洲和马元进都是神色复杂没有说话，她冷笑着瞥了沙发上的叶言言一眼，怒火又噌噌往上冒，当着梁洲的面忍着没有动手，阴阳怪气地开口："怎么，现在晓得装可怜了，咬人的狗不叫，之前没看出来啊，难怪有人夸你演技好，都用在这种下三滥的地方了。”

叶言言看到她也是没半点好感，为了故意气她，泪汪汪的眼看过来，神态纯真，一脸无辜：“你怎么这么大的火，我都说是误会了。”

韩菲果然经不起激，瞬间暴跳如雷，一巴掌甩过去：“我让你再装。”

半路被人抓住手腕。

韩菲难以置信地瞪着梁洲：“你什么意思？”

“这里不是给你使用暴力的地方。”梁洲语气里带着浓重的警告。

韩菲看看他又看看叶言言，脸上露出一丝羞愤，挣开手后，讥笑两声：“我早就听说你们混一起去了，难怪这时候都护着她。梁洲，你玩个小明星还色迷心窍了是吧，我们十几年的情分，你现在就这样袒护她，你知不知道她今天做了什么……”

她情绪激动，几乎要往梁洲的衣领上抓去，曹佳和马元进吓了一大跳，急忙挡在两人面前。

“你知道十几年的情分，”梁洲双目幽深地看了她一眼，里面的寒意犹如实质，让韩菲瞬间有些冷静，他轻轻问，“旭晖出事，你到底知不知情？”

韩菲被他突然一问，仿佛骤然被人掐住了脖子似的，表情僵硬，身体也绷直了。

“什么意思？你问这个什么意思？”韩菲反射性地瞪眼，“都三年了你还不信我？”

梁洲和马元进都看着她，目光灼灼。

他们互相之间极为了解，肢体神态再熟悉不过，以往韩菲掩饰得好，今天事发突然，她情绪波动极大，难免露出刻意的痕迹。

梁洲眯了一下眼，深深吐了一口气。他有些恍惚，刚才不过是听了叶言言的话，做一下试探，没想到居然会有这样的结局。这一刻，直播的事都已不再重要，他想到那个躺在病床上已经瘦得几乎脱形的旭晖，心里一阵难受，又一阵愤怒，几种感情交杂，在心口翻滚得难受。

“这么说，他是到云南找你的，出了事，你却装作一无所知？”他的声音嘶哑低沉，几乎是从喉咙里蹦出来的。

韩菲看着他脸上肌肉紧绷，额上隐隐露出青筋，脚下不由得往后退了一步，心里发虚，反驳道：“你说什么，我根本不知道。我早就说过好几遍了，他去云南之前没有告诉我，我根本不知道。你为什么就是不信？”

叶言言听到了，不由得哼笑：“说得真轻巧。你不知道？他为了你出头，不明不白出了车祸，你倒推得一干二净。你可真对得住他。”

韩菲回头，涨得满面通红，朝她抓过去：“我撕了你的嘴……”

马元进双手架住她：“别撒泼，”他板着脸，露出从未见过的严肃神色，“韩菲，小晖的事……”

“你们还要怎么样，他都是个半死人了，你们还想逼死我不成。”韩菲有些崩溃，大喊出口。

梁洲抬起手。

啪！

韩菲捂住脸，手背和脸色一样惨白，双眼死死地瞪着梁洲，双唇哆嗦，一时竟忘记了言语。

房里其他人震惊地呆住。

叶言言抬起头看着两人。

“旭晖对你怎么样，你心里有数，事关生死，你居然还能忍着不说，良心被狗吃了？”梁洲冷冰冰地说，“陆乔，是他吧，你想嫁得好是人之常情，可是旭晖被撞成那样，半条命都要没了，你不但一个字不说，去年引资还为陆家奔波，韩菲，你做的还是人的事吗？！”

他胸中满是难以言喻的愤怒，冷酷尖锐的态度与往常截然不同。

韩菲也从未见过他这样的一面，啜泣起来，眼泪直流，咬着牙不说话。

马元进也冷着脸，没有劝架。

梁洲强忍着怒火，脸色已露出狰狞，他一手紧紧握成拳，暴喝：“滚。”

韩菲动了动脚，险些滑倒，不等人来扶，逃一样开门离开。

不知为何，叶言言心里一阵酸楚，红了眼眶。曹佳上前来扶起她，马元进给两人使眼色，意思是留出空间让梁洲冷静。

三人走出化妆间，叶言言回头看了一眼，梁洲已经坐在椅子上，挺拔的身体靠着椅背，露出无言的落寞。

Part 9

女明星的舆论战

韩菲不顾形象地坐在走廊的地上，手捂着脸低低哭泣，助理在一旁劝。

叶言言走过去，两个助理如临大敌。

她看着韩菲，内心已恢复一片平静，轻声开口说：“你对他的死已经漠视过一次了，可是你知道吗？在云南那一次，他本来也可以走，可是他……还是留下来保护你了。”说到这里，她的声音已经轻得近乎呢喃，“你怎么可以……怎么可以不认他……”

韩菲猛地抬起头，仇视着她：“都是你，你个害人精，你不会好过的。”

叶言言无所谓地一笑，既轻蔑又可怜地看了她一眼，不再浪费言语，慢慢走开。

知名女星韩菲掌掴新晋花旦叶言言的新闻不亚于一枚炸弹，震动了整个娱乐圈，更是在粉丝中引起轩然大波。各种冷言冷语、讥讽嘲笑铺天盖地地充斥在网络上。这件事距离之前云南传闻还不到两个月时间，影响范围进一步扩大，就连平时少看电视的人群也开始熟悉这两个名字。

韩菲掌掴的视频铁证如山，谁也不容抵赖，论坛上一片骂声。叶言言的粉丝对偶像挨了巴掌心疼得不得了，蜂拥到韩菲的贴吧和微博下进行语言攻击，部分韩菲的死忠粉极力抵挡，主张大多是“菲菲才不是不讲理的人，一定是有什么内情”，但是因为论点薄弱没有证据支撑，最后湮灭于一片批评声中。

这个时候，韩菲的老对头苏晓媛的粉丝也加入了混战，冷言嘲讽，说韩菲平时就装，现在露出了狐狸尾巴，人品本来就是这样。

韩菲粉丝双拳难敌四手，很快败下阵来。

圈内人士，不管与韩菲交情如何，都对直播的事三缄其口，观望宏成公司的动态，出乎众人意料的是，宏成的公关部在业内一向以动作迅速、方针正确而出名，这次事发几天，公司方面却始终没有什么动作，韩菲单方面关闭了微博评论。

叶言言事后也不做任何回应，娱记不分黑夜白天打了两天电话给马元进探求真相，马元进索性关机。

过了一周的热议，直到突然有当红小鲜肉的床照被爆，热点才被转移。

在网上争议如火如荼的这一周里，叶言言完全宅在家里。在挨巴掌的第二天，她曾去过最近的超市，刚走出小区一条马路就被人认了出来，戴着墨镜都不管用，还差点被闻风凑热闹的人堵在路口。经过这件事，她学乖了，要买的东西都委托曹佳带进来。

这天晚上，她突然想吃西瓜，在床上滚来滚去，想吃的念头越来越浓，实在没忍住，打了个电话给曹佳。曹佳提醒她：“这都快 11 月了，西瓜都是大棚里种出来的，不好吃。”

叶言言还是嘴馋。曹佳忍不住笑她：“最好吃的时候不吃，过季了才想吃。等着，我买了就来。”

过了一刻钟，门铃响起。

这么快？

叶言言高兴地去开门，打开门却愣住。

梁洲站在门外，身上穿着英伦风格的夹克，内配蓝色棉质衬衣，一双眼深邃似海，看到她的时候，露出微微的笑意。

叶言言不知该做什么反应，木愣愣地问：“你……有什么事？”

“一个星期都联系不到你，我担心你有什么事。”他淡淡地说，目光却盯着她。

她轻轻叹息，这个借口有些蹩脚。她的确在家开了飞行模式，怕受到打扰，但事先早已经报备过经纪人。他不可能不知道。

“我没事。”她回答。

梁洲问：“来都来了，不请我进去坐一下？”

叶言言有些为难：“已经很晚了。”

“还不晚。”梁洲往前走了半步，趁着叶言言手松开门的时候，硬是侧着身体挤进门里。

“言言，”他的声音低沉而柔软，有些讨好的意味，“我很累，就让我坐一会儿。”

看他眼下有些发青，下巴也冒出些青影，她有些心软，就在她还在思索的当口，梁洲已经坐到了沙发上。

梁洲少有这么赖皮的时候，以前和她一起时也总是成熟稳重，很少露出这么耍赖的一面。

叶言言无奈，关上门，去厨房倒了一杯热茶端出来，放到茶几上。

梁洲忽然伸手抓住她的手腕，她被吓了一跳，险些打翻刚沏的茶水。

她镇定住，抬起眼看他，示意他放开。

“陪我说说话，”梁洲松开手，拍了下身边的位置，“就一会儿。”

叶言言并未如他所愿，而是单独坐在一侧：“梁总，请喝茶。”

梁洲眸里闪过一丝受伤，他苦笑着拿起茶杯，抿了一口说：“不要这么喊我，以我们的关系，你这样喊就是故意在气我。”

叶言言慢悠悠地说：“上次已经说清楚了，我们现在没有关系了，你是我老板，我总不能没礼貌。”

梁洲看着她，也许是灯光的关系，她的身上仿佛带着一层光泽，把人照得像是玉做的一样。看得他心里一阵阵发痒，想好好抱一抱她，却被她撇清关系的举动刺得不能动作。

梁洲紧紧抿了一下唇，有些忍不住了，这种冷战，让他格外难受，消磨了他的意志，这一刻，他有些丢盔弃甲、一败涂地的感觉。

“言言……”他犹豫着张口。

门铃响起。

叶言言转身去开门，他也只好把话咽回肚子，同时心里疑惑，这个时间还有谁上门？

叶言言从曹佳手里接过西瓜，没有请她进门，曹佳感到奇怪，朝客厅张望了一眼，脸色一变，给叶言言一个“回头说”的眼神，以百米冲刺的速度飞快离开。

叶言言抱着西瓜回来：“要吃西瓜吗？”

梁洲怔了一下，不知道话题怎么变得这么奇怪，点了一下头。

叶言言进了厨房，从刀架上拿出菜刀，还没有下手，一只大手横伸过来：“给我。”

梁洲站在她身后，拿过菜刀，把西瓜对半切开。

看着他线条利落分明的侧脸，叶言言阻拦他继续切块，转身拿了个调羹，插进半个西瓜里，抱着走了出去，还不忘嘱咐，“剩下半个你切片吧。”

过了没一会儿，叶言言看见他也捧着西瓜拿着调羹出来。

两人面面相觑，都有些物是人非的感觉。

她舀起一大块，塞进嘴里，满足地叹息。可见不谈恋爱也有好处，以往她在他的面前，总是想着维持最美好的一面，比维持偶像包袱还谨慎，现在多自在。

梁洲也舀了一块吃，满嘴清甜的汁水，他心中仿佛有什么豁然开朗。

“对不起。”梁洲开口，声音低沉而沙哑，目光专注而执着地看着她。

说出口比想象中容易多了，梁洲心想。是的，他错了，他也深刻认识到这一点。

从本质上来说，梁洲是个演艺感情很丰富、真实感情经历却不多的人。之前交过几任女朋友，开头全部是女方主动，他并无反感，就以尝试相处这样的模式开始，过程没有任何特别，他工作作风冷峻强势，对待女友却温和从容，只要不是过分苛刻要求基本都能满足女方。但若是女方胡搅蛮缠，提非分要求，他也绝不纵容。几次恋爱的发展并没有因此渐入佳境，每一次到了最后，都是女方愤然提出分手。

就连曾经拍戏结缘，秘密恋爱过一个月的微博女王贺敏，也没能逃脱这个模式。她相貌美艳，性格直爽果断，分手时话说得依然犀利直接：“心里有人了还撩人，就是浑蛋。”

梁洲摸摸鼻子，分手之后给她介绍了一个国际品牌的代言，总算没给这段交往画上一个恶劣的句号。

和叶言言的开始却有所不同，他心里很清楚，这个女孩和他以前交往的女人大不相同，这个不同来源于他的态度。他关注着她，为她心动，忘记了公私的界限。她的笑容能让他感到满足，而她的乖巧，让他发自内心地欢喜，有时又莫名有些心疼，更有一份珍惜。

因着她乖巧，他又不自觉有些忽视她。真应了马元进经常说的那句话，会哭的孩子有奶喝。在云南出了事，叶言言受了皮外伤，韩菲年纪较大还丢了孩子，入医院时有凶险，醒来后又有些歇斯底里，威胁要找媒体爆料，梁洲不免多花了些心思。在病床上看着叶言言的睡颜时，他有些心疼地想，她还年轻，有他在，事业、感情都会顺畅，再熬一熬等一等，以后有的是时间补偿。

没想到事情的发展大大出乎他的意料。

她单方面断绝了联系，不管是电话，还是发消息都得不到回应，即使在公司里远远看到一面，她也毫无表示，就像是遇到了上司那样，保持着刻意的疏远。有一次，他故意走到她的面前，她学其他员工那样，客气地招呼他“梁总”，当时就让他憋闷，胸口像堵着石头一样，整整一天没缓过来。

那一刻梁洲突然明白了，她对他来说，是现在无法割舍的存在。

说完对不起，梁洲松了口气，同时心又微微吊起。

叶言言放下调羹，微微垂着眼，让人看不出她的想法。梁洲表面看着平静，实际上心里忐忑极了，比公司上市还紧张几分。

“我……”她紧绷的身体慢慢放松，抬起眼，“我知道你现在有点混乱。”

梁洲挑了下眉。

她嘴角翘了翘，笑得有些酸涩："韩菲的作为和你印象中有些不一样，你现在一定有点乱……"

梁洲皱起眉头："这和她没有关系。"

叶言言停了一下，把心底那些翻滚的酸涩和无奈强硬地压下去，鼻头憋得发酸，她怕自己软弱，移开了视线，不再与他对视。

"怎么会没有关系，"她说，"有些问题你需要正视……"

他再次打断她，语气有些强硬，也有些急躁："我的感情和想法自己很清楚，你不要这么武断地判定我的感情。言言，我承认在云南发生的事太过突然，我按轻重缓急来处理，对韩菲的照顾也是出于安抚的目的，并不是感情的投射。"

叶言言淡淡一笑，打断他："那些事已经不重要了。"

梁洲愕然，想解释的话全堵在喉咙里，随即又一阵心慌，他伸出手去握住她的肩膀，语气低沉，又仿佛带了一丝哀求："言言。"

她说："已经很晚了。"

一个晚上被下了两道逐客令，梁洲也没有办法再厚颜下去。

他把西瓜捧起来要拿去厨房，她说："我来收拾吧，怎么能让客人动手。"

梁洲无奈地看她，这小丫头片子，随口一句话都能让他心口发堵。

叶言言打开门，一副标准送客的架势。

梁洲走到门口，没有马上走，而是转身面对她："分手的事，我从来没有同意过。"

叶言言简直想哀叹了，这才看出梁洲固执的一面，她索性不回答，目光朝门外瞥。

梁洲拉住她的一只手，语气低沉，带着说不清道不明的坚定意味：“我知道现在说什么你都有怀疑，以后看我的表现好不好？”

言言鼻子一酸，险些要掉下泪来。可她到底忍住了，轻轻推开他的手：“都结束了，梁洲，我们好聚好散吧。”

梁洲把唇抿得死紧，手猛地握紧，飞快低头在她脸上亲了一下，动作迅速，让她都来不及躲。

“我给你时间，但别把狠心全用在我身上，我们之间没有办法好聚好散的。”梁洲说。

他说完利落地走出门，还顺手把门带上。

叶言言坐回沙发上，一点吃西瓜的胃口都没有了，她长长松了一口气，手不自觉抚着胸口，平复着乱成一团的情绪。

梁洲回到车上，脸色阴沉沉的，让李勤一句话都不敢多问。

车开动，梁洲问：“有烟吗？”

李勤递上烟和打火机，更觉得事态严重。梁洲年轻时有烟瘾，熬夜拍戏，抽烟抽得凶，后来硬是戒了，只有心烦的时候才会抽一两根。

烟雾从后排飘起，梁洲的心焦和烦躁总算有所缓解。他实在太想了，才这样闯上门去，原以为叶言言会心软，没想到她倒是决绝。是呀，这小丫头，外表看起来柔弱，实则有股韧劲，爆发力也有些惊人，韩菲不就是这样突然栽到她手里。

梁洲笑了一下，好聚好散，哪有那么容易，他终于明白之前那些女朋友最后愤怒的原因了，那个时候他都抱着好聚好散的想法……

可真投入感情了，又怎么能像说的那样轻巧？

好聚，好散。

他不允许。

梁洲上过一次门后行动果然积极了许多，时不时发条微信过来，嘘寒问暖、加衣添被提示不断。叶言言从没有回过一条，他依然保持着每天不断的节奏。没过几天，叶言言就变得烦躁起来，手机屏幕一亮，她下意识就要去看内容，心里像生出一个小钩子，时不时挠一下，不疼，但是痒得很。

她打电话和丽娜交流，丽娜传授经验："那是感情还没有断干净，你别回应，一回应就回老路上了，暧昧也不行，反正时间一长，他那里自然会淡下去。"

叶言言点头受教，当手机再次亮起，她以为又是梁洲，打开看微信，是导演陈谋的消息。

内容大致是《一斛珠》下半部投资已经到位，马上就要开机了。第一部后期制作全部完成，下个月排片上映，这个周末邀请叶言言先行内部观影。

叶言言此前一直隐隐担心着，在这半年里，她的负面新闻一直不断，热议度和知名度都高了，形象却明显有所下降。陈谋是国内导演界的大咖，对演员向来要求严厉。娱乐圈一直流传一则事例，曾有一线演员因为耍大牌，拍摄到一半直接被陈谋从片场刷下，经纪公司不知道赔了多少礼才挽回角色。此后陈谋宣布再也不与该演员合作，导致该演员后来大荧幕失利，事业也直线滑坡。

报复韩菲的那一瞬间，叶言言已经抱着失去《一斛珠》下半部角色的觉悟。她的演员合同只签了一部，以陈谋的魄力，也绝对干得出两部电影角色换人的举动。

幸好最坏的情况并未发生。

网上关于她和韩菲的直播讨论早已扩展很远，韩菲形象大跌，庞大的粉丝团体也未能力挽狂澜。这天凌晨，韩菲在微博上发了一张孤独坐着的背影，只写了三个字：好委屈。这又掀起一个小议论高潮。本来已经被网上各种新闻动摇的粉丝又坚定起来，不少人表示，韩菲是被叶言言算计了。还有宏成公司，为了抬叶言言上位，故意牺牲韩菲，毕竟韩菲已经合约到底，自己的工作室也在成立当中。甚至有种可能，这件事本身就是公司策划的。各种阴谋论应运而生，韩菲的粉丝很是活跃了一把。

叶言言的粉丝早已厌烦反复纠缠这个话题，回应大多是，事实摆在眼前，某些粉要装瞎子，大家不要拦着，让他们继续瞎。

叶言言最近已经习惯尽量少关注网上评论。到了周末，她仔细打扮，以一身 Valentino 的小礼裙出席观影会。

陈导气色很好，红光满面，打招呼时没有提到网上舆论的事，笑眯眯地提示：“后期剪辑得很不错，你们好好看看自己的表演。”

导演和主创的位置安排在第一排的中心位置，叶言言的左边是童宇诚，他的穿着打扮也很正式，显然很重视。看到她坐下，他的态度一如既往：“上半部拍摄轮到夏天，下半部拍摄又挨上冬天，我们这命可不好啊。”

叶言言被他的语气逗笑，左右看了一圈，问：“唐老师呢？”

主创基本已经到齐，制片统筹都已经落座，身为男主演的唐晋文还没有露面，她不禁有些意外。

“听说老唐扭了腰，现在起都起不来了，今天估计来不了。”童宇诚声音很低地说，在剧组拍戏的时候，他和唐晋文混得熟，很快从唐老师改成老唐。

叶言言吃了一惊，拍骑马的戏份时，她见过唐晋文戴腰托，知道他腰不好，没想到这么严重。

“那第二部怎么办？要延期拍摄吗？”她问。

童宇诚眨了一下眼：“刚才我在外面听到两句，好像要换人。”

叶言言很是后怕地为自己捏了一把汗，陈谋果然是连主角都能换的魄力导演。

内部观影会只有个大概时间，等主创到齐后才会开始。没一会儿，场内大多数人已经知道主演唐晋文因为腰伤发作无法出席的事，看陈谋没有宣布开始的意思，好像是在等人。

这个时候，还有谁能让导演陈谋等？众人心里都有这个疑惑。

很快所有人都知道他在等谁。陈谋站起身去门口迎进来一个人，身材挺拔颀长，眉眼英俊异常，没有人不认识他。

童宇诚首先吃惊：“梁洲？下半部不会是他来演吧。”不怪他压力巨大，前半部好不容把唐老师熬成了老唐，下半部又要变成梁老师了。

他朝叶言言使眼色，询问这是什么情况。

可惜叶言言也回答不出来。

“这不是你老板吗？”他忍不住嘀咕，“你这下属不称职啊。”

叶言言反驳：“你们老板的行踪是要报告你的呀？”

两人来回几句，梁洲和陈谋一边说话一边走进来，他漫不经心地朝场内看了一圈，视线移到第一排，在看到叶言言的时候逗留了一下。

童宇诚看起来大咧咧，实则心细如尘："我觉得你老板刚才看了你一眼。"

"你多心了。"叶言言回道。

童宇诚还要说什么，梁洲忽然朝他看来，目光波澜不兴，却让他把话全咽了下去。

梁洲径自走过来，在叶言言旁边的座位坐下，手轻轻搭在扶手上。

叶言言心跳急了些，身体有些僵硬。

童宇诚也莫名有些紧张，作为男演员，梁洲和唐晋文那是两座雄伟高山，只能仰视，难以逾越。他越过叶言言很谦逊地点头行礼："梁老师，您好，久仰大名，我是童宇诚。"

梁洲点了一下头，说："你好，我看过你拍的《罪证》，表演很有张力。"

他的态度很平常，童宇诚却喜滋滋的，叶言言眼角余光看到，这货完全不带一点矜持，一脸"我被影帝肯定"的自得。

陈谋站到电影屏幕前，说了一些拍摄中的困难和辛苦，然后感谢了一下幕后工作人员，最后宣布，下一部唐晋文因身体原因退出演出，由梁洲出演男主角。

会场上一片哗然。即使之前众人已经议论纷纷，但这个结果依然出乎意料。毕竟宏成娱乐已经正式上市，梁洲身价倍增，已经完全不需要靠片酬营收。没想到这个时候，他居然又回来接拍电影了。

叶言言也处于震惊之中。

陈谋回到座位上，会场内灯光全暗，屏幕亮起。

天空红霞漫染，低垂的云絮透着一束束薄淡的金光，洒落在飞檐高啄、雕梁画栋间，朱漆的宫门徐徐开启。

背景音乐跟着镜头响起，气势恢宏，优美大气。

电影一开篇，由皇子睿定入宫，在家宴中被皇后无形打压，心怀失意作为开端。陈谋的镜头细腻，短短三分钟镜头，宫廷内不见刀光剑影的争斗已经展现出来。

待天色灰蒙，睿定出宫，看到一个妙龄宫女从宫檐下顺走廊走来，暗青的曲裾，姿容妙美，弱骨丰肌，发髻上玉簪流苏轻轻摇动。

正被皇后催着结婚的睿定心中一动。

皇后太子一脉势力强横，他身为皇长子，前年已成年分府，因为一直没有立藩，明里暗里总是受到皇后打压。睿定的生母出身卑微，从出生之日起，睿定就注定与皇位无缘。原以为他成年分府后就能自主，谁知皇后还把主意打到他的婚姻上，硬想要将娘家支系的侄女指为他的王妃。

睿定回头遥遥眺望了一下正殿的琉璃瓦，微微眯眼。

同是龙之子，这万乘之座，看似近在咫尺，为何他连肖想一下都不成?

睿定俊朗的脸上闪过一丝乖戾阴沉。等他转过脸，已是恢复了平静，满腹勃勃野心、筹谋隐忍都藏了起来。

等宫女走近，睿定叫住她，问她姓甚名谁，来自哪个宫。宫女心中惴惴不安，垂头应答。直到睿定要她抬头。

她缓缓抬起头来，脸上一片茫然惶恐，但那玉雪小脸、星眸樱唇，以及从骨子里散发的温润妩媚，让已沉浸在暮色中的宫廷几乎为之一亮。

睿定久久凝视着她，目光渐渐柔软温和。他的母亲是个宫婢，他也要娶个宫婢为妻，总比娶皇后的侄女好。

“妾名子虞。”

睿定不动声色，双眸沉沉如暗夜，忽然笑出声，朗声说：“我记住你了。”他快步离开，与子虞几乎擦肩而过，子虞心里怦怦跳动，转头看去。睿定忽然站住，腰间长剑出鞘，砍下枝头一段盛开的槐花，团团白雪般的花朵，馥郁芳香。他风度翩翩，手臂一扬，扔到子虞怀中。

真真是斜阳如血，美人如花。

故事才刚开始。

童宇诚所扮演的皇子睿定看着尊贵俊雅，实则韬光养晦，暗地觊觎皇位，他的表演可圈可点，展现出超越偶像派的实力。

子虞出场则堪称惊艳，虽懵懂不知，在风云诡谲的宫廷中犹如墙角探出枝头的花朵，为充满着权利角逐、兄弟阋墙的背景里添上亮色。

由他们两人拉开故事的帷幕，直到皇帝唐晋文露出真容，观影的人马上被电影里的张力所吸引，跟着兴奋起来。

不愧是老戏骨，温和从容的外皮下，那股天子气势从大荧屏上森然而出，不费功夫，只言谈举止之间，就让围绕着宝座的人们百态尽出，他却冷眼旁观，洞若观火。

随着故事推进，叶言言的发挥也渐入佳境，她饰演的宫女子虞，身份是罪臣之女入宫，嫁给睿定为王妃，一心想要逃离那个算计重重的宫廷，没想到丈夫一心想扳倒太子，夫妻之间虽有情谊，却渐行渐远。当她站在皇家猎园，看着睿定带扈从纵马离去，她的裙裾在风中飘扬，神色落寞，不胜悲凉，把人物内心展现得淋漓尽致。

直到她为人算计，与皇帝私处一室被人撞破。朝臣攻讦她不拘礼仪，德行有亏。

睿定面对各方压力不发一语，看着她，然后渐渐沉默。

子虞选择出家避世。

大雪飘零，高檐大殿尽覆雪色，子虞一袭滚银边白青色大氅，带着几个仆从离开王府，她忍不住抬头远远回望了一眼，上马车之前，手指轻颤，一颗泪淌了下来。

女子素净到极致的容颜，于一片雪白中却仿佛走出了极端的艳，只一个镜头，烙印一般让人过目不忘。

红颜多舛，人群中有人叹息。

看到这里，梁洲也从惊艳中回过神来，他拍戏十几年，早已经对美色免疫，没想到现在看到大荧屏上的她，仍旧有种目眩神迷的感觉。

梁洲转头看一眼身边，叶言言专注地看着屏幕，眼神里还有几分哀伤，情绪被带到了角色里。

陈谋的电影，对人物挖掘较深，对演员的神韵捕捉也是功力深厚，叶言言的美，在平时看来并不张扬，有些润物细无声的感觉。经过他的大镜头捕捉，却将更深一层的妩媚和清艳勾勒出来。梁洲原先看角色介绍时，还曾担心叶言言稚嫩，不能承担这个角色，现在看来，简直是勾魂摄魄，引人入胜。

作为女人，梁洲对她一直是欢喜而渴望的；作为演员，今天的她再次深深打动了他，让他内心产生了一种向往。屏幕上故事转换，女人的身影却牢牢吸引了他的目光。

子虞在寺院中遇到暗杀，差点丢了性命，痛定思痛，终于下定决心回到宫廷。谋划一番，她主动勾引了皇帝。

镜头一转，檀香木牙子大床上，围帐重重，银钩高挑，两人肢体交缠，颠鸾倒凤，子虞体态撩人，皇帝体魄健壮，两人纠缠在一起的画面，既唯美又暧昧难言，屏幕里流露出一股不流于俗的情欲气息。

梁洲猝不及防，明知是拍戏，心里还是莫名喷薄出怒气和酸涩，他悄悄握紧了拳头。

子虞回到宫中，有了丞相作为后援，很快适应了宫廷生活，设计了巫蛊案，充分利用了皇帝的疑心，将皇后置于死地。

这位从宫婢到王妃，出家后再次入宫的传奇女性，终于露出了峥嵘锋利的一面。

影片的最后，丞相走入殿内，对子虞劝说："皇后被贬庶，太子在陛下面前跪伏了一整日。娘娘，花草若是留根，春暖花开还能重遇生机，何况皇后不是柔弱的花草，是野心勃勃的藤蔓。太子不会忘记生母，有朝一日登上大宝，我们该如何自处？"

子虞想了许久，幽幽一叹："陛下已经失去了妻子，他一定不想再马上失去儿子。"

丞相道："只盼娘娘不要为今日的心软付出代价。"

他已看出子虞对皇帝动了情思，走出大殿时感慨，妇人心慈，不堪大谋。转头回望一眼，那个丽人倚在玉座上，发髻微垂，脸庞如玉，神色平淡，透亮的日光映在她的身上，皎皎如雪凝。

电影播完，全场响起雷鸣般的掌声。阵容豪华，画面精致，一个争权夺利、江山红颜的老题材，在名导手中也展现出很不一样的方式和内涵。作为陈谋暌违四年的回归之作，两个资深影评和投资方都打了高分，对电影持乐观态度，观影后给出保守估计五亿票房的结论。

会后有一个饭局，投资、制片和主创团队全体出席。

陈导酒量过人，和演员剧组们轮流敬酒，对演员评点了不少，没有一个落下。

“唐晋文不用说，童宇诚表演有突破，可以偶像转演技了，叶言言表现可圈可点，学习能力很快，人漂亮，经得住大荧屏考验，以后好好发展，”他脸色微酡，指着两人，“说不定能成为影帝影后。”

众人听出他对电影寄望很高，都捧场大笑。

唐晋文不在，作为主演的童宇诚和叶言言今天备受关注，不少人上前来打招呼敬酒，尤其是投资方几个代表，都表现出对叶言言莫大的兴趣，拉着她喝酒碰杯，表示还有其他电影投资，还是请她做女主角。

无论是资历还是咖位，叶言言都是在座最小的，没有逢酒必推的本领，只好每次小抿一口，饶是这样，半桌下来，也喝了不少酒进肚。

一个投资方老板见她只喝一口，逮住不放：“叶小姐，我们公司在三亚开了酒店，风景特别好，还缺个代言，我看你条件就很好，还可以顺便去玩一圈，你看怎么样，干了这杯，代言就这么敲定了，酬劳数字绝对不让叶小姐失望。”

叶言言参加的酒席不多，但对酒席上的话也不怎么当真，笑了笑婉拒。

那老板见她双颊微红，双眸星亮，心里越发痒，只缠着她说话劝酒。

梁洲隔了几个位置，和陈谋坐在一起，早就注意到这里的动态。换了其他演员，撒娇撒嗲，就圆滑周旋过了，叶言言却老实，敬酒都喝，在座没有人看不出她酒局经验少的。再看到那个投资老板纠缠不清。梁洲无名火起，按捺着性子陪陈谋说话，再看一会儿，只见那老板伸手要去拉叶言言的手臂。

梁洲站起来，走过去拉起叶言言。

“王总，小姑娘家家不懂事，不会喝酒还硬逞能，您多包涵。”他不硬不软地说。

那老板错愕了一下，对上他冷峻的眉眼，面上哈哈一笑，心里却多了些想法。

叶言言这时候乖巧地站在他身后，梁洲回头瞥一眼，看她面如桃花，眼含秋水，已带了些醉意，想到把她放在这虎狼环伺的环境里，胸口直发堵。

梁洲去和陈谋打招呼要先走。陈谋自然没意见，只是目光在两人身上一转，露出意味深长的笑。

“行了，走吧，”陈导说，“这样的后辈，难怪你上心了。”

梁洲没有反驳，带着她离开。

刚走出大门，叶言言就甩开他的手：“我没醉。”

“你这个样子不行，我送你回家。”

叶言言摆摆手：“行了，我自己知道回家。”

有人进出酒店，见到身穿小礼服的美女，不由得就多打量了几眼，这一看，还有点眼熟。

梁洲见状越发心烦，一把抓住她的手：“看看这是什么地方，少跟我闹。”

他不放手，一直把她拉上车。只一会儿，叶言言开始脚下发飘，从眼里看他都快要重影了，连影子都是板着脸的凶恶样子。她有些委屈，可脑子里也有些乱，她哼哼两声，坐到车上，转动身体说：“我们都分手了，你管得真宽。”

梁洲瞪她一眼，按住她的身体，要拉安全带，离得近了，她身上淡淡的幽香和酒气相夹着钻进鼻子里，梁洲动作停顿了一下，随即脸色更沉，扣好安全带后坐回自己的座不理她。

叶言言哼着小调，本就五音不全，根本辨识不出歌曲。

梁洲看她微醺的样子，心里火烧火燎的，想到刚才饭局上的情形，胸口燃起熊熊烈火，冷声说：“傻乐个什么劲，还真想要什么三亚酒店代言？”

叶言言脑子里还有些不灵光，困惑：“什么代言？”

梁洲冷哼一声，过了一会儿，问：“那你高兴什么？”

叶言言翻他一个白眼，一副理所当然的样子：“陈导夸我没听到？”

她近来总是冷脸，两人很久没有这么坦率交流过了，梁洲看着她，心情莫名又有些好转：“就这么两句场面话你就高兴了？”

“那是我的目标，陈导说能成功。”她想了想，微笑着说。

“目标？什么目标？”梁洲问。

“影后呀。”叶言言睁着眼，水汪汪的一片。

梁洲心想，原来被陈谋说到了重点，让她那么喜滋滋的。看她微微摇头晃脑，傻乎乎很乐呵的样子，他莞尔：“就这么高兴？”

叶言言回他：“也有不高兴的。”

陪着酒醉的人说话还挺新鲜，梁洲笑笑：“哪里让你不高兴了。”

叶言言眨眨眼，看着他：“你呀。”

梁洲面色一沉。

叶言言还在那高兴地说：“怎么要和你一起拍戏呢，一点不开心。”

梁洲心里最软的一块骤然被她戳痛，板起脸，可是和一个酒醉的人有什么计较的？他心里百味杂陈，颇不是滋味，转开脸对着窗外。

叶言言没人搭理，又独自哼着不成调的歌曲。

梁洲亲自把她送上楼，交给曹佳，叮嘱她仔细照顾，不要忘记解酒。最后要离开的时候，看着叶言言已经困倦合上眼打盹的脸，心里有些舍不得，视线在她脸上徘徊许久，终于忍不住，轻轻在她的脸蛋上啜了一口。

车子掉头往梁洲住所驶去，手机振动，梁洲心事重重没有听见，直到手机停顿，再次振动。

他接通，听清那头的说话内容，脸色陡然一变：“醒了？”

叶言言是第二天醒来看到马元进的短信，才知道旭晖醒来的消息的，她惊呼了一声，猛然坐起，头一天的酒劲还没有完全过，脑袋有些发胀。她简直要疑心这是一场醉后的梦，反复查看了信息内容，眼眶蓦然潮热，心里充满了又惊又喜的情绪，仿佛心中长久悬着的大石终于落到了实处。

她翻起身，匆匆换了衣服，没有通知助理曹佳跟随，一个人叫了车去医院。

赶到医院时，叶言言直奔病房区，却扑了个空，病房里空无一人，她赶紧打了个电话给马元进。被告知他们在 CT 室做检查。她一路小跑到 CT 检查的走廊外。检验室家属也不能陪同，梁洲和马元进都候在走廊里。看到她，马元进走过来，神色有些复杂，有几分欲言又止。

“这么快就来了，我还以为你得下午来呢。”他说。

“怎么样？醒了？”叶言言着急地问。

马元进摆手，示意她到走廊外，慎重地开口：“旭晖昨天晚上突然睁开眼，把护工吓了一跳，医生先做了检查，说可能只是反射神经，和脑部活动没有关系。”他停了一口气，脸上肌肉微微一动，“植物人里这种情况不多见，但也不是没有，可是到半夜，他的手指也开始动了。”

说到这里，马元进的声音有些抖动，显然情绪有些激动：“主任医师说，很大可能是脑部活动的显征……”

叶言言深呼吸一口气，小心翼翼地问：“那意思是？”

“他也许已经醒了。”马元进说，“只不过躺得太久了，意识和身体还没有同步，但是，一部分意识肯定已经苏醒了。”

听到他肯定的答复，叶言言一下子说不出话来，过了片刻，眼圈微微泛红。

马元进显然也有些激动，却极力忍住：“已经进去检查了，很快就会有结果的。”

两人回到走廊里，梁洲脊背挺得笔直，目光时不时看向 CT 室门口，表情看起来还算平静，只是眉头微皱。看到她的时候，目光定了定，什么都没有表示。

三人各自占了一块地方，也没有过多交流。

门打开，护士推着轮椅出来，沈旭晖果然睁着眼，木愣愣地看着前方，脸色蜡黄，脸上已经不见肉了，全凹了下去，头发微长，几乎盖在眼皮上。梁洲当先走过去，蹲下去，轻声唤：“旭晖？”

沈旭晖眼珠朝他的方向转了转。

梁洲控制不住双手颤动，轻轻搭在他的肩上：“好，好。”他连说两个好字，声音波动，显然有些不能自抑。

马元进也凑脸过来：“旭晖。”

沈旭晖视线又朝他看过来。

叶言言嘴唇微动，她显然不能像他们两个一样，这么自然地喊出他的名字，他还是布偶的时候，她从来没有喊过他的名字，轮椅里憔悴瘦削的他，让她几乎不能把他和精力充沛的布偶联系起来。

“你……你好。”说出这句话的时候，她几乎要落下泪来。

沈旭晖对她的声音却没有什么反应，视线始终对着前方。

护士说：“病人还没有恢复，意识完全苏醒需要时间，你们不要急。”

梁洲认真地答：“不急，几年都等下来了，醒了就好。”

叶言言把有些失望和忐忑的心情藏起来，心想，是呀，有什么事能和他醒来相比。

把沈旭晖送回病房，他睁着眼，有时会打量周围，身体还有些僵硬。看过 CT 结果，医生判断沈旭晖的情况堪称医学奇迹，还说后面会有非常漫长的复健期，身心都要经受非常巨大的考验，在这之前，他先要补充营养，恢复身体健康。

沈旭晖对周围的反应很迟钝，很快就疲惫了，闭上眼休息。

马元进催叶言言回去休息，说：“过几天就要开机了，你脸色不好，回去休息吧，这里有我和梁总呢。”

叶言言磨蹭了一会儿，见病房里她的确插不上手，再朝病床上认真看了几眼，才离开。

马元进忙里忙外，和医生确认了最新的检查日程和调理菜单，回到病房，只见梁洲撑着胳膊站在走廊尽头的吸烟处，手里夹着烟头，烟雾中闪着红光。

回病房放下东西，马元进看着病床上平静躺着的沈旭晖，长出一口气。

来到吸烟处，马元进摸出烟点上："旭晖醒来了。"

梁洲没有说话，白雾腾起，让人看不清他的脸色。

"我也给韩菲发了消息，到现在也没有回应，"马元进笑了两声，"看来做贼心虚得厉害，这阵子派人重新查了查，当年车祸的事，和陆家那龟孙子脱不了关系。"

梁洲露出一个讽刺的笑容："合同还剩两个月到期，工作室早就注册好了，她准备自立门户不是一两天，现在不过提前了几步。"

"先前我就奇怪，陆家从来没沾过这个圈子，为什么想要注资，这次就顺便查了一下，原来是云南上面变了，陆家在当地也快撑不下去了，霸道了那么多年，早有人看不顺眼了，地方上的保护伞去年又倒了，他不是主动事业转型，是被逼着北上谋生路。"

梁洲弹了一下烟灰，姿态潇洒："他的情况，我已经和其他娱乐公司通过气，没那么容易让他进来。"

"还有些东西，是云南地界上的，有不少人想搞陆家，还有些材料。"马元进说，"照理说和我们半毛钱关系也没有，可正好碰上了，我就照你的意思，给他们指了条明路，让他们到北京来把材料交上去。呵，够陆家喝一壶的。"

梁洲只回答了简单的一个字："好。"

马元进仔细瞅他的神色："韩菲呢？就这样放她自立？"

梁洲面无表情："她欠旭晖的，等旭晖完全清醒了由他决定。"

两人聊着抽完一支烟，还是站在吸烟区没挪动。

马元进叹了口气，忽然又笑：“以前听说因果报应，我还只当是电视里哄人的，没想到，旭晖真能醒来，老天爷真开眼了。”

梁洲笑了笑。

马元进发现梁洲似乎还藏着些心事，心下一琢磨，忽然说：“你和言言怎么了？”

果然被他猜中，梁洲面色一紧，眉宇间有紧绷的痕迹，抿紧唇沉默不语。

梁洲向来擅长隐忍，马元进继续猜测：“她今天脸都没洗就来医院了，之前那些不寻常的事果然是真的。旭晖这小子，昏迷了两年，居然躲在漂亮姑娘身边。”

梁洲脸上说不出的古怪，眸色深沉。

马元进刚说出口，也发觉有些不对，再看梁洲的脸色，恨不能收回这句话，只好干笑两声：“也没什么，旭晖就好像是言言的老师一样，不然这丫头怎么能演技进步这么快。”

梁洲只听他说没有表达任何意见。把沈旭晖的事安排好，他又坐了许久才离开。

回到家里，梁洲先进浴室冲了个澡，水哗哗而出，开头是一段冷水，他没有躲，任由冷水冲刷身体，心里的不安紧张都渐渐冷却。

很快就入冬了，街上树枝渐渐光秃，露出萧瑟的寒意。叶言言又去了医院几次，沈旭晖在恢复中，身上长了些肉，开始做些基本动作和语言功能的训练。她有些心急，忍不住问他是不是还记得她。沈旭晖笑笑，没有什么表示。医生在一旁劝说，卧床几年失去意识，他的恢复需要很长时间。

看他一次比一次精神，又像个孩子似的练习说话，犹如重获新生。叶言言叹了口气，放下心中所有的疑惑和遗憾。在他还是布偶的时候，最大的心愿就是回到身体，用了几年的时间，事情终于回到正轨，她又何必一定要追根溯源，追寻过去呢？

复健房里，沈旭晖靠着扶手反复做着抬脚的动作，没有迈出去一步，他已经大汗淋漓。叶言言走到窗前轻轻敲了几下，他循声看过来，一看是她，咧嘴笑了一下，眉毛上还挂着汗水，这个笑容显得纯净而开朗。

叶言言不禁想到照片上的他的样子。隔着玻璃，她以口型说：我要拍戏去了，离开几个月，你好好训练，恢复身体。

沈旭晖看着玻璃窗外的女人，迟钝了一拍，有些分辨不出她想说的话，可是看着她的脸，他的心脏仿佛感应到了什么，跳动得特别用力，他无法忽略，认真而专注地看着她，笑着点头："好。"

12 月，《一斛珠》第二部电影低调地举办了开机仪式，拒绝了媒体采访，开始了封闭式拍摄。

冬天的阳光有些暖，叶言言坐在片场看剧本。第二部的故事基调有些悲伤，故事结尾，她已经看了好几遍，每次看到心中依然充满了伤感。身边突然有些嘈杂，她抬起眼来看。看到梁洲换了一身冕服，黑色上衣，红色下裳，衣袖腰带都绘有掌纹。他穿什么像什么，以前的电影里，穿着一件破皮袄子，就能把落魄孤傲演得入木三分，现在换成了皇帝，他神色平静冷峻，目光又黑又沉，不言不语也有一股威严，让人蓦然生出一种在他眼前什么心思都被看穿的感觉。

梁洲的戏份安排都压缩在两个月里，他毕竟还有一个刚上市的大公司需要管理。剧组配合他的档期，把拍摄安排精细到了小时。

陈谋看到他定妆，笑着说："就凭你这张脸，我的票房就已经有保障了。"

作为演员，梁洲已经经过了年轻时皮相为主、中期舍弃皮相追求演技，到现在完全根据角色需求来决定皮相的各个阶段，听导演调侃，他也不以为意，反而笑着说："那好，分红不能给我少了。"

陈谋哈哈大笑，宏成本身就是投资人之一，说到底，他才算是这部电影里给梁洲打工的。他拍着梁洲的肩："你别忘了我的导演红包才是。"

陈谋对梁洲的演技十二万分放心，根本不说戏，要求只有一点，和第一部的人物性格衔接起来。转头找了叶言言讲戏。

叶言言走过来，和梁洲目光对上，她有些不自在。沈旭晖醒来后没多久，梁洲单方面的微信就停止了，他们之间已经完全断绝联系有半个月时间。梁洲看到她，虚点了一下头，转身走开，留下空间给导演说戏。他的言行动作再普通不过，叶言言说不出自己心里的感受。也许就像丽娜和她分析的那样，她的内心深处还有眷恋。

有些感情，有些人，不是想忘就能忘，要剔除干净不留一点痕迹，必然是要伤筋动骨，长久消磨的。

她微微垂下眼，把所有的想法和心思都藏在了平静的面孔下，认真听导演说戏。

当天的拍摄极为顺利，梁洲的演技早已炉火纯青，圆润不带痕迹，叶言言的表现也是可圈可点。

“OK，过！”陈谋看着监视器，对两人的表演极为满意。

接下来还要补一条拍摄面部特写。

叶言言从蒲团上站起来，对梁洲招呼说：“梁老师，我去补妆了。”

梁洲微怔，默默无语，没有表示，等她走远了，他在台案下的手已经紧握成拳，烦躁得几乎想擂一拳才能发泄。

拍摄完毕，卸了妆回到酒店，梁洲休息不到半小时，接着视频会议，查看邮件，又接了两个电话，忙到晚上十点多才空下来，桌上放着的盒饭早就凉透了。他也没有什么胃口，站起来对着落地窗外看了一会儿，拿起桌上的剧本翻着看。没看几页，他不知不觉又想到白天拍戏的情况。

没想到才三年的时间，当年那个青涩得动不动就脸红的女孩，演技已经这么纯熟了，和他对起戏来半点不露怯，一举一动都像是从剧本里跳脱出来的人物。反而是他，这两年没碰过剧本，乍看到她转身的第一眼，险些有些着迷走神。

梁洲有些苦笑地想，旭晖看人的眼光真是准，选中的人都是有天赋的。

房内灯光明亮，外面却已经是漆黑一片，他从落地窗上看到的是自己的影子，背景一片空旷，仿佛只有自己一个人。梁洲胸口生出一股烦躁，从桌上拿起烟点了一根。

李勤从客厅走进来，看到他抽烟，忍不住劝：“梁总，你最近抽得有点凶。”

梁洲侧过脸来，灯光勾勒着他英挺俊美的侧颜，他伸手把烟头掐灭：“最近有点事。”

李勤多少能猜到点，这些事都不是外人可以劝的，没看见马胖子平时话多，真到这种时候嘴巴跟缝上了一样，半个字都不说。李勤跟了梁洲好几个年头，看他近期几乎没有几天展眉的，整个人绷得像是上了弦似的，想了想还是说："我看叶小姐温温和和的，容易心软……"言下之意，只要你多花点工夫，总能把人追回来的。

梁洲笑了一下，心想你是没见过她牙尖嘴利能气死个人的时候。

何况，他还有另一个顾忌，自从旭晖醒来，她站在床边红着眼圈的时候，他就有些疑心。马元进曾隐晦地劝过，说两人是革命友情，如果这两年旭晖真是有知觉，也只是一个布偶，能发展出什么？梁洲想到叶言言，设身处地地想，换了他，和她朝夕共处近三年，能没有什么其他想法……

想到这里，梁洲不免有些自责，一个大老爷们儿怎么心眼这么小？可是这个念头就跟扎了根的种子，一旦产生就难以消除。梁洲沉默不语，自从他意识到这件事的可能性，就没有再发消息给她。

他需要时间来理清楚感情，这段时间，他不仅开始抽烟，还抽得更凶了。各种念头反复纠缠在他的脑子里，他对她的思念却不可遏制地变得更加清晰。他甚至开始后悔接拍了这部电影，在最想逃避的时候，还必须每天面对她。

在戏里亲热的镜头，让他清楚认识到，他多想念她在自己身边的感觉。

梁洲思绪沉沉的，又想抽烟的时候，发现桌上的烟盒被李勤拿走了，他无奈地苦笑一下，拿起手机，思念的滋味太难受了，他输入信息：我想你了。

然后点击发送。

叶言言起床的时候发现微信提示，打开一看，是顾沛东大半夜的好几条骚扰：

你在拍《一斛珠》？

这么早就睡了？

过几天给你一个惊喜。

算了，还是直接把惊喜告诉你吧，小爷我也要来剧组了。三皇子成年角色，怎么样？

怎么我接拍的角色都是单恋你的，剧本是你写的吧？

叶言言几乎能想象他打字时的嘴脸，不禁撇了一下嘴，发了一个自定义的鄙视表情过去。微信上还有未读信息提示，她再一看，是梁洲的，四个字：我想你了。

她愣在那里。

到了片场，梁洲已经在上妆了，他演戏十几年在业内一向以敬业闻名，即使拿了大满贯的影帝，拍戏还是会提前到片场，刮风下雨从不迟到。

叶言言路过他的化妆间，加快脚步，也没有打招呼。不知道为什么，她昨天还能镇定，无事人一样对着他，今天早上看到那条消息的时候，她对着手机屏幕很长时间，直到曹佳催促，她才回过神来，对着镜子一照，后知后觉地发现，原来自己的眼睛已经泛红。

今天拍的是皇帝和子虞相处的片段，接着昨天的戏份。叶言言心里有些不踏实，好几次细节都出了错。侍奉皇帝更衣时，眼神有些飘忽，和皇帝对话时眼神表达不对，还有一次忘记走位，几乎挡住半个镜头。

陈谋很无奈，眼看昨天表现还堪称惊艳的演员今天频频出错，他提示了几次，发现叶言言有些状况外，这种时候俗称出戏，碰上的时候只能靠自己调整。他让全剧组休息半小时，单独给她讲戏。

叶言言有些沮丧，遇到这种时候，越急越容易出错，她自己也知道原因，可是潜意识里总是有些别扭，让她不能集中精神。

梁洲拿着剧本，开导她说："不要着急，休息一下，时间不够我再和导演说。"

叶言言狠狠瞪他一眼，都是他惹出来的，装什么无辜！这个时候和他相处简直让人喘不过气，她愤愤地扔下剧本，站到花园边去休息。

梁洲沉默地望着她的背影，唇角勾了勾，沉不住气，这才好，说明她也不是完全不在意，要是她心平气和当作什么都没有发生过，他才要呕死。

他的心情骤然有些转好。

叶言言的状态不好，这天的拍摄就有些拖沓，幸好她的自我调整还是有效的，到了下午的时候，状态已经恢复了许多，不再犯低级错误。

皇帝将要出宫行猎，子虞身感不适未能随行，御驾临行前一晚，皇帝到殿中来看她。

子虞开玩笑似的说："妾若死了，陛下，妾的兄长若有什么差错，还望看在妾的面子上宽容几分。"

皇帝坐在床头，看她平淡论起生死，笑容恍恍惚惚的，心下不知作何感想，握紧她的手道："年纪轻轻，怎么就谈起生死？太医怎么说，叫来让朕问问。"

子虞拦住他："在宫中见多了生死，才生出这种感慨，陛下不必挂心。"

皇帝拥她入怀，低着头，呼吸拂在她的发上："你别操心，万事有我。"这句话的分量有些重，说完他自己尚且一愣，更别说子虞了，停了一瞬，他又说，"等我回来，为你猎一条白狐领子。"

她微微抬起头，去看他的眉眼，瞳眸相对，里面仿佛只盛着她的影子，她不觉有些心酸，低声说了一句："好。"话音才落，嘴唇颤抖，不知不觉一滴泪从眼角滚落。

殿内气氛异常，缱绻中仿佛藏着无言的悲伤。

二号机位贴近拍摄两人的特写。

陈谋没有出声打扰，这个状态是今天最佳，他盯着监视器不放，很快就注意到梁洲的表情，他抱着叶言言的姿势已经很久了，可是整个人犹如老僧入定一般，纹丝不动，他的神态眼神在特写镜头下无所遁形，分明写满了感情，难以压抑和隐藏。

陈谋一怔，看看监视器，再抬头看一眼床上的两个人，若有所思，终于开口："OK，过。"

两人分开，各自补妆休息，陈谋留了份心观察，这一下发现不少端倪，叶言言走到哪里，梁洲都在注意，视线时不时就要跟过去，分明紧追不放。

这滑不留手、从不给媒体报道私生活机会的影帝，原来还有这么一面，陈谋不由得发笑，呵呵。

拍摄完毕，李勤得到梁洲示意，请剧组人员吃饭，请到叶言言的时候，她不假思索地拒绝。

李勤苦着脸，私下去和曹佳说，曹佳又来劝："剧组工作人员不知道，到时候以为你耍大牌呢。"叶言言一想还真是这么回事，卸妆之后还是跟着一起去了饭局。

陈谋和梁洲往席上那么一坐，工作人员总觉得拘束，幸好今天两人心情都好，说说笑笑，气氛很快就炒热了。

梁洲和叶言言分别坐在导演左右，服务员进来送酒，正要往叶言言的杯里倒，梁洲忽然说："她不喝酒，换其他，就果汁吧。"

陈谋又是呵呵一笑，其他人看到这一出，各有想法。

叶言言朝梁洲看一眼，很不赞同。

他却当作没看到，干预她的举动做得特别自然。

这一晚谁也没有拿酒去敬叶言言，梁洲有意无意摆出保护者的姿态，大家都是识眼色的，没有人去尝试。

叶言言憋屈得不得了，连童宇诚和她说话都拘束了许多，完全没有之前的熟稔劲。

饭局结束的时候，他走到她的身边："走，回去吧。"

叶言言语气不是很好："我有车。"

"我让司机先回去休息了。"梁洲说。

叶言言无语，朝曹佳看去，曹佳点点头默认了梁洲的说法，并用眼神解释，梁洲是公司老板。

旁边的人都在暗暗关注这里的动态，叶言言不想惊世骇俗地闹出新闻，静静跟着他出门。

出了门冷风一吹，他回头要牵她，她躲开："这样不太好，我们已经分手了。"

梁洲看着她的脸，一双眼里蕴着隐隐的光："我想你，言言，你就半点感觉都没有吗？"

叶言言没想到他会这么直接，一下说不出话来。

“我也想过，就这样分手，时间一长，再难受再痛苦都会过去，”梁洲的声音在冷风里异常炙热，“可是这么长时间过去了，我还是想你，太难受了，我好像熬不过去。言言，之前是我做错了，不懂珍惜，现在我已经知道了，你就不能给我一次改过的机会吗？”

梁洲没有想过自己也能说出这么肉麻的话，但是说出口了，他却感到格外轻松，仿佛身上所有的想法和顾虑都为之一轻，他暂时什么都不想去想，只想看着眼前的人，彻底放开一次。

他旁若无人，只专注地看着她，等待答案。

叶言言避开他的视线，她想到丽娜说的，不能给他一点希望，不然就断不了，可是女人天生就是容易心软的生物。她微微张口，犹豫了半晌才说：“我不知道。我要想想。”

这一晚叶言言翻来覆去睡不好，她的恋爱经历不多，大学里那段学生恋爱糊里糊涂，有种顺应潮流，顺水推舟的意思，分手也只是感到遗憾，直到遇到梁洲，她才真正体验了一把痛彻心扉，哪怕已经过了段时间，想起来依然感觉得到心口钝钝的酸楚。

闹钟响的时候她眯眼看了一会儿窗外，晨曦散发着温润的光芒，让她心思渐渐安定下来。

到了片场，气氛已与之前有所不同，经过昨天的饭局，不少工作人员猜测她与梁洲关系匪浅。

叶言言自己存了点心事，倒没有注意到身边的微妙变化。

今天晋王睿定与太子的戏份占大头，要到下午才上戏，叶言言不急着化妆，倒是梁洲，看到她来了，体贴地问："吃过早饭了？李勤多买了一份。"

叶言言饿着肚子来的，但下意识地回答："吃过了。"

梁洲笑笑，拉开身边的活动座椅，看她站着像是回答老师提问的学生，莞尔："坐呀。"

叶言言坐下，曹佳有些尴尬，她买了早饭不知道要不要拿出来，瞅着两人。

梁洲把李勤买的三明治和牛奶放在两人座椅间的小桌上，往她面前推了推："上午没有戏，你可以睡晚点的。"

叶言言不吭声，她没睡好要怪谁？

梁洲仿佛看穿她心里的想法："吃吧，不吃早点最伤身，你本来也没几两肉，再瘦就不好看了。"

叶言言无语，听前半句还挺窝心的，后半句就有点戳心肺。

她冷冷地说："你这审美过时了吧，现在都是瘦了好看。"

梁洲被她反呛，半点脾气也没有，想到年纪大她一轮还真有些心悸："行行，怎么样你都是好看的。"

他的态度一放软，颇有厚脸皮的架势。反倒是叶言言有些吃不消，她拿起三明治就吃，端起牛奶就喝，那股恶狠狠的劲儿，像是在吃谁的肉。

其他工作人员正悄悄注意两人的动向，看到这里心里越发确定传言。

上午拍摄完。下午又是宫廷中的戏份，过程很顺利。

陈谋脸上带笑，站在监视器面前，又倒回去把拍摄内容看了一遍，梁洲不知道什么时候走到他身边，跟着他一起看镜头。

“小姑娘真不错，和刚开始拍电影的时候已经完全不一样了，呼吸、节奏、神韵都把握得很精准。”陈谋点评说。

梁洲听得心情极好，嘴里还谦虚：“那是你这个大导演调教得好。”

陈谋瞥他一眼，呵呵笑了两声：“这是你挖的好苗子，关我什么事。要不是你给出条件，我第二部差点都要换人了。”

梁洲说：“现在不后悔吧？”

“怎么会后悔？”陈谋露出老奸巨猾的笑，“其实我原本也没打算换她，只是借机谈谈条件，压一压演员薪酬，没想到你自投罗网地进来。我这赚大发了，怎么？你这尊真佛也动了真心要入凡尘了？”

梁洲挑挑眉头，却没有否认，实际上这两天他的举动也完全没有避嫌，大大方方任由众人猜测。

“我看小姑娘性格脾气都挺好的，你可得把握住了。”

梁洲坦诚地说：“我是奔着结婚去的，不是瞎玩。”

这下换陈谋有些吃惊，若是把梁洲结婚的打算爆出去，绝对是娱乐圈一枚核弹。

这时片场门口有工作人员领头带着人走进来，不断有人打招呼，显得很热闹。他抬头看去。

一个身材挺拔，长相极其出众的年轻男人在工作人员和助理的陪同下走进来，四处张望，没有先来和导演打招呼，反而几步冲到正在补妆的叶言言面前，两人显然熟识，见面就说笑起来。

从画面来看，男俊女娇，十分融洽。

陈谋朝身边的梁洲看了看，就见他虽然脸上还挂着淡淡的笑，眼神却警惕地紧盯着那一边不放。

这样的梁洲他从未见过，陈谋不禁又笑起来。

叶言言闭着眼小憩，任由化妆师的毛刷在脸上刷刷扫扫。忽然有人在她脑袋后面咋呼一声，吓得她猛地睁开眼，化妆师的刷子一歪，直接扫到了她的额头上。

顾沛东在镜子里对她咧嘴笑："不是演个宠妃吗？怎么这么寒碜。"

电影剧情里，子虞卷入无休止的宫廷斗争中，装扮清淡，今天又涉及皇帝病重，妆容效果特意强调憔悴，厚厚的白色粉底，把她的脸色盖得不见血色。

女化妆师三十岁出头，认出顾沛东有点兴奋，赶紧把叶言言拍摄的剧情解释了一遍。

顾沛东啧啧感慨，坐到叶言言身边的位子上："这角色真够憋屈的，你就不能挑个快意恩仇的演演？"

"行啊，下次我挑个仙侠演。"叶言言对着他笑笑。

"别提仙侠。"顾沛东最近一听到仙侠就有点犯怵，从去年年底到今年，他出演了两部仙侠电视剧，人设坍塌，剧情离奇，为了凑集数，后期情节让人魂飞天外，观众除了看颜，其他别无所求。他虽然星途坦荡，但演技一直为人诟病，近期公司做了调整，在电影里争取了三皇子的角色，让他在一群戏骨里露露脸，顺便取经学习。

叶言言笑得眉眼弯弯："你演腻了，我可是一次都没演过。"

"别说我没提醒你，威亚吊着跟裹尿布一样，时间长了腰椎还疼，你还是省心点吧。"顾沛东正正脸色说。

化妆师为叶言言补完妆，拿出本子给顾沛东签完名，然后如获至宝地捧在怀里走开。

“你这杀伤力够大的。”叶言言感慨。

顾沛东痞笑：“天生丽质难自弃。”

叶言言恶寒了一下。

他环顾周围，话锋一转，压低声音说：“听说你和韩菲火拼了？”

直播事故之后，这类传言早就满布网络，叶言言问：“你听到的是哪个版本？”

“我们公司那个版本够精彩的，集合了豪门恩怨、四角恋情、新欢旧爱各种流行元素。”顾沛东一边说着一边观察她的神色，“都说韩菲原本已经一脚踏进了陆家，你半路横刀夺爱和陆乔暧昧，韩菲忍不住对你大打出手，但是她原来的老情人梁洲又彻底放弃了她，力挺你，所以韩菲被宏成排挤出来，自立门户成立工作室了。”

叶言言嗤之以鼻：“你不会连这个都信吧？”

“明眼人都知道是韩菲自己放的风，”顾沛东说，“你和陆乔？”

叶言言怒：“我和他没关系，总共才见过两次。”

得到她肯定的答复，顾沛东眉毛一抖，嘴角翘起：“放心吧，大部分网友还是明事理的，站在你这边，她那里越是跳得厉害，越是表现得心虚。听说工作室成立了个把月，才签了两个十八线新人，自己找人投资拍电影也没有成功。现在正努力争取卫视上的综艺露脸机会。”

“你怎么这么关心她？”叶言言好奇。

“你有没有良心，”顾沛东狠狠瞪了她一下，“我和她八竿子打不着的，你们闹得那么热闹，要不是怕你吃亏，我才懒得去关注她。”

叶言言怔了一下，低下头，好一会儿，低声说：“谢谢。”

顾沛东哼唧一声。

助理小孔适时插了进来，小声提醒顾沛东先去见导演。顾沛东站起来，整理了一下衣领，玩笑似的脸色一敛，轮廓磊落分明，很有几分认真正直的意思在里面，和平时吊儿郎当的精神面貌截然不同。

看到叶言言惊讶的表情，他自得不已，马上又露出狐狸尾巴。

顾沛东态度谦逊地和导演打招呼，他虽然有人气基础，但是在电影方面还是白纸一张，这是头一次面对名导。

陈谋赞他“好样貌”，然后下巴朝旁边指了指：“小伙子，有国内演技超一流的前辈在，你抓紧机会学习啊。”陈谋眼光毒辣，乍一眼看到顾沛东就判断他有巨星的潜质，出于好心指点了一下。

梁洲和陈谋并排站着，顾沛东早就看到了，但是他和梁洲之前有过一次对话，心存抵触，只淡淡喊了一声：“梁总。”

梁洲态度平淡地应了一句：“陈导的电影，演技需要好好磨炼，你加油。”

顾沛东觉得这话里有话，坦诚地笑了笑：“我不是科班出身，平时表演全靠自己琢磨，这次机会难得，一定好好学。”

他姿态摆得低，陈谋对他大有好感，又鼓励了两句，等他走了，还感叹了一句：“听说人气很高，投资方强烈要求加进来的角色，现在看来人不错。”

梁洲不予评价，目光一瞟，这小子又跑叶言言身边去了，他目光一凝。

陈谋看他心不在焉，顺着他的视线看过去，顿时恍然大悟，赶紧转身指挥剧组做下一场准备工作了。

顾沛东的戏份不多，但是几乎场场是剧情重点，可见公司对他的栽培力度很大。在片场里，男性角色从梁洲、童宇诚依次排列而下，演技没有差的，他在剧场转了一圈，快快地回来，对叶言言说："这次要靠你多多指点了。"

叶言言刚才就听到小孔转述他在导演面前表示要努力演好角色的表态了，抿唇笑："你找男演员去，我可教不来你这戏路。"

顾沛东摇头："一个个都鼻孔朝天的，讲不到一路去。"

叶言言心想你平时不也是摆着一副二五八万的脸，怎么还嫌弃别人鼻孔朝天了？

"胡说，我看童哥人就不错。"

"得了吧，你幸好是个女的，你要是个男的，看他对你怎么样。"顾沛东痞气地笑笑，"再说了，咱们是一路人啊。"

叶言言没想到自己能和他归到一路去，狐疑道："哪一路？"

"颜值担当。"

叶言言啐了一口："脸皮真厚啊你。其他人就算了，还有童哥和梁……梁老师在呢。"

顾沛东没注意到她那一刹那的犹豫，大言不惭地说："他们已经是老腊肉了，我属于鲜肉级别的，不能比。"

旁边正喝茶的助理小孔一口水喷了出来。

顾沛东第一次拍电影，表面上一派轻松，叶言言问起剧本的时候，他摆出一副"老子靠的是脸"的表情，而实际上自从他拿到剧本，每晚都要研读两个多小时，一个多星期，自己的台词早就背得滚瓜烂熟。

陈谋是国内首屈一指的大导演，戏中角色基本是戏骨，顾沛东对自己的演技没底，心里着实有点发虚。

他的第一场戏，是发生在宫中的一场饮宴，表演要求隐忍，又要把该表达的感情全演绎出来，难度很高。

拍摄的时候，宫殿中安静得落针可闻，顾沛东站得靠后，看着的是太子和晋王的背影。殿中每一个人都有着丰富的表情，子虞的兄长罗将军双拳紧握，手背上青筋暴起，他愤怒于自己的妹妹饱受诘难，太子站姿昂扬，脚下却纹丝不动，他既期待又忐忑，目光阴沉而专注，观察着御座上皇帝的细微表情；晋王伏跪在地，低着头，后背微微发抖，显露出适当的惶恐和愤怒。惶恐的是皇帝是否采信太子的话，愤怒则是表示清白，但是仔细观察，他的整个身体紧绷着，犹如伺机而动的狼，此刻只是暂时蛰伏。

无论是平时和他不怎么对盘的童宇诚，还是其他两个连名字也不熟悉的演员，演技精湛让人惊叹。这一刻，顾沛东仿佛真的置身在这场不见硝烟的刀光剑影中。他口干舌燥，几乎失去了言语的能力。

太子发难，晋王辩解，子虞委屈，能决定这场闹剧对错的是皇帝，他一直没有显露态度，可是他的存在，没有人会忽视。

为了和上一部电影衔接，梁洲的扮相还稍老，两鬓已见星白，他温和儒雅，双眸深沉如夜，但只坐着就有一种睥睨众生的气势。

顾沛东抬头看了一眼，仿佛被他凛然的气势所刺到，迅速低下头。

这段情节众演员表现出色，陈导宣布一条就过。

休息的时候，顾沛东拿起助理准备的冰水猛灌一口，后知后觉地发现戏服后背早被汗水打湿了，他心想，国内一流演员的实力，原来是这样，和今天的戏比起来，他以前那些电视剧简直不算什么经历了。

陈谋看到梁洲闲适地坐在躺椅上翻着剧本，姿态轻松，和入戏时的威严凛然截然不同，他笑笑：“小朋友被你吓到了。”

别人不知道，他这个导演看得最清楚，全场节奏把控全在皇帝，也就是梁洲手里，在他演技的影响下，所有演员很快入戏，顾沛东头一天上戏，跟不上节奏，演技生涩全暴露出来。

梁洲有些不以为意：“第一次拍电影，难免有些受震动，何况还是你的电影。”

陈谋说：“我听说这小伙子以前只拍过偶像剧，刚一上手，就被你这个最精的老戏骨给收拾了，他还不知道怎么回事。”

梁洲说：“谁做演员都是这么过来的，以后就好了。”

陈谋斜睨他一眼：“以你现在的咖位，还和小演员计较？”

梁洲笑了一声，语气很轻地说：“你见过谁对情敌手下留情的？”

陈谋差点呛着，放下茶杯，朝顾沛东的方向看了一眼，脸上又很快挂上一丝古怪的笑容。

“要是担心，你就好好看着小姑娘，”他有些好笑地说，“你看看。”

梁洲转过头，看见顾沛东喝了大半杯水，一边抖动戏服透风，一边跑到叶言言身边，觍着脸问演技问题。叶言言被他烦到不行，站起来要去厕所，他还一路尾随着。

梁洲的脸色顿时变得有些铁青。

晚上散戏的时候，顾沛东跑来约叶言言吃饭，曹佳却提前一步说晚饭另外有安排，顾沛东只好放弃。

车停在酒店门口，看到等待的梁洲，叶言言马上明白了怎么回事，她侧过脸来瞪曹佳，曹佳双手一摊，轻声求饶：“言言，他是老板啊。”

梁洲走近，主动打开车门，叶言言坐着不动。

“这里娱记不少，”他说，“我倒是不介意曝光关系。”

话音一落，叶言言就从车里出来了，快步要往酒店走。梁洲拉住她的手：“我们聊聊。”

叶言言甩了甩手，没有挣开，只好神色平静地跟着他走进酒店一楼餐厅。

服务员认出两人，激动得眼睛发亮。梁洲朝她温和地笑笑，请她保密，服务员对着他，顿时有些找不着北了，猛地点头，发誓绝对不会透露给其他人，轻手轻脚为两人掩上包房门走开了。

叶言言瞥他一眼。

梁洲笑问：“怎么？吃醋了？”

叶言言忍住翻白眼的冲动：“想多了吧，我看你应该吃药。”

她的口气有点重，梁洲笑笑：“你没吃醋，我却有点。”

叶言言拿起水杯，避开他灼灼的视线。

“顾沛东，你和他关系很好？”梁洲忽然问。

叶言言淡淡地说：“只是朋友。”

“我看他想法不像你那么单纯。”

叶言言撇了撇嘴：“他的想法我怎么管得着。”

梁洲看着她，餐厅灯光柔和，勾勒出她优美柔和的线条，纤长的睫毛像是小扇子一样，每次她微微抬眼，他的心都跟着微微抖动。

“那就断了他的念想，”他说，“年青人就喜欢胡思乱想，你要是不表明态度，他会陷得更深。”

叶言言挑起眉头：“这是我的私事。”

“你的感情管理也在公司合约里，”梁洲握紧了拳，态度有些强硬，“这点你不会忘记吧？”

叶言言皱眉看着他。

梁洲不由得就想到片场里，她和顾沛东说说笑笑，表情和笑容极其轻松，他都有冲动想上去分开他们。

哐的一声，叶言言猛然站起来，椅子在地上拖出长长的一道声音。

梁洲动作很快，从桌上抓住她的手，像铁箍一样，动作不是很用力，却牢牢扣住她的手腕。

“松手。”叶言言冲他吼。

梁洲置若罔闻，声音平静：“坐下好好说话。”

“老板的意思我都明白了，请问还有什么其他指示？”

梁洲沉默了一瞬，声音软了几分：“你知道我不是这个意思。”

叶言言冷着脸：“你太自私了，我和你没什么好说的。”

梁洲抓着她的手腕就是不放，双眼清明，直直望着她：“感情的事，没人不自私。”

包厢的门忽然被打开，服务员的微笑冻结在脸上，狐疑又困惑地看着两人。

梁洲根本不顾外人在场，只盯着叶言言看。

叶言言脸皮薄，还是坐了下来。

梁洲松开手，等服务员把菜上齐，掩上包厢门，他看她一言不发，拿起筷子递到她的面前：“怎么？气我气到连饭也不想吃了？”

他刚才那种霸道的架势一收，态度温柔又体贴，手上的动作却很坚持，直到她拿过筷子。

“吃多点，不要怕长肉。”他说。

叶言言发现，论手段她真是输他十八条街都不止，完全不是对手。他的态度忽软忽硬，让人捉摸不透。每次她要发火，对上他的眼睛，那双漆黑的瞳仁里满满都是浓情蜜意，浓得化也化不开，仿佛无论她发什么脾气，都能包容。

叶言言心绪复杂，吃了没几口就放下筷子，什么味道也没注意。

“再吃点。”梁洲忽然伸手，把她脸颊边的散发捋开，他动作很快，她还没反应，他已经收回手，满脸喜悦不加掩饰。

叶言言的心口像是突然堵上了什么，闷闷地发疼。

“你到底想怎么样？”叶言言轻声问。

“你说过你会考虑我们的事情，要多少时间都可以，我有耐心等，但是，”梁洲说，“你不能转头看其他人，专心考虑我们的事好吗？”

叶言言摇了两下头：“我和顾沛东只是朋友，你不要欺负他。”

梁洲笑着凝视她，口气却有些危险：“你真是不了解男人，你越是这么说，我就越想折磨那个臭小子。”

叶言言脸色一板，瞪他。

“好了好了，我知道了。”他的口气放软，带点哄她的意思，随后又有点不以为意地说，“那小子也根本不适合你，他性格跳脱，做事也太随性反复，根本就是还没定性。言言，你和他不适合，即使有成为恋人的可能，也不可能会长久。”

看他还是不放过这个话题，叶言言怒极反笑：“照你这么说，适合我的就是你了？”

梁洲大言不惭地点头：“和顾沛东比起来，我当然更适合你。言言，过去的那些事我会弥补你，以后你的事业你的规划，我都可以支撑你。我不是完人，会犯错，但是心意从来没有作假。”他的脸、他的唇、他的眸，在灯光下照得纤毫毕现，全部坦诚在她面前，“我的心里只有你。”

叶言言眼眶忽然一热，隔着桌子看着他，沉默了一会儿，再次站起来，轻轻说：“我想回去休息了。”

梁洲点点头，起身弯腰，抢先一步为她拿包，在要打开门之前，他忽然倾身从后面一把抱住她，感觉到手臂下的身体瞬间僵硬，他环住她的肩，用力把她搂在怀里。

他身形高大，叶言言转动身体，却纹丝不动。

“你说过给我时间考虑的。”

“我知道，”他说，“就一会儿，我想你，言言，你没有一点感觉吗？”

她不说话，憋了半晌：“一会儿够了吧。”

梁洲下巴搁在她的头发上，淡淡的清香传来，他就那么矗立着，声音近在她的耳侧，灼热的气息亲吻在她的耳郭上：“言言。”

叶言言心头发酸。

不知过了多久，梁洲松开了她，结账埋单，然后规规矩矩地把她送到房间门口，道别时他说：“过去的事情不能抹杀，只要你愿意，我恨不得一口气都补偿给你，时间还长，咱们就只看以后好吗？”

他这么软声细语的，叶言言心里百种滋味，这个时候她不能骗自己说没有感觉，可心里还有什么隔阂，让她彷徨犹豫，没有办法立刻回答他，最后还是沉默地当着他的面关上了房门。

梁洲知道逼得有点急，马上适可而止，没有更进一步，留给她足够多的空间。

他这边稍有松懈，那边顾沛东在片场只要一有空闲就找叶言言说话。梁洲每次看到两人在一起说话，心里就发堵，一阵阵憋闷难受。在戏里，所有的权力争斗都围绕着他所扮演的皇帝，顾沛东所饰演的三皇子两场对皇帝奏对的戏份，反复拍摄了不知道多少条。从上午一直延时到下午还没拍完，顾沛东急得嘴里都起了一个泡。他不知道，这是拍摄氛围和节奏全部被梁洲掌控的原因，他只知道，自己念台词的方式、走位的时机，全都有些不对劲，偏偏又没有人来指导他。

叶言言提示了一些技巧，但真到临场发挥的时候，顾沛东就犹如纸上谈兵，心里明白，却发挥不出演技。

他这个时候才有点后悔在公司的时候没有认真学习，镜头前的感觉差得一塌糊涂。每次一开机面对“皇帝”，他就压力巨大，有时候甚至不敢去直视梁洲。

连着几天拍摄下来，顾沛东整个人都瘦了一圈。

陈谋私下找梁洲说：“小家伙都被你逼急了，我看这几天他都一个人琢磨演技，找你那个小女朋友的时间也少了，你还不放过他？”

梁洲说：“你还真打算把他当花瓶用？能充分认识到演技的不足，是他从明星到演员转变的一个重要契机，我现在只是在推他一把。”

陈谋笑：“手法这么粗暴。”

“他不是我公司的艺人，我为什么要苦口婆心，循循善导？”梁洲唇角微弯，“我不相信你没看出来，他性格偏激，有时候要反着来才有作用。”

陈谋笑着摇了摇头，他怎么看，都觉得是顾沛东碍了某人的眼，就是不知道，他什么时候能发现这个症结。

到了 12 月，电影《一斛珠》即将上映。陈谋暂停了拍摄，带着第一部的几个主演回京宣传造势。华语电影市场里已经有近半年时间没上过古装电影了，作为国内最具实力的导演睽违多年的精心之作，又有实力戏骨、当红小生和花旦的出演，话题性十足，还没上映，已经有火热的趋势。回到北京第二天，根本没有给几个主创休整的时间，当天上午就要在电视台录制一栏电影节目。陈谋选择的是一套访谈节目，黄金时段播出，电视台也极为重视。

叶言言提前到达电视台，在专用的化妆间内上妆，她昨天夜里下的飞机，精神还没恢复，对着镜子直打盹。

外面一阵吵闹，电视台的房间隔音效果特别好，房里几个人只听到模模糊糊的声音。化妆间的门忽然从外面被人推开，一个略显尖锐的声音传来："这里不是还有化妆间吗？你们怎么安排的？"

声音莫名有些耳熟，叶言言侧过脸去，看到化妆间门口的韩菲，刚才说话的是她的助理，拦着她们的是电视台工作人员。

看到叶言言的一刹那，韩菲脸色乍变。她是来电视台做一档选秀节目的特邀嘉宾，虽说是特邀，其实分量并不重，来到电视台，原以为以她的咖位，会安排独立的化妆间和休息室，谁知来了之后被通知用公用化妆间。韩菲已经有多少年没听过"公用"这个词，当即火冒三丈。助理深知她的脾气，马上出面和工作人员交涉。

电视台的工作人员起先还有耐性，被助理质问的口气弄烦了，一口咬定化妆间都满了，没法安排。这时韩菲的两个助理发现这里的化妆间突然亮了灯。

电视台的人显然被韩菲的助理的举动激怒了，口气凉凉地说：“这是给每周《传奇访谈》节目留用的，我们做选秀的都是用旁边的大化妆间。你们不要乱闯，赶紧回去准备吧。”

听出他话里隐藏的意思，韩菲气得脸色发红转而发白，当着叶言言的面，她无论如何也不能咽下这口气，一手拦住助理，抬起下颌，声音冷淡地说：“照惯例也不该嘉宾和参加选秀的人共用化妆间，这个你们都不懂？”

工作人员解释：“本来是够用的，现在节目组临时通知增加嘉宾，实在来不及准备了，我们在公用化妆间里隔了一小间，保证选秀的人不会来骚扰。”

韩菲自从自立门户离开宏成开了工作室，才知道资源的重要性，前阵子她饱受非议，人气已经大不如前，放在以前可有可无的出镜机会，现在都要慎重考虑。可眼下工作人员当着叶言言的面说出来，韩菲内心有一种屈辱感，她瞥到镜子前端坐的叶言言，仿佛被扒了一层衣服似的，脸上火辣辣地发烧。她拉长了脸，硬声说：“我不习惯和别人共用化妆间，安排不了的话，我就不录这档节目了。”

电视台工作人员意外了一下，有些拿不定注意，转身去打电话。

他走开后，韩菲就站在化妆间门口，她想走，但仿佛又有一种无形的力量阻止她离开。

“你现在得意吧？弄倒了我，宏成是你的天下了。”韩菲开口说，

“听说梁洲为了捧你，又去拍电影了。公私不分，以前还和我说什么公司规则。你可真行啊，三年前没看出来，装出一副可怜巴巴的样子，原来是个狐狸精。”

曹佳和化妆师都是一愣，大概没想到屏幕上大方优雅的韩菲，居然会说出这样的话。

叶言言从镜子里瞥她一眼，笑了笑说：“别的地方，狐狸精不好听，幸好在这个圈子里，狐狸精有时候还算褒义词，我就当你是夸奖了。”

韩菲有种一拳打在棉花上的感觉，脸上更加挂不住：“你现在为了上位不择手段，梁洲是鬼迷心窍才会上你的当。我们那么多年的感情，他说扔就扔，你以后又会有什么好下场！”

叶言言心想韩菲真是身居高位久了，事事有人安排有人操心，连骂人都没有什么新意，脸上一片云淡风轻地说：“你担忧得还真远，我以为你为自己忙得不可开交呢，原来还挺闲的。”

曹佳没想到以前老实巴交的叶言言能反击得这么犀利，扑哧一下笑出声。韩菲脱离公司自立之后什么情况，业内早就传遍了。前阵子云南好几任高官落马，陆家受到大牵连，被地方上举报多次，封了两处矿，房地产生意也被叫停，元气大伤，还有几个陆家人牵涉到贪腐案子里，家族势力大不如前，再也不敢以云南地头蛇自居。陆乔日子不好过，没有风花雪月的心思，在那当口，韩菲还和他闹，又要他出资搞娱乐事业。陆乔和她大吵了几架，一怒之下直接甩了句“分手”，当天就飞回云南去处理家事了。

韩菲觉得万分委屈，她事业受挫，需要他大力支持，他还拿乔。想来想去，她总觉得婚前不能惯他的脾气，索性冷冷他。这一冷半个月，陆乔非但没有回头哄她的意思，还有消息说他为了家里的事，回头去找前妻服软求情了。

听到这个消息，韩菲险些被一口气堵住厥过去。

她的工作室经营不顺，圈子里都在观望，以前不少明星半自立地成立工作室，和公司的关系也没有断。但是自从她脱离宏成后，明显和公司断得一干二净，那些投资人、导演都看得明白，更加不看好她，作品机会也不给。韩菲靠着前几年积累的人脉，才弄到一点出镜资源，可惜这些资源都太小，她有些看不上眼，等了一段时间，情况没有半点好转，她才收拾心情，开始重视这些以前不放在心上的资源。

被叶言言一语道破处境，韩菲的血液仿佛一下子冲到了头顶，她什么都能忍，唯独不能忍受被叶言言比下去。当年在餐馆里被摸了一下手就把自己搞得无比狼狈的女孩，现在却养出气定神闲的风范，一颦一笑都明丽动人，引人注目。反观自己，即使外表还保持着美丽，可支撑光鲜亮丽的内在早已变得面目全非。

韩菲正要发作，工作人员打完电话跑了回来，说："和节目组联系了，你和嘉宾宋老师用同一个化妆间吧，宋老师同意了。"

韩菲要说的话都被堵了回去，两个助理看着她，在悄悄打眼色，别看两人刚才闹得凶，实际上色厉内荏，根本没有底气，助理在暗示她见好就收。韩菲感觉一阵荒谬一阵好笑。她曾是宏成的一姐，出入都是前呼后拥，从来没有受过这种窝囊气，她的高傲、她的矜持、她的自尊，在这一刻仿佛在进行无形的拉锯战。她本应该摔门而去，不留这个笑柄。

可是这一刻，她犹豫了……

现实，总容易让人低头。

韩菲朝着叶言言坐着的方向看了一眼，心里百转千回，这次竟没有看清对方的表情，她忽然自嘲地一笑，说："风水轮流转，这也没什么。别得意，总有一天你也会是我现在的样子。"

Part 10

影后的
爱　情

圣诞节，《一斛珠》正式上映，各大院线的排片量都在四成左右，配合出品方有力的宣传，上映仅一天，就斩获八千多万的票房，第二天很快就达到了一点五亿，成为国产古装电影最快破亿的作品。而接下来就是元旦假期，可以预期票房有一次爆发，业内保守估计，八亿已经不是什么大问题。

电影中唐晋文的表演无可指摘，童宇诚的表现也大受好评，但受到关注最多的却是叶言言。倒不是说她的演技已经盖过了其他演员，主要原因还是前几个月的直播事件让她声名大噪，事后的舆论战中，韩菲自然是被谴责得最多的，可仍有很多声音直指叶言言，认为宏成公司为捧小花不惜牺牲韩菲。事后不久，韩菲就和宏成合约到期没有续约，宏成方面一直保持沉默，公关方面再也没有为韩菲出过力，从侧面印证了这个说法。

不少网友自认为慧眼如炬，看穿真相，这个时候反而开始同情韩菲，认为她只是一个偶然事故里被公司牺牲的那个。舆论战的最后结果，是韩非大受损失，叶言言毁誉参半，谁也不算胜者。

叶言言的新作品一出，自然吸引了舆论的目光。可无论谁去看了电影，都很难讨厌子虞这个角色。她的隐忍、她的无奈、她的感情，无论哪一方面都很打动观众。

很多女孩是含着泪走出影院的，有人在叶言言的微博下留言：即使最后子虞扳倒了皇后，她也没有获得真正意义上的胜利，她身着华丽宫装，最后回眸那一笑的时候，我觉得心都跟着发凉了。

这个角色获得认可，叶言言的粉丝数量噌噌噌地往上蹿。影评方面大部分也是给予肯定。影片的最后，子虞回首瞭望天空的一幕，被人截成高清壁纸，下载无数。在经历了无数宫廷阴谋和斗争之后，她目光清澈，笑容恬淡，于宫墙下回首的景象，却从骨子里透着悲凉，不仅打动着男人，更打动了女人。

很快有人把这个角色奉为经典，叶言言的形象也从清纯美丽转为更深层次，论坛和微博上，大片的观众把她奉为女神，用着她的静态动态宫妃图。粉丝们很快有了“子虞党”这个分支，讨论说，没想到她这么清纯甜美的外表，却能演出这么深沉哀怜的感觉。

《一斛珠》的主创们完成一周宣传，马上回影视城继续拍摄。

叶言言这几天手机信息几乎要爆了，各路认识加过微信的演员都在祝贺她，有几个她甚至要照着名字去百度一下才能想起与对方是哪部戏里曾有过一面之缘。上飞机前，她低着头在处理信息，丽娜发了十几个感叹的表情过来：看过你的戏，就知道我应该在花瓶的道路上继续发光发热了。

叶言言看完一下笑出来。

“看什么这么开心？”梁洲问，还凑过脸来看她的屏幕。他不用参与第一部宣传，但是一周没有拍摄任务，也跟着陈谋他们回了北京，叶言言他们在奔波宣传的时候他在宏成上班，回程又和队伍集合。

叶言言有点不满地斜睨一眼。

梁洲却朝她温和一笑，看清微信上丽娜的名字和头像，他气定神闲，陪在叶言言身旁，怎么说也不走开。

剧组其他人已经见怪不怪，都知道他在追求叶言言，但是看女方的态度，又觉得这是梁洲在开启无怨无悔的忠犬守护模式。大满贯影帝，追起女朋友居然也是这么死皮赖脸的，很意外、很反差、很逆转好不好？

剧组工作人员都觉得梁影帝的形象瞬间接地气了，可惜这些内容他们不能对外宣传，只能内部人自己交流。

脑补的情况是很可怕的，最近这一阵，叶言言明显感觉到剧组内暗流涌动，拍戏时不用梁洲说话，他们休息的座椅就安排在一起，飞机座位也是默认相邻。

这什么情况？

曹佳用爱莫能助的表情看着她，脸色也是极度疑惑，难不成所有剧组人员都是隐藏的宏成员工？

叶言言被这些隐形助力打倒了，一上飞机就戴上大眼罩躺着休息。

睡得迷迷糊糊的时候，梁洲的声音在她耳边响起：“注意点形象，口水都要滴下来了。”

叶言言摸了摸嘴巴，摘下眼罩：“你骗人。”

梁洲拿了一杯水递到她面前：“喝点。”

“我不渴。”

“再过半小时就要降落了，你经常会耳鸣，喝点水，等会儿下降的时候就咽口水，能减轻症状。”梁洲解释道。

叶言言没想到他观察得那么细，还注意到她耳鸣的情况，一时间有点沉默，接过杯子把水喝了。

“谢谢。”她说。

这么客气……梁洲原本的好心情有些发沉，他慢慢看她一眼：“再睡一会儿吧，到了叫你。”

叶言言继续打盹，这次却不容易睡着了，眼前一片漆黑，她不用担心自己有些混乱的情绪会泄露。过了一会儿，她感觉到有只大手很温柔地伸到她的脸颊旁，动作小心翼翼地捧着她的头，让她轻轻靠在他的肩上。

他不喜欢用古龙水，身上清清爽爽，衣服有一股好闻的清香。叶言言蓦然有些心酸，她微微挪动一下脑袋。他的手在她的头发上轻轻摩挲了一下作为安抚。

这一刻安静而祥和，让人不忍心打破。

有剧组工作人员恰好注意到了，有一个偷偷拿出相机拍了一张照，也不是为爆料，只觉得画面恬静美好，实在太值得收藏。她百爪挠心，恨不能赶紧下飞机和其他同事交流八卦。

《一斛珠》电影票房与口碑双丰收，又临近年底，正是各大电视台盘点年度优秀电影电视的时候，《一斛珠》上映仅一周，就已经被媒体评为今年古装大片排名第一。

叶言言尽管一年之中可以说是非缠身，也因为这部电影声名大噪，四小花旦的排名中，她已经隐隐有坐稳首位的趋势。

转眼过了元旦小长假，《一斛珠》电影又迎来一个小高潮，累计突破八亿票房。导演和演员们却无暇关注新闻，推拒了各大电视台的节目邀约。因为在影视城内，第二部的拍摄已经进入重头戏部分。

皇帝游猎出行，在途中突发急症，当晚在行宫中病情加重陷入昏厥，随行的臣子立刻派卫士快马至京城传信。罗将军利用职务之便拦下卫士，当即入宫通知子虞，并想要借此机会，误导东宫。

子虞忧心皇帝病情，对罗将军的谋划犹豫不决。她知道，她的兄长是个擅长抓住机遇的人，可是这一次的机遇太过凶险。

罗将军这样对她说，陛下病势危急，太医也没有十足把握。如果太子得到的信息是陛下已经病故，以他的秉性，一定会按捺不住。只要他带兵闯入宫来，就是谋逆大罪。

子虞目光如水，不为所动："若是陛下有个万一，他的作为就会变得理所应当。"

罗将军语气坚定，大胆地说："我相信陛下能够挺过难关，宫廷之中，哪一刻不在冒险，要想动摇储君之位，可能这是最后一次良机，娘娘，我们值得冒险。"

在罗将军的坚持下，当天有卫士带着皇帝驾崩的密信奔赴太子府。

太子果然中计，当即召集了东宫卫士，再加上玉城公主所借的公主府卫，当夜硬闯入宫。一切尽在罗将军的算计之中，他故意放松南门的警戒，把他们放入宫中。可惜百密一疏，废后所留的心腹宫人勾结宫妃趁乱起事，竟携凶器闯入步寿宫内。

三皇子睿绎察觉到宫中非同寻常，抢先一步来到步寿宫报信。两人带着少数宫人逃走，途中遇到一队太子扈从，被乱箭追袭，情急之下，睿绎拉着子虞，蹚过御花园的水池逃命。

这一天将要拍摄的就是太子起事，宫中巨变。

影视城最高温度仅八摄氏度，叶言言和顾沛东却要下水拍摄横穿水池，仓皇逃命的场景。陈谋追求艺术效果，要求两人不用替身，全程亲身拍摄。

一大早叶言言就觉得身体有些发沉。曹佳紧张得不行，给她量过体温确定没有问题，嘱咐她有什么问题一定要说。到达片场，上戏之前叶言言在动作指导的帮助下做足了半小时的准备工作，直到身体微微发热，才上完妆换好戏服。

当日没有皇帝的戏份，因为拍摄内容重要，梁洲也留在片场观看拍摄。和身边的工作人员闲聊几句，眼光一转，看到叶言言站在宫墙旁，披着一件胭脂红白狐毛边的皮裘衣，一张脸光洁若凝脂，画中仕女一般。

他不觉看着有些发怔。

李勤轻咳一声说："叶小姐真是越来越好看，最近好多代言找到公司，听说老马笑得嘴都合不拢。"

旁边剧组工作人员马上附和："我家亲戚知道我在这个剧组，都想要签名照，尤其是我表弟，最想要叶小姐的照片和签名了。"

梁洲不禁瞥了说话的人一眼："最近拍摄紧张，等忙过这阵子，公司会统一安排签名照的。"

听他的口气，谁还不明白他隐藏的心思？李勤咳了咳，工作人员悄悄咋舌。

这时导演一声令下，宣布开机。

宫中大乱，顾沛东所饰演的三皇子冲入殿中，拉住子虞的手："娘娘，失礼了。”他大力抓住她的手，就往宫殿后跑。

“停。”陈导喊，“沛东，你走位反了，遮住了言言的脸，重新走一遍。”

重新拍，这次顾沛东牵住叶言言的手，猛地往后跑。

“停。”陈导又说，“你这是老鹰抓小鸡啊，这么用力干吗，睿绎对子虞有特殊感情，他们身份有别，平时亲切一点都不行，这一下，要表现出克制和忐忑的心情。”

梁洲看得直皱眉。

这一次顾沛东牵手时温柔了许多。

“不行，”陈导再次喊停，“逃命的时候啊，你这么慢怎么行。动作要快，表情要丰富。”

顾沛东目露深情，隐忍又着急地看了叶言言一眼，牵起她的手。

这条终于顺利过关，但是陈导要求再补拍一条供后期剪辑。

牵手前前后后就牵了近十趟，梁洲不知是不是演皇帝久了，心情极其复杂，皱着眉久久不语。

一场戏拍完，轮到下水的戏份。刚才两人牵手多次，这一次顾沛东有些驾轻就熟，牵着叶言言的手，旁边一直有飞箭射来，他快步跨入水池中，回头喊：“娘娘，从这里走，过水就是御花园。有御前侍卫待命。”

叶言言跟着跳进水中，早前就有工作人员试过水，水位到膝盖以上。天气寒冷，她刚一入水，下半身皮肤刺痛，冻得她瑟瑟发抖。

顾沛东一边一马当先地往前冲，一边招呼：“娘娘小心，伏低身体。”

叶言言被他牵着跑，下半身几乎快没了知觉，往水池中心走，水位上升，几乎漫过大半条腿。

顾沛东突然踉跄，身体毫无预兆地一下滑进了水里。

叶言言被他的力道一带，身体晃了晃，小腹突然坠胀发疼，她脸色发白，跟着栽进水里。

岸上的剧组人员都被这突发情况吓傻了。

突然有人斜里冲出来，跳进水里，飞快朝两人奔去。

顾沛东在戏里穿的云履有点不合脚，主要还是因为在第一部电影里三皇子是个孩子，第二部换成他来演之后，戏服和鞋子全部是新做的。平时穿着还不觉得，一下水的时候，顾沛东就感觉脚下有点打滑。天气寒冷，待在水里跟冻刀子一样，下半身几乎没有了知觉。他心想，鞋子的问题熬一熬，把这一幕拍过了再说，不然就要遭两趟罪，不光是他，还有叶言言。

走到水池中央的地方，他一脚踩到一块圆石，鞋子脱开，整个人重心不稳，一下滑倒进了水里。

叶言言被他带着一块儿摔倒。

戏服厚重，瞬间就吸了水，沉甸甸的。

更糟糕的是，她的腹部隐隐作痛，被冷水一激，瞬间狠狠抽痛了一记，叶言言脸色骤然发白，冷汗跟着往外冒。

顾沛东四肢撑在水里，刚才左手掌撑在一块尖锐的石头上，破了皮，冒出一缕血丝，他龇牙咧嘴地倒吸一口凉气，想起叶言言还在后面，没从水里站起来。他回头去看，一个人忽然冲了过来，飞快越过他，到叶言言面前。

“是伤到哪里了？”

一双大手从水里把她扶起。

叶言言看着近在咫尺的梁洲担忧着急的面孔，有些头昏脑涨，戏服还在滴滴答答地淌着水，她撑着他的手臂，忍着腹部的不适，说：“没事，让曹佳来。”

梁洲根本没听她的话，一把将她打横抱起。

在岸边看到这一幕的工作人员都是一脸惊讶，随即马上反应过来，几个身壮的下水来接人。梁洲没有把叶言言交给工作人员，朝后面瞥了一眼说：“去看看顾沛东，好像受了点伤。”

梁洲抱着叶言言，刚上岸，叶言言就动着要下来。

“别动，”梁洲说，“哪里受伤了，还是不舒服？”

叶言言一只手捂着小腹：“放我下来，让曹佳来。”

曹佳早就拿了羽绒服和毯子等着，听到声音马上过来，把毯子和羽绒服给她罩上。

梁洲没放手，用羽绒服把她裹住之后，抱着缩成一团的她：“脸色还是不好，是不是冻到了？要不要看医生？”

叶言言没办法，眼看工作人员都被他过分紧张的举动吸引过来了，肚子一阵阵不舒服，她脾气也变得有些急：“我就要曹佳，你别管我。”

梁洲却很好脾气，皱着眉：“我不管你谁管你。”他刚才看她一头摔进水里，心脏狠狠揪了一记，到现在还心有余悸。再看她脸色发白，咬得嘴唇没有一点血色，又觉得有些心疼。

曹佳在旁边看着叶言言的状态，很快领悟，马上说：“梁总，我先带言言去休息吧。”

梁洲略想了一下，马上也明白了，没有废话，转头让李勤去跟导演请假，抱着叶言言没松手，一路直奔保姆车。曹佳就紧跟在后面。

剧组人员早就对梁洲和叶言言之间的关系诸多猜测了，现在被眼前这一幕给印证了。

叶言言看到工作人员围成一圈，看不到顾沛东的样子，担心地问了一句："顾沛东受伤了？"

"他没事，"梁洲语气里露出自己也不曾察觉的不满，"你先顾好自己。"

坐上保姆车，曹佳跟着进去，关上车门，把梁洲拦在车门外。

"把湿衣服全脱了，小心别着凉。"他说。

不到片刻，车门又一下子打开，曹佳跳下车："我去买点东西。"

梁洲拦住她："我去吧，你陪着她。"

曹佳表情有些尴尬，迟疑地开口："梁总，还是我去吧。"

梁洲神色从容镇定，没有一丝一毫的别扭："我知道是什么，她还要换衣服，你陪着别走开。"

叶言言在车里听到这段对话，感觉整个人都不好了，拼命朝曹佳使眼色，可惜曹佳心有余而力不足，到底最后没能驳过梁洲，返回车上。

叶言言把头深深埋进羽绒服里，脸上发烫，哀号了一声。此刻的心情，复杂得难以言喻。既担心他根本没懂她们的意思，又想到这么尴尬的时刻被他撞上，她连头都开始发疼了。

梁洲很快回来，看到车里缩成一团躲着不愿露面的叶言言，不禁莞尔，把一个塑料袋递给曹佳。

叶言言在车里换好衣服，马上和曹佳到片场的厕所解决生理问题。

曹佳翻出塑料袋里的两包姨妈巾，忍不住笑："日用夜用都有，想不到梁总做这个事还挺周全的。"

叶言言不接这个话，她找不到可以评说的话，再者，腹部的疼痛加剧，她的头又晕又胀，等把自己收拾停当，才喘匀了气。走出厕所的时候，脸色又黯了一层。

曹佳不敢再和她开玩笑。

回到车里，叶言言在座椅上蜷起身体，不知不觉就睡着了。半睡半醒之间，模糊地听到身边有声音，男的女的，又轻又低，似乎很远。没一会儿有个软乎乎、散发着温暖的东西被人塞到了她的肚子上。她的身体正发冷，碰到这个热源，顿时抱紧了不松手。

有人在她耳边叹了口气，听着有些耳熟。她嘟了嘟嘴，有些嫌烦。忽然身体一轻，接着又是一阵颠簸，她迷迷糊糊地做着赶路的梦，然后身体又陷入一个绵软温暖的所在，她梦里就看见了大片大片的云，舒服得让人想叹气。

直到有人托起她的脖子，温柔地说："起来吃点药，喝点水再睡。乖。"

叶言言身体像灌了铅一样沉，过了好一会儿才反应过来，慢慢睁开眼，腮上泛着病态的红潮，眼睛湿漉漉的，对着眼前看了好一会儿，眼神才对上焦。

梁洲连人带被子半搂着，曹佳端了水和药上来。

"什么药？"她吞下药丸后才想起要问一句。

"退烧的。你刚才泡了冷水，有点发烧。"梁洲坐在床沿上，又拿起一个杯子，"来，喝点。"

叶言言没什么力气反对，低下头喝，甜味里带着辣气，她抿抿舌头，红糖姜茶。

梁洲催促："再多喝点。"

“我妈煮的？”她以前在家的时候，每次痛经都是妈妈煮的，现在脑子有点糊涂，条件反射地问。

曹佳不作声。

梁洲叹口气，有些无奈地说：“我煮的。”

叶言言浑身酸疼，腹部隐隐坠胀，听他说这句没有半点反应，喝完滚烫的茶，眼睛一闭，马上又睡沉了。

叶言言醒来的时候，手脚酸软，喉咙干涸，一张嘴几乎能冒出烟来，身上一层汗，她抬头看，房间里开着空调，她身上还盖着两层羽绒被，难怪要热出汗了。再加上月经的侵扰，身体感觉再糟糕不过了。

她起床上完厕所，找水喝的时候，套房客厅的沙发上忽然坐起一个人，身影高大挺拔，肩宽腰窄腿长，几乎占据了整张沙发。

她转身的时候猝不及防，险些尖叫。

“是我。”梁洲的声音先一步提醒。

他打开案几上的台灯，他还穿着白天的衣服，衬衣原本丝质光滑的面料都变得皱巴巴的。

叶言言猛灌一口水压惊：“你怎么睡这里，曹佳呢？”

他站起身两三步走到她面前，修长有力的手贴上她的额头，滚烫的体温传来，炙热了她的皮肤。似乎有点不确定，他拿开手，直接微微弯腰，额头抵上她的，漆黑的眼眸和卷长的睫毛清晰地映进她的眼里。

呼吸近到交错包围在一起，叶言言脑袋往后一躲，又被他伸手按住：“别动，看你退烧了没有。”

“出汗了，已经退了。”她赶紧说。

梁洲放开她："还要巩固一下，喝完水再睡。"

叶言言很久没有和他这么近距离说话了，很不自在，转开头说："我要洗澡。"

"先忍忍，你在水里受了凉，发烧容易反复，等睡好再洗，嗯？"他的口气有点哄人的意思。

叶言言听着他的话，几乎跟以前在家听老妈说话一样，她别扭着，说："都是汗有点臭，我洗洗很快的。"

他黝黑的眸子里泄露出几分笑意，用鼻子深深吸了两口气说："挺好闻的，没臭，快回去睡。"

无论怎么缠，他都不同意她现在洗澡，几乎是看着让她躺回去。被子厚，叶言言掀掉一层，他又重新盖回来。

"开空调盖那么多热死了。"她不满地抗议。

"发烧就得盖厚点，多出出汗就好了。"

他的关怀几乎无微不至，叶言言却烦躁极了，心里仿佛有什么在不受控制地悄然滋生，憋着一口气想要发火，她板起脸："你烦死了，跟我妈一样。什么年代了，还用拼命加被子的办法。"发完火了，她有些心虚，手指抓着被子，垂着眼，假装要睡的样子。

梁洲笑了笑，坐在床边，脸部轮廓是坚硬的，神色和眼神却很温和，半点不见平时的冷峻，他轻轻说了一句："我年纪比你大一轮，做法是有点老派。反正只要是好的、对的方法，什么时代都可以用。"

叶言言翻了个身，后背对着他。

第二天早上她醒来，身上又是一层汗，身体却感觉轻松很多。守在房里的是曹佳，不会阻碍她洗澡。等叶言言弄得清清爽爽地出来，曹佳告诉她，导演给了她两天假可以休息，最后忍不住还嘀咕了一句："梁总昨天守了你一天，瞎子也看得出他的意思了。"

听到这样的话，叶言言陷入了沉默。要说她不感动绝对是骗人的，生病的时候本来就很脆弱，很难维持平时坚硬的外壳，再加上平时那么冷硬深沉的男人，突然这么温柔小心，任她怎么发火都包容下来。

褪去外在光圈的男人，让她产生一种踏实可靠的感觉。

可是她心底深处有一根紧绷的弦，提醒着她，于是她在心里悄悄止步，不敢向他靠过去。感情的事，本来就是在患得患失的弦上，谁也没有十足的把握。在这种动摇的时候，她只有去回想云南的经历，才能让情绪冷静下来。

曹佳劝说："梁总平时虽然冷冷的，但是对自己人是真的好，像是沈旭晖、宋朝寅，还有马哥，他们几个，别的公司都来挖过好几次了不成功，不就因为梁总待他们好吗？"

叶言言看看她，叹了口气，这才多久就倒戈了："你怎么不说还有韩菲。"

"那都是过去式了，"曹佳说，"是人都会犯错的，言言，别看梁总演戏多，其实这种事他经历得少，分不清主次，我听说以前梁总家里条件也不好，所以特别珍惜过去的朋友，韩菲不就占了这个便宜！"

"谁说他经历少，都交过多少女朋友了？"

"那些都作不得数。"

叶言言尖锐地说："过段时间，我说不定也是作不得数的一员。"

曹佳说："你和她们不一样，梁总对你怎么样你心里清楚的，以前从来没有过。”

“这些话谁教你说的呀？”叶言言转过脸好奇地问她。

曹佳愣了一下，随即吐了一下舌头：“有部分是李勤教的，还有一点是马哥说的，剩下三分之一是我自己总结的。”

叶言言一听，顿时觉得自己陷入敌人的包围圈了，瞪大眼，佯作恶狠狠的样子说：“他们我不管，你是我的助理，要站在我这边。”

“我希望你能快乐，言言。”曹佳说，“我妈常说人生苦短，很多事情都不能圆满，所以心放宽是最重要的，我就怕你因为过去心里的疙瘩，就错过了梁总。和那些约饭的富二代和投资代表比起来，梁总无论是卖相还是身家，都算是上上之选吧。”

叶言言点了点头：“最后这句也是你自己总结的？”

曹佳正色道：“嗯，最后那句，是梁总暗示我在你面前提一提的。”

叶言言：“……”

梁洲有一整天的拍戏行程，一个上午都没有出现，到了下午，叶言言和曹佳在网上刷论坛和评论，门铃突然作响。

曹佳去应门，转头朝叶言言做口型：顾沛东。

“让他进来。”叶言言说。

顾沛东昨天摔水池里，手掌划伤一道口子，简单做了包扎，他身体强壮，睡了一觉精神就恢复了。走进房间，他问：“你好点没？”

叶言言笑笑：“好多了。你呢？”

顾沛东把手掌伸到她面前摇了摇：“轻伤，就是被石头划了一下，但是被你吓到了，陈导硬是让我去医院一趟。结果在医院碰到两个粉丝，吵得我头疼。”

他一脸郁闷，叶言言却忍不住想笑。

顾沛东看着她，脸上轻松的表情渐渐隐去，他伸手摸了一下口袋，想起什么，又松开手。

她问他怎么了，顾沛东盯着她看，直到她感觉有些异样了，他才低沉地开口说：“你是不是……和梁洲好上了？”

叶言言避开他的目光，半垂着眼不吭声。

她虽然一句话都没有说，但是顾沛东是什么人，怎么会不知道这沉默的意义？他心中本来就有些疑惑，现在当面知道了答案，说不出心里是什么滋味，只觉得胸口像是燃着一团火，灼烧得难受。

顾沛东挑了挑眉，咧嘴一笑，两分痞气，一分邪气：“你看中他什么啊？哦，今年宏成上市，公司市值不一样了，他这个大老板身家也翻了几倍。哈……”

叶言言听完他的口不择言，并没有生气，抬眼盯着他看，语气淡淡地说：“之前我们谈过一段，现在分了。”

顾沛东憋了满肚子酸话气话说不出口，看着她，眼睛深处渐渐有掩饰不住的热烈。

叶言言说：“我和他之间，和上市不上市、和公司都没有关系。”

顾沛东愣在那里，皱皱眉头：“什么意思？”

“我喜欢他，”叶言言说，“和他的身份能力无关，只是喜欢他这个人。”

顾沛东面色一沉，眼里怒意凝聚，浑身上下仿佛扎满了刺似的，他看着她的脸：“可是你们还是分手了。”

“沛东……”

“谈过还是分手，说明你们根本不适合，”顾沛东搁在腿上的手握成拳，下颌紧绷，“叶言言，我喜欢你，去美国半年的时间，我心里想的还是你。”

叶言言抿了抿唇。

“我是说真的。”顾沛东说。

他的面部棱角分明，侧面俊逸犹如雕刻而成，经过几年历练，早已褪去青涩，露出属于男人成熟的一面，尤其是他的气质特殊，帅气中带着些微痞和坏，带着点神秘和不可捉摸，迷倒屏幕前的万千少女。

当顾沛东瞳仁幽深，认真告白的时候。叶言言心中也忍不住动摇了一瞬，可她笑着摇了摇头：“对不起。”

顾沛东声音有些压抑：“为什么？你觉得我不如他？等我到了那个年纪，不会输给他的。”

叶言言认真地说：“你们是完全不一样的，没有必要去比较。”

顾沛东心里烦躁，脚猛地一伸，在床脚上踢了一下，发出一声响，他意识到不妥，扒了一下头发，脸上又是懊恼又是愤怒：“说得好听。”

“沛东，感情的事不能勉强，你会遇到更好更适合你的。”叶言言说。

“这种话你留着台词里说吧，”顾沛东冷声说，“既然我适合更好的，你为什么连考虑一下都不肯？”

叶言言哑然。

房门打开，曹佳和小孔走了进来。顾沛东进来后，两个助理特意腾出空间让他们说话，谁知回来后气氛却诡异凝重。

顾沛东猛地站起，一声招呼都不打就往外走。小孔朝叶言言歉意地笑笑，紧跟着小跑出去。

休息了两天，回到片场，陈谋不含糊，中午刚过，就开始补拍水池逃命的片段。这次有了准备，顾沛东的戏鞋合脚不打滑，助理和工作人员准备了姜茶、热水袋和羽绒被。

叶言言和顾沛东在水池里来回奔波了四次，不用任何化妆，都是面色发白，唇角发青，完全一副狼狈逃命的样子，终于完成了拍摄。

回到岸上，叶言言换下滴水的戏服，穿上羽绒服，还是冷得手脚发抖。顾沛东套着大衣，两人在休息室外碰头，顾沛东嘴里叼着烟欲抽不抽，看到她来了，站直身体，两人目光交错，他低声说："那天是我说话太冲了。"

叶言言对他的脾气很了解，说："没事，我没放在心上。"

顾沛东深深看了她一眼，说："他要是对你不好，你和我说。"

叶言言知道他想通了，松了口气，但也没有接这句话，温柔地笑了笑。

梁洲拿着保温杯过来，拧开盖子，倒了一杯滚烫的热汤出来，确定温度后放到她面前，自己也坐在她身边的位置。

顾沛东盯着那杯热汤，忍不住冷冷哼了一声。

梁洲瞥他一眼，大度地笑笑，特意提醒说："导演让人准备了热汤，你也去喝点吧。"

顾沛东扬了扬眉说："谢谢梁总，我年轻力壮，这点冷受得住。"

梁洲说："还是注意点好，年轻时受的暗伤，老了身体都会有反馈。"

顾沛东笑："梁总这是经验之谈？"

对他的挑衅梁洲不以为意："拍戏十几年，比你懂得多些也正常。"说完他不理睬顾沛东，转头催促叶言言趁热把汤喝完。

大半个月，《一斛珠》由于制作精良，口碑坚挺，票房一路长线飘红，打破了多个票房纪录。童宇诚和叶言言成为演员中最受益的，人气飙升，引人注目。想要采访他们两个的杂志和节目多如过江之鲫，经纪人接电话都接到手软。最后有星级卫视的策划，因为和导演陈谋过去有很多合作关系，取得了剧组的探访权。

这类在剧组采访的活动，套路大多一样，演员也很自在，该采访时就不痛不痒地说几句，顺带宣传一下影片，其他时间该补妆的补妆，该拍戏的拍戏。

最近一段时间拍摄的都是影片中高潮迭起的部分，陈谋的神经绷得很紧，演员也不敢放松。节目采访很安静地进行。

叶言言休息的时候也被采访了几句，年轻的女主持人问了一些关于电影拍摄的事，临近结束的时候，忽然问："听说这部电影的女主角原本定的是韩菲，是这么回事吗？"

曹佳一听问题觉得不对劲，走过来打算阻拦。

叶言言却从容自若地笑着说："没错，当初陈导先找的韩菲，但是她那时候忙着订婚，档期也有问题。后来角色重新甄选，我就很幸运地拿到了这个机会。"

"可是网上传言，说是公司将角色安排给您的，是这样吗？"主持人追问。

叶言言说："怎么会呢？角色最后都是陈导亲自过目的。"

"恕我直言，韩菲拿过两次电视节大奖，也曾参演电影作品，但是您之前一部大荧屏作品都没有，照理说陈导这种大制作，一般会选更有经验的演员不是吗？”

要说这个时候还看不出主持人带着些许恶意，这几年在圈子里就算白混了，叶言言瞥了主持人一眼，对着镜头依然笑得甜蜜。

“我看这个问题需要由陈导亲自来回答了。”梁洲的声音从旁边斜插进来。

他和陈谋走近，主持人和摄像师立刻掉转方向，对准他们。两人都是久经阵仗的，陈谋说了几句话，大意就是电影制作很用心，演员很辛苦，起到侧面宣传的意思。轮到梁洲时，主持人将他和唐晋文放在一起比较，梁洲答得很巧妙：“两部角色没有差别，不同的大概就是上部他把左拥右抱的戏都拍完了，这部轮到我的都是苦差事。”陈谋听了忍不住哈哈大笑，工作人员也忍俊不禁。

主持人继续问：“您为什么会接拍这部电影呢？听说宏成很重视叶小姐，放弃了韩菲的续约，您还亲自出马接戏，也是这个原因吗？”

同行的摄像师都被她大胆的问题惊了一下，旁边的工作人员更是神色各异。

梁洲对着镜头一向是游刃有余，微微一笑，气定神闲：“韩菲出于对自己职业的长久规划，开创了自己的工作室，公司很支持这种做法。至于你说重视，我对公司旗下所有艺人都很重视，希望他们能在适合的角色上大放异彩。”

采访结束，节目组一行整理设备要离开，摄像师忍不住责怪主持人：“你问那么多有的没的干吗？弄得气氛都僵住了，现在人家恨不得轰我们走了。”

主持人有些委屈：“我和韩菲是校友，现在校友群里沸沸扬扬，都说是叶言言踩着韩菲上呢，我这是抱打不平。”

摄像师嗤笑一声，暗笑她天真，拿起摄像机和镜头先上车。

主持人去上厕所，出来的时候，正好看到叶言言做好了古装发型，捧着剧本，在等上妆。金簪从她的发髻里慢慢滑落，梁洲坐在她旁边，大手一伸捏住金簪。叶言言侧过头，微微瞪了他一眼，伸手去拿。梁洲说：“别动。”手里把玩似的转动了一下金簪，然后缓缓插回她的发髻上。

主持人看得心脏直跳，拿出手机连拍了好几张，怕人发觉，赶紧溜走。

叶言言没想到，采访内容还没有播出，网上倒先开始爆料。

梁洲深情温柔地为她簪钗的照片一下子充斥在各个门户网站上，各类标题，离不开的主旨内容就一个——“梁影帝深陷情网，力捧小花旦上位”。

照片拍摄的角度极其刁钻，梁洲表情神态一览无遗，但是女方因为是侧脸，却有些含糊，只是从发型和服装来说，很快就被人认出是叶言言。

梁洲咖位非同一般，再加上之前四五年都没有正经闹过绯闻，唯一有过的绯闻还是和韩菲，但是后来被网友分析，大多认为是公司宣传作用。这次难道又是宏成新的宣传手段？

看过《名侦探柯南》的网友多少有些破案精神，把梁洲之前所有的绯闻拎出来对比了一下，就连之前捕风捉影有过传闻的微博女王贺敏那一段都被扒出来了。网友发现，梁洲几乎没有被爆过私下这样的举止和神态。

宏成去年新闻不断，这才一开年，又扔了颗绯闻炸弹出来，网友们已经晕头转向。这个时候，涉及绯闻的各个主角保持沉默，相信过一段时间就能平息，谁知道有个网友扔出一张照片，号称自己是三年前拍的。

那是昏暗的 KTV 走道里，一对男女 Kiss 的照片，因为环境关系，照片有些模糊，但是依稀还是可以认出是梁洲和叶言言。这张照片之前就被放到网上了，当时并没有引起什么关注。现在再度被翻出，结合近期电影的热度，带来的效果简直是地震级的。

网友瞬间就把网页给刷爆了，有人认为是炒作，有人认为这是真爱暴露了。

双方各执一词，炒作的认为，这件事出现的时机太巧，明显是为了电影宣传。

真爱党反驳：电影下映了，还宣传个屁！分明是一段持续时间至少三年的恋情被曝光。

叶言言当然不能回复这些评论，眼看网友脑洞大开，各种幻想齐出，还有忠粉把之前《时光之旅》的情节都挖了出来，特意指出哪里哪里是真情流露。叶言言简直想给这几个网友跪了，哪来的那么丰富的想象力？

晚上和马元进打了个电话，他倒是很淡定，尽管白天一整天电话接下来，声音听起来还很中气十足：“别急，这天要是塌下来，也先砸到梁总啊，有他顶着你怕什么，公司里有谁能大过他？”

叶言言挂上电话，再一刷微博，没想到梁洲居然出声了。

最近拍戏辛苦，别吵她了，以后会公布的。

宏成的官方微博随后跟上，进行了转发。

梁洲并不是微博活跃用户，经常就是转发，内容全部是宣传。今天破天荒发表了一句个人感情动向，网友们激动了，沸腾了，按耐不住了。

分！明！是！恋！情！曝！光！啊……

绯闻造成轰动的第二天，《一斛珠》的拍摄到了最紧要的关头，拍摄地点是步寿宫的后院，清早就有工作人员前来布景和安装设备。

叶言言来片场化妆的时候，敏感地察觉到剧组的气氛有些异常，不少早已熟悉的工作人员都偷偷瞄她。也难怪剧组这些人会好奇，前一阵子还看到顾沛东跟进跟出，摆足守护的姿态，转眼又爆出那么大的料，换成了梁洲。娱乐圈混了多年的，都忍不住要大惊小怪一下。

底妆刚上好，化妆师忽然对叶言言挤眉弄眼。

叶言言转过头，梁洲走了过来，看似随意地打招呼："早。"

"早。"叶言言淡定地瞥了他一眼，转回去继续化妆。

她的反应让梁洲有些意外，又感到很有意思，他坐到她旁边的位置："没什么要问我？"

正好化到眼妆部分，叶言言闭上眼："网上写的我都看到了。"

几个化妆师，还有身为助理的曹佳和李勤都是屏气凝神地听两人说话。

梁洲问："不担心？"

叶言言笑了一下，极为少见地露出狡黠的意味："反正是你要给粉丝交代，又不是我。"

梁洲忍不住笑出声，心想还是娱乐圈锻炼人，搁三年前，这小妮子只怕要愁得吃不香睡不好的，现在反应居然这么快，全推到他的身上。

旁边一边忙一边观察的几个人，都暗自觉得稀罕。梁洲对外的形象一向比较成熟内敛，再加上他演的皇帝角色喜怒不行于色，深不可测，就算是休息的时候，也散发着生人勿近的气场，像这样不加掩饰地情绪外露极为少见。

围观群众判断，两个人绝对有事。

等叶言言和梁洲上好妆，离开拍还有段时间。梁洲拿了剧本要和她对戏，等化妆师和助理都离开，给两人腾出足够的空间，他把摆样子的剧本放到一边："言言，我们谈谈。"

叶言言收起轻松的神情，不自觉正襟危坐。

梁洲淡淡开口："之前我说过给你考虑的时间，没有想过要反悔。现在信息发达，粉丝也很厉害，蛛丝马迹都能找出痕迹。发展到这个地步，我必须要有个明确的态度，不然受到伤害的会是你，你明白吗？"

叶言言点点头。

"我不希望你误会这是在给你施压，"梁洲低沉的声音里含着包容，"我想要和你在一起，不想借助外界的力量。你答应也好，不答应也好，公司都会有相应的应对方案。你所要考虑的，就只需要专心在你和我的事上，当然，我打心眼里希望这能是个好的结局。"

叶言言深深看了他一眼，沉稳冷峻的男人，嘴里说的分明是婉转的告白，眼眸深处分明藏着热切，正凝视着她。

她的心底某一处产生悸动，那些过去交往的回忆，只需要轻轻一撩拨，就争先恐后地从脑子里涌现出来，还隐约带着一丝甜蜜和苦涩，相互纠缠，难以区分。

原想把关于这男人的一切都藏到心底，交给岁月来消磨。可是他追逐的脚步太快，让她来不及忘记。

叶言言的喉咙仿佛被什么堵住了，她想说点什么，最后却没有发声，眼睛渐渐有些湿润。

看着她挣扎的神情，梁洲的心抽了一下，有些难过，他抬起手，轻轻抚摸她的脸颊："没关系，我可以等。"

《一斛珠》历时五个多月，终于在 4 月初杀青，在拍摄期间，剧组所有人都紧张忙碌，甚至连春节都是仓促度过。幸好拍摄结果大家都感到满意，陈谋迫不及待要开始交代后期制作，其他工作人员也都对电影充满信心。

吃完杀青宴，叶言言马上回北京。在封闭拍戏期间，由于《一斛珠》第一部的高票房，她的身价已经翻了一番，挤入一线女星的行列。马元进安排了大量通告，从广告代言到商业活动，还有公益大使的宣传，行程安排得密密麻麻，几乎达到见缝也插不了针的地步。

春风一夜过去，城市街头已显出新鲜绿意。

回北京的第二天，叶言言低调出行，到医院去看沈旭晖，谁知到达医院后却被告知，他已经转了康复医院。她马上电话联系马元进，他回答："对，小晖转院了，事情太多忘记和你说了，你别急，他恢复得很好，这个月就要出院回家，等月底就有机会碰面了。"

马元进在电话里语调轻松，说到最后忍不住笑。

叶言言也跟着笑起来："恭喜你啊，马哥。"

是该恭喜，马元进 4 月底大婚。

结婚地点定在泰国普吉岛。

叶言言可怕的通告行程单中，空白了三天，也是为了参加他的婚礼。

婚礼的前一天，公司很低调地包了一架飞机前往普吉岛。公司高层几乎全线出动，艺人这块，除了叶言言、葛一鸣、林广薇这样风头正劲的，还有其余小花小生全线出动。飞机上热闹喧哗，真像是学生郊游一般。

叶言言的位置没有安排在艺人堆里，反而排在梁洲身边，显然是有人公器私用。她坐下来，一眼瞥到前一排窝着一个人，戴着大眼罩，还没起飞就已经开始睡觉，正是沈旭晖。

看样子他已经恢复了许多，至少不再是形销骨立的样子，身上脸上都长了不少肉。

梁洲注意到她的目光，解释说："他身体还弱着，动不动就要睡。"

叶言言微微点头，看到沈旭晖健康的样子，她心中有一点莫名的感动。

包下的飞机只有商务舱和经济舱，当中隔帘一放下，空间就像独立的。其他几个高管各管各自休息，叶言言不用回头，也能猜到这半架飞机的人都在猜测她和梁洲的关系。

刚才上飞机前，她在候机室洗手间碰到林广薇，本来两人同期出道，又同被评为四小花旦，即使不说出口，竞争关系天然存在，以往碰到总有些火药味的感觉，这一次林广薇却笑着和她打招呼。

叶言言着实有点不自在，看着她的笑忍不住问："你怎么了？"

林广薇扯了一下嘴角，笑得不像刚才那么别扭："还能怎么，跟你示弱呗。韩菲都没在你这里讨到好，以后说不定你还是老板娘，我还能怎么你？"

叶言言无语，她和梁洲的事，网上传得沸沸扬扬，辩解也没用，她也不做无用功，转头对林广薇笑笑。

大概有一笑泯恩仇的意思。

两人一前一后走出卫生间，虽然还谈不上友好，但至少已经不像以前那样剑拔弩张。说起来世事真是奇妙，叶言言身价猛涨，算是挤入一线，以后各类影视资源要和苏晓媛、贺敏等竞争。而原先一线行列的韩菲，近些时间因为没有公司支撑，只靠自己的工作室运作。她的原未婚夫陆乔，听说因为靠山倒了，自己也涉嫌经济犯罪被刑拘了，刑拘期间，当地又有人爆出材料，指控他和矿区几条命案有关，检察院已经提交公诉。韩菲急着撇清关系，到底还是受了影响，身价大跌，反而回头和小花旦们抢夺资源。听说最近一次，就因为国内一个护肤广告代言，和林广薇明里暗里在比拼。

叶言言感慨娱乐圈的变化无常，也在内心提醒自己，今天的一切，固然有她努力的因素，但是更多的是幸运，她不能迷失在这个名利场里，必须要锻炼自己的内心，才能应对所有的变故，哪怕有一天她从高处掉下来，也能坦然面对，而不是自暴自弃。

飞机降落的时候，耳朵又有些嗡鸣，旁边递来一杯水。梁洲看了她一眼："想什么那么出神？"

眼前这位是娱乐圈的常青树，怎么会懂凡人患得患失的烦恼。叶言言没好气地说："不告诉你。"

梁洲笑笑。

泰国一年只有三种天气，分别是热，很热，非常热。

4 月末的普吉岛就是很热。下了飞机，宏成一众女艺人脱了外套，里面都是各色连衣裙、短裙，色泽艳丽，款式性感，一群莺莺燕燕，身段窈窕，面容姣好，把整个飞机场的目光全吸引过来了。

叶言言也热得脱了外套，里面却是 T 恤牛仔裤，头上扎着个马尾，面容白净柔美，清纯的样子几乎可以上镜演学生。

梁洲的目光跟随了她好一会儿才收回来。他拿出手机，喊了一声：

“言言。”

叶言言闻声回头。

咔嚓一声。

到了晚上，她在酒店刷微博，才知道梁洲拍了张什么照片。

他自拍了一张，背后却有她转头看的样子，明明那么多人的机场，照片里却像是只有他们两个。

照片风格自然清新，梁洲的微博上只放了照没留言，网友的留言却要刷爆了。

公布恋情？！

一言不合就撒狗粮？

啊啊啊啊，我的女神和我的男神在一起了！

无数的猜测和意淫没花两小时就炒成了热点。顺应上一次梁洲承诺要“公布”，网友纷纷猜测，这就是公布内容吧。

就在网友们沸腾的时候，梁洲居然还回复。有网友留言：这是要公布婚讯吗？（惊讶）（惊喜）

梁洲回复：还在追。

天哪，形象如此深沉严峻的老牌男神，居然“还在追”，像愣头青似的，形象简直天翻地覆，反差萌有没有……这一夜不知道有多少女网友激动了，纷纷说，不要紧，追不到还有我呢。

叶言言受马元进邀请成为伴娘团的一分子，但实际上在大婚前一夜，她才第一次与新娘周芸碰面。马元进是公司里公认的妻管严，传闻中那位妻子是个河东狮，彪悍异常。实际见面了才知道传闻有多大出入。周芸三十来岁，长着一张娃娃脸，身材娇小，巧笑嫣然，十分有眼缘。

两人一碰面，周芸激动地拉着叶言言的手，先要了一个签名。

伴娘团一大半是周芸的闺密，剩下就是叶言言和林广薇，还有一个公司新小花，几个人凑在一起，在酒店餐厅为周芸办了一个单身派对。

海水拍岸的声音遥遥传来，餐厅里一群女人的聚会渐渐就演变成了八卦汇集。

几个女孩追问周芸驭夫大法，周芸脸颊微红："也没什么秘诀，反正就是看得牢一点。"

想想马元进是艺人部的主管，平时手下管理的都是美人，不管严还真不行。女孩们讨论了一阵，最后总结，因为爱才会怕，马哥这是真爱。

周芸闹了个大红脸，笑了半晌。

说了一阵，女孩们互相之间也熟悉了，周芸悄悄问叶言言："梁洲在追你？你没答应？"

一看就是来之前刷过微博了，叶言言无语，其他几个女孩也都眨巴眨巴眼，一脸好奇。

叶言言轻咳："都是公司搞宣传呢。"

女孩们嘁的一声，摆明了不信。叶言言这几年总算也练出了圆滑的应对方式，顾左右而言他，没一会儿话题都被带偏，没人再记着拷问她了。

第二天清早，五点不到，伴娘团就已经全部到齐，陪着新娘一起化妆，新娘第一套是中式礼服，华丽大气，枝蔓纠缠着凤凰，缀着金线的手工刺绣，阳光下图案光彩璘璘，栩栩如生。伴娘清一色的粉红小礼服，每一件款式有些微差别。大家一分摊，最性感的抹胸裙被林广薇挑走，叶言言的那件是吊脖式样。

“吊脖的好像更性感啊。”林广薇盯着叶言言胸前的沟壑看了一会儿，转头照照自己，马上心急火燎地找胸垫去了，旁边几个伴娘忍不住大笑。

结婚当天小状况小意外不断，伴娘围着新娘，几乎没有一个空闲的，个个忙得不可开交。

上午九点，抢门接亲的新郎带着伴郎和男宾们到达。

酒店早已提前做好了婚礼准备，新娘的套房前，被大束的献花堆砌成爱心的模样。伴娘一字排开，七个人堵在门前。

伴郎队伍与伴娘相应，也是七个。伴郎团全体黑色西装，叶言言一眼看到的还是梁洲，高大修长，气度深沉。他也看到她，神色微顿，随即唇角弯起，露出一丝淡淡的笑。

马元进在声势浩大的伴郎团簇拥下走来。身边一左一右是梁洲和宋朝寅，后面跟着沈旭晖、葛一鸣，还有几个马元进的老同学。

马元进走到门前，先朝着门内喊：“老婆我来了。”然后马上从衣服口袋里掏出红包，主动给伴娘一人塞一个。

这么会做人的新郎……还是要为难一下的。

伴娘们纷纷起哄，让新郎先唱首歌来听。

兄弟一世，用在一时。伴郎团里马上有人自告奋勇，葛一鸣首先上来高歌一曲《王妃》，不愧是全能艺人，歌喉具有专业水准。

一曲完毕，伴郎团立刻起哄要求开门。

伴娘们笑得不怀好意：“刚才那首不算，歌曲和唱歌的人都要指定，还必须有人伴舞。”

平时哪有这种机会，可以把这群人物聚集在一起捉弄，千载难逢的良机，绝对不可以错过，伴娘们都一个心思。

合着刚才那首白唱了。伴郎们嗷嗷叫着不服，伴娘们充耳不闻，拦在门口笑容满面，就是不让。

伴郎还想对峙，新郎先求饶了："那你们说，要谁唱歌要谁伴舞？"

伴娘里有一个指着宋朝寅说："唱歌就选他。"

宋朝寅挑挑眉，处变不惊。

谁知伴娘后面一句说："就唱《小苹果》。"

宋朝寅脸色顿时变得有些精彩。伴郎队伍里都有人忍不住大笑。

另一个伴娘犹豫地指向梁洲："他伴舞吧。"

全场哗然。

光是想象宋朝寅唱《小苹果》，梁洲伴舞的画面，伴娘团已经是乐不可支，笑得花枝乱颤，叶言言也没有忍住。

宋朝寅怒了，指挥伴郎团："抢门，直接抢。"

伴郎团一哄而上，伴娘团坚守房门不让。

姑娘们今天穿的都是小礼服，虽然款式各有不同，但是看那几根单薄的带子，说不定一碰就掉下来了，伴郎虽然嘴上吼得厉害，真正动手的时候又溜了，谁要碰到不该碰的地方，唾沫星子非淹死他们不可。伴郎团里这么多圈内人，都爱惜羽毛得很。

马胖子抹着头上的细汗，拉着宋朝寅说："靠你了兄弟。"

宋朝寅嘴唇翕动，那句"你是我的小呀小苹果"徘徊在嘴边，没有发出声音。

梁洲倒还是气定神闲的模样，对伴娘团说："这舞我真的不会跳，有没有其他办法可以替代？"

伴娘们看他态度诚恳，轻声讨论。有人大声问："言言，你说，要不要给他机会换个项目？"

全场的目光扫过来，叶言言有些窘，有心要为难他一下，可对上他幽深专注的眼眸，她心跳险些漏跳一拍，到嘴边的话变成："那就改吧。"

伴娘团马上起哄："我们队伍里出了叛徒。"

好一通闹，最后改为做二十个俯卧撑。

梁洲没有二话，笑了一下，脱下西装外套。露出里面贴身的衬衣，胸膛宽阔，腰线精壮，女宾们一边赞叹一边眼睛一眨不眨地盯着他看。

梁洲真的趴在地上，在一声高过一声的数数中做完了俯卧撑，气息微喘，性感得难以言喻。不少女宾不顾矜持地发出狼叫。

伴郎团士气大涨，宋朝寅再也躲不过，轮到他时，面红耳赤地唱完一首《小苹果》。

"唱完了，快开门。"

"慢着慢着，这是第一关。"

"什么，还要过五关斩六将？干脆还是抢门吧。"

伴郎们被逼到绝境，终于爆发出势不可当的锐气，宋朝寅平时就是浪荡公子，没有家室拖累，又不当明星，这时候扔掉心理包袱，一夫当关万夫莫开，双手一张，阻拦住众伴娘。

"兄弟们，快上。"

伴郎一哄而上，扑在门上，一个个鬼哭狼嚎。

"嫂子，快开门吧。"

"再不开我们撞啦！"

"马哥要跪下了。"

众伴娘要反攻，发挥十指神功，一个个往宋朝寅身上挠去。宋朝寅就是金刚罗汉，也要在这群娘子军前面败下阵来。剩下几个主力叫门的，其余伴郎马上去帮忙。

这个时候大家已经彻底放开了，什么偶像包袱全抛诸脑后，场面陷入了混乱中。

论力气，姑娘们当然不是这群男人的对手，门口马上沦陷为失地。

叶言言要冲出重围，一转身，撞进一个怀抱里，对方身上散发着微微的热度，浓郁的男性气息令她感到熟悉。她抬起头，对上梁洲灼灼的目光。

他手臂一张把她抱住，轻轻在她耳边说："老马可是等了很久才盼到结婚，你就不可怜可怜他？"

一句话就止住了叶言言的挣扎。

他转过头，对马元进说："伴娘全解决了，还不快去叫门。"

马元进整个人都趴在门上，承诺了一大堆诸如"婚后家务我包圆了"的条款，门把手转动，门终于从里面徐徐打开了。

不是我军不强大，而是敌军太狡猾。

堵门计划宣布流产，伴郎护航之下，新郎接到新娘，一大群人浩浩荡荡赶到酒店布置的观景楼台。临海的整片场地已经被包下，提前布置了花卉摆设，一眼看去鲜艳灿烂，都是花的海洋，映着远处的碧海蓝天，让人仿佛置身梦境之中。

新娘脸上洋溢着幸福的笑容，而马元进更不用说了，一路上笑就没停过。

在父母亲友的陪伴下，两人郑重地交换婚戒，发誓相守终生。

即使是见惯大场面的公司高层和艺人们，也被现场这既美丽又庄重的氛围所感染，心中充满了感动。

在等候新娘入场的时候，林广薇拉着叶言言合拍了一张，迅速上传到微博。

没过一会儿网上就有大批留言，破除了两人不和的传闻。林广薇也回复了粉丝，说一直以来两人都是同公司的好姐妹，只不过被外界误会云云。

叶言言看到网上那些不明真相的网友被一张照片的假象混淆，心里不禁感慨，林广薇果真是很适合这个圈子，对于博眼球、抢话题方面的技能，简直是天生自带的。

新郎新娘热吻之后，婚礼从肃穆变得热闹，新娘扔捧花环节简直迎来了高潮。

新娘的朋友大半单身，宏成公司方面，所有出席的女艺人没有一个结婚的，齐刷刷地站在新娘身后等捧花，比得上一个军演方阵。

万众期待下，新娘拿着捧花一会儿朝右一会儿朝左，引得身后众女孩也跟着往左往右挪动，等新娘乐不可支地笑够玩够了，毫无征兆地突然朝后一扔，手摆动的弧度太大，捧花斜飞出去，擦过女孩们，落到旁边坐席上一个年轻男子的怀里。

新娘包括所有女宾都傻眼了，转头朝男子看去。

马元进哈哈大笑："小晖。"

沈旭晖头发寸长，因为瘦削而身形修长，脸部轮廓分明，五官俊朗，双目明亮，年轻而帅气，他低头看着怀里的捧花露出意外和些微无措的表情。

众目睽睽之下，沈旭晖站起身，手持捧花朝女宾们走过来。

不少女孩看着他露出矜持的笑。

他脸上挂着笑，向一对新人开玩笑：“扔那么远！嫂子这手劲儿，马哥你要当心了，以后别惹老婆不开心。”说着，他走到女宾旁，动作随意地把捧花塞到叶言言手里。

女孩们惋惜唏嘘的声音响成一大片。

叶言言愕然，抬眼朝他看去。

沈旭晖从动作到表情都很随性，视线和她对上，很快错开。

旁边有人见他们两人手持捧花站在一起，男俊女美，画面极其美好，起哄着要给两人来张合照。还有公司某中层喊着：“缘分缘分，在一起。”

沈旭晖一摆手：“少起哄，躺了这么久，我还要多逍遥几年呢。”

众人哄堂大笑。

梁洲和几个高层站在一起神色和悦地聊天，看到这一幕，有片刻失神，若有所思。

婚礼用餐采用传统模式，就在酒店的临海餐厅，宾客们忙了一上午早就感到饿了，又是在这么风景优美的环境里，气氛维持热闹和喜悦。新郎新娘一桌桌地感谢宾客。来到公司高层那一桌，瞬间切换成了中国习俗，几人拽着新郎要灌酒，直到梁洲这位金牌伴郎出面，众人这才偃旗息鼓。

马元进趁乱逃离，看到站在游泳池旁的沈旭晖，拉着他到栏杆边说话，马元进从口袋里掏住皱巴巴的一支烟，点燃后深深吸了一口，感慨道：“憋了我一天。”

沈旭晖惊讶：“嫂子管你这么紧？”

“你懂什么？”马元进得意地笑，“有人管是好事。”

沈旭晖撇嘴笑笑不说话。

马元进吐了一口烟雾，忽然问：“你是不是记起来了？”

沈旭晖偏过头：“什么？”

“少装傻！”马元进眯着眼看他，“你是不是记起言言了？”

沈旭晖趴在栏杆上，身体向前倾，目视前方，他的视线似乎落在远处的海面上，让人猜不出情绪。

不知道过了多久，他转过脸来哂笑：“什么都忘了。”

马元进一支烟刚抽完，听到这话不禁一愣。要说以前，沈旭晖意气飞扬，行事高调，马元进背后总唠叨希望他性子能稳一些，等沈旭晖在病床上一躺三年，醒来后性格果然沉稳许多，马元进又有些想念他过去的样子。

海风潮湿，扑面有些微的湿苦。

马元进把烟蒂就地一弹，莫名长叹一声，拍了拍他的肩：“忘了就忘了，以后也别想起来，人都要是要往前看的。走，进去吃东西。”

沈旭晖摆摆手：“里面闹，我在这里休息会儿。”

马元进慢吞吞往酒席走，回头一看，沈旭晖靠在栏杆上，衣服被海风吹得微微鼓起，身形单薄而瘦削，背影有着说不出来的寂寞寥落感。

这一天的婚宴持续到夜里，傍晚的时候，场内开始海鲜BBQ，围绕着泳池开派对，男女宾客都换上泳衣，宏成的女艺人大秀身材，无一不是娉婷窈窕，炫花了众男宾的眼。幸好男宾里也有撑台面的，葛一鸣的六块腹肌还是很晃眼的。

等梁洲和几个高管出现，尽管他还穿着休闲T恤，并没有裸露身体，一堆女人已经像X光扫描一样对他上下扒了一遍。从精壮的腰线来看，绝对是有料的。轻松的气氛下，有公司小花邀请他下水。梁洲只是笑笑，目光在人堆里睃巡一圈，很快发现角落里想要看到的人。

叶言言穿着黑色泳衣，在一片姹紫嫣红里，颜色是稍显单调了些，但是两种弹性面料结合，蕾丝部分把身体该露的地方包裹得异常性感。她的头上还戴着配套的猫耳朵发箍，将清纯与性感结合得天衣无缝。

梁洲简直有些移不开目光，也许是夜色撩人，也许是现场气氛太轻松，他没有多想，慢慢踱到她身边。

叶言言坐在泳池边，身边几个女孩已经先后下了水，各个泳姿优美。她只是把脚泡在水里，体会舒爽的感觉。

梁洲坐到她身边，闻到一丝酒味，问："喝酒了？"

叶言言朝他笑笑，眸光星亮，睫毛轻轻扑扇。

梁洲眼神闪动，情不自禁心跳有些加速。

叶言言说了句什么，他一时晃神没有听清，她对他勾了勾手指，梁洲就把头凑了过去。

叶言言伸手一推，扑通一声巨响，梁洲落进水里。

原来她刚才说的是："下水吗？"

梁洲很快从水里起身，衣服面料贴在身上，果然如同女宾们猜测的那样，肩宽腰窄，腹部坚实有力，线条流畅。

有大胆的女宾吹了一声口哨。

梁洲浑身滴着水，抬头一看叶言言很开怀的样子，那一丁点的胸闷瞬间烟消云散，他凝视着她，忽然手臂一伸，叶言言意识到不对也没来得及逃。

梁洲一把揽住她的腰，猛地把她拖进水里。

两人同时沉下了水，叶言言猝不及防，幸好多次拍戏的经验发挥作用，她及时屏住气，然后在水里慢慢睁开眼。

梁洲的脸近在咫尺，他的眼漆黑深沉，让人探不到底，但是这一刻，他专注地看着她，情绪外露，温柔缱绻，平时那么高傲冷峻的男人，此刻表情却显得有些忐忑。

他贴了上来，封住她的唇。

温柔的触感贴在唇上，叶言言不得不面对自己的内心，她彻底心软了。

婚礼第二天，新郎新娘甜蜜地过二人世界去了，参加婚礼的宾客分两拨，一部分工作繁忙，婚礼结束后马上飞回国，剩下一部分就自行安排节目。叶言言很幸运属于后者，她拍戏忙了几个月，回北京后也是马不停蹄跑通告，难得有一天的空闲，当然不能辜负这蓝天白云、阳光沙滩。她和公司几个小花一商量，简直一拍即合，约好游艇出海。

叶言言吃完早饭，把比基尼穿在长裙里面，去和宏成的几个小花会合，林广薇也在队伍里面。几个人看到叶言言，表情都有些微妙，对她的态度也变得更加客气和谨慎。

叶言言心知肚明，昨天晚上在泳池里，梁洲拉着她接吻，众目睽睽之下，宾客全都看到了。梁洲是宏成大老板，做什么都没有人讲，搁她身上非议就多了。只不过如今她心态已经大不相同，早已经不把身后的议论看得很重。

临出发前，租游艇的小花说："除了我们几个，还有些人要去，我租了两艘。"

到了海边一看，剩余大半的宾客都来了。梁洲穿着一身休闲装，正站在人群里，目光看过来，只落在叶言言身上。她有点不好意思，移开眼，看到沈旭晖和宋朝寅也在队伍里，他们两个样貌出众，在公司有着举足轻重的地位，众小花很快就簇拥过去，两人游刃有余，不一会儿身边就莺莺燕燕一片热闹。

快艇是小型的，可以容纳十来人，出海的人有二十多个，必须分两艘艇坐。大家分队伍的时候，默认就把叶言言和梁洲放到了一起。叶言言见多说无用，率先上了快艇，坐到了船头的位置。普吉临海边海水并不透彻，远处风光却好，阳光照在水面上粼粼波光如金蛇游动一般。

梁洲坐到她身边："坐舱里面去吧，等会儿开船了前头最颠。"

不知道为什么，叶言言现在对上他总有些逆反心理，不以为意地说："来海边玩就是刺激。"

梁洲有些无奈地笑笑："行，行。"

他语气里夹着一丝宠溺，叶言言注意到有人在看着这里，驱赶他："你快进去吧。"

他纹丝不动："我也是来找刺激的。"

叶言言被他原话堵回来，噎了一下，哼唧一声转过身，扒着栏杆看海。

船尾管发动机的船工大喊一句，居然是中文："开船了。"

巨大马达声响起，快艇从岸边飞快驶离，溅起的白沫在船身后面拖出一条长长的尾巴。

叶言言很快就明白梁洲说的是什么意思了，快艇体量小，在海面上一起一伏，尤其是船头，速度和重力的落差，仿佛要将人抛出去一般。

叶言言都不敢朝海面上看了，紧紧抓着扶拦，就这样还吓得面色煞白，碍于面子她没有叫出声，脸上满是惊慌。

梁洲蓦然抱住她，温热的身体紧紧贴在她的背后，他的手覆盖在她的手上，有力而坚定："别怕，身体往下趴，回船舱里去。"

叶言言乖乖听他指挥，船头忽然剧烈颠簸，她吓得手脚僵硬，使不上力。梁洲用力搂住她，支撑着她，两人伏低身体，慢慢移回到船舱。

叶言言的裙子被船头激起的浪花打湿大半，湿漉漉地贴在身体上。

梁洲把别人递上来的毯子反手罩在了她的身上，又从冰柜里拿出水，插了吸管放到她的嘴边，语气低柔："喝一点，过一会儿就缓过来了。"

叶言言早就后悔之前怄气的行为，喝了两口冰水，神色稍稍缓和。

船舱里其他人看着梁洲这温柔体贴的做派，啧啧称奇，想到昨天两人在泳池里那一个短暂的吻，再看现在这情形，还有什么不明白的？

快艇开到天堂湾，船工大声喊着到了。

能称之为天堂的地方，风景自然很美。海水好像是被连绵的山峰怀抱着一样，呈现出碧绿和蔚蓝相结合的色彩，像有着褶皱的绸缎，又像一块价值连城的祖母绿宝石。

有不少游艇快艇停在湾口，众多浮潜的人都漂浮在水面上。

宏成的员工欢呼一声，有好几个游泳能手已经跳下水了。叶言言看着澄澈的海水，刚才在船头颠簸的不快早已飞到九霄云外，她把长裙脱了，也要下水。梁洲一把拉住她，亲手把荧光色的救生衣给她套上："你游泳好吗？别游远了。"

叶言言反而问他："你不下水？"

“玩过好几次了，今天就看着你玩。”

叶言言有种今天带着家长出行的感觉，看着他说：“是玩不动了吧。”

梁洲皱眉，狠狠捏了一记她的脸，低头却看到救生衣里露出的雪白皮肤和美丽的内景，他愣了一下，掩饰性地咳了一声：“穿什么比基尼，等会儿晒黑了。”

叶言言懒得戳穿他的小心思：“海上都穿比基尼。”

梁洲默不作声地凝视着她，直到扣上最后一个搭扣，又叮嘱了几遍下水要注意的，最后才放行。

叶言言下了水，适应了一会儿，很快开始浮潜，天堂湾水质清澈，珊瑚、鱼类还有海星都可以看见。她浮潜了一会儿马上体会出乐趣，渐渐就离开快艇远了些。

梁洲坐在船尾，看着她如鱼得水的样子，露出一抹笑容，他环顾一下四周，宏成大部分人下了水，他作为老总，也要关心一下出行安全。有两个员工高声喊着要拍照，梁洲心情极好地给他们来了张水上照片。等他拍好，回头再去找叶言言的身影，一眼看去，却没有在视线所及的地方看到她。

不远处一艘快艇启动，忽然有人群尖叫起来，有人大喊：“死人了！”

梁洲一惊，往声音的出处看过去，蓝绿色的海面上浮起一大片红色，有人在快艇启动时被船身后转动的桨打中，当场大出血。

“是女的，”尖叫声传来，“红色比基尼，是模特还是明星？”

梁洲身体猛然一僵，脸色瞬间就白了，来不及细想，他踩到栏杆上就往海里跳了下去。

另一艘快艇上，沈旭晖也听到人群里杂乱的呼喊，想到刚才一眼瞥到叶言言穿着红色的比基尼下海的，脸上悚然一惊，他站起来就趴到快艇边朝海里看，像是热锅上的蚂蚁一样着急。

终于忍不住要下海时，宋朝寅抓住他的手臂："闹什么，你这身体能下海吗？"

沈旭晖瞪着眼，模样急躁："叶言言……"

宋朝寅拍了一下他的肩："你别去，我去看看。你就好好待着。"说完，他也一头跳进海里，激起硕大的浪花。

梁洲这辈子除了在戏里，很少有不冷静的时候。跳进水里的这一刻，他脑中一片空白，什么都想不了，手臂在水里摆动的节奏就像心跳声，急促而短暂，让人透不过气来。

急速游向事发地点，发动机桨打到人的游艇停在水面，附近有不少人都游过来救援，水里被大量血液浸染出一大片红色区域，触目惊心。泰语、中文、英语各种声音夹杂在一起，令人头昏脑涨。

梁洲感觉到腥苦的海水里淡淡的血味，整个心揪成一团，恐惧的情绪再也无法压制，紧紧牵扯到每一根神经。

快艇的船工把失事人员从海里捞起，只见这个人头颈和肩膀的地方一片血肉模糊，旁观的人惊叫一片，还有人号啕大哭。从他们的语气和神态就能猜出事情发展到了最糟的一步。梁洲不敢想象叶言言受伤的场景，他游近，疯了一样拨开围着快艇的人群，船头上人头攒动，让人看不清情况，他一手搭在游艇侧面的救生圈上，手臂控制不住地轻轻发颤，一个用力就要上船。身后有人喊："梁总。"

喊了几声他才反应过来，回头朝后看。隔了十来米，最近的一艘快艇上，几个宏成女艺人在拼命朝他招手。

“梁总，这里。”

他目光睃巡，很快在人群中看到叶言言，她和小花们站在一起，朝着这里张望。

梁洲感觉心脏猛然狂跳起来，他呆滞了足足两秒，身边的声音骤然鲜活起来，涌进耳里。

他很快来到快艇上。原来这是一艘中国旅游团包的船，离发生事故的船只很近，宏成的女艺人们目睹事故场面，吓得六神无主，幸好最近的船只上都是中国人，沟通顺利，于是就近上了游艇。

船上的游客里早就有人认出叶言言和林广薇，可是这一刻，谁也想不到追星。

一众小花吓得花容失色，面色发白。

发生事故的女孩也是中国游客，是个刚毕业的大学生，浮潜的时候和宏成一众女艺人在同一区域，她认出了好几个明星，在水里就忍不住高声招呼。没想到事故发生得那么突然。女孩在靠近快艇后部的位置时，快艇毫无预兆地发动，发动机转动的桨直接打在女孩身上，海水瞬间就染红了一片。

叶言言、林广薇和几个小花第一时间近距离目睹了悲剧的发生，都受到不同程度的惊吓。也正是因为距离太近，有人甚至误会成了女明星发生事故。

梁洲到了船上，几个小花见来了主心骨，都围了过来。梁洲耐着性子安慰了几句，来到叶言言面前，其余人见状知趣地让开。

和其他几人一样，叶言言脸上也有些目睹事故的余悸，但她还是比较冷静，没有像其他人那样，非要抓着个人才觉得安全。

“我没事。”她平静地看着他，眼睛明亮而温暖。

梁洲苦涩一笑，伸臂把她揽进怀里，感觉到她身体的紧绷，他轻抚她的肩膀和后背：“幸好不是你出事。”

他的拥抱有力而温暖，叶言言贴在他的胸口，甚至能感受到他心脏的跳动。刚才与危险擦肩而过的恐慌全都烟消云散了，她眼里泛潮，这一刻什么都不想去想，抬起手臂回抱住他的腰。

梁洲一震，随即更加用力地抱住她，仿佛是抱着失而复得的幸福。

事故快艇上发出中年女人的尖叫，有人高声大喊，女孩当场死亡，她的家人忍受不了巨大的悲痛，撕扯着开动快艇的船工扭打，有人报了警，快艇上人群混乱而嘈杂。

亲眼看见一条年轻鲜活的生命就这样消失了，宏成众人的心情都有些沉重。梁洲让公司租的两艘快艇靠近，然后让小花们上船返回酒店。

沈旭晖看见他们平安归来，松了一大口气。宋朝寅别有深意地朝他撇撇嘴，他看着梁洲和叶言言坐在一起，眼神黯了黯，轻轻摇头。

在回去的途中，众人谈起刚才的事故，都是遗憾又唏嘘。

梁洲注意到叶言言沉默寡言的样子，想到云南那件事，当时她看起来也像这样镇静安宁，比起韩菲歇斯底里的发作尤其鲜明。而事实上，马元进后来有一次透露口风，云南回来的那段时间，只要有人从身后靠近，或是高声说话，叶言言就会神经紧张，冷汗不止。

梁洲心中早已不知懊悔过多少次。眼下见她不怎么说话，他的心微微吊起，轻轻握住她的手：“害怕？”

她一直埋着头，听到他的话抬起脸，脸色还有些苍白，她牵起嘴角想要笑一笑，显得有些勉强："没事……"在他的注视下，声音渐渐有些颤抖，"是有点害怕，刚才离得很近，我看到她的肩膀和脖子被发动机打到，肉都绽开了，都是血……"

梁洲顾不上别人的眼光，把她抱进怀里。

"说出来就好，回去好好睡一觉，把今天看到的都忘记。"

叶言言的手有些冰冷，过了一会儿，她轻声说："那个女孩很年轻，之前还和我们说过话。"

梁洲抚着她的肩，传递着支撑的力量："不要去多想。"

叶言言垂着眼帘，那抹鲜红的颜色始终在眼前浮动。她深切地感受到，生命是如此脆弱，也许只是一刹那的危险，就会失去所有。这一刻她迫切地想和父母朋友见一面。她把脸埋在他的颈窝，也许是这一刻的彷徨和迷茫，她觉得过去那些纠葛已经不再重要。

有什么比现在拥有的更可贵？

她靠在他的肩膀上，仰望着蔚蓝的天空，沉默了许久。

回到酒店，一路上梁洲都陪伴着她，只要她稍微皱眉，他比任何人都紧张，担心之色溢于言表。两人目光每次交接，梁洲都觉得心疼。叶言言回到酒店，马上和父母打了一个电话报平安。她决定回北京后，完成手头上最紧的拍摄工作就马上回家去看看。

第二天上了飞机，梁洲还是坐在她的身旁，他打开平板电脑，给她看了行程安排："这两个广告不急，可以先拍背景和其他角色，你可以先回家休息两天。"

叶言言微微惊讶："你怎么知道？"她打电话的时候曹佳也没有陪在身边。

“我看你昨天的样子，猜的。”梁洲说，停顿了一下，又说，“这次我陪你回家好不好？”

叶言言更加惊讶了，沉默不语。

“我不是说正经上门，但是这段时间，我想陪着你，到时候我会住酒店，你不要有心理压力。”

叶言言眨眨眼。

“你考虑一下吧。”梁洲低声说。

叶言言回到北京，用半天时间参与粉丝见面会，她常年奔波拍戏，和粉丝维持着网络上最基本的互动，出道三年多，见面活动却不常办，这是第二次。粉丝团体显然比前一次变得更加庞大，后援会主要干事几乎是一路陪着她成长。核心成员们带来了全国各地粉丝的礼物，其中有一个丑娃娃，和之前的布偶有八分相像。后援团长送上礼物说：“言言，知道你喜欢这种娃娃，后来弄丢了很伤心，我们找了很久才找到，虽然不是一模一样，但是代表了我们粉丝团对你的心意。”

叶言言鼻子一酸，眼泪瞬间就涌了上来。

和粉丝们聊天说话，一个下午时间就飞快过去了。见面会结束的时候，梁洲走进酒店会场，口气温和地宣布活动结束。转身看到她眼眶红红的，抽了几张纸巾递过去，温柔地把她脸颊旁的几根散发捋到她的耳后。

好几个粉丝看到这一幕，脸上都是又惊叹又激动的表情，一个个憋红了脸，离开会场立刻叽叽喳喳地讨论开。

一群女孩像是窥探到了天大的秘密，曹佳忙不迭地提醒保密，女孩们怀着对偶像的忠诚发誓保密，但是内心的波澜万丈那是挡不住的，只好内部讨论，兴奋了许久。

叶言言稍作休息，马不停蹄地赶到机场，坐飞机当天夜里就回到家。

老叶和叶妈看到女儿突然回来，先是吓了一跳，还以为出了什么大事。之前一段时间网上直播事故很是吵闹了一阵，老两口虽然不玩网络，但也有所耳闻，这次见到叶言言还以为出了什么大事。叶妈妈拉着叶言言的手，上下左右地看，心疼地感叹她又瘦了。

叶言言解释了二十多分钟，才让父母相信这次没出事，就是想家了。

老叶听了长久没说话，叶妈套上围裙就要去厨房烧菜。叶言言怎么拦也拦不住，晚上十点的时候，她在二老的虎视眈眈下吃了半桌菜才罢休。

“再吃不能上镜了。”她求饶。

叶爸没好气地说：“都快瘦成竹竿了，干巴巴的，哪里好看？吃，没事，你胖了才好看。”

大概全世界就只有爸妈才会这么认为，叶言言摸着有些滚圆的肚子心里想，当然还有一个人说过她瘦了胖了都好看，但这话可信度存疑。

她想着想着，伸手去摸手机，打开微信，信息积累了不少，有丽娜自拍的几张游戏代言照，臭美说自己最近又美了，让她来证实下。还有曹佳的问候，以及之前拍戏的几个朋友的问候。最近的一条是梁洲的，他说已经在离她家最近的酒店住下了，让她好好休息。

极其平淡的话，大概是在家里的缘故，让她读了很有几分温馨的感觉。

叶言言拿着手机回：你也好好休息。

几乎是她发出的后一秒，梁洲就回信息：我买了些东西，明天拿去给伯父伯母？

叶言言看着手机屏幕，犹豫了一下，抬头看看老叶，他正在看娱乐新闻。以前她没入这行的时候，老叶只看中央台。

电视上正巧在宣传《一斛珠》电影，老叶听到叶言言的名字，精神一振，聚精会神。好巧不巧，电影介绍把床戏一段截了个画面，并言明这是小花旦叶言言的大荧屏初次激情戏。

叶言言惊得下巴都要掉下来了，拿着手机呆滞地看着电视机。心里想着今天回家是不是一个错误的日子。

老叶面色紧绷，就在叶言言为人身安全担忧的时候，他忽然问："这个戏是怎么拍的？"

叶言言马上认真解释了错位和现场清场等拍摄规矩。

老叶勉为其难地说："看起来没有露太多，但是这种戏以后不要接了。"

叶言言躲过一劫，松了口气连忙点头。

新闻介绍过大热的电影《一斛珠》，随后一条则是这两天惊动整个娱乐圈的大新闻，某男性喜剧演员妻子出轨被发现，闹至离婚。网上早已闹得沸沸扬扬不可开交，新闻播出却晚了一些。

老叶看着新闻连连感慨："这个家丑全国都知道了。"评论完，他转过脸来说，"你老老实实找个对象就行了，不要找这个圈子里的，混乱得很。"也难怪他这样想，娱乐花边，不是这个绯闻，就是那个离婚，时不时爆出丑闻。老叶为人老派，听了难免心中不喜。

叶言言无语，过了半晌，才想起有信息没回，于是回了一条：我爸妈不喜欢娱乐圈的人。

过了两三秒，屏幕上跳出梁洲的回信：那还好，这部拍完我就息影，不算圈里人了。

影帝要是厚起脸皮，叶言言真觉得难以招架。

第二天上午，梁洲果然到访，他穿着浅蓝色羊绒棉质领衫，笔挺的休闲裤，手上拿着大包小包的礼物，站在叶言言家门口，微微含笑，眉目清爽英俊，简直如同电影画面。

叶妈开门的时候，愣了两秒，忽然惊呼了一声："梁洲。"连喊人进门都忘了，转头朝内喊，"老叶、言言，快来快来。"

老叶倒是挺淡定，事先知道他是叶言言公司的老板，很客气地招呼梁洲进屋，一个劲地感谢领导上门慰问。

叶言言看着这个场景，有点不忍直视。

梁洲开头局促了一下，对上叶言言好笑的表情，他深深看她一眼，随即恢复了镇定自若，开口说："伯父伯母，我是特地来看望你们的。"

老叶听到这话就皱起了眉。

叶妈妈端了水果和茶出来，原本兴高采烈的笑容也是一顿，随即朝叶言言看过去。

叶言言眨眨眼，朝妈妈摆出求饶的表情。

客厅里气氛陷入低沉，紧绷得几乎让人想要尖叫。

老叶客气地说："您是言言公司的领导……"

梁洲说："我是为了我们两人交往的事，想来征求两位长辈的同意。"

老叶面色变得铁青。

叶妈妈飞快站起身，拉着叶言言，说："走，陪我进厨房看看。"转身把叶言言拎进房里，关上门。

“这是怎么回事？”叶妈妈压低了声音问。

叶言言十分紧张客厅里发生的事，一边竖着耳朵听动静，一边轻声把过去交往的事说了出来，也顾不上害羞和扭捏。

叶妈妈听完很惊奇，在她胳膊上掐了一记：“死丫头怎么不早说！”

“我昨晚不是说了吗？”

叶妈妈说：“你就说他要来，糊里糊涂的，你爸还以为是领导来慰问呢。”

叶言言可怜兮兮地嘟着嘴：“妈，你倒是劝劝爸呀。”

叶妈妈瞪她：“头一次上门为难一下怎么了？”

叶言言还在着急，忽然意识到什么，惊讶地看着叶妈妈：“你同意了？”

叶妈妈摆摆手：“论样貌论事业，他都不错。他拍的电视我都看过，看眼神就知道正气。”

差点忘了她妈也是梁洲的粉，叶言言有些回不过味来：“你不嫌弃他岁数比我大啊？”

叶妈妈一拍腿：“你不说我还忘了，本人看起来真年轻……”

这是亲妈吧！叶言言心情有几分复杂。

客厅里说话的声音不响，叶言言开头听到老叶说了句：“我家言言年纪小，不懂得识人。”

随后谈话越来越轻，什么内容也听不到了。

她抓耳挠腮十分着急，过了大半个小时，终于听到老叶喊叶妈妈换茶。

叶言言回到客厅。

老叶脸色还有几分严肃，但是气氛已经缓和许多。

这和叶言言预想的画面相差太多，她有些反应不过来。

梁洲给她一个安抚的淡笑，随后陪着老叶和叶妈妈说话。这次轮到叶妈妈各种提问，从家里成员问到其他种种，梁洲都回答得特别耐心，对小时候家境不好，父母双亡的事也直言不讳。他认真诚恳的态度显然得到了叶妈妈的认可。

说到最后，叶妈妈已经神色和蔼地邀他留下吃午饭。

老叶重重咳嗽一声。

梁洲起身告辞。

在老叶和叶妈妈的注视下，叶言言把梁洲送到楼下，下楼梯的时候，她忍不住问："你到底和我爸说了什么啊？"

"你在房里没听到？"梁洲问。

"听到谁还问你！"

梁洲挑了眉眼笑笑："我说，我是比你大，所以人生经历也多，有足够的能力和经验能够保护你照顾你支撑你。何况以后我比你老得快，你还青春貌美，当然是我更紧张你，一定宝贝你，像你爸爸那样。"

叶言言瞬间脸红了。

楼梯灯光暗淡，她瞥到他的笑容，深沉而淡定。他就是这样的人，一旦下定决心，什么都能做得很好。

她的心跳有些加速，一时说不出话来。

他刮了刮她的鼻尖："快回去吧，稳固一下我刚才留下的好印象。"

叶言言唾弃他脸皮厚，可还是很听话地转身回家。

晚上叶言言刷微博的时候，叶妈妈又走了进来，坐在床边把她仔仔细细看了一遍，忽然说：“我怎么都没有想到，你居然和梁洲走一起去了。”

叶言言拿眼瞅她。

叶妈妈说：“本来也没指望过你嫁豪门什么的，你这个性子，真嫁了豪门我都要睡不着了……谁知现在，”她叹了一声，“我看他也挺会疼人的，要是真对你好，也好。”

叶言言心头一阵发热，偎进她的怀里。

叶妈妈抚摸着她的头发，眼睛忽然有些发酸。大概全天下的父母都是如此，盼望着孩子能快些长大，当她真的要离开家的那一刻，又怅然若失，怀念起她小的时候，依靠在他们的羽翼下的样子。

叶言言在家休息了一周左右，工作已经堆积如山，尤其是因为《一斛珠》入选金马奖最佳女主角提名，她必须先回北京做前期准备。

在飞机上，曹佳兴奋地和她描述获奖概率。如果这次能够获得最佳女演员，她将成为花旦中最早捧回影后桂冠的。叶言言自从听到提名，就觉得有些不可思议，心情忐忑，很难一言描述。

下飞机后直接去公司化妆间，已经有造型和化妆师等着。晚上要出席一个国际品牌的新品发布会，她的出席，肯定会引来记者的发问，必须以最佳状态出现。

化好妆，穿上一袭银灰色礼裙的她看到了西服边缘和她几乎同一色的梁洲走了进来。

两人的身影反射在镜子里，如同最美好的画报。

她神情有些恍惚，他上前握住她的手放进臂弯里。

“如果这次没有获奖，你会不会很失望？”

她抬眼，唇角含着微微的笑意。

"我还挺喜欢演戏的,这次不行还有下次,总有能成为影后的一天。"

梁洲眉梢一扬，露出淡淡的笑容："影帝注定配影后。"

"那成不了影后怎么办？"

"叶言言，原来你这么急着嫁我？"

"滚。"

梁洲莞尔，转头注视着她，白炽的灯光下，她薄笑带嗔，人比花娇。

他握紧她的手："准备好了吗？"另一只手放在门把手上。

"嗯。"

门缓缓推开，两人相携走出，外面此起彼伏地亮起一片镁光灯。

图书在版编目（CIP）数据

应爱重生 / 朵朵舞著. -- 南昌 : 百花洲文艺出版社，2017.9

ISBN 978-7-5500-2431-1

Ⅰ. ①应… Ⅱ. ①朵… Ⅲ. ①长篇小说－中国－当代 Ⅳ. ①I247.5

中国版本图书馆CIP数据核字(2017)第215693号

应爱重生

朵朵舞　著

出 版 人	姚雪雪
责任编辑	袁　蓉
封面设计	小丸子
出版发行	百花洲文艺出版社
社　　址	南昌市红谷滩新区世贸路 898 号博能中心 A 座 20 楼
邮　　编	330038
经　　销	全国新华书店
印　　刷	北京鹏润伟业印刷有限公司
开　　本	880mm×1230mm　1/32
印　　张	22
版　　次	2017 年 9 月第 1 版第 1 次印刷
字　　数	360 千字
书　　号	ISBN 978-7-5500-2431-1
定　　价	55.00 元（全二册）

赣版权登字 05-2017-378

邮购联系　0791-86895108

网　　址　http://www.bhzwy.com

图书若有印装错误，影响阅读，可向承印厂联系调换。